FEDERICA DE CESCO

Feuerfrau

Buch

Seit ihrer Kindheit ist Ariana vom Feuer wie verzaubert. Immer auf der Suche nach dem extremen Abenteuer, fühlt sich die Vulkanforscherin stark und völlig furchtlos. Eine ungewöhnlich intensive Beziehung verbindet sie einzig mit Amadeo, der als Besitzer eines Reiterzirkus durch Europa zieht. Obwohl sie sich nur unregelmäßig begegnen, fühlt sich Ariana unfähig, tiefere Gefühle für andere Männer zu empfinden. Bis sie in Griechenland bei einer archaischen Feuerzeremonie Manuel kennen lernt: den Sohn eines berühmten mexikanischen Architekten, der sich weigert, in die Fußstapfen seines erfolgreichen Vaters zu treten. Gemeinsam reisen Ariana und Manuel zum Zirkus von Amadeo, und wider Erwarten entwickelt sich zwischen den beiden Männern eine Freundschaft. Da bricht der Ätna aus, und begeistert bucht Ariana sofort einen Flug dorthin – nicht ahnend, dass dieser Vulkanausbruch ihre maßlose Stärke in Frage stellen und sie mit der dramatischsten Entscheidung ihres Lebens konfrontieren wird …

Autorin

Federica de Cesco, geboren in Italien, wuchs in verschiedenen Ländern mehrsprachig auf und studierte in Belgien Kunstgeschichte und Psychologie. Heute lebt sie mit ihrem Mann, einem japanischen Fotografen, in der Schweiz. Sie hatte bereits über fünfzig höchst erfolgreiche Romane für Kinder und Jugendliche sowie mehrere Sachbücher verfasst, als ihr mit dem Roman »Silbermuschel« ein fulminantes Debüt in der Erwachsenen-Belletristik gelang.

Von Federica de Cesco ist bereits erschienen:

Die Augen des Schmetterlings (36750)
Die Tibeterin (35296)
Silbermuschel (36278)
Der Wüstenmond (35659)

Federica de Cesco

Feuerfrau

Roman

BLANVALET

FSC
Mix
Produktgruppe aus vorbildlich
bewirtschafteten Wäldern und
anderen kontrollierten Herkünften

Zert.-Nr. SGS-COC-1940
www.fsc.org

Verlagsgruppe Random House FSC-DEU-0100
Das für dieses Buch verwendete FSC-zertifizierte Papier
Holmen Book Cream liefert Holmen Paper, Hallstavik, Schweden.

3. Auflage
Taschenbuchausgabe Juli 2004 bei Blanvalet,
einem Unternehmen der Verlagsgruppe Random House GmbH, München

Umschlaggestaltung: Design Team München
Umschlagfoto: Photonica/Nakamura
Druck und Einband: GGP Media GmbH, Pößneck
UH · Herstellung: Heidrun Nawrot
Printed in Germany
ISBN 978-3-442-36077-2

www.blanvalet.de

Wie immer, für Kazuyuki.

Die Frauen haben schon recht,
wenn sie jene Gesetze nicht anerkennen,
die die Männer in die Welt eingeführt haben,
ohne sie zu befragen.

Michel de Montaigne, »Essais« 1588

Armer weißer Mann
in deiner Wut
in deinem Glanz
in all deinem Wohlstand
hast du dein Erbe
verloren
jetzt willst meines
da
nimm es
ich habe noch mehr

John Twobirds Arbuckle

Prolog

Ich träume jedesmal von Nonna, wenn sich etwas Wesentliches in meinem Leben ankündigt. Das Traumbild wechselt, flimmernd wie ein unscharfer Filmstreifen, und ergibt auch nicht immer einen Sinn. Wenn ich erwache, verblaßt es bereits, aber irgendwie in mir schwebt die Erinnerung. Ich weiß, daß es eine andere Wirklichkeit als meine gibt, das wußte ich schon als Kind. Nonna hat mich nie ganz verlassen, obwohl sie längst gestorben ist. Ihr Fortbestehen, an der Schwelle zwischen dem Sichtbaren und dem Unsichtbaren, wurde für mich zur natürlichen Gegebenheit. Manchmal verfließt diese Grenze, und Nonna erscheint mir im Traum. Und jedesmal führt sie mich in meine Kindheit zurück, formt Bilder und Gefühle in mir, die mit einem ganz besonderen Ereignis in Verbindung stehen. Der Ort: Casa Monte, das alte Haus in Montereale Celina, in dem sie vor achtzig Jahren zur Welt kam. Der Zeitpunkt: der fünfzehnte August, am späten Nachmittag. Mein Alter: zehn. In dieser Nacht waren die Bilder ungewöhnlich deutlich. Ich sah mich selbst, im großen Spiegel über Nonnas Kommode. Ein zartes Kind, mit dunklen Zöpfen und mandelförmigen Augen. Das Gesicht rund, sonnengebräunt und sehr glatt, der Ausdruck nachdenklich.

Während ich mich betrachtete, sah ich im Spiegel hinter meinem Gesicht das von Nonna. Ihr noch schwarzes Haar trug sie so über den Kopf hochgesteckt, daß die Stirn, die fast keine Falten zeigte, frei blieb. Nur das Kinn war schlaff geworden, und das Alter hatte ihre Augen getrübt. An jenem Nachmittag hatte sie eine Stunde in ihrem verdunkelten Zimmer geschlafen und war noch nicht angekleidet. Sie trug ihren weißen Morgenmantel und darunter einen hellblauen Unterrock aus Kunstseide. Sie war knapp über sechzig: eine große Frau, mit einem wunderschönen Rücken, breiten Hüften und einer ganz schmalen Taille. Ihre kleinen Füße steckten in koketten Hausschuhen. Ihre

Nase war freundlich, ihr großzügiger Mund lag weich um ihre noch tadellosen Zähne. An ihrem Körper war die Haut hell wie Elfenbein. Nur Arme und Hände, von der Sonne gebräunt, wiesen einige Flecken auf.

»*Ariana, vieni qui!*«

Sie setzte sich auf das ungemachte Bett und zog mich zwischen ihre Knie, um mein Haar neu zu flechten. Meine Mutter beklagte sich, daß ich beim Frisieren nie ruhig blieb, aber bei Nonna hielt ich geduldig still. Sie flocht meine Zöpfe mit ihren gelenkigen Händen, wobei sie ein Volkslied aus ihrer eigenen Kindheit summte. Ihre Stimme war klar, tief im Ton. Nur die dunkle Aussprache der Konsonanten, den schleppenden friaulanischen Akzent hatte sie bewahrt.

»*A la feria de l'est*
per due soldi
un topolino mi padre mi compro ...«

»Auf der Kirmes im Osten kaufte mir mein Vater für zwei Groschen ein Mäuschen ...«

Sie unterbrach sich, runzelte leicht die Brauen.

»Hörst du, Piccina? Hörst du, wie es donnert?«

Ich lauschte. Dunkles, undeutliches Brummen wehte von Hügel zu Hügel, als ob in einem Augenblick des Fieberwahns die Berge erwacht waren. Ein Gewitter! Ich war sehr aufgeregt, von freudiger Erwartung erfüllt. Ich liebte wilde Wolkenstrudel, prasselnden Regen, das Flattern der Blitze.

»Regen ist gut für die Pflanzen«, sagte Nonna. »Nach dieser Trockenheit!«

Sie band meine Schleifen fest, erhob sich, wobei sie sich unter dem Büstenhalter kratzte und sich ächzend die Hüften massierte. Ihre Gelenke schmerzten, wenn das Wetter sich änderte. Die Krankheit, die sie einige Jahre später an den Rollstuhl fesseln sollte, kündigte sich schon in ihren Knochen an.

»Geh, Piccina! Geh spielen. Ich komme gleich.«

Ich tänzelte die Steintreppe herunter, summte das Lied vor mich hin, das sie gerade gesungen hatte.

»*A la feria de l'est, per due soldi* ...«

Maria stand in der Küche und rollte einen Teig. Ihre Arme waren bis zum Ellbogen mit weißem Mehlstaub überpudert.

»Heiliger Himmel, diese Hitze!«

»Ich weiß, was da kommt!« rief ich. »Ein Gewitter!«

»Jesusmaria!« seufzte Maria, »hoffentlich wird es nicht schlimm!«

Ich lief an die offene Haustür. Die warme Luft schlug mir wie aus einem Ofen entgegen. Die Gerüche von reifen Maulbeerfrüchten, warmem Salbei und trockenem Kuhmist waren zu einem einzigen Dunst vermischt. Mein T-Shirt klebte am Nacken. Alles war windstill. Plötzlich ertönte in der Ferne ein explosionsartiger, dumpfer Laut. Ein paar Vögel flatterten unruhig unter den Dachziegeln auf. Ich beobachtete die ersten Wolkenschwaden, die wie graue Watte über das Dorf hinwegzogen. Die Sonnenscheibe darin war nur ein kreisrunder weißer Fleck. Jener Teil des Himmels, hoch über den Wolken, war still und klar und ohne feste Substanz. Aber der untere Teil des Himmels, der tief über den Bergen hing, barg Sturm, Donner, Hagel und Schnee. Schwefelgelbe, fast grünliche Wolken schoben sich über die Hügel, wirbelten umeinander und wurden dunkler. Als Fabrizio mit dem Traktor durch das große Tor fuhr, nahm der Wind plötzlich zu. Die schwarze Dogge Cesare – die Fabrizio manchmal Il Duce nannte – sprang ihm bellend entgegen. Fabrizio fuhr den Traktor vor die Scheune, sprang von seinem Sitz und klatschte Cesare auf das nasse Fell. Schweißtropfen, mit Staub vermischt, klebten auf seinem hageren Gesicht.

»So ein Himmel!« sagte er zu mir.

Ich starrte zu den Wolken empor, pfiff unmelodisch und nervös zwischen den Zähnen. Fabrizio stapfte in die Küche, und Cesare lief hechelnd neben ihm her. Maria schlug den Teig zusammen, rollte ihn unermüdlich wieder aus, bis an den dünnsten Stellen das Licht durchschimmerte.

»Du bist früh da«, sagte sie. »Du machst dir wohl Gedanken.« Fabrizio holte Bier aus dem Kühlschrank.

»Ich habe ein besseres Gefühl, wenn ich zu Hause bin.«

Er öffnete mit leisem Knall die Bierbüchse und trank. Maria wischte sich mit den Handrücken über die Stirn.

»Gerade habe ich den Wetterbericht gehört. Sie haben gesagt, daß es heute nacht etwas gibt.«

Es wurde eine Nacht voller Beunruhigung und Schrecken. Eine Nacht, in der du hättest sterben sollen, Nonna. Dein Tod trat nicht ein, weil ich es nicht wollte. Weil ich unerschrocken und neugierig war, wie kleine Mädchen es sind. Weil ich bestimmte Dinge aus dem Instinkt heraus machte. Und keine Schmerzen empfand, als das Entscheidende geschah. Es ist eine merkwürdige Geschichte, nicht wahr? Und danach war ich mehrere Tage außerstande, von dem zu erzählen, was geschehen war. Das, was in den Zeitungen stand, entsprach nicht im geringsten der Wahrheit. Es ist übersehen worden, daß ich ja nur zehn Jahre alt war. Ich glaube, man kann es auf verschiedene Weise erklären. Vielleicht lag es an meinem Erbgut und entsprach meiner Bestimmung – aber davon hatte mich niemand in Kenntnis gesetzt, auch du nicht. Ich gebe mir Mühe zu verstehen, aber ich merke oft, daß mich meine Phantasie zum Narren hält. Vielleicht sollte ich nicht zuviel darüber nachdenken. Verzeih mir.

Was sagst du, Nonna, wer bin ich?

Nonna lebte noch fünfzehn Jahre, sieben davon im Rollstuhl.

Sie litt an Osteoporose. Die Krankheit fraß sich durch ihre Knochen, zersplitterte ihre Wirbel bis zum Hals. Operieren konnte man sie nicht mehr.

»Piccina, setz dich zu mir und erzähl mir was Neues«, sagte sie mit ihrer brüchigen Stimme, wenn ich sie in Mailand im Altersheim besuchte. Sie drückte meine Hände, wie alte Menschen es zu tun pflegen, als ob sie sich der Lebenskraft der Jüngeren versichern wollten. Ihre Vorwürfe klangen zärtlich und ironisch:

»Ich bin eine alte Frau, du denkst nicht mehr an mich. Ich weiß ja, du hast Besseres zu tun. Aber ich langweile mich so!« Sie sang vor sich hin: »*A la feria de l'est …*« und wiegte den Kopf, langsam und unbeholfen, als ob das Gewicht zu schwer für ihr schmales Genick wurde.

Ich war nicht bei ihr, als sie starb, aber den Augenblick habe ich genau gefühlt.

Auch Fabrizio ist tot: ein Unfall auf der Autobahn. Maria lebt bei ihrem Bruder in Udine und führt ihm den Haushalt. Sie schickt mir einmal im Jahr eine kitschige Weihnachtskarte.

Über diese Sache, damals, hat sie nie mehr gesprochen.

1. Kapitel

Geisterhaftes Licht zuckte durch die Dunkelheit. Ein Donnerschlag zerriß die Nacht, fegte über die Dächer. Es folgte das Prasseln eines Regenschauers. Ich erwachte und blinzelte verwirrt; das ganze Zimmer war von der Helle der Blitze erleuchtet. Die Donnerschläge entluden sich in wütendem Widerhall. Das Gewitter hatte sich aus meinem Traum in die Wirklichkeit verlagert. Als eine Stille von wenigen Sekunden eintrat, hörte ich Martin atmen. Ich warf die Decke zurück, meine nackten Füße berührten den Boden. Ich stand auf, trat dicht an das Fenster. Zuerst konnte ich nichts Deutliches sehen, wegen dem Tropfennetz, das zitternd an der Scheibe klebte. Ich wischte mit der Hand über das Glas. Der Sturm jagte die schweren Wolken wie Fetzen am Nachthimmel dahin; zuweilen öffnete sich ein Loch in dieser Finsternis, und ich erblickte flüchtig ein paar klare, glänzende Sterne. Ich hob meine Uhr an die Augen, wartete auf den nächsten Blitz, um das Zifferblatt zu erkennen. Halb vier. Paris schlief. An der Place du Contrescarpe waren Bistros und Cafés längst geschlossen. Hoch oben an der düsteren Häuserfront entdeckte ich ein einziges erleuchtetes Fenster, gerade unter dem Dach, ein goldenes Licht im weißen Feuerwerk der Blitze.

Meine Hände tasteten über den Fensterrahmen. Ich fand den Griff, drückte ihn herunter. Das Fenster flog auf. Ich beugte mich hinaus, in den kalten Wind. Die Tropfen fielen herab, wie aus der Luft herausgesprüht; sie glitzerten bei jedem Blitz wie Edelsteine. Ich spürte den Regen auf mein Gesicht prasseln, und mein T-Shirt war in zwei Sekunden klatschnaß.

Jetzt, bei offenem Fenster, war das Getöse ohrenbetäubend. Die Blitze schlugen gleichzeitig von allen Seiten durch die Nacht, ließen violette und grünliche Spuren in den Augen zurück.

Durch das Rauschen und Krachen hörte ich eine Stimme hinter

mir, die etwas rief. Ich wandte mich um; Martins Gestalt wurde im Aufflackern der Blitze sichtbar. Er tastete sich zum Fenster, packte den Griff und schloß es, daß die Scheiben klirrten. Durch das beschlagene Glas waren die Blitze nur noch als weißliches Leuchten sichtbar, und das Krachen des Donners ging in dumpfes Rollen über.

»Du bist ja ganz naß!« keuchte Martin. »Bist du wahnsinnig?«

»Ein herrliches Gewitter!«

»Darüber kann man geteilter Meinung sein.«

Ich verschränkte schlotternd die Arme. Ein Blitzknäuel zuckte über die Dächer; der nächste Donnerschlag klang gedämpft: Das Gewitter wanderte nach Süden.

»So komm doch, du erkältest dich ja«, sagte Martin.

Ich streifte mein feuchtes T-Shirt über den Kopf, rieb mir die Haare trocken. Dann warf ich das zerknüllte T-Shirt auf den Boden, legte mich wieder zu Bett. Martin hatte sich schon unter das Daunen gekuschelt. Er nahm mich in die Arme; ich zog die Knie hoch, unter seinen gekrümmten Beinen, den Rücken gegen ihn gedrückt, um mich an seinem Körper zu wärmen. Er lachte leise.

»Um ehrlich zu sein, ich habe Angst vor Gewitter. Da würde ich mich am liebsten unter dem Bett verkriechen.«

»Das kannst du bei mir nicht. Ich habe einen Futon.«

»Gott sei Dank ist es bald vorbei. Hat das Haus eigentlich einen Blitzableiter?«

»Ich weiß nicht.«

Martin räusperte sich, suchte eine Melodie und summte sie vor sich hin.

»Unter den Dächern von Paris. Hat das nicht Yves Montand gesungen? Oder Edith Piaf? Ist ja egal, ich würde lieber im Parterre wohnen!«

Ich lachte, wobei ich gleichzeitig mit den Zähnen klapperte.

»Du bist ja ganz klamm!« sagte Martin.

»Dann wärme mich.«

Er drückte mich enger an sich; seine Lippen knabberten an meinen Ohrläppchen, wanderten über mein Gesicht und suchten meinen Mund. Martin küßte gut und zeigte sich auch in anderen Dingen ganz geschickt. Leider mochte er begehrenswerte Frauen mit großen Busen, und bei mir kam er nicht ganz auf seine Rechnung. Aber ich würde mir kein Silikon einsetzen lassen, bloß um einem Mann zu gefallen.

Martin kam aus Yale, Connecticut, wo er das College besucht hatte. Er war Stipendiat der John-Hopkins-Universität, wo er als Wissenschaftsjournalist promovierte. Daneben hatte er sich als Fotograf ausbilden lassen, sich auf Vulkane spezialisiert und bei einem Wettbewerb des amerikanischen Fotografenverbandes den zweiten Preis gewonnen. Seine Farbfotos über den Ausbruch des Mayon-Vulkans auf den Philippinen waren atemberaubend schön.

Martin war für waghalsige Reportagen an Kraterseen und Lavaströmen bekannt. Als ich ihn kennenlernte, hatte er schon zwei Bildbände veröffentlicht. Wir begegneten uns im CNRS – im Centre National de la Recherche Scientifique –, wo ich seit drei Jahren arbeitete. Martin war für die UNESCO im Rahmen eines Projektes über die Erscheinungen des Vulkanismus tätig. Das CNRS beteiligte sich am gleichen Projekt. Zu Neujahr hatte das Institut die übliche Party veranstaltet. Eine Menge Leute waren anwesend. Forscher und Wissenschaftsjournalisten beherrschen die Kunst, sich ohne Pathos in Szene zu setzen; sie gehen in einer Aura bescheidenen Glanzes einher. Ähnlich wie Korrespondenten und Pressevertreter erwarten sie, als VIPs zu reisen und nur in den besten Hotels untergebracht zu werden. Pullover, ausgebeulte Hosen und Pfeiferauchen gehören bei ihnen zum guten Ton. Einige sind ausgeglichen, freundlich, beziehen ein geringes Gehalt und leben von aufrichtigem Idealismus.

Martin war mir aufgefallen, weil er fast zwei Meter groß war und einen Trenchcoat in der gleichen blauen Farbe wie meiner trug. Er wirkte trotz seiner Körpergröße schüchtern. Mir wurde erst später klar, daß er diese Eigenschaft sehr bewußt kultivierte. Es war eine Pose: Er hatte Erfolg gehabt und fühlte sich gezwungen, Bescheidenheit vorzutäuschen, aus Angst, sein Ehrgeiz könnte entdeckt werden. Er gab sich zurückhaltend, wenn auch salopp, und hielt seinen Noilly-Prat wie ein Schuljunge auf der ersten Party. Sein gedehntes Französisch hörte sich angenehm an, er sprach es mit dem weichen Singsang der Amerikaner. Er erzählte mir, daß »National

Geographic« seine Reportage über die Geburt einer vulkanischen Insel vor der kolumbianischen Küste gebracht hatte. Eine prestigeträchtige Veröffentlichung, die ihm viel Neid eingetragen hatte.

»Fotoreporter leben von Rivalität. Sie schnappen sich gegenseitig die Aufträge weg, haben immer Angst, daß sie zu spät kommen. Sie nehmen erfolgreiches Bildmaterial unter die Lupe, kopieren Motiv, Einstellung und Belichtung und verkünden: ›Ich mache die besseren Fotos!‹ Sie mögen mich jetzt für naiv halten, aber mich hat es betroffen gemacht, so viele saure Gesichter zu sehen.«

Als Frau hatte ich zuviel akuten Größenwahn unter Kollegen angetroffen, um mich an dieser Krankheit zu stoßen. Außerdem hatte ich noch nicht gemerkt, daß Martin sich verstellte.

»Sie werden Ihnen den Erfolg noch lange übelnehmen. Aber machen Sie sich keine Sorgen. Wenn ein Vulkan rumort, werden sie Ihnen kaum in das Sperrgebiet folgen.«

Die Party war langweilig; wir verließen frühzeitig das Gedränge und aßen einen Spinatkuchen in einer kleinen Weinstube in der Rue Beaubourg. Wir tranken dazu Rotwein.

»Als ich zum ersten Mal nach Frankreich kam«, erzählte Martin, »habe ich in einem nichtssagenden Lokal meine erste Quiche gegessen, mit duftenden Zwiebeln und geräuchertem Speck gefüllt. Ein ganz einfaches Gericht, keine Kreation der Nouvelle Cuisine, doch ist mir diese Quiche unter den vielen Gerichten, die ich gegessen hatte, am stärksten in Erinnerung geblieben. Sie war Ausdruck einer Kultur.«

Ich fand ihn nett. Er war beweglich und gut gebaut, obwohl er – wie manche Amerikaner – zu breiten Hüften neigte. Und er lächelte, wobei er eine Wangenseite höher zog als die andere. Er hatte eine Narbe, kaum haaresbreit, genau in der linken Lachfalte; als kleiner Junge hatte er sich mit dem Rasiermesser seines Vaters geschnitten. Martin lächelte selten, und das war schade; es stand ihm gut. Er fragte mich, ob ich gerne kochen würde. Ich schüttelte amüsiert den Kopf.

»Mein Vater ist Italiener und liebt gutes Essen. Aber ich koche selten. Ich habe keine Geduld für solche Dinge. Und Sie?«

»Doch«, sagte er langsam. »Ich glaube, ich bin ein guter Koch.«

Er betrachtete mich intensiv. Seine Augen waren saphirblau und sehr glänzend.

»Sind Sie verheiratet?«

Ich schüttelte den Kopf.

»Nein. Und Sie?«

Martin zeigte sein flüchtiges Lächeln.

»Ich bin geschieden.«

Er erzählte mir von den zwei Jahren seines Lebens, in denen er mit einer Kommilitonin verheiratet gewesen war.

»Wir waren beide zwanzig. Aber Karen sah unsere Beziehung unter dem Blickpunkt der Konkurrenz. Schließlich merkte ich, um wieviel leichter das Leben wird, wenn man Frauen trifft, die nicht das gleiche College besucht haben.«

Ich lachte.

»Das kann ich mir lebhaft vorstellen.«

Martin bestritt, irgendeiner Tiefgründigkeit nachspüren zu wollen. Die visionäre Schönheit seiner Bilder führte er auf das rein Ästhetische zurück.

»Ich komponiere meine Fotos wie ein Maler sein Bild, wobei ich das Reale durch Farbakzente emotional unterstütze. Natürlich fordert diese Formulierung Präzision. Und am Rande eines glühenden Kraters erreicht die physische Belastung oft die Grenzen des Erträglichen.«

Im Geist tastete ich mich behutsam an ihn heran. Er bemühte sich, mir einen Eindruck von distanzierter Sachlichkeit zu geben. Ich glaubte ihm nicht ganz. Er kam mir zwieschichtig vor, mit einem verdoppelten Ich. Gewisse Vorstellungen ließ er im dunkeln verborgen und befaßte sich lieber mit Fakten. Bei mir gehen Denken und Handeln, Gefühle und Wahrnehmungen unbefangen ineinander über. Und weil ich auf Intuitionen empfindsam reagiere, mehr auf den Herzschlag höre als auf den Verstand, war ich in Martins Augen keine richtige Forscherin. Aber darüber redeten wir erst später.

Martin wohnte bei einer befreundeten amerikanischen Familie in Chaillot, da er – wie er sagte – nicht gerne auf längere Zeit im Hotel lebte. Meine dürftig eingerichtete Zweizimmerwohnung mit den Möbeln aus Rohrgeflecht gefiel ihm. Außer einem flachen japanischen Bett und einem alten Schrank vom Flohmarkt besaß ich nur ein vollgestopftes Bücherregal und eine Stereoanlage. Vor dem Fenster stand mein Arbeitstisch mit dem Computer. Ein Tisch mit vier Stühlen nahm in der altertümlichen Küche fast den ganzen Platz ein. Das Badezimmer verfügte über eine Wanne auf Füßen und ein riesiges Lavabo mit einem Wasserhahn aus Messing in Form eines Schwans. Das Museumsstück hatte meine Vorgängerin, eine polnische Musiklehrerin, vor etlichen Jahrzehnten mal montieren lassen. Martin wirkte sehr belustigt und besah sich alles ganz genau. Die Wände, früher mit einer gräßlichen Blümchentapete überzogen, hatte ich weiß gestrichen. An einer Wand hing ein großes Ölbild: Aus violetter Dunkelheit schoß eine Säule empor, goldgesprenkelt, lichtdurchströmt, je nach Beleuchtung orangerot oder grünlich schimmernd. Das Bild hieß »Sonnenaufgang« und trug den Namenszug eines italienischen Künstlers. Mein Vater hatte es in einer Ausstellung erworben und mir zum Abitur geschenkt.

»Interessante Komposition«, meinte Martin. »Warum läßt du sie nicht einrahmen?«

»Ich bin noch nicht dazu gekommen. Und ich habe auch noch nicht den geeigneten Platz gefunden.«

»Über dem Bett wäre nicht schlecht«, meinte Martin. »An Stelle dieses Fotos, da. Eine gute Aufnahme übrigens.«

Er besah sich die Fotografie genauer. Ich sagte nichts. Kein abweisendes Schweigen, aber auch kein gelöstes. Eine leichte Beklemmung war plötzlich da, eine Taubheit, ein Flattern in der Magengrube. Die stark vergrößerte Momentaufnahme, schwarzweiß, war mit Heftzwecken befestigt. Sie zeigte ein Pferd, das durch einen brennenden Reifen sprang. Ein gigantischer Rappen, mit anliegenden Ohren und wilden, silbernen Augen. Die nachschleifende Mähne wehte wie Rauch. Es war, als ob die Dunkelheit Gestalt annahm und sich in die Flammen stürzte.

Martin betrachtete eingehend alle vier Ecken, um die Schärfe der Vergrößerung zu prüfen. Schließlich nickte er anerkennend.

»Ein Profi hat das vergrößert, soviel ist klar. Fotos sind nur gut, wenn sie eine Geschichte erzählen. Hast du es aufgenommen?«

»Nein. Ein Freund.«

Er hob die Brauen und wartete auf eine Erklärung, die ausblieb. Es lag plötzlich eine Spannung in der Luft, wie ein unsichtbares Flügelschlagen, eine Spannung, die er ebenso bemerken mußte wie ich. Oder doch nicht? Er lächelte arglos. »Woran denkst du?«

Schweigen, abgewandtes Profil. Ich ging zum Fenster. Mein Herz schlug, ich handelte wie in einem Abwehrreflex.

»Komm und sieh dir mal die Aussicht an.«

»Großartig!«

Er betrachtete die Schieferdächer unter dem Perlmutthimmel, die Schornsteine, die Mansarden, und legte mir den Arm um die Schultern.

»Das alte Paris. Eine perfekte Theaterdekoration!«

»Das siehst du bloß so, weil du aus den Staaten kommst. Hier wird gelebt und gearbeitet. Sobald du das Fenster öffnest, riecht es nach Abfall, Bratöl und Auspuffgas.«

»Ach du, mit deiner Genauigkeit!«

Er hatte nur meine Stimme gehört, die Sätze, die Antwort. Die Finte war geglückt, er dachte nicht mehr an die Fotografie. Ich fühlte umgehend Erleichterung. Aber wozu nur? Wozu? Gibt es eine Utopie in der Liebe? Einen langen Weg in die Ferne, ohne Ziel? Du und ich, wir sind für so etwas bestimmt. Wir warten aufeinander, du auf mich, ich auf dich. Wir warten, wir warten. Wir leben nur in der Erinnerung; darüber, unsichtbar und erschreckend, wuchert Schmerz.

Als ich Martin in meine Wohnung kommen ließ, hatte ich keine Ahnung gehabt, ob wir zusammen schlafen würden, und im Grunde glaubte ich eher, es würde nicht dazu kommen. Doch nun umfaßte er meine Hüften, streichelte meinen Oberkörper, zog mich an sich heran. Seine Lippen suchten meinen Mund. Ich spielte stumm mit, verschränkte meine Hände hinter seinem Rücken und erwiderte den Kuß. Gewohnheit und Übung, die funktionierten fehlerfrei. Aber in meinem Kopf flimmerten Bilder, die ich nicht ausschalten konnte.

Etwas war an mir, das Martin fesselte. Oft fühlte ich seinen Blick auf mir – er sah schnell weg, wenn ich ihn dann anblickte –, und in seinen Augen standen eine seltsame Unersättlichkeit und Neugier.

Seine Erregung im Bett war stark und ansteckend; er kannte meine Stimmungen nicht, reagierte aber sofort. Er schien restlos in meinen Bann geschlagen; er sagte, ich sei außergewöhnlich, meine Hände besäßen eine magnetische Kraft. Er war von meiner Gesichtsform fasziniert, von meiner Hautfarbe – wie Alabaster, sagte er, und mir gefiel das unübliche Wort – und von meinen Pupillen. Er kenne keine Frau, die so große Pupillen habe wie ich. Ich lächelte.

»Ach, findest du?«

Er wußte nicht, daß ich eine Maske trug, daß mein innerstes Ich in Schweigen lag, verschlossen und dunkel, unzugänglich. Martin war außerstande, zu diesem Punkt vorzudringen; das Licht, das diese Stelle anleuchtete, kam nicht von ihm. Das Gefühl, das mein Körper auf dem seinen hervorrief, ließ ihn keine Notiz davon nehmen. Er bewunderte meine absolute Unabhängigkeit, er sagte, er habe das noch nie bei einer Frau erlebt. Amerikanerinnen seien ganz anders. Auch die sonderbarsten Liebesdienste ließen sie sich abverlangen, sie gehorchten. »Sie schauen nach der Norm und benehmen sich wie Dozenten in Hygiene. Aber sobald es im Bett klappt, selbst wenn sie anderweitig verheiratet sind, wollen sie sofort ein festes Verhältnis. Bis zur nächsten Scheidung. Sie wirken sehr emanzipiert, aber in Wirklichkeit haben sie keine sichere Haltung zu sich selbst. Und ich denke manchmal, fällt diesen Frauen denn nichts anderes ein als sofort ein neuer Mann?«

»Ich glaube nicht«, sagte ich, »daß ich mit einem Mann schlafen muß, um ihn richtig kennenzulernen. Ich lerne die Leute aus ihrer Art zu sprechen ganz gut kennen.« Er zeigte sein angenehmes Lächeln.

»So? Und was tun wir eigentlich hier im Bett?«

»Ach, uns nur etwas besser kennenlernen«, hatte ich an jenem ersten Abend erwidert.

Das Gewitter verzog sich; auch der Regen hatte aufgehört. Wir lagen nebeneinander, im blauen Schein des anbrechenden Tages. Paris erwachte. Schon fuhren die ersten Lastwagen durch die Straßen. Martin beugte sich über mich hinweg, er holte eine Zigarette aus dem Päckchen am Boden und knipste sein Feuerzeug an. Neben dem Futon stand auch der Aschenbecher; Martin zog ihn näher heran. Nach unseren Umarmungen rauchte er gerne eine Zigarette.

»Willst du auch eine?«

Ich schüttelte den Kopf; ich sah den glühenden Punkt seiner Zigarette; der Qualm wehte über mein Gesicht. Früher, als Studentin, hatte ich auch geraucht. Jetzt nicht mehr. Ich suchte die Stelle im Bett, wo das Laken nicht zerwühlt war.

»War ich gut?« fragte Martin.

Schon wieder die dumme Frage. Ich lehnte den Kopf gegen das Kissen.

»Das mußt du doch gemerkt haben.«

Er streckte den Arm aus, um mit den leicht gekrümmten Fingern meine Wange zu streicheln, eine flüchtige, mich eher nervende als ihn näherbringende Geste.

»Als Mann weiß man das nie so genau«, hörte ich ihn versonnen sagen. »Eine Frau kann sich verstellen.«

Ich erstickte ein Gähnen.

»Stell dich nicht so an, Martin. Es ist eine Empfindung und kein Hundertmeterlauf.«

»Du kannst verdammt beleidigend sein.«

Ich wandte mich ihm zu, versöhnlich lächelnd, nahm ihm die Zigarette behutsam aus dem Mund und tat einen Zug.

»Das war nicht meine Absicht.«

Wir rauchten abwechselnd die Zigarette zu Ende. Dann zog ich die Decke über meine nackten Schultern, wälzte mich auf die andere Seite und schlief sofort ein. Als ich aufwachte, spiegelte sich die Sonne in den Fensterscheiben. Die schiefergrauen Dächer glänzten vor Nässe. Ich hörte, wie Martin sich im Badezimmer rasierte, und sah blinzelnd auf die Uhr. Halb zehn. Um zwei ging mein Flugzeug nach Milano.

2. Kapitel

Während Martin in der Küche die Kaffeemaschine anmachte, ging ich ins Badezimmer, duschte mich und zog Jeans und T-Shirt an. Vor dem Waschbecken bürstete ich mein Haar, das ich an der Seite gescheitelt und kinnlang trug. Martin hatte das Radio angestellt. Als ich in die Küche kam, schob er zwei Scheiben Weißbrot in den Toaster, stellte Cornflakes auf den Tisch. Er öffnete den Kühlschrank, goß zwei große Gläser Orangensaft ein.

»Schön, daß Samstag ist«, meinte er, »was machen wir heute?«

Ich setzte mich und griff nach der Kaffeekanne.

»Ich fliege nach Milano.«

Er senkte das Glas, das er zum Mund hob.

»Du hast mir nichts davon gesagt.«

»Ach nein?« Ich nahm einen Schluck und sah auf die Uhr. »Ich fliege von Roissy ab. Hoffentlich hat der Flug nicht wieder Verspätung.«

Martin streute gedankenlos Zucker über seine Cornflakes.

Morgenlicht beleuchtete sein Gesicht, das wirklich anziehend und ebenmäßig war, auch wenn es jetzt einen finsteren Ausdruck angenommen hatte.

»Darf ich dich fragen«, begann er vorsichtig, »was du in Milano zu tun hast?«

»Ich treffe mich mit einem Mann.«

»Sehr witzig!«

Das Problem mit Martin war, daß er nicht viel Humor hatte. Er starrte mich an, wartete auf eine Erklärung. Seine saphirblauen Augen glänzten, und seine Hand, die den Löffel hielt, zitterte ein wenig. Er tat mir plötzlich leid. Armer Kerl! Er sollte nicht glauben, daß ich mich über ihn lustig machte. Aber das lag vielleicht daran, daß ich mein Französisch zu locker sprach. Vage Sätze verwirrten ihn. Martin liebte nicht das Unverbindliche und dachte seine Gedanken immer zu Ende.

»Ich treffe mich mit meinem Vater«, sagte ich.

In seinem schmalen Lächeln war Erleichterung zu spüren. »Ich kenne dich doch. Du versetzt mich mit Vorliebe in Angst und Schrecken. Aber hättest du mir das nicht früher sagen können? Ich komme ja sonst aus dem Fragen nicht heraus.«

»Ich hatte nicht mehr daran gedacht.«

Der Toaster klingelte. Ich zog eine Schnitte heraus und legte sie auf den Teller.

»Du hast mir auch nicht gesagt«, fuhr Martin fort, »daß dein Vater in Milano lebt.«

»Nein?«

»Was ist er eigentlich von Beruf?«

»Er gibt eine Zeitung heraus.«

»Siehst du ihn oft?«

»Nicht sehr oft. Er hat genug mit seinen Frauen zu tun. Aber jetzt hat er Nonnas Haus verkauft und will mit mir darüber reden.«

»Wer ist Nonna?«

»Meine Großmutter. Sie ist schon lange tot.«

»Und wo ist das Haus? In Milano?«

»Nein, in Montereale Celina. Es liegt in der Provinz Friaul. Du kennst es nicht.«

Ich trank meinen Kaffee aus, trug das Geschirr zum Spülstein und spülte es rasch mit Wasser aus. Während Martin seine Cornflakes aß, brachte ich schnell das Bett in Ordnung. Dann stand ich vor dem Schrank, überlegte kurz, bevor ich eine leichte Wollhose und ein Männerhemd einpackte. Ich hörte Martin in der Küche hantieren. Ich stopfte einige Sachen in eine Tasche, als er hereinkam. Er schwieg; seine Verstimmung war durch den ganzen Raum zu spüren.

»Und was machst du?« fragte ich und überlegte gleichzeitig, ob ich alles hatte: Geld, Paß, Fahrkarte. Das Übliche.

»Eigentlich hatte ich vor, den Sonntag mit dir zu verbringen.«

»Morgen nachmittag bin ich wieder da.«

Er spazierte auf und ab, nachdenklich und beleidigt.

»Kommen die öfter vor, solche Geschichten wie diese?« Ich sah ihn überrascht an.

»Was willst du damit sagen?«

Er machte eine unbestimmte Handbewegung.

»Ich habe den ganzen Tag vor mir. Und du? Weg bis morgen, ohne Vorankündigung. Ich habe manchmal das Gefühl, daß ich in deinem Leben gar nicht vorkomme.«

»Ich habe schon vorher gelebt. Bevor ich dich traf. Du ja auch, soviel ich weiß.«

»Ich habe dir alles von mir erzählt.«

»Das war nett von dir.«

Er kräuselte die vollen Lippen.

»Das Schlimme ist«, sagte er schließlich, »daß ich dir nicht böse sein kann. Du hast so ein süßes Lächeln.«

Ich zog den Reißverschluß meiner Tasche zu. Dann holte ich meinen Schlüsselbund aus der Hosentasche, nestelte den zweiten Schlüssel ab und reichte ihn Martin.

»Da, der Wohnungsschlüssel.«

»Vielleicht bin ich nicht da, wenn du zurückkommst.«

»Was soll ich dagegen tun?«

Ich legte die Arme um seinen Hals und küßte ihn. Sein Atem roch nach Kaffee, mit einem Nachgeschmack von Zahnpasta.

»Davon werde ich träumen«, sagte er rauh, als ich meine Lippen von den seinen löste.

»Martin! Ich treffe mich mit meinem Vater, nicht mit einem Liebhaber. Kennst du nicht ein paar Frauen, um die Zeit totzuschlagen?«

»Ich will keine anderen Frauen. Ich will dich Meine Alternativen heißen Museumsbesuche und Kino.«

»Das wird sehr anregend und unterhaltsam sein.«

Er schnalzte verärgert.

»Daß du immer das letzte Wort haben mußt!«

Ich befeuchtete meine Fingerspitzen mit der Zunge und legte sie auf seinen Mund.

»Sei doch nicht so. Ich bin bald wieder da.«

»Also gut«, seufzte er. »Wann kommt dein Flugzeug an? Ich hole dich in Roissy ab.«

»Bei diesem Verkehr? Laß nur, ich nehme ein Taxi. Am besten, du liegst im Bett, wenn ich komme.«

Er lächelte, schon wieder besänftigt.

»Ist das eine Aufforderung?«

»Das ist eine!«

Er strich über meinen Hals, glitt mit den Fingern nach unten bis zu meinen Brüsten. Er wußte, daß ich niemals einen Büstenhalter trug.

»Inzwischen werde ich mich einsam fühlen.«

»Nein. Nicht im Louvre.«

Er lachte jetzt wieder, ungezwungen und herzlich. Er hatte gespürt, daß ich ihn begehrte.

»Himmel, Ariana! Im Grunde ist es mir ja lieb, daß du so bist, so rätselhaft!«

Ich streichelte seine Wange.

»Verlier nicht den Hausschlüssel!«

Ich nahm meine Tasche, warf meinen Trenchcoat über den Arm und lief zu Fuß die vier Stockwerke hinunter. Einen Aufzug gab es nicht.

In Italien war das Märzwetter schon hochsommerlich. In der Ebene rund um den Flughafen staute sich die Hitze. Ich lehnte mich im Taxi zurück, blickte zerstreut auf die bunten Werbetafeln entlang der Straße. Bald kamen die großen, braunen Mietshäuser in Sicht, hohe Kästen mit Reihen von winzigen Balkonen und flatternden Wäscheleinen. Im Zentrum staute sich der Verkehr. Der Dom zog vorbei, eine Stickerei aus grauem Kathedralenstein. Mir war, als ob sich die Türme mit den Wolken bewegten, die der Südwind über die Stadt jagte. Fotografierende Touristen drängten sich auf den Platz, die meisten schlecht gekleidet, was die lässige Eleganz der Mailänder noch deutlicher hervorhob. Durch die offenen Fenster des Taxis dröhnte, zwischen Stimmengewirr und Hupen, das Schwirren der aufflatternden Taubenschwärme. Der Sockel des Denkmals, auf dem König Vittorio Emmanuele II zu Pferd saß, war mit Taubenkot und Graffiti beschmutzt. Die Wagen standen Stoßstange an Stoßstange, eine ganze Zeit, bevor das Taxi durch ein ruhiges Wohnviertel fuhr. Bäume warfen lange Schatten auf den Asphalt, der ockerfarbene Putz der Häuser brach ab, und hinter halbgeschlossenen Fensterläden fiel der Blick in dämmrige Räume mit wuchtigen Möbeln. Dann wieder ein modernes Stadtviertel, wieder Staub, Abgase, Gedränge auf den Fußgängerstreifen. Die Sonne stand tief und funkelte.

Mein Vater pflegte mich in einem Hotel an der Via Condottiere, unweit seines Büros, unterzubringen. Ich wohnte nur selten bei ihm. Vor ein paar Jahren hatte eine seiner stets wechselnden Lebensgefährtinnen nicht glauben wollen, daß ich seine Tochter war, und eine Szene gemacht, an die wir uns noch heute mit Vergnügen erinnern.

Ich sah auf die Uhr; wir hatten uns um sechs verabredet. Mir blieb eine halbe Stunde, um mich frischzumachen. Das Hotel war alt und würdig, mit einem Drahtkäfigfahrstuhl, vor dem sich eine englische Reisegruppe drängte. Mein Zimmer in der vierten Etage war klein, die Möbel aus edlem Holz schon verkratzt. Im Bad roch es stark nach Putzmittel. Eine Klimaanlage war nicht vorhanden; ich öffnete das Fenster; Staubteilchen tanzten im roten Sonnenlicht.

Ich wusch mir Gesicht und Hände und zog mich um. Mein Vater mochte gut angezogene Frauen. Die graue Hose war perfekt geschnitten, das weiße Hemd aus Seide. Dazu trug ich nur meine Uhr und den Ring von Nonna: einen Saphir, rund geschnitten, mit einem dichten Kranz kleiner Brillanten umgeben. Ich trug nie einen anderen Ring. Unschlüssig betrachtete ich mich im Spiegel, bevor ich meine Lippen mit einem brombeerfarbenen Stift nachzog. Sofort fand ich, daß ich wie meine Mutter aussah, aber meinem Vater würde das gefallen. Ich kämmte mich, tupfte etwas Parfüm hinter die Ohren. Mein Vater hatte mir »Bois des Iles« geschenkt, ein seltenes Parfüm von Chanel. Dann knotete ich eine dunkelblaue Merinojacke um die Schultern, nahm meine Tasche und ging.

Mein Vater war schon da. Er saß in einem der abgenutzten Ledersessel und hielt die zusammengerollte Tageszeitung auf den Knien. Er sah mich aus dem Aufzug kommen, stand auf und kam mir entgegen. Wir lächelten uns an. Er legte mir den Arm um die Schulter; wir tauschten einen Kuß.

»Schön, daß du da bist. Das letzte Mal … wie lange ist es her?«

»Das war im vorletzten Jahr, in Paris. Du hast dich kaum verändert, Papa.«

Er deutete auf die Strähnen an den Schläfen.

»Grau, siehst du?«

»Steht dir gut.«

»Wen versuchst du hinters Licht zu führen?«

Im Mai wurde er sechzig, aber er war immer noch schlank wie ein Junge. Er spielte Squash, joggte und ging regelmäßig zur Sauna. Sport und frische Luft ersparten ihm den Selbstbräuner. Mein Vater war ein typischer Norditaliener, groß, dunkelblond, mit einem verwegenen Gesicht und einer stark hervortretenden Nase. Die Augen funkelten unter buschigen Brauen, und seine Brille für Weitsichtige war als Sonnenbrille getarnt. Wie immer trug er einen tadellos modischen Anzug, aus leichter, knitterfreier Wolle, ein einfarbiges Hemd. Krawatten hatte er nie gemocht, dafür trug er dünne Seidentücher im Kragenausschnitt, stets den Farben seiner Kleidung angepaßt »Wie geht es deiner Mutter?«

Er sagte »deiner Mutter«, als ob er dem Wort nachlauschte, und seine Mundwinkel zuckten leicht.

»Gut, nehme ich an.«

»Siehst du sie manchmal?«

»Selten. Carmilla hat Seelenzustände, und ich habe zu tun.«

»Ach, Dio!« seufzte mein Vater, »das wird sich wohl nie bessern.«

»Es wird schlimmer werden. Sie kommt in die Wechseljahre.«

Er schmunzelte geistesabwesend; er hatte sie geliebt, und sein weiches Herz dachte an sie mit Nachsicht. Er wollte auch nicht wissen, ob die Art, wie sie lebte, gut oder schlecht war. Daß ich über sie spottete, berührte ihn, obwohl er sich nichts anmerken ließ. Aber ich kannte ihn gut.

Jetzt kehrte sein Blick zu mir zurück. Dieser Blick war mir vertraut. Er betrachtete mich wie ein Mann, der eine Frau taxiert und attraktiv findet.

»Hübsch siehst du aus. Und du duftest nach ›Bois des Iles‹.«

»Du hast eine feine Nase. Ich habe mich etwas zurechtgemacht. Für dich.«

»Ich bin geschmeichelt. Aber es ist nicht nur das. Du kleidest dich gut. Schlicht, aber erstklassig. Du hast deinen Stil gefunden.«

»Ich bin jetzt neunundzwanzig, Papa.«

Er verbarg seine Lippen hinter der vorgehaltenen Zeitung. »*Che dice, Bambina!* Willst du, daß ich mich wie ein alter Mann fühle? Komm! Wir gehen etwas trinken.«

Neben der Halle befand sich eine Bar. Als er vorausging, bemerkte ich, daß ich ein paar Zentimeter größer war als er. Hätte ich hohe Absätze getragen, wäre das aufgefallen. Aber ich trug nie hohe Absätze.

Wir setzten uns in eine Polstergruppe. Der Kellner stellte Salzstangen und Mandeln auf den Tisch. Mein Vater bestellte einen Martini, ich einen Cappuccino. Der Flug hatte mich etwas träge gemacht. Ich lächelte meinem Vater schläfrig zu.

»Erzähl mir von dir.«

Er bot mir eine Zigarette an, die ich ablehnte. Er hatte das Rauchen mal aufgegeben und es sich wieder angewöhnt, als er merkte, daß er Fett ansetzte. Jetzt rauchte er sehr vernünftig, nicht mehr als fünf oder sechs Zigaretten am Tag.

»Was soll ich schon erzählen. Italien steckt in einem Sumpf, aber den ertragen wir mit heiliger Geduld.«

Durch seine Zeitung hatte mein Vater zur Politik ein abgeklärtes Verhältnis. Es war keine politische Indifferenz, wie sie in manchen Schichten des italienischen Bürgertums anzutreffen ist, sondern eher eine Weitsicht, das Gefühl, daß humane Beziehungen wichtiger waren als politische Streitereien. Daß ich gut zuhörte, war meinem Vater bekannt. Und da er sich gerne reden hörte, verstanden wir uns bestens.

»Wir Italiener haben eine lockere Auffassung von Pflichterfüllung. Beamtenbestechung und Steuerhinterziehung sind für uns Kavaliersdelikte. Das ist unerquicklich, aber natürlich. Es ist zu schwierig, solchen Versuchungen zu widerstehen. Wozu auch? Auch mit Wahrheit nehmen wir es nicht so genau. Und außerdem, was ist denn die Wahrheit? Nirgends hat die Wahrheit so ein kurzes Leben wie in Italien: Man sieht sie noch gerade vorbeihuschen und – *via!*«

Mein Vater bewegte beim Sprechen die Hände, so wie es viele Italiener tun, aber seine Gebärden waren niemals hart oder heftig. Die Gebärdensprache gab seinen Worten, auch wenn sie leichtfertig gesprochen wirkten, etwas Gewichtiges. Er hatte schöne Hände, mit kräftigen Handrücken und schmaler werdenden Fingern. Ich hatte schon immer auf die Hände der Männer geschaut. Vielleicht, weil mir die meines Vaters so gefielen. Ich lächelte still. Mein Vater nahm einen Schluck Martini.

»Aber ich mag nicht über Politik reden. Ich rede täglich über Politik, und im Grunde mag ich mich immer weniger damit beschäftigen. Sie ist mir gleichgültig geworden. Ich gehe jetzt lieber in die Scala. Ich glaube, ich werde alt.«

»Das wirst du nicht, solange du den Frauen nachstarrst.«

Mein Vater wandte die Augen von der Blondine ab, die sich elegant auf einen Barhocker hievte, und schmunzelte.

»Ich weiß nicht, was das Paradies ist. Aber die Hölle wäre eine Welt ohne Frauen.«

»Sie hat einen schönen Hintern«, stellte ich fest.

Mein Vater musterte den betreffenden Körperteil mit Kennerblick.

»Auch ihre Schenkel können sich noch sehen lassen.«

»Mit wem lebst du jetzt zusammen?« fragte ich.

»Mit einer Laura«, erwiderte er, ohne den Blick von der Blondine zu lassen. »Sie arbeitet bei Pommelato. Halbtagsweise. Sie mag Opern, aber leider hat sie eine Vorliebe für Pavarotti. Aber wie weise ist die Natur, daß sie uns stets einen kleinen Fehler sehen läßt, der uns an die Ungefälligkeit des Lebens erinnert.« Sein Blick kehrte zu mir zurück. »Und du? Hast du jemanden getroffen, der sich mit deinen Eigenarten abfindet?«

Ich rührte in meinem Cappuccino, auf dem weißer Milchschaum stand. Ich spürte einen leichten Druck in der Herzgegend.

»Es gibt manchmal jemanden«, sagte ich. »Jetzt ist da ein Amerikaner.«

»Und dieser Amerikaner, was macht er?«

»Er ist Fotoreporter. Wir arbeiten am gleichen Forschungsprojekt.«

»Und wie geht's dir mit ihm?«

Ich hob meine Tasse zum Mund.

»Das ist nicht so einfach zu sagen. Ich habe noch nicht rausgekriegt, woran ich mit ihm bin. Aber mit ihm habe ich etwas, was mich beschäftigt. Neben der Arbeit, meine ich.«

»Du bist anspruchsvoll«, sagte mein Vater. »Du bist es schon immer gewesen. Und was tust du sonst?«

»Auf Feuer wandern«, sagte ich.

Das Lächeln meines Vaters erlosch. Er stieß einen Seufzer aus und winkte dem Kellner.

»Wir täten besser daran, jetzt einen Whisky zu nehmen.«

Ich war Whisky nicht gewohnt und ließ mir viel Wasser dazugeben.

»Trinkst du ihn oft?« fragte ich, als der Kellner gegangen war. Mein Vater nahm einen langsamen Schluck.

»Nicht sehr oft.«

»Wovon hängt das ab?«

»Von meiner Stimmung, zumeist. Manche Dinge machen mir Lust auf einen Whisky. Und es sind meistens traurige Dinge. Casa Monte, zum Beispiel …«

»Warum hast du es verkauft, Papa? Ohne mich zu fragen?«

Ich merkte, daß meine Stimme zitterte, und biß mir leicht auf die Lippen.

»Bambina«, seufzte er, »es war kein leichter Entschluß, aber dann ging alles sehr schnell. Casa Monte kam auf die Dauer zu teuer. Die Steuern, du weißt ja, wie das ist.«

»Warst du manchmal da?«

»Nur für ein paar Tage.«

»Allein?«

Er lachte leise.

»Was denkst denn du? Casa Monte ist wie ein Hotel ohne silbernes Frühstückstablett, in den Möbeln ticken die Holzwürmer, aber auf manche Frauen wirkt das wie ein Aphrodisiakum. Ein Haus mit fünfzehn Zimmern, in denen kein Mensch mehr wohnt! Man kann die Türen auf- und zumachen, wie Schubladen. Die alte Lina hat einen Schlüssel. Bevor wir kommen, bringt sie frische Bettwäsche, macht Feuer im Kamin und sorgt dafür, daß wir Proviant haben. Alte Häuser beherbergen Bilder von früher. Sie warten, ob wir wiederkommen, aber schließlich verlieren sie ihre Seele. Sie sehen anders aus und hinterlassen auch ein anderes Gefühl. Und schließlich werden sie nutzlos.« Ich schluckte schwer. Die Bilder, von denen mein

Vater sprach, waren in mir noch lebendig: die steinernen Mauern, der überdachte Holzgang – die Loggia – längs der ersten Etage, an dem sich blaue Trauben ringelten. Die getrockneten Maiskolben an der Wand, die orangeroten Kürbisse im Garten. Die große Halle, die Küche mit dem alten Eisenhaken, an dem man noch vor dreißig Jahren den Kessel mit der Polenta aufhing. Die Blumentöpfe auf der Treppe, das nagende Geräusch der Seidenraupen im Estrich. Und Nonna, mit ihrem Veilchenduft und ihrer singenden Stimme: »*Piccina, vieni qui!* Laß dir die Schleife binden ...«

Die verlorene Kindheit. Das verlorene Paradies. Es ist so schwer, erwachsen zu sein. Soll ich dir etwas sagen, Papa? Oft summt eine Biene in meinem Kopf, wie in einem verlassenen Bienenhaus. Dann fühle ich mich sehr traurig. Weißt du noch das Lied, das Nonna immer sang? Die Melodie habe ich jetzt noch im Kopf: »*A la feria de l'est ...*« Wenn du die Erde an einem heißen Sommertag in die Hand nimmst, Papa ... hast du schon mal daran gerochen? Die Erde riecht nach Blut. Und manchmal auch nach Feuer. Aber über solche Dinge kann ich mit dir nicht sprechen, Papa. Du denkst über vieles nach, aber nicht über das Wesentliche. Du hast dir dein Leben bequem eingerichtet. Ich will dich nicht beunruhigen.

»Ich habe von Nonna geträumt«, flüsterte ich rauh. »Ausgerechnet in der vergangenen Nacht.«

Er betrachtete mich aufmerksam. Mein Stimmungswechsel war ihm nicht entgangen.

»War es ein besonderer Traum?«

»Nein, eigentlich nicht.«

Immer, wenn ich in Gedanken zu Nonna flüchte, begegnet sie mir im Traum. In mir ist eine Frage, die ewig ohne Antwort bleibt. Nonna lächelt nur und flüstert: »*Vedrai, vedrai!*« Auf ihrem Gesicht liegt eine Verzauberung. Sie sagt mir nicht ihr Geheimnis.

»Und wie ging es weiter?« fragte ich meinen Vater.

Er nahm einen Schluck und behielt ihn lange im Mund, bevor seine Antwort kam.

»Wie du weißt, liegt Montereale Celina bei Aviano. In den letzten Jahren haben sie den Flugplatz vergrößert und die Landepisten ausgebaut. Aviano ist jetzt ein Stützpunkt der NATO. Ein britischer Offizier, ein netter Kerl übrigens, verliebte sich in Casa Monte und machte mir ein Angebot. Er will es als Ferienhaus. Er hat drei Kinder, seine Schwester vier. Alle sind zwischen sechs und zwölf – da können sie toben, wie sie wollen, sagt er. Viel will er nicht instandsetzen, nur die Küche ausbauen und zwei Badezimmer einrichten.«

Ich atmete tief durch.

»Und die Möbel?«

»Siehst du, die wollte er auch. Aber wir legen auf unsere Häuser und auf die Möbel sehr viel mehr Wert als auf irgend etwas anderes. Ich sagte ihm, vielleicht sind da noch Sachen, die meine Tochter interessieren. Du könntest mal gelegentlich hinfahren und dir die Möbel ansehen.«

Ich rieb mir die Stirn, hatte plötzlich Kopfschmerzen.

»Gut. Ich werde nachsehen. Wann wird umgebaut?«

»Erst im Oktober. Du hast genügend Zeit.«

Mein Vater öffnete seine Aktentasche, brachte eine Anzahl Bankpapiere zum Vorschein. Ein Teil des Geldes hatte er schon auf mein Konto überweisen lassen.

»Sieh es als deinen Erbteil an. Viel ist es ja nicht: Die Bodenpreise sinken. Wir stehen ja alle kurz vor dem Bankrott. Mit dem Rest habe ich Wertpapiere gekauft. Aber Geldanlagen sind heute eine Glückssache.«

»Du bist ganz geschickt in diesen Dingen.«

Er nahm einen Schluck Whisky und bemühte sich um einen neutralen Ton.

»Und Carmilla? Kommt sie zurecht?«

»Sie gibt sich Mühe. Ich gebe ihr etwas Geld, von Zeit zu Zeit.«

»Nimmt sie es an?«

»Sie sagt immer, sie würde es mir zurückgeben.«

Wir lachten beide, und mein Vater hatte wieder diesen seltsamen Zug um den Mund. Schließlich sagte er: »Carmilla war nie ein praktischer Mensch.«

Es war ein Zugeständnis. Zögernd fügte er hinzu: »Ich habe mir gedacht, ich könnte ihr ein bißchen Geld geben. Glaubst du, daß sie es brauchen kann?«

»Sie braucht immer Geld.«

… um es ihren Liebhabern zuzustecken, fügte ich im Geist hinzu, brachte die Worte jedoch nicht über die Lippen.

»Weißt du zufällig ihre Kontonummer?«

»Ich weiß nicht einmal, ob sie ein Konto hat. Es ist besser, du stellst ihr einen Scheck aus.«

»Gut.«

Mein Vater steckte die Papiere ein und sah auf die Uhr.

»Wir gehen in ein Restaurant, ganz in der Nähe.«

Es war noch früh am Abend; das kleine Kellerlokal war noch nicht überfüllt. Der Wirt führte uns zu einem ruhigen Tisch, unter einem Gewölbe, von dem Knoblauchzöpfe baumelten. Auf dem Tisch stand eine Kerze; der Wirt zog ein Feuerzeug aus der Tasche und zündete sie an, bevor er uns die Karte gab. Er stellte Chips, geröstete Erdnüsse und Mandeln auf den Tisch. Kellner eilten mit elastischen Schritten hin und her, hantierten mit Flaschen, Gläsern und Korkenziehern. Ich ließ meinen Vater das Menü zusammenstellen; ich wußte, daß es ihm Freude machte: als Vorspeise Risotto mit Muscheln, dann Lammbraten mit geschmorten Gemüsen. Dazu einen leichten Rotwein, den wir als Aperitif trinken konnten.

»Wein ist immer heikel mit Risotto. Und Lammfleisch verträgt keinen schweren Rotwein.«

Wir tranken den Wein, der leicht und kühl war. Mein Vater sagte: »Und wie geht es dir im Institut?«

»Gut. Wir forschen im Rahmen eines UNESCO-Programms über die klimatischen Auswirkungen von Vulkanausbrüchen.«

»Das hört sich interessant an«, sagte mein Vater.

»Ist es auch. Wir werten Beobachtungen aus, die an Bord der Satelliten gesammelt wurden. Das vulkanische Material wird in den hohen Luftschichten weit um den Erdball getragen und filtert die Sonnenstrahlen; die Temperaturen sinken. Dazu kommt das Ozonloch. Man nimmt an, daß die Schwefelverbindungen, die 1991 beim Ausbruch des Pinatubo in die Atmosphäre gelangten, den Strahlenschutzmantel der Erde noch mehr beschädigt haben.«

Mein Vater schob seine Brille hoch, rieb sich mit Daumen und Zeigefinger die Augen. Wenn er nicht redet, wirkt er müde, dachte ich.

»Ja, davon habe ich schon gehört. Oberflächliches Umweltdenken nützt nichts, wir brauchen eine neue Sicht der Dinge. Aber wir leiden unter metaphysischen Ängsten.«

Er lachte, und ich lachte auch. Ich hatte meinem Vater für vieles zu danken, nicht zuletzt dafür, daß er mir seine schönen, gesunden Zähne vererbt hatte.

»Was willst du machen? Einfache Gemüter verteufeln die Technik, das war schon immer so. So einfach ist es nicht. Die Technik kann gut oder schlecht sein. Alles, was wir zustande bringen, hat zwei Seiten.«

»Wenn ich dich so reden höre«, sagte er, »sehe ich immer noch das kleine Mädchen in Casa Monte, mit dem schwarzweißen Kater im Arm ... wie hieß er noch gleich? Er hatte einen Frauennamen.«

»Clara!« rief ich und lachte. »Nonna hatte zu spät bemerkt, daß er ein Kater war. Ja, ich erinnere mich. Der Kater Clara! Er ließ sich von niemandem anfassen, aber ich konnte mit ihm machen, was ich wollte.«

»Deine Großmutter auch. Sie konnte gut mit Tieren umgehen. Du bist viel mehr nach ihr geraten als nach Carmilla. Deine Großmutter würde stolz auf dich sein.«

Meine Kehle wurde plötzlich eng.

»Ja, mich interessiert das, was ich mache. Ich reise, nehme an Kongressen teil. Wenn ich rede, wird zugehört, und ich verdiene ebensoviel wie meine männlichen Kollegen. Ich bin knallhart, wenn es sein muß. Nicht wahr, Papa, das ist dir bekannt? Das Ganze trägt einen Namen: Selbstverwirklichung. Mehr ist nicht da.«

Mein Vater hob spöttisch die Brauen.

»Das glaubst du doch wohl selbst nicht, Ariana.«

Ich lächelte. Er konnte es verstehen, als Ablenkung. Ich durchschaute meine Gefühle, übte mich in Distanz, ohne viel Phantasie. Seit vierzehn Jahren und drei Monaten hatte ich noch andere Dinge im Kopf. Sie machten mich traurig, nachdenklich und manchmal auf unerklärliche Weise euphorisch, wie eben jetzt.

Der Wirt brachte den Risotto. Wir kosteten und nickten uns zu.

»Gut, nicht wahr?« sagte mein Vater. »Wer – wie ich – täglich im Restaurant ißt, wendet sich einer Küche zu, die auf einfache Zutaten Wert legt. Das bin ich mir meiner Gesundheit schuldig.«

Er legte die Gabel hin, tupfte sich bedächtig den Mund ab.

»Was ich dich schon immer fragen wollte … Deine Freunde, kennen sie eigentlich die Geschichte mit Nonna?«

Eine plötzliche Gänsehaut jagte mir den Rücken hinunter.

»Nein. Nur Eleni und Jorge. Und auch Amadeo, zwangsläufig.«

Ich war überrascht, wie leicht der Name über meine Lippen kam. Ich habe es nicht beabsichtigt, wirklich nicht. Weshalb rede ich eigentlich von dir? Doch nur, weil ich mich nicht mehr mit schwebenden Erinnerungen begnüge. Weil ich dich bald sehe und weil ich es nicht mehr aushalte vor Verlangen nach dir. Noch sieben Tage! Wie soll ich die bloß durchstehen?

Er hätte jetzt so tun können, als hörte er den Namen nicht. Doch er fragte ruhig:

»Triffst du ihn manchmal noch?«

Eine kleine heiße Welle stieg mir den Hals hinauf.

»Immer, wenn er in der Nähe ist.«

Die Augen meines Vaters überflogen mich mehr, als sie mich sahen. Ich holte tief Luft. Und dann sagte ich es. Ich sagte ihm, daß Amadeo nächste Woche in Paris gastierte.

»Nur für drei Vorstellungen. Er hat einen strengen Spielplan in diesem Jahr. Die Karten sind schon ausverkauft.«

»Er ist inzwischen berühmt geworden.« Mein Vater redete so behutsam wie möglich. »Er hatte auch in Milano großen Erfolg.«

Ich trank einen Schluck Wein, stellte das Glas vorsichtig wieder hin. Meine Hände zitterten.

»Warst du in der Vorstellung?«

»Nein. Wir hatten Redaktionsschluß. Die übliche Hektik. Aber ich sah ihn im Fernsehen. Der Mann arbeitet gut mit den Pferden. Weißt du übrigens, ob er die Tiere mißhandelt?«

»Wer? Amadeo? Er sagt immer, ein bösartiger Mensch sei schlimmer als ein bösartiges Pferd – mit dem einen Unterschied, daß man bösartigen Menschen eine knallen kann.« Ich lehnte mich zurück, lachend. Einen Moment schaute Papa mir direkt in die Augen. Er war ein wenig rot geworden.

»Entschuldige die väterliche Frage: Liebst du ihn eigentlich noch?«

Ich mußte mir lange Zeit zur Antwort gelassen haben, denn er setzte hinzu: »Du brauchst nichts zu sagen, wenn du nicht willst. Aber du verstehst mich vielleicht.«

Ich lächelte geistesabwesend.

»Nein, warte, ich überlege nur, wie ich das am besten ausdrücken kann. Zusammen oder getrennt, was heißt das schon? Und wenn du mich schon so fragst ... so etwas gibt es nicht. Zwischen uns gibt es keine Trennung, niemals. Es gibt etwas anderes. Etwas, das für uns wirklicher ist als das reale Leben, das uns aufrechthält und uns auch gelegentlich weh tut. Glaube nur nicht, daß er keine Frauen hat. Er schläft mit vielen. Das spielt keine Rolle. Und wenn ich mit einem Mann schlafe, der mir auch nur ein bißchen anziehend vorkommt – meinetwegen so anziehend wie Martin –, dann stelle ich mir die Frage: Bedeutet er mir wirklich etwas? Und die Antwort ist: nein. Die Wahrheit ist ... daß wir doppelt und eins sind. Ich bin Amadeo, er ist Ariana. Unwiderruflich, bis ins Grab. Verstehst du das, Papa?«

»*Figlia mia*«, sagte mein Vater mit großer Wärme. »Du mußt nicht befürchten, daß ich solche Dinge nicht verstehe. Ich möchte nur nicht, daß du unglücklich bist«

Er ließ einen langen Seufzer hören. Ich sagte:

»Ich bin nicht unglücklich, Papa, denke das ja nicht. Es gibt Momente, wo ich sogar richtig glücklich bin.«

Er zog die linke Augenbraue in die Höhe.

»*Davvero?*«

Ich nickte ihm lächelnd zu.

»Mir geht es wirklich gut, Papa. Ehrenwort.«

»Ich bin froh, daß wir darüber gesprochen haben«, sagte mein Vater. »Das beruhigt mich, irgendwie.«

Der Kellner brachte das Essen. Ein Schweigen folgte. Ich blickte auf die Kerze; die kleine Flamme pulsierte vor meinen Augen. Wie ruhig Feuer sein kann, dachte ich. Aber natürlich hatte mich die Kerze längst erkannt. Sie neigte sich manchmal im Luftzug, als ob sie gestreichelt werden wollte.

Der Lammbraten war saftig, das Fleisch rosa und weich, das Gemüse gerade richtig geschmort. Nach einer Weile brach mein Vater die Stille, seine düstere Stimmung mit einem Lächeln verscheuchend.

»Und was sind deine weiteren Pläne?«

»Das Institut schickt mich nach Griechenland, nach Santorin. Ich befasse mich dort mit Bimssteinablagerungen. Nicht gerade atemberaubend. Aber zuerst besuche ich Elenis Verwandte. Ihre Mutter stammte aus Langada, einem Dorf bei Thessaloniki.«

»Eleni? Das hellblonde Mädchen, das mit dir im Internat war? Eine Art musikalisches Wunderkind, nicht wahr?«

»Es machte sie verrückt, wenn man sie so nannte. Sie spielt klassische Gitarre, hat die Hochschule für Musik besucht und einen Komponisten geheiratet. Beide geben jetzt Konzerte.«

»War ihre Mutter nicht Schauspielerin?«

»Eine berühmte sogar. Sophie Avril. Sie hatte den Schauspieler Sacha Marconi geheiratet.«

»Richtig. Sie waren in verschiedenen Filmen zu sehen. Keine Meisterwerke. Unterhaltung, wie es damals en vogue war. Jetzt sind sie ja beide tot. Soso«, meinte er, »ich wußte nicht, daß Sophie Avril Griechin war.«

»Sie wollte nicht, daß es bekannt wurde. Es hätte ihrer Karriere geschadet: Sie galt als Französin. Ihr richtiger Name war Sophia Vlachos. Eleni hat den Kontakt zur Familie wieder aufgenommen und sie ein paarmal besucht. Am 21. Mai findet in Langada ein Feuerfest statt. Elenis Onkel leitet die Zeremonie. Eleni hat ihm von mir erzählt, und er möchte mich sehen.«

»Nimm dich zusammen«, sagte mein Vater, mit einem besonderen Unterton. »Tue es lieber nicht, wenn es nicht angebracht ist. Man weiß nie, wie die Leute reagieren.«

Ich starrte die Kerze an.

»*Stai tranquillo*, Papa. Es ist doch nichts dabei.«

»Fährst du allein?«

»Nein. Mit Martin. Er will fotografieren.«

Mein Vater ließ mich nicht aus den Augen.

»Mach ihm keine Angst«, sagte er.

Ich lächelte.

»Womit?«

Ich streckte die Hand über die Kerze aus. Sie reagierte sofort; sie hatte schon lange gewartet und wurde allmählich ungeduldig. Im

Bruchteil eines Atemzuges stieg ein schwefelgelber Feuerball auf, erleuchtete unsere Gesichter und zerplatzte mit einem Knall, bevor die Flamme in sich selbst zusammensank und erlosch. Alle Gäste wandten die Köpfe zu uns hin. Eine Frau kreischte, und einige Männer sprangen auf, während der Wirt erschrocken angelaufen kam.

»Was ist los, Signora? Ist etwas mit der Kerze nicht in Ordnung?«

Mein Vater lächelte ruhig.

»Nein, Renato, es ist nichts. Meine Tochter hat mir nur ein Experiment vorgeführt. Sie arbeitet in einem Forschungsinstitut, müssen Sie wissen ...«

»*Dio mio!*« Der Wirt machte ein entsetztes Gesicht. »Ich dachte schon, da wäre eine Bombe hochgegangen. In der heutigen Zeit, nicht wahr?«

Ich lachte ihn an, um ihn zu beruhigen.

»Es war wirklich ganz ungefährlich. Aber ich tue es nicht wieder.«

»Und bringen Sie uns die Karte«, sagte mein Vater gelassen. »Wir nehmen noch einen Nachtisch.«

Der Wirt setzte die Teller ineinander, daß es klirrte. Er hatte sich noch immer nicht in der Gewalt. Als er ging, um die Karte zu holen, sagte mein Vater:

»Ich kenne diesen Trick, du machst ihn immer noch ganz gut. Aber du solltest mit diesen Dingen nicht übertreiben.«

Er sah mich an, mit ernstem Gesicht, während ein Lächeln in seinen dunklen Augen schimmerte. Ich lächelte zurück, mit gespieltem Bedauern.

»Manchmal kann ich nicht widerstehen.«

»Mir täte jetzt ein Espresso gut«, seufzte mein Vater.

3. Kapitel

Ich war zu Bett gegangen mit dem Gedanken, daß ich schlecht schlafen würde. Doch in diesem Hotel schlief ich überraschend tief und gut. Als ich erwachte, war es noch früh. Unzählige Vögel zwitscherten in den Bäumen, und die ersten Lastwagen donnerten über dem

Asphalt. Ein heller Frühlingstag brach an, mit azurblauem Himmel. Von meinem Vater hatte ich mich schon am Abend verabschiedet: Am Montagmorgen hatte er Redaktionssitzung. Mein Flugzeug ging erst um vier. Vor mir lag ein halber Tag, und Montereale Celina war in weniger als drei Stunden zu erreichen. Ich stellte mich unter die Dusche, wickelte mich in das weiße Frotteetuch und verlangte an der Rezeption die Nummer meines Vaters. Es läutete eine ganze Weile, bis er den Hörer abnahm und »*Pronto!*« murmelte.

»Hier ist der automatische Weckdienst.«

»Ariana! Um diese Zeit!« knurrte er verschlafen. »Ist was?«

»Sei mir nicht böse. Hör zu, ich brauche deinen Wagen. Ich möchte nach Montereale Celina fahren.«

Ich hörte am Knistern der Leitung, daß er sich im Bett herumwälzte.

»Hast du denn Zeit genug?«

»Nur wenn ich gleich losfahre. Und einen späteren Flug nehme.«

»Das Büro der Air Italia macht erst um zehn auf. Mit welcher Maschine fährst du?«

Ich hielt den Hörer mit der Schulter fest und schüttelte meine Tasche auf dem Bett aus, bis ich mein Ticket fand. Mein Vater notierte die Flugnummer.

»Gut. Ich erledige das für dich. Der Wagen steht in der Garage. Ich sage dem Hausmeister Bescheid. Übrigens, hast du die Schlüssel? Sonst mußt du Lina fragen.«

Ich lächelte.

»Die habe ich immer dabei.«

»Und fahr meinen Ferrari nicht zu Schrott. Ich habe ihn erst seit drei Monaten.«

»Ich werde mir Mühe geben. *Ciao*, Papa. Ich danke dir!«

»*Ciao, Cara.* Und … mach dir nicht zu viele Sorgen. Versprochen?«

Ich schluckte würgend.

»Versprochen.«

Ich zog mich schnell an: Jeans, T-Shirt und die Strickjacke über die Schultern geworfen. An der Rezeption wurde mir gesagt, daß mein Vater die Rechnung schon beglichen hatte. Der Frühstücksraum war noch nicht offen, aber gleich an der Straßenecke fand ich eine Espressobar. Ich zahlte an der Kasse, reichte den Bon über die Theke. Ich schüttete zwei Löffel Zucker in den Kaffee, rührte um und biß in einen kleinen Kuchen, süß und mit mandelbitterer Füllung. Dann stellte ich mich mit meiner Tasche an den Straßenrand. Drei Minuten später fuhr ein Taxi vorbei. Ich gab die Adresse meines Vaters an.

Das Haus war ein gewaltiger Bau mit ockerfarbenem Putz im Stil der dreißiger Jahre. Die fünf Zimmer, die mein Vater bewohnte, hatte Nonna erworben, nachdem sie einen Teil der Maulbeerbaumpflanzungen losgeworden war. Mein Vater liebte große, dämmrige Räume, marmorne Fußböden und hohe Decken mit verschnörkelten Stuckkaturen. Räume, die im Sommer kühl waren, im Winter eiskalt und nach feuchtem Gips rochen. Auf mein Klingeln schlurfte der Hausmeister, noch unrasiert, aus seiner Wohnung im Untergeschoß. Er führte mich in die Garage, wo ein halbes Dutzend Wagen standen, und überreichte mir feierlich den Autoschlüssel. Ich setzte mich ans Steuer, gab vorsichtig Gas. Der Hausmeister dirigierte mich mit knappen, erfahrenen Gesten zum Ausgang empor. Die Straßen waren noch ruhig, nur Lastwagen stauten sich vor den Ampeln. Der Ferrari roch neu, die Lederpolster federten bequem. Ein aufwendiges Spielzeug, dieser silbergraue Luxusschlitten, ganz nach Vaters Geschmack. Ich fuhr durch Stadtviertel mit dicht gedrängten Hochhäusern mit Sonnenfunkeln in den Fenstern und tiefen schattigen Straßenschluchten. Tankstellen, Werkstätten, grellbunte Reklametafeln. Eine rote Ampel. Dann noch eine. Ausfahrt Bergamo, Brescia, Verona. Die letzten Wohnblöcke, grau, häßlich, auf weiten Feldern verstreut. Lumpen, feuchte Kartons und Plastikfetzen an den wehenden Büschen. Die Autobahn zog einen Bogen. Ich ließ Milano hinter mir, fuhr durch die weite lombardische Ebene. Große Baumreihen – Silber- oder Weißpappeln – warfen lange Schatten. Obstgärten in voller Blüte, Getreidefelder. Zwischen Wiesen und Äckern alte Bauernhäuser mit großen Bogentoren, früher für Heuwagen, heute für Traktoren und Dreschmaschinen. Ich suchte einen Sender im Radio, hörte mir die Nachrichten an, den Wetterbericht, die Werbung. Aus einer Hügelkette stieg blauer Qualm, Dörfer mit ziegelroten Dächern leuchteten in der Morgensonne. Ein Wasserlauf, schmal und gerade, ein grüner Strich unter Erlen. In der Ferne die Berge, zartblau und rosa, wie Vorhänge. Vor Vicenza trank ich im Café Motta einen zweiten Espresso. Ich saß am Fenster, behielt den Ferrari im Auge. Autobahndiebe, man hatte mich gewarnt. Ich blieb kaum zwei Minuten in der Toilette. Dann fuhr ich weiter. Eine feine Dunstschicht trübte den blauen Himmel. Der Tag würde heiß werden.

Bei Pordenone verließ ich die Autobahn. Die Berge rückten näher. Die Dörfer waren zu schnell gewachsen, auf den Balkonen häßlicher Wohnklötze flatterte Wäsche. Ich fuhr über eine Brücke. Der Asphaltbelag war neu, aber die Brückenbogen waren aus Granit, und das Wasser sprudelte im Grün der Wildbäche. Hinter mir hupte hektisch ein Auto. Ich ließ es vorbei. Jetzt hatte ich die Straße wieder für mich. Schon kamen die ersten Steinhäuser in Sicht. Weinstöcke, von niedrigen Mauern umgeben, warfen ihre Ranken. Der Saft war in die Knospen gestiegen, die braunen Schuppenblätter geplatzt. Die neuen Triebe waren schon kräftig. Im Herbst würden die Schößlinge zuckersüße, schwarzblaue Trauben tragen.

Dann schwang sich die Straße höher. Der Ferrari meisterte die Steigung mit gleichmäßig murrendem Motor. Ich fuhr gewandt und sicher, nahm keine Kurve zu scharf. Schwalben zuckten über die Bergwiesen, Schwärme kleiner Vögel schwirrten empor. Die Bergkette war mit Grün gesprenkelt, in einem tieferen Einschnitt leuchtete ein Schneegipfel. Ich sah hinunter ins jenseitige Tal, auf Weinberge, Felder und Häuser. Tief unten schäumte der Wildbach. Zwischen Kastanienwäldern und Maulbeerhainen reckten sich die »Campanile«, die alten, massiven Kirchtürme, in den malvenfarbenen Himmel. Orte, Häuser und eine bestimmte Farbe des Himmels mußten es sein, daß ich mich heimisch fühlte. Die Fäden, die mich mit meiner Kindheit verknüpften, waren irgendwann gerissen. Jetzt band ich sie wieder fest.

Und wie von meinen Erinnerungen herbeigerufen, zeigte sich der Kirchturm auf dem Höhenrücken, noch bevor Montereale Celina in Sicht kam. Im Schatten der Korkeichen und Roßkastanien waren die Steinhäuser massiv gemauert, wie mit dem Felsen verwachsen. Die Dächer, mit Schieferplatten bedeckt, funkelten. Das Dorfzentrum war kaum wiederzuerkennen. Die alte »Fruttavendola« hatte einem Supermarkt weichen müssen. Der Metzger und der Bäcker hatten umgebaut, die alte Eisenwarenhandlung existierte nicht mehr. Post und Tankstelle waren neu, es gab Trattorien und Cafés. Tische und Stühle standen im Halbrund. Mittagsgedränge unter Sonnenschirmen, bunt und fröhlich. Ich wunderte mich, wie zielsicher ich mich zurechtfand. Die Häuser alteingesessener Familien waren noch da, verkommen allerdings, mit ihren Steintreppen und Balkonen, die man hier »Loggien« nannte. Dafür hatte die Kirche einen neuen Putz bekommen. Zwischen den Marmorsäulen war die Statue des Heiligen Antonius frisch vergoldet und restauriert worden. Früher hatten ihm eine Hand und ein halbes Bein gefehlt. in manchen Gassen war Fahrverbot, auch das war neu. Gut, ich machte einen Umweg, fuhr über den Platz, wo das Gemeindehaus stand und ein scheußlicher Betonkasten die alte Dorfschule ersetzte. Jetzt noch eine Kurve, und dann die Straße entlang.

Ich hielt vor einem Tor, das in eine Mauer eingelassen war. Das Geräusch der sich schließenden Wagentür brach die Mittagsstille. Die Zweige eines Feigenbaumes überragten die Mauer und schleiften bis auf die Straße. Rechts neben dem Tor war eine Nische, in der eine kleine Madonna aus Gips gestanden hatte. Solche Nischen waren früher an alten Hausmauern angebracht. Die Madonna war weg, aber in der Vertiefung lagen ein paar welke Blumen.

Wasser plätscherte. In einer Steinrinne floß ein Bach unter freiem Himmel; weiter unten, im Dorfzentrum, hatte man ihn mit Steinplatten bedeckt. Algen wehten wie giftgrüne Haare im Wasser. Früher gab es hier Krebse, die ich mit bloßen Händen fing. Ich suchte in meiner Tasche, bis ich den Schlüssel fand, und ging zum Tor. Das Schlüsselloch war verbogen, ich spürte Widerstand. Es dauerte eine Weile, bis das Schloß zurücksprang. Die rostigen Angeln kreischten, die Torflügel schleiften über den Boden, als ich sie weit aufstieß. Ich fuhr den Wagen in den Hof und machte das Tor wieder zu. Ich wollte niemanden sehen, auch Lina nicht. Alles war still; ich hörte nur meinen Atem und das Knirschen des Kieses unter den Schuhsohlen. Neben der Scheune stand die Edelkastanie, deren stachelige »Igel« im Herbst zu Boden fielen und die glänzendbraunen Marroni freigaben.

Der Baum war gewachsen und überragte jetzt das Dach. Ich sah in die Zweige und in den Himmel hinauf, verfolgte das Lichtspiel in den grüngoldenen Blättern. Einige Wildtauben flatterten und gurrten. Es war ein Geräusch von früher, schmerzlich vertraut. Auf der anderen Seite lag der ehemalige Kuhstall. Jeden Abend brachte Davide, der alte, glatzköpfige Knecht, die Tiere von der Weide zurück, während er mit klangvollem Baß rührselige Liebeslieder schmetterte. Neben Kühen und Pferden hielten wir Schweine, Kaninchen, Enten, Gänse und Truthähne. Hinter dem Hof, von drei Mauern und einer Seite des Hauses umschlossen, lag der Gemüsegarten. Niemand kümmerte sich um die Beete, Lina war zu alt dazu. Die Pflanzen wucherten wild und dicht beieinander, ich roch die Süße der Minze und den warmen Duft blühender Kräuter. An der Mauer wuchs ein uralter Pfirsichbaum, der schon damals nur kleine, gelbe Früchte trug. Als Kind kletterte ich hinauf, setzte mich dorthin, wo ich die Beine bequem über die Astgabel schlagen konnte. Da saß ich stundenlang und erzählte mir Geschichten. Jetzt merkte ich, daß der knorrige Stamm beinahe bis auf den Grund verfault war.

Das Haus war eine »Casa Patronale«, ein Herrenhaus. Mein Großvater Luigi Fornari besaß Maulbeerbaumhaine, Früchteplantagen und zwölf Hektar Land: Mais, Korn und Roggen. Dazu gehörten früher Behausungen für die Arbeiter, eine Getreidemühle, ein steinerner Backofen. Einmal in der Woche, wenn er geheizt wurde, kamen die Nachbarsfrauen mit ihrem frisch gekneteten Brotteig, den sie mit einer großen Eisenschaufel in den Ofen schoben.

Weit hinter dem Gemüsegarten lag der Misthaufen. Als ich ein Kind war, fuhren die Arbeiter den Mist mit Pferd und Wagen auf die Felder, verteilten ihn mit Gabeln, streuten Kunstdünger mit der Hand über die Äcker. Später kaufte Nonna Maschinen. Meine Urgroßeltern züchteten Seidenraupen; auch Nonna hatte noch einige Gestelle im Speicher, an denen die netzartigen Geflechte, bedeckt mit Seidenraupen, hingen. Das leise, ununterbrochene Nagen und Rascheln hatte ich jetzt noch in den Ohren. So klingt es, wenn Regen auf dürre Blätter fällt. Es war ein schönes, natürliches Geräusch. Als ich zum Haus ging, fegte ein donnernder Knall über das Dach hinweg. Ein Jagdflugzeug bohrte sich in den Himmel. Aviano, der

NATO-Stützpunkt, lag unten im Tal, knapp zwanzig Kilometer weiter, in Luftlinie.

Ich ging die Steinstufen hinauf. Jetzt der zweite Schlüssel. Das Schloß war gut geölt und sprang sofort auf. Ich drückte auf die Klinke. Die Tür klemmte, ich mußte sie etwas anheben, bis sie sich öffnete. Muffige Kühle schlug mir entgegen. Im Haus war es stockfinster. Sämtliche Fensterläden waren geschlossen. Meine tastenden Hände fanden den Schalter. Trübes Licht flammte auf, Schatten regten sich, der Kronleuchter mit seinem Glasgehänge trat aus der Dunkelheit hervor wie eine Erscheinung. Alles war eigentümlich still. Ich dachte an die große Wanduhr im Treppenhaus, an das Ticken und Schlagen und Läuten. Wenn sie stockte, zog man sie an einer rasselnden Kette auf. Die Uhr war jetzt weg, und an den Wänden blätterte der Gips ab. Treppen und Fußboden waren aus rotem Marmor, das Geländer aus schwerem Holz. Rechts lag das Eßzimmer, daneben der »Soggiorno« – die gute Stube. Auf der anderen Seite befand sich die Küche. Der Greifhaken für den Polentakessel hing noch an einer Eisenkette an der Decke. Die offene Feuerstelle war in den fünfziger Jahren durch einen riesigen, weißgekachelten Herd ersetzt worden. In meiner Erinnerung sah ich Maria Holzscheite aus der Kiste nachlegen, den Schürhaken betätigen, die Eisenringe aufs Feuer ziehen. Früher hingen Töpfe und Pfannen jeder Größe an der Wand. Jetzt stand nur noch ein kupferner Wasserkessel auf einem elektrischen Schnellkocher. Im Anrichteschrank erblickte ich einige Tassen und Teller aus Steingut, eine Dose Pulverkaffee, Zucker und Kondensmilch. Im Eßzimmer lagen zusammengerollte Teppiche und verbeulte Lampenschirme. Ein Geschirrschrank aus dem 18. Jahrhundert, überdimensional wie die meisten Möbel, ein zerkratzter runder Tisch, sechs Stühle, an denen Spinnweben klebten. Staub bedeckte das geschwärzte Messing des Kronleuchters. Die Decke war bemalt mit mythologischen Figuren; irgendein Lokalkünstler hatte vor achtzig Jahren seiner Vorliebe für Putten, Blumengirlanden und Füllhörner freien Lauf gelassen, alle von einer dahinschwindenden Farbe, daß sie bereit schienen, sich in den Mörtel aufzulösen. Als Kind hatten mich diese Figuren entzückt, ich hatte mir den Hals verrenkt, um sie besser zu betrachten.

Hier stand noch Nonnas Schreibsekretär – dunkel mit hellen Einlegearbeiten aus Zitronenholz. Das Möbel verfügte über Dutzende von Kästchen, Nischen, Fächern. Ich strich mit der Hand über ein aufklappbares Plättchen. Sofort erschienen Fingerabdrücke auf der Staubschicht, während sich Nonnas Bild vor meinem inneren Auge formte: Sie sitzt auf dem hochlehnigen Stuhl, kerzengerade; sie führt Buch über Ausgaben und Einnahmen, schreibt Rechnungen, füllt Steuererklärungen aus. Sie studiert Broschüren und Magazine, bestellt den Klempner, den Stellmacher, den Tierarzt, den Schlachter. Mein Großvater hatte ihr nie beigebracht, wie man ein Gut verwaltet. Das war Männersache. Sie hatte bezaubernd gelächelt und alles intensiv beobachtet. Und später, als es nötig wurde, hatte sie genau gewußt, wie man es macht.

Sie kaufte Traktoren und moderne Pflüge. Sie war draußen bei Regen und bei praller Sonne, inspizierte die Obstbäume, ging über die Roggenfelder und prüfte, ob die Ähren bis in die Spitze mit Körnern gefüllt waren. Sie sah zu, wie das Korn geschnitten wurde, stand beim Dreschen daneben, probierte neue Saatgutsorten aus, ließe einen Brunnen graben und schaffte eine elektrische Melkanlage an. Als sie älter wurde und ihre Kräfte nachließen, verkaufte sie einen Großteil der Ländereien, schaffte das Vieh ab und stellte einen Verwalter an, der den Betrieb allein leitete.

Sie wollte nicht, daß mein Vater das Gut übernahm. Er sei nicht dafür gemacht, meinte sie, und schickte ihn zum Studium nach Milano.

Ja, den Sekretär wollte ich haben. Und vielleicht auch das zerschlissene Sofa mit den Fransen und Perlen und die zwei Sesselchen zu beiden Seiten. Sie waren mit Erinnerungen an friedliche Abende, an das Schachspiel mit Nonna, an das genau abgegrenzte Licht der Lampenschirme verbunden. Natürlich würde Carmilla diese Sachen hassen. In Casa Monte war sie stets schlecht gelaunt gewesen, hatte sich über die Hitze beklagt, über die Mücken, den Kuh- und Schweinegestank. Urlaub auf dem Land hatte sie nie gemocht. Sie träumte von Badeferien auf Ibiza.

Das Geländer quietschte, als ich die Treppe hinaufging. Casa Monte erkannte mich, hieß mich willkommen. Ich lächelte traurig.

Häuser sind wie Menschen; sie können lieben, ablehnen und sogar hassen. Ihre Mauern reden, flüstern, erzählen Geschichten. Sie beklagen sich: »Warum bist du so lange fortgewesen? Wann kommst du wieder?«

Im oberen Stockwerk lagen die Schlafzimmer. Hier war Großvaters Arbeitszimmer gewesen, mit Blick auf die Straße. Möbel waren kaum noch vorhanden. Die verlassenen Räume hatten kein bestimmtes Aussehen mehr, rochen nach Gips und Staub. Die Fenstertüren zur Loggia waren mit Spinnweben versiegelt. In dem Zimmer meiner Eltern stand noch das große Bett, das »Letto matrimoniale«. Die zusammengerollten Matratzen rochen muffig. Am Kopfende war die Stelle sichtbar, wo früher das Kruzifix mit dem Ölzweig hing. Auf der Marmorplatte des Nachttisches stand ein Aschenbecher mit etwas Asche, und im Papierkorb steckte eine vergilbte Zeitung. Ich zog sie heraus, glättete das zerknüllte Papier mit der Handfläche. Das Datum war vom vergangenen Oktober. Mein Vater mußte hier mit einer Frau übernachtet haben.

Im Badezimmer war das Waschbecken zersprungen, der Spiegel geschwärzt, die Wanne verrostet. Im Seifenbehälter lag ein vertrocknetes Stück Seife. Als ich den Hahn aufdrehte, gurgelten und zischten die Rohre, sämtliche Leitungen schienen zu beben, bevor ein bräunlicher Wasserstrahl aus dem Hahn schoß und durch den Staub in den Ausguß floß. In der Toilette war die altmodische Schüssel vergilbt, der Deckel hing schief. Ich zog die Spülung; einige Tropfen fielen, das war alles. Ich ging hinaus.

In meinem Zimmer war nichts, außer Erinnerungen und dem offenen Wandschrank. Die Regale waren früher mit Papier bezogen gewesen, das ein Muster von Levkojen zeigte. Ein paar vergilbte Fetzen hingen noch an den Heftzwecken. In der Stille hörte ich, wie ich seufzte. Es zog mich mit aller Kraft zurück in die vergangene Zeit, aber die Gegenwart bewegte sich in ihrer eigenen Weise weiter und nahm mich mit, irgendwohin. Ein Gleichgewicht war gestört, die Welt war nicht mehr in Ordnung; diese zusätzliche Wahrnehmung beunruhigte mich. Wenn sich etwas auf der Oberfläche rührte, setzte ich meinen Verstand ein und handelte. Aber da waren Dinge unterhalb der Oberfläche; Dinge, die im Nichts hingen, die sich nicht erklären ließen. Sah ich Nonna im Traum, war ich nie beunruhigt. Aber oft träumte ich etwas anderes: Ich gehe durch Casa Monte, wie eben jetzt. Ja, sage ich mir im Traum, das ist das Haus, hier bin ich früher gewesen. Ich erkenne es genau; warum finde ich mich nicht mehr zurecht? Die langen Korridore, die Gegenstände in den Zimmern sind mir fremd. Und diese Wendeltreppe, wohin führt sie? Auf den Speicher? In die Kornkammer?

Bruchstücke aus Erinnerungen: die Berge frischen Korns, in denen ich mich als Kind wälzte und vergrub.

Ich steige, Schritt für Schritt. Endlos, diese Stufen! Immer wieder eine und noch eine. Dunkel, eng, noch enger. Jetzt die totale Schwärze. Dann eine Tür, und unter der Schwelle ein schwacher, blauer Schein. Dahinter ist ein Geheimnis verborgen. Das Holz der Tür ist kein Material, das ich mir vorstellen kann, es ist warm und weich, wie ein lebender Körper. Ich forsche, blind und eilig, ich suche und fühle mit den Händen. Und da springt diese Tür auf. Lichtstrahlen fegen mir entgegen. Im Zentrum flackert ein Feuer, nicht so scharf umrissen wie die Lichtströme, aber viel heller, mit den blauen Flammen der höchsten Temperatur. Und in diesem Kern bewegt sich eine Gestalt. Frau oder Mann? Oder nur mein eigenes Spiegelbild? Ich sehe dieses Wesen, es hat kein Gesicht, es leuchtet nur. Ich weiß nicht, was es ist; ich glaube, es hat etwas zu tun mit dem, was hier in Casa Monte geschah, als ich ... Stop. Ich bringe mal wieder alles durcheinander, gehe von diffusen Empfindungen aus und suche physikalische Erklärungen.

Das sollte unmöglich gewesen sein? Undenkbar? Ich habe einige Erfahrung in diesen Dingen. Ich weiß, daß Unmögliches und Undenkbares verschiedene Begriffe sind. Das Undenkbare existiert. Es kann unter unseren Augen geschehen. Wir können es miterleben. Bestreite ich das? Nein. Aber ich muß annehmen, daß die Denkfähigkeit meines Gehirns nicht unbegrenzt ist und daß ich diese Grenze erreicht habe. Ich kann daraus den Schluß ziehen, daß das, was mir unmöglich scheint, es vielleicht gar nicht ist. Mein unzureichender Verstand macht mich nicht nur unfähig, gewisse Probleme zu lösen, sondern sogar unfähig, sie zu denken. Also, wenn ich verrückt werden könnte, wäre ich es längst geworden. Sorry, ich experimentiere zu gerne und bin auf diesem Gebiet großartig exakt.

»Ich weiß nicht, was das zu bedeuten hat, Nonna. Und auch nicht, was ich tun soll. Wer bin ich eigentlich?«

Ich fragte laut und wartete auf eine Antwort, die nicht kam.

Dann merkte ich, daß ich die Frage anders stellen mußte: »Was bin ich, Nonna?«

»Soll ich dir antworten?« sagte Nonna. *»Vieni qui, Bambina! Qui, in mia stanza.«*

Ich ging aus dem Zimmer, den Gang entlang. Hier gab es eine bestimmte Stelle, wo ich vorsichtig sein mußte. Ich sah es noch, das klaffende Loch an der Decke, die geschwärzten Bodenplatten. Ich sah sie vor meinen inneren Augen, als wären sie wirklich vorhanden gewesen. Dabei waren nach ein paar Tagen die Handwerker gekommen. Ich erinnerte mich an ihre Schritte im Estrich, an die aufgerichtete Leiter, an die Werkzeuge. Ich hörte das Klopfen und Hämmern, das Schaben und Scharren der Ziegel, als sie das Dach instandsetzten. Sie arbeiteten bei Radiomusik, die durch das ganze Haus schallte. Mein Vater wollte, daß die Arbeit so schnell wie möglich gemacht wurde. Das, was sich hier zugetragen hatte, war ungeheuerlich. Ich war ein empfindsames Kind; er fürchtete, daß irgendein Schaden bei mir zurückblieb. Nonna wußte es natürlich besser.

»Aber Peppino« – sie nannte meinen Vater Giuseppe bei seinem Kosenamen – »glaube ja nicht, daß die Kleine jetzt Angst hat. Sie wird niemals mehr Angst haben, das mußt du doch begreifen.«

Nonna schlief in dem Eckzimmer, ganz hinten am Flur. Es war der einzige Raum, der keinen Ausgang zur Loggia hatte. Und unter ihrem Fenster befand sich das Gewächshaus, in dem mein Großvater Orchideen züchtete. Nonna hatte bei seinem Tod dieses Eckzimmer bezogen. Sie wollte nicht mehr im »Letto matrimoniale« schlafen.

»Ich habe Luigi nie gemocht, weißt du«, hatte sie mir gestanden, als ich sie im Altersheim besuchte und sie bereits an den Rollstuhl gefesselt war. »Meine Eltern wollten, daß ich ihn heiratete. Er war der reichste Mann in Montereale Celina.«

Er war auch ein böser Mann, jähzornig, geizig und besserwisserisch. Sein Vater hatte äußerst vorteilhafte Landeinkäufe getätigt in einem Augenblick politischer Verwirrung. Luigi überwachte sein Territorium wie ein Habicht sein Revier. Man sah ihn überall: auf dem Hof, in den Ställen, bei der Feldarbeit, bei der Ernte. Die Landarbeiter fühlten sich bespitzelt und machten einen Bogen um ihn. Er hatte eine Zeitlang in den Kolonien, in Äthiopien, verbracht, brach hemmungslos die eheliche Treue und war – auf seine Art – ein schlauer Opportunist.

Er war ein Anhänger Mussolinis, trug das faschistische Parteiabzeichen am Kragen. Nonna war nie politisch interessiert gewesen, nicht zuletzt, weil man ihr eingebleut hatte, daß Politik – wie vieles andere – Männersache sei. Darauf angesprochen, antwortete sie nur: »*Me ne frego*« – das kümmert mich nicht. Sie hatte einen sicheren Instinkt für Menschen und konnte Mussolini nicht leiden. »Keinen Schritt tue ich für den Kerl«, verkündigte sie selbstbewußt in der Nachbarschaft, was ihr viele Feinde und einige treue Freunde einbrachte.

Ich war noch nicht auf der Welt, als mein Großvater starb. Herzschlag. Nonna hatte mir nie gesagt, ob er vorher krank gewesen war.

Sie hieß als Mädchen Stella Graziani und war die Tochter des Gemeindeschreibers. Die Eltern hatten sich ihre Erziehung etwas kosten lassen und sie nach Verona in eine Klosterschule geschickt. Die Nonnen brachten ihr Schönschrift, etwas Mathematik und Geographie bei. Sie lernte Häkeln und Stricken, wie man einen Haushalt leitet, ein komplettes Essen mit sechs Gängen herstellt und Gäste mit liebenswürdiger Konversation unterhält. Als Achtzehnjährige war sie eine Schönheit – selbst nach städtischem Maßstab geurteilt. Luigi Fornari war zwanzig Jahre älter; er kam gerade aus Afrika, galt als Mann von Welt und trug eine weiße Uniform. Stella ließ sich blenden, heiratete ihn und wurde enttäuscht, ein alltäglicher Groschenroman. Sie brachte zwei Kinder zur Welt – ein Mädchen, das an Keuchhusten starb, und nach zwei Fehlgeburten einen Sohn, Giuseppe.

Ihr Mann war ein »*homme à femmes*«. Wenn Stella von ihm sprach, gebrauchte sie diesen unmodernen französischen Ausdruck. Unfeiner ausgedrückt: Er hielt sich »einen ganzen Stall«, wie die

Leute hinter vorgehaltener Hand – und nicht ohne unterschwellige Bewunderung – tuschelten. Auf Grund ihrer Erziehung nahm Stella das Eheversprechen ernst. Scheidung? Das gehörte sich nicht. Schon das Wort hatte einen anrüchigen Beigeschmack. Als sie Witwe wurde – noch immer eine schöne Frau –, empfand sie keine übermäßige Trauer und nicht die geringste Lust, sich an einen zweiten »*homme à femmes*« zu binden. Eine Zeitlang reiste sie häufig weit weg, nahm sich Liebhaber, die im Durchschnitt zehn Jahre jünger waren. Von älteren Männern hatte sie die Nase voll. Später kaufte sie eine Wohnung in Milano und ging dort, wie sie sagte, »zur Kur«, was auch immer sie darunter verstand.

Die Tür zu Nonnas Zimmer war geschlossen; ich zögerte kurz. Fast hätte ich angeklopft, wie früher, bevor ich auf die Klinke drückte. Durch die Ritzen der Fensterläden fiel Tageslicht in den Raum. Ich sah das Bett mit den Messingknäufen an der Wand, den marmornen Waschtisch mit Spiegel, auf dem ein Wasserkrug und eine zersprungene Porzellanschüssel standen. Die Scheiben bebten mit leisem Klirren, als ich das Fenster öffnete. Ich zog die Haken heraus, stieß die Läden auf. Sonnenschein fiel in den Raum. Ich beugte mich nach draußen, sah in sechs Meter Tiefe das Gewächshaus. Von dem Glasdach waren nur noch das rostige Gestell und ein paar Scherben übrig. Die Rohre der Bewässerungsanlage waren verbogen und zerplatzt. Einige Kakteen wucherten in Töpfen. Als ich mich umwandte, regte sich vor mir ein Schatten; ich fuhr leicht zusammen. Doch es war nur mein eigenes Bild, das sich im leuchtenden Rechteck des Spiegels bewegte. Auf dem Nachttisch stand eine Fotografie in einem ledernen Stehrahmen. Ich kam mir, als ich das Bild gegen das Licht hielt, seltsam erschrocken vor. Es war ein Porträt von Nonna, noch jung und halb von der Seite gesehen. Sie hielt ein Buch in der Hand. Der Kopf erhob sich klein und eigensinnig über dem schmalen glatten Hals, aus ihrer Haltung sprachen Gelassenheit und Harmonie. Ein Kranz dichter Flechten umrahmte die hohe Stirn, ihr freimütiger Blick schien ohne Geheimnis zu sein. Sie hatte eine feine, gerade genügend lange Nase und üppige Lippen, mit einem schwebenden Lächeln darauf. Ich dachte, wie seltsam, warum hat mein Vater die Fotografie nicht mitgenommen? Ich betrachtete sie nachdenklich, bevor ich Nonnas Bild mit meinem eigenen Bild im Spiegel verglich. Nonnas Gesicht, mein Gesicht. Ich hatte dieselbe Stirn, denselben Rundbogen der Wangen, denselben weitgeschwungenen Mund. Nur die Nase war kleiner und die Augen länger, dunkler, mit einer leichten Schrägneigung nach oben.

»*Cara*«, sagte Nonna zu mir, »du weißt doch, daß wir uns gleichen. Nicht nur im Aussehen. Auch im Wesen.«

»Aber irgendwie bin ich auch verschieden.«

»Vielleicht wäre ich gerne wie du gewesen?« sagte Nonna. »Über die Mauer klettern, ausreißen, ihn suchen ... das hätte ich nie gewagt.«

»Er liebte mich, Nonna. Er liebte mich wie ein Wahnsinniger. Ich hatte keine Angst.«

»Ja, das war der Unterschied. Luigi liebte mich nicht. Weißt du, was er in Milano tat?«

»Sich in Bordellen herumtreiben, nehme ich an. Er hätte dir eine Krankheit anhängen können!«

»Warum, glaubst du, daß ich zwei Fehlgeburten hatte? Es waren andere Zeiten, damals. Zeiten für blinden Gehorsam, für Zuneigung auf Knopfdruck. Wir fürchteten uns vor der Sünde.«

»Du warst immer sehr eigenständig.«

»Ich hatte mir einen Käfig gebaut. Aber Selbstvertrauen ist lernbar. Ich mußte nur die Kraft dazu aufbringen.«

»Was war denn daran so schwierig?«

»Nichts. Die Gitter waren in meinem eigenen Kopf.«

Ich lächelte, hauchte einen Kuß auf das Glas des Fotos und stellte es an seinen Platz zurück. Später würde ich Bett und Spiegelkommode holen lassen.

»Ich bin traurig, Nonna. Ich ertrage es nicht, daß unser Haus verkauft wurde.«

»Du wirst ein anderes finden.«

»Ich will kein anderes.«

»*Vedrai, vedrai!*« sagte Nonna.

Was werde ich sehen? Den finsteren Gang, die Treppe, die Gestalt im Licht? Es ist so banal, wenn wir etwas träumen und wissen wollen, was es bedeutet. Es bedeutet meistens gar nichts.

»Hab doch Geduld!« sagte Nonna. »Alles nimmt seinen Gang, spult sich ab. Du bist zu gescheit, das ist dein Problem. Du machst die Dinge viel zu kompliziert. Habe ich nicht recht, Bambina?«

»Womit?«

»Daß du zuviel denkst.«

»Ich kann mich nicht ändern, Nonna.«

»Sei ruhig, du wirst zurückkommen. Aber nicht allein. Und dann wird es dir nicht mehr viel ausmachen.«

Es gab eine Art Bewegung. Der Raum zitterte leicht. Oder war das Zittern in mir, in meinem Körper?

»Was hast du gesagt? Ich muß wohl etwas durcheinander sein. Ich verstehe dich nicht.«

»Das macht nichts, *Cara*. Geh jetzt, sonst verpaßt du den Flug.«

Ich hakte die Läden wieder ein, schloß das Fenster. Nonnas Bild ließ ich stehen. Solange sie noch da war, das Haus bewachte, gehörte mir dieser Ort. Hier war ich früher gewesen, hier hatte ich mich beschützt gefühlt, in Sicherheit. Casa Monte war schon alt, hatte seine volle Stärke erreicht. Eine Welt aus Stein und Holz, in der meine Seele hin und her glitt wie eine Luftblase. Die Mauern flüsterten und sangen, der Rhythmus klang wie ein umgestimmtes Glockenspiel in meinem Kopf. Casa Monte lebte, war lebendig, erfüllte mich mit Schrecken und Gnade. Nach dieser Sache, damals, fühlte ich mich noch enger mit dem Haus verbunden. Nie wollte ich Casa Monte verlassen, wollte hier bleiben bis an mein Lebensende. Kleine Mädchen haben solche absurde Gedanken. Es war Carmilla, die weg wollte. Carmilla hielt es nicht aus, ihre Nerven versagten. Sie schleppte ihre Angst mit sich herum, schluckte Pillen, wachte nachts schreiend und schweißgebadet auf. Casa Monte war ein Alptraum für sie. Kein Wunder, daß das Haus sie nicht mochte und sie es dafür haßte. Wir mußten weg, ihretwegen.

Und jetzt würde ich Casa Monte verlieren. Der Schmerz steckte in mir wie ein Pfeil mit Widerhaken. Ich wollte ihn herausziehen und stieß ihn noch tiefer. Weggehen, hattest du damals gesagt, Amadeo. Man muß weggehen, um sich selbst zu finden. Wohin? Zu dir? Diese Frage war niemals zur Diskussion gekommen. Sonderbar, so jung wie ich war, daß ich diesen Zustand schon begreifen konnte. Daß ich nie gefragt hatte, warum und zu welchem Zweck wir uns liebten. Es war zur Bedingung geworden, diese Frage niemals zu stellen. Sie war schon lange unwesentlich. Wir wollten auch kein Versteckspielen. Wir waren konsequent in unserer Aussichtslosigkeit, organisierten sachlich unser Doppelleben. Auf die Dauer wurde die Sache so ziemlich vollkommen. Wir umarmten uns in einem Bereich, der nur uns gehörte, eingemauert in Verzweiflung, in Glück und in Verzicht. Und überall sonst war eine andere Welt.

4. Kapitel

Ich blickte aus dem Fenster, auf die tiefen dunklen Wolkenschichten. Ich bin abgereist, dachte ich. Es kam mir seltsam vor. Ich ließ hinter mir das italienische Licht, das unschuldige Grün der Kastanien, das Ockergelb der Häuser, die Wäsche auf den Balkonen. Müde schloß ich die Augen. Ich fühlte mich durchsichtig und namenlos, hatte wieder den Einklang zwischen mir und der Stille erreicht. Ich wollte nicht zuviel an dich denken, geschweige denn mich freuen. Ich wollte ruhig und dunkel sein, wie nächtliches Wasser im Moor.

Ich nehme es nur zur Kenntnis, daß du bald da bist. Daß du auf mich zukommen wirst, schwarzgekleidet wie ein Fürst. Wir werden lächeln über unsere gemeinsame Gleichgültigkeit der Zeit gegenüber. Ich werde die Blume auf deiner Schulter küssen, die Narbe an deiner Schläfe. Unsere Körper werden sich berühren, dein Schatten und mein Schatten werden verschmelzen. Die Nacht, Reich der Fledermäuse, tanzt über eine Liebe von vierzehn Jahren und drei Monaten. Bei dieser Vorstellung klopft mein Herz wild.

Die Maschine landete kurz nach elf. In Paris war schlechtes Wetter, kalt und regnerisch. Ich hatte meinen Peugeot auf dem Parkplatz gelassen. Ich warf meine Tasche hinein, setzte mich ans Steuer. Trotz der späten Stunde brauste der Verkehr. Blinkende Lichter, rot und grün, tropfende Finsternis hinter Glas. Es war halb eins, als ich meinen Wagen in den Innenhof fuhr. Dann ein paar Schritte zurück durch die finstere Einfahrt, an Mülltonnen vorbei. Rechts war die

Tür, die ins Treppenhaus führte. Ich tippte den Code; die Haustür sprang auf. Ich schleppte mich auf müden Füßen die vier Stockwerke hinauf. Auf jedem Absatz kam durch die Scheiben flimmerndes Nachtlicht. Ich ging die letzten Stufen, schloß die Wohnungstür auf. Martin war da. Ich merkte es sofort an dem Geruch. Und im selben Atemzug stellte ich fest, daß ich Martin seit meiner Abreise vollkommen vergessen hatte. Du meine Güte, dachte ich, der Mann schläft jetzt bei dir im Bett! Und gleichzeitig erlebte ich ein paar Sekunden des Ärgers. Ich hätte ihm den Schlüssel nicht geben sollen. Als ich Licht im Flur machte, hörte ich Martins verschlafene Stimme:

»So spät?«

»Ich habe den letzten Flug genommen.«

Er richtete sich auf, knipste die Nachttischlampe an. Das Licht beleuchtete sein hübsches Jungengesicht, sein zerwühltes Haar. Er lag mit nacktem Oberkörper. Neben dem Bett standen Whiskyflasche und Aschenbecher.

»Wie war's denn in Milano?«

Ich setzte mich auf den Bettrand. Er wälzte sich herum, legte den Kopf auf meine Knie. Ich streichelte ihn zerstreut. Manchmal begehrte ich ihn, manchmal nicht. Jetzt begehrte ich ihn nicht.

»Aufschlußreich«, sagte ich.

»Wie geht es deinem Vater?«

»Danke, gut.«

Er fuhr mit dem Zeigefinger über meine Brüste.

»Worüber habt ihr gesprochen?«

»Ach, nur über Familiengeschichten.«

»Hat er das Haus gut verkaufen können?«

»Doch, ich denke schon. Er ist zufrieden.«

Martin knöpfte meine Bluse auf. Ich fühlte seine Hand auf meiner nackten Haut. Er roch ziemlich stark nach Whisky. Ich sagte:

»Du hast wirklich ordentlich einen getrunken.«

»Du hast mir gefehlt. Und ich war schon betrunkener.«

Ich schwieg. Seine Hand knetete meine Brust.

»Erzähl mir bitte etwas mehr.«

»Da gibt es nichts zu erzählen.«

»Warst du wirklich bei deinem Vater?«

»Wo soll ich denn sonst gewesen sein?«

»Komisch«, sagte Martin. »Ich habe bei ihm angerufen. Er sagte, du seist mit seinem Wagen unterwegs.«

Ich starrte ihn ruckartig an.

»Was hast du gemacht?«

»Bei deinem Vater angerufen«, sagte Martin. »Du wolltest doch am Nachmittag wieder hier sein. Um fünf, hast du gesagt.«

Der Zorn erstickte mich. Ich schob seine Hand zurück. »Bist du von Sinnen? Wie kommst du darauf, dich in meine Angelegenheiten zu mischen? Und überhaupt, woher hast du die Telefonnummer meines Vaters?«

Er lächelte wie ein schuldbewußter Junge, wobei er auf überraschende Art sehr anziehend wirkte.

»Wozu ist die internationale Telefonauskunft da? Ein paar Brocken Italienisch kann ich auch. Dein Vater spricht übrigens ausgezeichnet englisch.«

Ich war sehr erregt.

»Das ist eine Frechheit. Martin, das ertrage ich nicht!«

Ich hätte ihn am liebsten geohrfeigt. Er merkte es und tat plötzlich sehr zerknirscht.

»Sei mir nicht böse, Ariana. Ich war beunruhigt. Wo zum Teufel warst du denn?«

»In Montereale Celina. Ich wollte mir das Haus ansehen.«

Ich haßte es zutiefst, ihm Erklärungen abgeben zu müssen.

»Ein für allemal, Martin, das sind meine Angelegenheiten. Misch dich da nicht ein!«

»Darling«, sagte er, »es tut mir leid. Ich wollte dich nicht kränken. Ich war in Sorge, das mußt du doch verstehen. Ich dachte, Frühlingsrollen seien eine gute Abwechslung nach Spaghetti, und hatte bei Nguyen Tranh reserviert. Und keine Nachricht von dir. Es hätte doch was passieren können ...«

»Flugzeugunglücke und Entführungen erfährst du aus den Nachrichten.«

Martin goß sich Whisky ein.

»Darling, du bist nicht fair. Du hast immer Angst, daß man dir zu nahe tritt. Ich habe dir nichts zu verheimlichen. Über meine geschiedene Frau habe ich dir alles erzählt.«

Alles, ja. Nichts war mir erspart geblieben, weder ihre Sexgewohnheiten, die Farbe ihrer Unterwäsche (lachsrosa), die Art, wie sie sich die Zähne putzte und ihr Haar täglich auf Lockenwickler drehte. Er hatte mir von der Scheidung erzählt, von den Anschuldigungen und der Abfindungssumme. Von seinem Vater, der technischer Berater bei der UNO gewesen war, von seiner Mutter, die Golfpreise in der Seniorenkategorie raffte, von seiner älteren Schwester Mary, die mit einem Juristen verheiratet war und ein kubanisches Kind adoptiert hatte, was der Familie nicht paßte. Ja, ich wußte alles über Martin. Zuviel. Er breitete seine Seelenzustände vor mir aus und erwartete von mir das gleiche. Offen sein, nannte er das. Ich jedoch beschützte mein inneres Selbst, wehrte mich gegen das Besitzergreifen. In diesen Dingen war ich sehr konsequent.

Wütend ging ich ins Badezimmer und zog mich aus. Meine Unterwäsche roch nach Treibstoff. Ich stellte mich unter die Dusche, ließ das Wasser über mich laufen, bis die Wärme meine Glieder lockerte und entspannte. Martin war lieb und nett, aber er schnürte mir die Luft ab. Ich hatte fortwährend den Eindruck, daß er mich beobachtete; in meinem Gesicht irgendeinen Anhaltspunkt suchte, um zu erfahren, was sich dahinter verbarg. Es war nicht nur eine sexuelle Vorstellung. Er wollte mich von ihm abhängig machen, ein altbekanntes Verhalten. Ich fand das witzig. Man setzt den Fuchs nicht in den Hühnerstall. Stets versuchte er, irgendein Entgegenkommen von mir zu erzwingen. Er arbeitete mit allen Mitteln, meist logisch durchdachten. Er war erzogen worden, Sex als etwas Schmutziges anzusehen. Mom, Dad oder Sister hatten ihm beigebracht, daß Mann und Frau gemeinsam »schlimme Dinge« tun. Das Liebesspiel war für ihn eine Selbstschändung in Missionarsstellung. Ich tat seiner körperlichen Scheu Gewalt an. Er sah in mir eine Art Schlüpfrigkeit, die ihn erregte und mit Schuldgefühlen befrachtete. Er meinte, daß er mich eigentlich heiraten müsse.

»Weshalb?«

»Das muß dir doch klar sein.«

»Mir ist gar nichts klar.«

Vielleicht begriff er halb, wie heuchlerisch seine tugendhafte Effekthascherei auf mich wirkte. Ich konnte seinen Gedankengängen nicht folgen: Es war wie eine Reise auf dem falschen Gleis; wir fuhren aneinander vorbei.

Er kam ins Badezimmer, gerade als ich die Brause ausdrehte. Um mich herum quoll der Dampf wie Nebelschwaden. Plötzlich war er da, auch nackt, umklammerte mich. Ich war überrascht, ließ es mir jedoch nicht anmerken, faßte es als ein Versöhnungszeichen auf. Er massierte meine Hüften, hob mich zu sich hoch. Ich hörte, wie er stoßweise keuchte, während unsere Körper einen gemeinsamen Rhythmus suchten. Martin kam immer sehr schnell zum Höhepunkt. Diesmal – aus schlechtem Gewissen, nahm ich an – versuchte er den Augenblick hinauszuzögern. Er küßte mich mit heißer, fordernder Zunge. Küssen war okay. Ich schloß die Augen, rieb und preßte mich an Martin und formte dein Bild in mir. Wie geschmeidig dein Rücken unter meinen Fingerspitzen ist, wie lebendig die Spannung zwischen Haut und Muskeln. Du beherrschst deine Bewegungen, du verschaffst mir Genuß. Wenn ich einen anderen umarme oder mich selbst streichle, sehe und fühle ich nur dich. Ich lüge mir was vor, bis ich dich tief in mir spüre, bis ich vor so viel Begehren fast sterbe. Deine Handfläche auf meinem Gesicht, die Daumen auf den Augenlidern, und darunter meine Augäpfel, die nur dich sehen. Aber du würdest meinen Mund nicht so nehmen, nicht auf diese Art, mir nicht die Lippe von innen verwunden, daß es fast blutet.

»Martin!«

Ich stemmte meine Hände gegen seine Brust. Er kam im gleichen Augenblick, schneller als ich, und hinterließ bei mir einen unterschwelligen Groll, weil die Kaskade von Gefühlen, die meine Phantasie ausgelöst hatte, noch nicht verklungen war. Doch mit meiner Benommenheit verflog auch mein Zorn. Ich war überrascht, wie versöhnlich ich mich fühlte.

Ich zog ein knielanges T-Shirt an und ging in die Küche, goß mir ein Glas Grapefruitsaft ein und brachte ein zweites für Martin. Ein paar Minuten später legte er sich frisch geduscht zu mir. Ich reichte ihm das Glas. Er trank und starrte mich über den Rand hinweg an.

Ich fühlte, was in ihm vorging. Er prüfte mich nicht um der Wahrheit willen, sondern aus Argwohn. Und wieder die sinnlose Frage:

»Darling, bist du gekommen?«

»Was heißt das schon, Martin?«

Er forschte in meinem Gesicht.

»Sag, daß du mich magst.«

»Mögen ist ein Allerweltswort. Man kann es so oder anders auffassen.«

Er lachte kurz auf.

»Wenn ich dich reden höre, habe ich das Gefühl, daß du frigide bist. Aber das bist du nicht, keineswegs.«

»Nein.«

Er nahm einen Schluck und schnalzte mit der Zunge.

»Wie viele Männer hast du vor mir gehabt?«

»Sei still, Martin. Du weißt doch, wie mir diese Gespräche auf die Nerven gehen.«

»Warum diese Geheimniskrämerei? Kannst du nicht offen darüber reden?«

»Es sind meine Sachen. Laß mir mein Leben.«

»Wie wollen wir eine gute Beziehung aufbauen, wenn wir nicht offen über alles reden können?«

Er streckte die Hand nach meinem Nacken aus, zog mich an sich und kraulte mich. Nach der körperlichen Erfüllung war er immer zärtlich, das war das Angenehme an ihm. Er hatte nicht die Angewohnheit vieler Männer, die sich sofort auf die andere Seite drehen und einschlafen. Aber auch in diesen Dingen agierte er nach Schema. Frauen, hatte er festgestellt, brauchten ein »Nachspiel«. Die Liebe zwischen zwei Menschen nannte er eine »Beziehung«. Sie konnte »intim« sein und »ausdiskutiert« werden. Er unterwarf sich dem Zeitgeist, fühlte sich nur in einer Welt wohl, die übersichtlich und durchschaubar war. Das Dunkle, das Tiefe wollte er nicht sehen.

Er nahm sich zusammen; noch im Halbschlaf machte es ihn stolz, daß er mich zum Orgasmus gebracht hatte. Ich hätte rückfragen müssen: »Und wie steht es mit dir?« Dann wäre er froh gewesen. Ich unterließ es. Oft, wenn er neben mir lag, war ich nervös, zog mich an den äußersten Bettrand zurück. Ohne nachzudenken, wußte ich, daß er Angst vor mir hatte. Irgendwie merkte er, daß ich mich in einer Welt bewegte, die nicht die seine war; einer Welt, die zwangsläufig unheimlich und gefährlich zu sein hatte. Martin war ein Mensch, der sich selbst eher mitteilen als entdecken konnte, und handelte, trotz aller Vernunft, irrationaler als ich. Es stimmte schon, daß er mich liebte – insofern man das Wort Liebe konventionell versteht. Auf die Dauer konnten wir nicht zusammenleben. Wir waren nicht von derselben Art.

Und natürlich lag ich in dieser Nacht wieder schlaflos da. Schlafen ist ein Akt der Hingabe. Man zieht einen Kreis um sich, der Geist befreit sich aus dem Körper, weht irgendwohin. Der Körper bleibt schutzlos zurück. Ich konnte Martin nicht böse sein, wenn ich durch seine Gegenwart unruhig war. Es war nicht seine Schuld. Es lag an mir, daß ich ihm nicht traute.

Am Morgen rief ich bei Carmilla an. Ich sagte, daß ich meinen Vater gesehen hatte und nach Arbeitsschluß schnell vorbeikommen würde. Carmilla lebte im 20. Arrondissement, in Ménilmontant, ganz oben auf dem Hügel. Ich kam mit meinem Peugeot die Straße hinauf, fuhr in den Innenhof, wo schon einige Autos und Motorräder parkten. Wäsche trocknete auf einer Stange, aus einem Fenster schallte Calypso-Musik, und zwei dunkelhäutige Mädchen stritten sich um einen alten Kinderwagen. Meine Mutter wohnte in dem vierstöckigen Hinterhaus. Ihre Nachbarn waren Polen, Griechen, Portugiesen, eine Familie aus Trinidad. Dazu zwei schwule Fotografen – der jüngste schön wie ein Engel –, eine Visagistin, die Nackttänzerinnen und Modelle für den Laufsteg schminkte, ein holländischer Maler und ein thailändischer Kellner. Das Haus war schon alt. Alle möglichen Geräusche drangen durch die Wände: Fernsehprogramme bis spät in die Nacht, das Trommeln von hohen Absätzen, treppauf, treppab, das Klappern von Kochtöpfen. Man hörte jeden Streit, jedes Quietschen der Matratzen.

»Das alte Paris«, sagte Carmilla.

Die Wohnung war heruntergekommen, aber geräumig. Aus einem Dachfenster fiel helles Licht in das großzügige Arbeitszimmer. So ein Atelier, meinte Carmilla, sei heute kaum noch zu bezahlen.

Irgendwann sollte der Gebäudekomplex verschwinden, durch moderne Bürohäuser ersetzt werden. Deswegen stiegen die Mieten nicht. Die Krise der neunziger Jahre hatte den Baurausch zum Stocken gebracht. Aber der Hausmeister wollte nichts mehr investieren. Carmilla war es gleich.

»Ich habe zehn Jahre Galgenfrist. Bis dahin werde ich Erfolg haben und mir eine bessere Wohnung leisten können.«

Das sagte sie seit fünfzehn Jahren. In gewisser Hinsicht war der Erfolg längst da. Sie entwarf Stoffdesign, von Hand und auf Computer, entwickelte Muster für Bodenteppiche, Vorhänge und Bettwäsche. Die »Galeries Lafayette« und einige bekannte Couture-Häuser verkauften ihre exklusiven Seidendrucke. Im Laufe der Zeit hatte sie sich eine feste Kundschaft geschaffen und hätte viel Geld verdienen können. Aber sie konnte nicht »auf Befehl« arbeiten, sie mußte »in Stimmung dafür sein«. Sie stotterte, wenn sie eine Auftragsbestätigung forderte, und einen Lieferschein zu schreiben war für sie ein Drama.

In ihrer Wohnung hatte sie die schmuddelige Tapete heruntergerissen, die Wände weiß getüncht. Der Spannteppich war entfernt worden, so daß der schöne Parkettfußboden wieder zur Geltung kam. Carmilla hatte nur wenige Möbel: Einige Stücke vom Flohmarkt standen neben High-Tech-Kreationen aus dem Billigladen. Sie zauberte mit exotischen Bettüberwürfen und Kissen, mit hellen Vorhängen und großen Topfpflanzen. In ihrem Atelier stapelten sich Bildbände und Zeitschriften. An den Wänden waren Ausschnitte aus Zeitschriften, Einladungen für Vernissagen und Modeschauen geheftet. Auf dem großen Tisch, neben dem Durcheinander von Farbtuben, Pinseln, Lappen und Werkzeugen, lag das angefangene Aquarell einer Sonnenblume. Jede Farbschattierung, jede Struktur der Blütenblätter und Körner war liebevoll und mit fast fotografischer Exaktheit wiedergegeben.

»Das wird das Muster für einen Seidenschal«, sagte Carmilla.

Ich seufzte, bewundernd und etwas neidisch.

»Toll! Wenn ich bedenke, daß ich im Zeichenunterricht eine Null war …«

»Du hast dich mit anderen Dingen befaßt.«

Ihre Stimme klang gereizt. Sie hatte die Plakate natürlich gesehen, sie klebten ja an jeder Säule. Ich überhörte die Anspielung; ich wollte keinen Streit.

Carmilla war schmalgliedrig und reichte mir knapp an die Schulter. Sie trug enge Hosen und eine Art indischen Kittel darüber. Ein Schal in leuchtenden Farben war um ihren Hals geschlungen. Sommer und Winter trug sie diese Schals. Sie war oft erkältet und litt unter Halsschmerzen, schon seit Jahren, ohne daß man die Ursache dafür fand. Eine psychosomatische Allergie, die sie vor Zigarettenkonsum und Drogenmißbrauch bewahrte. Immer wieder wunderte ich mich, wie diese zarte Frau mit dem dunklen Wuschelkopf und den verwirrten Augen es fertiggebracht hatte, ein Geschöpf wie mich in die Welt zu setzen. Sie lebte in den Wolken. Und mit Männern hatte sie immer Pech.

»Da hast du also Giuseppe gesehen«, sagte sie. »Nun, wie geht es ihm?«

»Gut. Er hat Casa Monte einem Engländer verkauft.«

Für Carmilla war das eine gute Nachricht.

»Das scheußliche Kitschmuseum? So! Hat er endlich einen Dummen gefunden? Aber Giuseppe war schon immer sehr geschickt darin, die Leute um den Finger zu wickeln. Das liegt bei ihm in der Familie. Was willst du für einen Tee? Darjeeling oder Jasmin?«

Sie ging in die Küche, füllte Wasser ein und drehte die Gasflamme an. Die Küche war eng und voller Gerümpel. In der Spüle stapelte sich schmutziges Geschirr, der Mülleimer quoll über. Ich schnupperte.

»Irgendwas riecht faul.«

Sie zog erstaunt die Nase kraus.

»Wie kommst du darauf? Ich rieche nichts …«

Der Gestank kam von einer Plastiktasche. Ich warf einen Blick hinein, sah einen verfaulten Kohl und zerquetschte Tomaten.

»Oh!« rief Carmilla. »Ich habe seit ein paar Tagen nicht zu Hause gegessen und die Einkäufe vergessen. Du hast mir immer noch nicht gesagt, welchen Tee du willst.«

»Darjeeling.«

Ich stopfte die Tasche mitsamt dem Gemüse in den Müllsack, zog die Bänder zu und stellte ihn nach draußen, in den Gang. Der Kessel pfiff. Carmilla schüttete kochendes Wasser in die Kanne und schwenkte sie aus, bevor sie den Tee aufgoß.

»Du stellst immer alles auf den Kopf, als ob du hier noch wohnen würdest. Ich habe nicht immer Zeit für den Haushalt.«

Sie räumte die Sachen weg, die sich auf dem Tisch stapelten, fuhr mit einem feuchten Lappen über das Holz. Sie holte zwei schöne Tassen aus Steingut aus dem Schrank, stellte eine Dose mit Kandiszucker daneben. Am Rand meiner Tasse war eine Spur von Lippenstift sichtbar, und an dem Löffel klebte Eigelb.

Ich schüttelte verärgert den Kopf.

»Entweder du spülst weg, wie es sich gehört, oder du schaffst dir eine Spülmaschine an!«

»Und woher das Geld nehmen, ohne zu stehlen?«

Ich öffnete wortlos meinen Rucksack und gab ihr den Scheck, den mein Vater für sie ausgestellt hatte. Carmillas Augen weiteten sich.

»Himmel! Wie kommt Giuseppe dazu, mir so viel Geld zu schicken?«

»Er sagt, du hättest einen Anteil an dem Haus.«

Sie verzog die Lippen, halb spöttisch, halb gerührt.

»Giuseppe ist großzügig, das muß man ihm lassen.«

Carmilla trank niemals Kaffee. Dafür war ihr Tee ausgezeichnet. Sie kaufte ihn in kleinen Säcken bei einem pakistanischen Händler. Ich füllte meine Tasse.

»Im Oktober ist die zweite Rate fällig. Da steht dir noch etwas zu. Kauf dir jetzt endlich eine Spülmaschine!«

Sie schüttelte den Kopf, mit heißen Wangen und glänzenden Augen.

»Keine Spülmaschine! Das Geld kommt wie gerufen. Ich habe so viele Rechnungen zu zahlen.«

Ich gab Zucker in meinen Tee.

»Hilft Etienne dir nicht?«

»Doch, doch«, sagte sie lebhaft. »Er gibt mir immer etwas. Aber du weißt doch, wie das ist. Das Filmemachen kostet Geld. Er muß viel investieren. Er hofft, daß er im nächsten Jahr den Durchbruch schafft und seinen ersten Spielfilm drehen kann.«

Ich rührte um und nahm einen Schluck.

»In bezug auf Männer hast du einen schlechten Geschmack.« In den vergangenen fünf Jahren hatte sie sich an einen Graphiker gehängt, der mit ihrem Geld nach New York gegangen war und sich dort die »Green card« beschafft hatte, indem er »ipso facto« eine Amerikanerin heiratete. Danach kam ein Spanier, der in einem Hotel für Massentourismus, in Lloret del Mar, für die Unterhaltung sorgte. Carmilla fand ihn hinreißend. Später schlief sie mit einem kokainsüchtigen Galeriebesitzer, mit einem Produzenten für Videoclips. Und jetzt lebte sie mit Etienne, der Werbefilme für das Fernsehen drehte und sechzehn Jahre jünger war.

Gleich darauf bereute ich meine Bemerkung. Ich konnte die Wolke der Kränkung in ihren Augen erkennen. Und natürlich schlug sie zurück. Wie immer, wenn sie erregt war, stieg ihre Stimme ein paar Oktaven höher.

»Und du, mit diesem Herumtreiber, damals? Hast du das alles nicht mehr im Kopf?«

Schmerz in der Kehle. Erinnerungen. Traurigkeit.

»Er hat achtzig Leute, die für ihn arbeiten.«

»Das ist heute. Aber früher? Weißt du überhaupt, was ich von der Pensionatsleiterin zu hören bekam? Ach Gott, ich habe ihren Namen vergessen ...«

»Madame Poniatowska.«

»Richtig. Also, diese Madame Poniatowska bestellte mich in ihr Büro: sie habe den Schülerinnen verboten, mit dir zu sprechen. Es dürfe keine Ausnahmen geben; du würdest die anderen Mädchen verderben. Und nach dem Examen müßtest du die Schule verlassen.«

»Sie war eine hochnäsige Ziege. Eleni und ich schrieben uns kleine Briefe. Wir hatten eine Menge Verstecke dafür.«

»Du hattest dich schlecht aufgeführt.«

»Ein beschönigender Ausdruck. Ich würde es krasser formulieren.«

»Ich will keine Obszönitäten hören. Ich schäme mich heute noch.«

»Ich nicht. Ich war frühreif. Und du weißt, daß ich nie richtig weinen konnte, vor allem, wenn es mir richtig mies ging.«

»Es war grauenhaft, einfach grauenhaft!«

»Ich habe keine schlechte Erinnerung an diese Zeit.«

Stille. Wir tranken unseren Tee. Carmilla hustete, zog ihren Schal enger. Schließlich seufzte sie. Ihre Stimme hatte den schrillen Klang verloren.

»Was soll ich dazu sagen? Du warst ein merkwürdiges Kind. Man mußte sich mit deinen Eigenarten abfinden.«

»Du hast nicht immer das Richtige getan.«

»Mag sein, daß ich auf einigen Gebieten versagt habe ...«

Auf einigen? Auf vielen! So nach und nach, als ich heranwuchs, fand ich heraus, daß von ihr keine Hilfe zu erwarten war. Daß sie nicht die Fähigkeit hatte, mich aus irgendeiner Klemme zu ziehen, ja nicht einmal, mir brauchbare Ratschläge zu geben.

»... Aber das gibt dir nicht das Recht, mir Vorwürfe zu machen«, beendete sie ihren Satz.

»Ich habe mich verändert. Du nicht, das ist das Problem. Läuft dir ein Mann über den Weg, schmilzt du vor zärtlichen Gefühlen davon und verstrickst dich in blöde Situationen. Und ich kann wirklich nicht glauben, daß du nicht siehst, wie du ausgenutzt wirst.«

Jetzt wurde sie wirklich böse.

»Soll ich dich vor die Tür setzen? Du kannst verdammt überheblich sein, genau wie dein Vater. Ich bin anders, lege mehr Wert auf menschliche Qualitäten. Jede meiner Beziehungen hat mir etwas gebracht, etwas, was ich vielleicht nötig habe.«

Sie sah mich an, eine Spur von Trotz um den Mund. Sie wirkte nicht gerade unecht oder affektiert, aber ich entdeckte doch in ihr diese gekünstelte Herausforderung, mit der sie ihre Schwäche zu verbergen suchte. Und gleichzeitig fiel mir auf, wie zerbrechlich sie war, mit ihren schmalen Wangen, ihrer feinen, schon zerknitterten Haut. Sie war eine verletzliche Natur, ohne die Kraft und den Ehrgeiz, durch Ellenbogenarbeit weiterzukommen. Immerhin war sie verletzlich auf produktive Weise. Ihre Feinfühligkeit zeigte sich in ihren wundervollen, tiefgründigen Bildern und Ornamenten. Daneben brauchte sie jemanden, der ihre Steuererklärung ausfüllte, ihre Rechnungen pünktlich auf die Post brachte. Sie sah lauter Kleinkram, ich war nüchtern. Meine Mutter hätte meine Tochter sein können. Sie nährte sich von meiner Lebenskraft und gab mir nichts dafür, außer ein perfektes Gefühl für Formen und Farben. Und was sollte ich damit anfangen? Das war es, als es erkennbar wurde, was mich so schnell auf Distanz gehen ließ.

Sie hatte sich nach der Scheidung von meinem Vater schnell getröstet. Eine Spur zu schnell, für mein Empfinden. Der blonde, etwas pummelige Typ hieß Vincent und gab Malunterricht. Ich stellte keine Fragen, guckte auch nicht durchs Schlüsselloch und fand die Situation, daß meine Mutter mit einem fremden Mann im Bett lag, ganz unerträglich. Carmilla wurde die Sache peinlich. Sie schrieb meinem Vater von den Schwierigkeiten, in der Nähe eine geeignete Schule für mich zu finden. Sie erzählte von einem Mädchengymnasium in der Rue François Miron. Das Internat, ein ehemaliges Kloster der Benediktinerinnen, hieß »Sainte Agathe«. Derzeit wurde es von Lehrerinnen geleitet, nahm Schülerinnen verschiedener Konfessionen auf. Die Schule hatte einen hervorragenden Ruf, galt als fortschrittlich und war sehr teuer. Mein Vater schickte das Geld. Carmilla behielt einen Teil davon für sich und steckte es Vincent zu – aber das erfuhr ich erst später. Ich blieb drei Jahre in diesem Internat. Wenn ich mich aber daran erinnerte, konnte ich gar nicht glauben, daß ich so lange dort gewesen war. Vielleicht lag es daran, daß ich mich an diese Zeit nicht im ganzen erinnerte, sondern nur in kleinen Stücken. Zum Beispiel: die langen Gänge, in der Mitte ein schmaler Streifen braunen Linoleums; die düsteren Aufenthaltsräume, holzgetäfelt, mit den langen Tischen und hochlehnigen Stühlen, wo es immer nach Möbelpolitur roch; ferner der hartnäckige Geruch der Toiletten; die schlecht geheizten Klassenzimmer mit den Wandtafeln und der Landkarte, die, wenn man sie zu schnell herunterzog, mit lautem Klatschen wieder hochrutschte.

Das Gebäude, ringsherum von einer Mauer abgeschlossen, hatte einen gepflasterten Innenhof, auf dem wir bei schönem Wetter Turnübungen machten. Die Mädchen schliefen in einem Großraum, durch stoffbezogene Trennwände in Zellen aufgeteilt. Man hörte Schlafgeräusche, Husten, das Rascheln der Decken. Jede Schülerin verfügte über eine Waschschüssel, einen Toiletteneimer und ein Handtuch mit Wabenmuster. Geduscht wurde nach dem

Turnunterricht, gebadet einmal in der Woche, am Freitag. Im allgemeinen verbrachten die Schülerinnen das Wochenende zu Hause; manche blieben auch sonntags im Internat. Ab dreizehn wurde uns erlaubt, zu zweit oder dritt spazierenzugehen; Museumsbesuche waren erwünscht, jugendfreie Filme gestattet, aber nur in der Nachmittagsvorstellung. Um sieben mußten wir wieder im Internat sein.

Ich war nicht unglücklich in Sainte Agathe. Sehr bald steckte ich mir mein eigenes Revier ab, für meine Bedürfnisse und Wünsche. Seltsam, daß ich mich sowenig an die Gesichter erinnerte. Das vornehme Profil von Madame Poniatowska sah ich; sie hatte blaugefärbtes Haar und trug Unterröcke mit schwarzen Spitzen, die unter ihren Rocksäumen hingen. Ich sah auch das puddingweiche Kinn, die roten Lippen und den kurzen Hals der Aufseherin; wenn sie lachte, bildeten die Backen unter jedem Auge einen Wulst. Mademoiselle Liard und ich faßten im ersten Augenblick eine heftige Abneigung gegeneinander. Dann sah ich noch Elenis Gesicht, und natürlich deins – überall, denn du warst für mich die Liebe selbst gewesen. Inzwischen hatte ich gelernt, mit Erinnerungen und schwebenden Gefühlen zu leben. Auf gewisse Klänge zu horchen, mir Bilder vorzustellen, die mich in Aufruhr versetzten. Ich brauchte nicht einmal die Augen dabei zu schließen; das tat ich nur, wenn ich mit einem anderen Mann schlief und dich in mir fühlte, bis ich schrie. Soviel vermochte ich, aber auch nicht mehr. Manche Erinnerungen waren gut in meinem Kopf eingeschlossen, andere aus meinem Leben verschwunden, wie Regentropfen in einem Fluß. Es war nicht wieder gutzumachen; ich fühlte Ohnmacht.

Zugegeben, unsere Gefühle waren, wenn nicht pathologisch, auf jeden Fall ungewöhnlich. Immerhin wurden wir leicht mit ihnen fertig, fochten auch keinen Scheinkampf gegen die Vernunft aus. Unser beider Gleichgültigkeit gegenüber herkömmlichem Moralempfinden nahm uns jede Furcht. Wir fanden es nicht der Mühe wert, uns darüber den Kopf zu zerbrechen. Es konnten keine Folgen eintreten, weil keine Ursache bestand, uns zu schämen. Die Schwelle, jenseits derer das, was wir taten, unausweichlich wurde, war schnell erreicht. Wir taten es unter der Treppe am linken Ufer der Seine, zwischen dem Pont Marie und dem Pont Louis Philippe, wo es dunkel war und nach Urin roch.

»Hier ist es sehr schön«, sagte ich.

Ich konnte Madame Poniatowska nicht böse sein: Sie war ein bißchen überfordert gewesen.

»Amadeo kommt nach Paris«, sagte ich zu Eleni. »Aber nur für drei Vorstellungen.«

Ja, ich weiß. Wie fühlst du dich?«

»Beduselt.«

»Das kann ich mir vorstellen.«

Elenis amüsierte Stimme hallte wie ein Echo durch die Stille des Wohnzimmers. Sie stand in der Küche und klapperte mit den Tassen; es duftete nach frischem Kaffee. Ich lehnte mich auf dem Sofa zurück, während meine Blicke durch den Raum schweiften. Zwei schöne Gobelins verdeckten die Wände, ein Miró hing neben zwei kleinen, aber bezaubernden Leonor Fini. Die Sonne fiel durch die Vorhänge, schimmerte auf die blauen Seidenkissen. Ein großer Flügel, der dunkel und still gegen das Licht glänzte, stand auf einem abgeschabten Teppich. Ich sah ein Metronom, ein Notenpult. Die Möbel, liebevoll gehegte Einzelstücke aus dunklem Mahagoni, dufteten nach Wachs. Auf der Kommode standen allerlei Gegenstände: Trokkenblumen unter einer Glasglocke, Schalen, Schleifglaskugeln und eingerahmte Fotos, die Elenis Eltern zeigten. In einer weißen Vase aus der Ming-Zeit, mit blauen Drachen verziert, duftete ein üppiger Rosenstrauß.

Als ich Eleni zum erstenmal im Internat begegnete, saß sie auf der Toilette und heulte. Ich gab ihr mein Taschentuch, das sauber war, und bot ihr ein Minzbonbon an. Sie war seit zwei Tagen da und fühlte sich scheußlich. Sie war langbeinig, schmalhüftig; ihre Wangen waren beständig blaß und ihre Bewegungen eine Mischung aus Grazie und Ungeschicklichkeit, wie bei einem Füllen. In der Schule verkehrten Töchter von Berühmtheiten aus der Politik-, Finanz- und Theaterwelt. Man legte Wert auf Diskretion. Kaum jemand wußte, wer Elenis Eltern waren. Ihr Vater war damals schon tot, ihre Mutter hatte sich vom Film zurückgezogen. Ich weiß es nicht mehr genau, aber ich nehme an, daß unsere Zuneigung daraus entstand, daß wir besonders waren. Eine Eigenschaft, die uns unabhängig machte, und zwar sehr früh.

Jetzt kam sie aus der Küche, füllte Kaffee in zwei goldgerändete Mokkatassen, stellte einen Teller mit Cremeschnitten auf den Tisch. Sie setzte sich mir gegenüber in einen niedrigen Sessel und zeigte ihr Grübchenlächeln.

»Du bist hübsch heute, weil du dich freust.«

»Danke! Aber ich habe ein Problem.«

»Martin?« fragte sie.

Ich nickte. Sie zog fragend die Brauen hoch.

»Ich habe ihm meinen Schlüssel gegeben.«

»Und jetzt macht er sich bei dir breit.«

»Ich schlafe nur noch am Bettrand.«

Eleni ließ das rauhe, kräftige Lachen hören, das sie von ihrer Mutter geerbt hatte und sowenig zu ihrer Zartheit paßte.

»Du warst doch immer dagegen, einen Mann in deine Wohnung zu nehmen.«

»Immerhin kocht er für mich. Er macht gute Steaks.«

»Die kannst du auch im Restaurant haben.«

»Es war ein Fehler, das sehe ich jetzt ein.«

»Ist er eifersüchtig?«

»Und wie.«

»Mein Gott«, seufzte Eleni, »da wird er noch Überraschungen erleben!«

Wir tauschten einen bedeutsamen Blick und lachten. Jeder trägt ein Stück seiner Kindheit mit sich herum: Damals, als Schülerinnen, hatten wir auch so gelacht, grundlos zumeist oder aus Nervosität oder weil wir erschüttert waren.

Eleni war Gitarristin und ein halbes Jahr jünger als ich. Man hatte ihre Begabung entdeckt, als sie fünf war, und sorgfältig gefördert. Schon in Sainte Agathe mußte sie bei jeder Schulfeier auf die Bühne. Später hatte sie an der Musikhochschule studiert, mit bedeutenden Orchestern gespielt und Solokonzerte gegeben. Vor drei Jahren hatte sie Jorge Esposito geheiratet, einen spanischen Musiker und Komponisten. Seitdem traten beide im Duett auf, machten Rundfunk-

und Fernsehaufnahmen, unternahmen Konzerttourneen und lebten ganz gut davon.

Wer Eleni zum erstenmal sah, kann sie ebensowenig beurteilen wie Martin, der sie kürzlich kennengelernt hatte. Auf den ersten Blick, sagte Martin, sieht sie bezaubernd aus, womit er recht hatte. Anmut strahlte aus den klaren Zügen ihres Gesichtes, aus den fließenden Bewegungen ihrer Arme und Hände. Sie war goldblond, hellhäutig, schmal und graziös. Auf den zweiten Blick, meinte Martin, ist sie ichbezogen. Und da irrte er sich so weit, wie es einen Unterschied zwischen Ichbezogenheit und Verträumtheit gibt. Wer sie wirklich kannte, würde vielleicht etwas anderes sagen, vielleicht so etwas wie Jorge Esposito eines Tages mir anvertraute, kurz nachdem er – als Zwanzigjähriger – sich in Eleni verliebt hatte:

»Unter uns gesagt, Ariana, ich weiß nicht, ob sie wirklich in dieser Welt lebt. Sie ist gut, weil sie das Gute liebt und sich immer danach sehnt. Sie versucht, aus Träumen Wirklichkeit zu machen. Immer wird sie geliebt werden, sie braucht nur zu rufen. Aber sie selbst wird immer nur die Musik lieben. Und in allem, was wir zusammen machen, sehe ich ein Wunder.«

So hatte Jorge damals über sie gesprochen, und so empfand ich es auch. Wenn Eleni sich über ihr Instrument beugte und ihre zarten Finger mit verblüffender Stärke über die Saiten tanzten, glich sie einem Geschöpf aus einem Bilderbuch, einer Fee, einer Nixe aus grünen Gewässern. Sie zog sogar Kinder in ihren Bann, Kinder, die in einem Konzertsaal nie lange stillsitzen können.

Sophie Avril – Elenis Mutter – hatte dafür gesorgt, daß ihre Tochter von den besten Lehrern unterrichtet wurde. Als Eleni mit dreizehn ihre ersten Konzerte gab, brachte Sophie ihr bei, wie man sich kleidet und auftritt. Eleni spielte Albéniz, Segovia, Castelnuovo-Tedesco. Sophie ließ für sie üppige Röcke aus Taft anfertigen, deren schillernde Farben bei jeder Bewegung im wechselnden Faltenspiel glänzten. Dazu enge schwarze Samtmieder oder bauschige Flügelärmel. In den Ohren und um den Hals trug Eleni Schmuck aus kleinen Rubinen oder Brillanten. Eine Gürtelschärpe aus schwerer Seide, rote Lippen und eine Rose im Chignon verwandelten die spröde

Halbwüchsige in eine klassische spanische Schönheit, wie einem Gemälde von Velázquez entstiegen.

Sophie Avril – die eigentlich Sofia Vlachos hieß – war als Siebzehnjährige aus ihrem makedonischen Bauerndorf zu Verwandten nach Frankreich gekommen. Sie sollte sich Geld für eine Aussteuer verdienen und einen entfernten Vetter heiraten. Doch es kam anders: In einem Hotel, wo sie als Zimmermädchen arbeitete, lernte sie den Schauspieler Sacha Marconi kennen. Von ihrem eigenwilligen Charme entzückt, machte er sie zu seiner Frau und zu seiner bevorzugten Filmpartnerin. Er brachte ihr tadellose Manieren, einen raffinierten Kleidergeschmack und einen perfekten Umgangston bei. Da sie klug war, lernte sie schnell. Unter dem Namen Sophie Avril drehte sie mit ihrem Mann eine Reihe Filme, vorwiegend historische Lustspiele mit extravaganter Ausstattung, wie sie in den siebziger Jahren beliebt waren. Als Sacha an Krebs erkrankte, pflegte sie ihn bis zu seinem Tod. Darauf verließ sie den Film und wechselte zur Bühne über. Sie konnte sich gut umstellen und spielte mit Erfolg im »Théâtre du Palais Royal«, wo sie in Farcen und Komödien auftrat. Der Kontrast ihrer blonden Eleganz und ihrer herben, fast männlichen Stimme bezauberte. Ihr Lachen war berühmt: Die Bauerntochter aus dem makedonischen Hochland verkörperte mit Grazie und Extravaganz die vollendete Pariserin, bis ein Herzleiden ihrer Karriere ein frühzeitiges Ende setzte. Sie hatte ihr Geld geschickt angelegt und brauchte sich für ihre Zukunft keine Sorgen zu machen. Aber Sophie Avril war mit der Welt der Schauspieler zu lange verbunden gewesen, als daß sie sie hätte aufgeben können. Als ich sie kennenlernte, war sie im Palais Royal für Requisiten und Kostüme verantwortlich. Dort arbeitete sie bis zu ihrem Tod, sieben Jahre später. Wie oft hatten Eleni und ich hinter den Kulissen die Proben miterlebt – und manchmal sogar die Uraufführungen. Und ich war stets am glücklichsten, wenn ich bei Elenis Mutter das Wochenende verbringen konnte, in der großen Wohnung voller Stoffblumen, exotischer Möbel und Fotos von Schauspielern, alle von Harcourt aufgenommen und mit handgeschriebenen Autogrammen versehen.

Sophie hatte versucht, mir Klavierstunden zu geben, und es bald aufgegeben. »Du bist wirklich nicht dafür gemacht!« sagte sie, was mich damals zutiefst kränkte. Ich beneidete Eleni, die Welt der Musik zog mich an: Ich mußte einsehen, daß ich unbegabt war. Die Feststellung schmerzte. Sophie tröstete mich: »Mach dir nichts draus, *ma chérie!* Du wirst bald wissen, wozu du gut bist.«

Die Monate vergingen. Von Zeit zu Zeit fragte Sophie im verschmitzten Tonfall:

»Immer noch keine Idee, wozu du gut bist?«

»Immer noch nicht.«

Sie lachte heiser und bezaubernd, wie auf der Bühne.

»Eines Tages fällt dir schon was ein.«

Die Idee kam, zeichnete sich deutlicher ab und fand nach und nach ihre endgültige Form. Sie hatte nichts mit Musik zu tun, leider. Sie hing mit einer Schachtel Streichhölzer zusammen und mit etwas, worüber ich nicht sprach. Es war eine namenlose Verzweiflung gewesen, eine Qual, die im Wahnsinn hätte enden können. Eleni erfuhr erst davon, als ich einen Zustand erreicht hatte, der Erinnerungen weit wegschob und unverbindlich machte. Da erzählte ich ihr, daß ich nahe daran gewesen war, die Schule in Brand zu stecken. Aber Eleni hatte Stavros und Anghelina schon besucht und war nicht so entsetzt, wie sie es hätte sein können.

Die Tage vergehen, die Zeit vergeht. Alte Bilder kommen ans Licht und verblassen, sie ziehen sich zurück, sind weg und verloren. Die Zukunft kommt schnell, ich weine nicht um den dahingegangenen Tag, es ist auch weiter nicht wichtig. Nur gewisse Erinnerungen stehen vor mir, als wären sie erst gestern gewesen. Ich kann sie im Geist wieder erleben, wann ich will. Gleichwohl spielten sie sich vor langer Zeit ab, an einem Sonntag im Mai. Dieses Stück aus meinem Leben, diese Szene, spult sich in mir ab wie ein Filmstreifen.

Es ist also an einem Sonntag im Mai. Eleni und ich sind mit dem Autobus zum Bois de Boulogne gefahren. Das war erlaubt, sobald die Tage länger wurden. Nach Sonnenuntergang bevölkerten exotische Nachtschattengewächse das Gelände; der Bois war nur tagsüber begehbar, auch wenn unter den Büschen Injektionsnadeln lagen. Man konnte bummeln, radfahren oder beim Pferderennen zuschauen. An diesem Sonntag war der Himmel blau, die Wärme fast hochsommerlich. Wir wollten ein Ruderboot mieten. Zufällig sahen wir das kleine Zirkuszelt, die paar Wohnwagen, die Käfige für die Raubtiere. Hinter Seilabsperrungen, die Neugierige fernhalten sollten, standen ein Elefant und eine Giraffe. Ein Schimpanse, der sich heftig kratzte, zog an einer Kette. Nasse Wäsche flatterte auf Leinen. Es roch nach wilden Tieren, Butangas, Mist und gebranntem Zucker. Eine fremde Welt, von der wir nichts wußten. Die kleine Musikkapelle schmetterte einen Marsch. Der Rufer, als Clown geschminkt, mit roter Nase und enorm dickem Bauch, schrie in einen Lautsprecher. Noch sechs Minuten bis zur Vorstellung. Eleni und ich tauschten einen Blick.

»Gehen wir?«

Ich stand unschlüssig da.

»Hast du Geld?«

Meine Mutter gab mir nie genug Taschengeld, was mich oft in Verlegenheit brachte. Zum Glück war Sophie Avril großzügig. Sie sagte zu Eleni, sie solle mich einladen.

Das Schicksal nimmt seinen Lauf, wenn man es am wenigsten erwartet. Alles entsteht im Unbewußten, in der tiefen Welt der Phantasie. Wir erschaffen uns die Gestalt, die wir lieben; sie gehört zu den Rätseln unseres Lebens, sie existiert nicht anders als durch uns. Aber was, wenn ein sichtbares Wesen aus ihr wird? Wenn sie vor uns steht, ein fleischgewordener Traum, der uns auf der Stelle lähmt und keine Flucht erlaubt?

Nach der Vorstellung wollte ich zu ihm gehen. Eleni hatte Angst, aus Gründen, die mir nicht klar waren. Sie flüsterte hinter vorgehaltener Hand.

»Du, ich glaube, das ist ein Zigeuner. Ich an deiner Stelle würde aufpassen.«

»Ich will ihm etwas sagen.«

»Was denn?«

Ich gab keine Antwort. Eleni nagte an ihrer Unterlippe, rührte sich nicht vom Fleck. Sie ging mir auf die Nerven: Noch stand er in der Manege, aber bald würde er gehen. Und was würde aus mir werden, wenn ich nicht mit ihm reden konnte?

»*Il n'a pas l'air très convenable* – er sieht nicht sehr anständig aus«, flüsterte Eleni.

Er wandte den Kopf zum Artisteneingang und rief etwas. Gleich war er weg. In meiner Brust tanzten glühende Funken. Ich stieg rasch über die Bänke.

»Bleib da, wenn du nicht mitkommen willst.«

Eleni sprang auf.

»Warte!«

Sie störte sich nicht daran, daß ich die Anführerin war; sie war auch keine Drückebergerin, sondern fügte sich aus Zuverlässigkeit, wie Mädchen es tun.

Hinter dem Artisteneingang herrschte das übliche Gedränge nach einer Vorstellung. Das Publikum hatte das Zelt verlassen, nur noch ein Scheinwerfer brannte. Eine Frau stapfte durch die schmutzigen Sägespäne mit zwei weißen Pudeln unter den Armen; wir hatten zuvor gesehen, wie sie auf einem Apfelschimmel ritt. Die engen Hosen standen ihr gut. Sie hatte hübsch geformte Beine, aber ein altes Gesicht. Neben dem roten Vorhang schraubte der dicke, weißgepuderte Clown ein Mundstück in irgendein Blasinstrument. Zwei Nordafrikaner im Overall wanderten mit Eimer und Besen durch die Sitzreihen. Amadeo stand mit zurückgeworfenem Kopf am Fuß des Trapezaufbaus und prüfte die Luftleiter, indem er sie hin und her schleuderte. Er warf uns einen verdrossenen Blick zu, zog ein letztes Mal kräftig an der Leiter und ließ sie dann los, bevor er sich uns zuwandte. Sein Ausdruck war unfreundlich; wir waren ihm im Weg.

Ich sah ihn im Dämmerlicht: ein Mann mit kastanienbrauner Haut, großgewachsen und sehnig. Er hatte lange Arme und Beine; dazu pechschwarzes Haar, das glatt war und bis auf die kräftigen Schultern herabfiel. Die niedrigen Brauen trafen sich fast auf der Nasenwurzel, der Mund war breit und gut gezeichnet. Es wäre unmöglich gewesen, eine einzige weiche Linie auf seinen kantigen Zügen zu entdecken. Die Farbe der tiefliegenden Augen war ebenso dunkel wie der Mann selbst.

Er trug eine speckige Lederjacke mit Fransen, kniehohe Stiefel und schwarze Jeans, die eng seine langen Beine umschlossen. Unter der Jacke war sein Oberkörper nackt, und die Haut war ebenso glatt und gebräunt wie in seinem Gesicht.

Eigentlich nahm ich das alles nur aus den Augenwinkeln wahr;

meine Aufmerksamkeit war von der Ratte in Anspruch genommen, die auf seiner muskulösen Schulter kauerte. Und zwar genau auf einer großflächigen blauen Tätowierung, die eine Lilie darstellte. Nach ein paar Sekunden verblüffter Stille hatte ich auf das Tier gedeutet.

»Beißt sie?«

»Mich nicht«, kam die unwirsche Antwort. Und jetzt erlebte ich die zweite Überraschung bei diesem Mann. Seinem Aussehen nach war ich auf jede andere Stimme gefaßt als auf die, die ich jetzt hörte: Sie war leise und klar und im Gegensatz zu seinen schroffen Worten erstaunlich sanft. Dabei wandte er sich um und wollte gehen, und unsere Begegnung hätte ein ergebnisloses Ende genommen, wenn ich ihm nicht nachgelaufen wäre.

»Warten Sie!«

Er blieb so plötzlich stehen, daß ich gegen seinen Rücken prallte, drehte sich um und sah mich finster an. Ich nahm meinen ganzen Mut zusammen.

»Das, was Sie mit dem Feuer machen ... das kann ich auch!« Er zog auf eigentümliche Weise die Nase kraus; ich dachte, jetzt wird er böse, doch das Gegenteil geschah: Ein Funke blitzte in seinen Augen auf. Mein erschrockenes Anstarren erwiderte er mit einem langen, spöttischen Blick. Und jetzt konnte ich die dritte seltsame Eigenart an Amadeo bemerken – sein Lächeln. Es mußte selten kommen, dieses Lächeln, hell und warm wie ein Sonnenstrahl, der durch dunkle Gewitterwolken herabzuckt. Ich sah das flüchtige Aufblitzen der Zähne hinter dem harten Mund, bevor sich das Gesicht wieder in eine finstere Maske verwandelte.

»Und du hast dir dabei nie die Finger verbrannt?«

Die Zweideutigkeit der Bemerkung entging mir; ich hatte den besten Grund, sie durchaus wörtlich zu nehmen.

»Nein. Ich spüre nichts.«

Seine Augen ließen von mir nicht ab. Er schien mir plötzlich zugänglicher. Ich konnte auf seinem Gesicht fast ablesen, was er dachte, und das war sonderbar genug. Er nahm mich plötzlich wahr, betrachtete das Wesen, das ihm in Gestalt einer Internatsschülerin entgegenblickte. Es war damals üblich, daß wir Uniformen trugen: knielange Faltenröcke, weiße Blusen mit runden Kragen und marineblaue Strickjacken. Amadeo sah die glatte Stirn des Mädchens, den langen zarten Hals, die starken Wimpern, die braunen Pupillen. Alles begann in diesem Atemzug, als ihre Augen sich trafen und einander den Aufruhr mitteilten, den sie getrennt erlebten. Er trug eine Ratte auf der nackten Schulter; sie hatte weiße Baumwollsocken an, ihre Zöpfe waren frisch gewaschen und glänzten. Er roch nach Pferdemist und Schweiß, sie duftete nach Lavendelseife. Doch für beide war es, als ob jeder im anderen, deutlich erkennbar, sein eigenes Seelenteil entdeckte. Dieses seltsam verdoppelte Sehen, als versänke jeder tief in sich selbst und gleichzeitig in dem anderen, entfachte in beiden eine plötzliche Stille, wie im Auge eines Taifuns. Alles stockte, Stimme, Atem, das Leben selbst. Nachdenken war nicht nur unmöglich, sondern überflüssig. Sie wußten so wenig voneinander, wie der Wind von dem Zelt weiß, in dessen Bahnen er spielt, aber sie fühlten die gleiche Kopflosigkeit, die gleiche Erschütterung, als vor ihren Augen ein Traumbild lebendig wurde.

Eine Sekunde nur, und meine Kindheit war tot. Eine weitere Sekunde, und er wußte um das Unausweichliche. Es gab kein Zurück mehr. Das Schicksal hatte uns gepackt; und es hatte uns nicht zusammengeführt, um uns unversehrt gehen zu lassen. Mein Puls beschleunigte sich, meine Schenkel wurden schwach und zitterten. Wie kann eine Fünfzehnjährige wissen, was Verlangen bedeutet? Woher soll sie die Kenntnis nehmen, daß dieses Verlangen nur der Eintritt in eine andere Dimension ist? Mag sein, daß ich es fühlte; Kinder fühlen solche Dinge, auch wenn sie die Wunden der Liebe nicht kennen. Er jedoch empfing die Wunde bei lebendigem Leib und mit klarem Verstand, wie ein Messer, das sich in sein Herz bohrte. Er war von diesem Schmerz überwältigt, ihm hilflos und wütend ausgeliefert.

»Scheiße, verfluchte!« knurrte er, nahm die Ratte von seiner Schulter und hielt sie mir hin. Mir fiel auf, wie behutsam die Gebärde war, wie gelenkig die schmalen dunkeln Finger. Er legte das Tier in meine Handfläche. Die Ratte beschnüffelte mich. Ihre Krallen bewegten sich auf meiner Haut, aber es tat nicht weh. Ich lachte und sah zu ihm empor.

»Es kitzelt ...«

Er starrte mich an. Ein Zucken ging über die braune Haut, straff gespannt über die hohen Wangenknochen. Seine Augen waren pechschwarz unter dem strähnigen Haar. Doch ich bemerkte ein paar goldene Glanzlichter in ihnen, wie Funken in dunklen Gewässern.

»Sie heißt Topsy«, sagte er kehlig. »Sie ist noch ganz jung.«

Wir fuhren mit dem Autobus zurück. Es wurde höchste Zeit. Man achtete streng darauf, daß wir pünktlich waren. Ich starrte aus dem Fenster. Lange herrschte Schweigen, bis Eleni sagte: »Komm, sei nicht traurig.«

Ich drehte abwesend den Kopf herum.

»Ich bin nicht traurig. Ich überlege, wie ich aus dem Schlafsaal komme …«

»Bist du wahnsinnig?«

Ich kaute an meinen Nägeln.

»Ich muß nachdenken.«

»Du sorgst noch dafür, daß du erwischt wirst!«

»Das ist mir egal.«

»Ariana, ich will dir nur sagen …«

»Sei still!«

Sie wandte das Gesicht ab. Dann fühlte ich mich allein gelassen, ihr Schweigen war unerträglich. Ich rüttelte an ihrem Arm.

»Bist du mir böse?«

»Nein.«

Sie war unglaublich. Mein Gott, war sie verständnisvoll!

»Ich habe dich vorhin nicht ausreden lassen. Was wolltest du sagen?«

Ein kleines Schulterzucken nur, ein tiefes Atemholen.

»Ach, nichts weiter. Bloß, daß er gar nicht so schlimm ist, wie ich dachte …«

Über eine Zeitspanne von vierzehn Jahren kehrte der Klang ihrer Worte zurück, während Eleni mir gegenübersaß und mit der Gabel eine Cremeschnitte zerteilte. Sie machte das sehr geschickt, indem sie den kleinen Teller auf den Knien balancierte.

»Willst du Martin nicht die Wahrheit sagen?«

Ich hob meine Tasse zum Mund. Ich kannte niemanden, der besseren Kaffee machte als Eleni.

»Ich weiß es nicht. Es gibt Dinge, über die ich mit ihm nicht rede. Man bekommt allmählich ein Gefühl dafür, wann man offen sein kann und wann nicht. Martin will immer, daß ich offen bin. Aber ich glaube, er könnte die Wahrheit nicht ertragen.«

Eleni befühlte die Kanne, ob sie noch heiß war, und schenkte uns frischen Kaffee ein.

»Du hast dein Leben gelebt, bevor er auf der Bildfläche erschien, das müßte er doch einsehen.«

»Soviel weiß ich von ihm: Er ist einer, der andere zu verstehen versucht, um sie besser zu beherrschen.«

»Das würde ich nicht aushalten«, sagte Eleni.

Ich zuckte die Achseln.

»Laß nur, irgendwie muß ich ja die Zeit totschlagen. Und es ist manchmal ganz lustig mit ihm. Wenn er nur stärker wäre, als er ist, um mir wenigstens ebenbürtig zu sein.« Eleni lachte stoßweise.

»Ich sehe schon, da ist nichts zu machen.«

»Manchmal hat man keinen Vergleich«, sagte ich. »Dann schnappt man sich irgendeinen Kerl und geht mit ihm ins Bett. In Gefühlsdingen hält man mich oft für oberflächlich und kalt, genaugenommen für unfähig, tiefer zu empfinden. Aber das stimmt nicht. Die Wahrheit ist, daß Amadeo gewisse Maßstäbe gesetzt hat für das, was ich von einem Mann erwarte. Und solange ich keinen solchen finde …«

»Und wenn du ihn finden würdest?«

Kurze Stille. Ich nahm einen Schluck Kaffee.

»Willst du eine Antwort?«

Sie schüttelte den Kopf.

»Das kannst du dir sparen. Ich weiß doch, was du sagen wirst.«

»Ja.«

Abermals Stille. Schließlich brach ich das Schweigen.

»Kommst du mit Jorge in die Vorstellung?«

»O ja, gern!« rief Eleni und wurde ein bißchen rot. »Ich möchte ihn mit Amadeo bekanntmachen. Jorge sagt, daß ein Mensch, der die

Tiere liebt, einen inneren Klang in sich trägt, eine Harmonie, die selbst die Tiere wahrnehmen.«

Es war eine Bemerkung, zu der nur ein Künstler fähig war, der seinesgleichen verstand. Ich lächelte, doch mein Herz wurde schwer. Für Eleni bestätigte jedes Wort, jeder Blick ihre unendliche Liebe zu Jorge.

»Amadeo kann Idioten nicht ausstehen«, sagte ich, »deshalb wird er Jorge mögen.«

»Und Martin?«

»Ich sorge dafür, daß er mich in Ruhe läßt. Man soll Krach vermeiden, wenn man kann. Und mit Martin könnte es ziemlich heiß werden.«

Eleni ließ das rauhe Lachen ihrer Mutter hören. Sie trug einen weißen Pullover, weiße Hosen und eine kleine Korallenkette um den Hals. Das Sonnenlicht beleuchtete ihr Gesicht. Sie sah erstaunlich jung und gleichsam alterslos aus. Selbst mit vierzig, dachte ich, wird sie kaum anders sein als heute.

»Du und ich, wir sind gerne dort, wo es heiß ist. Du weißt doch, es liegt uns im Blut.«

Lola erkannte mich sofort, als ich anrief. Ich hatte es nicht anders erwartet. Ich brauchte nur ihre singende Stimme zu hören, und sofort umfingen mich die Erinnerungen, hüllten mich ein wie in einen Mantel.

»Pitchounette! Jetzt gerade habe ich an dich gedacht! Ich wußte doch, daß du anrufen würdest. Wie geht es dir?«

»Danke, gut. Und dir? Was machen deine Rheumaschmerzen?«

»Nicht schlimm, aber beschissen. Regenwetter ist Gift für mich.« Lola hustete in den Hörer. »Bin froh, wenn wir wieder in den Süden ziehen.«

Lola war vor siebzig Jahren in Marseille geboren und gehörte zum Stamm der Manouche. Ihr ganzes Leben hatte sie beim Zirkus verbracht. Mit dreizehn hatte sie am Flugtrapez begonnen, bei Médrano. Später war sie bei Pinder gewesen. Im Laufe ihrer Karriere hatte sie sich mehrmals die Knochen gebrochen. Als sie selbst nicht mehr auftreten konnte, hatte sie junge Akrobaten trainiert. Seit etlichen Jahren verwaltete sie bei Amadeo die Kasse und kümmerte sich um den Vorverkauf.

»Und die anderen?« erkundigte ich mich. »Alle gesund?«

»Lukas ist gestorben.«

Ich war betroffen. Lukas, den Zwerg, der die Programme verteilte, hatte ich gleich in mein Herz geschlossen. Er war nicht größer als ein Zwölfjähriger gewesen, mit einem Gesicht, vornehm und wissend, und Augen, so blau wie Kornblumen.

»Woran ist er gestorben, Lola?«

»An Kehlkopfkrebs. Am Ende konnte er kein Wort mehr sagen, nur Zeichen machen oder etwas auf ein Papier kritzeln. In Toulouse mußten wir ihn ins Krankenhaus bringen. Am Abend der Premiere holten wir ihn: Er war nur noch Haut und Knochen. Amadeo trug ihn, ganz in Decken eingewickelt, wie ein Kind. Wir setzten Lukas in einen Sessel, am Rand der Manege. Er starb, als Amadeo auf Pinto durch den Ring sprang. Genau in diesem Augenblick ...«

Ich schluckte würgend.

»Es tut mir leid ...«

»Sei nicht traurig, Pitchounette, er ist glücklich. Wir haben ihm ein prachtvolles Begräbnis veranstaltet und danach die ganze Nacht gefeiert, wie er es haben wollte. Das Leben geht weiter, nicht wahr? Und Amadeo wartet auf dich.«

»Geht es ihm gut?«

»Nein. Er schnauzt alle Leute an. Dazu kommt, daß Quasimodo Koliken hatte. Jetzt frißt er wieder, zum Glück. Sonst hätte Amadeo uns alle verprügelt. Ich werde ihm sagen, daß du angerufen hast, das macht ihn sanft wie ein Lamm.«

»Eleni und Jorge kommen auch«, sagte ich.

»Gut. Ich lege dir Karten zurück. Einen Kuß, Pitchounette!«

»Erkälte dich nicht, Lola.«

»Keine Sorge! Ich habe einen Fußwärmer!«

Ich legte lächelnd den Hörer auf und merkte überrascht, wie mühelos und nahezu ohne Übergang ich in das komplizierte Leben der Zirkuswelt hineingetaucht war. Und jetzt mußte ich Martin sagen, daß ich mit einem anderen Mann verabredet war. Ein Mann, wie ihn

Martin sich nicht vorstellen konnte. Martin mit seiner guten Erziehung der amerikanischen Mittelklasse, seiner aufdringlichen Liebenswürdigkeit und dem eigentümlichen, mißtrauischen Blick. Wenn ich mit ihm sprach, mußte ich nach Worten suchen und ihren Doppelsinn fürchten. Ich hatte entdeckt, daß er immer nur das verstand, was er wollte. Sobald ihm etwas nicht gefiel, spielte er den Dummen.

»Martin, hör zu, ich möchte ein paar Tage allein sein.«

Er sah mich an, die langen Beine von sich gestreckt, die Hände hinter dem Kopf gefaltet. Es war abends, in der Küche. Martin hatte Rinderfilet mit Ananas zubereitet. Wir tranken einen Rotwein dazu, der mir zu süß war. Zum Abschluß löffelten wir eine Karibikcreme und tranken Kaffee. Martin rauchte jetzt, gemächlich und entspannt; der Augenblick schien mir gut gewählt.

»Was hast du vor? Wieder nach Milano zu fahren?«

Ich hielt es für das beste, mit offenen Karten zu spielen.

»Ein Freund von mir ist da; ich will ihn sehen.«

Martin kniff die Augen zusammen.

»Einer deiner früheren Liebhaber?«

»Wenn du mich schon so fragst, ja. Er war der erste Mann, mit dem ich zu tun hatte.«

»So.« Martin hielt die Zigarette über den Aschenbecher. »Wann war das denn?«

»Vor vierzehn Jahren.«

Er hob ruckartig den Kopf.

»Herrgott! Ich dachte, du wärst in einem Pensionat erzogen worden.«

»Ich bin durchgebrannt.«

»Mit diesem Mann?«

Ich nickte.

»Und deine Mutter?«

»Ich rief sie an und sagte, daß sie sich nicht aufregen sollte. Ich hatte mein Examen verpaßt. Im Internat wollte man mich nicht mehr, ich mußte die Schule wechseln. Ich sagte Carmilla, ich sei rechtzeitig wieder da, um die Prüfung zu wiederholen.«

Er grinste unfroh.

»Offenbar warst du schon damals ein kluges Köpfchen.«

»Ich hatte niemals vorgehabt, mir den Weg zu verbauen.«

Die neue Schule fing im September an. Am letzten Abend im Juli war ich wieder in Paris. Das Bild ist mir geblieben: Ich stehe vor der Tür, ich klingele; Carmilla öffnet. Da bin ich, braungebrannt, ein ganzes Stück größer. Meine Jeans sind eingelaufen, mein T-Shirt ausgebleicht und unter den Armen zerrissen. Fast zwei Monate sind vergangen. Ich habe keine Pickel, und mein Haar duftet frisch. Nicht einmal schmutzige Unterwäsche habe ich an. Lola hat sie für mich gewaschen und gebügelt.

Carmilla bricht in Tränen aus. Schluchzt hemmungslos, mit offenem Mund. Ich sage ihr, daß es mir gutgeht, daß ich nicht schwanger bin und jetzt mein Examen machen werde. Dann sage ich, daß ich Durst habe. Und ob ich wohl ein Glas Wasser haben könnte. Ich bin vollkommen gleichmütig. Amadeos und meine Geschichte verdient nicht, daß wir uns darüber aufregen. Sie ist wie ein langes Musikstück, mit Pausen. Gelassenheit ist die richtige Haltung. Das Grundverschiedene verbinden. Einer anderen Welt angehören, einer schwebenden Welt des Schweigens, der Erinnerung, der Nacht. Nur die Außenseite herauskehren. Mund halten, studieren. Er macht seinen Kram, ich meinen. Und wenn es geht, sind wir zusammen. Das ist ein faires Geschäft. So gelingt es uns, weiterzuleben. Traumwandlerisch, nicht ansprechbar, aber kein Mensch wird es merken. Wir sind stark genug, um uns diese Einstellung zu leisten. In seiner, in meiner Welt ist das Unmögliche möglich. Wir sind beide verdammt gescheit, Amadeo.

Mit Martin darüber reden? Undenkbar! Wenn ich sprach, so verfolgte er meine Sätze genau; die Zwischentöne überhörte er. Ich stellte einen Mangel an Einsicht fest, aber es war auch Angst dabei. Weiter so, redete ich im stillen mit ihm, so kannst du mir wenigstens gleichgültig sein, und alles ist perfekt im Lot; unsere Welt ist, wie sie sein muß.

Da saß er nun, rauchte und starrte mich an, bewegungslos. Ich sah ihn wie hinter Wolken: einen großen Mann auf einem Stuhl.

»Und wie ging es weiter?« fragte er.

»Da gibt es nichts zu erzählen. Ich machte mein Examen und

wechselte die Schule. Bis zum Abitur wohnte ich wieder bei Carmilla. Als ich zur Universität ging, tat ich mich mit Freunden zusammen und mietete eine Wohnnung. So kam ich billiger dabei weg, als wenn ich ein möbliertes Zimmer hätte suchen müssen.«

Martin blies den Rauch steil in die Luft.

»Schliefst du da auch mit jedem?«

»Wie?« Ich sah ihn zerstreut und fragend an. »Doch, das kam vor.«

»Und hast du ihn wiedergesehen?«

»Wen?«

»Deinen Jugendfreund.«

»Warum ist es so wichtig für dich, das zu wissen?«

»Weil es nützlich wäre.«

»Wozu?«

Martin ließ die Zigarette in den Rest des Kaffees fallen, der noch in der Tasse war.

»Weil ich diese Geschichte unklar finde.«

»Wie willst du das beurteilen?« sagte ich.

Für ihn mußte die Welt überschaubar sein, in Schablonen gepreßt: eine sichere Welt, mit guten und bösen Menschen. Anscheinend wußte er nicht, in welche Kategorie er mich stecken sollte, und war verunsichert. Ich sah sogar, daß er ein wollustiges Schaudern dabei empfand. Ich war für ihn gefährlich attraktiv, er flog wie von einem Magnet angezogen auf mich zu, wobei er mich gleichzeitig schamlos fand. Ich war ihm zu emanzipiert.

Er stand auf und stellte eine Flasche Calvados und eine Flasche Portwein auf den Tisch.

»Was trinkst du?«

»Ich glaube, nichts.«

Er goß sich ein Glas Portwein ein.

»Mir scheint, du hattest ganz schön was auf dem Kasten. Dein Freund, was macht er eigentlich?«

»Er leitet einen Zirkus. Aber er arbeitet nur mit Pferden. Jetzt gastiert er für drei Abende in Paris.«

Martin schnippte plötzlich mit dem Finger.

»Stop! Jetzt weiß ich, wen du meinst. Die Plakate sind ja überall. Dieser Typ auf dem schwarzen Pferd, nicht wahr? ›Le *Cirque de Mi-*

nuit‹ – Der Mitternachtszirkus ... Ein komischer Name. Klingt eher nach Schwulenbar, würde ich sagen.«

»Amadeo hat da seine eigenen Vorstellungen.«

»Ach, heißt er Amadeo?«

Pause. Martin trank seinen Portwein.

»Willst du mir nicht mehr von ihm erzählen?«

Seine Neugierde machte mich nicht mitteilsam, sondern verschlossen. Und wütend noch dazu.

»Ich mag nichts dazu sagen, Martin.«

Er wurde plötzlich heftig.

»Du magst nichts dazu sagen? Das hast du ja auch nicht!«

Es war heiß in der Küche. Die Wärme lastete auf meinem Kopf wie ein Gewicht. Ich stand auf und öffnete das Fenster. Kalte Nachtluft strömte in die Küche. Das Brausen des Verkehrs schlug mir entgegen. Ich atmete ein paarmal tief ein und aus. Hab doch Geduld mit ihm, Ariana. Er ist betroffen, du bist für ihn ein großes Rätsel. Er stellt Fragen, die dich zu schroffen oder abwehrenden Antworten zwingen und in manchen Augenblicken auch zu einem Schweigen, worin sich Abwehr nur in anderer Form ausdrückt. Du spielst eine falsche Rolle in einem falschen Film, aber auch das gehört dazu. *I am sorry, baby.*

»Und wann siehst du ihn?« hörte ich Martin fragen.

Ich schloß das Fenster; der Straßenlärm war nur noch ein feines Rauschen. Ich dachte: Jetzt sind sie dabei, das Zelt aufzustellen. Sie arbeiten nachts, mit Scheinwerfern. In der Frühe steht das Zelt, und sie können mit dem Training beginnen.

»Morgen abend. Ich gehe mit Eleni und Jorge in die Vorstellung. Anschließend sind wir bei ihm.«

Martin hob sein Glas zum Mund.

»Eleni und Jorge? Sind die auch eingeladen?«

»Eleni war dabei, als ich Amadeo kennenlernte.«

»Gut«, sagte Martin. »Dann will ich ihn auch kennenlernen.« Ich zuckte die Achseln.

»Es ist besser, du gehst ihm aus dem Weg.«

»Warum? Hast du Angst, daß ich ihn aus Eifersucht umbringe?«

Ich brach in Lachen aus.

»Auf diesen Gedanken wäre ich nie gekommen!«

Er nahm langsam einen Schluck.

»War es wirklich so schön mit ihm?«

»Wovon redest du, Martin?«

»Von diesem Mann. Du kriegst doch diesen Blick in den Augen, wenn du von ihm sprichst.«

»Das ist schon möglich«, sagte ich.

Er bewegte sich nicht; starrte mich nur an.

»Darling, es interessiert mich nun einmal, zu wissen, wen du vor mir hattest.«

»Er war nicht der einzige, Martin. Und was nützt dir das?« Mir war immer noch heiß, aber ich fühlte, wie ich innerlich zitterte. Ich konnte nicht feststellen, ob ihm das auffiel oder nicht. Seine Augen blickten mich ganz ungerührt an. »Das Foto über deinem Bett ... es ist das gleiche Pferd wie auf dem Plakat, oder?«

»Ja.«

»Dein Freund ist ein guter Fotograf. Wirklich hervorragend. Vielleicht komme ich mit ihm gut aus. Ich bin ja schließlich vom Fach.«

Martin sprach jetzt ganz sachlich. Im Grunde sei er mehr Fotograf als Wissenschaftler. Er wollte den Artisten nahe sein. Seine Bildberichte gaben ihm das Recht, sich als einer von ihnen zu fühlen. Über die Tatsache, daß einer dieser Artisten mein Jugendfreund gewesen war, wolle er großzügig hinwegsehen. Vielleicht würde er mal etwas über den Zirkus bringen, in »National Geographic« zum Beispiel. Alles in allem: Er wollte mitkommen.

»Du könntest es bereuen«, sagte ich.

Ich war nicht blind, aber Martin machte nicht den Eindruck eines Menschen, der nicht wußte, was er tat. Geriet er in Verwirrung, würde ich ihn gewarnt haben. Ich sagte es ihm. Er erwiderte, ich sei außerordentlich direkt gewesen, und das habe ihn eine Weile erschüttert. Jetzt habe er sich gefangen. Er wolle mich schließlich verstehen. Und er habe nichts dagegen, wirklich, wenn ich meinen früheren Liebhaber wiedersah. Er fixierte mich, während er sprach, versteckte sich hinter der Maske, aber ich wußte, daß meine Lippen und Brüste und Hüften, mein ganzer Körper ihn beschäftigten, daß er mir in Gedanken die Kleider vom Leib riß. Und mich vor Wut und Eifersucht grün und blau schlug.

»Du hörst ja gar nicht zu, Martin. Er ist noch heute mein Liebhaber.«

»Keine Angst, Darling«, sagte er, als ob er – welch seltener Zufall – in meinen Gedanken las. »*Ain't gonna hurt you* – ich werde dir nicht weh tun.«

Ich lächelte, wenn auch nur flüchtig. Das Fieber in meinem Unterleib, schubweise und in immer kürzeren Abständen, hatte nicht er ausgelöst. Ruhig. Nur die Ruhe bewahren. Das Begehren wird einen Umweg machen, wie üblich, bis keine Trennung mehr besteht. Ich habe Übung in diesen Dingen. Ich kann mich von dem abwenden, was ist, und nur das sehen und berühren, was ich will. Mein Fleisch ist innen empfindlich geworden. Ich fühle mich warm genug. Gleich werden Bilder durch meine Sinne flattern, wie Schnappschüsse. Ich werde die Hände nach dir ausstrecken, deinen schlanken, nackten Körper spüren. Eine Gedankenkrankheit, ein Traum auf Knopfdruck, eine Neurose. Gut. Eine Zeitlang kann ich mich damit zufriedengeben. Aber dadurch ändert sich nichts.

»Wovor sollte ich Angst haben?« fragte ich.

Er trank seinen Portwein aus. Seine Augen hatten eine transparente Farbe, wie Glas.

»Habe ich nicht recht, Ariana?«

»Womit?«

»Daß du kein braves Mädchen bist?«

»Nein«, antwortete ich, »das war ich nie.«

5. Kapitel

Amadeos Zirkus hatte wie gewöhnlich in Aubervilliers haltgemacht, am Rande der »Zone«, wo Paris zur Dritten Welt wird. Ein anderes Leben war hier, mit Benzingeruch und Abgasen, Barackenslums, Schutt und Verfall. Wir fuhren durch baumlose Straßen, an alten Garagen, Plakatwänden und heruntergekommenen Werkstätten vorbei. In düsteren Cafés, von arabischer Musik erfüllt, schlürften Männer ihren Minztee. Müllplätze und verrostete Autowracks häuften sich am Straßenrand. Auf schmutzigen Feldern standen Wohnsilos, sogenannte »Türme« oder »Stangen«, kaum fertiggebaut, schon verwohnt und mit Graffiti beschmiert. Es wurde dunkel. Nebel stieg aus dem Kanal Saint-Denis, der Regen prasselte auf das Auto, und in der Ferne schimmerten die trüben Lichtpünktchen vereinzelter Fenster gegen das Voranschreiten der Nacht.

»Ich frage mich wirklich«, murmelte Martin, »wo wir heute abend noch landen werden.«

Ich warf einen Blick in den Rückspiegel. Jorge und Eleni folgten in ihrem eigenen Wagen. Ich hatte das mit Eleni vereinbart; jemand mußte Martin ja nach Hause fahren. Jorge fuhr vorsichtig und langsam. Er war zu sanftmütig, zu geistesabwesend für den hektischen Pariser Verkehr, und sein Scheibenwischer funktionierte nicht. »Er denkt nicht praktisch«, hatte mir Eleni resigniert anvertraut. Sie hatte den Geschäftssinn ihrer griechischen Mutter geerbt; es sah aus, als ob sie und Jorge durch Welten getrennt waren. Wer hätte jemals glauben können daß es zwischen ihnen diese tiefe Gemeinschaft gab? Jorge war Eleni dankbar dafür, daß sie den Spielplan und die Studioaufnahmen organisierte, mit Agenten verhandelte, Honorare einkassierte und Rechnungen zahlte. Jorge, mit seinem dunkelgewellten Haar, seinem versonnenen Lächeln und seinem arglosen Blick; ein Blick, der sich weigerte, das Schlechte auf Erden wahrzunehmen. Jorge, der wenig sprach, aber aus sicherem Instinkt heraus immer das Richtige tat oder sagte.

Das Zelt war auf einem großen freien Platz, unweit des Kanals, aufgebaut worden. Noch sahen wir es nicht. Durch die starken Regenfälle war das Wasser gestiegen; das Plätschern und Rauschen erfüllte die Luft. Das scheußliche Wetter und der abgelegene Standort hatten das Publikum nicht abgeschreckt. Zahlreiche Wagen parkten bereits auf einem Feld, in Schlamm und Pfützen. Schirme wurden aufgespannt, Frauen stapften lachend und kreischend durch den Dreck. Das Feld wurde von Polizisten bewacht, trotzdem mußte man gefaßt sein, seinen Wagen entweder ausgeplündert oder überhaupt nicht mehr wiederzufinden. Hier war die Welt der Taschendiebe, der arbeitslosen Halbwüchsigen, der Drogensüchtigen. Erfahrene Besucher ließen Schmuck und teure Klamotten zu Hause, zogen sich schlicht und zweckmäßig an: Gummistiefel, dicke Mäntel, Designerjeans. Man kam mit wollüstigem Schaudern, weil Berichte über Amadeo in Zeitschriften und Zeitungen erschienen, weil das Fernsehen eine Sendung über ihn gebracht hatte und es in den Pariser Salons zum guten Ton gehörte, »dabeigewesen zu sein«.

Wir stiegen aus, schlossen die Wagen ab. Kein Gegenstand lag sichtbar, den zu rauben sich gelohnt hätte. Blinzelnd stapften wir durch den Regen. Alles war in Nebel gehüllt. Als einziger Anhaltspunkt schimmerte ein fahles Licht, irgendwo in der Ferne. Jorge führte Eleni, die unter ihrem Schirm stolperte, warnte sie vor den Pfützen. Martin schob seinen Arm unter den meinen.

»Was für eine Feuchtigkeit! Wo ist denn das verdammte Zelt?«

»Dort!« Jorge streckte die Hand aus. Das Licht kam näher, fiel auf geheimnisvolle Weise aus dem Nichts herab. Schwache, weiße Strahlen formten sich zu einer Aura. Als der Wind für einige Sekunden den Nebel teilte, flimmerte der Lichtkegel wie ein diffuses Traumbild, hoch über unseren Köpfen; der Umriß leuchtete wie ein schattenhafter Bogen, eine Brücke zwischen Himmel und Erde. Allmählich nahm dieser Umriß feste Konturen und Formen an, wurde zu einem Zelt mit doppelter Kuppel, schlank und erhaben wie ein fürstliches Mongolenlager. Ich fühlte einen Kloß im Hals, mein Herz klopfte hart an die Rippen. Der Zauber wirkte – er wirkte noch immer, über die Jahre hinweg. Ich hörte, wie Jorge neben mir die Luft einzog. »Es berührt die Seele«, sagte er mit kaum wahrnehmbarer Stimme. Im düsteren Zwielicht trafen sich unsere Blicke. Ich lächelte ihm zu, als habe er ein Geheimnis begriffen.

»Es liegt daran, daß es Nacht ist.«

Amadeo gab niemals Nachmittagsvorstellungen. Das grelle Sonnenlicht hatte er nie gemocht. Er suchte die Magie der Nacht, die Diagramme der Sternbilder; seine Pferde waren keine Paraderosse, aufgeputzt mit Federquasten, Troddeln und Flitter; sie waren urwüchsige Dämonen, die aus dem Dunkel in flackernde Feuer traten.

Inzwischen verdichtete sich die Menge. Das Stimmengewirr, das

Knirschen der Schritte auf dem aufgeweichten Boden mischten sich in das eintönige Rauschen des Regens. Einer nach dem anderen tauchten jetzt die Wohnwagen aus dem Nebel. Alle waren sie dunkelblau angestrichen, trugen auf jeder Seite ein ornamentales Emblem: die Sonnenscheibe, die Mondsichel. Beide naiv dargestellt, wie von einem Kind gezeichnet und koloriert. Und beide riesengroß, unübersehbar.

»Was soll das?« murmelte Martin. »Warum die Sonne? Das verstehe ich nicht!«

Ich lächelte und blieb ihm die Antwort schuldig. Bei Amadeo waren alle Dinge sinnerfüllt, nichts blieb dem Zufall überlassen. Er überwachte jede Einzelheit, schloß niemals Kompromisse. Bei ihm hatte ich erfahren, daß jede Handlung in Träumen wurzelt, daß wir nur durch Träume zum Wissen gelangen. Für mich, von damals her, blieben nur diese beiden Blickpunkte: das Sichtbare und das Unsichtbare und wie man beides zusammenbringt.

»Herrgott! Dieser verdammte Matsch!« schimpfte Martin.

»Du hättest Gummistiefel anziehen sollen«, sagte ich.

»Wie konnte ich wissen, daß es so dreckig sein würde?«

Er meinte es im übertragenen Sinn, ich hatte es plötzlich begriffen. Ich erkannte die Natur der Abneigungen, die er mit sich herumtrug: Angst vor dem Andersartigen, dem Unberechenbaren und dem Unausgedrückten.

Wir schlossen uns der Menge an, die über den Platz ging. Unter Regenschirmen standen die Zuschauer vor dem Billettwagen Schlange. Ich bedeutete den anderen zu warten und bückte mich, um unter die Seilabsperrung zu schlüpfen. Durchnäßt trat ich an die Kasse, vorbei an der Schlange der Wartenden. Ein paar Ungeduldige murmelten etwas von Vordrängen, während ich zusah, wie Lola einem Mann das Wechselgeld gab. Sie machte es schnell, gewissenhaft. Ihr runzeliges Gesicht, hell gepudert unter der schwarzen Stirnfranse, war über ihre Hände geneigt, die flink wie die eines Äffchens waren. Als sie den Kopf hob, begegneten sich unsere Blicke. Ihre kirschroten Lippen teilten sich zu einem Lächeln voller Güte. Sie war weit über siebzig, aber ihr Ausdruck war immer noch der einer jungen, sich ihrer Schönheit bewußten Frau.

»Ach, Pitchounette, du hast deine Haare geschnitten? Hübsch siehst du aus!«

Ihre Stimme klang, als hätten wir uns erst gestern verabschiedet. Ich sagte ihr, daß ich eine zusätzliche Karte benötigte.

»Kein Problem, *ma chérie!* Viel Vergnügen. Wir sehen uns nach der Vorstellung.«

Ich steckte die Karten in die Tasche meines Mantels und stapfte den gleichen Weg zurück.

»Schon erledigt?« sagte Martin. »Das ging aber schnell!«

Er redete aufgeräumt, im gespielt fröhlichen Ton. Ich beachtete ihn nicht. Er stand plötzlich abseits von mir; und er war feinfühlig genug, um zu spüren, daß ich mich von ihm löste, daß mein Geist irgendwohin wanderte, wo er mir nicht folgen konnte. Hartnäckig, verbissen, versuchte er mit mir Schritt zu halten. Doch ich war schon weit weg, in einem anderen Land der Seele.

Im Gedränge stapften wir dem weiß erleuchteten Zelt entgegen. Ganz zu Anfang war Amadeo mit seinen Pferden unter freiem Himmel aufgetreten, auf Festplätzen, in Stadien und Vororten. Als ich ihn kennenlernte, war er schon Besitzer seines ersten Zeltes, das Firmin Bouglione ihm überlassen hatte, bevor er seinen eigenen Zirkus »Amar« gründete. Das Zelt war schon alt, aber man konnte es noch gut gegen Feuer imprägnieren, sonst hätte es Amadeo nicht gekauft. Damals traten noch Luftakrobaten, Clowns und Seiltänzer unter seinem Chapiteau auf. Später hatte Amadeo diese Nummern aus dem Programm genommen; er wollte sich nur noch mit Pferden befassen, ihre urtümliche Kraft nutzen, um neue Visionen zu schaffen. Keine Regeln, keine Theorie. Die Pferde als Leitfiguren der Seele wurden Teil einer Beschwörung, die sich an die Sinne, den Körper und das Unterbewußtsein wendete und nicht an den Verstand. Dabei hatte er sich erträumt, ein Zelt nach eigenen Plänen anfertigen zu lassen, einen magischen Bereich, einen Ort für die Erscheinung des Unsichtbaren. Jetzt hatte er es also geschafft.

Bist du immer noch der gleiche? dachte ich. Nein, der gleiche sicher nicht. Aber auch nicht ein anderer. Du bist dir ja schon damals auf halbem Weg entgegengekommen.

»Wie lange müssen wir hier noch warten?«

Martins Stimme hörte sich ungehalten an. Wir standen, eingeklemmt in einer Menschentraube, hinter der nächsten Seilabsperrung, während der Regen niederprasselte. In einem großen Zelt, wo die Kantine untergebracht war, brannte trübes Licht. Die Wohnwagen, in denen die Artisten lebten, bildeten eine Art Gasse, während die Wagen für die Pferde zwischen Baulastern und Ausrüstungswagen standen. Manchmal huschte eine Gestalt in großen Sprüngen wie ein schemenhafter Kobold durch den Regen. Das Warten dauerte eine ganze Weile, während sich das Publikum ansammelte. Ganz plötzlich wurde ein Geräusch laut: ein tiefes, regelmäßiges Brummen. Ein Schauer lief mir über den Rücken. Dieses Geräusch war mir vertraut. Amadeo hatte das übliche Musiksignal der Kapelle, eine halbe Stunde vor Beginn der Vorstellung, abgeschafft. Das Zeichen, daß die Zuschauer hineingelassen wurden und die Artisten sich umziehen sollten, bestand bei ihm aus Gongschlägen. Er mußte sie in Thailand oder Indien auf Tonband aufgenommen haben. Die schwingenden Töne wehten jetzt durch die Nacht, behexend wie eine Beschwörung. Sie klangen wie der Summton eines mächtigen Horns, wie Wellenrauschen, wie das Seufzen einer steinernen Flöte. Nun kam ein Schwarzer und löste die Seilabsperrung. Zwei Männer kontrollierten die Karten; im Durcheinander stapften die Zuschauer dem schimmernden Zelt entgegen. Der Gong dröhnte jetzt lauter, schneller. Und es handelte sich nicht um eine Tonbandaufnahme: Der Gong wurde im Zelt selber geschlagen. Wir sahen es, als wir eintraten, und ich dachte, das ist neu. Auf einem Holzpodest stand ein Asiate im weißen Gewand, ließ mit wundervollen, harmonischen Bewegungen den Schlegel auf die Bronzescheibe fallen. Einsam stand er im Helldunkel des Riesenzeltes, ein weißleuchtender Dämon, der Himmel und Erde erweckte. Das Zelt selbst war das Reich der Schatten und Schemen, ein turmhoher Raum, in dem die Sitzreihen sich wie die Rippen einer Riesenmuschel spiralenförmig hoben. Und dort, wo sich in einem üblichen Zirkus die Manege befand, leuchtete still und schwarz eine kreisrunde Wasserfläche, in der sich Lichter wie silbrige Insekten spiegelten.

»Wundervoll!« flüsterte Jorge, und seine leise Stimme war das Echo meiner eigenen Gedanken.

Wir stiegen die steilen Bretterstufen hinauf; unsere Sitze befanden sich im unteren Teil des Zeltes, gerade hoch genug, daß wir die Wasserfläche gut überblicken konnten. Es war recht kalt; ich war froh, daß ich den warmen Daunenmantel trug, der eigentlich für den Winter gedacht war.

Inzwischen strömten die Zuschauer durch die drei Eingänge herein, polterten über die Holzbretter, drängten sich auf die Sitze. Es war ein lebhaftes, gemischtes Publikum: viele junge Leute aus den Vororten, Eltern mit Kindern, aber auch Presse- und Fernsehleute, alle möglichen Künstler und nicht zu vergessen die übliche Schickeria – versnobte, verwöhnte Besucher jeder Pariser Premiere. Doch allmählich verstummte der Lärm zugunsten einer erwartungsvollen Stille. Die Gongschläge beruhigten die Zuschauer, warfen einen Bann auf sie. Der Schlegel sprach zu ihnen in einer Sprache, die sie nicht kannten. Einzig ihr Geist verstand, was er sagte: Schweigt! sagte der tiefe, orgelnde Brummton. Hier ist ein anderer Ort. Eure Seele wird jetzt auf Wanderschaft gehen und erst dann zu euch zurückkehren, wenn wir es wollen …

Ich spürte die hypnotische Wirkung, die der Gong auf das Publikum ausübte, und lächelte still vor mich hin. Amadeo inszenierte niemals eine Pause. »Die Zuschauer können ja wohl neunzig Minuten stillsitzen, ohne ihre Blase entleeren zu müssen«, hattest du mir zur Antwort gegeben, als ich dich fragte, warum.

Inzwischen war das Zelt vollbesetzt. Der Gong, der alle Geräusche beherrschte, wurde allmählich leiser; mit dem verklingenden Schall wurde auch das Licht schwächer. Der weißgekleidete Musiker tauchte in die Dunkelheit ein, gleichsam verschwindend mit dem Verstummen der Töne. Für eine kurze Weile wurde es völlig schwarz im Zelt. In dieser Finsternis wurden Bewegungen sichtbar. Geheimnisvolle Gestalten nahmen auf einer Art Bühne Platz. Plötzlich schimmerte goldenes Licht: Aus den Zelteingängen traten drei Zigeunermädchen. Ihre Kleider waren über die Hüften zusammengerafft, ihre braunen Beine bis zu den Knien entblößt. Jedes Mädchen trug in der Armbeuge einen flachen Korb. Langsam, graziös, wanderten sie auf bloßen Füßen in das Wasser; man sah, daß es nur knöcheltief war. In ihrem Korb trugen sie kleine, bootsförmige

Strohgeflechte, in denen ein Hanfstengel angebracht war. Die Mädchen zündeten die Hanfstengel mit einem Streichholz an, bückten sich wie Gazellen und überließen die winzigen Kanus dem Wasser. Ein Flüstern ging durch die Zuschauer. Martin umfaßte meine Schultern und lächelte mir zu.

»Sehr ungewöhnlich und poetisch«, meinte er.

Ich antwortete nicht; sowohl die Stimme wie auch die Berührung empfand ich als störend, doch ich dachte: Wenn er sich nicht rührt, kann ich ihn vielleicht vergessen.

Die Mädchen verließen das Zelt; nur die Flämmchen schwammen auf der schwarzen Wasserfläche. Sobald sie niedergebrannt waren, erfaßte das Feuer das Stroh; die zierlichen Boote flackerten ein paarmal auf, wie Sterne, dann zerbarsten sie und sanken, und jede kleine Flamme erlosch auf diese Weise. Das letzte Kanu drehte sich leicht im Kreis; die winzige Flamme, von einer unsichtbaren Strömung erfaßt, zuckte ein paarmal unruhig auf, bevor sie endgültig erlosch. Dann brach ein geisterhaftes Plätschern die Stille: Ein Lichtschein teilte die Dunkelheit, und in der Mitte des Wassers stand ein einzelner Reiter.

Mein Atem stockte. Ich fühlte mich wie inmitten eines Wirbels, der sich schneller und schneller drehte, mich in die Tiefe meiner Vergangenheit zog. Das Pferd war ein Rappen, ungeheuer groß, mit wuchtigem Kopf und wallendem Schweif. In Gedanken sprach ich seinen Namen aus: Quasimodo!

»Er ist jung und ungestüm, aber du darfst ihm nicht mißtrauen«, hattest du mich damals gewarnt, als du mir das erste Mal beim Aufsitzen halfst. »Siehst du einen Freund in ihm, wird er dir gehorchen. Aber sobald er spürt, daß du Angst hast, kann er gefährlich werden. Treib ihn ganz leicht an! Du mußt dich ihm überlassen, seinen Rhythmus spüren. Mit deinem Gesäß, mit den Beinen und mit dem Herzen.«

Ja, Quasimodo war hochmütig und wild. Mir hatte er sein rauhes, stolzes Herz geschenkt. Er hatte mich beschützt, bewacht und gewiegt, die Schläge seiner Hufe mit dem Beben meines Blutes in Gleichklang gebracht. Wie alt war das Tier nun? Ich wollte die Jahre nicht zählen. Und jetzt stand er vor mir, der große Rappe, mächtig, unvergleichlich, unzerstörbar. Und der Reiter, mit seinem Tier zu einem wunderbaren Standbild verschmolzen, hielt sich ebenso aufrecht wie die hohe Lanze, die er mit kurzem Ruck in das Wasser aufgepflanzt hatte.

Amadeo trug ein arabisches Hosengewand – ein Serouel – schwarz, fließend, ohne ein Ornament. Sein nackter Oberkörper glänzte, wie mit Öl eingerieben. Die kupfernen Steigbügel hingen tief herab, nach asiatischer Art, so daß die Beine nicht angewinkelt, sondern zu beiden Seiten fast gerade herunterhingen. Es war, als ob er stand, das Pferd zwischen seinen Schenkeln. Er hielt die Augen halb geschlossen, eine lauschende Ruhe lag auf seinem Gesicht. Nach ein paar Atemzügen zog er den Speer enger an seine Flanke. Die Bewegung ließ ihn den Oberkörper und den Hals leicht einwärts biegen; unter der dunklen Haut traten die langen feinen Muskeln hervor, und auf seiner Schulter schien die Lilie zu atmen. Auf einmal warf er diese Schulter zurück, hob den Arm in der anmutigen, kraftvollen Gebärde der Speerwerfer. Der lange Schaft aus funkelndem Metall mit der dünnen Spitze nahm seinen Flug. Und in der gleichen Sekunde, als das Eisen sich mit dumpfem Prall in die Zielscheibe bohrte, flammten die Scheinwerfer auf. Die Musiker hatten schon ihre Plätze auf einer Estrade eingenommen. Es waren Inder, mit schneeweißen Turbanen und Gewändern. Sie saßen mit gekreuzten Beinen auf Teppichen. Ihre Gesichter glänzten wie Sandelholz. Die Gruppe bestand aus einem Sänger und vier Instrumentalisten. Der Sänger, groß und wohlbeleibt, hatte pechschwarze Augen, einen wundervoll flockigen Bart. Rechts und links von ihm saßen die Musikanten. Zwei spielten Flöte; ein Mann hielt eine Sitar auf den Knien, eine Art Gitarre mit sechs Stahlsaiten, einem langen Griff und einem Resonanzkörper, der aus zwei lackierten Kürbishälften bestand. Ein jugendlicher Trommler, der zu Füßen des Sängers kauerte, warf zur Begrüßung sein Instrument in die Luft, wo es sich zweimal drehte, und fing es geschickt wieder auf. Der Sänger suchte eine bequeme Stellung, zupfte die Falten seines Gewandes zurecht. Dann verneigte er sich vor dem Publikum, die Hände zum indischen Gruß gefaltet, und sang rauh und klangvoll den ersten Ton. Die Trommel, die an beiden Enden mit den Fingern geschlagen wurde, folgte dem Takt.

Während er spielte, hob der Musiker die Trommel abwechselnd über seinen Kopf, warf sie über die Schulter, hielt sie an sein Ohr oder an seine Lippen, als ob er ihr Worte zuflüsterte. Nun setzten auch die Flöten ein, wispernd und raschelnd wie der Wind im Schilf, und die Sitar sandte ihre glockenklaren Töne durch das Zelt. Und wie vorangetragen von der Musik, doch nur seinem eigenen Rhythmus folgend, setzte sich der Rappen in Bewegung. Er stieg aus dem Wasser; Tropfen glitzerten auf seinem Fell, während er durch die Manege trabte. Zuerst langsam, dann schneller. Als Quasimodo eine gewisse Geschwindigkeit erreicht hatte, ließ Amadeo die Zügel locker. Er beugte sich weit über den Hals des Pferdes, breitete die Arme aus, als ob er den Raum umarmen wollte. Der Wind des Galopps bewegte den leichten Stoff seines Gewandes, so daß er wie ein bronzener Vogel wirkte, der, von seinem Spiegelbild verfolgt, der Ewigkeit entgegenflog.

Amadeos Gesicht war entrückt, die Lippen leicht geöffnet; seine in die Ferne gerichteten Augen sahen alles und nichts. Er schien sich nie aus dem Sattel zu heben, auch nicht, wenn das Pferd im Galopp ging; er ritt wie auf einem umgesattelten Tier. Es lag eine hypnotische Verzückung im Anblick dieses kreisenden Reiters, doch ganz plötzlich – als eine Art Trance das Publikum zu lähmen schien – machte Quasimodo eine blitzschnelle Wendung und stob durch das Wasser, den schwarzen Spiegel in glitzernde Scherben zersprühend. Er sprengte durch den Sattelgang dem Ausgang zu, in derselben Sekunde, da auf der anderen Seite drei Reiter auf goldenen Pferden durch die Manege jagten. Ich hörte die Zuschauer leicht keuchen, als die Reiter – ein älterer Mann, von zwei Jungen begleitet – im gestreckten Galopp am Wasser vorbeijagten. Dabei legte sich der Anführer über die Mähne des Pferdes, stieß den schrillen, ekstatischen Schrei aus, mit dem schon seit Jahrhunderten die Steppenreiter vom Amu Darja bis zum Hindukusch ihre Pferde zur rasenden Geschwindigkeit antrieben.

Im Kreis der Manege gefangen, wie flammende Schmetterlinge in einem Netz aus Dunkelheit, führten sie die Kunststücke ihrer Heimat auf. Der Anführer löste seinen roten Turban, ließ ihn wie ein Banner flattern. Schon ließ sich der nächste Reiter kopfüber fallen.

Mit einem Fuß im Steigbügel hängend, fing er den wehenden Stoff auf und schwang ihn wie eine Trophäe, bevor ihn der dritte mit der gleichen Geschicklichkeit ergriff.

Der Applaus war noch nicht verklungen, als bereits die nächste Gruppe durch die Manege jagte. Mongolen aus den tiefen Steppen Asiens, drahtige Jungen und Mädchen in buntbestickten Gewändern. Sie glitten unter dem Leib ihrer Pferde auf die andere Sattelseite, hingen am Hals ihrer Tiere, ließen sich im Galopp mitschleifen, schwangen sich von beiden Seiten wieder empor. Und erst die Pferde! Jedes einzelne war von strahlender Schönheit. Ihre dichten Mähnen waren bewundernswert gepflegt. Das kastanienbraune, fuchsrote oder weiße Fell glänzte wie Rohseide. Ihre breite Brust, die langen, kühn geschwungenen Muskeln ihres Halses zeigten ihre Stärke, ihre unermüdliche Ausdauer.

Dann wechselte das Bild. Unter Holzmasken und Federkleidern ritten seltsame Gestalten in die Manege: possenreißende Narren, die dem Kopf ihres Reittieres die Kehrseite zuwendeten, ihre Stiefel verkehrt trugen, die Pferde rückwärts gehen ließen. Ihre Streiche und ihr Schabernack lösten im Publikum Lachsalven aus, in denen sich ein leichtes Unbehagen mischte. Denn diese Clowns boten sich nicht zum Gespött dar. Sie waren die göttlichen Schelme, flüchtig, unberechenbar wie das Unterbewußtsein selbst; sie kehrten die Dinge um, zeigten das Drunter und Drüber, das Zurück-statt-vor, sie zerstörten die Ordnung. Sie warfen die Träume in die Luft, wie sprühende Sterne, lockten silbergeschmückte Amazonen in die Manege. Die Seidenstoffe, die sie umhüllten, waren blau, violett und feuergelb. Sie knieten oder standen auf den Rücken der Pferde, ritten aneinander im Galopp vorbei. Eine biegsame Schönheit, das schwarze Haar wie Rauch hinter ihr herflutend, ließ ihren Rotbraunen sich mitten im Wasser aufbäumen. Nur mit einem Fuß im Steigbügel hängend, warf sie sich weit über den Rücken des Tieres. Ihre Haarwolke fiel herab, über den wehenden Schweif. Im stolzen Trab stürmten nun Andalusierinnen die Manege. Ihre Volantkleider, über die Kruppe der Pferde ausgebreitet, leuchteten in grellen Farben. Sie trugen Fransentücher und Nelken im Haar, oder Samtjacken und lederne Beinschutze. Aufrecht und gertenschlank, eine

Faust in der Hüfte, lenkten sie ihre Schimmel mit stählernen Schenkeln und Knien.

Und wieder wechselte das Bild: Halbwüchsige in grünen und orangeroten Pluderhosen, das Haar mit glitzernden Bändern geschmückt, trieben ihre Araberhengste zu halsbrecherischer Geschwindigkeit an, schlugen Räder und Purzelbäume, machten Handstand, schwangen sich von einem Tier zum anderen; es war, als hingen sie in der Luft und schwebten. Sie ritten stehend, zu zweit oder zu dritt, unbeschwert und lachend wie waghalsige Kinder. Reiter und Pferde teilten die gleiche Freude am Spiel, erzählten die gleiche Fabel, die zu den Menschen sprach, von Herz zu Herz. Asien und Europa mischten sich in der Manege, bildeten einen Kreis, der die Welt umspannte. Und die schwarze Wasserfläche starrte zum Himmel wie ein Riesenauge, auf dessen Netzhaut die Formen und Farben sich spiegelten. Manchmal schien das Auge zu blinzeln; dann war es, als ob die glitzernde Pupille sich über ihr Geheimnis schloß. Und mit dem Öffnen und Schließen dieses Auges wurde etwas in den Zuschauern geweckt, das längst vergessen war, als tauche aus diesem Wassergrund ihre eigene Kindheit empor. Von Vision zu Vision führte sie ihre Erinnerung zu den unbeschwerten Tagen ihres Lebens zurück, als sie noch klein waren und staunen konnten. Im schwarzen Wasserspiegel lächelten die Märchen ihrer Kindheit, verwandelten sich in Gestalten aus Fleisch und Blut: Reiter, die sich nach Flügeln sehnten, wie die Adler in den Lüften, die sich drehten und tanzten in einer verzauberten kreisförmigen Bahn.

Und auch ich ging den Weg, den sie mich führten, dem kleinen Mädchen entgegen, das ich einst gewesen war. Ich näherte mich diesem Kind, mit jedem Herzschlag wurde es deutlicher fühlbar. Ich war, solange ich ein Kind war, wie andere Kinder auch, aber in einer gewissen Hinsicht mußte ich wohl einzigartig gewesen sein. Ich hatte eine Leichtigkeit der Eingebung, die mich vor Ängsten bewahrte. In der Welt meiner Phantasie gab es nichts, vor dem ich mich fürchten mußte. Diese Gewißheit war diffus und kam aus verschiedenen Richtungen. Ich wußte, daß ich anders als die Erwachsenen dachte. Ich hörte zu – und hörte genausogut weg. Aber ich beobachtete gut und sah oft seltsame Dinge. Und einst hatte ich etwas getan, was von einem anderen Kind nicht getan werden konnte. Und zu wem hätte ich gehen und darüber sprechen können, außer zu dir? Wenn ich zurückblicke, sehe ich nur dich. Und wenn ich in das Auge eines Mannes schaue, so ist es dein Auge, an das ich denke. Wo ich bin, bist du immer da. Du hast mich verdammt in Schwierigkeiten gebracht, Amadeo! Aber du könntest von mir das gleiche sagen. Wir sind nicht unversehrt geblieben in diesem Schmerz; wir haben bloß gelernt, ihn zu lieben.

Das Gemurmel unzähliger Stimmen riß mich aus meiner Versunkenheit. Applaus lief wie Wogen durch die Menge. Ich kehrte aus dem Leben meiner Kindertage zurück. Die Reiter rissen ihre Pferde herum, jagten dem Ausgang entgegen. Eine Pause von erwartungsvoller Stille trat ein. Die Flöte wechselte den Rhythmus; die geschmeidige Stimme des Sängers eilte der Trommel voraus, als Amadeo in das Zelt ritt. Diesmal führte er einen feingliedrigen Lusitaner, mit einem kirschroten Lackschimmer und einer rein goldenen Mähne, lang und wehend wie Frauenhaar. Der hohe Nacken des Tieres war ein hart gespannter Bogen, und die langen, unwahrscheinlich zarten Beine tanzten mit fast gezierter Grazie. Der Fuchs hatte feucht leuchtende Augen und Ohren, die sich argwöhnisch hochstellten, während Amadeo im Schritt durch die Manege ritt. Der junge Hengst ging sehr gleichmäßig, warf seine Füße nach vorn. Amadeo mußte ihn erst kürzlich erworben haben. Ich merkte es daran, daß er die Hände unten hielt, die Ohren des Tieres beobachtete und es enger zwischen die Schenkel preßte. Mit seiner ganzen Haltung, wachsam und doch gelassen, schien er zu dem Pferd zu sprechen: »Ich kenne dich, mein Freund! Du bist willig und begabt, aber noch etwas heftig. Du weißt, was ich von dir erwarte, aber du bist noch unberechenbar. Ich muß dich in die Zange nehmen, mein Freund.«

Ich lächelte vor mich hin. Es war, als ob ich Amadeo laut denken hörte. Ja, so sprach er zu den Tieren, wenn er sie pflegte, dressierte oder mit ihnen ausritt. Er kannte die Zauberworte, die Menschen und Tiere zusammenführen. »Pferde sind keine intelligenten Wesen, wie Hunde oder Katzen es sind«, pflegte er mir zu sagen. »Sie denken nicht, aber sie fühlen und wissen.«

Mit dem flachgeformten Kopf und den seitlichen Blicken, die das bläuliche Weiß seines Augapfels freigaben, mit seinem empfindlichen Maul und den bebenden Nüstern bewegte der Fuchs sich ebenmäßig im Kreis. Die Trommel ließ ein leises, gedämpftes Pochen hören. Das Licht im Zelt wurde schwächer. Das Publikum wartete gespannt auf das, was nun geschehen würde. Plötzlich brausten, auf schwarzen Pferden, zwei scharlachrot gekleidete Mongolen in die Manege. Sie überholten den Fuchs, schossen im rasenden Galopp an ihm vorbei. Der Fuchs zerrte leicht am Gebiß und tänzelte, im selben Augenblick, als zwei junge Frauen erschienen. Sie trugen Beinkleider aus roter Seide und mit Goldflitter bestickte Mieder. Beide hielten zwei brennende Fackeln in den Händen. Die Mongolen beugten sich weit aus dem Sattel, ergriffen die Fackeln im Flug. Nun begannen sie, mit den Fackeln zu jonglieren, schleuderten sie hoch in die Luft und fingen sie wieder auf. Und jedesmal, wenn sie den Lusitaner kreuzten, warfen sie sich die Fackeln über Amadeos Kopf zu, so daß um ihn herum ein Leuchten war, eine Art brennender Busch. Die Mähne des Lusitaners wippte über dem edlen Hals; er warf den Kopf vor und zurück, bewegte sich federnd und mit jener gespannten Ruhe, die zeigt, daß ein Tier aufgeregt ist.

Während das Publikum Beifall spendete und die Mongolen das Tempo leicht drosselten, wateten beide Frauen mit einem großen Reifen in das Wasser. Sie setzten den Reifen mit einem Feuerzeug in Brand, bevor sie ihn mit ausgestreckten Armen hielten. Als der Reifen einen rotflackernden Bogen bildete, drückte Amadeo dem jungen Fuchs die Fersen in die Flanken. Zuerst trabte der Hengst, bevor er in weichen, elastischen Sätzen zu galoppieren begann. Ein oder zweimal versuchte das Tier auszubrechen; aber Amadeo, dessen Gesicht absolute Ruhe spiegelte, lenkte es fest und sicher im Kreis, dicht an den Mongolen vorbei, die sich wie im Spiel die Fackeln zuwarfen. Immer ungestümer, schwereloser wurde sein Galopp. Der Fuchs schien den Boden nur zu berühren, um sich mit einem neuen Sprung wieder abzustoßen. Und plötzlich, mit einem gewaltigen Schwung, warf Amadeo ihn seitwärts, stürmte mit voller Geschwindigkeit durch das Wasser, dem feurigen Kreis entgegen. Ein heiseres Schnauben drang aus der Kehle des Hengstes. Sein mächtiger

Rücken spannte sich. Der Fuchs schnellte empor, flog durch den Flammenring, wie von übernatürlichen Kräften getragen. Schon spritzte Wasser auf; das Pferd hatte Boden gefaßt, preschte auf der anderen Seite weiter, gerade als beide Mongolen im vollen Tempo angerast kamen. Ein einziger Schrei stieg aus dem Publikum. Der Zusammenstoß schien unvermeidlich. Doch im Bruchteil eines Atemzuges hatte Amadeo an den Zügeln gerissen: Der Lusitaner bäumte sich zu seiner vollen Größe auf. Die Hufe schlugen wie Keulen durch die Luft. Dann fiel er so schwer auf die Vorderhufe zurück, daß die Erde bebte. Seine Flanken hoben und senkten sich. Er wieherte leise, als ihn Amadeo zärtlich mit den Nägeln über die Stirn zwischen den Augen strich. Die Frauen ließen den Reifen ins Wasser fallen; der Flammenring schien in geheimnisvollen Tiefen zu verglühen. Die Trommel schwieg. Eine kurze Stille folgte, bevor tosender Applaus aus den Reihen der Zuschauer brach. Ich jedoch saß still, beide Hände in den Taschen zu Fäusten geballt. Ich zitterte, aber nicht vor Kälte.

»Hübsch«, hörte ich Martin neben mir sagen. »Eine gute Show! Einige Tricks sind dabei, die wir auch in den Staaten bei Rodeos anwenden. Aber die kommen beim Publikum immer gut an.«

Es war nicht der Ton seiner Stimme, der mich in die Wirklichkeit zurückbrachte, sondern allein das Bewußtsein seiner Gegenwart. Ich hatte ihn tatsächlich vergessen und war nahe dabei, es ihm zu sagen. Doch ich zog nur meine Hände aus den Taschen, schloß mich dem Beifallklatschen an. Es ist nicht seine Schuld. Es liegt an mir. Er sucht mich: Ich bleibe verschwunden. Ich denke, wie er nie denken würde, ich sehe die Welt mit anderen Augen. Für mich ist sie ein Raum, in dem alles möglich ist; für ihn etwas Ungewisses, das man erforschen muß, um es besser zu entlarven. Er hält es gut auseinander, Einbildung und Wirklichkeit. Er will mit diesen Dingen nichts zu tun haben. Was kann ich dafür, wenn ich mein Leben mit Wachträumen ausfülle? Ich frage mich, welche andere Wahl ich habe. Keine?

Keine. Solange du da bist.

Die Vorstellung war zu Ende. Artisten und Musiker trafen in der Manege zusammen, um sich zu verneigen. Amadeo stand unter ihnen, in seinen schwarzen Hosen und seiner blauen Tätowierung am

Oberarm. Er verneigte sich kaum; den Kopf zu senken lag ihm nicht. Seine pechschwarzen Augen wanderten über die Zuschauer; kaum, daß er sie wahrzunehmen schien. Er wußte von Lola, daß ich da war, und hielt einzig nach mir Ausschau. Ich beugte mich leicht vor, gerade als sein Blick an mir haften blieb. Als unsere Augen sich fanden, spürte ich ein Schaudern, einen heftigen Ruck. Die Geräusche setzten für ein paar Atemzüge aus, brachen ab, erloschen derart, daß meine Ohren durch die Stille taub wurden. Kein Muskel bebte in Amadeos Gesicht. Wir starrten uns an, Auge in Auge; als wären die letzten fünfzehn Monate nicht gewesen, spürte ich in unserer stummen Begegnung das vertraute Vibrieren, den Gleichklang unserer Herzen. Keine Kraft, kein Zauber konnten uns voneinander befreien, es sei denn, wir hätten es selbst gewollt, aber das wäre einer Verstümmelung gleichgekommen. Jemand zog mich am Arm. In meinem Trommelfell knackste es; ich vernahm das Getöse des Applauses, in der gleichen Sekunde, als unsere Blicke sich trennten. Statt dessen sah ich Martin neben mir und hörte ihn sagen:

»Man kann eine Show auf verschiedene Arten inszenieren, aber dies hier würde ich schon als Novum ansehen, als eine ziemlich geschickte Wanderung zwischen den Welten.«

Die Formulierung gefiel ihm; sie war ganz in meinem Sinn, so dachte er wenigstens. Ich kann dich verstehen, sollte das heißen. Er sah mich erwartungsvoll an; ich blieb stumm. Ich wollte das Schweigen, das mich ausfüllte, nicht schwächen. Jorge und Eleni sprachen leise, als störe jedes Wort. Jorge begleitete sein Reden mit weichen Gesten. Schließlich wandten mir beide ihr lächelndes Gesicht zu.

»Oh, es war eine wunderschöne Vorstellung!« Eleni sah ergriffen aus. »Ich kann nicht sagen, was mir am besten gefallen hat. Morgen vielleicht. Aber jetzt bin ich noch zu aufgewühlt.«

Und Jorge, der die Seele eines Dichters hatte, setzte hinzu:

»Musik weckt bei mir farbliche Assoziationen, wenn ich auch nicht verstehe, wieso. Mozart erlebe ich in Grün, Bach in schillerndem Weiß, Brahms in Dunkelblau, wie der Sternenhimmel. Hier war die Musik rot. Sogar die Pferde hatten eine rote Aura ...«

Ich erwiderte sein Lächeln. Wie alle Menschen mit viel Vorstellungskraft mied er Worte, die nur ein trockenes Mindestmaß aussagen. Und er lief auch nicht vor seinen Gefühlen davon. Ich zog meinen Mantel über die Schultern und stand auf.

»*Andiamo*«, sagte ich auf italienisch. »Gehen wir!«

6. Kapitel

Draußen goß es immer noch in Strömen. Die Umrisse der Wohnwagen zeichneten sich schemenhaft im Nebel ab. Man hatte den aufgeweichten Boden mit Stroh und einigen Brettern bedeckt. Im Zelt, das als Stallung diente, wieherten die Pferde. Um mich herum waren die vertrauten Gerüche – nasses Fell, Schweiß, Heu, Sägespäne, Pferdeäpfel, Talkum und Butangas –, und ich empfand sie als neu und erregend. Ich wußte, daß Amadeo bei den Pferden war, sie einer genauen Prüfung unterzog, um sich zu vergewissern, daß sie die Vorstellung gut überstanden hatten. Vor jedem Tier blieb er stehen, sah zu, wie es abgerieben und gepflegt wurde. Jedes Pferd stand auf einer Mischung aus Schüttstroh und trockenem Mist, die angenehm für die Hufe war. Die Tiere bekamen eine Nahrung aus Gerste und Hafer, tagsüber erhielten sie eine Mischung aus rohen Eiern und Butter. Dadurch wurden sie kräftig, doch gleichzeitig auch träge, um allzu wilde Ausbrüche in der Manege zu verhindern. Dieses Wissen um die Pferdezucht – und vieles mehr – hatte Amadeo von den Romanos gelernt. Denn seit fast siebenhundert Jahren waren es die Pferdehändler der Sinti und der Kalderach, die sich die alten Geheimnisse überlieferten. Geheimnisse, die Dschingis-Khans Reiter durch alle Länder, die unter ihren Hufen erzitterten, bis weit über die Grenzen des Hindukusch getragen hatten.

Das alles kam mir wieder in den Sinn, während wir über die durchnäßten Bretter stapften. Eilige Gestalten liefen durch die Dunkelheit; eine Frau huschte vorbei, ihr rotes indisches Gewand klebte an ihrem Körper. Ein junger Mann führte ein Pferd an der Leine. Martin blieb stehen; sein nasses Haar klebte ihm auf der Stirn. Er wirkte aufgeräumt und überfreundlich, wie immer, wenn ihm etwas gegen den Strich ging.

»Aufregend, geheimnisvoll und so lebendig«, lachte er, mit einem leichten Anzeichen von Nervosität. »Und jetzt, wohin?«

»Da kommt Lola«, sagte ich. Sie tauchte aus dem Nebel wie ein tänzelnder Geist, das lackschwarze Haar mit Wassertropfen besprüht.

»Pitchounette, du erkältest dich ja!« rief sie atemlos, als stünde ich allein da. »Warte, ich lasse dich herein. Amadeo kommt gleich.«

Sie humpelte uns voraus, einem Wohnwagen entgegen.

»Ich mache euch heißen Kaffee. Ach! Dieser Regen, schon seit Wochen. Bald haben sogar die Pferde Rheuma!«

Sie zog sich ächzend die Stufen hinauf, schloß die Tür auf und machte Licht. Wir traten ein. Mir fiel sofort auf, daß der Wohnwagen groß und neu war; in der Mitte war eine Kochnische, mit einem vierflammigen Herd, einem kleinen Kühlschrank, einer Spüle. Im hinteren Teil befand sich ein Schrank, dahinter die Schlafkammer, die Toilette und eine Dusche mit Boiler. Wenn die Wohnwagen auf einem Platz standen, auf dem es einen guten Heißwasseranschluß gab, konnte man warm duschen. Ich entsann mich mit leichtem Lächeln, wie ärmlich Amadeos Wohnwagen früher gewesen war. Ich hatte schnell gelernt, mich zu waschen und meine Kleider zu reinigen, alles in einem Eimer. Für gewöhnlich wusch man sich draußen, an einem Wasserlauf. Wer ein heißes Bad wollte, mußte auf die großen Städte warten, wo es Schwimmbäder oder öffentliche Badehäuser gab. Wäsche und Kleider ließ man in Waschsalons waschen, während die Kostüme täglich gebürstet, ausgelüftet und geflickt wurden.

In der Mitte des Wohnwagens befand sich ein festgeschraubter, großer Tisch. Zwei gepolsterte Bänke ließen sich zu engen, ziemlich harten Betten aufrollen. Aber ich wußte, daß Amadeo auf dem Boden schlief, in einem Schlafsack. Sämtliche Wände waren mit Fotos bedeckt, die ausschließlich Pferde darstellten, auf der Weide oder in der Manege, beim Training oder während der Vorstellung. Amadeo fotografierte und entwickelte die Bilder selbst. Er hatte einen Freund in Lyon, der ihm sein Atelier zur Verfügung stellte. Ein schwarzweißes Bild, aus nächster Nähe aufgenommen, zeigte Pferde bei der Paarung. Es war eine phantastische Momentaufnahme. Man glaubte, die Kraft beider Tiere in langen Bewegungen wogen zu sehen. In ihnen spiegelte sich alle Gewalt und Macht dieser Erde, der Anfang und das Ende, ebenso wie die Unschuld, die Unversehrtheit und der Glanz der freien Natur. Martin starrte das Foto an, ohne ein Wort, in einer Art von faszinierter Mißbilligung.

Inzwischen wandte sich Lola mir zu, klein und muskulös. Ihre nachgezogenen Augenbrauen bildeten schwarze Bögen auf ihrer gepuderten Stirn. Zu ihrem buntbedruckten Rock trug sie eine viel zu große Männerjacke und abgenutzte Stiefel.

Ich nahm sie in die Arme, atmete den Dunst ihrer nassen Wollsachen ein, gemischt mit Tabakgeruch und dem süßlichen Duft ihres Puders. Sie puderte sich Hals und Ausschnitt, wie früher. Aber sie war spürbar gealtert: Ihre Lippen waren gekräuselt wie Seidenpapier, und rechts fehlten ihr etliche Zähne. Sie hob sich auf die Zehenspitzen, um mich zu küssen.

»Schön, daß du da bist, Pitchounette! Mein Herz singt wie ein Vogel in meiner Brust. Komm, laß dich ansehen!«

Sie trat um Armeslänge zurück, um mich zu betrachten. Sie gab mir immer noch den Kosenamen »Kleine«, obwohl sie selbst nicht größer war als ein Kind. Ihre Hände waren knochig und erstaunlich gelenkig.

»Du bist anders geworden«, stellte sie fest.

»Anders, wie?« fragte ich mit schwachem Lächeln.

»Du bist stark geworden. Du zeigst das, was du wirklich bist. Du sprichst zu der Erde. Andere spucken darauf.«

Eine Feder schien meinen Nacken zu streifen; ich fröstelte.

»Was willst du damit sagen, Lola?«

Ihre dünne Hand strich flüchtig über meine Wange.

»Nichts anderes als das, was du schon weißt, Pitchounette.«

Auch Eleni wurde von Lola umarmt und geküßt.

»Segen sei über dir, meine Tochter! Ich darf dich doch meine Tochter nennen? Nach all diesen Jahren! Machst du immer noch Musik wie die Engel? Er auch, sagst du? Ist das dein Mann?« Sie trat auf Jorge zu, nahm seine Hände und hielt sie fest, während sie ihn aus lebhaften Vogelaugen musterte. Schließlich nickte sie ein paarmal, mit dem schelmischen Ausdruck eines alten Clowns.

»Eleni war schon immer ein vernünftiges Mädchen. Offenbar hat sie eine gute Wahl getroffen.«

Jorge lachte herzlich.

»Ich gebe mir Mühe, daß sie diese Wahl nicht bereut.«

Zuletzt wandte sich Lola an Martin, der sich selbst mit höflicher Stimme vorstellte. Er benahm sich merkwürdig steif, als ob ein ganz besonderer Argwohn seine Stimmung dämpfte. Lola drehte den Kopf lebhaft und gerade so weit, daß ihr Blick Martin streifte. Dann glitten ihre Augen zu mir hinüber. Sie wirkte derart betroffen, daß ich lachen mußte.

»Nein, Lola! Wir sind nicht verheiratet.«

Lola wurde sofort wieder heiter.

»Ach, man soll die Kerze des Lebens an beiden Enden anzünden und brennen lassen, bis man klar sieht.«

Sie bewegte sich flink und geschickt in der kleinen Kochnische, setzte einen Kessel heißes Wasser auf, holte eine Dose Pulverkaffee aus dem Schrank.

»Zuerst mal Kaffee! Amadeo wird gleich dasein und auch einen brauchen. Es wird noch mindestens eine Stunde dauern, bis das Essen fertig ist.«

»Er hat den Wohnwagen gewechselt«, sagte ich.

»Er ist reich geworden«, Lola ließ das Lachen hören, das ich so liebte. »Ich sagte ihm, er solle den Wagen nicht auswechseln, weil aus ihm die Stimmen der Menschen klingen, die er geliebt hat. Die Holzwände tragen die Spuren dieser Menschen, und sie gehören zu ihm. Aber er sagte, er liebe die Menschen nicht, er liebe nur die Pferde. Ja, so ist er.«

Ich stimmte in ihr Lachen ein. Ich zog meinen nassen Mantel aus, legte ihn zwischen Martin und mich. Ich tat es ganz instinktiv, ohne darüber nachzudenken. »Wie geht es ihm?« fragte ich und gab mir Mühe, daß meine Stimme ruhig klang.

»Oh, prächtig! Vor ein paar Wochen kam er im Fernsehen. Amadeo weiß sich in Szene zu setzen. Er hat sogar Topsy mitgebracht und sie im geeigneten Augenblick aus der Tasche gezogen.«

Ich brach in Lachen aus, und Eleni rief.

»Wie? Topsy lebt noch?«

»Sie ist völlig blind«, Lola deutete nach hinten, in die Schlafkammer. »Sie verläßt kaum noch ihren Korb.«

Ich stand auf, zwängte mich am Holzschrank vorbei. In Amadeos Schlafecke herrschte das übliche Chaos: Hosen, alte Turnschuhe, Pullover, schmutzige Handtücher, zusammengeknüllte T-Shirts. Die meisten Sachen waren abgetragen und verbraucht. Der Schlafsack war am Boden ausgebreitet. Ich sah einige Flaschen Mineralwasser, vergilbte Bücher – Arrabal, Benedetto Croce, Pieyre de Mandiargues, Roger Caillois – und einen Stapel Kassetten. An einem Drahtbügel hingen ein paar Kleider, die gerade aus der Reinigung gekommen waren. Schwarze Pumps mit sehr hohen Absätzen lagen neben einem kleinen Schminkbeutel, der billige Gesichtscreme, Lippenstift aus dem Warenhaus und roten Nagellack enthielt. Ein Hauch von Schmerz zog durch meine Brust, ein feiner Hauch nur, der sich gleich wieder verlor, als ein leichtes Kratzen an mein Ohr drang. In einer Ecke stand ein winziger Korb. Aus den Lumpen, die ein Nest bildeten, streckte mir eine hellgraue Ratte schnüffelnd ihr spitzes Maul entgegen. Ihre Augen waren nur noch zwei weiße Steine. Ich bückte mich, rief leise ihren Namen. Topsy vernahm die freundlichen Schwingungen meiner Stimme. Als ich ihr die Hand hinhielt, klammerte sie sich mit ihren Pfötchen daran fest. Ich richtete mich behutsam auf. Topsy kroch meinen Unterarm entlang, steckte den Kopf unter meinen Ärmel. Ich setzte mich wieder neben Martin, während Eleni die Hand ausstreckte und das Tier streichelte. Martin beugte sich argwöhnisch vor.

»Was ist das? Ein Meerschweinchen?«

Eleni lachte gleichmütig.

»Nein, eine Ratte.«

Martin schreckte leicht zurück.

»Das ist doch widerlich! Solche Tiere verbreiten Krankheiten.«

Lola goß Pulverkaffee in dicke Keramiktassen, stellte Milch und Zucker vor uns.

»Topsy wird nicht mehr lange leben«, meinte sie. »Amadeo wird sie vermissen.«

Martin lachte bestürzt auf.

»Und sie schleunigst zum nächsten Abfallkorb geleiten! Herrgott! Ihr Frauenzimmer seid unglaublich! Ich würde mich ekeln! Du nicht?«

Die Frage richtete sich an Jorge, der amüsiert blinzelte. Es gab wenig Dinge, die ihn befremdeten. Er sprach wenig, aber war darüber nicht einsilbig geworden.

»Ekeln? Nicht unbedingt. Kennst du die griechische Mythologie?«

»Zuwenig, leider. Aber was hat die Ratte damit zu tun?«

»Sie begleitet den Lichtgott Apoll; sie stellt sein dunkles Gesicht dar, das sich der Nacht und der Erde zuwendet.«

»Hochinteressant!« Martins Stimme klang sarkastisch. »Du weißt mehr darüber als ich. Allerdings glaube ich kaum, daß der Besitzer im Bilde ist. Das sieht mir doch eher nach Provokation aus.«

Er hüstelte und wartete auf das, was ich sagen würde. Ich sagte nichts. Mit der Fingerkuppe streichelte ich Topsy, die sich in die Maschen meines Pullovers krallte.

Provokation, hat er gesagt? Es könnte auch ein Bekenntnis sein.

Ein Geräusch von Schritten, draußen. Nein, ich drehe den Kopf nicht, gucke nicht durchs Fenster. Die Schritte kommen näher, steigen hinauf, werden lauter, fast so laut wie die Schläge meines Herzens. Das Warten ist nur kurz, und doch scheint es kein Ende zu nehmen. Ich halte den Atem an, formuliere nur einen Gedanken: Du bist da!

Die Tür sprang auf, und Amadeo trat in den Wohnwagen. Er war so groß, daß er sich bücken mußte, um durch die Tür zu kommen. Und schlagartig nahm er den ganzen Raum in Besitz. Er verwirrte alle, die ihn sahen. Ich glaube nicht, daß er es bewußt tat. Er war eben von Natur aus so. Er konnte keine ungeschickte Bewegung machen, seine Würde war angeboren. Häufig wirkten solche Männer anmaßend oder gewöhnlich, wenn aus ihren Augen nicht etwas anderes sprach.

Über seine schwarzen Pluderhosen trug er jetzt eine Lederjacke, sonst nichts. Seine regennasse Haut schimmerte wie Erz. Er war etwas kräftiger geworden, aber man konnte sich vorstellen, daß er sich trotz seiner muskulösen Glieder leicht und mit täuschender Schnelligkeit zu bewegen wußte. Sein Haar war immer noch pechschwarz, wie seine Augen, auch wenn sich Falten um seinen Mund gebildet hatten. Er blickte mich an; über sein Gesicht zog sich ein leichtes Lächeln, das nur die Spiegelung meines eigenen Lächelns zu sein schien. Da stand er, derselbe Mann wie früher, und breitete die Arme aus. Die Geste war nicht frei von Pathos. Er verbrachte so viel Zeit in der Manege, daß eine gewisse Effekthascherei bei ihm in Fleisch und Blut übergegangen war. Doch wie bei allem, was er tat, wirkte es nicht affektiert. Ich zog Topsy behutsam aus meinem Ärmel, stand auf und warf mich in seine Arme. Ich atmete seinen vertrauten Geruch ein, drückte die Wange an seine Brust, während er beide Arme um mich legte, wie eine Decke. Für ein paar Atemzüge rührte sich keiner von uns. Dann öffnete ich die Augen, hob das Gesicht zu ihm empor. Unsere Lippen berührten sich kurz. Plötzlich waren die Jahre von ihm abgefallen. Seine Augen glänzten, und auf seinem Gesicht lag eine Art verwunderter Rührung, wie bei einem Jungen, der ein heftig herbeigesehntes Geschenk unerwartet in Empfang nimmt. Als er sprach, klang seine tiefe Stimme noch tiefer als sonst.

»Herzblume, du bist unverändert.«

Ich schluckte.

»Wie geht es dir?«

»Gut. Seit einer Minute sogar ausgezeichnet. Und dir?«

»Ich fülle meine Tage. Du hast eine richtige Beschäftigung.«

»Aber sicher. Auf dich zu warten gibt Arbeit.«

»Hast du nichts Besseres zu tun?«

Er lachte leise an meiner Wange.

»Das ist genau die richtige Beschäftigung für mich, Herzblume.«

Wir sprachen schnell und leise, er hielt mich fest. Mühevoll rissen wir uns voneinander los, wie von etwas in der Luft, das uns lähmte, doch das unsichtbare Netz dehnte sich vor uns aus, wir waren noch immer darin, auch als Amadeos Augen sich auf Eleni richteten und er sie an sich zog und küßte.

»Eleni! Deine Haut ist wie ein Pfirsich, und dein Herz zeichnet sich auf deinem Gesicht ab.«

Eleni lachte schallend.

»Das bringt nur die Beleuchtung fertig. Du wirst immer verrückter, Amadeo, jetzt siehst du die Realität nicht mehr. Aber ich sehe sie jeden morgen im Spiegel.«

»Machst du immer noch Musik?«

»Ich nehme CDs auf, gebe Konzerte und habe geheiratet. Und das ist mein Mann, Jorge Esposito.«

»*Soi Español*«, sagte Jorge und drückte herzlich Amadeos ausgestreckte Hand. »Ich lehre an der Musikhochschule. Daneben komponiere ich, damit kommt man mit vielem in Berührung.«

»Ja, das ist unvermeidlich«, Amadeo nickte amüsiert; er hatte schon eine Menge in Jorges Augen gelesen. »Werdet ihr uns etwas vorspielen?«

»Wir haben unsere Instrumente nicht da«, sagte Eleni. Ihre Stimme klang aufrichtig bedauernd.

»Das macht nichts«, entgegnete Amadeo. »Ich lasse Matteo und Djali holen. Heute abend wird gefeiert!«

Martin saß inzwischen am Tisch, trank stumm seinen Kaffee. Es war nicht weiter verwunderlich. Manche Menschen sind an Abstand gewöhnt. Darüber hinaus brannte er vor Wut, wollte aber seine höfliche Schale nicht sprengen. Es hatte keinen Sinn, und zu gewinnen war dabei nichts. Amadeo sah ihn an, als ob ihm erst jetzt seine Anwesenheit gewahr wurde; ein unergründliches Lächeln spielte um seine Backenknochen.

»Was ist das für ein Gatscho?« fragte er.

Die Frage hörte sich scherzhaft an. Aber ich hatte ein feines Gefühl für solche Dinge. »Gatscho« bezog sich auf alle, die dem fahrenden Volk dem Wesen nach fremd waren. Als Amadeo auf ihn zu trat, zog Martin langsam seinen langen Körper in die Höhe. Beide waren fast gleich groß, Amadeo etwas kleiner, doch neben ihm wirkte Martins Auftreten als großer scheuer Junge, der es weit gebracht hatte, plötzlich platt und überheblich. Dabei lag es weniger an Amadeos Alter oder Muskelkraft als an seiner hochmütigen Gelassenheit, die ihn wie mit einer Aura umgab. Eine geheimnisvolle Macht ging von ihm aus, ein Zauber, der die Menschen entweder anzog oder abschreckte.

Und da Martin nicht hinter den Schleier blickte, war die Wirkung, die Amadeo auf ihn ausübte, geradezu vernichtend. Beide Männer schüttelten sich die Hand mit spürbarer Zurückhaltung. Amadeo fragte:

»Sie sind Fotograf? Für welche Zeitschrift?«

»Für etliche. National Geographic, unter anderen. Schon davon gehört?« setzte er herausfordernd hinzu.

Amadeo betrachtete ihn, ein unerforschliches Glitzern in den Augen.

»Traditioneller gelber Einband, gute Fotos auf Glanzpapier. Seriöse Berichte, *politically correct,* aber couragiert. Wollen Sie keine Werbung für uns machen?«

»Haben Sie das noch nötig?« Martins Stimme klang gereizt.

»Nein, aber es würde meinen Leuten gefallen.« Auf Amadeos Gesicht zeigte sich das flüchtige Aufblitzen weißer Zähne. Er ging mit seinen geschmeidigen Schritten an Martin vorbei, wobei er die Lederjacke von den Schultern streifte.

»Gleich werden wir alles haben, was wir brauchen. Aber zuerst nehme ich eine Dusche.«

Durch den Spalt zwischen Schrank und Wand sahen wir, wie er die Kleider von sich warf; gleich danach prasselte die Dusche. Inzwischen ging die Tür auf; ein Asiate trat in den Wohnwagen, faltete die Hände zum Gruß. Er war ein alter Mann, sehr hager, mit einer runden Kappe auf dem grauen Haar. Zu einer zerschlissenen Jacke trug er viel zu weite Hosen und Pantoffeln aus Leder, vom Regen durchgeweicht. Seine tatsächliche Größe war schwer zu beurteilen, denn er hielt sich gebeugt und schien über den Hüften wie eingeknickt. Auf seinem runzeligen Gesicht waren eine Anzahl Narben sichtbar, einige davon tief. Er schlurfte durch den Wohnwagen, wobei er das linke Bein nachzog, und machte sich im Küchenteil zu schaffen, holte Bratpfannen und Töpfe aus einem Schrank. Nun kam auch Amadeo wieder, zog den Reißverschluß seiner Jeans zu, streifte einen schwarzen, zerknitterten Pullover über den nackten Oberkörper. Der Alte am Küchenherd zeigte ein breites Grinsen, das seine gelbbraunen Zähne entblößte. Amadeo schlug ihm freundschaftlich auf die Schulter.

»Brahim ist ein Paschtun aus Afghanistan. Sein Stamm hat der englischen Kolonialmacht beigebracht, wie man das Wort ›Fürchten‹

buchstabiert. Später, im sowjet-afghanischen Krieg, haben sie den Gefangenen die Bäuche aufgeschlitzt und ihre Gedärme an der Sonne getrocknet. Eine landesübliche Spezialität. Brahim ist ein ehemaliger ›Tschopendos‹, der im ›Königs-Buskatschi‹ fünfmal den Sieg davontrug. Das will etwas heißen, nicht wahr, Brahim?«

Der alte Afghane nickte zustimmend, wobei mir nicht klar wurde, ob er Amadeo verstand oder nicht.

»Was war das denn für ein Spiel?« wollte Martin wissen.

Amadeo grinste.

»Nichts für empfindliche Nerven. Da prügeln sich hundert Reiter um den Kadaver eines Ziegenbocks, schreien sich die Lungen aus dem Leib und hetzen sich fast zu Tode. Brahim hatte Pech: Er wurde aus dem Sattel geschleudert, überrannt und zertrampelt. Schluß mit dem Reiten! Brahim wurde Stallknecht bei einem Bey – einem Gutsbesitzer. Dann kam der Krieg. Der Bey verlor sein Vermögen, und Brahim seine Familie. Ich traf ihn an der pakistanischen Grenze, wohin es ihn als Flüchtling verschlagen hatte. Jetzt gehört er zu uns. Keiner versteht soviel von Pferden wie er. Und seitdem er für mich kocht, lasse ich keine Frau mehr in die Nähe meines Herdes kommen.«

Der Afghane zeigte grinsend eine Reihe gelber, starker Zähne und fuhr fort, mit Töpfen und Pfannen zu hantieren. Wieder ging die Tür auf. Herein traten zwei schwarzgelockte Jungen, mit bunten Hemden und so engen Hosen, daß sie fast aus den Nähten platzten. Ein schlaksiger Blonder bildete den Schluß. Sein Haar war hinter einen Stirnreif zurückgekämmt. Er trug einen ›Perfekto« und abgenutzte Cowboy-Stiefel.

»Djali und Matteo kommen aus Jerez.« Lola sprach zu mir, über den Tisch hinweg. »Und das ist Jean, mein einziger Sohn, du kennst ihn ja noch nicht. Er ist so blond wie sein Vater, der aus Straßburg war. Sieht er nicht aus wie einer, den kein Wässerchen trüben kann? Dabei macht er dieses Affenzeug! Nimm dich in acht, Junge! Eines Tages wirst du im Rollstuhl am Zirkuseingang Programme verkaufen.«

»Sei ruhig, Mutter, ich kann noch im Stehen pinkeln«, sagte Jean gutmütig.

In der zimtbraunen Sanftheit seines Gesichtes, in den langbewimperten Augen lag ein freundlicher Ausdruck. Er trug einen Ohrring, und silberheller Flaum bedeckte sein schmales Kinn.

»Was macht er denn?« fragte ich.

Lola schnaubte wie eine aufgebrachte Stute.

»Er ist Stuntman beim Film! Doubelt die Schauspieler bei gefährlichen Szenen. Mich wird er damit noch umbringen.«

Jean zeigte zwei Reihen perlenweißer Zähne.

»Stars haben Schiß, sich ihre kostbare Fresse zu beschädigen. Mir macht das Spaß, mit dem Wagen über eine Böschung zu kippen.«

»So ein Unsinn, mein Sohn«, schimpfte Lola. »Du hast keinen Respekt vor dem Bauch deiner Mutter, der du dein Leben verdankst.«

»Ich habe dir versprochen, aufzuhören, sobald ich Geld genug habe.«

»Dann mußt du dein Versprechen halten.«

»Ich habe noch nicht Geld genug.«

»Friede sei mit dir, mein Sohn.«

»Und auch mit dir, Mutter.«

»Willst einen Kaffee, du Idiot?«

Eleni und ich tauschten einen lachenden Blick. Diese grobe Ausdrucksweise war uns nicht fremd; sie war eine Abreaktion nach der Anspannung und der Konzentration in der Manege. Der indische Sänger traf ein, eine prachtvolle Erscheinung, in cremefarbenem Dhoti, seinen Turban kunstvoll geschlungen.

Aus der Nähe gesehen, war er außerordentlich schön, mit seinem rahmgelben Teint und dem leuchtenden Braun seiner Augen. Er war müde und gähnte ein paarmal, zeigte eine wohlwollende, gelangweilte Würde. Sein prachtvoller Bart brachte mir den Schaum aus Zuckerwatte in Erinnerung, die Eleni und ich als Kind so gerne mochten. »Papas Bart« hieß die Jahrmarktssüßigkeit, die wir vom Stiel schleckten.

»Raschid-Khan ist ein Meister seines Faches«, sagte Amadeo.«Er kennt jeden Takt, jede Note. Aber in Indien stehen Musik und Gesang als Darbietung im Hintergrund. In Frankreich konnte ich ihm Gastspiele vermitteln, jetzt ist er ein Star und für indische Begriffe ein reicher Mann. Zum Glück schmeißt er sein Geld nicht zum Fenster heraus und kauft sich auch keinen BMW. Er versteht kaum Französisch, und mein Englisch hört sich stümperhaft an, aber wenn wir eine Vorstellung inszenieren, weiß er in einer Sekunde, was ich will. Das kenne ich sonst von niemandem, höchstens von gewissen Pferden.« Raschid-Khan lächelte, als fühle er sich geschmeichelt. Er war mit zweien seiner Söhne gekommen, die er als Musiker ausbildete. Rafik spielte Trommel, Nadir schlug die Laute. Ich erinnerte mich, sie auf der Estrade gesehen zu haben. Beide waren dunkel, schlank und befangen. Beide senkten synchron die Augen, falteten simultan die Hände zum Gruß, sichtbar erdrückt vom mächtigen Schatten ihres Vaters.

Unterdessen war der Wohnwagen voller Leute, aber es trafen noch mehr ein, und die Luft wurde allmählich stickig. Lola öffnete ein Fenster, lies feuchte Nachtluft herein. Unter den letzten, die kamen, war ein sehr alter Mann mit merkwürdig hellen Augen, eisgrauem Stoppelhaar, das faltige Gesicht von Wind und Regen wie Leder gegerbt. Ich erkannte ihn sofort und rief seinen Namen.

»Wassilio!«

Wir umarmten uns. Ich küßte seine Hand, nach Art der Romanos, mit der Ehrerbietung, die ihm zukam. Ich hatte ihn schon lange nicht mehr gesehen. Er kam, er verschwand, tauchte Jahre später wieder auf. Und obgleich er heute so abgezehrt, so dünn und federleicht war, daß seine Glieder wie lose eingehängt wirkten, war er immer noch ein Magier, ein Weiser und unvergänglich.

»Wassilio, wie geht es dir?«

»Ich lebe, mein Kind, aber es ermüdet mich.«

»Kennst du mich noch?«

Er kicherte. Seine Stimme klang wie Rascheln welker Blätter. »Wie sollte ich nicht? O ja, ich weiß, wer du bist: das Mädchen, das mit dem Feuer spielte. Nicht viele können das. Du warst dir nicht einmal deines Glückes bewußt. Kindskopf!« setzte er hinzu und lächelte.

Nie hatte ich ihn lesen oder schreiben gesehen, und doch sprach er ein Dutzend Sprachen und Mundarten. Seit er das Licht der Welt erblickt hatte, war er auf allen Straßen, Wegen, Pfaden und Pisten unterwegs gewesen. Und wie lange schon? Märchen sind zeitlos, und Wassilios Alter war ohne jede Bedeutung.

Sein Rücken war krumm, weil er in den vorgeschriebenen Tagen und Nächten Heilkräuter sammelte, sie in der Sonne trocknen ließ oder mit einem Mörser zu Pulver zerrieb. Er kannte auch die Geheimnisse von Mineralien, Salz- und Tonerden, aus denen er Medizin herstellte. Sogar Knochenbrüche und entzündete Wunden vermochte er zu behandeln, und das sowohl bei Tieren wie auch bei Menschen. Und manchmal gebrauchte er nur seine Hände. Ich zog den Ärmel meines Pullovers hoch. Über meinem Arm, unterhalb des Ellbogens, lief eine dünne weiße Narbe.

»Weißt du noch, Wassilio?«

Ich hatte mich an einem rostigen Stacheldraht verletzt. Eine böse Wunde. Wassilio hatte den Schnitt mit warmem Wasser gewaschen und seine Hände eine Weile über die Wunde gehalten, wobei er seinen Atem mit dem meinen in Gleichklang brachte. Die Verletzung heilte sofort, ohne Blutvergiftung. Er blinzelte gnomenhaft.

»O ja, ich erinnere mich! Du hast keine Frage gestellt. Du hast so getan, als wüßtest du Bescheid. Das hat mir sehr gefallen.«

Seine Stimme war etwas gönnerhaft, wie das bei alten Menschen, die ihren Erinnerungen nachgehen, oft vorkommt.

»Dabei wußte ich gar nichts. Aber ich hatte Vertrauen zu dir.«

»Das genügte, mein Kind.«

Er sah aus, als ob ihn ein Windhauch davonwehen könnte. Seine Augen waren feucht und wimpernlos, aber klar wie früher.

»Gelobt sei der Leib, der dir das Leben schenkte! Du warst schon immer ein besonderes Mädchen. Jetzt bist du eine schöne Frau.«

Lolas helles Lachen schallte durch den Wohnwagen.

»Wassilio, laß diese Schmeicheleien sein, die sind nichts für Männer deines Alters!«

»Ja, sie ist schön«, sagte Amadeo ernst. Das trübe Licht im Wohnwagen ließ sein Antlitz aufschimmern. Er ließ mich nicht aus den Augen, sah meinen Mund an, wenn ich sprach. Mein Herz schlug schneller. Eine kleine Flamme, warm und pulsierend, strahlte unterhalb meines Nabels aus, bis in die Schenkel. Ich zerging, ich konnte es nicht aushalten. Er las es auf meinem Gesicht. Es mußte auf ihn wie ein Peitschenhieb wirken. Martin fing den Blick auf, den wir tauschten, und rutschte unruhig hin und her. Es wird ziemlich hart für ihn werden, dachte ich, aber er hat es ja nicht anders gewollt.

Inzwischen stand auch Eleni auf, begrüßte Wassilio auf die gleiche Art und wurde von ihm herzlich umarmt.

»Was fällt euch ein«, fragte Martin, »diesem Alten die Hand zu küssen?«

»Er ist ein ›Kaku‹, ein Baum-Mensch«, sagte ich.

»Was ist denn das?«

»Eine Art Medizinmann«, sagte Amadeo.

»Und Sie küssen ihm auch die Hand?«

Amadeo grinste.

»Ja, das kommt vor. Er heilt Durchfall überaus zuverlässig.« Wieder ging die Tür auf. Eine Frau erschien. Sie hatte das Tuch der verheirateten Romnia in ihr Haar geknotet und hielt einen Säugling an der Brust. Lola winkte ihr fröhlich zu: »Esmeralda! Komm, setz dich zu uns! Das ist Ariana.«

Esmeralda sah mir neugierig ins Gesicht, wobei ihr Lächeln bis zu den gewölbten Augenbrauen wanderte. Sie setzte sich mit leichter, fließender Bewegung. Aus ihren Kleidern strömte ein eigentümlicher Duft nach Harzen, Nelkenöl und Talg. Sie erklärte mir, daß sie Matteos Frau war, und zeigte mir freudig ihr Baby, ein Mädchen. Die Kleine trug nur ein geblümtes Baumwollkleid, sonst nichts. Ich streichelte behutsam ihre Wange. Sie hatte samtene Haut und winzig kleine Ohren.

»Wie heißt sie?«

»Tamara. Sie ist schon groß, weil ich viel Milch habe«, sagte Esmeralda stolz.

Das Baby gähnte schlaftrunken und strampelte. Matteo streckte die Arme aus: Esmeralda reichte ihm das Kind, das er auf seine Knie nahm und zärtlich an sich drückte. Alle unterhielten sich laut, lachten und gestikulierten, so daß ich die junge Frau, die hinter Esmeralda durch die Tür gekommen war, kaum bemerkt hatte. Erst als der Lampenschein auf ihr Gesicht fiel, wurde ich auf sie aufmerksam. Die junge Frau trug Jeans, ein schwarzes Top, eng und tief ausgeschnitten, darüber eine kurze Jacke aus Lammfell und einen roten Glitzerschal. Um ihren Hals hingen Goldketten, die im Licht flammten und funkelten. Ihr Gesicht war oval, noch kindlich in den Umrissen. Die schrägen Augen, beschattet von dunklen Wimpern, hoben sich von der warmen Tönung ihrer Haut ab. Die weitgeschwungenen Lippen glänzten pflaumenrot. Ihr Haar, in der Mitte durch einen Scheitel geteilt, war lang, schwarz und üppig, wie eine gekräuselte Mähne.

Amadeo drehte sich eine Zigarette. Er hob nur flüchtig den Blick und sagte in beiläufigem Ton:

»Coralie reitet Hussein, den Rotbraunen. Er ist störrisch und eitel. Aber das Pferd, das Coralie nicht binnen fünf Minuten zum sanften Kätzchen macht, ist noch nicht geboren. Und mit den Männern macht sie es genauso.«

Alle lachten; Coralie zuckte mit keiner Wimper. Ich entsann mich an ihre Kühnheit und Gelenkigkeit im Sattel und lächelte ihr zu. Coralies volle Lippen blieben eng zusammengepreßt. In ihren Augen war nichts, zu dem ich hätte sprechen können. Sie waren starr und hart. Ich sah ihren Hals unter den goldenen Ketten stürmisch und ungleichmäßig schlagen. Amadeo benetzte den Rand des Papiers mit der Zunge und klebte die fertige Zigarette zu. Djali warf ihm eine Schachtel Streichhölzer über den Tisch. Amadeo fing sie auf, riß ein Streichholz an und zog an der Zigarette. Coralie beachtete er nicht mehr, doch ich wußte, sie war seine Geliebte. Und sie wußte auch, was mit uns war. Jemand mußte es ihr gesagt haben. Durch den Raum hindurch schauten wir uns an, ohne ein Wort, ich spürte den Strom von Neugierde, von Zorn, der von ihr zu der lief, die sich hier hineingedrängt hatte; eine, die vor ihr dagewesen war. Ihre Gefühle waren ohne Zweifel sehr heftig. Sie tat mir leid, aber ich konnte diese Dinge nicht ändern. Sie führte nur einen Scheinkampf mit mir; in Wirklichkeit wußte sie gar nicht, um was es sich handelte. Kalt sah sie mich an. Ich beachtete sie nicht mehr.

Inzwischen stellte Lola Gläser auf den Tisch und füllte sie, indem sie den Wein aus einem kleinen Fäßchen abzapfte. Die Hindus tranken nicht. In einem kupfernen Samowar sang kochendes Wasser. Brahim hatte schwarzen, stark gesüßten Tee für sie gekocht. Lola stellte Brot auf den Tisch. Ich hörte das vertraute Klicken, als Amadeo sein Messer springen ließ. Martin starrte fasziniert auf die lange, dünne Klinge, auf Amadeos kräftige Hände, die das Brot in Scheiben schnitten. Sie war an einer merkwürdig geflochtenen Schnur befestigt. Amadeo bemerkte seinen Blick. Er sprach, die Zigarette im Mundwinkel.

»Wir wollen jetzt *piave le mole* und *creave le maro.* Das bedeutet in der Romanosprache: Wein trinken und Brot essen. Mit anderen Worten: Freundschaft schließen. Jedenfalls wollen wir es mal versuchen, aber auch der Fuchs denkt nicht an alles«, setzte er gleichmütig hinzu, indem er mit blitzschneller Bewegung das Messer wieder einsteckte. Er schob Martin das angeschnittene Brot hin und hob mir sein Glas entgegen. Ich erwiderte die Geste und lächelte; es war wie früher: nein, nicht ganz, aber das spielte keine Rolle. Wir tranken. Ich fand den Geschmack von damals wieder, diesen warmen Geschmack der sonnengereiften Trauben, wie flüssige Sonnenglut.

Martin nahm auch einen Schluck und blinzelte überrascht.

»Herrgott! Ist der Wein stark!«

Amadeo nickte.

»Wir trinken nur den besten. Einige unserer Leute arbeiten als Saisonarbeiter im Weinbau. Wir sagen, der Wein ist das Blut der Rebe. Aber die Arbeit im Zirkus ist hart, und der Kopf muß klar sein. Wir heben ihn für besondere Anlässe auf. Und heute ist ein besonderer Anlaß.«

Ich hörte zu, wie er sprach, unwiderstehlich in seiner Art, sah, wie er die Arme und Hände bewegte, mit dieser gewissen Theatralik, von der man nie wußte, ob sie aus spontanem Empfinden heraus kam oder aus wohlberechneter Affektiertheit. Aber es war, als wenn die Schatten einer Flamme sich rührten. Inzwischen war das Essen bereit. Brahim brachte einige Schüsseln mit dampfendem, in Hammelfett gesottenem Reis. Dazu gab es verschiedene Gemüse und Fleischklößchen in einer scharfen, roten Sauce. Der Reis hatte durch Gewürzmischungen verschiedene Farben angenommen: rosa, violett, grün.

»Das ist ein Palao, das traditionelle Gericht der afghanischen Nomaden«, erklärte Amadeo. »Er wird mit den Händen gegessen.«

»Mit den Händen?« Die argwöhnische Frage kam von Martin.

Amadeo zeigte die weißen Zähne. Er tauchte die Finger in den heißen, fetten Reis, knetete ihn, rollte ihn zu einer Kugel zusammen und steckte sie in den Mund. Lola lachte wie ein Wasserfall.

»Amadeo, verlang nicht zuviel von unseren Gästen. Wir haben auch noch Löffel vorrätig!«

Sie holte ein paar Löffel aus einer Schublade und verteilte sie. Martin griff nach einem Löffel, während Eleni und Jorge sich an die afghanische Sitte hielten. Brahim stellte dünnes Fladenbrot auf den Tisch, das in Stücke gerissen und um das Fleisch gewickelt wurde. Die Inder tranken ihren Tee langsam und schlürfend, weil er ihnen so am besten schmeckte. Wassilio aß langsam und wenig. Das scharfkantige Gesicht über seinen Teller gebeugt, schien er wie in sich selbst versunken. Alle anderen schlangen mit Heißhunger, zuerst schweigend oder einsilbig und mit jener Achtlosigkeit gegenüber Tischsitten, wie sich das Menschen angewöhnen, die in enger Gemeinschaft leben. Esmeralda gab ihrem Kind die Brust und aß dabei gelassen und mit Appetit. Ihre schmalen Hände formten geschickt kleine Reiskugeln, zerbrachen das Fladenbrot. Coralie entfernte mit dem roten Fingernagel ein Stückchen Speise, das zwischen den Zähnen hängengeblieben war, und rauchte eine Zigarette nach Art der Romanos: Sie steckte sie nicht in den Mund, sondern klemmte sie zwischen Handfläche und kleinem Finger fest, wobei die übrigen Finger eine Röhre formten, durch die sie den Rauch inhalierte. Zu mir hatte sie noch kein Wort gesagt. Martin und Amadeo sprachen über Pferde.

»Um die Pferde wirklich zu verstehen«, sagte Amadeo, »muß man mit ihnen leben und ihre Sprache erlernen. Manchmal schlafe ich sogar bei ihnen, im Stall. Sie sind meine Familie., meine Kinder, ein Teil von mir. Aber man findet nur selten einen Mann, der ein Pferd wert ist.«

»Sie sind ein Zyniker«, sagte Martin.

»Nein, ein Idealist.«

Amadeo drehte sich eine Zigarette.

»Pferde sind ein Teil des Unsichtbaren, wie sogar meine Ratte es ist. Sie sind unsere Gefährten aus der Urzeit, Seelenträger und schirmende Geister. Auf dem Rücken eines Pferdes erlebe ich Wunder; ein Teil von mir bleibt in meiner Haut gefangen; der andere Teil aber rennt mit dem Pferd, bis unsere Lebensströme sich verschmelzen. Bis wir eins sind ... miteinander verschmolzen.«

Martin verspürte ein Unbehagen, wie einer, der stets einen einzigen Ton auf dem Klavier anschlägt. Um das zu verbergen, sagte er in scherzhaftem Ton:

»Man könnte meinen, Sie laufen vor sich selbst davon.«

Amadeos Ausdruck blieb unberührt.

»Tun wir das nicht alle?«

Martin lachte, aber es war ein gekränkter Unterton in seiner Stimme.

»Vielleicht haben Sie recht.«

Amadeo trank einen Schluck Wein.

»Für gewisse Pferde gibt es keine Worte, um sie zu beschreiben. Sie sind so schön, daß man nur in Metaphern von ihnen sprechen kann: von dunklen Stürmen und Donnergrollen, von reißenden Wildbächen und kreisenden Adlern.«

»Amadeo, warum erzählst du das?« rief Lola kopfschüttelnd dazwischen. »Du weißt doch, daß die *Gatschos* nur darüber lachen.«

»Dieser nicht. Der will ein guter *Gatscho* sein.«

Er hob Topsy auf seine Schulter. Martins Wimpern zuckten. Auf Amadeos Gesicht lag ein fast unsichtbares Lächeln.

»In der Manege sind die Pferde nicht sie selbst: Sie spielen Schau, wußten Sie das? Sie sind eitel und genießen den Applaus. Deshalb lernen sie bereitwillig Kunststücke. Das hat kaum etwas mit Intelligenz zu tun. Einer Katze können Sie nicht beibringen, durch einen brennenden Reifen zu springen. Es sei denn, sie tut es freiwillig, aber keine Katze ist so dumm, sich zu so einem Unsinn herzugeben. Ein Pferd glüht vor Leben und setzt sich schamlos in Szene. Haben Sie mal miterlebt, wie Pferde sich paaren?«

Er deutete auf die Aufnahme an der Wand gegenüber. Martins Augen glitten blind darüber hinweg. Für Fake-Orgasmus im Video war er durchaus zu haben, nicht einmal Gewaltpornos raubten ihm den Seelenfrieden. Aber Dinge, die als Bedrohung und Frage aus dem Dunkel hervorfluteten, waren ihm unheimlich.

»Ein gutes Foto«, sagte er steif.

»Mit einem Teleobjektiv 135 mm. Das Schauspiel sollten Sie sich mal ansehen. Es würde Ihnen mehr über das Wesen Pferd – und zusätzlich auch über Ihr eigenes Wesen – beibringen als alle Handbücher der Naturgeschichte zusammen.«

Er sprach, die Zigarette im Mundwinkel und die Ratte auf seiner Schulter. Martin sah zu ihm herüber, durch das Essen versöhnlich gestimmt und völlig in seinen Bann gezogen.

»Wie sind Sie eigentlich zum Zirkus gekommen?«

Amadeo nahm Topsy von seiner Schulter, ließ sie an seinem Teller schnüffeln.

»Der Zirkus ist zu mir gekommen.«

Martin schob seinen eigenen Teller schnell weg und tupfte sich die Lippen ab.

»Ich weiß nicht, wie ich das verstehen soll.«

»Sie können es durchaus wörtlich nehmen.«

»Daraus werde ich nicht klüger.«

»Im Zirkus«, sagte Amadeus, »hat jeder seinen bestimmten Platz. Vom Direktor bis zum Stallburschen. Und jeder hat sein Leben und seine Geschichte. Aber fast alles, was wir wissen, haben wir von den Tieren gelernt.«

Martins blaue Augen sprangen fasziniert hin und her und folgten den Gesten, mit denen er seinen Worten Nachdruck verlieh.

»Was denn, zum Beispiel?«

»Zum Beispiel, unsere Fährte zu verwischen.« Seine Stimme klang sanft und spöttisch. Martin lächelte dünn. »Ihr Vorrat an Sprüchen ist schier unerschöpflich. Aber was soll ich damit? Wenn ich für Sie Werbung machen soll, brauche ich konkrete Informationen.«

»Wolf, Pferd und Rabe sind unsere Lehrmeister. Und der Romano – wie das Tier – verunreinigt niemals den Ort, an dem er Nahrung zu sich nimmt. Es sei denn, das Tier ist durch Menschen gezähmt worden.«

»Und warum tragen Ihre Wohnwagen das Zeichen der Sonne?«

»Weil die Sonne um Mitternacht scheint.«

»Das soll wohl ein Witz sein.«

»Durchaus nicht. Ich meine es ernst.«

Amadeo rollte sich eine zweite Zigarette und steckte sie bedächtig hinter sein Ohr. Martin starrte ihn an.

»Sie haben mir immer noch nicht gesagt, wer Sie sind und woher Sie kommen.«

»Ich bin ein Sohlengänger und gehörte zur allesfressenden Gattung«, sagte Amadeo feierlich, worauf die ganze Tischrunde in Gelächter ausbrach. Martins Lippen zuckten nervös. In seinen blauen Augen, die freundlich zu blicken versuchten, schimmerte Verdrossenheit. Er lachte mit den anderen, um sich keine Blöße zu geben. Amadeo schien zu ihm aus der Ferne zu sprechen, seine ganz besondere Art der Unangreifbarkeit, die so fest und selbstsicher war, mußte auf manche Menschen wie kaltes Dynamit wirken. Ohne sich recht klarzuwerden, warum, ging Martin mit ihm sehr vorsichtig um.

Inzwischen räumten Lola und Coralie den Tisch ab. Im Vorbeigehen wandte mir Coralie das Gesicht zu; ich sah den Zorn in ihren Augen. Ihr Schal, mit Goldflitter bestickt, glitt an meiner Schulter vorbei. Ich hatte nichts gegen sie, verhinderte aber auch nicht, daß Coralie meine Ruhe als Überheblichkeit auslegte und mich gerade deswegen noch mehr haßte.

Im Samowar sang das kochende Wasser; die Inder lehnten sich behaglich zurück, schlürften genüßlich den Tee. Jean schenkte neuen Wein ein. Elenis Augen glänzten, ihre helle Haut war ein wenig gerötet. Jorge blickte um sich, interessiert und gelassen; in seinen Zügen war Zärtlichkeit, die ein halbes Lächeln begleitete. Er war ein Künstler, der andere Künstler betrachtet, eine Schönheit in ihnen erkennt, von denen sie nichts wissen. Djali hatte kurz den Wohnwagen verlassen; er kam nun mit zwei Gitarren zurück, von denen er eine Matteo reichte. Ja, dachte ich, auch das gehört dazu. Beide legten das Tragband um ihre Schultern. Sie stimmten die Gitarre, ließen einige Akkorde erklingen, bevor sie zu spielen begannen. Der Rhythmus pulsierte, hart und straff, bevor sich die Kadenz in zügelloser Wildheit entfesselte. Bald flogen die Töne wie Funken, von Zurufen und Händeklatschen begleitet. Die Musik atmete den Erdgeruch des fahrenden Volkes aus, sie kam von weit her und hatte ihre menschliche Wärme bewahrt. Sie weckte alles in mir, was tief verborgen war.

Meine Gedanken wurden zu Flügeln, schwangen empor, ließen Bilder vor meinen Augen entstehen: die Lagunen der Camargue, die weidenden Stiere, die Dünen, schneeweiß im Mondlicht. Gerüche von Ginster und Tang, das seidenweiche Knistern des Schilfs, die einsame Laterne eines Fischers. Meine Hüften, die in dem kühlen Sand eine Grube aushöhlten, der Salzgeschmack in meinem Mund, das Gewicht deines Körpers auf meinem ...

Amadeo starrte vor sich hin, die braunen Lider halb geschlossen. Plötzlich hob er den Blick, drückte er seine Zigarette so aus, daß sich der Aschenbecher hin- und herdrehte. Als unsere Augen sich fanden, hatte ich das Gefühl, daß dieser Blick sich in mich hineinbohrte. Wir erinnerten uns beide, sahen die gleichen Bilder, teilten die gleichen Empfindungen. Das Verlangen ließ uns beben. Ich wollte mit beiden Händen über seine Brust streichen, den Bogen seiner Hüften entlang, bis zu den harten, federnden Schenkeln. Ich wollte mich unter seinem Körper ausstrecken, seine Wärme in mir spüren. Das Verlangen wurde so stark, dermaßen unerträglich, daß ich die Finger zu Fäusten ballte und kaum den Schmerz wahrnahm, als meine Nägel sich in die Handflächen bohrten.

Dann plötzliche Stille. Die Gitarren verstummten, als ob ein unsichtbarer Dolch mit einem Hieb die Kette der Töne zerschnitten hätte. Beifall brach los; alle lachten, trommelten mit den Füßen. Die Stimmung wurde ausgelassen. Lola füllte Wein in die Gläser. Jorge und Eleni wurden aufgefordert zu spielen; beide ließen sich lachend überreden. Eleni stimmte die Gitarre, zupfte einige Akkorde. Ihr Gesicht neigte sich über das Instrument wie eine Mutter über ihr ruhendes Kind. Sie schien tief auf dem Grund ihrer selbst einer Stimme zu lauschen, die nur sie zu hören vermochte und deren Ton und Klangfarbe sie in die Sprache der Gitarre übertrug. Jorge begleitete sie im dunklen, glockenklaren Rhythmus, trieb sie voran, rief sie zurück und holte sie wieder ein, um sich mit ihr im Gleichklang der Akkorde zu vereinen. Sie spielten »El Fandango al Candil« von Granados – »der Fandango im Kerzenschein« – eine Musik der gezierten Eleganz, der rauschenden Seidenstoffe und der bebenden Fächer.

»Komm näher!« flüsterte Amadeo.

Wir neigten uns zueinander; unser Atem vermischte sich.

»Du bleibst doch, oder?« fragte er leise.

Ich deutete mit einem Blinzeln auf Coralie.

»Sie wird dir die Augen auskratzen.«

»Sie zählt nicht. Und er?«

Amadeos Augen zuckten zu Martin hinüber.

»Er zählt nicht.«

Amadeo lächelte auf eine so nachhaltige Art, daß ich mein Herz in der Brust klopfen hörte.

»*Bueño!*« murmelte er auf spanisch. »Wir werden sie bald los sein.«

Raschid-Khan war wieder in Form. Er ließ einen gewaltigen Rülpser hören, bevor er seinen jüngsten Sohn Nadir schickte, seine Laute zu holen. Er befreite sie aus dem bestickten Seidentuch, das sie auf der Reise schützte. Und nun, während er die Laute schlug und Rafiks gelenkige Hände die Trommel streichelten, begann Raschid-Khan zu singen. Im weichen, geschmeidigen Rhythmus webte die Melodie ihr betörendes Netz aus Tönen, ein zaubriges Filigran, das kreisend emporstieg. Und auch diese Musik war der Seele der Romanos vertraut, schöpfte sie doch ihre Klangfülle aus den gleichen urtümlichen Quellen. Bald summten alle die Melodie mit, klatschten in die Hände, und Amadeo begann leise zu pfeifen. Wassilio wiegte den Kopf, die Augen halb geschlossen, wie ein träumender Vogel. Martin trank die ganze Zeit; seine Pupillen waren glasig geworden. Sobald sein Glas leer war, gab Amadeo Lola unauffällig ein Zeichen, und sie schenkte ihm neuen Wein ein. Ich fühlte, wie ich immer tiefer in mir selbst wanderte, jenen Zeiten entgegen, die wichtig für mich waren. Plötzlich kam mir ein spanisches Gedicht in den Sinn, das Amadeo mir einst beigebracht hatte. Dieses Gedicht hatte eine Bedeutung für mich; sonderbar, so jung war ich und hatte es damals schon gewußt. Und Amadeo war jetzt bei mir, wie damals, sein Gesicht dem meinen gegenüber. Als Raschid-Khan den letzten Ton gesungen hatte und ein kurzes Schweigen entstand, sagte ich ihm dieses Gedicht, sagte es in seine Augen.

La luna vino a la fragua
con su polisón de nardos
El niño la mira mira.
El niño la esta mirando …

Der Mond kam in die Schmiede
Mit seinem Halsband aus Narden
Das Kind beschaut, beschaut ihn
Beschauend bleibt das Kind …

Amadeo horchte nur kurz in sich hinein. Er mußte sich täglich mit vielen Dingen befassen, aber sein Gedächtnis war besser als das der meisten. Die nächste Strophe kam ganz mühelos über seine Lippen.

In der wehenden Luft
Bewegte der Mond die Arme
Entblößte, unzüchtig und rein
Brüste aus hartem Zinn.
Fliehe, Mond, Mond, Mond
Wenn die Zigeuner kommen
Machen sie aus deinem Herzen
Weiße Ketten und Ringe …

Martin starrte uns aus blauen, lichtlosen Augen an. »Ich wußte nicht«, sagte er schwerfällig zu mir, »daß du Gedichte aufsagen kannst. Und dazu noch auf Spanisch.«

Amadeos dunkle Lippen kräuselten sich spöttisch.

»Sie kennen Ariana nicht sehr gut.«

»Glauben Sie etwa, sie besser zu kennen?«

»Ich habe noch viel zu lernen, aber Wölfe verwechsle ich nicht mit Schakalen.«

»Was zum Teufel soll das nun wieder heißen? Fallen Ihnen keine anderen Vergleiche ein? Wir sind keine Tiere!«

»Sicher nicht. Tiere schauen uns in die Augen, wenn sie uns aus Angst um ihr eigenes Leben angreifen.«

Martin hatte den Punkt erreicht, wo die Leichtigkeit und Freundlichkeit seines nüchternen Zustandes in Gereiztheit umschlug. Da er sich gut kannte, kämpfte er dagegen an. Er mußte gemerkt haben, daß er sich auf etwas eingelassen hatte, das außerhalb seines Gesichtskreises lag; Amadeo und ich waren durch Schlüsselworte miteinander verbunden, zu denen er keinen Zugang hatte. Immerhin gab es Dinge, die er wahrnahm, die seine Gefühle ebenso verletzten wie sein Moralempfinden, und er hatte nicht einmal unrecht damit. Und zugleich war er fasziniert, nahezu gebannt, wie ein Mensch, der nachts auf einer Klippe steht und unter sich eine Tiefe spürt, die er nur zu ahnen vermag.

Ich nickte Eleni unmerklich zu. Sie lächelte, wissend, nachsichtig und etwas betrübt: Wir verstanden uns. Sie zupfte Jorge am Ärmel und sah ihn an. Dieser, ihren Blick verstehend, sah auf seine Uhr und rief in einem Ton gespielter Überraschung: »Schon halb zwei! Wir sollten allmählich fahren. Um neun fange ich in der Musikhochschule an.«

»Wer ißt und trinkt und Musik macht, zählt nicht die Stunden«, sagte Lola heiter. Doch Eleni und Jorge zogen schon ihre Mäntel an. Martin trank sein Glas aus und schnalzte mit der Zunge.

»Ich muß schon sagen, der Wein ist ausgezeichnet.«

Er stützte sich auf den Tisch, kam schwankend auf die Beine und schenkte Amadeo ein aufgeräumtes Lächeln.

»Ach, was für ein hübscher Abend. Ich dachte nicht, daß er so nett sein würde. Tolle Musik! Und auch so ein Essen schadet nichts, ab und zu mal. Aber Jorge hat schon recht, es wird Zeit, daß wir uns verabschieden. Komm, Ariana. Wo habe ich bloß meinen Schirm gelassen? Es gießt ja immer noch in Strömen.«

»Ich bleibe noch«, sagte ich, für mein Gefühl ein wenig zu herausfordernd.

Martin bekam wieder diese glasigen Augen. Röte stieg ihm den Hals hinauf. Er spürte den Wein bis in die Zehenspitzen. »Noch bleiben?« Martin brachte mit den Worten ein steifes Lächeln hervor. »Darling, du bist unersättlich! Daß du noch Lust hast, zu feiern.«

»Wir feiern nicht mehr«, sagte ich.

Die Gäste verließen schon den Wohnwagen. Wassilio war als erster gegangen. Esmeralda wickelte ihr schlafendes Baby in einen Schal, bevor sie mit Matteo in die kalte Nachtluft trat. Auch die Inder verabschiedeten sich in ihrer stillen, vornehmen Art. Brahim brachte die Küche in Ordnung, ließ ganz leise die Töpfe klappern. Lola sprach leise mit Coralie. Das schwarzhaarige Mädchen schüttelte schmollend den Kopf, starrte mich wuterfüllt an. War ich in Kampfstimmung? Keineswegs. Das arme Ding tat mir leid. Und dann, bevor Lola ihr Einhalt gebieten konnte, sprudelte sie all ihre Vorwürfe und Verwünschungen heraus; Lola bedeutete ihr vergeblich, zu schweigen. Coralie keuchte vor Haß, kam in dem Strom kaum zum Luftholen. Alle schwiegen betroffen. Amadeo rauchte mit steinernem Gesicht. Schließlich sagte er:

»Verpiß dich, Coralie.«

Er hatte nicht einmal die Stimme erhoben. Doch Lola packte die Schreiende und wild um sich Schlagende mit erstaunlicher Kraft, zerrte sie aus dem Wohnwagen. Coralies Glitzerschal warf ein paar Funken, wie eine erlöschende Flamme. Dann waren sie weg, und draußen ging das Geschrei weiter.

Martin blickte zuerst Amadeo, dann mich an.

»Ich verstehe nicht«, stieß er kehlig hervor. »Ich meine doch …«

»Du kannst nicht sagen, daß du nicht informiert bist«, fiel ich ihm kalt ins Wort. »Du hättest darüber nachdenken sollen.«

Martins Gesicht glänzte vor Schweiß. Seine Stimme war verändert, langsam. Der Alkohol zeigte immer deutlicher seine Wirkung.

»Nein, das mußt du mir erklären. Habe ich dich in irgendeiner Weise verstimmt?«

Er hatte nicht den Mut, mir in die Augen zu schauen. Ich erwiderte ruhig:

»Nein, Martin. Und diese Sache hier bedeutet auch nicht, daß unsere Beziehung beendet ist. Wenn es soweit ist, sage ich es dir rechtzeitig.«

Hochfahrend fragte er:

»Wer garantiert mir das?«

»Meine Ehrlichkeit. Ich bin ein ehrlicher Mensch.«

Ich hätte das vielleicht nicht sagen sollen. Nicht jetzt und nicht hier. Aber er hatte mich herausgefordert.

»Was würdest du sagen«, murmelte Martin, »wenn ich jeden Abend im Bett einer anderen Frau liegen würde?«

»Ich würde sagen, du tust, was dir Spaß macht.«

Versöhnlich hob ich die Hand, um sein Haar zu streicheln. Er schlug meine Hand zurück.

»Laß das sein!«

Ich nickte gleichmütig.

»Es ist besser, du gehst jetzt, Martin.«

»Und darf man erfahren«, sagte er, plötzlich wieder ganz ruhig und sarkastisch, »was du heute nacht hier zu tun gedenkst?«

»Egal was. Vorerst bleibe ich hier.«

»Bei ihm?«

Er zeigte auf Amadeo. Dieser nickte ausdruckslos.

»Da ist sie gut aufgehoben.«

»Himmel«, schnaubte Martin, »du kannst doch nicht einfach mit diesem ... Zigeuner schlafen!«

Ein eigentümliches Lächeln umspielte Amadeos Lippen. Er zitierte leise und höhnisch, auf Englisch:

»My mother said that I never should
play with the gipsies in the wood.«

Es folgte eine Pause, stechend, heiß, unbehaglich. Jäh fing Martin an zu lachen. Doch die Töne, die er hervorbrachte, klangen nicht wie Gelächter, eher wie ein heiserer Schluckanfall. Wie es bei schwerblütigen Menschen oft vorkommt, ging plötzlich die Wut mit ihm durch. Er richtete sich zu seiner ganzen Größe auf, ballte die Fäuste und schnauzte Amadeo an.

»Okay, na schön! Sie spielen den überheblichen Schuft, ziehen eine echt tolle Show ab. Aber jetzt will ich Ihnen mal was sagen: Ihr ganzes mistiges Benehmen ekelt mich an. Ich bin nicht wie Sie. Ich bin anständig.«

Kein Muskel bewegte sich in Amadeos Gesicht. Sein schwarzer Blick hielt Martins nervös flackernden Augen stand. Dann richtete er sich auf, mit leichter, federnder Bewegung. »Ich habe eine Zeitlang mit einem fünfjährigen Perscheroner gearbeitet. Ein prachtvolles Tier. Man konnte im Park eine gute Figur auf ihm machen. Aber in der Manege explodierte er, wie eine Bombe. Absolut untauglich. So etwas kommt eben vor. Na ja, wir konnten ihn jedenfalls als Deckhengst verwenden.«

»Ich polier diesem Kerl die Fresse«, zischte Martin.

»Ein Mann soll immer das tun, was er für richtig hält«, sagte Amadeo. »Lassen Sie uns beide hinausgehen. Aber ich warne Sie: Ich schlage nur einmal zu.«

Amadeos Haltung war zu ruhig, zu gleichmütig. Etwas in seinem Verhalten verriet allzuviel Vertrautheit mit solchen Situationen. Martin war auch im betrunkenen Zustand kein kompletter Narr. Er überprüfte seine Chancen, und das, was er sah, gefiel ihm nicht. Eleni und ich lasen es auf seinem Gesicht. Eleni seufzte mit komisch herabgezogenen Mundwinkeln, und ich sagte:

»Ach, Amadeo, hab Geduld mit ihm.«

Der Mann mit der kaffeebraunen Haut sah Martin drei lange Sekunden an, ehe er sich emotionslos von ihm abwandte.

»Ich habe Geduld mit ihm. Außerdem ist er mein Gast. Aber er ist nicht selbstkritisch genug. Und beim nächsten Mal werde ich weniger Geduld haben.«

Martin starrte ihn an; die Worte waren nachlässig gesprochen worden, aber selbst durch den Schleier des Alkohols fühlte er die Gefahr. Sein Blick trübte sich. Er verlor das Gleichgewicht und fiel gegen den Tisch.

»Ich fühle mich scheußlich!«

»Das hast du davon«, sagte ich.

»Komm jetzt, Martin! Wir bringen dich nach Hause«, sagte Eleni, halb lachend, halb zerknirscht. »Ariana ist hier gut aufgehoben. Sie kennt Amadeo schon lange.«

»Okay, Ariana«, murmelte Martin. »Dein Wunsch sei mir Befehl. Ich gehe also nach Hause. Alles klar, Darling! Aber verdammt noch mal, das ist nicht fair. Und das weißt du auch. Wir reden noch darüber. Du mußt nicht denken, daß du immer deinen Kopf durchsetzt. Jedenfalls nicht so, wie du glaubst.«

Er versuchte aufzustehen, brachte es jedoch nicht fertig.

»Ich bin ganz schön angeschlagen!«

Jorge ging auf ihn zu, ein ironisches Funkeln in den sanften braunen Augen, und half ihm auf die Beine zu kommen.

»Alles in Ordnung, Martin? Das macht nur der Wein. Los, gehen wir. Die frische Luft wird dir guttun.«

Amadeo zog gleichgültig die Schultern hoch.

»Der Wein schadet ihm nicht. Wir nennen ihn den ›Schnauzenbetrüger‹. Man sollte nicht zuviel davon trinken.«

»*Fuck you, bastard*«, sagte Martin.

7. Kapitel

Sein Körper war eine Landschaft aus Licht und Schatten, meinen Händen wohlvertraut. Unsere Liebe war nicht in dieser Nacht entstanden; sie kam von weither, sie hatte ihre Geburt, ihre Kindheit, ihre Geschichte. Mit jeder Geste, mit jeder Bewegung kehrte das Gestern, das nie Vergessene zurück. Meine Kraft war seine Schwäche, seine Stärke war meine Lust. Unser Atem schmeckte nach dem süßen Wein der Romanos, dem man Thymian beigemischt hatte. Wir warfen uns Fragen zu, die keine Antwort forderten, wir schauten uns an, die Zärtlichkeit machte uns blind. Wir suchten uns in unserem Haar, in unseren Lippen, zwischen den Fingern, wir schlossen zwei Leben zu einem einzigen zusammen. Seine Hände streichelten meine Brüste, fühlten darüber hin, unendlich langsam. Er ließ die Finger um meine Brustwarzen kreisen, das Zittern seiner Handmuskeln sandte glühende Schauer über meine Haut. Die Flut kam von unten; schwoll heran, stieg empor, aus meinen Schenkeln und Hüften, eine Wärme voller Erinnerungen, ein eigenartiger Frieden. Sein Gesicht tauchte hinab, glitt unter meiner Brust abwärts. Die dunklen Wasser in meinem Leib brachten meinen Atem aus dem Gleichmaß. Ich bewegte mich sanft und stöhnend, vollkommen seiner Berührung hingegeben. Mein ganzer Körper pulsierte. Sein Leben, sein Geist waren in mir gefangen.

Schwerer, harter Regen klatschte auf das Dach des Wohnwagens. An der Wand zeichnete sich das schmale, blauschimmernde Rechteck des Fensters ab. Draußen wieherte ein Pferd. Es roch nach Butangas, alten Kleidern und Feuchtigkeit, aber diese Gerüche waren mir vertraut. Ich fühlte mich jenseits der Wirklichkeit, in einer anderen Welt, für mich war sie real: eine sinnliche Wahrnehmung, ein Traum, lebendiger als das wache Dasein. Tausend unsichtbare Fäden verbanden mich mit ihr. Ich fand die nächtlichen Farben und Geräusche wieder, die Wärme und den Geruch des Schlafsacks, die Art, wie Amadeo mich liebte. Es ließ sich nicht genau erklären, warum ich hierher gehörte, in diese Umarmung, es war kein rationales Gefühl, lediglich das Empfinden, daß es so sein mußte. Danach lag ich nicht mehr ausgestreckt da. Amadeos legte seine Arme unter meinen Rücken und hob mich hoch, so wie er es schon oft getan hatte. Er kannte meinen Körper, seinen Rhythmus, seine Bedürfnisse. Ich schlang die Beine um seine Hüften, sein Haar fiel über mein Gesicht, während er in mich hineinglitt, meinem Körper Zeit gab, mich wieder an ihn zu gewöhnen. Er trug ein Gummi; ich wollte nicht, aber er bestand darauf.

»Früher war das nicht nötig gewesen ...«

»Früher war nicht heute, verdammt! Ich will dir nichts anhängen. Ich schlafe mit vielen Frauen, Herzblume, und weiß im seltensten Fall, mit wem die vorher geschlafen haben.«

Bisweilen hielt er inne; dann tat mein Herz einen Sprung. Er überwachte sein Vordringen in mir, heftete seine ganze Aufmerksamkeit daran, mich auszufüllen, bis ich hilflos diesem Gefühl überlassen war, keuchte und schluchzte und flehende Worte an seinen Lippen hervorstieß. Er wartete, bis die Raserei uns schüttelte, bewegte sich dann, die Augen geschlossen, weil er mein Angesicht im Dunkel kannte, eingeformt in einer Vision. Ich jedoch sah vor mir sein entrücktes Gesicht, die zusammengezogenen Nasenlöcher, die Falten um seinen Mund. Ich sah die Bewegung der Augäpfel hinter den geschlossenen Lidern, das Aufleuchten der Zähne, atmete den Geruch der Erinnerung in seinem Haar. Ein Geruch nach Eichenblättern, nach Holunderholz, gemischt mit der warmen, schweren Ausdünstung der Pferde, die seine Haut wie Salböl tränkte, schon seit Jahren. Ich klammerte mich an ihn, wie eine Ertrinkende, spürte seine Schultern, glatt und rund wie Kiesel. Sonne und Wind hatten seine

Haut poliert, obwohl seine Unterarme und Beine behaart waren. Ich spürte der Form seines Kopfes nach, dem hohen Nacken; meine Fingernägel glitten tiefer herab, seinen Rücken herunter, über die Lenden hinaus, weckten Empfindungen aus früheren Träumen. Er trug die Narbe meines Namens an der Schläfe, die war längst verheilt, aber in seinem Herzen würde sie ewig bluten. Wir suchten das Licht unter der Maske des Fleisches, belauerten das Mysterium in uns, das den Rhythmus unserer Körper verstärkte: Die Wellen stiegen und sanken. Wir verloren uns völlig in dem Gefühl, Fleisch und Haut und Muskeln und Knochen des anderen zu spüren.

Schweißtropfen fielen von seiner Stirn auf meine Lippen; ich leckte sie, trank sie, wie ich damals seine Tränen trank. Er stöhnte, als er die Schwelle der Erfüllung erreichte und sein Herz in diesem Stöhnen zu zerspringen schien. Ich suchte seinen Hals, umfaßte ihn mit beiden Händen, drückte zu. Mein Leib bäumte sich auf, rieb sich an ihm, warf sich ihm entgegen, als ob er die richtigen Bewegungen kannte, seit Anbeginn.

Dann Schweigen, eine tanzende Dunkelheit, und das Rauschen des Regens. Amadeo lag dicht neben mir; ich hörte, wie sein Atem allmählich zur Ruhe kam. Als er sich behutsam auf die Seite rollte, öffnete ich die Augen. Wir lächelten uns an. Er lehnte das Gesicht an meine Schulter, unsere Beine waren ineinander verschlungen.

»Ich habe zu lange gewartet«, sagte er.

So oft waren wir ganz nahe gewesen, eins und schon bald getrennt. Unser Leben war voller solcher Augenblicke; ein Wiederfinden, ein Sichumarmen. Im Wohnwagen. In Hotels, irgendwo. In Paris, in Roubaix, in Lüttich oder in Barcelona. Ein Tag oder eine Nacht nur, und wenn wir Glück hatten, drei oder vier. Aber die Fäden, die uns verbinden, waren wie aus Stahl. Und immer das gleiche Rezitativ in uns, die gleichen Worte: Wir werden allein bleiben, du und ich, die Nacht wird niemals enden. Für uns wird kein Tag mehr anbrechen. Niemals mehr, weil wir es nicht wollen.

Im Helldunkel sah ich die Tätowierung auf seiner Schulter, zeichnete mit den Lippen das violette Muster nach.

»Sie verblaßt«, sagte ich.

»Ja. Nach so langer Zeit ...«

»Bist du nicht müde?« fragte ich.

Er warf sein Haar aus dem Gesicht, stützte sich auf den Ellbogen, um mich zu betrachten.

»Glaubst du, ich will den Rest der Nacht mit Schlafen vertrödeln?«

»Wir vertrödeln Jahre«, sagte ich. »Es ist zum Kotzen.«

Er lächelte unfroh.

»Wir können uns nicht ändern. Wir sind Präzisionsinstrumente, aufeinander abgestimmt.«

»Wer zählt denn für dich, außer mir? Sag Namen, einen wenigstens …«

»Quasimodo.«

»Und wenn er mal nicht mehr da ist?«

»Quasimodo wird immer dasein. Er ist unsterblich.«

Ich schwieg.

»Woran denkst du?« fragte er.

»An Coralie. Sie hätte mich am liebsten umgebracht.«

Er schüttelte den Kopf, leise lachend.

»Nein, mich.«

»Wie ist sie im Bett?«

»Nicht unbegabt. Sie ist siebzehn und etwas dumm. Ich werde ihre Zähne zu spüren kriegen.«

»Ich war fünfzehn, als ich zum ersten Mal mit dir schlief. Ein halbes Kind noch.«

»Du? Du warst schon damals, wie du heute bist: einzigartig.« Ich rieb meine Lippen an seinen Hals.

»Wo warst du in diesen fünfzehn Monaten?«

»Türkei. Pakistan. Indien und Thailand. Nicht immer in bester Gesellschaft.«

»Keine Drogen mehr, in letzter Zeit?«

»Nie mehr, seit mir Quasimodo fast den Schädel gespalten hat. Pferde ertragen keine Fixer. Und du? Wo bist du gewesen?«

»Griechenland. Sizilien. Island. La Réunion.«

»Überall dort, wo Vulkane sind.«

»Du weißt, warum …«

»Und daraus folgte das andere …«

Er hielt mich fest umschlungen; seine Stimme vibrierte in mir.

»Und was kommt als nächstes?«

»Santorin. Ich soll Bimssteinablagerungen untersuchen.«

»Kennst du die Gegend?«

»Ich war schon zweimal da. Die Regierung zeigt sich wenig kooperativ. Einheimische Forscher grenzen ihren Bereich ab. Das ist für sie Ehrensache. Griechenland, die Wiege Europas: das alte Lied. Deshalb schickt man mich. Bei einer Frau sind sie konzilianter.«

»Und was hat dein amerikanischer Zuchthengst damit zu tun?«

»Er macht gute Fotos, weißt du. Die Lagune von Santorin bietet interessante Ausblicke. Und er ist kein Feigling. Bricht irgendwo auf der Welt ein Vulkan aus, nimmt er das nächste Flugzeug. Aber Feuer ist für ihn nur ein Plasma mit niedriger Temperatur, ein Motiv für Farbaufnahmen. Von seinen Geheimnissen will er nichts wissen.«

Amadeo zeigte sein flüchtiges Grinsen.

»Das Unheimliche, ach ja. Totem und Tabu.«

»Er hat nicht viel Sinn für Humor.«

»Ich habe ihn ein wenig brüskiert.«

»Du hast dich nahezu vorbildlich benommen.«

»Ich war zu glücklich, um ihm eine zu scheuern. Solche Männer sind wie Hummer: außen hart und innen weich.«

Ich lachte, das Gesicht an seine Schulter gedrückt, immun geworden gegen den kommenden Schmerz durch eine Stunde der Liebe. Er streichelte mein Haar, geistesabwesend.

»Kommst du gut mit ihm aus?«

»Er ist kein Dummkopf. Aber er erhebt Besitzansprüche.«

»Das liegt an den Hormonen. Männer haben diesen albernen Zug.«

»Du nicht.«

»Ich trage mein Gehirn nicht zwischen den Beinen.«

»Laß nur, Amadeo, ich werde schon mit ihm fertig.«

»Das traue ich dir zu.«

Wir lachten beide. Er fuhr mit der Zungenspitze über meine Lippen, langsam und immer wieder.

»Ich liebe dein Lachen. Ich habe es schon immer geliebt. Es klingt so selbstsicher. Erinnerst du dich, damals, in Les-Saintes-Maries-de la Mer, als wir zum ersten Mal zum Strand gingen?«

»Ob ich mich daran erinnere? Ich brauche nur die Augen zu schließen, und alles kommt wieder. Der Vollmond, die Dünen, das silberne Meer. Ich wollte unbedingt schwimmen ...«

»Der Mistral wehte seit zwei Tagen, die Dünung brauste. Ich sah dich kopfüber in die Wellen tauchen, kraulte hinter dir her, wie ein Idiot, und dachte, gleich ertrinkt sie. Mir ging vor Angst die Luft aus.«

»Das Meer war durchsichtig, Amadeo. Der Mond warf bewegliche Schatten auf den Grund, Funken tanzten wie Glühwürmchen. Es war wie im Märchen ...«

»Welche Gier zu leben du hattest, Herzblume!«

»Und du?«

»Es ist niemals die Liebe, die schmerzt, sondern ihr Fehlen. Ich war tot, du hast mich zum Leben erweckt. Ich lernte das Gute und Schöne kennen, durch dich. Weißt du noch, in jener Nacht, als wir uns liebten?«

»Ja. Der Sand leuchtete. Es roch nach Holzkohle und Ginster. Wir legten uns zusammen auf unsere Kleider. Mir war kalt ...«

»Ich habe dich in meine Jacke gewickelt und abgerieben. Es war so aufregend, dich zu berühren. Deine Brüste waren noch klein, mit winzigen, zartrosa Knospen. Sie lagen wie Tauben in meiner Hand. Ich fühlte, wie sie atmeten. Du hattest einen besonderen Geruch an dir, nach Sonne und Lavendel. Den Geruch eines Kindes ...«

»Ich begehrte dich so. Ich konnte es fast nicht aushalten. Du machtest es langsam, ganz langsam ...«

»Du warst überaus eng. Du bist es heute noch, das mögen die Männer gerne. Aber ich wollte dir nicht weh tun.«

»Es war kein Schmerz, nein. Daß es so schön sein konnte, ahnte ich nicht. Es war etwas, das ich nie wiederfinden werde. Niemals.«

Er drückte sein Gesicht in meine Achselhöhle.

»Wer weiß? Die Zeit fließt durch unsere Erinnerung, aber wir besitzen eine ziemliche Ausdauer.«

»Wozu?«

»Um zu warten, bis die Zeit einen Bogen macht. Bis sie den Punkt erreicht, wo sie zurückschlägt, wie eine Spirale. Dorthin, wo sie für uns den höchsten Stellenwert erreicht.«

»Warten, in alle Ewigkeit? Darin sind wir Weltmeister, Amadeo.«

»Gott, wie ich dich liebe!« stöhnte er. »Ich kann es nicht ertragen, daß du einsam bist. So etwas hält niemand aus.«

Ich wälzte mich auf ihn, schlang beide Arme um seinen Hals.

»Ich darf mir schon einiges zumuten.«

Ich lag auf ihm, schwer und matt, trank seine Wärme mit allen Poren. Er zeichnete mit dem Finger meine Brauen nach.

»Wie ist es, wenn du mit anderen Männern schläfst?«

»Ich schließe die Augen. Ich begehre dich wie eine Dürstende. Mein Körper ist da, irgendwo, und hat sein eigenes Denken. Ich spüre meine Haut, meine Haut als Mauer ...«

Er preßte mich an sich, mit beiden Armen.

»Mir geht es nicht anders. Schon möglich, daß meine Augen manchmal Löcher in das Kleid einer Frau brennen. Dann schlafe ich mit ihr, in allen möglichen Stellungen, aber mir ist es gleich, was sie denkt oder fühlt. Und wenn sie sich anklammert, schicke ich sie weg, egal wie. Für viele Menschen ist Liebe gleichbedeutend mit physischem Begehren, und Gewalt eine bequeme Tarnung für falsche Gefühle. Aber Liebe ist ein geistiger Vorgang, verbunden mit der Geschichte, die wir in uns tragen. Du bist mit mir verwachsen, Herzblume. Ich mußte ein Stück von mir abhacken, mit einem Beil, um von dir loszukommen.«

»Sei still«, flüsterte ich.

Wir lagen Mund an Mund; er öffnete die Lippen. Meine Zunge tauchte in ihn ein, fand den Geschmack und die Wärme von früher. Diesen Mund, den ich im Traum hundertmal erforscht hatte, im Schlaf oder auch wachend, am Tag, wenn ich nicht arbeiten konnte, weil ich besessen war von diesem Küssen, diesem Gesicht mit der strengen Symmetrie der Züge, diesen pechschwarzen Augen, die so weich schimmern konnten. Überhitzte Empfindungen sanken tief in uns hinein, entzündeten Brände. Wir waren die ersten und letzten Liebenden, wir traten in eine labyrinthische Welt, das Wunder war vollkommen. Er brauchte sich nicht mehr den Weg zu erzwingen, er tauchte in mich ein, mühelos; er legte beide Hände auf meinen Bauch, als ob er fühlen wollte, wie tief er in mir war, wie fest ich ihn gefangen hatte. Es war eine jedesmal andere Lust, immer stärker, kaum auszuhalten.

»Bewege dich nicht«, sagte er kehlig. »Ich sehe dich an.« Ich fürchtete, weinen zu müssen. Ich besaß ihn nun, besaß ihn für die Ewigkeit. Mein Haar schleifte über sein Gesicht, seine Hände brachten meinen Atem aus dem Gleichmaß. Ich spürte den Krampf, der von dem Zentrum meines Körpers aus bis in die Hüften, Schenkel und Knie strahlte. Jede Pore war ein Licht, ein pulsierendes Flüstern. Ich umklammerte seine Hände, hielt sie fest, preßte sie an meinen Bauch, fühlte seine Wärme in mir pochen. Mein weit gewordener Leib war ganz von ihr erfüllt. Ich wollte, daß er den Lebenssaft aus meinem Körper zog, daß er mich verhexte. Vor unseren Augen tanzten die schwarzen Wellen von früher, flossen auseinander und blieben in der Luft hängen, und das Glühen in uns stieg mit ihnen, unaufhaltsam. Ich bin du und du bist ich, wir sind ein einziges Wesen. Ich trage dich in mir, ich bewache und beschütze dich. Ich bin deine vier Wände. Du suchst meine Seele in den tiefen Schichten meines Körpers. Du wohnst in meinem Speichel, in meinem Blut, in jedem Knochen und in jeder Zelle. Du atmest mich, die Frau von heute und das Kind von früher. Die höchste Lust ist schmerzhaft bis zu den Grenzen des Unerträglichen, ein Empfinden jenseits von Bewußtsein und Vernunft.

Die warmen Wellen hüllten uns ein, überströmten uns, wie die phosphoreszierenden Fluten des Meeres über mitternächtliche Sandbänke strömen. Die Brandung kam, Woge um Woge, hob uns in schwindelnde Höhen. Ich klammerte mich an ihn wie eine Ertrinkende. Er preßte seinen Mund auf den meinen, schenkte mir den Atem aus seinen Lungen, bevor er mich mit lähmender Kraft in seine Arme schloß. Dann wieder Stille, das Klatschen des Regens, und hinter den Tropfen am Fenster das erste schwache Morgenlicht. Wir wußten, daß es ein neuer Tag war, unausweichlich. Mit dem Regen rieselte auch die Zeit, ein Übel, das erduldet werden mußte.

Amadeo streichelte meine klamme Stirn.

»Sei ruhig, Herzblume. Uns bleiben zwei Nächte.«

Mein Körper war heiß von seiner Hitze, naß von seinem Schweiß. Ich atmete tief und selig den Geruch seiner Haut ein.

Ich lächelte ihn an, in schmerzvoller, verzückter Erschöpfung. Er sprach ganz leise an meinem Mund.

»Nicht mit dir und nicht ohne dich. Nur so können wir leben.«

Die Abteilung, für die ich arbeitete, war dem Ministerium für Industrie und Kernenergie unterstellt; seit vier Jahren war unser Institut in einen der großen Wolkenkratzer von La Défense, am Westrand von Paris, übergesiedelt. Die Grande Arche funkelte fast durchsichtig im blauen Morgenlicht. Ein riesiger Kubus, das Licht aufsaugend, wie ein Magnet. Ich holte meine ID-Card aus der Tasche; die Tür der unterirdischen Garage öffnete sich mit leisem Surren. Ich stellte meinen Wagen auf den Parkplatz, fuhr mit dem Aufzug in die Halle. Die Rolltreppe brachte mich an überdimensionalen Fensterfronten, an Wänden aus grauem Marmor vorbei. Ich war ungekämmt, meine Kleider rochen nach Streu, Pferdemist und Butangas. Im Waschraum zog ich meinen Pullover aus. Ich ließ kaltes Wasser über Gesicht und Arme laufen, wusch auch den Oberkörper. Der Anblick einiger violettfarbener Male auf meinen Brüsten löste weiche Schauer in meinem Unterleib aus. Ich krümmte mich, mit leisem Ächzen. In meinem Haar glänzten Lichter; ich bürstete es. Die Ringe unter den Augen deckte ich mit etwas Puder ab, trug Lippenstift auf, bannte die Zügellosigkeit der Nacht in ein kontrolliertes ausdrucksloses Face. Jetzt etwas Parfüm, eine kurze Prüfung vor dem Spiegel. Gut. Ich fuhr in die zwölfte Etage hinauf, grüßte ein paar Leute. Ich hatte Zeit gehabt, mich dem neuen Rahmen anzupassen. Mein wahres Ich tauchte weg, wie ein Zierfisch, der einen winzigen Kreis zieht und tief unter der Wasserfläche verschwindet.

Für die Eingangshallen, Rolltreppen und Empfangsräume hatte man alles verwendet, was auffällig und teuer war. Irgendwann, bevor das Gebäude richtig fertig wurde, war das Geld knapp geworden. Man hatte den Bauauftrag mit sparsamen Mitteln zu Ende geführt. Das Ergebnis waren düstere Gänge, schlecht durchlüftete Großraumbüros mit abgeteilten Zimmern für die Kaderleute. Die Trennwände waren aus Plexiglas. Mein Büro befand sich an der hinteren Wand. Ich trat ein, hängte meinen Mantel auf und ließ meine Schuhe von den Füßen gleiten. In meinem Schreibtisch befanden sich die bequemen Leinenschuhe, die ich immer im Büro trug. Ich zog meinen weißen Arbeitskittel an. Auf meinem Schreibtisch, neben dem Computer, stand ein Mikroskop. Daneben häuften sich Computerausdrucke und Notizzettel. Ein Großteil meiner Arbeit spielte sich am Schreibtisch ab; meistens ordnete ich Berichte, prüfte Fakten und gab sie in den Computer ein. Meine Abteilung war mit Laboruntersuchungen an den französischen Satelliten-Projekten in Neuguinea beteiligt. Wir befaßten uns mit klimatischen Veränderungen, mit Luftverschmutzung und mit der verstärkten Nutzung von Geothermalenergie.

Ich setzte mich, schaltete meinen Computer ein. Auf dem Monitor wurde ein Balkendiagramm sichtbar. Ich blinzelte; ich hatte Kopfschmerzen, und meine Augen fühlten sich heiß an. Ich arbeitete eine Zeitlang, ging dann zur Kaffeemaschine und ließ mir eine Tasse einlaufen. Einige Kollegen standen schon da; wir sprachen über das verregnete Wochenende, während der Wind in schrillen Heultönen um das Gebäude strich. Als ich mich wieder an den Schreibtisch setzte, läutete das Telefon.

»Da bist du ja«, sagte Martin. »Ich habe vor zehn Minuten angerufen, da warst du noch nicht im Büro.«

»Ich bin schon seit zwei Stunden da. Wir hatten Kaffeepause.«

»Wo warst du? Zu Hause? Kann nicht sein. Ich habe auch da angerufen. Du warst doch wohl nicht die ganze Nacht bei diesem Kerl?«

Ich fing allmählich an, die Geduld zu verlieren.

»Muß ich dir über jede Minute Rechenschaft ablegen?«

Es war wie immer: Er blähte sich auf, in offener Gehässigkeit, und krebste zurück, sobald ich die Stimme erhob.

»Darling, sei mir nicht böse. Mir war die ganze Nacht übel. Der Himmel mag wissen, was für ein Zeug ich mir einverleibt habe. Ich habe kaum geschlafen und mir Sorgen gemacht.«

»Das hättest du dir sparen können.«

Stille. Ich hörte, wie er sich räusperte.

»Sehen wir uns nachher? Wir könnten zusammen essen.«

»Nein, Martin. Amadeo gibt noch zwei Vorstellungen.«

»Und du wirst jede Nacht mit diesem Zigeuner schlafen?«

»Am Mittwoch bauen sie das Zelt ab. Der Zirkus fährt nach Annecy.«

Abermals Stille. Dann sagte er:

»Okay, ich habe einen Fehler gemacht, ich hätte mich da nicht einmischen sollen. Aber ich lasse mich auch nicht in den Dreck ziehen.«

»Du hast Streit gesucht.«

»Dein Freund ist ein verdammt übler Halunke.«

»Er hatte sich gut im Griff, sonst lägst du jetzt im Krankenhaus. Und an deiner Stelle würde ich nicht so von ihm reden. Das ertrage ich nämlich nicht.«

»Setzt du unser Verhältnis seinetwegen aufs Spiel?«

»Wenn es sein muß, setze ich alles aufs Spiel.«

Ich hörte, wie er kurz und bitter auflachte.

»Ich verstehe dich nicht. Ist es jetzt eigentlich aus mit uns?«

»Das hängt von dir ab.«

»Bildest du dir ein, daß das in Ordnung ist?«

»Ich bilde mir überhaupt nichts ein.«

Ich legte den Hörer auf die Gabel und saß da, versunken in die Betrachtung der Diagramme. Meine Aufmerksamkeit ließ nach, ich sah alle Dinge aus vernebelter Perspektive, nicht scharf umrissen. Sehr unerfreulich, alles in allem. Die Aufzeichnungen mußten stimmen; eine Ungenauigkeit merkte jeder, da half keine Routine. Hinter den Trennwänden klackten die Tastaturen. An den Telefonen sprachen Mitarbeiter mit lauter Stimme, um sich Gehör zu verschaffen. Es gab viel zu tun, zuviel, und nichts war dringend. Zu dieser Stunde, dachte ich, bist du bei den Pferden. Dreiunddreißig Tiere, nach denen du täglich siehst. Die meisten hast du selbst trainiert. Du weißt alles über sie, kennst ihre Begabungen und Schwächen. Du überwachst ihre Nahrung, ihre Streu, ihre ersten Ritte und ihre Dressur. Du bestimmst, wann das Tier zum ersten Mal in einer Vorstellung auftritt. Du beobachtest sie genau, nichts entgeht dir; du läßt ihre Unarten verbessern, ihre besonderen Fähigkeiten weiterentwickeln. Mit Hilfe von Wassilio pflegst du ihre Wunden, ihre Knochenbrüche. Du weißt, wie man die Pferde beruhigt, wie ihre Körper, ihre Muskeln auf neue Spiele vorbereitet werden. Du bist dabei, wenn die Stute ihre Fohlen zur Welt bringt. Auch du bist ein ›Kaku‹ – ein Magier –, wenn du es auch nicht zulassen würdest, daß man dir diesen Namen gibt.

Ich rieb mir die müden Augen. Die Zeit dehnte sich dahin, gleichgültig. Was konnte ich tun, damit sie schneller vergeht? Ich sah das Zelt, die flackernde Aura am Nachthimmel, hörte die Gongschläge, summend wie das Blut in den Arterien …

Einmal sagte ich dir, Amadeo, wenn du abreist, bin ich erleichtert. Ich mauere dich in meiner Erinnerung ein, du wohnst im Zentrum von allem, fest eingeschlossen, wie ein Denkmal aus Eisen. Ich lebe um dich herum, spüre bisweilen Schmerzen in meinem Körper; sehr ferne Schmerzen nur, die ich manchmal mit Feuer verwechsle. Dann kommt es nur noch auf den Willen an. Ich bringe Kenntnisse auf den Monitor, finde auf theoretische Fragen angemessene Antworten, und was ich sage, klingt sachverständig. Aber solange du da bist, bin ich von dir besessen, streife durch Zonen der Unachtsamkeit, meine Gedanken flattern unablässig um dich, wie Nachtschmetterlinge um das Licht. Du sagtest, dir ginge es ebenso, ich weiß, sagtest du, daß ich daran zugrunde gehen muß, und lächeltest dabei, wie ein Sieger. Dann fingen wir an zu zittern, ich entsinne mich deutlich, und fielen wie Tollwütige übereinander her. Ja, so ist es, Amadeo. Wir wissen nicht, wo die Liebe aufhören muß, um dem anderen keinen Schaden zuzufügen. Wir beobachten mit klarem Verstand, wie wir verrückt werden. Erst wenn sich unsere Körper nach der Umarmung entspannen, wenn unsere Herzen ruhig schlagen, können wir logisch denken. Dann kommt es sogar vor, daß wir über uns lachen. Kann man verschiedene Welten mit den Fäden der Liebe verbinden? Unsere Welten nicht, sie sind unvereinbar. Wir begegnen uns auf einer anderen Ebene. Aber die Erinnerungen schwächen sich nie ab; sie sind im Gegenteil schmerzlich lebendig, sie wachsen und werden übermächtig, je länger wir getrennt sind; es kommen ja ständig neue hinzu. Wir haben uns in diesem Leben zueinander verirrt; wir tragen die Konsequenzen. Die Frage, wer wen foltert, stellen wir nie.

Mein Kopf wurde immer schwerer. Ich spürte deinen Geruch in den Poren meiner Haut, ich war erschöpft vor Gier. Ich schob meine Hand zwischen meine Schenkel; stellte mir vor, daß es deine war, die meine Beine teilte. Das Verlangen zog alle Lebenssäfte aus meinem Körper; mein Schoß wurde schwer wie eine Frucht, angefüllt mit Süße und Wärme und Dunkel. Ich war allein hinter der Trennwand, der Computer surrte. Keiner hörte, wie ich stöhnte.

8. Kapitel

Ich saß unter den Zuschauern, in meinen roten Steppmantel gehüllt. Ganz allein saß ich da, die Hände in den Taschen zu Fäusten geballt. Unter dem Zelt, wo die Scheinwerfer fächerförmig strahlten, schien das Licht in der Schwebe zu hängen, und Staubteilchen zitterten in diesem Schein. Zum Klang der Flöten und der Sitar, zum fiebrigen Trommelschlag jagten die Pferde im Kreis; unter ihren Hufen wehten Schatten, wie flatternde Vögel. Die halbnackten Reiter schwangen sich aus dem Sattel, glitten unter die Leiber ihrer Pferde, tauchten wieder empor, eine Hand um den Sattelbogen geklammert. Amazonen, von bunten Seidenstoffen umweht, standen hoch aufgerichtet, wie Skulpturen, von goldschimmernden Pferden davongetragen. Auf der Netzhaut des Wassers flimmerten Doppelbilder, wie im Schein zuckender Blitze gesehen. Beifall brandete durch die Reihen der Zuschauer; tiefe Schatten, hoch oben in den Stoffbahnen, antworteten mit Geisterstimmen. Meine Gedanken schwebten unter die Kuppel der Schattenhaut, diesem magischen Zentrum der Welt, unerforschlich in seinen Geheimnissen. Die Scheinwerfer vermittelten den Eindruck von Schneefeldern und Eisflächen. Die Flächen zogen sich in verschiedene Winkel, und aus dem Spiel von Licht und Schatten trat der Speerträger, schwarzgekleidet, mit seinem Rappen aus dem Nichts hervor. Die Manege ist ein Ort, der danach verlangt, daß man eine konkrete Sprache sprechen läßt. Eine Sprache, nur für die Sinne bestimmt. Du weißt, daß die Tiere ein Bewußtsein haben, daß der Mensch selbst das Erbe des Tieres in sich trägt. Du nutzt die Magie, die Mensch und Tier im verzauberten Gleichgewicht hält, du schaffst einen Akt des Lebens, wirklich und präzis, und hart wie Diamant.

Deine Schenkel preßten den Pferdeleib. Die Netzhaut des Wassers nahm das Bild auf: ein Reiter und sein Pferd, von Feuerflügeln getragen.

»Quasimodo ist unsterblich«, hast du gesagt. Ich glaube dir, ich will dir glauben. Du reitest Quasimodo wie ein Adler den Wind, du überspringst die Grenzen deiner Körperlichkeit, du erzählst eine Fabel. Deine Augen richten sich auf ferne Dinge, auf Sehnsüchte und Visionen. Ich aber sehe die Glanzlichter auf deiner Haut, deinen Schulterblättern, dunkel wie Seide und blankpoliert wie Sattelleder, deine festen Lenden, die Kurve deiner Hüften. Du bohrst einen Schaft aus funkelndem Metall in mein Fleisch. Mein Unterleib empfängt diese Wunde, mein Sterben hat längst begonnen; die Nacht kommt wie ein Traum, bald werde ich dich besitzen.

Es war die Nacht, in der ein kleines Fohlen zur Welt kam. Salima, die schwarze Araberstute mit einer Blesse auf der Stirn, wurde von Wassilio massiert, mit Koseworten beruhigt. Wir standen um sie herum, sorgenvoll, gerührt und voller Ehrfurcht vor dem ewigen Wunder der Geburt. Amadeo war noch für die Vorstellung gekleidet, der Oberkörper nackt unter der schwarzen Lederjacke. Auch Lola war da, völlig durchnäßt, und steckte sich die Haare auf. Sie war durch den Regen gelaufen, ihre Stiefel waren mit Schlamm bespritzt, der Saum ihres geblümten Rocks klebte an ihren Waden. Neben ihr stand Jean, freudig ergriffen, mit Perfektojacke und Schiebermütze auf dem Kopf. Stallburschen kümmerten sich um die Pferde, rieben sie trocken, sahen nach, ob sie Verletzungen hatten. Inzwischen wurde das Fohlen geboren, aus seiner Plazenta befreit, ein winzig kleines Pferd, nackt und feucht und zittrig, das unbeholfen und schwankend seine Beine streckte. Süßlicher Blutgeruch erfüllte die Luft. Jean ging, um frisches Wasser zu holen, kam mit einem Eimer zurück. Wassilio rieb Salima mit einer großen Decke ab. Er lobte die Stute, als sei sie eine Frau, die ihr erstes Kind zur Welt gebracht hatte, nannte sie meine Tapfere, meine Schöne, meine Tochter. Im warmen Schattenspiel des Zeltes, in der schalen Ausdünstung schwitzender Pferde spürte ich die Verbindung zwischen Mensch und Tier, den Austausch, ein tiefes Vertrauen. Wir waren füreinander geschaffen, Wesen aus Fleisch und Blut, Kreaturen des Erdensterns, Seite an Seite stehend auf der unendlichen Leiter der Schöpfung. Und nun, während die Stute das im Stroh kauernde Fohlen in ausholenden Zügen beleckte, begann Wassilio mit Worten aus einer mir fremden Sprache zu singen. Die Melodie stieg und fiel, leise und beruhigend, wie ein Wiegenlied. In jenem Augenblick, da ein Neugeborenes beginnt, in den Farben, Lauten, Berührungen und Geräuschen um sich die Welt wahrzunehmen, war es die brüchige Stimme dieses alten Mannes, die dem Fohlen das Gefühl vermittelte: Du bist ein kleines Stück von mir.

Später aßen wir im Kantinenzelt, Ellbogen an Ellbogen mit den Artisten, Stallburschen und Arbeitern. Das Essen war gut und ausgiebig; ein Samowar stand auf dem Tisch, die Asiaten tranken Tee in großen Mengen. Stimmengewirr und lautes Gelächter erfüllten das Zelt, die Luft war heiß und stickig. Coralie saß am anderen Tischende, stocherte in ihrem Teller herum, rauchte ihre kleinen Zigaretten, lachte zu laut und fiebrig. Artisten sind nach der Vorstellung überdreht, können nicht abschalten. Einige schlugen eine Discotour vor. Jean sprach von einer Rave-Party, in der Nähe der Maison de la Radio. Lola begann zu schimpfen, mit Verzweiflung in der Stimme.

»Ach, Kinder, ach, Kinder! Da fickt ihr miteinander, schluckt Ecstasy und trinkt, was euch in die Finger kommt, und morgens um fünf kotzt ihr euch die Seele aus dem Leib. Und was, wenn ihr euch infiziert?«

Jean ließ einen arglosen Seufzer hören.

»Aber Mutter, fang doch nicht wieder damit an! Hast du denn kein Vertrauen zu deinem Sohn?«

»Nein, das habe ich nicht.«

Amadeo sah ihn scharf an.

»Wenn du was anstellst, ziehe ich dir das Fell über die Ohren. Und Kautionen bezahle ich nicht, verstanden?«

Coralie schlenderte vorbei, mit schaukelnden Hüften, und schloß sich der Gruppe an. Raschid-Khans Söhne saßen stumm und sehnsuchtsvoll da, die ungenaue Vorstellung anrüchiger Schattenspiele vor Augen. Als strenggläubiger Moslem nahm sie der Vater in die Zange: kein Alkohol, kein Tanz. Die Stimmen entfernten sich, Wagentüren schlugen zu. Vor dem Zelt war das Quietschen der Reifen zu hören, das Aufheulen startender Motoren. Lola begann, still vor sich hin zu weinen.

»Ich halte es nicht mehr aus, ich habe keine Kraft mehr.«

Amadeo rauchte gelassen, die Ellbogen auf den Tisch gestützt. »Sei ruhig, Lola. Der Mensch lebt sein Leben auf verschiedene Art.

Zuerst wie ein schnüffelnder junger Hund, dann wie ein Dachs, der in Erdlöchern wühlt, und schließlich wie ein Habicht, der über Wald und Gestrüpp sein Revier bewacht. Laß ihm Zeit, Lola. Er wird es lernen.«

Als wir zum Wohnwagen gingen, sagte ich:

»Ich habe Wassilio nicht gesehen.«

»Brahim hat ihm Kaffee gebracht. In seinem Alter wird man bedürfnislos. Er hat sich zu Salima und dem Kleinen gelegt und schläft. Das tut er immer, wenn ein Fohlen geboren wird.«

»Warum, Amadeo?«

»Um das Fohlen mit dem Geruch und der Nähe der Menschen vertraut zu machen. Er wird einen Traum haben und bei Tageslicht dem Fohlen einen Namen geben.«

»Wie schön er gesungen hat!«

»Die menschliche Stimme kann Liebe erwecken, Haß erzeugen, uns froh oder glücklich machen. Das gilt für Menschen und Tiere. Unser Leben entspringt demselben Fluß. Dadurch, daß Wassilio für das Fohlen singt, kehrt er zu den Quellen zurück und erfüllt seine menschliche Bestimmung.«

Ich lächelte.

»Außer Wassilio kenne ich keinen Menschen, der über diese Dinge so gut Bescheid weiß wie du.«

»Nein. Himmel und Erde sind ein großes Rätsel. Ich weiß, wo hinten und vorn ist. Aber es gibt tausend und abertausend Dinge, die ich erst dann verstehen werde, wenn ich auf der ›anderen Seite der Landschaft‹ stehe.«

Er gebrauchte die Umschreibung, die in der Sprache der Romanos den Tod bedeutete. Und es gefiel mir nicht zu hören, wie seine Stimme plötzlich schwermütig wurde. Etwas Düsteres drang aus seinem Denken heraus. Aber das war nur eines von mehreren Gefühlen, und meine Antwort kam schnell und leichthin.

»Bis dahin weißt du nicht alles, finde dich damit ab.«

»Zum Teufel, daß ich weiß, was du jetzt mit mir vorhast.« Er nahm mich beim Handgelenk, zog mich in das schrankartige Schlafgemach. Topsy raschelte in ihrem Korb, und die kleine Lampe an der

Decke brannte. Wenn der Generator gut lief, war das Licht ziemlich hell. Mir fiel sofort auf, daß Coralies Sachen verschwunden waren.

»Sie schläft bei Lola«, erwiderte er gleichmütig, auf meinen fragenden Blick hin. »Solange du da bist, ist mir der Geruch einer anderen Frau zuwider.«

Wir hielten uns umschlungen, Stirn gegen Stirn. Er preßte sein Gesicht ganz dicht an meines, zog langsam und tief meinen Atem in sich ein. Meine Hände faßten nach seinen Händen, strichen seine Unterarme entlang, streichelten die Ellbogen, glitten über Schultern und Rücken. Das Verlangen schoß hinauf in uns, in Kaskaden von Hitze, nicht aufzuhalten. Wir zerrten uns die Kleider vom Leib, schleuderten sie irgendwohin. Ich fiel ihn an wie ein Tier, schlug ihm die Zähne in den Nacken, krallte mich in seinem Haar fest. Er tauchte in mich ein wie in einen Brunnen. Ich hielt ihn fest mit den Armen und Beinen und mit dem Schoß, der immer härter und enger wurde.

Manchmal ruhte er in mir, bewegte sich erst dann wieder, wenn ich ihn anschrie, daß er es tun sollte, ihm die Nägel in die glatten Schultern krallte. Wir tauschten unsere geheimen Wünsche; ich nahm, was er mir gab, besitzergreifend und unersättlich. Meine Wildheit weckte die verborgene Sanftheit in ihm; ich wurde die Herrin seiner Lust, er unterwarf sich ganz meinem Willen. Jeder Stoß verfeinerte mein Empfinden, ich impfte ihm meine Raserei ein. Ich wollte ihn mein Eigentum nennen, ihn verschlingen, in meiner Haut einnähen, mit meinem Körper gefangennehmen. Er sagte, daß ich ihn festhalten müsse, daß er gefangen sein wollte, auf diese Art, sein Leben lang. Wir keuchten und stammelten, wir starrten uns an, wie zwei Irrsinnige. Als ich schrie, von pulsierender Hitze erfüllt, biß er meine Lippen blutig, leckte das Blut von meinem Mund, erstickte meine Schreie mit Küssen. Wir fielen beide in Schlaf, noch miteinander verbunden.

Wir schliefen, nicht lange, vermutlich, doch ich träumte von früher. Möglicherweise war es kein richtiger Traum, sondern nur eine Erinnerung, auseinandergerissen und dahinhuschend, wie Regentropfen auf einem Draht.

Ich bin im Büro der Direktorin. Madame Poniatowska hat meine Mutter zu sich gebeten. Carmilla trägt ein geblümtes Kleid, lang und durchsichtig. Dazu weiße Turnschuhe; in der Hand hält sie einen Korb. Ihre Haut leuchtet in der Farbe frischer Aprikosen, ihre mit indischem Kajal ummalten Augen glänzen. Seit einer Woche hat sie einen neuen »Lebensgefährten« – Serge, einen jungen, talentierten Drehbuchautor. Was Madame Poniatowska ihr zu sagen hat, interessiert sie – wenn überhaupt – nur mäßig. Darüber hinaus hat sie ein schlechtes Gewissen, und zwar mit gutem Grund.

Madame Poniatowska trägt, wie immer, Schwarz. Ihr sorgfältig onduliertes Haar schimmert malvenfarbig. Sie ist großgewachsen, vollbusig, mit einem römischen Profil und einer gebieterischen Haltung. Ihr ungeschminktes Gesicht ist farblos wie Radiergummi, ihre Augen blicken ruhig und kalt. Sie spricht mit wohlklingender Stimme und methodisch gewählten Worten. Sie sagt, die Kleine habe zuviel Selbstvertrauen, es sei fast unmöglich, sie zu unterrichten. Carmilla spielt gedankenlos mit dem Korb, den sie auf ihren Knien hält.

»Ja, was haben Sie ihr denn vorzuwerfen?«

Die Direktorin geruht zu lächeln.

»Vorzuwerfen? So einfach läßt sich das nicht formulieren. Ariana ist fast drei Jahre hier. In dieser Zeitspanne habe ich sie gut im Auge gehabt. Nein, sie ist weder aufsässig noch vorlaut. Es ist etwas anderes: Sie widersetzt sich jeder Autorität, und zwar auf eine Art, die ich bei einer Schülerin noch nie beobachtet habe. Sie hat einen guten Wortschatz, wirklich außergewöhnlich für eine Ausländerin. Sie sagt zu allem freundlich ja, fügt die passenden Adverbien hinzu, *gewiß, natürlich* oder *selbstverständlich,* und tut immer nur das, was sie will. Es geht ihr nicht einmal darum, etwas zu erreichen, sondern lediglich darum, aus dem Rahmen zu fallen.«

Carmilla seufzt und nickt. Sie sagt, Ariana sei schon immer so gewesen. Ein reizendes Kind, aber unberechenbar. Man käme nicht an sie heran.

Ich stehe, während die Damen sitzen. Ich zeige keine respektlose Unbekümmertheit, mein Ausdruck ist abwesend. Es ist warm, ich trage weiße Ringelsöckchen, eine Bluse mit kurzen Ärmeln. Meine Zöpfe sind mit Spangen hinter den Ohren festgesteckt. Der Haaransatz bildet eine flaumige Spitze auf der Stirn, so daß mein Gesicht herzförmig erscheint. Ich weiß, an mir ist etwas, das manche Leute dazu bringt, verkrampft und von oben herab von mir zu sprechen. Ich finde es ungerecht, aber es ist eine Tatsache, die ich erlebe, wie den Geschmack von Nudelsuppe oder Bratkartoffeln, keine Gegebenheit also, über die man sich den Kopf zerbrechen müßte. Gleichwohl frage ich mich, womit ich solchen Unmut errege. Meine Box ist stets ordentlich aufgeräumt, mein Bett sorgfältig gemacht. Meine Bücher sind mit geblümtem Papier eingebunden, meine Hefte mit akkurater Schrift gefüllt, ohne Fettflecken. Ich wasche mir Hals und Ohren – was viele Mädchen versäumen –, trage blütenweiße Unterwäsche und wechsle täglich die Socken. Es kommt zwar vor, daß ich Verbote übergehe, aber so selbstverständlich und nebensächlich, daß es kaum auffällt. Kaum jemand empfindet es als störend, außer Mademoiselle Liard, die mir von Anfang an mit Mißtrauen begegnete. Ich hörte sie mal in der Pause mit der Musiklehrerin von mir sprechen. Beide hatten nicht bemerkt, daß ich hinter ihnen am offenen Fenster stand und sie – ohne es zu wollen – belauschte. »Das heimtückische Biest aus der siebten Klasse«, sagte Mademoiselle Liard, »um die wird es nicht schade sein.«

»Ach, sie gehört hier nicht hin«, erwiderte die Musiklehrerin.

Ich wußte nicht, was sie eigentlich meinten, aber wie üblich hörte ich nur mit halbem Ohr zu.

Carmilla möchte erfahren, warum die Direktorin sie sprechen wollte. Sie wirft einen Blick auf die Uhr. Sie will noch auf den Markt, Erdbeeren einkaufen. Madame Poniatowska sagt, das Gespräch läge ihr seit langem am Herzen: Die Frage, ob ein anderes Gymnasium nicht geeigneter für mich sei, ließe sich nicht mehr umgehen. Langjährige Erfahrung im Erziehungswesen befähigten sie, meiner Mutter sinnvolle Vorschläge zu unterbreiten. Und was sie noch sagen will – bevor sie es wieder vergißt –, das Schulgeld für die letzten zwei Monate sei noch fällig. Ein kleines Versäumnis, nicht wahr? Nichts Dringendes … Carmilla bekommt ein rotes Gesicht. Madame Poniatowska möge entschuldigen: Sie habe den Dauerauftrag gekündigt. Das Geld würde von nun ab direkt aus Italien überwiesen.

Ich treibe mich mit Eleni in den Toiletten herum. Der Gestank nach Desinfektionsmitteln ist uns vertraut, wir riechen ihn nicht mehr. Die Holzsitze sind immer blank, neu abgeseift, die Kette schaukelt neben dem dunklen Wasser. Kommt jemand, kann man das Streichholz sofort hineinwerfen, die Spülung ziehen.

»Los, es ist gerade keiner da«, sagt Eleni.

»Ich kann das nicht auf Befehl.«

»Tu nicht so dumm. Meine Mutter stammt aus einem Dorf, wo das keine Sensation ist. Sie hat das früher auch gekonnt.«

»Warum jetzt nicht mehr?«

»Weil mein Vater es ihr verboten hat.«

»Der ist doch schon lange tot.«

»Sie hat ihm versprochen, es nie mehr zu tun.«

»Warum?«

»Weil die Leute Angst vor ihr hatten.«

»Und du?«

Eleni schüttelt den Kopf, so daß das feine blonde Haar ihr über die Augen fällt.

»Ich habe es mal versucht und mich dabei verbrannt. Meine Mutter sagt, das kommt, weil mein Vater ein Ausländer war. Sie sagt, die Veranlagung überspringt manchmal eine Generation. Vielleicht sind meine Kinder wieder dazu fähig.«

»Nonna konnte es auch nicht. Aber ihre eigene Großmutter, ja. Das hat sie mir erzählt.«

»Siehst du.«

Eleni beugt sich hinaus aus der Tür. Wir lauschen. Alles ist ruhig.

»Nun mach schon!«

Ich ziehe die Streichholzschachtel aus der Tasche. Ich habe ein bißchen Herzklopfen.

»Schnell!« sagt Eleni.

Ich schnipse mit dem Fingernagel ein Streichholz an, halte es hoch. Ich betrachte die winzige Flamme, strecke meinen Willen nach ihr aus. Es ist ganz einfach, man muß sich nur konzentrieren. Die Flamme wächst, dehnt sich aus. Eine rosa Aura entfaltet sich, der Kern, safran und ocker, flackert immer heller. Es ist wunderschön anzusehen. Ich denke an eine sich öffnende Blume, die im Windhauch ihre Blätter kräuselt, größer, immer größer wird … Ein paar Atemzüge lang schwebt sie dicht vor meinen Augen in der Luft, ich spüre nicht die geringste Hitze. Dann ertönt ein kleines Geräusch – plop – wie ein springender Korken. Die Feuerblüte fällt in sich zusammen und erlöscht. Ich lasse das Streichholz über das WC-Becken fallen. Es berührt mit leisem Zischen das Wasser, jetzt riecht es ein wenig nach Rauch.

Nach dieser Sache bin ich sofort müde. Meine Knie werden weich und zittern, ich habe das Gefühl, als rutsche der Boden unter meinen Füßen weg. Es dauert ein paar Sekunden, bevor ich, mit einem hörbaren Rauschen, wie mir scheint, und Sternen vor den Augen, wieder zu mir komme. Ich gähne ein paarmal. Elenis Gesicht ist wachsbleich, ihre Nasenflügel beben.

»Noch einmal!«

»Hör auf, das macht müde.«

»Still! Da kommt jemand!«

Eleni stößt mich in die Toilettenkabine, zieht den Riegel vor. Wir halten den Atem an. Eilige Schritte auf dem Boden. Das Mädchen rüttelt an unserer Tür, betritt die Toilette nebenan. Wir hören ihr hastiges Atmen, dann das Rinnen. Fertig. Das Mädchen ruscht vom Sitz, ihre Kleider rascheln. Sie zieht die Spülung, stößt die Tür auf, läuft hinaus. Ihre Schritte verklingen im Korridor.

»Sie hat sich die Hände nicht gewaschen«, stelle ich fest. »Das ist eine Schweinerei.«

»Noch einmal, schnell!« flüstert Eleni. »Tu mir den Gefallen!«

Der erste Blick, den wir tauschten, fing uns wie in einem Netz. Irgendwie mußten wir zusammenkommen. Zugegeben, Madame Poniatowska hat mich gut durchschaut: Unter gewissen Umständen werde ich rücksichtslos – eine stille, zähe Ränkeschmiederin. Ich sagte ihm, nachts werden alle Türen geschlossen. Aber die Toilette befindet sich im Erdgeschoß, da könnte ich leicht aus dem Fenster steigen. Das Problem ist nur, wie komme ich über die Mauer? Der Hausmeister hat eine Leiter, aber es ist zu umständlich, sie aus dem Keller zu schleppen. Er fragte, ob mir nicht jemand helfen könne. Doch, sagte ich, Eleni.

»Kann sie dichthalten?«

Ich lächelte.

»Wie ein Grab!«

Er sagte, daß die letzte Vorstellung bis halb elf dauerte. Dann müsse er noch Geräte abbauen und die Tiere pflegen. Einer der Artisten habe ein Motorrad und könne ihn in die Rue François Miron bringen. Ab Mitternacht würde er auf mich warten. Ich rede mit Eleni. Sie knetet nervös die Hände, ihre Unterlippe zittert.

»Bist du verrückt? Stell dir mal vor, wenn wir ertappt werden!«

»Dann werde ich bestraft, nicht du.«

»Ich sage dir, die Poniatowska setzt uns beide vor die Tür!«

»Dich nicht, deine Mutter bezahlt ja pünktlich das Schulgeld. Und mir ist es egal. Ich bitte dich, Eleni, laß mich nicht im Stich, sonst muß ich sterben!«

Sie zieht die Mundwinkel zusammen.

»Erzählst du mir nachher, wie es war?«

»Ja.«

»Alles?«

Ich verspreche es. Die Nacht kommt. Eleni und ich bleiben wach, liegen verkrampft im Bett, zitternd und mit kalten Füßen. Als es Mitternacht von der Kirche Saint-Gervais läutet, stehe ich auf, kleide mich an. Eleni ist schon aus ihrer Box getreten; sie trägt eine Strickjacke über ihrem Schlafanzug, ihre nackten Füße stecken in Hausschuhen. Ihr Gesicht ist blaß, sie schlottert vor Aufregung. Mit angehaltenem Atem verlassen wir den Schlafraum, verlegen das Gewicht auf die Fersen, um das Knarren der Dielenbretter zu verhindern. Wir schleichen den Korridor entlang, die Treppe hinunter, an den Klassenzimmern vorbei. Die Toilettentür ist nur angelehnt. Wir öffnen das Fenster; kühle Nachtluft schlägt uns entgegen. Ich halte mich an der Wand fest, steige zuerst auf den Heizkörper, dann auf das Fensterbrett, schiebe die Beine nach draußen. Vorsichtig lasse ich mich abwärtsgleiten. Da – meine Füße berühren den Boden. Nun helfe ich Eleni, hinauszuklettern. Der Mond funkelt im leichten Nebel, geisterhaftes Licht strömt von ihm herab. Hof und Mauer schimmern bläulich, der Glockenturm der Kirche ist wie mit Silber übergossen. Die Mauer zieht sich wie ein Gürtel um das Gebäude, hier und dort von alten Steinskulpturen besetzt, die früher menschliche Gesichter zeigten, jetzt fast vollkommen abgebröckelt sind.

Wir stehen im Schatten. Ich bedeute Eleni, die Hände zu verschränken. Ich sehe das Weiße ihrer aufgerissenen Augen. Atemlos flüstert sie an meiner Wange.

»Oh Gott, sei vorsichtig. Wenn er nicht da ist, komm sofort wieder zurück. Ich warte hier!«

Ich stütze meinen Fuß in ihren Händen auf, ziehe mich hoch. Eleni versucht ihr Gleichgewicht zu halten, schwankt und keucht. Ich beiße die Zähne zusammen. Meine Hände tasten höher. Die Mauer ist feucht und rissig, aber nicht – wie ich befürchtet hatte – mit Glasscherben besetzt. Mit einem Klimmzug schwinge ich mich hoch, taste seitwärts mit dem Bein, bis ich Halt finde. Jetzt sitze ich oben, spähe auf die andere Seite. Ein feuchter, etwas fauliger Geruch hängt in der Luft: Das Ufer der Seine ist nahe. Die Straße liegt einsam da, doch das Brausen des Verkehrs schallt von allen Seiten: Paris wird erst in den frühen Stunden vor Tagesanbruch ruhig. Der Mond scheint fast senkrecht, die Schattenseite steht der hellen Häuserfront gegenüber. Jetzt fährt ein Wagen vorbei, die Scheinwerfer flimmern auf dem Asphalt. Auf der anderen Straßenseite löst sich eine Gestalt aus der Dunkelheit. Mein Herzschlag setzt aus, in meinem Magen flattert es wie ein Schmetterling. Ich winke Eleni zu, sie soll gehen.

Er läuft über die Straße, sein Schatten huscht neben ihm her. Dicht unter der Mauer bleibt er stehen, blickt zu mir empor, streckt die Arme aus. Auf beide Handflächen gestützt, lasse ich mich behutsam heruntergleiten. Er bekommt meine Waden zu fassen, hält mich fest. Ich spüre die Kraft seiner Arme, rutsche noch ein Stückchen tiefer. Dann stoße ich mich ab. Er fängt mich auf, ich breche über ihm zusammen, werfe beide Arme um seinen Hals. Ein paar Atemzüge liege ich auf ihm, matt und schwer wie eine Decke. Langsam, ganz langsam, gleite ich an ihm herunter, bis ich stehe. Mein Rock ist hochgerutscht, er umfaßt meine nackten Schenkel, zum erstenmal spüre ich seinen Körper, spüre ihn ganz, es ist zum Sterben schön. Er taumelt leicht und preßt mich gegen die Mauer, mit seinem ganzen Gewicht; es ist, als ob sein Herz in meiner Brust schlägt. Wir küssen uns nicht, wir sehen uns nur an. Seine Hand bewegt sich auf meinem Gesicht, ich bette meine Wange hinein, ich stöhne leise zwischen seinen Fingern. Unseren unklaren Vorstellungen von Liebe wurde Leben und Gestalt verliehen. Gefühle, zu tief, um sie in Worte zu kleiden, zu tief fast für Gedanken, bringen die Saiten unseres Seelengeheimnisses zum Schwingen. Wir erkennen in uns das Traumgeschöpf unserer Phantasie – das Wesen, das ganz in unserem Herzen lebt.

»Ist es wahr?« keuche ich. »Ist es wirklich wahr?«

»Es ist wahr«, flüstert er.

Ich hänge mich an seinen Hals. Er hebt mich hoch, er trägt mich, er wirbelt mich herum. Ich reibe mich gegen ihn, er bedeckt mein Gesicht mit Küssen, preßt seine Lippen auf meinen Mund. Meine Erfahrung in diesen Dingen ist rein theoretisch, ich bin lediglich von dem Drang besessen, ihn noch näher, noch tiefer zu spüren. Ich öffne die Lippen, ich spüre seine Zunge in meinem Mund. Ich halte sie mit den Lippen fest, ich sauge an ihr. Meine Knie werden weich, ich habe das Gefühl, daß ich nur stehe, weil er mich festhält. Ich entdecke seinen Mund, den unbekannten Geruch, den unbekannten Geschmack. Ich kann nicht sagen, wie lange wir uns küssen, es ist ein Hinabgleiten in eine andere Welt. Er verliert sich in meinem Mund, wie ich mich in seinem verliere. Wir erkunden diese neue Schwelle, zitternd im Taumel der Entdeckung. Plötzlich – ein schrilles, anhaltendes Hupen. Wir schrecken hoch, blinzeln im Licht der Scheinwerfer. Ein Wagen fährt dicht an uns vorbei. Hinter den Scheiben grinsende Gesichter, bleich wie Phantome. Amadeo nimmt meine Hand.

»Komm!«

Wir laufen über die Straße. Auf dem Quai de l'Hôtel de Ville funkelt die Kette der Scheinwerfer. Jeder Wagen fährt mit dem gleichen hastigen Zischlaut an uns vorbei. Wir warten, bis eine Lücke entsteht, rennen auf die andere Seite, hasten eine Steintreppe hinunter. Am Ufer gibt es kein direktes Licht, nur seinen Widerschein, von seltsamen Schatten bevölkert. Ein beleuchtetes »bateau mouche«, beladen mit Touristen, zieht vorbei. Der Wind trägt Akkordeon-Musik über den Fluß. Wir sitzen auf den Steinen, mit dem Rücken an der Mauer. Der Lärm des Verkehrs kommt von oben, ein stetiges

Summen. Amadeo hält mich in den Armen, er streicht mein Haar aus dem Gesicht. Wir sehen uns an, wir lächeln. Er sagt, seit unserer Begegnung könne er nicht mehr schlafen: er denke unentwegt an mich. Ich sage, mir gehe es ebenso: »Ich kann auch nichts essen, ich tu nur so, ich bringe nichts mehr herunter.« Er sagt, er könne sich in der Manege nicht konzentrieren, das sei schlecht, vor allem, wenn man mit Tieren arbeitet. Ich habe Angst, daß ihn die Raubkatzen verletzen, aber er beruhigt mich. Er hilft dem Dompteur als Käfigjunge und Requisiteur, aber er arbeitet lieber mit Pferden. Ich sage, ich weiß, du reitest den Schecken, in der Indianer-Nummer. Er zeigt sein helles, hartes Lächeln.

»Und ich mache den Feuerschlucker.«

»Ich weiß.« Er lacht. Wir lachen beide. Er sagt:

»Aber da ist ein Trick dabei.« Ich frage, welcher? Er erklärt ihn mir. Ich sage, ich mache das ganz ohne Trick. Er nickt; er hat es ja miterlebt. Ich erzähle ihm von Nonna. Er sagt, daß ich besonders bin, einzigartig.

»Das ist eine Gabe, die man hat oder nicht. Etwas Angeborenes. Man kann die Tricks mit dem Feuer lernen, so wie ich, zum Beispiel, aber das hat damit nichts zu tun. Ich kenne einige Romanos, die diese Macht besitzen. Aber selten so stark wie du. Du besitzt diese Gabe von Geburt an.«

Ich lege den Kopf an seine Schulter. Ich bin glücklich, daß er mich versteht. Er erzählt mir, daß er Geld sparen konnte und seit ein paar Monaten ein eigenes Pferd hat, einen Rappen. »Er ist von der alten spanischen Rasse, die für den Stierkampf gezüchtet wird. Er hat eine Ausbuchtung auf der Stirn. Das bedeutet, daß er ein großes Gehirn hat. Er hat auch einen Rückenwirbel weniger als andere Pferde, was ihn besonders beweglich macht.«

»Wie heißt er?«

»Quasimodo. Viele glauben, er sei mißgestaltet, deswegen. Aber er hat mehr als Menschenverstand. Ich rede mit ihm wie mit einem Freund.«

»Wo ist er? Kann ich ihn sehen?«

»Er ist nicht hier. Ich habe ihn bei einem Freund gelassen, auf einem Gutshof bei Les-Saintes-Maries-de la Mer.«

Er erzählt mir, daß der spanische Gitano, der ihm Quasimodo verkaufte, den Rappen gestohlen hatte. Ihn kümmerte das wenig.

»Ein schönes Pferd gehört dem, der es am meisten liebt.«

»Bist du auch ein Gitano?« frage ich.

Er zeigt sein schnelles, blitzendes Lächeln.

»Ich lebe mit ihnen. Und wenn man zehn Jahre mit dem fahrenden Volk verbringt, da bleibt eben was hängen.«

Ich will wissen, ob seine Eltern auch Zirkusleute sind. Jetzt grinst er höhnisch. Nein, er stammt aus Foix, einer Kleinstadt bei Andorra. Eine alte Familie mit Stammbaum und beschissenen Traditionen. Sein Vater ist Rechtsberater, sein älterer Bruder hat einen Lehrstuhl am Institut Pasteur. Sein zweiter Bruder ist Priester. Amadeos Großvater, ein Hauptmann, war mit de Gaulle im Exil. Die Großmutter war in einem Schloß groß geworden. Sie ging nie zur Schule, sie hatte Gouvernanten, die sie unterrichteten. Idiotisch, sagt er, und beißt die Zähne zusammen. Ich frage, was seine Eltern dazu sagen, daß er beim Zirkus ist.

»Das geht sie einen Dreck an.«

»Hattest du Krach mit ihnen?«

Er zieht wütend die Nase kraus, da sieht er plötzlich viel jünger aus, als er ist.

»Krach? Zum Verrecken, nein, das war ein Kampf auf Leben und Tod, mit Endstation Erziehungsanstalt. Ich konnte abhauen, bevor sie Hackfleisch aus mir machten. Und ich glaube kaum, daß ich vermißt werde. Seit zehn Jahren haben meine Herrschaften nichts mehr von mir gehört. Die glauben, ich sitze im Knast.«

Ich denke, auch du bist etwas Besonderes. Ich habe es gleich gemerkt, an der Art, wie du sprichst. Du formst einfache Sätze für einfache Menschen, du versetzt dich – sozusagen – auf ihre Stufe. Und dann plötzlich kommen ganz andere Wörter aus deinem Mund. Du folgst verwickelten Gedankengängen; sie sind in dir, in den tiefen Schichten der Erinnerung, du bringst sie nur zum Vorschein. Wer bist du eigentlich? Ohne nachzudenken, weiß ich, daß deine Verhaltensweise etwas Außergewöhnliches ist.

»Warst du böse?« frage ich.

Er denkt darüber nach; ziemlich lange. Schließlich sagt er:

»Die Bosheit ist wie die Liebe: Sie kommt über dich, und plötzlich ist sie da. Erst wenn du sie empfindest, verstehst du sie, nicht vorher. Ja, ich war böse.«

»Wann hast du damit aufgehört?«

Er starrt mich an, eine Art Fassungslosigkeit in den Augen: »Aufgehört?«

Ich streiche ihm über die Wangen. Ich liebe es, sein Gesicht anzufassen; es ist so voller Gegensätze: das schmale Adlerprofil, scharf und klar gemeißelt, die weichen Lippen, die kastanienbraune Haut und die ebenmäßigen Zähne.

»Ich glaube nicht, daß du böse warst. Du warst anders als andere. Und weil dich keiner verstand, da hast du böse sein wollen, damit die Leute Angst vor dir kriegen. Und zum Schluß hast du es dann selber geglaubt.«

Er schweigt, ein paar Atemzüge lang, dann schlägt er mit dem Hinterkopf an die Wand und sagt:

»Mist! Sie versteht alles.«

Wir sitzen, Wange an Wange, wir streicheln uns. Seine Augenwinkel sind feucht. Ich frage, weinst du? Er sagt, nur ein wenig, entschuldige, und ich weiß auch nicht, warum ich plötzlich heulen muß, ist doch blöde, bei einem Kerl. Er macht keine Bewegung, um sich die Augen zu wischen. Ich sage, ich weine nie, aber jetzt möchte ich weinen. Er sagt nein, das sollst du nicht. Ich drücke mein Gesicht an sein Hemd, ich fahre mit der Zunge über den Stoff, bis das Hemd feucht und durchsichtig wird. Er knöpft sein Hemd auf; bei jedem Knopf, den er öffnet, steigt die Hitze in mir. Er lehnt sich zurück, an die Wand. Ich sitze auf seinem Schoß, ich schmecke seinen Hals, seine Brust; er riecht nach Holzkohle, nach Harz und dazu auch noch nach dem Geruch der wilden Tiere im Zirkus. Ich schnuppere an seiner Achselhöhle, erforsche sie mit der Zunge, wühle meine glühenden Wangen hin und her, bis er mich schwer atmend packt, mich hochreißt. Er preßt sein Gesicht an meines, er atmet mich ein. Seine Augen glänzen wie schwarze Gewässer. Ich werfe den Kopf zurück und trinke seinen Kuß. Auf der Ile St. Louis bläht die Kathedrale Notre-Dame ihre leuchtenden Segel, ein gleitendes, schwebendes Geisterschiff, das ein Wirbel in den Strudel der Nacht zieht.

Die Temperatur sinkt: Es wird kalt unter der Brücke. Amadeo hüllt mich in seine Jacke ein; sie hat den Geruch der Manege an sich, gemischt mit der Wärme seiner Haut. Wir wandern am Ufer der Seine entlang; wir halten uns bei der Hand. Wir sagen uns Albernheiten, wir lachen, wir sind verzweifelt. Es gibt keinen Ausweg, wir werden getrennt sein, schon bald. Wir tappen in Gefühlen und Gedanken herum, wir sehen nur Finsternis, nur Lichtloses, nirgendwo eine Hoffnung. Wir teilen einander unsere Furcht mit, unterbrechen den panischen Kreislauf mit wirren, gedankenlosen Worten.

»Wir getrennt?« sagte er. »Das geht doch nicht.«

»Könntest du es aushalten?«

»Nein. Und du?«

Ich verrenke ihm die Handgelenke.

»Ich würde wahnsinnig.«

Unsere Verzweiflung drückt sich in Emphase aus. Wir sind hilflos und entsetzt, stehen vor der Zukunft wie vor einem Abgrund ohne Boden.

»Das ist einfach zum Kotzen«, sagt er.

Er bringt mich vor Tagesanbruch zum Internat zurück. Der Mond schwebt tief über der Seine, Paris ist stumm und grau und leer. Er hebt mich hoch, damit ich die Mauer erreiche. Ich stehe auf seinen Schultern, er hält mich fest, bis ich oben sitze. Meine Beine hängen herab. Er steht dicht an der Mauer, er streichelt meine nackten Beine, so hoch er kann, bis über die Knie. Er küßt meine Waden, preßt meine beiden Füße an sein Gesicht. Er küßt meine Söckchen, meine Schuhe. Ich stöhne, wiege mich leicht hin und her. Ich spüre ein Gewicht heißen Wassers im Unterleib, ein pulsierendes Aufflackern, bis in das Mark meiner Knochen.

Er sagt:

»Herzblume, ich liebe dich.«

Es geschieht vier Nächte lang; jede Nacht steige ich aus dem Toilettenfenster, und Eleni hilft mir auf die Mauer. Er ist da, auf der anderen Seite, fängt mich in seinen Armen auf. Wir steigen hinab zum Ufer der Seine, umarmen uns im Schatten der Brückenpfeiler. Das Wasser kräuselt sich in silbrigen Schuppen, gesprenkelt von tausend

Spiegelbildern. Lastkähne und Boot-Restaurants liegen vor Anker. Gestalten schlendern vorbei; ihre Schatten sind noch dunkler als die Nacht selbst. Schwule auf dem Strich oder afrikanische Dealer. Amadeo ignoriert sie. Schleichen sie sich zu nahe an uns heran, sagt er: »Verpißt euch.« Er redet nicht lauter als sonst, er schaut sie nicht einmal an. Ich frage ihn, ob er niemals Angst hat. Er schiebt die Schultern hoch. Wer im Zirkus arbeitet, sieht auch die Welt als Menagerie.

Er drückt mich gegen die Wand, er hält meine Hände mit seinen Handflächen fest. Meine Brauen streicheln die seinen. Manchmal tritt er zurück, nimmt meine Hände, um mich ganz anzuschauen. Vor dem Hintergrund des Wassers sehe ich seine dunkle Gestalt, den leuchtenden Spalt seiner Augen, den Schimmer seiner Zähne. Sobald er sich von mir löst, spüre ich, wie mein Bauch und meine Brust kalt werden. Dann werfe ich beide Arme um ihn, ziehe ihn eng an mich heran. Er wühlt seinen Mund in mein Haar, reißt meine Bluse aus dem Rock. Mein Busen ist klein, er wird auch nicht viel größer werden. Im Gegensatz zu anderen Mädchen komme ich ohne Büstenhalter aus. Amadeos warme Hände gleiten unter mein Hemdchen; sobald er meine nackten Brüste umfaßt, spüre ich ein seltsames Ziehen; die Warzen werden hart. Ich reibe mich an seinen Hüften, fühle deutlich die Schwellung unter den Jeans und wie er mich begehrt. Er tastet unter meinen Faltenrock, schiebt mein Baumwollhöschen ein Stück weit über die Schenkel herunter. Seine Finger kreisen um meinen Nabel, liebkosen meinen flachen, hastig atmenden Bauch; sie wandern tiefer, streicheln meine Schamhaare, berühren mich zwischen den Beinen. Er flüstert:

»Hast du es noch nie gemacht?«

Ich schüttle den Kopf. In mir ist eine wunderbare Angst, ein Zittern der Erwartung. Er teilt behutsam meine Schamlippen, streicht über die feuchten Innenseiten, preßt die Finger ganz langsam in meine Scheide. Ich halte den Atem an. Seine Finger regen sich stärker, finden eine besonders empfindliche Stelle, streicheln und reiben sie. Das Gefühl ist nicht zu beschreiben. Mein ganzes Wesen scheint in dieser Stelle gefangen, die in meinen ganzen Körper schwindelerregende Wellen und Blitze ausschickt. Ich möchte, daß er tiefer dringt, viel tiefer. Ich halte seine Hand mit den Schenkeln fest, reibe und presse mich an sie. Er kommt zur Vernunft, schneller als ich, zieht seine Hand zurück. Er sagt, warte noch, Herzblume, der erste Mann ist wichtig für ein Mädchen, wir werden uns vielleicht nie wiedersehen. Er will nicht, daß ich es später bereue. Ich stöhne an seinem Mund, ich bin wie von Sinnen.

»Laß uns fortgehen! Wir werden uns schon durchschlagen, irgendwie!«

»Herzblume, ich möchte so gerne. Aber wir dürfen kein Risiko eingehen. Man wird dich suchen.«

»Wer?«

»Das Jugendamt, die Bullen. Sie würden uns einfangen. Wir würden sofort getrennt.«

»Niemand findet uns. Wir nehmen den Zug. Versuchen wir es doch.«

»Herzblume, wohin mit uns?«

Mein Herz schlägt mir in den Schläfen, in der Kehle. Der Schweiß klebt mir am Körper. Er stöhnt verzweifelt auf, umfaßt mein Gesäß mit beiden Händen, teilt es, erforscht es sachte mit dem Finger. Ich bin krank vor Brennen, zu allem bereit. Er merkt, daß es nicht geht, versucht auch nicht, sich den Weg mit Gewalt zu erzwingen.

»Du bist so eng, Herzblume. Warte, du mußt warten!«

»Ich will dich!« weine ich. »Und du? Und du?«

»Ich will dich auch, das ist es ja, verdammt!«

»Ich sterbe, wenn ich nicht bei dir sein kann!«

Er zieht den Reißverschluß seiner Jeans auf und führt meine Hand. Er reibt sich an mich, wahnsinnig vor Begierde. Er kommt in meinen Händen, so plötzlich, daß ich jäh aufschreie; er erstickt meinen Schrei mit einem Kuß. Unser Herz schlägt schnell und laut, wir stöhnen beide.

Ich habe seit zwei Nächten nicht geschlafen. Mein Kopf, meine Glieder sind schwer wie Blei. Ein milchiger Schleier bedeckt meine Pupillen, ich friere im Unterricht, ich klappere mit den Zähnen. Die Lehrerin fragt, ob ich krank sei. Ich sage, nein, nur etwas müde. Ich bin so erschöpft und ausgepumpt, daß ich kaum noch die Augen offenhalten kann. Ich knirsche mit den Zähnen, nicht aus Wehleidigkeit, sondern aus Wut, weil mein Körper mich so treulos im Stich läßt.

In der Pause, im Hof. Mademoiselle Liard geht vorbei, wirft mir einen langen Blick zu. Eleni beißt sich auf die Lippen.

»Wenn du nicht aufpaßt, gibt es eine Katastrophe.«

Ich lehne mich an die Wand; ich könnte im Stehen schlafen.

»Los, erzähl!« flüstert Eleni. »Was habt ihr gemacht?«

Ohne Eleni bin ich aufgeschmissen; zum Preis dafür ist sie neugierig, wie Schülerinnen es sind. Ich weiß nicht, was ich erzählen soll. Ich käme mir wie eine Verräterin vor. Ich flüstere im Geist Amadeos Namen, höre die Sätze ausklingen, die ich ihm sagen will, ihm allein. Elenis Augen glänzen in eifrig erregter Mitwisserschaft, aber meine Zunge ist tot, meine Sprache ohne Empfindung, flach, trocken, als käme sie nicht aus meinem Mund. Internatsgeschwätz. Eleni lächelt erwartungsvoll; auf ihrem Gesicht liegt Unschuld. Ich hänge von übermächtigen Kräften ab, ich bin hundert Jahre alt, ich kenne die Lust, die Rücken, Bauch und Brüste entflammt. Sie lebt noch in schützenden Mädchenträumen. Wie kann ich ihr die Begegnung mit der Leidenschaft schildern, die Vorgänge in meinem Körper, die erweiterte Dimension?

»Da läuft nicht viel«, sage ich. »Wir knutschen, das ist alles. Wir sind total übermütig oder total deprimiert, weil wir uns trennen müssen. Aber wir wollen nicht zuviel darüber nachdenken. Sonst drehen wir durch, verstehst du?«

»Hast du … habt ihr schon … ?«

»Er hat mich gefragt, ob ich schon mal mit einem Mann geschlafen habe. Ich habe gesagt, nein. Da haben wir uns nur geküßt und gestreichelt.«

Eleni ist etwas rot im Gesicht.

»Überall? Auch unter dem Slip?«

Ich schließe die Lider. Ich fühle mich wie ein Stein, schwer wie ein Stein.

»Überall. Er sagt, wir müssen aufpassen, weil ich noch Jungfrau bin. Aber Jungfrau zu sein oder nicht, was bedeutet das schon? Mir ist das völlig egal.«

Sie schluckt.

»Du, das finde ich hundertprozentig in Ordnung von ihm. Ich weiß da so Dinge von anderen Jungen, die können furchtbar brutal werden. Ich hatte echt Angst um dich.«

Da spüre ich sie wieder, die mahlende Empfindung in mir, dieses Strahlenbündel. Ich sage:

»Ich will das nicht mehr. Ich will ihn haben. Nicht nur so halb.«

»Du bist verrückt«, sagt Eleni. »Du nimmst doch nicht die Pille. Plötzlich bist du schwanger, und was dann?«

Ich presse beide Hände auf meinen Bauch. Mein Unterleib schmerzt und pocht, als ob ich meine Periode hätte.

»Ich habe keine Angst. Ich weiß, daß er es mit anderen Frauen macht. Und daß er Erfahrung hat. Ich denke ständig nur an ihn. Und ihm geht es genauso. Er denkt an mich und masturbiert.«

Eleni wird rot.

»Woher weißt du das?«

»Weil er es mir gesagt hat.«

Ich glühe und friere, ich habe violette Ringe unter den Augen. Ich sehe entsetzlich aus. Er ist besorgt, er sagt, du mußt schlafen, du mußt dich ausruhen. Wir sitzen auf der Treppe, ich auf seinem Schoß. Ich erforsche seine Züge im Zwielicht: Sein Gesicht kommt mir schmaler vor, noch dunkler als bei unserer ersten Begegnung im Zirkus, eingefallen und wie von innen ausgeglüht. Mir wird klar, auch er ist am Ende seiner Kraft. Und bei der Arbeit, die er verrichtet, kann das gefährlich sein. Ich sage es ihm. Er beruhigt mich. Tagsüber käme er nicht zum Schlafen, und nachts habe er Besseres zu tun. Ein paar Tage könne er das wohl aushalten. Er lachte dabei und schlingt die Arme fester um mich.

»Du bist so jung, daß ich es nicht glauben konnte, als ich dich traf. Ich war nicht vorbereitet auf dich, irgendwie war das wie ein Schlag in der Magengrube.«

Ich lehne den Kopf an seine Schulter, mir fallen die Augen zu; es ist unheimlich schön, in seinen Armen zu liegen, einfach so. Wie Blei in Gold hat sich unsere Begegnung verwandelt. Über den Umweg der körperlichen Leidenschaft wirkt etwas anderes, etwas, das uns in

Wärme hüllt und Kraft gibt. Dieses Neue entsteht in mir, ich weiß nicht, was es ist, auch nicht, wie ich es nennen soll. Er fragt mich, woran ich denke. Ich versuche es ihm zu erklären; ich bin so müde und habe solche Kopfschmerzen, ich drücke mich umständlich aus. Etwas Angst ist auch vorhanden: Lacht er mich aus, käme ich mir wie eine Betrogene vor. Doch er sagt, hör zu, und beginnt zu erzählen. Er sagt, daß ihm Gott schon lange nichts mehr bedeute, daß ihn Gott als Kind im Stich gelassen habe.

»Kirchen sind für mich wie verlassene Schneckenhäuser. Heute morgen, da kam ich zufällig an einer Kirche vorbei. Es war irgendwo beim Bahnhof St. Lazare. Und da – ich weiß nicht warum – hatte ich plötzlich den Wunsch, diese Kirche zu betreten. Es fing gerade an, etwas wärmer zu werden, aber in der Kirche war es dämmrig und kühl. Es roch nach Weihwasser, nach welken Blumen und Kerzen, der Geruch von früher. Nach all dem, was geschehen war, dachte ich, gleich muß ich kotzen – aber nein. Ich ging auf den Steinplatten zum Altar. In der Kirche war es vollkommen still. Ich versuchte einen Einklang zu finden zwischen dieser Stille und mir. Ich stand einfach da und sah das Licht aus dem Fenster strömen, eine leuchtende Luft. Nein, die Kirche war nicht leer, sondern von einer Art sprechender Stille erfüllt. Und plötzlich kam mir der Gedanke, daß diese Stille vielleicht das war, was wir Gott nennen ...«

Ich fragte leise:

»Hast du gebetet?«

»Herzblume, ich bete nie. Ich suchte nur die Stille.«

Er ist nicht naiv; er kann, glaube ich, nicht einmal als Kind naiv gewesen sein. Da ist etwas anderes. Er spricht mit einem Wissen, das nicht aus der Schule kommt. Ich sage es ihm; er grinst. Er sei schon immer unfähig gewesen, irgend etwas systematisch zu lernen.

»Das war meine Krankheit, Herzblume, die Ursache vieler Probleme. Als Kind bewegte ich mich innerhalb meiner eigenen Welt, und das bedeutete, daß ich die andere ausgrenzte.«

Ich kann das verstehen. Er fühlt, was ich fühle ... oder doch oft. Deswegen sagt man, ich sei schlecht veranlagt, rebellisch, eine Scheinheilige. Jetzt lacht er, rauh und höhnisch.

»Für mich hat man andere Worte auf Lager gehabt: zurückgeblieben, beschränkt, idiotisch, verstockt, verrückt, gefährlich, teuflisch. Ich wuchs in Schränken und in Besenkammern auf, in Gesellschaft von Schatten. Ich war ein Kind, das seine Zehen zu füttern versuchte, sich die Augen eindrückte, um Farben zu sehen, mit dem Kopf gegen die Wände schlug. Hart, still und unheimlich. Ein Kind, das gefesselt in seiner Scheiße im Gitterbett lag, das man auspeitschte, dem man die Nase zuhielt, damit es das ausgekotzte Essen wieder schluckte.«

Er redet halblaut vor sich hin. Seine Stimme ist ruhig, so ruhig. Er merkt, wie entsetzt ich bin. Die weißen Zähne blitzen in dem dunklen Gesicht.

»Nimm es nicht schwer, Herzblume. Wie du siehst, konnte ich mich aus der Schlinge ziehen. Die Tiere haben mir dabei geholfen: die Pferde, die Hunde, die Raben. Vielleicht denkst du, daß es keinen Sinn hat, was ich erzähle. Paß auf, irgendwann wirst du merken, daß doch ein Sinn darin steckt. Ich schlage niemals ein Tier. Aber sehe ich einen Kerl, der ein Tier mißhandelt, dresche ich ihn krankenhausreif.«

In meinen Ohren rauscht es, ich bin noch müder, als ich geglaubt hätte, und so benommen, daß ich kaum sprechen kann.

»Warum hat man dich so behandelt?«

Seine Augen verengen sich.

»In Foix ticken die Uhren langsam. Meine feine Sippe lebte nach Prinzipien der Jahrhundertwende. Die Mutter ging zur Beichte, der Vater zitierte Agrippa d'Aubigné. Der erste Bruder glaubte an Wissenschaft und Vernunft, der zweite Bruder predigte Gottesfurcht, der dritte verkroch sich in der Hundehütte, kaute Dreck und Rinden und erbrach im Wohnzimmer Galle. Ich hatte das, was man Legasthenie nennt – Schwierigkeiten beim Erlernen des Lesens und Schreibens. Die devoten Enkel und Urenkel von Priestern und Generälen sahen es als Bockigkeit ein. Standesdünkel. Ich war der Schmutzfleck auf dem blankgeputzten Familienwappen. Mein Eigensinn mußte gebrochen werden. Mit der Nilpferdpeitsche. Wie die Zucht, so die Frucht, sagt ein Sprichwort. Die Rechnung ging nicht auf: Ich präsentierte ihnen die Quittung. Und eine Zeitlang ging es ziemlich brutal zu.«

Er lächelt jetzt, der Anflug nur, etwa wie das Flattern eines Blattes bei Windstille.

»Nun, es ist vorbei. Scherben einer zerbrochenen Kindheit. Aber auch damit werde ich fertig.«

»Ist es schlimm für dich? Immer noch?«

Er hob langsam die Schultern.

»Nein, eigentlich nicht. Aber heute morgen, in der Kirche, da hatte ich auf einmal ein seltsames Gefühl: als ob mein Körper zu seinem Ausgangspunkt zurückkehrte. Als ob ich mich selbst zur Welt brachte. Ich beobachtete es ganz ruhig und dachte, jetzt gerade wurde ich von neuem geboren. Ich nehme an, es genügte mir nicht, nur einmal vom Mutterleib geboren zu werden. Der erste Versuch war nicht zufriedenstellend gewesen. Ich mußte das Experiment wiederholen. Und wiedergeboren werden, für dich.«

In dieser Nacht bin ich so müde, daß ich in seinen Armen einschlafe. Er sitzt auf der Treppe, unten am Wasser, und hält mich auf den Knien. Ich schlafe, in seine Jacke eingewickelt, den Kopf an seiner Brust, bis er mein kaltes Gesicht küßt und sagt, Herzblume, bald wird es hell. Du mußt zurück, sonst sieht man, wie du über die Mauer steigst. Er zieht meine Schuhe aus, reibt meine klammen Füße. Er sagt, es hat leicht geregnet, die Luft ist feucht, hoffentlich hast du dich nicht erkältet. Ich bin verzweifelt und wütend. Warum habe ich geschlafen, warum nur? Er sagt, du warst zum Umfallen müde, jetzt sind deine Augen wieder klar. Und es sei so schön gewesen, mich in den Armen zu halten. Dann fährt er fort: »Ich habe die ganze Zeit nachgedacht. Du kannst nicht mit mir leben, und ich kann nicht ohne dich sein. Das müssen wir uns immer klar vor Augen halten.«

Stumm lege ich den Arm um seine Schulter, presse meine Wange an seine. Unsere Gesichter sind kalt. Er redet weiter, sagt, vielleicht sei alles nicht so schlimm, wie wir glauben.

»Hör zu, am Montag baut der Zirkus ab. Wir spielen in St. Etienne, in Montelimar und Avignon. Dann ist die Saison vorbei. Im Juli und August beziehen wir unser Sommerquartier, in Sète. Da gehe ich nach Les-Saintes-Maries-de la Mer, verdiene etwas Geld als Viehhirte und trainiere Quasimodo. Du hast doch Ferien. Komm!

Mein Freund ist *Baile* – Oberaufseher – auf dem Gut, wo ich arbeite. Der wird ein Auge zudrücken, wenn du in meinem Zimmer schläfst.«

Mein Herz klopft stürmisch. Im Schlaf geschehen Wunder. Ich sage nur ein einziges Wort:

»Ja.«

Er fragt nicht, ob meine Mutter mir die Reise erlaubt; so was fragt er nicht. Wozu auch? Carmilla weiß, daß ich mich immer durchsetze. Daß man mir unter gewissen Umständen nichts in den Weg legen kann. Ich brauche ihm das nicht zu erklären, er hat das längst begriffen. Er fragt lediglich, ob ich Reisegeld habe. Ich sage, ich werde es mir beschaffen. In der Tasche trägt er ein Bündel zerknitterte Scheine. Er gibt sie mir. Er sagt, nimm alles, ich will sicher sein, daß du kommst. Ich nehme das Geld. Eleni wird nichts davon erfahren. Er sagt, er liebe mich über alle Maßen. Ich sehe ihn an: Ich könnte ihn auch ohne meine Augen sehen. Ich will ihn immerzu berühren, seine Haut spüren, seine Hände, seinen Mund. Ich will ihn, er soll mir gehören. Mein Körper hat seinen eigenen Willen. Ich sage es ihm. Er antwortet, ich könne mit ihm machen, was ich wolle. Wir sprechen leise in der Dämmerung. Der Himmel ist rosa und grau, ein paar Sterne schimmern in den Wolken. Er bringt mich zum Internat zurück. Ich habe in seinen Armen geschlafen; nicht genug. Ich fühle mich schwindlig, ich habe entsetzliche Kopfschmerzen.

Wir stellen uns in Reihen auf, um zum Lernen zu gehen, die Schulordnung schreibt dies vor. Wir lernen französische Grammatik, die Sonne funkelt, der Wind streut Blütenblätter gegen die Scheibe. Als ich an die Tafel gerufen werde, stehe ich plötzlich auf schwankenden Füßen. Das Klassenzimmer dreht sich vor meinen Augen und wird schwarz. Ich falle in Ohnmacht. Die Schülerinnen schreien. Ich liege auf dem Parkett, ich höre die Stimmen von weither. Mademoiselle Liard kommt, stellt argwöhnische Fragen. Man holt die Pflegerin. Sie bringt Essig, Alkohol. Sie sagt, wenn es nicht besser würde, müsse ich zum Arzt, und gibt mir eine Tablette gegen Kopfschmerzen. Ich darf mich hinlegen. Eleni begleitet mich in den Schlafsaal. Sie tupft Kölnisch Wasser auf ein Taschentuch, befeuchtet mir Stirn und Schläfen. Weil wir allein sind, fragt sie, ob ich simuliert habe. Ich sage nein, so was wäre mir nicht in den Sinn gekommen. Ich bin nur todmüde.

»Du wirst noch krank, wenn du so weitermachst.«

Ich sage, es ist furchtbar anstrengend, zu lieben. »Wenn man erst mal begonnen hat, will man mehr und mehr, man hat nie genug davon, warte nur, Eleni, du wirst schon sehen …«

Sie beißt sich auf die Lippen, lächelt unsicher, zupft mir die Decke gerade.

»Wie bringst du es nur fertig, daß deine Haare immer ordentlich sind?«

»Was?«

»Deine Haare.«

»Ich habe solchen Durst«, sage ich.

Sie geht, kommt wieder, bringt mir Wasser im Zahnputzglas.

»Ruhe dich jetzt aus, sonst wirkt die Tablette nicht.«

Ich klammere mich an ihrer Hand fest.

»Geh nicht fort!«

»Ich kann nicht die ganze Zeit bleiben. Ich muß im Physikraum arbeiten.«

Sie hält meine Hand; ich überlasse mich einem Schlaf, in dem Wohltat ist und Sehnsucht.

In dieser Nacht sage ich ihm, daß er es mit mir machen soll. Daß ich mich mein Leben lang an ihn erinnern will. Und daß ich es nicht bereuen werde, niemals.

»Willst du?« flüstert er. »Willst du es wirklich?«

»Und du?«

»Ich kann es nicht mehr aushalten«, sagt er.

Er fragt, ob ich die Pille nehme. Ich sage, nein, noch nicht, aber bis zum Sommer werde ich sie mir verschreiben lassen. Er meint, ich solle ganz beruhigt sein, er wisse schon, was er zu tun habe. Wir stehen unter der Brücke, dort, wo es stockfinster ist. Das Wasser fließt gurgelnd an uns vorbei. Er lehnt mit dem Rücken an einem Pfeiler, sagt leise, warte noch einen Augenblick. Er knipst die Spangen auf, löst langsam meine Zöpfe. Seine Hände sind sanft und geschickt wie die von Nonna, damals. Er sieht mich an, schweigend, während er mein Haar auf den Schultern ausbreitet. Ein Lichtstreifen fällt auf mein Gesicht, das seine ist ganz im Schatten. Ich sehe nur die Umrisse seiner Wange, das bläuliche Weiß seiner Augen. Mein Haar ist seidigdunkel, geschmeidig und knistert unter seiner Hand, wie das Fell eines Tieres. Er streichelt meinen Kopf, dann meine Stirn, meine Wangen. Wir stehen Mund an Mund, sein Herz pocht so laut, daß ich es höre, mein Puls flattert, und ich habe wieder dieses Ziehen im Unterleib. Er greift unter meinen Rock, zieht behutsam den Slip über meine Schenkel. Der Boden ist schlammig und dreckig. Er streift das Höschen über meine Füße, vorsichtig, damit es nicht schmutzig wird. Er steckt es in seine Tasche und sagt, wir müssen es im Stehen machen, das ist nicht gut für dich, das erste Mal. Er sagt auch, daß er mir etwas weh tun wird und daß ich bluten würde. Ich will, daß er mir weh tut, ich sage es ihm. Er läßt seine Zunge in meinem Mund wandern, streichelt meine Hüften, meinen nackten Bauch, schiebt seine Hand in mich. Ich spreize die Schenkel, ich stelle mich auf die Zehenspitzen, ich will seine Hand in mir aufsaugen. Seine Finger dringen tiefer, bewegen sich in seidiger Nässe. Wie von fern herangeweht, kreist und steigt eine samtene Flamme, nähert sich einer Schwelle, zögert dort, träumend. In meinem Unterleib sprühen Funken, zerbersten zu Sonnen, zersplittern in glitzernden Sternen. Woge um Woge durchläuft mich, ich will nicht, daß es aufhört, ich kann es nicht ertragen. Und da packe ich sein Handgelenk, drücke seine Finger in mich hinein, mit aller Kraft, lenke sie, reiße sie hoch. Ein spitzer Schmerz zuckt mir durch den Leib, ich stöhne in seinem Mund auf, aber ich spüre seine Finger in mir, tiefer als sie jemals waren, und ich weiß, die Schranke ist durchbrochen. Mein Körper ist offen für ihn: Jetzt kann ich ihn besitzen.

Er löst seine Lippen, stoßweise atmend. Seine Hand gleitet aus mir heraus, hinterläßt eine feuchte Lache auf meinen Schenkeln. Er hebt die Hand vor sein Gesicht, ich sehe, daß seine Finger blutig sind. Langsam, ganz langsam, legt er die Finger auf seinen Mund, umschließt sie mit Lippen. Er kostet mein Blut, ohne den Blick von mir zu lassen. Seine Augen haben einen starren, irren Glanz. Meine Arme fliegen um seine Schultern, schlingen sich um seinen Hals. Ich presse meinen Mund auf den seinen, trinke seinen Kuß und spüre den Geschmack meines eigenen Blutes. Jetzt leitet er, seine Hand auf meiner, die Bewegungen ein und läßt sie mich allein fortsetzen: Ich öffne seine Gürtelschnalle, ziehe den Reißverschluß seiner Jeans auf, spüre, daß er darunter nackt ist, und lege sein Geschlecht frei. Er umfaßt mein Gesäß, hebt mich ein wenig hoch. Es schmerzt, als er in mich eindringt, nicht sehr weit, zunächst. Er beherrscht sich und wartet, läßt meinem Körper Zeit, damit er sich an ihn gewöhnt. Ich hänge an seinem Hals, mein Wange an die seine gepreßt, wir schwanken beide in einer Art trägen Irreseins. Nach einem langen Moment gleitet er tiefer in mich ein; ich fühle, wie er sich bewegt. Dann bleibt er wieder ganz still und gelockert; ich halte den Atem an, bevor er sich weiter hinaufschiebt, in der innersten Spitze in mir ein lebendiges Feuer entzündet. Es tut weh, das war vorauszusehen. Aber mit jedem Stoß dehne ich mich innerlich weiter aus. Alles wird weich und elastisch, ich habe das Gefühl, daß er mich ganz ausfüllt. Ich glaube zu sterben, aber es ist erst der Anfang. Das wahrnehmbare innere Kreisen nimmt zu, sanft wie eine Luftblase, die hin und her gleitet. Ich schmecke seine Zunge in meinem Mund, mein Puls rast, ich kann nicht mehr denken. In meinem Eingeweide ist eine Art schmerzendes Flattern, hinauf und hindurch. Ich erlebe diesen Schmerz, unfähig ihn aufzuhalten, weil sich gleichzeitig Wolken von Entzücken damit verbinden.

Ich höre Amadeo keuchen; das Pochen nimmt zu und wühlt in meinem Leib, und plötzlich verläßt mich dieser Schmerz, wie eine davoneilende Welle. Es ist vorbei: Er hat sich rechtzeitig zurückgezogen. Nun hält er mich mit beiden Armen an sich gedrückt, sein Herz schlägt an die Rippen, sein Kopf liegt schwer auf meiner Schulter. Warme, klebrige Feuchtigkeit näßt meinen Bauch. In fiebriger Benommenheit bewege ich die Hände, lege sie auf sein warmes Geschlecht, knete und presse es an meinem Bauch. Mit den Handflächen verteile ich die Feuchtigkeit, massiere sie in meine Haut ein, wie Salbe. Ich lasse mir Zeit, ich habe keine Eile mehr. Ich habe von ihm bekommen, was ich wollte. Er bewegt das Gesicht auf meiner Schulter hin und her, ich spüre, wie er zittert. Wir sehen uns an, mit einem neuen Wissen in den Augen. Wir fühlen weder Scham noch Schamlosigkeit. Die Liebe ist über uns gekommen, wie eine Geburt kommt, unschuldig und tödlich, mit dem Glanz der Schönheit und der Süße des Schmerzes. Mein Atem geht fliegend, mein Unterleib ist klebrig von Sperma und Blut. Ich bin kein Kind mehr, sondern eine Frau. Ich habe einen Mann in meinem Körper gehabt: Die Erfahrung macht mich erwachsen. Ich werde nie mehr die sein, die ich gestern war.

Wir kommen wieder zu Verstand, bringen unsere Kleider in Ordnung. Ich ziehe seinen Reißverschluß zu, schließe seine Gürtelschnalle, mit tastenden Händen. Er nimmt mein Höschen aus der Tasche, hilft mir, es über die Beine zu schieben. Er sagt, wir müssen aufpassen. Ich frage, ob es eigentlich verboten sei, dies zu tun. Er sagt, weil ich ein Mann bin, und du noch minderjährig bist. Ich antworte, daß es mir egal sei, daß ich ihn ewig lieben werde. Er will wissen, ob er mir weh getan hat. Ich schüttele den Kopf. Nur ein wenig. Und gleichzeitig war es so gut, daß ich sterben wollte. Ich sage es ihm. Er streichelt mich unter den Kleidern, er kann nicht genug von mir haben. Er sagt, er will mich nackt ausziehen, mit mir in einem Bett liegen. Ich sage, ich auch. Wir können nicht in ein Hotel gehen, weil ich so jung bin. Ich frage, was dann passieren würde. Wir kommen in den Knast, sagt er. Wir lachen beide. Ihm ist das knallegal, er will nur nicht, daß man schlecht von mir denkt. Er wird mit einem Freund reden, der ein Zimmer im 15. Arrondissement hat. Er soll uns morgen das Zimmer für ein paar Stunden überlassen. Ich sage, wenn ich die Pille nehme, kannst du in meinem Bauch bleiben, bis zum Schluß. Er wird mich immer küssen und streicheln wollen, noch tiefer, noch zärtlicher. Ich halte sein Gesicht zwischen den Handflächen. Ich hebe mich auf die Zehenspitzen, um es zu tun. Auf eine dunkle, geheimnisvolle Art fühle ich, daß ich Macht über ihn habe, daß seine Beziehungen zu anderen Frauen von jetzt ab nur ein Willensakt sein werden, ohne Zärtlichkeit und ohne Gefühl. Und für mich wird es ebenso sein; nie mehr werde ich einen Mann berühren können, ohne *sein* Bild vor Augen zu haben. Es ist schon zu spät: Unserem Begehren wurde ein Siegel aufgeprägt. Wir sind einander ausgeliefert, verfallen. Wir wissen um diesen Segen, um diesen Fluch. Er wird uns Trauer und Einsamkeit bringen, aber auch Sieg über Furcht und Schmerz. Er wird Teil unseres Lebens werden, nicht nur für diese Nacht, sondern für immer und ewig, bis zum Ende unserer Tage. Wir lächeln uns an, wir sind bedauernswert. Und gleichzeitig von Stolz und Pracht umgeben, wie von einem Glorienschein. Nichts erreicht unser Bewußtsein, das wir nicht hören oder sehen wollen. Wir fragen auch nicht mehr: Was nun? Ich glaube, wir wissen diesen Zustand schon richtig zu beurteilen.

Es wird Tag; der Schein der Dämmerung strömt aus dem Osten über die Ile Saint-Louis, schimmert hinter der Kathedrale mit leuchtendem Rot. In den Bäumen am Quai zwitschern Vögel. Er bringt mich zurück, hilft mir über die Mauer. Ich sitze oben, schwankend und wie benommen. Ich beuge mich herab, strecke die Hände nach ihm aus, er fährt mit den Zähnen über meine Pulsadern, saugt an jedem Finger. Seine Zunge kreist in meiner Handfläche, bis ich vor Verlangen keuche. Wir sind unvorsichtig geworden, es wird schon hell: Die ersten Lieferwagen fahren vorbei, die Müllabfuhr ist unterwegs, man hört das Scheppern der Mülltonnen. Ich drehe mich um, lasse mich heruntergleiten, springe lautlos in den Hof. Die Bewegung verursacht mir einen Schmerz im Bauch, einen Schmerz, den ich vorher nicht gefühlt hatte. Ich weiß, du bist noch da, auf der anderen Seite. Ich lehne an der Mauer, dort, wo du stehst, reibe meinen Rücken an den Steinen. Ich spüre dich, durch die Mauer hindurch. Der Schmerz wird stärker, holt Erinnerungen zurück. Ich liebe diesen Schmerz, schwirrend wie ein gefangener Vogel. Er hilft mir, besser an dich zu denken. Mein Haar fällt zerzaust auf die Schultern, meine Lippen sind geschwollen, meine Bluse hängt über den Rock, ich schiebe sie in das Gummiband. Mein Höschen ist naß zwischen den Beinen, wahrscheinlich blute ich noch. In der Dämmerung wanke ich über den Hof, beide Hände auf den Bauch gepreßt.

Das Toilettenfenster ist zu. Ich versuche vergeblich, es aufzustoßen. Eine Schülerin wird es geschlossen haben. Mein Herz schlägt bis zum Hals. Was nun? Ich bin zu verwirrt, um klar zu denken. Da sehe ich, daß die Haustür nur angelehnt ist. Der Hausmeister scheint schon wach zu sein. Hoffentlich begegne ich ihm nicht! Vorsichtig stoße ich die Tür auf; sie knarrt in den Angeln. In dem Augenblick, als ich durch den Spalt schlüpfe, flammt Licht auf. Ich blinzle benommen, die Knie geben nach. Im Eingang brennt die Deckenbeleuchtung immer sehr hell, die Wände sind frisch getüncht. Nichts trübt dieses zerfließende Weiß, das in seiner Reinheit blendet. Und in dieser Helle, die kein Schatten zu berühren wagt, steht reglos Mademoiselle Liard im blauen Morgenrock aus Flanell. Sie muß lange dort gewartet haben, vielleicht schon seit Stunden. Neben ihr steht der Stuhl, auf dem sie saß, sie hält noch die Hand auf der Lehne. Meine Lider sind vor Müdigkeit verklebt. Durch den milchigen Schleier schimmert ihr Gesicht, wie ein farbloser Fleck. Nicht einmal die Augen selbst, über denen dunkle Schatten hängen, sind klar zu erkennen. Und auch unter ihren Nasenflügeln fängt das Licht zwei Schatten ein. Dadurch wird das Gesicht abstrakt und seltsam blicklos, während die Schatten eine Art Schnurrbart bilden, darunter sind ihre Lippen leicht in den Winkeln gekräuselt. Es ist, als lächle sie.

Sie sperren mich in ein Zimmer. Die Zeit vergeht; ich sitze auf einem Stuhl und warte. Da ich nichts zu tun habe, flechte ich langsam mein Haar, stecke es mit den Spangen fest. Um zehn schließt die Aufseherin die Tür auf. Ich werde zu Madame Poniatowska geführt. Carmilla sitzt da, mit geröteten Wangen, in Jeans und Schlabberpulli vom Flohmarkt. Die Direktorin legt die Stirn in hochmütige Falten. Ich werde einem Verhör unterzogen. Ich konnte nicht die Kleider wechseln, dein Geruch ist noch an meinem Körper, aber ich schweige. Die Pflegerin wird gerufen; sie bringt mich ins Nebenzimmer, zieht mich aus. Sie untersucht meine Wäsche, riecht an meinem Körper, stellt Fragen. Ich bleibe stumm. Nach einer Weile darf ich mich wieder anziehen. Die Pflegerin redet leise mit Madame Poniatowska. Diese preßt die Lippen zusammen, sagt, sie könne mich nicht mehr in der Schule behalten. Carmilla ringt verzweifelt ihre Hände. Ob ich nicht wenigstens mein Examen machen könne? Die Direktorin läßt Milde walten; mein Vater hat das Schulgeld bis zum Sommer gezahlt. Ich kann die Prüfung machen, aber getrennt von den Schülerinnen. Du könntest sie verderben, sagt Mademoiselle Liard, und lächelt abwesend und merkwürdig. Ich höre kaum zu. Ich muß meine Sachen aus dem Schlafsaal holen. Mademoiselle Liard läuft erregt auf und ab, klappert mit dem Schlüsselbund. Die Schülerinnen drängen sich in einem verstörten Halbkreis zusammen. Eleni steht abseits, erschrocken und hilflos. Ich sage ihr mit einem Blick, daß ich sie nicht verpetzt habe. Die Mädchen tuscheln. Alle starren mich an, als wäre ich gleich nicht mehr vorhanden, verschwunden wie ein Spuk.

»Beeil dich«, sagt die Aufseherin.

Den Flur entlang, eine Treppe hoch, um eine Ecke herum. Ich schleppe meine Tasche. Das Flüstern der Schülerinnen verklingt, das unsichere Trippeln verschwindet treppab. Die Aufseherin geht voraus, das Geräusch ihrer Absätze mit meinem Atem im Gleichklang. Sie schließt eine Tür auf. Ich bin in einem Dachzimmer, weißgetüncht, mit einem Fenster, nicht größer als ein Schuhkarton. Da stehen ein schmales Bett, ein niedriger Schreibtisch, ein Stuhl, ein Schrank. Es riecht nach Hitze und Staub, der Raum wurde schon lange nicht gelüftet. Mademoiselle Liard sagt, sie schlafe im Nebenzimmer. Sie sagt auch, daß ich heute nicht in den Unterricht darf. Und auch nicht im Speisesaal geduldet werde. Sie schlägt die Tür zu, dreht den Schlüssel. Ich setze mich auf das Bett, mit aufrechtem Rückgrat, verschränke die Arme und wippe leicht auf und ab. Das Bett ist so schmal, daß meine Schulterblätter an die Wand reiben. Es ist Mittagszeit, alles ist still. Ich höre nur dieses schleifende Geräusch und meine Atemzüge. Eine Fliege putzt sich an der Fensterscheibe die Beine.

Erst allmählich beginne ich zu begreifen: Du wirst kommen, auf mich warten, und ich werde nicht dasein. Ich tobe und brülle nicht; das ist nicht meine Art. Ich bin ganz ruhig. Wutanfälle? Wozu? Ich weiß, was ich tun könnte, wenn ich wollte. Vielleicht muß ich es tun, wenn der Schmerz zu groß wird. Aber im Augenblick halte ich mich zurück, beschäftige ich mich sowenig wie möglich mit dem Gefühl meiner Niederlage. Ich denke sehr methodisch. Alles zu seiner Zeit, nicht wahr, Amadeo?

Schritte im Flur, die Tür wird aufgeschlossen. Mademoiselle Liard fragt:

»Warum hast du deine Sachen noch nicht ausgepackt?«

Ein Küchenmädchen bringt mir das Essen: Suppe, Gemüse und

Fleisch, dazu ein Glas Milch. Sie wirft mir einen mitfühlenden Blick zu. Mademoiselle Liard entläßt sie mit ungeduldiger Handbewegung. Ich esse sehr langsam und lasse nichts übrig, ich will bei Kräften bleiben. Dann räume ich meine Sachen in den Schrank. Mademoiselle Liard kommt wieder, fragt, ob ich auf die Toilette müsse. Sie begleitet mich, bleibt draußen vor der Tür stehen. Meine Augen brennen. Ich wasche Gesicht und Hände mit kaltem Wasser. Ich weiß nicht, wie ich aussehe. In der Toilette hängt kein Spiegel.

»Los, mach schon«, drängt die Aufseherin.

Sie bringt mich in das Zimmer zurück, erklärt mir die Aufgaben, die ich bis morgen machen muß. Dann nimmt sie das Tablett, schließt die Tür auf, schließt sie hinter sich zweimal fest zu. Der Nachmittag vergeht. Ich sitze am Tisch und mache meine Aufgaben. Mein Kopf fühlt sich heiß und schwer an. Wenn ich lerne, komme ich nicht zum Denken, das ist besser. Die Kirchenuhr schlägt die Stunden. Die Schatten werden länger; bald geht die Sonne unter. Das Küchenmädchen kommt, das Tablett in der Hand. Es gibt gebackene Eier, Brot, Tee. Mein ganzer Magen ist verkrampft; ich trinke nur etwas Tee. Meine Gedanken sind anderswo. Die Nacht bricht herein: Es ist dunkel im Zimmer, aber ich mache kein Licht. Der Mond steht am Himmel, eine scharfe, glitzernde Sichel. Ich sitze auf dem Bettrand, nehme meine wippenden Bewegungen wieder auf. Neun Uhr: im Zirkus beginnt die letzte Abendvorstellung. Der Clown bläst die Trompete. Die Kapelle spielt »Dans les plaines du Far West«, eine altmodische Schnulze von Yves Montand. Und zu dieser Musik, so absurd, so unpassend, daß man nur darüber lachen kann, stürmst du auf einem Schecken in die Manege. Du spielst den Indianerhäuptling, mit entblößtem Oberkörper, das Gesicht gelb und knallrot bemalt. Du trägst schwarze Beinkleider mit langen Fransen, das glatte schwarze Haar wippt auf und ab im Rhythmus deines Pferdes. Du lenkst es nur mit den Schenkeln; in den Händen trägst du zwei Fackeln. Du wirfst sie in die Luft, fängst sie wieder auf, läßt sie vor deinem Gesicht hin- und hergleiten. Du jagst deinen Schecken in gestrecktem Galopp, bringst jede Fackel ganz nahe an deine Lippen, bläst eine Feuergarbe in die Luft. Das Publikum schreit auf, überrascht und begeistert, trampelt und klatscht Applaus. Du hast mir den Trick erklärt; ich habe gelacht, weil er so lächerlich einfach ist, nicht im geringsten gefährlich. Jetzt jonglierst du mit den Fackeln, das Licht kommt wie Wellen, taucht deine Gestalt in Gold. Durch den Vorhang aus Feuer scheint dein Gesicht aus rotem Metall, wie von innen erleuchtet. So sah ich dich zum erstenmal. Wie schön du bist! Ich werde dich immer lieben.

Die Kirchenuhr schlägt zehn. In der Dunkelheit sitze ich unbeweglich, starre in das helle Rechteck des Fensters. Ich sehe den Himmel, saphirblau, mit einigen blassen Sternen. Die Mondsichel wirft eine schimmernde Bahn auf das Parkett. Nicht nur mein Bauch, mein ganzer Körper schmerzt. Nie spürte ich, so wie jetzt, wie grausam die Einsamkeit würgt.

Ein Geräusch. Mademoiselle Liard schließt die Tür auf.

»Noch nicht im Bett?«

Ich sage, daß ich noch einmal auf die Toilette muß. Sie geht mit mir, bringt mich wieder zurück. Kalt wünscht sie mir gute Nacht, schlägt die Tür zu, sperrt mich ein. Sie braucht mich nicht mit so viel Abneigung zu behandeln, ich weiß doch genau, daß der Fehler bei mir liegt. Ahnt sie vielleicht, was ich erlebe, und belastet mich mit ihrer Eifersucht? Sie weiß nicht, was ich weiß, daß die Welt nicht so ist, wie sie dem äußeren Auge erscheint, sondern ein Raum, in dem alles möglich wird, wenn man es nur fest genug will.

Ich streife meine Schuhe von den Füßen und lege mich auf das Bett. Steif und starr liege ich da, spreche mit Nonna und erzähle ihr alles.

»Nonna, ich bin so traurig!«

»*Lo so bene, Piccina*«, sagt Nonna »Das weiß ich doch ...«

»Nonna, ich hasse Mademoiselle Liard. Ich hasse diese Schule! Meinetwegen kann sie abbrennen.«

Ich sage das nicht ohne Grund. In meinen Worten liegt eine ganz bestimmte Absicht; Nonna versteht sie sehr gut.

»Verliere jetzt bloß nicht den Kopf. Sei vernünftig! Du willst ihn doch wiedersehen?«

Vernünftig sein? Ich weiß nicht, ob ich das kann. Zorn und Verzweiflung sammeln sich an, ballen sich zu einem riesenhaften Schmerz zusammen. Er überfällt mich mit ungeheurer Heftigkeit.

Wir wollten uns heute abend treffen. In dieser Stadt, in irgendeinem Zimmer, das ich nie betreten werde, liegt unter weißen Laken das Gespenst unserer Liebe. Ach, wie unglücklich ich doch bin!

Ich muß geschlafen haben. Ich schrecke hoch. Nachtlicht strömt durch das Fenster. Wieder schlägt vom Kirchturm die Uhr. Es dauert sehr lange, bis sie endlich schweigt; jeder Ton hallt in mir wie ein dumpfer, brummender Kolbenschlag. Zehn ... elf... zwölf. Mitternacht! Du stehst im Schatten, auf der anderen Straßenseite, den Blick auf die Mauer gerichtet. Du wartest auf mich. Ich setze mich auf. Ich schwenke herum, stelle meine bloßen Füße auf den blankpolierten, braunen Holzboden. Mit ruhigen Gesten öffne ich meine Schultasche, taste nach der Steichholzschachtel. Nun sitze ich wieder auf der Bettkante, brenne ein Streichholz an, halte es im Kelch meiner Hand. Das winzige Feuer glüht vor meinen Augen, das Zimmer scheint plötzlich sehr dunkel. Ich konzentriere mich auf die Flamme. Das Feuer wächst, dehnt sich aus; ein warmer Hauch weht mich an. Ich halte die Hand etwas weg, die Flamme strömt zu mir hin, wie von meinem Atem angezogen, bis sie mit dem üblichen hohlen Geräusch zerplatzt. Sofort zünde ich das nächste Streichholz an. Diesmal werde ich sein Leben verlängern. Das wachsende Feuer ist wunderbar blau, wie gesponnenes Glas. In der wehenden Aura tauchen Umrisse und Bilder auf, und in allen kommst du vor. Die Bilder gleiten vorüber, die Flamme verblaßt, fällt zusammen. Plop! Schweiß bricht mir aus allen Poren. Ich bin müde ... so entsetzlich müde. Zum dritten Mal mache ich ein Streichholz an, halte es an den Bettbezug. Die Flamme spiegelt sich auf dem Weiß, wie eine Rosenblüte auf Schnee. Noch habe ich das Feuer gut unter Kontrolle. Die Flamme bläht sich, das Rosa verwandelt sich in Gold. Es ist, als wäre dieses Licht etwas Auflösendes, verbunden mit dem Zustand der Unentschiedenheit, in dem ich mich befinde. Sonderbar, meine Kraft wächst, wo ich doch so entsetzlich müde bin. Meine Hand senkt sich tiefer; gleich berühre ich das Laken. Soll ich? Soll ich nicht? Was würdest du tun? Ich fühle, wie schnell mein Zwerchfell arbeitet, und es überrascht mich, daß ich so hastig atme. Meine Hand zittert leicht. Es würde mir soviel Genugtuung bereiten, diese Geste zu Ende zu führen. Einzig der Gedanke, daß du es vielleicht *nicht* tun würdest, lähmt meinen Willen. Ich beschäftige mich dumpf mit dem Gefühl, daß es falsch wäre.

»Schluß jetzt, Ariana, mach keine Dummheiten«, sagt Nonna.

Die Flamme hebt sich wie eine Qualle, die Wärme schlägt höher, verwandelt sich zu Schmerz und über den Schmerz hinaus, läßt Ruhe zurück, in Erwartung des Kommenden. Dieses Ende wird ein Ende sein, wenn ich unbeherrscht bin, jene explosive Wut in mir freimache, von der ich weiß, daß sie tödlich sein kann.

»Damit schadest du dir selbst«, sagt Nonna. »Laß diesen Unsinn in Zukunft sein. Du hast andere Möglichkeiten, deinen Kopf durchzusetzen.«

Plop! Die Flamme sprüht hoch; einige Funken hängen in der Schwebe, erlöschen langsam, verschwinden. Ich kneife die Augen ein paarmal auf und zu. Im Moment ist eine Art Erleichterung in mir. Ich habe nicht das Falsche getan. Ein Entschluß von solcher Wichtigkeit muß genau geprüft werden, doch ich komme nicht dazu. Der Schlüssel dreht sich im Schloß, die Tür geht auf. Mademoiselle Liard erscheint im blauen Morgenrock. Sie macht Licht, fegt an mir vorbei und dreht, erregt schnuppernd, den Kopf nach allen Seiten.

»Es riecht nach Rauch! Gib mir sofort die Zigaretten!«

Sie denkt natürlich, ich gehöre zu den Schülerinnen, die heimlich im Bett oder auf der Toilette rauchen. Ich könnte jetzt sagen, nein, ich rauche nicht. Ich sage nichts. Sie geht zielstrebig durch das Zimmer, dreht meine Schultasche herum, schüttelt sie aus und findet natürlich das Päckchen.

»So! Was sagst du nun?«

Schweigen. Ich halte ruhig die Hände im Schoß. Sie hustet und wird etwas rot im Gesicht.

»Ich nehme an, du weißt, daß du dafür bestraft wirst?«

Ich sitze stumm da. Ich probiere diese Sache manchmal mit Zigaretten, aber es wird niemals so gut wie mit Streichhölzern. Sie streckt die Hand aus, ich reiche ihr gleichmütig die Schachtel. Es stimmt schon, Erleichterung ist der richtige Ausdruck. Ich spüre keine Erregung mehr und will auch keine verbreiten. Ich will Nonna keinen Kummer machen. Und auch nicht in einer Strafanstalt landen. Ich will zu dir. Sobald ich kann. Zum Glück hast du mir Geld gegeben. Ich habe es dort versteckt, wo es niemand vermutet: in meinem Lesebuch, zwischen Einband und Schutzumschlag.

»Und versuche zu verstehen«, sagt Mademoiselle Liard, »daß wir uns alle um dich große Sorgen machen.«

Ihre Stimme klingt tief vor Empörung und Abscheu und vernichtendem Urteil. Ich beobachte sie im trüben Licht der Deckenlampe. Ich lese auf ihrem Gesicht, was sie denkt; meines bleibt unberührt und sanft, aber undurchschaubar. Sie kann sich abmühen, wie sie will, sie schlüpft nie in meine Gefühle hinein. Sie ist gerissen, klug und scharfblickend, aber das nützt ihr nicht viel. Ich überlege mit Bedacht und Berechnung, plane weitsichtig.

Sie geht. Der Schlüssel dreht sich im Schloß. Ich lösche das Licht. Dann strecke ich mich auf das Bett aus, starre in das Stück funkelnder Nachthimmel. Ich lege beide Hände auf meinen Bauch, bewege langsam und kreisend die Hüften. Ich fühle dich in mir. Und ich weine nie.

9. Kapitel

Eine leichte Verwirrung war in meinem Kopf. Hatten wir eine Weile stumm dagelegen, oder waren wir aus unserer Umarmung weggeglitten in den Schlaf? Im Wohnwagen war es heller als zuvor. Ich hörte Amadeo atmen und öffnete die Augen. Er stützte sich mit einem Ellbogen auf und betrachtete mich, mit diesem ernsten Ausdruck, der ihn so jung erscheinen ließ.

»Ich sehe dich so gerne an«, sagte er. »Du bist so unverändert, nach all diesen Jahren.«

Ich rückte enger an ihn heran, lehnte das Gesicht in die Beuge zwischen seinen Schultern und dem Hals.

»Glaube nicht, daß ich schlafe. Oder vielleicht habe ich doch geschlafen, ein paar Minuten. Ich habe an früher gedacht. An diese Nacht, wo sie mich eingesperrt hatten und ich die Schule in Brand stecken wollte.«

Er lachte leise.

»Zunächst hast du darüber nachgedacht, ob es sich lohnt.«

»Darauf kannst du dich verlassen.«

»Du hast dich immer gut beherrscht. Ich nicht. Ich war ein kompletter Idiot.«

»Du sagst es.«

Ich tastete mit beiden Händen über sein Gesicht, die Schläfen entlang, suchte die Narbe.

»Es fehlte nicht viel, und du hättest dich umgebracht.«

»Ja. Wenn Josiane mir nicht die Leviten gelesen hätte.«

»Wie geht es ihr?«

»Sie arbeitet als Klofrau, in einem Nachtklub in Belleville. In ihrem Alter muß sie nehmen, was kommt. Ich schicke ihr Geld, damit sie das Nötige zum Leben hat. Schließlich schulde ich ihr meines.«

»Du bist ziemlich unsanft mit dir umgegangen.«

Er nickte.

»Später habe ich erfahren, daß Naturvölker sich Wunden zufügen, wenn sie trauern. Sie lindern den inneren Schmerz mit dem äußeren, verstümmeln sich, schneiden sich die Kehle durch. Wie du siehst, reagierte ich sehr ... urwüchsig.«

Ich schmiegte mich an seinen langen, straffen Körper, atmete den rauchigen Duft seiner Haut ein.

»Es war entsetzlich, Amadeo.«

»Ich hatte gleich das Gefühl, daß etwas nicht stimmte. Man lebt nicht mit Tieren zusammen, ohne gewisse Instinkte zu entwickeln ...«

Es ist bald Juni, die Nächte sind klar. In der Ferne strömt der Verkehr, ein stetiges Brausen. Stunden vergehen. Die Mondsichel wandert tief. Auf der Silberkugel des Himmels kreisen die Gestirne: der Große und der Kleine Wagen, der Polarstern, die Sieben Schwestern und die Himmlischen Jäger. Da ist etwas Unheimliches in den Sternen, alle sagen dir nein. Du wartest, du wartest. Der Verkehr läßt nach. Paris erstarrt in Dunkelheit und Stille. Vor deinen Augen zerfließen die Sterne zu glitzernden Wassertropfen, zu Nebel, zu Diamantenstaub. Unbestimmte Bilder flattern durch deine Sinne. Ich bin nicht da; ich werde nicht kommen. Nun läuft das Ganze automatisch ab, Ergebnis tausendmal wiederholten Denkens. Es ist wie in jenen Nächten, als du ein Kind warst und wach lagst in einem Raum ohne Fenster und dachtest, die Finsternis würde nie weichen. Du hast dich dann immer im heißen, zerwühlten Bett gewälzt und deine bloße Existenz als Falschheit angesehen. Jetzt bist du erwachsen, aber die Einsamkeit ist immer da; sie ist nicht auszuhalten. Ein kleines Tier mit messerscharfen Zähnen kreist in deiner Brust. Du achtest genau auf die Symptome, wartest, bis es zuviel wird. Du hältst dir mit beiden Händen den Kopf und schließt die Augen. Das Tier zappelt und windet sich zu Tode, nährt sich von der Substanz deines Herzens. Du weißt Bescheid, es geht nicht mehr anders. Du hattest schon als Kind deine eigene Methode. Also beißt du die Zähne zusammen und schlägst mit dem Kopf an die Wand; es ist wie ein krachendes Bersten, die Kopfhaut platzt auf, Blut fließt dir über die Augen. So ist es gut, so ist es besser. Du schlägst mit dem Kopf, kompromißlos, du folterst dein Gehirn. Du lächelst grimmig, in deiner Stirn pocht und braust es; du stützt dich auf Händen und Knien, das ist kein schlechter Trick. Du öffnest einen Schacht in dir, ein dunkles Loch, einen Abgrund des Nichtseins. Die Anstrengung ist gewaltig, dein Mund ist voller Salz und Blut, und weiter unten ist ein Gefühl tiefer Übelkeit.

»Wie lange schon? Ist es heute oder gestern?«

Eine letzte, vernichtende Erschütterung. Der Schock eines Falls. Du liegst da mit schwindendem Bewußtsein. Das war ja zu erwarten. Du wunderst dich, daß du überhaupt noch fühlen kannst.

»Irgendwann wird es vorbei sein.«

Weit draußen schreit eine Stimme. Sie schmerzt dir im Gehirn, du willst sie nicht hören. Die Stimme schreit weiter. Kein vollständiger Satz, nur herausgestoßene Worte:

»Du verdammter Scheißkerl, hör auf! ... Hör sofort auf. Warum? ... Du machst dich ja kaputt ...«

Neben deinem rechten Arm ist ein Geräusch. Du drehst dich um auf allen Vieren, du ächzt und siehst auf. Ein Schatten fällt auf dein Gesicht, und da steht eine Frau in glänzenden Lackstiefeln und Minirock aus gelbem Leder: Josiane Marceau.

Josiane ist eine Hure, die ihren letzten Kunden aufgerissen hat und ziemlich betrunken nach Hause torkelt. Sie schreit, du bist wahnsinnig, du bist nicht bei Trost. Sie wankt auf ihren hohen Absätzen, sie ist ganz blaß im Gesicht. Du nimmst deine letzen Kräfte zusammen, stößt Flüche und Obszönitäten aus den Vororten von Marseille aus: Sie soll abhauen, sich einen reinstecken lassen, vorne und hinten und gratis, du willst ihre blöde Visage nicht sehen. Sie starrt dich an, aus schwarz umflorten Augen. Schon möglich, daß du stimmlos brüllst, daß kein Wort über deine blutverklebten Lippen kommt. Dein Kopf ist hohl wie eine Blechbüchse. Die Schwärze wird endgültig und absolut: Du verlierst das Bewußtsein.

»Als ich wieder zu mir kam, sagte Amadeo, »kniete Josiane aufgebracht neben mir und wischte mir das Blut aus dem Gesicht. Josiane, nicht mehr jung, mit cremeweißer Haut und gelockt wie ein Schaf. Ich hörte mir ihr Geschimpfe an und sagte: ›Hau bloß jetzt ab hier und laß mich krepieren.‹ Sie fauchte mich an: ›Entweder du verhältst dich ruhig, oder du bist reif für die Ambulanz, von der Klapsmühle ganz zu schweigen.‹

Mein harter Schädel war allerhand gewöhnt, aber diesmal hatte ich eine Gehirnerschütterung. Schwindel, Übelkeit und alles, was dazugehört. Josiane half mir auf die Beine, ich klammerte mich an sie. Schwankend unter ihrer Last, schleppte Josiane mich in ein Café, das noch offen war. Sie sagte, ich sähe fürchterlich aus und ich solle mich waschen gehen. Sie hatte warmen Milchkaffee für mich bestellt. Ich trank einen Schluck, Brechreiz würgte mich. Ich sah bunte Sterne und übergab mich. Josiane ließ einen ganzen Schwall Schimpfworte los. »Du bist ganz schön angeschlagen, du blöder Kerl. Los, komm, gehen wir rauf zu mir.« Sie schob und zerrte mich hoch, nahm mich in ihre Wohnung, die gleich um die Ecke war, und gab mir ein Aspirin. Ich ließ mich auf ihr Bett fallen, neben ein Dutzend Teddybären, und schlief wie ein Stein, zehn Stunden lang. Danach ging es mir besser. Josiane kümmerte sich um mich, wie eine besorgte Mutter. Sie gab mir ein Handtuch, ein frisches Hemd und kochte mir Essen. Während sie sich Locken mit ihrer Brennschere drehte, erzählte ich ihr die ganze Geschichte. Sie zündete sich eine Zigarette an und sagte, warte, wir werden die Karten befragen. Ich streckte mich auf dem Bett aus, immer noch mit brummendem Schädel, und hielt einen Teddybär in den Armen. Inzwischen legte sie die Karten. Ich merkte, daß sie Übung hatte. Sie rauchte sehr konzentriert, drehte langsam die Karten. Schließlich warf sie den Kopf zurück und rieb sich die Stirn. Ihre Nägel schillerten auf der weißen Haut, wie kleine Blutstropfen.

»Wozu rennst du dir eigentlich die Fresse ein? Es ist überhaupt nicht aus zwischen euch. Sie wird immer dasein. Wolltest du dich von ihr trennen, müßtest du dein eigenes Fleisch loswerden. Und wie brächtest du das fertig, du Idiot? Und du kannst mir glauben, die Karten sagen immer die Wahrheit. Hörst du mir überhaupt zu?«

»Nein. Ich gehe den einfachsten Weg: krepieren.«

»Nur zu, das machst du sehr professionell. Und ich werde mich nicht mehr um deine Gesundheit kümmern. Wenn du in den Rinnstein kotzen willst, ohne mich.«

»Ich brauche sie einfach.«

»Sie braucht dich mindestens genauso. Ist dir gottverdammter Blödmann überhaupt klar, was für ein Glück du hast? Es gibt eine Lösung für alles.«

»Nicht für uns. Der Zirkus baut ab, und morgen sind wir schon unterwegs. Und sie sitzt in diesem Scheißinternat und hat die größten Scherereien.«

Josiane sammelte die Karten ein und lächelte. Die Güte, die bei diesem Lächeln über das ganze Gesicht wanderte, veränderte ihre Züge, ließ sie weich und fast mädchenhaft leuchten. ›*T'en fais pas, mon gars. Elle a du culot, cette petite. Elle te retrouvera.*‹

»Mach dir keine Sorgen, Junge. Die Kleine hat Mut, sie wird dich schon wiederfinden …«

Viele Jahre später, in Amadeos Wohnwagen, fuhr ich mit dem Finger über die längst verblaßte Narbe.

»Die Karten lügten nicht. Sobald ich konnte, machte ich mich auf die Socken.«

»Inzwischen hatte ich dir fünfzehn Briefe geschrieben. An die Zahl erinnere ich mich noch heute.«

»Madame Poniatowska las alle fünfzehn und bekam einen roten

Kopf. Sie sagte Carmilla, sie halte es für ihre Pflicht, die Polizei zu benachrichtigen. Zum Glück waren die Briefe ohne Absender.«

»Ich war verrückt, aber nicht unvorsichtig.«

»Und ich war nicht verrückt, aber unvorsichtig.«

»Ja, das warst du, Herzblume. Das liebte ich so an dir, schon damals: daß du mit klarem Verstand bereit warst, alles aufs Spiel zu setzen.«

»Das Examen ließ sich nachholen. Es gab Dinge, die wichtiger waren.«

Madame Poniatowska hatte strenge Vorschriften erlassen. Ich durfte wieder in das Klassenzimmer und in den Aufenthaltsraum, aber den Schülerinnen war verboten, mit mir zu reden. Im Speisesaal saß ich allein an einem Tisch. Und jede Nacht sperrte mich Mademoiselle Liard in das Dachzimmer, Eleni und ich verständigten uns mit Gesten und Blicken. Wir tauschten hastig kleine Briefe, die wir in der Toilette oder unter der Matratze versteckten. Carmilla wollte, daß ich auch sonntags im Internat blieb. Immerhin schleppte sie mich zu einem Frauenarzt, der mir die Pille verschrieb. Das war ihr einziger und verspäteter Beitrag zu meiner ... sagen wir mal, sexuellen Aufklärung. Inzwischen spazierte ich im Schulhof auf und ab, immer unter Aufsicht, wie eine Gefangene. Da hatte ich genügend Zeit, mir einen Plan auszudenken. Montags war das Tor offen; Lieferwagen fuhren in den Hof. Man brachte Lebensmittel für die Woche, holte die schmutzige Wäsche, die außerhalb gewaschen wurde. Ich packte in aller Ruhe das Nötigste ein. Vom Klassenfenster sah man in den Hof. Als der erste Lieferwagen kam, hob ich die Hand und sagte, daß ich mein Heft vergessen hatte. Ich rannte in mein Zimmer, holte meine Tasche. Ich lief durch die Tür, gerade als der Hausmeister den Auslieferer in den Keller führte. Im Hof war kein Mensch, das Tor stand offen. Ich lief bis zur nächsten Métro-Station. Eine halbe Stunde später war ich in der Gare de Lyon und löste eine Hin- und Rückfahrkarte nach Avignon. Siehst du, Amadeo, ich plane methodisch. Das hat mich vor manchem Risiko bewahrt.«

»Aber nicht davor, mich zu lieben.«

»Es war niemals ein Risiko.«

»Nein, eine Bestimmung.«

Als ich in Avignon aus dem Zug stieg, war es schon Nacht und die Hitze hochsommerlich. Überall Staub, Gas, Gedränge. Ich hatte keine Ahnung, wo das Zirkuszelt stand, und studierte die Plakate an den Säulen. Ich hatte fast kein Geld mehr, ein Taxi konnte ich mir nicht leisten. Und wo übernachten, wenn ich dich nicht fand? Mir war es gleich, die ganze Nacht auf den Beinen zu sein. Dann fand ich endlich den Platz, wo der Zirkus gastierte. Es war am Stadtrand, im Maghrebiner-Viertel. Der Gestank einer Müllverbrennungsanlage wehte über die Rhône. Neben dem Zelt war ein Jahrmarkt; Karusselle drehten sich, Musik strömte aus den Buden. Händler verkauften Erdnüsse, Zuckerwatte und Spielzeuge aus Plastik. Ich war einen Teil der Strecke mit dem Bus gefahren; dann eine halbe Stunde zu Fuß. Müde schleppte ich mich durch das Gedränge. Vor dem Zelt war ein Gitter angebracht. Die Vorstellung hatte schon begonnen. Ein Schwarzer in zerschlissener Operettenuniform schimpfte mit ein paar Araberjungen, die Knallfrösche losließen. Ich schob meine Tasche von der Schulter und wartete geduldig. Ich war dort, wo ich sein wollte.

Irgendwann – ich hatte jedes Zeitgefühl verloren – fuhr ich auf: Die Schnulze von Yves Montand untermalte den Galopp eines Pferdes. Flammenlicht zuckte unter dem rot-weiß gestreiften Zeltdach, jagte im Kreis, wie ein Irrlicht. Plötzlich dröhnte der Boden, der Schwarze trat hastig zurück, Amadeo brauste auf einem Schecken aus dem Sattelgang. Die Araberjungen stoben zurück, so schnell ihre Beine sie trugen. Im knappen Raum zwischen Zeltbahn und Absperrung ließ Amadeo sein Pferd auf der Stelle herumwirbeln. Er trug sein Indianerkostüm, mit Fransen und klirrenden Messingplättchen geschmückt. Ich rührte mich nicht und gab ihm auch kein Zeichen; unbeweglich stand ich da, in weißer Bluse und blauem Faltenrock. Ich wußte, daß er mich nicht übersehen würde. Das Pferd schnaubte schmerzlich überrascht, als Amadeo es mit heftigem Ruck zum Stehen brachte. Wir starrten uns an, nur ein paar Atemzüge lang. Dann riß Amadeo seinen Schecken herum, raste im Galopp in die Manege hinein. Der Luftzug klatschte an die Zeltwand. Das Flammenlicht kreiste auf den Wogen des Applauses, unsichtbar getragen von trommelnden Hufen.

Meine Knie zitterten; erst jetzt merkte ich, wie müde ich war. Mein Gaumen schmeckte nach Staub. Seit Stunden hatte ich nichts gegessen oder getrunken. Erschöpfung und Hunger gaben mir das seltsam distanzierte Gefühl, nicht in meinem Körper zu stecken. In kurzer Entfernung spielte eine Drehorgel, die Knallfrösche zischten und knatterten. Ich setzte mich auf die Tasche, umfaßte meine Beine mit beiden Armen und legte den Kopf auf die Knie. Benommenheit senkte sich auf mich herab, während die Geräusche immer weiter zurückblieben, schwächer wurden und schließlich ganz verschwanden.

Ich mußte eingeschlummert sein. Plötzlich nahm ich Lärm und Musik mit verstärkter Deutlichkeit wahr. Ein vertrauter Geruch hüllte mich ein, warmer Atem strich über mein Gesicht. Ich öffnete die Augen; Amadeo legte beide Arme um mich. Mit einem schweren Seufzer, wie Kranke ihn manchmal hören lassen, drückte ich das Gesicht an seine Brust. Sein Herz, unter meiner Wange, schlug ebenso stürmisch wie meines. Eine Zeitlang saßen wir stumm und eng umschlungen da, erfüllt von unserer Wärme und wie betäubt von dem überwältigenden Gefühl des Wiederfindens, bis Amadeos sanfte Stimme das Schweigen brach.

»Hast du Hunger?«

Ich lächelte ihn an, schüttelte verneinend den Kopf. Er ließ sich nicht täuschen, faßte mich bei der Hand und zog mich hoch.

»Komm! Du bist ja ganz blaß. Du mußt etwas essen.«

Er nahm meine Tasche an sich und führte mich zu den Buden, wo man Popcorn, Zuckerwerk und gegrillte Würstchen kaufen konnte. Ich wollte nur eine Semmel und etwas Milch. Wir setzten uns auf eine Bank, abseits vom Gedränge. Ich trank und aß schweigend und langsam. Amadeo sah mit besorgtem Ausdruck zu, beobachtete jeden Bissen, hielt mir den Becher an die Lippen. Von Zeit zu Zeit tauschten wir einen Blick und lächelten uns an. Er hatte seine Schminke abgewaschen, trug enge Jeans, das schwarzweiß gemusterte Hemd der »Guardians« und sah jung und verletzlich aus. Seine Augen waren die schwärzesten, die ich je bei einem Menschen gesehen hatte, und schimmerten doch so weich. Es dauerte eine ganze Weile, bis ich wieder sprechen konnte. Schließlich sagte ich:

»Ich bin ausgerissen.«

Er grinste.

»Das wäre ich auch.«

»Ich mußte die Gelegenheit abwarten.«

»Klar. In solchen Momenten darf man keinen Fehler machen.«

Ich lehnte die Stirn an seine Schulter.

»Weißt du, ich hatte wirklich den Eindruck, es geht nicht mehr. Ich war nicht mehr imstande zu irgend etwas. Und du?«

Sein Lächeln erlosch. Sein Gesicht wurde düster.

»Ich? Ich wäre fast gestorben.«

Er sagte solche Dinge nicht leichthin. Ich starrte ihn an. Er wich meinem Blick aus, warf den leeren Becher in ein Gebüsch und nahm meine Hand.

»Herzblume, du bist müde.«

In Avignon kannte er eine Frau, eine ehemalige Varieté-Tänzerin, die eine Zeitlang beim Zirkus gearbeitet hatte. Sie leitete ein Stundenhotel, vermietete auch Zimmer an Artisten und stellte keine Fragen.

Das Zimmer war schäbig, mit einem großen Bett und einer Matratze, die muffig roch. Die Laken waren vom vielen Waschen grau und zerschlissen. Die alte Tapete hatte an manchen Stellen fiebrig verzerrte, düstere Tönungen angenommen. Im Zimmer befanden sich ein zerkratzter Spiegelschrank, ein kleines Waschbecken mit kaltem Wasser und ein Bidet auf einem abgetretenen Linolbelag. Aus einem roten Lampenschirm fiel schummriges Licht. Der Straßenlärm war ohrenbetäubend, das ganze Zimmer roch nach Abgasen. Amadeo schloß das Fenster, zog die Rolladen herunter, da wurde es ruhiger. Wir setzten uns auf die Bettkante, nahmen uns in die Arme, streichelten uns mit ruhelosen, fiebrigen Bewegungen. Worte konnten unsere Gefühle nicht ausdrücken. Wir sahen einander an, mit weiten, verträumten Augen. Erst als er sich ausstreckte und mich an seine Brust zog, fiel sein Haar nach hinten und legte die furchtbare Wunde frei. Ich erstarrte vor Schreck.

»Amadeo! Was ist passiert?«

Er verzog die Lippen und sagte, die Wunde sei noch von der Nacht, als er glaubte, mich für immer verloren zu haben.

»Ich konnte es nicht anders ertragen, verstehst du? Ich wollte lieber krepieren als ohne dich leben.«

Er sprach gelassen und fast ironisch, sagte: »Was für ein Idiot war ich doch!« und setzte leise hinzu: »*Pardonne-moi!* – Verzeih mir.«

Zitternd beugte ich mich über ihn, strich behutsam die Haare auseinander, so daß die schlecht verheilte Wunde ganz zum Vorschein kam. Ich betrachtete sie, in wortlosem Entsetzen, berührte sie zuerst mit den Lippen, dann mit der Zungenspitze. Er lag ganz still, die Augen geschlossen, und ich leckte die Wunde, sehr sanft, sehr behutsam, wie ein Kätzchen es tun würde. Mein Mund wanderte weiter, angefangen bei seinem Haar, dann über sein Gesicht. Ich streichelte ihn mit der Zunge, eine Liebkosung, die zugleich Berieselung und Kuß war, die alles bedeckte, was ich liebte, die düsteren und doch so weichen Züge, die glänzend schwarzen Augen, die vollen Lippen. Meine Zunge erforschte seine Lippen, seine Zähne, seinen Mund. Er lag ganz ruhig, vollkommen meiner Liebkosung hingegeben. Und dann zogen wir uns aus, mit tastenden Händen. Als wir völlig nackt waren, legte er sich auf den Rücken, und ich legte mich auf ihn, spreizte mich, umfaßte ihn mit Armen und Beinen. Er schlang beide Arme um meinen Nacken. Ich bedeckte ihn mit meinem Körper, ich spürte ihn ganz. Wir lagen dicht aneinander gepreßt, die Augen geschlossen: eine absolute Erschöpfung, ein absolutes Vertrauen. Wir begehrten uns nicht in diesem Augenblick. Wir lagen einfach da, von Friede und Ruhe erfüllt, und schliefen im gleichen Atemzug ein.

Und am nächsten Tag fuhr der Zirkus weiter, nach Nîmes, nach Arles, und dann weiter, nach Les-Saintes-Maries-de la Mer, und schließlich nach Sète. Und es wurde die schönste Zeit meines Lebens. Eine Zeit außerhalb der Zeit, sie verlief wie ein Bruch zwischen Kindheit und Erwachsensein. Jede Nacht, jeder Tag war besonders und einzigartig. Es würde nicht viel nützen, meine Erinnerungen zu ordnen; ich könnte zurückgreifen und auswählen, bei diesem oder jenem Ereignis verweilen, aber wozu? Jedes dieser Ereignisse spiegelt ein anderes, ein schillerndes Kaleidoskop. Alle Farben und Gefühle waren, für sich genommen, Ausnahmen; dennoch bildeten sie ein Muster, vielschichtig, stets neu geordnet. Ich entfloh einer kühlen, vernünftigen Welt, bewegte mich in der Welt der Erscheinungen und Wunder. Eine Zeitlang hing ich zwischen diesen zwei Weltbildern und glaubte, daß ich eine Wahl treffen mußte. Ich hätte einen Teil meiner selbst aufgegeben, mich tief unglücklich gemacht. Später merkte ich, daß ich mit diesem Widerspruch gut zurechtkam. Da hörte mein Schmerz auf.

Ich war Amadeos jugendliche Geliebte, die Schülerin aus gutem Hause, die seinetwegen durchgebrannt war. Doch anzügliche Blicke und zweideutige Bemerkungen glitten von mir ab. Zwei Monate lebte ich mit Menschen zusammen, die ihren Teil dazu beitrugen, daß ich geworden bin, wie ich bin. Sie waren an meinem Leben beteiligt und sind es heute noch: die Artisten, die Viehhirten, die Romanos.

Es sprach sich bald herum, daß ich *Faraona* war. Der Ausdruck stammt von früher, aus der Zeit, als man die Romanos noch »Ägypter« nannte. Allen südlichen Stämmen – den Sinti, den Kalderach, den Manouchen – ist diese Bezeichnung vertraut. Sie bezieht sich auf Frauen oder Mädchen, die über eine besondere Gabe verfügen: Wahrsagerinnen, Heilerinnen. Oder auch jene, die zum Tanz oder Gesang geboren sind. Ich zähmte das Feuer: Ich war eine *Faraona*, eine Zauberin, die mit den Mächten der Natur in Verbindung stand. Eine *Faraona* kümmert sich nicht um die Gebote der Keuschheit, verschenkt ungehindert ihre *Diklo* – ihre Jungfräulichkeit. Sie verläßt ihren *Gail* – ihren Geliebten –, wenn sie seiner überdrüssig wird, ohne daß jemand schlecht von ihr denkt. Das Gesetz der Romanos gestattet es ihr. Oft kam es vor, daß Frauen mir die Hand küßten und alte Männer vor mir den Hut zogen. Überrascht und ein wenig beschämt nahm ich eine Huldigung hin, deren Sinn ich erst später verstand. Noch war mir eine große Unbefangenheit erhalten. Ich lebte mit scharfen und unverbrauchten Sinnen, unbekümmert wie eine Nixe auf dem Grund der Gewässer. Ich habe dieses Glück gehabt, mich Dingen zu nähern, von denen viele Menschen nicht einmal eine Vorstellung haben. Die Romanos wurden meine Beschützer, meine Väter und Mütter, meine Brüder und Schwestern. Sie lehrten mich die Geheimzeichen, die mir in Augenblicken der Not – und überall auf der Welt – ihren Beistand sichern würden. Auch wenn ich fern von ihnen mein Leben verbringe, weiß ich um die Tragödie der großen Wanderer der Landstraße, Sterne am Ende ihrer Bahn. Ihr unaufhaltsames Dahinsiechen schmerzt mir in der Seele. Die großen Patriarchen sterben auf vergifteten Müllhalden; die Weisheit ganzer Jahrhunderte stirbt mit ihnen. Frauen und Männer, im Wohnwagen geboren, vegetieren ohne Selbstachtung in trostlosen Betontürmen. Ihre Kinder gehen zur Schule, wo sie Leistungsdruck, Konkurrenz und Gewalt erfahren. Das hartnäckige Gefühl, ihren Quellen im Innersten untreu geworden zu sein, vergiftet ihr Leben. Rassendiskriminierungen wecken Haß in ihnen. Sie rächen sich um so leidenschaftlicher, da ihre gedemütigten Eltern schweigen, suchen in Drogenhandel oder Kriminalität einen Ausweg aus ihrer Verzweiflung. Ich kann ihnen ihren Haß nicht verübeln; weiß ich ja nur zu gut, was sie zurücklassen mußten …

Ich streichelte Amadeos Haar, ließ es durch meine Finger gleiten. Seit dem Tag, an dem wir gewaltsam getrennt wurden, stand fest, daß wir unser Schicksal bestimmen wollten. Wir hatten herausgefunden, wie tief wir leiden konnten, und daraus eine Lehre gezogen. Damals, in diesem verzauberten Sommer, erlangten wir einen außerordentlich starken Grad an Sicherheit. Es hat schon einen Sinn zu sagen: Als wir merkten, daß wir nicht zusammenleben konnten, beschlossen wir, uns niemals zu trennen.

»Nicht mit dir und nicht ohne dich …«

Amadeos kehlige Stimme vibrierte in mir, wie das Echo meiner wandernden Gedanken. »Manche würden es Besessenheit nennen. Wir nennen es Liebe.«

»Wir wollten uns nicht als Märtyrer aufspielen.«

»Scheiße, nein! Wir hatten Besseres zu tun.«

»Ein Verlangen nach Ewigkeit?«

Er wälzte sich auf mich, stützte die Arme rechts und links neben meinem Kopf auf, kam mit seinem Gesicht ganz dicht zu mir hinunter. Sein Haar fiel über meine Stirn.

»Ein Verlangen nach dir, Herzblume.«

Er umfing meinen Nacken, fuhr mit den Lippen über Hals und

Brustwarzen. Meine Hände wanderten über seine Hüften, tiefer hinab, streiften an den Innenseiten seiner Schenkel entlang.

»Und nach dir, Amadeo. Es hört nie auf«

Mein Körper öffnete sich, suchte ihn. Jeder Muskel spannte sich schmerzend im neuen Begehren. Ich hob die Lenden, führte ihn in mich ein, preßte meine Hüften an seine. Er stöhnte leise, in meinem Mund, hingegeben dem langsamen Rhythmus seiner Stöße.

Wir lebten nicht mehr im Paradies, aber zwischen damals und heute war ein Band geknüpft, so fest wie ein Tau. Wir glaubten fest genug an uns, um dafür zu leiden, Tag für Tag, Stunde um Stunde. Es begann, als mein Körper nicht mehr unwissend, aber kindlich und neu war. Als du ihn mit sanften, festen Händen wecktest, ihm Lust gegeben hast, mit mehr Suchen und Wissen und Zärtlichkeit, wie ich es je für möglich gehalten hätte. Dabei hatte ich nie das Gefühl, etwas Unerlaubtes zu tun; es war stets etwas Reines, vollkommen Natürliches. Unsere Nächte waren von Umarmungen erfüllt, wir kamen nur selten zur Ruhe. Draußen schwirrten die Zikaden, die Zypressen ragten in den Sternenhimmel. Unsere Körper leuchteten in den zerwühlten Laken, die Nacht bewegte sich in Wellen heißer Luft. Du und ich, Atem an Atem, von der Heftigkeit des Verlangens geschüttelt. Unsere Unschuld machte uns verwegen; wir belauerten ungewohnte Empfindungen, wurden immer findiger dabei und verlangten noch mehr. Wir waren wild und verrückt und unendlich zärtlich. Unsere Hände bewegten sich wie im Traum, begierig nach neuen Erfahrungen. Wir überließen uns den Strömungen der Leidenschaft, riefen uns leise und atemlos.

Und immer wieder, in diesen Tagen und Nächten, kamst du auf die Bilder jener frühen Tage zurück, als du noch ein Kind warst. Du sprachst zu dir selbst, und ich hörte dir zu. Es war für dich eine Notwendigkeit. Viele dieser Bilder hattest du von dir ferngehalten, allen bitteren Erinnerungen vor den Pforten deines Bewußtseins Halt geboten. Nun hattest du so viel von deiner Persönlichkeit zurückgewonnen, daß du dich vergangener Schmerzen erinnern konntest, ohne von ihnen ergriffen zu werden, wie ein Maler, der eine Leinwand radiert oder zerreißt und noch einmal mit der Darstellung der Welt beginnt. Und wenn ich dich damals sah, wie du neben mir lagst und mit ironisch gefärbtem Gleichmut von dir sprachst, wußte ich nicht, was ich mehr bewundern sollte, deine Offenheit oder deinen Stolz.

Zuerst das Haus: im Erdgeschoß zwei lange Galerien, links und rechts davon je ein Flügeltrakt, vor dreißig Jahren angebaut. Sämtliche Schlafzimmer im ersten Stock. Im Erdgeschoß ein Salon, ein Eßzimmer, eine Bibliothek. Auf den Tischen Bildbände, Kunstzeitschriften und Ausstellungskataloge. Es riecht nach Portwein, nach kaltem Rauch. Die Möbel: Einzelstücke, wuchtig, mit vergoldeten Bronzebeschlägen. Empire, Régence, Louis XV., teilweise authentisch. Sofas unter weißen Schonbezügen, schwere Portieren, zugezogene Vorhänge in dunkelblau oder altrosa. Im Wohnzimmer ein Flügel, an den Wänden die Bilder der Ahnen; strenge, bleiche Gesichter, die du haßt. In jedem Zimmer bestimmt der Vater einen Stuhl oder einen Sessel zu seinem; dort sitzt er allabendlich und liest »le Figaro«. Seit einigen Jahren gibt es Zentralheizung, und auch Radio, Plattenspieler und Fernsehen.

Die Bewohner, jetzt: die Mutter, Rosario de Salvan, geborene Jimenez y Cristaldo. Dunkle Augen, matter Teint, scharf und mager um Kinn und Wangen, das blauschwarze, glatte Haar sorgfältig gekämmt und verknotet. Sie spricht leise und schnell, bewegt kaum die Hände dabei. Sie ist Spanierin, stammt aus Lerida. Ihre eigene Erziehung war äußerst streng gewesen, wie es in vornehmen spanischen Häusern üblich war. Das hat aus ihr ein kaltes, isoliertes Wesen gemacht; ihr Stolz lag darin, keine Gefühle zu zeigen. Ihre Härte hat gewisse Formen gefunden, wie sie ausbrechen können; sie erzeugen mehr Destruktivität, als du im Banne deiner abgeschlossenen Welt je hättest hinaufbeschwören können. Ihr Vater besaß Ländereien in Bolivien und hatte eine Kreolin geheiratet. Durch diese Frau soll indianisches Blut in die Familie gekommen sein, was stillschweigend als Makel empfunden wurde, obwohl man an der Kreolin selbst nichts auszusetzen hatte: Sie war überaus reich und gebildet, und dazu nicht nur fromm, sondern bigott. Ein Herzleiden, das ihr sehr zu schaffen machte, war die Ursache ihres frühen Todes.

Der Vater: Armand Louis de Salvan. Groß, hager, das Haar bräunlich, mit kalten Augen und einem nervösen Zucken um den Mund. Die älteren Söhne, Michel und Philippe, sind ihm wie aus dem Gesicht geschnitten. Michel studiert Tropenmedizin in Paris, Philippe besucht das Priesterseminar. Beide sind hellhäutig, blond, überschlank. Du schlägst völlig aus der Reihe. Deine Ähnlichkeit mit der bolivianischen Großmutter ist unverkennbar. Die ablehnende Kühle deiner Mutter mag auf unbehaglichen Erinnerungen gründen, die dein fremdartiges Aussehen in ihr wachrufen: Die »Tochter der Mestizin« nannte man sie in der Verwandtschaft, hinter vorgehaltener Hand, während ihrer freudlosen Kindheit in Lerida. Sie gilt – sehr zu Unrecht – als Kunstkennerin, während Armand Louis an solchen Dingen keinen Gefallen findet und sich mit Werken der Jurisprudenz umgibt.

Außer der Köchin, Cathérine, die auch bei Tisch serviert, gibt es keine Dienstboten. Jeden Tag kommt eine Frau aus der Nachbarschaft, die das Haus sauberhält.

Eine besondere Rolle in deinem Leben spielt dein Vetter Leopold Xavier, der mit deiner Erziehung betraut wurde, als du die Schule verlassen mußtest.

Man hat dich schon früh als sonderbar empfunden. Du bist überaus intelligent und von rascher Auffassungsgabe, aber es scheint dir an Verstand zu fehlen. Dazu hast du Probleme mit Leuten, die dir zu nahe kommen: Du willst nicht, daß man dich berührt. In eine Ecke gekauert, stets mit dem Rücken zur Wand, beobachtest du deine Umgebung aus unergründlichen Indianeraugen. Bist du unruhig, läufst du im ganzen Haus herum, schlägst mit dem Kopf an die Wand, machst alles kaputt, was du in die Hände bekommst. Man findet dich unheimlich und schickt dich aus dem Zimmer, wenn Besuch da ist.

Der Hausarzt führt dein Verhalten auf eine Reizbarkeit des Nervensystems zurück und verschreibt dir Beruhigungstabletten, die du erbrichst. Ein Neurologe stellt bei dir eine leichte Anomalie in der Gehirnfunktion fest; sie wird bei der Pubertät verschwinden, meint er, und habe keine Nachwirkungen zur Folge. Dein Vater ist gekränkt und wütend; daß einer seiner vortrefflichen Söhne »gestört« sein soll, empfindet er als persönliche Beleidigung. Er schreibt dem Professor einen empörten Brief und konsultiert ihn fortan nicht mehr.

Man hat dich aus der Grundschule genommen und dich in eine Privatschule geschickt, die den Ruf hat, daß die Lehrer sich besonders intensiv um die einzelnen Schüler kümmern. In der Schule interessierst du dich für Dinge, die dort gelernt werden, doch auf ganz besondere Art. Du hast Freude an Buchstaben und lernst sie schnell; du lernst auch die Worte, du fügst sie nur falsch zusammen. Die Lehrer merken es nicht sofort, weil du eine Methode entwickelt hast, nur die wichtigen Worte zu entziffern, so daß der Eindruck entsteht, daß du den ganzen Satz verstehst. Abstraktes Denken liegt dir, aber sobald du dich zu stark konzentrierst, kannst du dir nichts richtig merken. Rechnen ist dir nicht beizubringen, weil dich die Form der Zahlen mehr packt als ihre Bedeutung. Du siehst die Zahlen ornamental: Schnörkel und Striche, die dich faszinieren. Bruchrechnen ist ein Ding der Unmöglichkeit. Zu der Vorstellung von Halben und Vierteln hast du keinen Zugang. Dazu kommt, daß du nicht gerne auf Stühlen sitzt, am liebsten den Boden unter dir spürst. Man findet dich sonderbar, ganz gleich, ob das Sonderbarsein nun einen Sinn hat oder nicht; immerhin gibt es dir eine gewisse Aura. Du bist von den langen Haaren der Mädchen begeistert und streichelst sie im Unterricht. Die Mädchen kichern; du wirst bestraft. In der Pause drehst du dich endlos um dich selbst und starrst dabei in die Sonne. Dann läßt du dich auf den Boden fallen, spürst, wie die Welt sich dreht, und bist glücklich. Die anderen Kinder machen es dir nach: Ein Junge fällt mit dem Kopf auf die Steine und verletzt sich. Die Eltern des Jungen beschweren sich. Der Schulleiter läßt deinen Vater kommen und sagt, du gehörst in eine psychiatrische Klinik. Dein Vater entgegnet, dein Verhalten beruhe einzig auf Trotz. Er nimmt dich aus der Schule, vertraut dich Leopold Xavier an, dem Sohn seiner Schwester, der mit Philippe das Priesterseminar besuchte.

Leopold Xavier ist sechsundzwanzig Jahre alt; kompakt, kräftig, mit muskulösen Armen und Beinen. Er spielt gerne Fußball und hat ein kleines Bildhaueratelier, wo er Flachreliefs aus Marmor schnitzt. Der Vater hat ihm strikte Anweisungen gegeben: Dein Wille soll gebrochen werden. Mit Gewalt, wenn es sein muß.

Leopold Xavier hat als Erzieher schon einige Erfahrungen. Sein Blick ist scharf und ruhig; er lächelt viel, er hört nicht auf zu lächeln. Er hat etwas von einem Eisberg an sich, der auf dem Wasser schwimmt und dessen Tiefen verborgen bleiben. Im Umgang mit dir entwickelt er eine besondere Technik: Er hebt zuerst die Hand, ohne zu schlagen. Du siehst sie schattenhaft über deinen Kopf schweben, du spürst die Wärme, die von ihr ausgeht. Es ist dir unangenehm, du fröstelst leicht, du versuchst diese Hand wegzudenken. Auf einmal, wenn du es am wenigsten erwartest, schlägt sie zu. Du sagst nichts, du zuckst nur zusammen. Leopold Xavier lehnt sich zurück, lächelt dich an.

Er liebt es, Schmerz zuzufügen, und wäre sehr erstaunt gewesen, wenn man es ihm gesagt hätte. Im Lauf vieler Stunden lernst du, mit diesen Schmerzen umzugehen – sie hypnotisieren dich geradezu. Leopold Xavier unterrichtet mit warmer, klangvoller Stimme. Er kommt dem Wunsch deiner Mutter entgegen, bringt oft das Gespräch auf Religion. Du hörst zu, was er dir aus der Bibel vorliest, du wippst dabei mit dem Fuß. Die von ihm ausgewählten Abschnitte kommen dir merkwürdig und unverständlich vor; am nächsten Tag hast du alles vergessen. In der Kirche aber horchst du mit aufmerksamem Gesicht, wie die Orgel klingt. Du liebst das gewaltige Brausen, du läßt dich von den Klängen tragen, wie auf einem herabstürzenden, tosenden Wasserfall. Du hältst den Mund dabei offen, bewegst die Hände wie Flügel, und manchmal beginnst du, dich im Kreise zu drehen. Die Leute blicken mißbilligend; leise und drohend mahnt dich dein Vater zur Ruhe.

Leopold Xavier schlägt zu, wenn du die Worte nicht in richtiger Reihenfolge schreibst, wenn du zu lange über einer Aufgabe brütest. Du siehst ihm in die Augen, er glaubt, daß du zuhörst; in Wirklichkeit betrachtest du Punkte und verlierst dich in Farben. Bald schlägt er nicht mehr mit der Hand; er benutzt dazu die Nilpferdpeitsche deines Vaters. Er preßt dich an die Wand und schlägt, wirft dich zu Boden, stemmt dir sein Knie ins Kreuz und schlägt. Er läßt die Peitsche immer wieder auf dieselbe Stelle knallen, bis sich Striemen bilden. Die Schmerzen sind da, aber sie können dir nicht viel anhaben. Du achtest mehr auf andere Dinge: auf die Art, zum Beispiel, wie er dich berührt. Diese Berührungen bewirken das, was den Schlägen nicht gelingt; sie erzeugen eine Reaktion. Dein Haß explodiert: Du wehrst dich, du schlägst zurück. Du zerkratzt Leopolds Gesicht, du reißt ihm ganze Haarbüschel aus. Zur Strafe wirst du in dein Zimmer eingeschlossen, mit Brot und Wasser, bis deine Mutter beschließt, daß du wieder hinausdarfst.

Bei Vollmond läufst du geräuschlos durch die Flure, steigst die Treppen hinauf, auf die Balkone und manchmal auf das Dach. Dort sitzt du, eine reglos schwarze Gestalt. Deine Füße baumeln über den Rand, deine glitzernden Augen starren den Mond an. Dein Lächeln ähnelt dem eines schlafenden, noch ganz kleinen und glücklichen Kindes. Du blickst in die Wunderferne der Nacht; was du siehst, ist ein Märchen.

Manchmal gelingt es dir, das Haus unbemerkt zu verlassen. Du wanderst durch die Nacht, lautlos wie ein kleines Tier. Du kletterst auf Bäume, läßt dich über Kopf an den Knien herunterhängen und schaukelst ohne Schwere, fast ohne Substanz, in der Luftspiegelung des Mondscheins.

Man gibt dir Schlaftabletten. Du spuckst sie heimlich aus. Man sperrt dich im Zimmer ein; du entkommst aus dem Fenster. Du springst von der ersten Etage auf den Boden, ohne dich zu verletzen. Man fesselt dich ans Bett; du bist sehr gelenkig, und es gelingt dir viele Male, dich zu befreien. Du gleitest weg, durch Schweigen und Abwesenheit hindurch, durch alle Schikanen und Verbote. Die Welt der Menschen wird dir immer verhaßter.

Es gibt eine andere Welt. Und sie ist ganz nahe. Rund um das Haus stehen Bäume; das Haus wird davon erstickt; meist sind es junge Bäume, sehr dicht gepflanzt. Zum Besitz gehört ein stilles, sumpfiges Wasser. Libellen zucken durch das Schilf, Frösche quaken, und Ratten huschen schattenhaft zwischen dem Wasser und dem modrigen Ufer. Manchmal sonnt sich eine goldgrüne Ringelnatter auf einem Stein. Du beobachtest sie, gepackt von ihrer Schönheit. Wenn du auf besondere Art pfeifst, wiegt sie den Kopf, als ob sie der Melodie lauschen würde. Du streifst durch den Wald, blinzelst im Licht, das durch die Zweige fällt. Du ahmst das Kreischen der Raben nach, die hoch über den Bäumen kreisen und dann, auf den Zweigen wippend, den Flugwind aus ihrem Gefieder schütteln. Libellen und Schmetterlinge setzen sich auf deine Finger. Du lockst Wildkaninchen heran, beobachtest kämpfende Hasen, wirfst den Eichhörnchen Körner zu.

Ein Pfad zwischen den Bäumen führt zu einem Gut. Bei den Stallungen sind zwei langhaarige Pyrenäen-Schäferhunde angekettet. Du näherst dich furchtlos, legst ihnen die Hand auf den Kopf. Die Hunde beschnuppern dich, reiben sich an deinen Beinen und wedeln mit dem Schwanz. Der Gutsverwalter kommt angelaufen: »Nimm dich in acht, Junge, diese Hunde fallen jeden an!« Du schüttelst lächelnd den Kopf. Nein, die Hunde tun dir nichts. Du liebst die Berührung des pulsierenden glatten Fells, genießt das Schnurren der Katzen an deiner erhitzten Haut. Als man später beim Militär dein Gehör prüft, stellt sich heraus, daß du überdurchschnittlich gut hörst, daß du Frequenzen hören kannst, die normalerweise nur von Tieren wahrgenommen werden. Aber noch bist du ein Kind, das aus der unverständlichen, brutalen Realität in eine Welt der Sinnlichkeit und überfeinerten Wahrnehmungen flieht. Die stets wechselnden Bilder des Himmels und der Erde, die mannigfaltigen Erscheinungsformen laufender, kriechender oder fliegender Lebewesen sind gleichzeitig Wunder und Aufforderung zur Begegnung. Allmählich erkennst du mit scharfem, sicherem Instinkt, was dir nützt, was Furcht auslöst und was ganz einfach nur schön ist. Ohne daß es dir bewußt wird, belehren dich die Tiere über die Vorzüge und Gefahren gewisser Pflanzen und Kräuter, zeigen sie dir, wie man an fast unbemerkbaren Schwingungen des Lichtes und des Dunstes ein Gewitter voraussagen kann. Die Welt der Menschen ist grausam; diese andere, verborgene Welt jedoch ist ein Geheimnis, ein phantastisches Bilderbuch. Rund um dich spürst du eine andere Kraft, gewaltig und über alles menschliche Tun erhaben. Eine Handvoll Erde wird zu schimmernden Schmuckstücken oder zu zartglänzenden Perlen. In seidenen Blütenkronen glitzern Insekten wie Tautropfen. Grenzenlos klein und doch unsagbar groß ist der Nebelstrom der Milchstraße, wenn du sie aus dem dunklen Zimmer betrachtest oder auf das Dach steigst, um näher bei ihr zu sein. Wie Fackeln leuchten die Planeten. Ihre Position prägt sich in dein Gedächtnis ein, und morgens, im Unterricht, schwimmen die Buchstaben vor deinen müden Augen. Leopold Xavier lächelt, schlägt zu. Du beißt die Lippen zusammen, du schaust ihn still an; geistesabwesend, solange seine Hände nicht deinen Körper berühren

Es ist Hochsommer: Ferien. Die Sonne scheint schwer und golden, die Abende sind grün wie Smaragd. Du schleichst dich zu den Koppeln, wo die Pferde weiden. Du beobachtest, wie sie den Hals wölben, mit fliegender Mähne im Kreis jagen oder die Stuten bespringen. Fohlen drängen sich an den Bäuchen der Mütter. Die Pferde traben, ihren langen Schweif schwingend, über die Koppel, bewegen sich stolz und locker auf dich zu. Du streckst die Hand in die Höhe, um sie abzuklopfen. Ein junger Hengst, schimmernd wie polierte Bronze, bleibt dicht vor dir stehen. Du legst dem Tier die Hand auf die Schulter, leicht und ruhig. Du siehst, wie das glänzende Fell ein wenig erschauert. Der Hengst beschnuppert dich, du fühlst seinen warmen Atem in deinem Haar. Am nächsten Tag bringst du ihm ein Stück Salz mit. Der Hengst leckt das Salz von deiner flachen Hand; seine Lippen fühlen sich weich an, an seinen Nüstern perlen winzige Tropfen. Seine goldene Mähne, von der Brise gekräuselt, weht über die dunklen, langbewimperten Augen. Der Anblick seiner Kraft, seines Lebendigseins erweckt in dir eine ungestüme Freude, seltsam gemischt mit dem Wunsch zu weinen.

Eines Abends kletterst du auf den Zaun, lockst das Tier zu dir und schwingst dich auf seinen Rücken. Das Pferd erschauert, springt leicht zur Seite, ohne dich abzuwerfen. Du umklammerst mit den Beinen den warmen Tierleib, krallst dich an der Mähne fest. Vorsichtig preßt du die Fersen in die bebenden Flanken. Einige Sekunden lang verharrt das Tier regungslos, als ob es nicht versteht, was mit ihm passiert. Plötzlich durchläuft ein heftiges Zucken seinen Körper: Es schnellt vorwärts, wie eine Stahlfeder. Der gewaltige Satz hat dich nicht aus dem Gleichgewicht geworfen, du fängst jeden Sprung schon im Ansatz durch eine geschickte Gegenbewegung ab. Du weißt selbst nicht, wie du es fertigbringst; es ist einfach eine Sache, die dir Spaß macht. Der Hengst jagt den Hügel hinauf, über den Kamm hinweg. Du läßt dich tragen, wohin das Tier will. Du wirfst den Kopf nach hinten, der Himmel schillert blaugrün. Du bist ganz von Licht umgeben, Frieden und Schönheit. Du fühlst dich wie in der Kirche, wenn die Orgel braust: eine windgeborene Leichtigkeit, als ob du Flügel hättest.

Beim zweiten Mal, als du den Braunen reitest, erwischt dich der Gutsverwalter. Er läuft, aufgeregt winkend, hinter dir her. Du bringst verwirrt das Tier zum Stehen. Der Gutsverwalter ist außer Atem und blaß vor Schreck. Der Hengst sei noch nicht zugeritten und äußerst wild. Außerdem seien nährende Stuten gefährlich. Er verbietet dir, die Koppel zu betreten; die Verantwortung will er nicht übernehmen. Er sagt deinem Vater Bescheid, der dich krumm und lahm prügelt. Im Herbst wirst du vierzehn; du bist kräftig, mit langen Muskeln und fast schon so groß wie er. An deinen starkknochigen Händen und Füßen merkt man, daß du noch wachsen wirst. Kein Ton kommt über deine Lippen, als er dich schlägt, aber du ballst die Fäuste. Haß steckt in deiner Brust wie ein schwarzer Klumpen.

Du zähmst einen wildernden Hund, der dir auf Schritt und Tritt folgt. Du trägst einen dressierten Falken auf der Schulter. Du bringst streunende Katzen und einen jungen Marder ins Haus. Du sprichst zu den Tieren, als wären sie Menschen; mit den Menschen sprichst du nur das Nötigste. Für die meisten bist du ein Rätsel; nur die wenigsten spüren, mit wem sie es zu tun haben. In den Ferien kommen Michel und Philippe. Den Brüdern ist deine Eigenbrötelei vertraut. Doch neuerdings fällt ihnen eine Veränderung auf: Intellektuelle Begriffe liegen dir fern, doch du bringst verblüffende Gedankenverbindungen zustande. Es sieht aus, als ob du Bescheid wüßtest. Es zeigt sich tiefgründig in der Art und Weise, wie du zum Kern einer Sache vordringst. Die Brüder wundern sich: Wann hast du das gelesen? In welchem Buch? Die Mutter seufzt: Der Junge nimmt es einfach so, wie er es liest, und plappert es nach. Der Vater sagt, stur wie er ist, wird er nie etwas Vernünftiges lernen. Ein Studium kommt sowieso nicht in Frage, man müsse ihm wohl ein Handwerk beibringen.

Ihre Kommentare entstehen aus Intoleranz und gekränktem Stolz, nicht aus Besorgnis. Doch die Brüder sind hellhörig. Wären sie öfter zu Hause, hätten sie dein Schicksal beeinflussen können; ihr guter Wille ist da. Doch Michel verbringt die Ferien in Antibes, und

Philippe geht für zwei Jahre nach Rom. Du bist wieder allein, während die Schatten sich regen.

In letzter Zeit hat dich Leopold Xavier nicht mehr so systematisch mißhandelt wie früher. Er spricht freundlich zu dir, sieht dich unablässig an und lächelt. Vielleicht kommt es daher, daß du ruhiger geworden bist. Daß du dich für Naturgeschichte, Botanik und Geographie interessierst. Gedichte klassischer Autoren liebst du besonders; der Rhythmus der Sprache fasziniert dich. Du merkst, daß Leopold Xavier zu verstehen versucht, was du fühlst und warum du manche Dinge tust oder nicht tust. Du sprichst nicht darüber; du lauschst in deine eigene Stille hinein und besitzt gleichzeitig die Fähigkeit, das Wesen eines Menschen oder eines Tieres schnell und unfehlbar zu erkennen.

Du schaust tief in Leopold Xavier, aber nicht tief genug. Du kannst nicht Begierden lesen, die du selber nicht kennst. Du hast keine Angst, aber du begreifst nicht. Du bist lediglich auf unbestimmte Art beunruhigt.

Du bist vierzehn geworden, hochgewachsen, kräftig und schlank; eine geheimnisvolle, zähe Blume, mit blauschwarzem Haar und verträumtem Blick, der Mund hart und sinnlich. Wasser und Luft haben deine Haut geglättet. Du bist schön, wie gefährliche Dinge es sind, Luchse oder Wölfe oder Waldgeister. Du hast Augen, die das Böse wohl sehen; du umgehst es jedoch, aus reinem Instinkt, wie Tiere im Wald verunreinigte Lagerplätze meiden. Du hast gelernt, gewisse Vorgänge in deinem Körper herbeizuführen, bringst sie aber nicht mit Verboten in Verbindung; sie sind für dich ebenso natürlich wie das Atmen oder deine Notdurft zu verrichten. Du bist keusch, auf deine ganz besondere Art.

Es geschieht an einem Nachmittag, im Oktober. Die Hitze ist drückend; Regen zieht auf. Es duftet nach warmem Gras, nach reifen Äpfeln. Am offenen Fenster brummt eine Wespe. Du bist mit Leopold Xavier allein im Zimmer. Es ist eine gefährliche Einsamkeit, denn sie währt lange genug, um ihn aufzuregen, während seine Gedanken frei sind, um sich ihren Phantasien hinzugeben. Leopold Xavier hat seinen Kragen gelockert. Er ist eigentümlich schweigsam und rot im Gesicht. In der Vertraulichkeit zwischen Lehrer und

Schüler streift seine Hand deine Hand oder deine Wange, während du dich über das Lesebuch beugst. Er läßt dich aus »La Légende des Siècles« vorlesen; du verlierst dich in den Klängen und Farben der Wörter; sogar ihre Aura ist schön. Leopold Xavier wischt sich die Hände mit einem Taschentuch ab. Du beachtest ihn nicht. Das Brummen der Wespe hörst du nur aus weiter Ferne. Plötzlich rückt Leopold Xavier ganz nahe an dich heran. Er preßt sich an dich; seine Hand fährt zwischen deine Schenkel, betastet dich. Die Zeit bleibt stehen, doch nur für einen Atemzug. Du weichst zurück, ein einziger Reflex der Nerven. Dein ganzer Haß, jahrelang aufgestaut, bricht aus dir heraus. Du fällst Leopold Xavier an wie ein Raubtier, drückst ihn gegen die Wand, verdrehst ihm den Arm. Du zerschmetterst ihm das Schlüsselbein, kugelst ihm den rechten Ellbogen aus. Man muß dich gewaltsam von ihm losreißen.

Wie kam es dazu? Du bist unfähig zu antworten. Du kannst dich weder verteidigen noch deine Reaktion begründen. Es sieht wie ein ungeheures Mißverständnis aus. Du hast das furchtbare Gefühl, wenn du nur die richtigen Worte finden könntest, müßten die Eltern verstehen. Aber du hast das Chaos betreten, bist hilflos der Empörung, dem vernichtenden Urteil ausgeliefert. Leopold Xavier merkt, höchst erleichtert, daß dir völlig unklar ist, was er eigentlich von dir wollte, und daß du ihn auf keine Weise in Verruf bringen wirst. Großzügig verzichtet er auf eine gerichtliche Klage. Er wisse ja, wie es um dich stehe, und sei bereit, das als dein Unglück und deine Strafe anzusehen. Die Mutter bedeckt die Augen mit einem Taschentuch und schluchzt, der Junge habe den Teufel im Leib, sie habe es schon immer gespürt. Der Vater, blaß in seinem gebieterischen Zorn, hält mit gefaßter Stimme eine wohlüberlegte Rede: Von nun an darfst du keine Nachsicht mehr erwarten. Man hat dir eine große Gelegenheit gegeben. Statt sie zu nutzen, statt dankbar zu sein, hast du dich auf schändlichste Art ins Unrecht gesetzt. Jetzt werden Maßnahmen ergriffen. Deine schlechten Instinkte müssen ausgemerzt werden.

Du kommst in eine besondere Schule, wird dir gesagt. Die Schule ist eine Erziehungsanstalt, in Tarbes.

In dieser Anstalt erlebst du den Höhepunkt des Abscheus, die Betreuer sind Psychologen der Dressur, sie teilen jedem Zögling zu, was in seinem Fall als nützlich und nötig erscheint. Schläge. Schikanen. Beruhigungstabletten oder Spritzen. Die Anstalt nimmt Jungen zwischen vierzehn und einundzwanzig auf, Verhaltensgestörte, Asoziale, Drogensüchtige und geborene Kriminelle. Sie erhalten einen normalen Schulunterricht, daneben müssen sie arbeiten. Eine Zeitlang lebst du in einer Art Erstarrung; als ob dein wirkliches Selbst in einem tagtraumähnlichen Zustand dahindämmert. Du leugnest deine Existenz, du hast den Bezug zu dir verloren. Deine Augen starren ins Nichts, deine Gedanken kreisen irgendwo, abgeschnitten und unerreichbar. Zu Beginn entgehen dir gewisse Anspielungen; dein weltfremdes Wesen erntet Gelächter und Hohn. Du reagierst mit Gewalt. Du hast nicht umsonst die Tiere beobachtet, wie sie sich in der Herde verhalten, die Art, wie sie sich paaren und bekämpfen. Du bist kräftig und zäh; dazu kommt deine Gleichgültigkeit Schmerzen gegenüber. Als sie zu viert über dich herfallen, spuckst du einen Zahn aus. Sonst bleibst du immer Sieger. Bald giltst du als unberechenbar und gefährlich, was dir Respekt verschafft.

Eines Tages kommst du aus deiner Lethargie heraus. Die Schüler arbeiten im Garten. Du stößt den Spaten in die Erde, als ein ferner Schatten über den Boden huscht. Du hebst das Gesicht, wischt dir den Schweiß aus den Augen, starrst blinzelnd empor. In der gleißenden Helle dreht ein Habicht schwerelos seine Runden. Eine entkörperte Silhouette, wie Filigran, in der endlosen Weite schwebend, bis sie eine Säule warmer, aufsteigender Luft findet und sich ihr überläßt. Der Vogel wird kleiner, immer kleiner; bald ist er nur noch ein dunkler Fleck, in absolute Freiheit und Weite steigend, hinauf zu jenem Punkt am Himmel, wo das Geheimnis beginnt.

Zwei Tage später drischst du auf einen Jungen ein, der mit blutigem Gesicht zu Boden geht. Zur Strafe mußt du Latrinen putzen. Du sammelst die Exkremente in einem Eimer, leerst ihn dem Aufseher über dem Kopf aus – und entkommst.

Ein braunhäutiger Halbwüchsiger, sechzehn Jahre alt, zurückhaltend und auf nervöse Art verschlossen, der allein durch die Gegend streift. In der Anstalt warst du mit abgebrühten Typen zusammen, das hat Spuren hinterlassen. Du klaust zuerst in Obstgärten, dann in

Warenhäusern. Bald triffst du andere Jungen, die es geschickter machen; sie bringen dir verschiedene Tricks bei. Du lernst, wie man schwarz fährt, wie man unter freiem Himmel oder in vergammelten Treppenhäusern übernachtet. Modische Turnschuhe und knallenge Jeans sind wichtig, sagen die Jungen. Es gibt verschiedene Methoden, sich Klamotten zu beschaffen. Du machst auch Botengänge für Drogenhändler, bringst Kokain, LSD und Ephedrin-Pillen an die Kunden. Du lernst rauchen, Whisky trinken und Kokain schnupfen. Du denkst nicht mehr viel darüber nach, was »falsch« und »richtig« sein könnte; du bist viel zu sehr damit beschäftigt, dich durchzuschlagen. Wenn dir alles zuviel wird, ziehst du dich in dich selbst zurück und schaust den Dingen zu, empfindungslos, ohne jede Anteilnahme. Du hast immer noch das Bild des Habichts im Kopf; du möchtest dieser Vogel sein. Irgendwo im blauen Licht, unerreichbar.

Deine Eltern haben die Polizei benachrichtigt, dein Steckbrief hängt überall. Man sucht dich über Radio und Fernsehen. Zweimal wirst du bei Razzien gefaßt, einmal in Marseille und einmal in Toulon. Unter Polizeiaufsicht wirst du in die Anstalt zurückgebracht. Es dauert nur einige Tage, und du bist wieder draußen. Beim zweiten Mal hast du im Büro des Direktors die Kasse aufgebrochen. Diesmal verschwindest du über die spanische Grenze: zu Fuß, durch die Wälder, immer der Küste entlang. Du bist Hilfsarbeiter beim Traubenpflücken oder bei der Heuernte, du hast einen Klamottenstand am Flohmarkt, du wirkst als Statist bei einem Film mit. Du interessierst dich für die Studioaufnahmen, lernst alle Mitwirkenden kennen, vom Arbeiter bis zum Techniker. Nach den Aufnahmen schließt du dich einer Gruppe von Flamenco-Sängern an, die in Touristenkneipen an der Costa Brava auftreten. Du hast Spaß an der Technik, kümmerst dich um die Beleuchtung und Inszenierung. Daneben dealst du ein bißchen und klaust bei Gelegenheit. Inzwischen hast du auch Erfahrung mit Frauen und zweifelst nicht an deiner Kompetenz. Du bist sofort im Mittelpunkt, wo immer du auftauchst. Du bist wild und düster und unendlich zärtlich. Die Gewalt ist tief verborgen in dir, unbemerkbar, du wendest sie nur an, wenn du bedroht wirst. Du hast ein scheues Lächeln, breite Schultern und starke Arme, um eine Frau zu umfassen. Sonnen- und liebeshungrige Touristinnen kaufen dir gerne ein neues Hemd, manchmal auch eine teure Uhr. Du sitzt an Bartresen, streichelst die nackte Schulter einer Ausländerin, wie früher in der Schule die Haare eines Mädchens. Es kommt vor, daß du in Betten mit himbeerfarbenen Damastdecken schläfst, vor offenen Balkontüren frühstückst, mit Blick auf das Meer. Kerlen gehst du aus dem Weg, obgleich du dabei schnell zu Geld kommen könntest, was rückblickend als Leopold Xaviers wesentlicher Beitrag gelten mag. Das – und die Liebe zur Poesie, zu komplizierten Analogien und Symbolen, die augenblicklich als nutzloser Krempel in deinem Kopf herumliegen.

Der Sommer vergeht; nach dem Ende der Saison verstreut sich die Gruppe. Wieder zurück in Frankreich, volljährig geworden, unterschreibst du für drei Jahre bei der Armee, machst es aber nach sechs Monaten wieder rückgängig: Du rebellierst gegen jede Disziplin und verbringst die meiste Zeit unter Arrest. Vertragsbrüchig und ohne einen Sou in der Tasche, lungerst du in Toulouse herum, auf der Suche nach irgendeinem Gelegenheitsjob, oder – was dir besser passen würde – nach einer Frau.

Es ist Frühling, der Mistral weht in blauen Wirbeln, die Platanen haben frische Blätter. Auf einem Platz steht ein kleiner Wanderzirkus. Zwischen den Wohnwagen flattert nasse Wäsche. Hinter Seilabsperrungen, die Neugierige fernhalten, stehen die Zirkustiere. Zwei struppige Löwen dösen in ihrem Käfig, ein Leopard reibt mit der Schulter an den Gitterstäben, trübsinnige Affen sitzen auf einer Schaukel. Tiere im Käfig bemitleidest du; auch später wirst du niemals eine Show mit ihnen inszenieren. Auf dem Platz stehen einige Pferde vor einem Stapel Heu, auch ein Wolfshund liegt da, die Schnauze auf den Pfoten. Du hockst dich nieder, sprichst leise zu ihm. Der Wolfshund spitzt die Ohren, betrachtet dich aus starren Augen. Du pfeifst, der Hund zuckt zusammen, erhebt sich. Du streckst die Hand aus; er beschnüffelt deine Handfläche, leckt deine Fingerspitzen. Er preßt sich an den Gitterdraht, du streichelst seine bebenden Flanken. Ein Schecken hebt den Kopf, sieht dich aus großen schwarzen Augen von der Seite an, bevor er sich langsam nähert. Du richtest dich auf, legst eine Hand auf seine Flanke, streichelst seine Schulter und schließlich den Bogen seines Nackens.

Deine Kindheit kehrt zurück, wie der Schatten eines Traumes, eine kostbare, reine Stille. Deine Kehle wird eng, als wäre sie von Tränen voll; diese Tiere bringen dir deine Seele wieder, doch was sollst du mit ihr anfangen? Ein zweites Pferd kommt heran, schnuppert an dir. Da scheppert Blechmusik aus dem Lautsprecher, ein Trommelwirbel dröhnt, eine Stimme schallt über den Platz und kündigt die Vorstellung an. Die Artisten machen sich für den Auftritt fertig. Der Bann ist gebrochen: Die Tiere weichen zurück. Schaulustige drängen sich um das Gitter. Der Krach, die Musik der Kapelle, auf Tonband aufgenommen, das Lachen und die Schreie der Kinder erfüllen den Platz. Unter den Leuten, die da stehen, fällt dir ein alter Mann auf. Er hat ein Gesicht wie aus dunklem Holz, trägt eine Art Schlapphut auf dem schneeweißen, borstigen Haar. Er steht da, leicht gebeugt, und nimmt nicht die geringste Notiz von dir. Und doch hast du irgendwie das Gefühl, daß er dich beobachtet. Du beobachtest ihn auch, und zwar aus einem ganz besonderen Grund: Seine Brieftasche sitzt deutlich sichtbar in seiner Gesäßtasche. Der Mann trägt einen altmodischen Anzug, aus gutem Stoff, und zwei Ringe aus Sterlingsilber an den braunen Fingern. Du schließt daraus, daß er wohlhabend ist. Das kommt dir sehr gelegen, denn bei Armen machst du ungern lange Finger. Du hast seit gestern abend nichts gegessen; geschlafen hast du in einem Auto, in einer unbewachten Garage, und das Schloß vorher mit einem Draht aufgebrochen. Solche Tricks beherrschst du virtuos, und andere auch. Folglich schiebst du dich im Gedränge an den Mann heran. Deine Hand bewegt sich, wandert leicht wie eine Feder über die Gesäßtasche, berührt die Brieftasche … und wird plötzlich von einer eisenharten Hand wie in einem Schraubstock gepackt. Lachfältchen kräuseln sich um jugendlich funkelnde Augen, und eine rauhe Stimme sagt: »Du machst das nicht schlecht, Junge, aber ich würde es besser machen.«

»Wassilio grinst jedesmal, wenn er unsere Begegnung schildert«, sagte Amadeo. »Und er hat sie vermutlich schon fünfzigmal erzählt. Er wollte wissen, wie ich hieß und warum ich meine Zeit mit Kindereien verbrachte. Ich erzählte ihm, daß ich beim Militär war, daß man mich infolge wiederholter Gehorsamverweigerung davongejagt hatte und ich mit leerem Magen herumlief.

›Hm ‚ja‹, meinte Wassilio gedehnt, ›jetzt dämmert mir, warum du nicht klar denken kannst. Komm!‹

Er führte mich in ein Restaurant, bestellte mir ein Riesensteak mit Bratkartoffeln und für jeden ein Glas Wein. Ich wußte nicht, wer er war; er saß einfach da, blickte mich aus Augen an, die durch mich hindurchsahen. Seine Hände mit den gelb verfärbten Nägeln, kurz und rissig, und den schweren Ringen lagen ganz ruhig auf dem Tisch. Eine seltsame Kraft ging von ihnen aus; fast glaubte ich einen weißlichen Schimmer, eine Aura, zu sehen, aber es mochte wohl eine Sinnestäuschung im Gegenlicht sein. Der Mann wartete geduldig, bis ich gegessen hatte; erst dann stellte er einige Fragen. Und binnen kürzester Zeit wußte er alles von mir; er hatte es aus mir herausgelockt, wie man einen Vogel aus dem Wald lockt. Er zündete sich eine dieser stinkenden Zigarren an und sagte ruhig:

›Von den Menschen hast du die Schnauze voll, das ist dein gutes Recht. Zum Glück verstehst du die Sprache der Tiere. Das stellt die Dinge in ein anderes Licht.‹

Ich starrte ihn an, fasziniert von jenem feurigen Strömen in seinem Blick, das sowenig zu seinem Alter paßte.

›Woher wissen Sie das?‹

Er stieß einen schönen Rauchring in die Luft.

›Mein Sohn, ich habe Augen im Kopf. Wirf deine Gaben nicht weg. Du hast dich kopfüber ins Leben gestürzt und jetzt eine gute Vorstellung davon, wie es sein kann.‹

›Das können Sie laut sagen.‹

›Es war keine verlorene Zeit. Aber Haß ist ein Gift, eine tödliche Droge, sie zerstört dich bei lebendigem Leib. Du mußt jetzt einen Schlußstrich machen, etwas Neues aufbauen. Kehre zu deinen Lehrmeistern zurück, zu den Tieren. Sie werden dir beibringen, die Menschen zu lieben.‹

Ich verzog sarkastisch die Lippen.

›Und wovon soll ich leben? Von den Fischen, die ich im Bach fange?‹

Er lehnte sich gemächlich zurück.

›Warum nicht? Solange es noch Fische gibt. Aber das bringt dich nicht weiter. Du hast da angefangen, wo andere aufhören, auf dem Weg der Heiligen oder der Büßer. Jetzt mußt du die Richtung ändern, sonst geht es dir an den Kragen. Der Zirkus da gehört meinem Vetter, Dimitri Pelayo. Zufällig weiß ich, daß er einen Zeltarbeiter sucht. Dieser Zirkus, Kleiner, kann dein Zuhause werden, deine Schule, deine Heimat. Wenn du nur willst. Aber eins mußt du wissen, das Fahrende Volk hat harte Gesetze. Unsere Alten wiederholen nicht zweimal einen Befehl. Sie werden dich zertrümmern, zerreißen und zerstampfen. Und wieder zusammensetzen und aufrichten. Oder dich an die Luft setzen. Mit einem Tritt in den Arsch. Das ist alles. Du kannst ja oder nein sagen.‹

Er wühlte in seiner Brieftasche und warf einige zerknitterte Scheine auf den Tisch. Ich schwieg. Er hob die buschigen Brauen.

›Irgendwelche Fragen, mein Sohn?‹

Ich zog die Schultern hoch.

›Was würde das schon bringen, wenn ich dir jetzt Fragen stellte?‹

›Nichts. Hast du Vertrauen zu mir?‹

›Ja, Großvater. Ich danke dir.‹

Sein Lächeln berührte mein Herz mit Wärme.

›Ich habe dich nicht umsonst meinen Sohn genannt.‹«

So kam der Zirkus zu dir, Amadeo. Du hattest das Glück, das Privileg, daß dich die Wege des Zufalls einem Großen Vater der Reise begegnen ließen, und er sich deiner annahm. Dein Schicksal machte eine entscheidende Wendung: Von nun an wurdest du von Menschen geleitet, die dir zeigten, was zu tun war, damit dein Leben einen Sinn hatte. Die Worte der Alten läuterten deine Seele, bis sie sich durchsichtig klar zeigte, wie die Wasserhaut, wenn sich alle Schlacken auf den Grund gesenkt haben.

Am Anfang – und monatelang – bist du nur Helfer und Arbeiter. Du fegst die Manege, reinigst die Käfige der Affen und Raubtiere. Du stehst in Gummistiefeln da, mit Schlauch und Besen, und säuberst den Platz, wo die Wohnwagen und das Zelt gestanden haben. Man läßt dich Programme verkaufen, die Zuschauer an ihre Plätze führen. Später lernst du, die Geräte – Stützen, Ringe und Seile – abzubauen, auf einen Lastwagen zu laden und an einem anderen Ort wieder aufzubauen. Allmählich übernimmst du weitere Aufgaben: den Artisten die Requisiten zu reichen – und zwar auf die Sekunde genau –, die Scheinwerfer zu regeln. Du lernst, die Plattform für die Seiltänzer aufzustellen, Flugtrapez, Luftleiter und Netz zu installieren. Deine Verantwortung ist groß: Ein schlecht befestigter Klemmbolzen kann verhängnisvolle Folgen haben. Du versorgst die Pferde, striegelst sie und reitest sie aus, damit sie genügend Bewegung haben. Bei der Parade läßt man dich den Figuranten spielen, in Kaftan und Turban oder als Indianer mit Federkrone. Dimitri Pelayo beobachtet dich immerzu; unter seinem Vorhang krauser Haare schimmern scharfe, wachsame Augen. Seine Zuneigung äußert sich in einsilbigen Wörtern, in knappen Befehlen, in groben Flüchen. Du erduldest stillschweigend seine Schikanen. Er ist ein Meister, und du hast ein Versprechen gegeben. Nach und nach beginnt er, gewisse Tricks an dich weiterzugeben, bringt er dir das Feuerschlucken bei und probt jene Nummer mit dir, in der du als Indianer mit Fackeln jonglierst.

Wie Thula, die Eule, die nur nachts fliegt, damit ihre Augen das Schlechte der Welt nicht sehen, richtest du deinen Blick auf den Kreis der Manege. Er wird für dich eine Welt ohne Jahreszeiten, ein unbegrenztes Reich der Träume. Immer stärker, in all diesen Jahren, wächst in dir der Wunsch, einen eigenen Zirkus zu besitzen, eine Show nach deinen Vorstellungen zu inszenieren. Dimitri Pelayo unterstützt dich. Und als man dir auf dem Viehmarkt in Nimes einen zweijährigen spanischen Hengst anbietet, ist der erste Grundstein gelegt. Dimitri streckt dir das nötige Geld zum Kauf vor und erlaubt dir, im kommenden Programm mit einer eigenen Nummer aufzutreten. Vorerst bleibt der junge Hengst auf einem Gut in Südfrankreich, während der Zirkus in nördliche Richtung zieht. Er wird auf der Rückreise in Paris gastieren; am Sonntag, nach der Vorstellung, wird eine Schülerin zu dir in die Manege kommen. Ein schmalhüftiges Mädchen, mit zwei kindlichen Zöpfen hinter den Ohren. Eine Internatsschülerin in weißer Bluse und blauem Faltenrock, aus deren Augen die Botschaft spricht: Ich bin irgendwie dir gleich …

Im Wohnwagen wurde es hell; der Tag wollte beginnen. Wir lagen nebeneinander, in der schwebenden Ruhe und Mattigkeit nach der Liebe. Ich lag auf der Seite, hatte Amadeo den Kopf auf die Schulter und den Arm quer über seine warme Brust gelegt. Ich starrte in das helle Fenster und fühlte, wie er atmete.

»Woran denkst du?« fragte er zärtlich. Ich drehte den Kopf zu ihm hin.

»An dich. An Wassilio. Und an Quasimodo.«

Er lächelte.

»Drei sehr verschiedene Dinge!«

»Sie gehören zu mir, Amadeo.«

Sein Lächeln erlosch. Er seufzte.

»Auch du gehörst zu ihnen, Herzblume.«

Ich rollte mich herum, um ihn ganz anzusehen.

»Weißt du noch, damals, in Les-Saintes-Maries-de la Mer? Du hattest gerade angefangen, Quasimodo zu trainieren. Du sagtest, es tue ihm gut, von einer Frau geritten zu werden, das würde ihn beruhigen. Wie gerne würde ich noch einmal auf ihm reiten, Amadeo!«

Er nahm meine Hand und zog mich hoch.

»Das kannst du haben! Komm!«

»Jetzt?«

»Ich reite jeden Morgen mit ihm aus.«

Wir zogen uns an, und Amadeo lieh mir seine schwarze Lederjacke. Als wir nach draußen traten, schlug uns die kühle Morgenluft entgegen. Nebeldunst lag über dem Kanal, und der Dampf aus den Butanöfen stieg aus den Wohnwagen. Wir stapften durch den Schlamm, bis in das Zelt, in dem die Pferde untergebracht waren. Das kleine Fohlen stand dicht an die Mutter gepreßt; Salima leckte es hingebungsvoll, während es an den Zitzen der Mutter saugte. Wassilio schlief zwischen zwei Strohballen. Und schnarchte laut. Amadeo und ich tauschten einen lächelnden Blick. Wir gingen an den Pferden vorbei, die durch Seile voneinander getrennt waren. Manche Tiere wurden von Amadeo leise mit Namen gerufen, oder er pfiff auf besondere Weise. Dann wandten sie den Kopf mit trägem, anmutigem Schwung hoch, und in ihren Augen zuckte ein Schimmer auf. Quasimodo stand auf der Streu wie ein stiller schwarzer

Felsen. Seine Mähne fiel tief herab zwischen die Augen. Behutsam trat ich an ihn heran, legte dem Pferd die Hand auf die Stirn. Die Nüstern waren feucht, mit einem bläulichen Schimmer. Die Ohren ragten über den großen Kopf und bewirkten, daß das ganze Tier noch wuchtiger erschien.

»Kennst du mich noch?« fragte ich.

»Quasimodo vergißt nie eine Stimme oder einen Geruch«, sagte Amadeo.

Das Pferd ließ die Ohren spielen. Ein Schauer lief durch den warmen Körper, ich sah, wie sich das dunkle Fell kräuselte. Er blähte die Nüstern, stieß ein seltsames, sanftes Schnurren aus. Das Geräusch kam tief aus seiner Brust, wie eine unsichtbare Welle, die mich erfaßte und streichelte. Von dem wuchtigen Tier ging eine seltsame Ausstrahlung aus, ein unbewußtes, unbestimmtes, alles durchdringendes Wissen. Und wieder spürte ich in mir, dunkel und schwer, die Wehmut aufsteigen. Ich berührte eine Welt, die einst, vor langer Zeit, die meine gewesen war. Jetzt war ich draußen; aber die Sehnsucht blieb. Sie war in uns, in Amadeo und mir, solange noch ein Atemzug unsere Venen durchpulste.

»Quasimodo, mein Schöner«, sagte ich.

Das Pferd stand still, horchte auf den Klang meiner Stimme; seine Augen glänzten wie schwarze Spiegel. Plötzlich senkte es den Kopf und legte ihn an meine Schulter. Amadeo lächelte. »Siehst du nur? Bei einer Fremden würde er mit den Hufen scharren.«

Er legte Quasimodo Zaumzeug und Mundstück an und führte das Tier umgesattelt aus dem Zelt. Die Sonne war noch nicht aufgegangen, blauer Himmel schimmerte durch den Nebel. Amadeo führte das Tier an den Wohnwagen vorbei; ein paar Leute waren schon wach, hoben die Hand zum Gruß. Am Ufer des Kanals blieb Amadeo stehen und verschränkte die Hände. Ich ergriff die Zügel, setzte den Fuß in Amadeos Hände und schwang mich hinauf.

»Nicht schlecht«, meinte er. Ich verzog das Gesicht.

»Ich dachte schon, daß du über mich lachen würdest.«

Er ergriff die Zügel, schlang sie um sein Handgelenk; ein einziger, leichtfüßiger Sprung hob ihn hinter mir auf den Pferderücken. Ich lehnte mich an ihn, während wir im Schritt den Kanal entlangritten.

Auf der anderen Uferseite erhoben sich Baracken aus plattgeschlagenem Wellblech, verfallene Bauernhöfe und in der Ferne Hochhäuser. Rostige Kanister, Scherben und Lumpen lagen im Gras herum. Aus einer Müllhalde stiegen feine Rauchschwaden, und an einigen Stellen breitete sich stinkender chemischer Morast aus. Etwas weiter überquerte eine Eisenbahnbrücke den Kanal, man hörte das Donnern der ersten Züge. Wir bewegten uns in einer Natur, die ihren Zauber verloren hatte, in einer verstörten Stille, in der nur das Wasser mit gurgelnden Geräuschen floß, unverändert seit Jahrtausenden.

»Man gewöhnt sich daran«, sagte Amadeo ganz selbstverständlich, als ob er in meinen Gedanken las. »Ich habe gelernt, die Welt als Szene, als Kulisse zu sehen und das wahre Leben nur im Zelt zu finden. Ich spiele mit der Vorstellung statt mit der Wirklichkeit, anders wäre es nicht zu ertragen.«

Der eine wußte, was der andere dachte, das war schon immer so gewesen. Nach längerer Trennung verblaßte diese Fähigkeit, aber sie verschwand niemals ganz. Einige Stunden genügten, um unsere Wahrnehmung wieder in Einklang zu bringen.

»Weißt du noch?« fragte ich leise.

Er nickte. Wir waren hier, aber in Wirklichkeit erlebten wir eine ganz andere Geschichte, die mit diesem Ort nichts zu tun hatte. Eine Geschichte, die sich vor langer Zeit abspielte, in der sonnendurchglühten, vom Mistral gepeitschten Camargue. Wir erinnerten uns an den Salzgeruch der warmen Sümpfe, an die Schreie der Wildenten. Vor unseren inneren Augen schwebten rosa Flamingos, weiße Pferde sprengten durch das Schilf, und Stiere, schwarz wie die Nacht, mit säbelförmigen Hörnern, wanderten zwischen Gamander und Geißblatt. Ja, es war eine ganz andere Geschichte, aber auch dieser Augenblick gehörte dazu.

»Was bedeutet das, wenn man von der Vergangenheit träumt?« sagte ich. »Für mich wird sie immer wichtiger.«

Er lehnte das Kinn an meine Schulter.

»Es ist ein seltsames Leben, das wir führen. Ein fiktives Leben mit einem Menschen, der nicht da ist.«

In den Bäumen sangen Vögel, die Helligkeit nahm zu; der Himmel spiegelte sich im Wasser mit lilafarbenen, grünen und gelben Reflexen. Das Gras schimmerte weich und strahlend vor Tau. Da plötzlich spürten wir einen warmen Hauch. Mit einem Schlag entsprang den letzten Nebeln das starke, helle Licht. Alles ringsum glänzte, funkelte und strahlte, und vor uns lagen, im klaren Sonnenschein, die Häßlichkeit und der Schmutz der Vorstadt. Es war vorbei.

Die Pferdeknechte waren schon an der Arbeit. Das Zelt war voller Lärm der rasselnden Ketten und Hufe. Amadeo rieb Quasimodo ab, brachte ihm zu trinken, indem er Kleie in das Futter mischte und ihn aus dem Eimer fütterte. Er sagte grinsend:

»Ich fürchte, ich habe ihn etwas verwöhnt.«

Wassilio trat zu uns. Er rauchte eine seiner scheußlichen Zigarren. Er trank Wasser dazu und spülte sich den Mund aus, indem er die Asche der Zigarre mit Tonerde vermischte und sie im Wasser verdünnte. Ich beobachtete interessiert die Prozedur. Wassilio bemerkte meinen Blick und kniff ein Auge zu.

»Das ist gut für die Zähne.«

Ich hatte keinen Grund, es zu bezweifeln: Trotz seines Alters waren seine Zähne noch weiß und gesund wie die eines Wolfes.

»Großvater, wie soll das Fohlen heißen?« fragte ich.

Wassilio hustete, stieß Rauch aus; seine Augen betrachteten mich aus dunklen Höhlen.

»Ich träumte von dir, mein Kind, und sah einen roten Stern. Über dir. Du warst hier, bei uns, als das Fohlen geboren wurde. STERN. So soll es heißen. Der Name hat eine Bedeutung.«

»Welche?« fragte ich.

Er nahm einen Schluck Wasser, spuckte ihn dann in das Heu. Darauf holte er ein großes Taschentuch hervor, schneuzte sich und erwiderte:

»Kind, das kann ich dir nicht sagen. Träume verrichten ihre Arbeit im Untergrund. Sie zeigen mehr, als wir erkennen können.«

Es wurde Zeit, daß ich ging. Amadeo begleitete mich zum Wagen. Stumm gingen wir nebeneinander her. Beim Wagen angekommen, als ich den Schlüssel suchte, legte er mir die Hand auf die Schulter.

»Wir haben nur noch eine Nacht.«

Ich nickte, mit einem kleinen, schmerzlichen Lächeln. Wir schmiegten unsere kalten Gesichter aneinander.

»Ja«, flüsterte ich, »noch eine Nacht.«

10. Kapitel

Müdigkeit schwappte in mir; alles wurde überdeutlich und verschwommen; Geräusche ließen mich zusammenfahren, zu grelles Licht traf schmerzhaft meine Augen. Die Müdigkeit war der Preis, den ich zu bezahlen hatte; dafür lag ich in deinen Armen und stöhnte unter deinen Liebkosungen. Ich fuhr im dichten Morgenverkehr, alle Straßen waren verstopft; Lastwagen stauten sich vor den Ampeln, Autos drängten aus einem der Ströme, schoben sich in einen anderen, Zentimeter für Zentimeter. Ein Geruch nach Pferd und Butangas haftete an mir. Das Mädchen, das ich gewesen war, mit dem so fein ausgeprägten Geruchssinn, das jedes Fluidum und jeden Duft erkannte, dieses Mädchen hatte solche Gerüche eingezogen, mit dem Empfinden der Liebe. Mir waren sie vertraut, doch manche mochten sie als störend empfinden.

Bevor ich zum Institut fuhr, machte ich einen Umweg zur Place de Contrescarpe. Die Haustür stand offen, Sonnenlicht fiel herein. Gegenüber vor dem Gemüsehändler stand ein Lieferwagen, ein Schwarzer trug Kisten mit Erdbeeren und Spargel heraus. Ein Taxi hielt gleich daneben, und weil die anderen Autos auch halten mußten, brach augenblicklich ungeduldiges Hupen los. Ich ging zur Concierge und holte meine Post ab. In der Wohnung waren die Jalousien halb heruntergelassen. Es roch nach Müll und kalter Asche, im Badezimmer tropfte der Wasserhahn. Einige Sachen von Martin waren noch da. Ein Pullover, den er getragen hatte, hing über der Stuhllehne. Ich ließ frische Luft in die Wohnung, stellte den Müllsack neben die Tür und wechselte die gebrauchten Handtücher. Dann zog ich mich aus und duschte mich, auch das Haar. Ich blieb lange unter der Dusche, ließ das heiße Wasser über mich prasseln, bis meine Muskeln sich locker und weich anfühlten. Dann drehte ich das Wasser ab, schüttelte mich; als ich mich mit fliegendem Atem abtrocknete, sah ich meine Umrisse im beschlagenen Spiegel. Ich wischte die Feuchtigkeit weg, betrachtete mein Gesicht. Es sah kaum anders aus als sonst. Auf der glatten Stirn, den hohen Wangenknochen hatte die Müdigkeit keine Spuren hinterlassen. Doch ich nahm eine Verdunkelung der geschwollenen Lippen wahr; violette Schatten ließen die Augen größer und fast gelb schimmern.

Mit einem flüchtigen Lächeln ging ich ins Schlafzimmer zurück, streifte ein T-Shirt über die klamme Haut. Ich setzte mich auf die Bettkante, zog das Telefon heran und wählte die Nummer des Instituts. Ich sagte, daß ich später kommen würde. Dann zog ich die Jalousien ganz herab und stellte den Wecker auf halb elf. Ich warf mich auf den Futon, drehte mich auf meine Schlafseite und erwachte erst drei Stunden später, als der Wecker läutete. Ich wusch mir kalt das Gesicht, machte die Kaffeemaschine an und frühstückte. Eine halbe Stunde später saß ich im Wagen und kurvte durch wenig befahrene Straßen. Als ich vor einer Ampel wartete, sah ich dein Bild auf einer Plakatwand. Ich spürte ein leichtes Schwindelgefühl, mein Herz schlug gegen die Rippen. Es hört niemals auf, Amadeo … Auch in dieser Nacht werde ich nicht schlafen, keinen Atemzug lang. Ich werde in deinen Armen liegen, während die Zeit kommt und geht und jede Minute wegrafft. Wer weiß, wann ich dich wiedersehe?

An diesem Abend scheute Coralies Hengst, als das Mädchen auf seinem Rücken hing. Coralie wurde aus dem Sattel geschleudert, schlug schwer auf dem Boden auf, wurde sofort aus der Manege getragen. Ein wollüstiges Schaudern fuhr durch die Zuschauer. Ich kräuselte unfroh die Lippen. »Das Publikum will die Artisten sehen und wartet insgeheim darauf, daß sie sich das Genick brechen«, hatte Amadeo mir mal gesagt. »Dieser Wunsch lauert so tief, daß die Menschen ihn nicht wahrnehmen, aber sie warten darauf. Sie sind versessen auf das Risiko, das andere Leute auf sich nehmen. Das ist es, was das Publikum will, daß die Artisten vor ihren Augen verrecken. Dafür kommen sie in den Zirkus, dafür geben sie ihr Geld aus. Das ist schon immer so gewesen.«

Flüchtig verließ ich meinen Platz, zwängte mich durch den Sattelgang nach draußen. Die Mongolen in roten Pluderhosen standen mit ihren Pferden für den Auftritt bereit; die Tiere, glänzend wie frischgeschälte Kastanien, tänzelten und schnaubten in fieberhafter Spannung. Ihre Nüstern witterten die Ausdünstung des Publikums, die beweglichen Fellkegel ihrer Ohren erfaßten die erregten Tonschwingungen. Da gab die Trommel das Signal: Die Reiter sprangen auf den Rücken ihrer Pferde und schwangen – aufrecht stehend – unter dem stürmischen Beifall der Menge ihre Standarten hoch über ihren Köpfen. Sie jagten an mir vorbei in die Manege.

Man hatte Coralie in Lolas Wohnwagen gebracht. Die Mädchen, die gerade als Andalusierinnen aufgetreten waren, drängten sich auf der Treppe, blaß unter ihrer Schminke und mit schwingenden Röcken. Ich zwängte mich durch sie hindurch. Coralie lag mit schmerzverzerrtem Gesicht auf einer Pritsche, in einem Durcheinander von Kostümen, feuchten Handtüchern und Schminkutensilien. Wassilio war dabei, mit leichten, geschickten Griffen ihren geschwollenen Fuß mit einer Salbe zu bestreichen. Lola hatte Teewasser aufgesetzt und nickte mir aufatmend zu.

»Zum Glück nur eine Verstauchung. Ein paar Tage Ruhe, und alles wird wieder gut.«

»Diese Akrobatin zu Pferd!« sagte ich. »Wie konnte ihr das passieren?«

Lola zuckte mit den Schultern.

»Ich fiel achtmal in meinem Leben, und das ist nicht viel. Ich kenne Leute beim Zirkus, die sich fünfzehn- oder sechzehnmal die Knochen brachen. Woran liegt es? An vielem. Aber meistens an einem selbst.«

Sie goß Tee auf, brachte Coralie das heiße Getränk in einem Becher. Coralie setzte sich ächzend auf. Sie erblickte mich, zog die Augen zu schwarzen Schlitzen zusammen und zischte wutentbrannt:

»*Fous le camp, salope! C'est ta faute.* – Hau ab, du Schlampe! Es ist deine Schuld.«

Ich spreizte hilflos die Finger. Ich wollte etwas sagen, doch Lola bedeutete mir mit einem Blick, zu schweigen. Coralie warf sich ächzend hin und her, das schwarze Haar zu Schlangen geringelt. Kalter Schweiß bedeckte ihre Stirn, Lola wischte ihr das Gesicht mit einem Handtuch ab, das von der Farbe der Brauen und Lippen befleckt war.

Wassilio brummte verärgert, sie solle sich ruhig verhalten, sonst könne er den Fuß nicht verbinden. Coralie warf sich schluchzend auf die Pritsche zurück, und Lola zupfte mich am Arm. Wir verließen den Wohnwagen. Vom Zelt aus war die Musik, die Trommeln, die Laute, die Zymbeln, bis zu dem schrillen Pfeifen der Flöte zu hören. Der Beifall des Publikums rauschte wie eine Brandung über den Platz.

Lola umfaßte mütterlich meine Schultern.

»Mach dir nichts draus, Pitchounette. Es ist ja nichts Ernstes. Und, was das andere betrifft, nun, es soll ihr eine Lehre sein.«

»Was willst du damit sagen?«

»Ein Sündenbock muß ja her.« Lola hatte ein blinzelndes Lächeln, das in seiner zärtlichen Nachsicht ebenso wissend war wie das von Wassilio. »Daß sie wütend und eifersüchtig ist, ist ihre Sache. Nur machte sie den Fehler, ihren Unwillen an dem Pferd auszulassen. Und Hussein hat sich gewehrt.«

»Es tut mir leid«, sagte ich.

»Es braucht dir nicht leid zu tun. Coralie muß ihr Handwerk lernen. Du hast ihr dabei geholfen. Sie wird diesen Fehler kein zweites Mal machen.«

Ich lächelte, wenn auch nur flüchtig. Der Zirkus hatte seine eigenen Regeln, zerstörte festverwurzelte Ordnungen und erschütterte altgewohnte Wertvorstellungen. Die Gesetze des Fahrenden Volkes mochten grausam anmuten. Doch die Arbeit in der Manege, der Umgang mit den Tieren erfordern Stärke und Selbstbeherrschung und dulden keine Schwäche. Das Wort »Lebenskampf« ist für die Artisten kein abstrakter Begriff, sondern ein tägliches Trotzbieten.

»Hussein wird Coralie verzeihen«, sagte Amadeo nach der Vorstellung zu mir. »Er ist ein verständnisvolles Pferd.«

Ich lächelte über seine Art, von Pferden wie von Menschen zu sprechen.

»Auch jetzt noch, nach dieser Sache?«

»Coralie hat vergessen, daß sie eine Frau ist und Hussein ein Hengst. Ein Hengst liebt es, von einer Frau geritten zu werden. Lenkt sie ihn mit zarter Hand, gehorcht er ihr wie ein Pony. Aber auf Gewalt reagiert er mit Gewalt. Da hat eine Reiterin das Nachsehen. Du hast mit ihr gesprochen, nicht wahr? Was hat sie dir gesagt?«

Ich rieb mir die Augen, die von der rauchigen Luft im Wohnwagen brannten.

»Daß es meine Schuld sei.«

Amadeo preßte die Lippen aufeinander.

»Das sollte sie *mir* sagen!«

»Laß nur, es ist unbedeutend«, meinte ich.

Ein Ausdruck von Hohn glitt über sein Gesicht.

»Richtig. Ein Sprichwort sagt: Wo sich Wale begegnen, zersplittern die Garnelen.«

Er streckte die Hand aus und streichelte meine Wange. Ich drehte seine Hand um, küßte die Handfläche und bettete mein Gesicht hinein. Meine Wimpern schlugen gegen seine Finger. Seine Stimme wurde rauh.

»Der Gedanke, von dir getrennt zu sein … in einigen Stunden schon …«

Ich lächelte schmerzerfüllt.

»Wir haben allmählich Übung …«

Nicht die Trennung selbst war schlimm; wir hatten uns längst damit abgefunden. Das Schlimmste war der Schmerz, der vor der Trennung kam, das unausweichliche Gefühl, daß die Zeit nicht stillstand. Niemals stillstand.

Wir hatten mit den Artisten gegessen, das war nicht zu umgehen. Brahim war müde und hatte die Küche in schönster Unordnung zurückgelassen. Lolas Sohn wollte Amadeo den neuen Vertrag mit seiner Filmgesellschaft zeigen. Jean hatte eine chaotische Schulzeit hinter sich, konnte noch kaum lesen und schreiben. Amadeo mußte ihm jeden Paragraphen mit einfachen Worten erklären, verschiedene Klauseln ändern, damit er nicht gutgläubig unterschrieb und übers Ohr gehauen wurde.

Inzwischen verging die Zeit. Als alle weg waren und Mitternacht längst vorüber war, fielen wir übereinander her, wie die Irren. Wir umarmten uns im Helldunkel, das aus dem Fenster fiel, liebten uns so sehr, so unerträglich, maß- und grenzenlos, daß wir nichts fanden, wie wir es ausdrücken konnten, außer durch die Sprache unserer Körper. Das Wissen, daß es so war, unablässig, seit wir uns liebten, prägte Augenblicke von solcher Wichtigkeit in uns ein, daß sie erst später, wenn sie vorbei waren, zur Wirklichkeit wurden. Der Schmerz kam mit dem Begehren, aus der Tiefe unseres Gefühls, hüllte uns ein.

»Werden wir uns niemals verlassen?«

»Nein, niemals. Niemals!«

Wir mußten uns zusammennehmen; es durfte uns nicht packen, nicht auf diese Art. Wenn wir uns gehenließen, verloren wir jede Vernunft, führten uns auf wie die letzten Esel.

»Sag, daß wir Zeit haben. Sage es!«

»Wir haben noch ein paar Stunden.«

Ich riß ihn an seinen Haaren herunter, kämpfte mich mit krallenden Händen an seinem Rückgrat entlang; er fiel über mich, wuchs langsam in mich hinein. Er atmete durch mich, durch meine Lungen. Ein Wiegen, ein Schwanken, der Rhythmus wurde zur Qual. Ich hielt mit meinen Bauchmuskeln die Zeit ab, die kommen mußte, klammerte mich verzweifelt an den nächsten Stoß und wieder an den nächsten. Flackernd öffneten und schlossen sich unsere Augen. Wie können menschliche Körper dieses Lustgefühl ertragen, ohne verrückt zu werden?

»Mehr, Amadeo, stärker! ...«

»Ich töte dich, verdammt!«

»Töte mich! Ich will, daß du mich tötest!«

Da war der Gedanke, ich möchte sterben, jetzt, mit ihm in meinem Körper. Es war nicht eigentlich nötig, sich zu bewegen, nur die Atemzüge unterstrichen das stetige, unaufhaltsame Vorrücken tief in mir. Die Bewegung schwoll an und wurde zerrissen, eine perlende Krampfwelle, aufsteigend wie eine Wolke, dann ein tiefer, erschauernder Atem. Einen Augenblick fühlte ich mich fallen; seine Arme fingen mich auf. Und dann kam eine Kluft aus Dunkel, und wir lagen eine Weile ganz still.

»Herzblume, ich muß dir etwas sagen ...«

Wärme. Ruhe. Feuchte Nacktheit. Die Welt kam durch seine Stimme wieder zu mir. Trotz der Nähe unserer Körper war mir plötzlich kalt. Unsere Lebensfäden waren so eng verschlungen, daß wir jeden Aufruhr von drinnen vorausahnten, jede Veränderung sofort als solche erkannten. Nein. Nein. Nein. Ich warf mich auf seine verschwitzte Brust, preßte ihm die Hand auf den Mund.

»Sei still!«

Er nahm meine Hand, küßte einzeln meine Finger, dann die heiße Innenfläche und öffnete dabei meine Hand wie einen Blütenkelch. Ich hörte seine gepreßten Atemzüge, das Klopfen seines Pulses; es klang, als wäre es mein eigener.

»Herzblume, diese Dinge müssen gesagt werden, und zu früh ist besser als zu spät. Es ist nicht gut, wenn du einsam lebst. Ich habe die Leute hier, denen ich Arbeit verschaffe, die Pferde, die meine Freunde sind. Und die eine oder andere Frau, die mein Bett teilt. Und was sonst noch? Nicht viel, aber ich habe meine Wahl getroffen. Du aber brauchst einen Lebensgefährten. Einen Mann, der bei dir ist und mit dir ein Kind zeugt.«

Die kleinen Schweißperlen an meinem Haaransatz trockneten nur langsam. Mein Leib war noch klebrig von seiner Lust – und er sprach von einem anderen!

Ich versuchte ein Lächeln.

»Das hört sich an, als ob ich eine Stute wäre!«

»Das sollte dir schmeicheln.«

»Wenn du es sagst, ja.«

»Aber du kommst in ein Alter, in dem das Kinderkriegen nicht mehr so einfach ist.«

»Amadeo, wenn ich dich nicht so gut kennen würde ...«

»... würdest du mir eins auf die Schnauze geben, ich weiß. Aber ich möchte, daß du mich verstehst. Jetzt ist deine Haut unter den Küssen noch zart. Und sie wird es noch lange bleiben, denn das Gesicht einer Frau zeigt, welches Leben sie führt. Man muß nur richtig hinsehen: Das Herz eines Menschen zeichnet sich auf seinem Gesicht ab.«

Ich starrte ihn an, versunken in der Wahrnehmung seiner Gegenwart. »Wenn wir schon von Kindern sprechen, Amadeo, willst du eigentlich keine?«

»Wenn schon, dann mit dir. Und nicht nur eins, sondern gleich drei oder vier. Ich träume davon, daß sie in deinem Körper wachsen.

Daß ich sie spüre, wenn ich dich streichle. Ich möchte sehen, wie dein Leib sich wölbt, wie deine Brüste anschwellen, die Brustwarzen breit und dunkel werden, wie Heckenrosen. Jedes Kind möchte ich eigenhändig zur Welt bringen. Seine Nabelschnur verknoten, ihm sein erstes Bad geben, es in deine Arme legen. Und deine Brüste küssen, wenn du es nährst, und deine Milch auf meinen Lippen schmekken …«

Seine Leidenschaft verzehrte mich. Er sprach meine Wachträume aus, meine fiebrigen Sehnsüchte, meine geheimsten Wünsche. So weit waren wir also gekommen, daß wir diese Vorstellung teilten.

»Sei still, Amadeo. Du hast zuviel Phantasie.«

Die Worte klangen unecht und trocken, als kämen sie nicht aus meinem Mund. Er warf den Kopf zurück, wie um ferne Bilder und Gedanken abzuschütteln.

»Das Thema ist erledigt. Du sollst nicht meinetwegen dein Leben verpfuschen.«

»Verpfusche ich nicht deines genauso?«

Die Worte sagten nicht viel; höchstens ihre Färbung enthüllte, was in uns vorging.

»Herzblume, da ist nichts zu machen. Und du kannst mir sogar deine Lover vorführen. Erwarte nur nicht, daß ich freundlich zu ihnen bin. Haust du mir jetzt eine runter?«

»Ich kann nicht, du hältst mich ja fest.«

»Die Männer, die du zu deinem Vergnügen in dein Bett nimmst, bedeuten mir nichts. Sie sind nicht real in meinen Augen.«

»Du bist ganz schön arrogant«, sagte ich, »das bist du schon immer gewesen. Ich bin nicht so mannstoll, wie du es vielleicht annimmst. Ich werde vermutlich ganz für mich bleiben.«

»Du hast ein Recht zu leben, Herzblume.«

»Ich lebe ja, wenn du da bist.«

»Ich bin nicht immer da. Und das sagst du nur, weil du eine Vorliebe für mich hast. Eines Tages sollst du einen Mann finden, einen richtigen, keine touristische Figur, vollgepumpt mit den Vitaminen A, B und C.«

»Du meinst, weil ich sonst durchdrehen würde?«

Er sah mich kurz an und lachte.

»So ungefähr.«

»Hast du genug von mir? Warum lachst du?«

»Weil ich von dir besessen bin, Herzblume. Weil ich immer, wenn ich eine Stute reite, dich zwischen meinen Schenkeln fühle. Zum Glück habe ich meinen Körper noch gut in der Gewalt.«

»Das will ich hoffen.«

Er nahm meine Hand.

»Was sagst du zu meinem Vorschlag?«

»Das kommt überhaupt nicht in Frage.«

»Nein?«

»Nein. Den Mann deiner Vorstellung gibt es nicht.«

»Ich würde ihn herbeizaubern, wenn ich könnte.«

»Das solltest du lieber Wassilio überlassen.«

Er ließ meine Rechte los, aber nur, um sich auf mich zu wälzen. Ich streckte mich, umfaßte seine Schultern. Er legte das Gesicht auf meine Brüste.

»Warum nicht?« hörte ich ihn sagen. »Ein ›Kaku‹ kennt die heiligen Lieder. Du hast schon recht, Wassilio soll singen. Ich werde ihn darum bitten. Er muß nur warten, daß der Mond aufgeht.«

Mein anderes Ich – das kühle, vernünftige – fragte sich, weshalb wir dieses unsinnige Gespräch führten. Aber Amadeo sprach so selbstverständlich von diesen Dingen, daß ich mich manchmal über meine Fähigkeit wunderte, es noch verwunderlich zu finden.

Ich streichelte seine Stirn.

»Fahr nur fort, Amadeo. Was, wenn Wassilio einen Mann für mich auftreibt?«

»Dann würde ich ihn zu meinem Blutsbruder machen.«

»Und nie mehr mit mir schlafen?«

Er schwieg. Seine Zunge wanderte über meinen Hals, kreiste über meine Brüste. Er biß in meine Brustwarzen, zuerst ganz sanft, dann immer fester, bis es schmerzte. Ich rieb mich an ihm, stöhnend.

»Antworte mir!«

»Ich rechne mir den Preis aus, den ich zahlen müßte.«

Die Grenze war schon überschritten, das Begehren kam wieder. Ich packte ihn an den Haaren, zerrte seinen Kopf nach hinten.

»Auch die Zinsen?«

»Eine Zeitlang müßte er mir wohl Kredit geben.«

Wir starrten uns an; in uns war eine dramatische Verzweiflung und gleichsam ein ungeheurer Stolz über diese Art von Liebe, die uns ankettete, über die ganze schreckliche Kürze unseres Lebens hinweg. Wir wurden ausersehen, wir beide, vom Morgen bis zum Abend und in jeder Minute mit diesem Gefühl zu leben. Es gab keine Ruhe für uns, niemals, wir konnten nichts anderes erwarten. So war das nun einmal.

»Hör doch auf, Amadeo! Warum quälst du dich so?«

»Weil ich über uns nachdenke. Ich ziehe es dem Schmerz vor.«

»Was ziehst du vor?«

»Daß du glücklich bist.«

»Ich bin glücklich.«

»Wenn ich in dir bin, ja. Dann ist dir gut. Aber nur dann. Ich bin deine fixe Idee, Herzblume.«

»Das kann man wohl sagen.«

Er richtete sich auf. »Ich weiß, wie du es am liebsten hast. Worauf es bei dir ankommt. Ich bin der einzige, der das weiß. Kein anderer. Nur ich.«

Ich schloß die Augen.

»Nur du, Amadeo.«

Er teilte meine Lippen mit einem kleinen Biß. Wir küßten uns. Ich drehte mich auf die Seite, teilte meine Schamlippen mit der Hand, öffnete sie ganz und rieb sie an seiner Hüfte.

»Du bist immer in mir, Amadeo. Du wirst mit mir leben und mit mir sterben.«

»So wie jetzt?«

Er hob mich auf sich, drückte meinen Körper leicht nach unten, stieß mit einem schnellen Ruck in mich hinein. Ich schrie leise auf. So war es, wie ich es haben wollte, immer und immer wieder, der Zauberfunke in meinem Schoß. Ich krümmte mich bewußt um dieses Feuer, fast regungslos, sammelte die Kräfte. Der Funke stieg und sank, wurde eine Flamme, ein innerer Strahlenkranz, dem atmenden Leben so nahe wie ein zweites Herz. Ich benutzte den Druck meiner Bauchdecke, um ihm zu größerer Kraft zu verhelfen. Amadeo hielt mich an den Hüften fest, beobachtete meine Augen, die Eindrücke empfingen, ohne sie zu sehen. Er hielt nach jeder Regung Ausschau, drang weiter vor, dorthin, wo ich lebte.

»So willst du es haben«, flüsterte er. »Genau so ...«

Seine Kraft bohrte sich tiefer, die Bewegungen seines Geschlechts in mir wiederholten sich vor meinen inneren Augen. Selbst in völliger Regungslosigkeit füllte es mich ganz aus, versorgte mich mit dem, was ich brauchte. Amadeos Hände wanderten über meinen Bauch, sein Finger streichelte die Öffnung, berührte, was ich nicht sah, fand sofort die richtige Stelle. Sein Finger verlor sich in mir, kreiste, versprühte Funken. Das war der Schmerz, der nicht umgangen werden sollte, das vorwärts und rückwärts flackernde Zentrum des Feuers. Ich schrie stimmlos, wortlos, drang in seinen Mund ein, biß ihm die Lippen blutig. Ich sah sein Gesicht, in schmerzhafter Ekstase glühend. Meine Finger tasteten über seine Brust, schlossen sich um seinen Hals. Er wandte das Gesicht aufwärts, warf sich mir entgegen.

»Fester«, keuchte er. »Stärker!«

Meine Finger packten ihn, klammerten ihre ganze Kraft ineinander. Er sank zurück, dem Schmerz hingegeben, mit verdunkelten Augen. Seine Zähne bissen aufeinander. Ich drückte zu, bis sein Körper sich aufbäumte, ein Würgen ihn schüttelte und ich fast besinnungslos über ihn fiel. Da ließen die Schauer nach, klangen zu einem Zittern ab, zu einem erschöpften Vibrieren. Seine Arme, die mich gehalten hatten, fielen herab. Er ließ die Luft wieder in seine Lungen strömen, sein Atem ging rauh und mühsam.

Unsere Körper lagen da, naßgeschwitzt und reglos, im Schweigen ihrer eigenen Ermattung. Ich sah Amadeos Augen, unter dem dunklen Gewölbe des Knochenbogens, die gerade Linie seiner Nase, die weißen Zähne in den leicht geöffneten Lippen. Das Feuer in mir war nicht erloschen, nur eingedämmert.

Der Morgen kam, er war nicht aufzuhalten. Draußen wieherte ein Pferd; vor dem Wohnwagen stapfte ein Mann vorbei und hustete. Topsy erwachte in ihrem Korb, wir hörten ihr leises Piepsen und Kratzen. Tastend suchte ich Amadeos Hand, drückte sie. Meine wunden Lippen formten langsam jedes Wort.

»Und was, wenn ich einen anderen liebte? Würdest du es ertragen?«

Er starrte mit glasigen Augen zur Decke empor. Seine Stimme klang müde, beinahe alt.

»Ich weiß es nicht.«

»Ich möchte es wissen. Ich muß es wissen.«

»Vielleicht müßte ich sterben.«

Halb vergessene Erinnerungen wanderten durch mein Gedächtnis.

»Du mußt nicht glauben, daß ich dich für verrückt halte.«

Er richtete sich halb auf, lachte heiser und stoßweise.

»Herzblume, ich war nie weit davon entfernt. Himmel und Hölle kann man sich selbst erschaffen.«

»Du hast einen Zirkus erschaffen, das ist mir lieber.«

»Das kommt aufs gleiche heraus. Zwischen dem Kreis der Manege und dem Kreis dieser Erde sehe ich heute keinen Unterschied mehr, nicht den geringsten. Ich fliehe aus der Dunkelheit der menschlichen Existenz, irgendwohin, wo Licht ist. Ich bin ein Reiter ohne Wiederkehr, ein Mann ohne Schatten. Ein Phantom.«

Mein Herz wurde schwer. Ich umfaßte ihn mit beiden Armen.

»Ach, Amadeo, was habe ich dir angetan?«

»Du hast mir ein wundervolles Geschenk gemacht. Damals, als du mir deinen Körper anvertrautest. Weißt du noch? Du hast ihn selbst geöffnet. Für mich.«

»Mit deiner Hand.«

»Du hast sie geführt, Herzblume, und mich zu deinem Gefangenen gemacht. Ich wollte in dir unterschlüpfen, wie ein Fötus. Sich in eine Frau zu verbergen, in ihr zu schlafen, das wollen alle Männer, auch wenn sie es nicht zugeben. Alle sehnen sich nach dem Mutterleib. Ich sage diese Dinge, wie sie sind. Und ich sage dir auch, daß der Gedanke, du könntest einen anderen mehr begehren als mich, mir den Schlaf raubt.«

»Nimm Schlaftabletten, verdammt! Und denke nicht mehr daran.«

»Ich rechne mit allen Möglichkeiten. Aber das ist meine Sache. Du hast schon recht, Herzblume, ich lebe nur in deinem Körper, und alles andere ist ein Traum. Nicht mit dir und nicht ohne dich. So wird es immer sein. Der Mann, den du lieben könntest, müßte das verstehen ...«

»Und wenn nicht, Amadeo?«

»Dann würde ich ihm das Herz aus dem Leib reißen!« Draußen schimmerte der Himmel. Der Tag war da; der Tag, der erduldet werden mußte, unausweichlich. Geräusche wurden laut: das Surren des Generators, das Klappern und Scharren von Pferdehufen, das Anspringen eines Motors, das Weinen eines Babys – die Geräusche eines Zirkusplatzes in der Morgenfrühe.

Amadeo setzte sich hoch. Er streckte die Hand aus, ließ sie über meine nackte Brust gleiten, und sofort wurden die Spitzen hart. Er sah es, mit Qual in den Augen.

»Herzblume, laß uns vernünftig sein. In ein paar Minuten werden die Leute hier ein- und ausgehen.«

Ich zog die Beine aus dem Schlafsack, ergriff stumm seine Hand. Wir standen beide auf.

»Nimmst du eine Dusche? Dann mache ich den Boiler an.«

Ich wollte mich nicht waschen, ich wollte seinen Geruch mitnehmen. Ich schüttelte stumm den Kopf.

»Ich auch nicht«, sagte er dumpf.

Wir suchten unsere Kleider zusammen, zogen uns an, schnell und wortlos. Amadeo steckte die Gasflamme an, setzte den Kessel für Kaffeewasser auf. Als er den Kaffee eingoß, klopfte es an die Tür; es war einer der mongolischen Akrobaten, im zerschlissenen Trainingsanzug und schmutzigen Turnschuhen. Er berichtete sorgenvoll, daß sein Pferd sich verletzt hatte. Am vergangenen Abend war das Tier auf irgendeinen spitzen Gegenstand getreten. Eine Glasscherbe, meinte der Mann, im holprigen Französisch. Die Wunde habe sich infiziert.

»Gut, ich komme«, sagte Amadeo.

Ich trat zu ihm, reichte ihm die Tasse. Er stand vor mir, in seinen engen Jeans mit der breiten Gürtelschnalle, trank den heißen Kaffee, ohne Zucker und ohne Milch, wobei er mir in die Augen sah. Sein braunes Gesicht war fahl, die unrasierten Wangen wirkten seltsam eingefallen. Dann zog er seine Lederjacke an, schlüpfte in Gummistiefel. Ein letztes Mal zog er mich in seine Arme.

»Ich blute wieder …«, sagte ich leise.

»Jetzt?«

Ich nickte. Er stieß einen seltsamen Laut aus und vergrub das Gesicht in meinem Haar. Wir hielten uns so fest, wie wir nur konnten, und streichelten uns wie Blinde. Endlich ließ er mich los. Ich hob das Gesicht zu ihm hoch.

»Das nächste Mal? Wo?«

»Wir bauen heute ab. Wir gehen nach Belgien. Dann nach Holland. Im September sind wir in Les-Saintes-Maries-de la Mer.«

Ich zog leicht mit dem Finger an seiner Gürtelschnalle.

»Ich werde dasein.«

»Ich warte auf dich.«

Unsere Lippen berührten sich, bevor er sich gewaltsam losriß. Er wandte sich ab und ging, wortlos und ohne einen Blick zurück. Die Tür fiel hinter ihm zu.

Ich trank meinen Kaffee ohne Hast, die Augen ins Leere gerichtet. Dann stellte ich beide Tassen in die Spüle, zog meinen Mantel an, warf meine Umhängetasche über die Schulter. Draußen war alles noch grau. Autos und Wohnwagen zeichneten sich schemenhaft im Morgenlicht ab. Das zweitürmige Zelt schwebte im Morgendunst, ein Reich der Träume, eine Schattenburg, sich auflösend mit dem Nebel. Undeutliche Gestalten stapften über die Bretter, im Schlamm. Ich watete mit meinen dicken Schuhen an Lolas Wohnwagen vorbei, als ich eine Gestalt in Jeans und rotem Pulli auf den Stufen sitzen sah. Coralie hatte das verletzte Bein von sich gestreckt. Ihr Gesicht war blaß, das strubbelige Haar mit einem Kamm am Hinterkopf hochgesteckt. Sie mußte gesehen haben, wie Amadeo zu den Pferden ging, und wartete nun darauf, daß ich verschwand Ich kam ziemlich nahe an ihr vorbei. Sie sah mich an, machte mit der Hand das Zeichen gegen den bösen Blick und spuckte vor mir auf den Boden.

Der Parkplatz war eine durchweichte, nasse Fläche; nur einige Lastwagen der Zirkusleute waren dort geparkt. Mein Auto stand dort, wo ich es am Abend vorher gelassen hatte. Ich schloß den Wagen auf, zog meinen Mantel aus und setzte mich ans Steuer. Der Motor startete; ich riß die Räder aus dem Schlamm, fuhr die Straße entlang. Neben dem Kanal trabte ein Reiter, hochgewachsen, mit einem roten Turban. Das Pferd war ein Schimmel, weiß wie der Dunst. Beide, der Reiter und sein Pferd, verschwanden im Nebel. Es war vorbei …

Im Treppenhaus, vor Elenis Wohnungstür, vernahm ich die perlenden Klänge der »Alborada del Gracioso«. Ich schellte. Die Musik brach ab. Eleni öffnete. Sie trug ein weißes Sweatshirt und Jeans, dazu Sandalen. Sie musterte mich und fragte:

»Bist du krank?«

»Ich? Nein.«

»Warst jede Nacht bei ihm?«

»Ja.«

Sie preßte leicht die Lippen zusammen.

»Geht ihr auf diese Weise miteinander um?«

»Ich bin etwas müde, das ist alles. Komme ich zu früh? Ich hatte vergessen, daß du morgens übst.«

»Jorge ist gerade gegangen. Und morgens konzentriere ich mich nicht richtig, das geht erst nachmittags. Trinkst du eine Tasse Kaffee?«

»Ich möchte mich einen Augenblick hinlegen«, sagte ich.

Sie nahm mir den Mantel ab und hängte ihn auf. Während sie in die Küche ging, zog ich meine Schuhe aus, legte mich auf das Sofa. Mein Bauch schmerzte, als bewege sich etwas darin. Der Schmerz sagte mir, daß ich dich gehabt hatte. Und genau wie damals, als Mädchen, wünschte ich, diesen Schmerz in mir zu bewahren, als lebende Erinnerung an dich. Ja, du kennst mich gut, Amadeo. Du weißt, wie ich es haben will. Nur du …

Auch der Kopf tat weh, die Schenkel, alles. Meine Kehle war trocken und brannte. So entsetzlich war es noch nie gewesen. Ich fühlte mich so benommen, als habe das Trauma der Trennung von ihm mich meiner ganzen Identität beraubt. Irgendwo tickte eine Uhr. Ich verschränkte die Arme über die Augen, konzentrierte mich auf das Geräusch. Du entfernst dich von mir, mit jedem Ticken dieses Zeigers, mit jedem Atemzug. Heute nacht wirst du Coralies Schenkel öffnen und in sie eindringen, mit dem Verlangen nach mir. Aber meinen Geruch wirst du nicht finden; ich trage ihn an mir, mit dem deinen vermischt. Wenn ich die Knöpfe meiner Bluse aufmache, rieche ich dich, auf meiner Haut …

Ich merkte nicht, daß Eleni das Zimmer betreten hatte.

Plötzlich öffnete ich die Augen und sah sie über mich gebeugt.

»Habe ich dich geweckt?«

»Ach, Eleni, ich bin eingeschlafen.«

Eine Decke war über mich ausgebreitet worden. Ihre Fransen kitzelten mich leicht am Kinn. Ich drehte den Kopf zur Seite, streckte mich, um meine Beine zu entspannen.

»Wie lange liege ich schon hier?«

»Seit zwei Stunden. Der Kaffee ist inzwischen kalt geworden. Warte einen Augenblick, ich mache dir neuen.«

Ich schob die Decke beiseite, legte die Hände auf den Tisch und stand mit Mühe auf. Mir war schwindlig.

»Laß nur, Eleni. Ein Glas Wasser genügt. Ich werde ein Aspirin nehmen. Hast du wohl einen Tampon oder eine Binde?«

»Binden benutze ich nie. Und du solltest dich krank melden.«

Ich blieb eine Weile im Badezimmer. Ich putzte mir die Zähne, wusch mir das Gesicht. Beim Abtrocknen blinzelte ich ein paarmal, um den Schlaf aus den Augen zu vertreiben. Meine Lippen waren ebenso ausgedörrt wie das Innere meines Mundes. Auch die Gesichtshaut spannte, wie bei einem Sonnenbrand; ich tupfte etwas von Elenis Hautcreme auf meine Wangen.

Ich saß wieder auf dem Sofa, als Eleni mit einem Glas Wasser aus der Küche kam.

»Wie fühlst du dich?«

»Ich könnte keine Bäume ausreißen, aber es geht.«

»Hier ist ein Aspirin.«

»Danke.«

Ich schluckte die Tablette und trank. Das kühle Wasser tat mir gut. Mein Durst war jetzt gestillt, aber den Schmerz in mir spürte ich nach wie vor. So war es gut, so mußte es sein. Ich fühle dich immer noch, Amadeo. Ich bin stolz darauf, daß du diesen Schmerz in mir ausgelöst hast.

»Ich muß ins Institut.«

»Willst du nicht etwas essen, bevor du gehst?«

»Nein, es ist so in Ordnung. Es tut mir leid, Eleni. Jetzt bist du nicht zum Üben gekommen.«

»Das macht nichts. Ich habe Zeit.«

Sie setzte sich, faltete anmutig die Hände im Schoß; Rücken und

Nacken bildeten eine schmale, vollendete Linie. Ihre Mutter hatte stets darauf geachtet, daß sie sich gerade hielt. Im Morgenlicht, das durch die hellen Vorhänge zum Fenster hereinschien, schimmerte ihr Haar.

»War es schlimm, diesmal?«

Ich hob das Glas zum Mund. Meine Zähne schlugen gegen den Rand, so daß ich leicht zusammenfuhr.

»Amadeo will mich an den Mann bringen. Er hat diese Schnapsidee.«

Ein kleines Lächeln zuckte um ihre Mundwinkel.

»Bravo. Wie kommt er darauf?«

Ich legte den Kopf an die Lehne.

»Ich könnte es mit einer ganzen Fußballmannschaft treiben, es wäre ihm gleichgültig, solange er für mich das bleibt, was er ist. Und auf einmal macht er sich Sorgen um mich, der Idiot! Er redet wie ein verdammter Pferdezüchter: Los, es wird Zeit, daß du ein Fohlen wirfst. Er will, daß ich ein Kind habe.«

»Warum nicht von ihm?«

Unsere Blicke trafen sich. Ich wunderte mich nicht, daß sie diesen Gedanken hatte. Sie wußte immer alles, was ich dachte. Ich strich mein Haar aus dem Gesicht.

»Wenn ich von Amadeo schwanger wäre, brauchte ich es ihm nicht einmal zu sagen, er würde es meinen Augen ansehen. Wir können uns das nicht leisten, Eleni.«

Ein spöttischer Funke zuckte in ihren Augen.

»Wieso? Denkst du an die Leute?«

Sie lachte; ich lachte auch, bevor ich den Kopf schüttelte.

»Ich denke an uns, Eleni. Und an das Kind. Wo sollte es denn aufwachsen? Bei ihm oder bei mir? Einer von uns würde entsetzlich leiden. Wir können niemals zusammenleben, höchstens dann, wenn wir alt und grau sind. Mit einem Zirkus umherziehen? Das ist für mich undenkbar. Und er? Sei mal ehrlich, siehst du ein anderes Leben für ihn?«

»Nein«, sagte sie. »Er ist ein Träumer.«

»Seine Träume sind real. Er verdichtet sie zu Bildern, baut sie Abend für Abend auf und zerstört sie, wenn die Scheinwerfer erlöschen. Er schafft die ewige Wiederkehr des Gleichen. Er hat die Kraft dazu.«

Sie nickte ruhig.

»Eine Ekstasetechnik, ja, ich weiß. Man kann das herbeiführen, auch in der Musik.«

»Amadeos Welt ist glatte Utopie. Er weiß es, aber es macht ihm keine Angst. Und ich ... nun, ich lebe mich auf anderen Gebieten aus. Und daher ...«

Ihre hübschen Zähne blitzten.

»Und daher seid ihr euch so ähnlich.«

Ich drückte das Glas an meine Stirn.

»Ich sehe mir die Welt an. Amadeo will nichts von ihr wissen. Er kümmert sich nur um *seine* Welt. Ich bin der rationale Teil von ihm. Und er ist mein Traumbild.«

Sie nickte gleichmütig.

»Und somit seid ihr eins.«

»Niemand versteht das besser als du.«

»Ich bin halt einfühlend.«

»Amadeo und ich, wir halten uns nicht an die allgemeinen Spielregeln. Wenn es für uns nur darum ginge, ein paarmal im Jahr zusammen zu bumsen, wäre es überhaupt kein Problem. Aber das ist es nicht, überhaupt nicht. Wir verbringen unsere Zeit damit, aufeinander zu warten. Ich hungere und durste nach ihm, und ihm geht es ebenso. Wir lieben einander, Eleni, wir lieben einander zum Verrücktwerden. Unsere Tragik ist, daß wir für uns keinen Ausweg sehen.«

Sie senkte den Blick auf ihre Hände.

»Ist Liebe Grund genug, um sich Schmerzen zuzufügen?«

In meinen Ohren dröhnte der eigene Atem.

»Amadeo würde sagen, es ist der Preis ...«

Sie saß da, kerzengerade, und seufzte.

»Ich kann nicht mehr mit ansehen, wie ihr euch beide kaputtmacht. Schon seit Jahren. Ich bin froh, daß er nach Belgien fährt und du nach Griechenland zu Stavros und Anghelina.«

»Sie können mir nicht helfen.«

»Nein. Aber du wirst sie mögen. Sie werden dich verstehen, vielleicht besser als sonst jemand.«

»Glaubst du das wirklich?«

Sie lächelte ihr Grübchenlächeln.

»Du bist nicht so phänomenal, wie du denkst. Du brauchst dir nichts darauf einzubilden …«

Ich wußte, daß die Anspielung etwas mit mir zu tun hatte, etwas mit meiner ganz besonderen Art. Aber ich wollte nicht darüber nachdenken. Nicht jetzt. Später würde ich schon herausfinden, was sie damit gemeint hatte.

»Wenn ich nur einmal richtig heulen könnte«, sagte ich.

Sie nickte ruhig.

»Ja, das würde dir guttun. Aber es kommt schon.«

»Amadeo und ich waren immer stark, wir haben einen Block gebildet, gegen alles; jetzt habe ich das Gefühl, daß wir Waschlappen sind. Ein Mann, der mir mehr bedeutet als er? Als er davon redete, hätte ich ihn am liebsten verprügelt. Der bloße Gedanke daran ist lachhaft und völlig unmöglich. Amadeo würde das niemals ertragen. Den Typ würde er umbringen oder sich selbst eine Kugel durch den Kopf jagen. Und dann kann ich nur hoffen, daß noch eine für mich übrigbleibt.«

Sie wurde plötzlich lebhaft.

»Hör mit diesem dramatischen Zeug auf! Ihr seid beide total überdreht, aber einer mußte ja den Anfang machen. Hättest du vielleicht den Mut gehabt, Amadeo zu sagen, es geht nicht mehr so weiter, suche dir eine Frau, die besser zu dir paßt?«

Meine Finger schlossen sich um das Glas. Ein paar Atemzüge vergingen. Sie erwiderte gelassen meinen Blick. Ich starrte sie an; ohne daß ich es merkte, preßte ich das Glas derart fest zusammen, daß es mit leisem Knirschen zersprang. Das Wasser floß mir über die Hand und auf den Teppich. Eleni sprang auf.

»Sei vorsichtig! Du tust dir ja weh!«

Ich öffnete die Hand. Ein Splitter hatte sich in meinen Daumen gebohrt. Ich pickte ihn mit den Nägeln heraus. Ein dünner Blutfaden rann über mein Handgelenk.

»Es ist weiter nichts«, sagte ich tonlos.

Ich hob die Hand, fuhr mit der Zungenspitze über die Wunde.

Der Schnitt war nicht tief, aber er blutete stark, Eleni ging ins Badezimmer, kam mit einem Erste-Hilfe-Kasten zurück. Sie säuberte den Schnitt, verklebte ihn mit einem Heftpflaster. Ich saß da, benommen, und schaute ihr bei ihrer Tätigkeit zu, als ob die Hand mir nicht gehörte. Elenis zarte Finger waren kühl – sie waren immer kühl, es mußte etwas mit ihrem Kreislauf zu tun haben – und strahlten Ruhe aus. Jede ihrer Bewegungen war ausgeglichen. Plötzlich blickte sie rasch von meiner bandagierten Hand auf und mir ins Gesicht.

»Ich nehme an«, sagte sie ruhig, »das war die Antwort auf meine Frage.«

Am Nachmittag rief Martin in meinem Büro an.

»Ist er weg?«

»Was willst du damit sagen, Martin?«

»Du weißt genau, wen ich meine. Ist er nun fort, oder nicht?«

»Sie bauen heute das Zelt ab.«

»Gut. Dann bist du ja wieder ansprechbar. Treffen wir uns nachher?«

Wir verabredeten uns in der Brasserie Balzar, an der Rue des Ecoles, einem Lokal, das ich von meiner Studentenzeit gut kannte.

Ich kam mit der Métro. Nach Arbeitsschluß war ich noch schnell in meiner Wohnung gewesen, hatte die Post durchgesehen und mich umgezogen. In der Brasserie herrschte das übliche Gedränge; die Sorbonne war ganz in der Nähe. Martin winkte mir zu. Er war frühzeitig gekommen und hatte einen ruhigen Ecktisch an der Wandtäfelung erwischt. Er stand auf, lächelte wie ein scheuer Schuljunge. Die braunen Locken fielen über den blauen, etwas zerschlissenen Hemdkragen. Seine Augen leuchteten. Nicht das geringste Zeichen von schlechter Laune war ihm anzumerken. Aber ich kannte ihn gut.

Er half mir aus dem Blazer. Ich setzte mich.

»Du siehst ja blendend aus!« stellte er fest.

Ich lächelte ihn an.

»Das freut mich.«

Ich hatte mein Haar gewaschen und trocken gebürstet, die Müdigkeit mit Rouge und Lippenstift kaschiert. Meine Bemühungen waren offenbar nicht umsonst gewesen.

Eine Weile studierten wir die Karte, ohne uns anzusehen und ohne ein Wort. Ich hatte nicht viel Hunger. Der Kellner kam. Wir bestellten Fischpastete und eine Flasche Burgunder. Martin fragte, ob er rauchen dürfte. Höflichkeit war bei ihm immer großgeschrieben, auch wenn er innerlich vor Wut kochte. Es sei denn, er war betrunken. Ich schob ihm wortlos den Aschenbecher zu. Martin blies den Rauch durch die Nase.

»Können wir reden?«

»Wenn es sein muß.«

»Es ist unvermeidlich, daß wir mal reinen Tisch schaffen.«

Der Kellner brachte den Wein, öffnete die Flasche. Martin probierte und nickte.

»Einwandfrei!«

Der Kellner goß die Gläser ein. Martin lächelte mir zu.

»Auf dich!«

Ich erwiderte sein Lächeln, nahm einen Schluck und sah aus dem Fenster. Wo war Amadeo jetzt?

»Por el olivar venían
bronce y sueño, los gitanos
Las cabezas levantadas
y los ojos entornados …«

»Durch den Olivenhain wandern,
Die Zigeuner, Bronze und Traum.
Ihre Köpfe erhoben,
Und blicklos ihre Augen …«

Diese Verse, woher kannte ich sie? Sie waren mit Dingen von früher verbunden. Aber solchen Erinnerungen nachzuhängen führte zu nichts, ich wurde nur traurig dabei, und so wandte ich Martin wieder den Blick zu. Er räusperte sich, was bei ihm immer ein Zeichen von Unsicherheit war.

»Was ich gerne mal wissen möchte – und diese Frage gestatte ich mir: Was hat dieser Mann eigentlich an sich, daß er dich so fasziniert?«

Ich nahm einen Schluck Wein. Ich wollte ihn nicht verletzen.

»Sprichst du von ihm oder von seiner Lebensweise?«

»Wohl von beidem. Gehört das nicht zusammen?«

»Im Laufe der Zeit haben wir gelernt, Kompromisse zu schließen.«

Der Kellner vergewisserte sich, daß grünes Olivenöl und Weinessig vorhanden waren, stellte einen Korb Brot auf den Tisch, brachte die Fischpastete und Salat.

Martin sagte:

»Soviel ich weiß, stammst du aus der gehobenen Mittelschicht. Eine bürgerlich-liberale Familie, nicht wahr? Wie kamst du nur dazu, dich in diesen Fakir zu verlieben? Das sind doch zwei ganz verschiedene Welten ...«

Die peinlich pikierte Art, wie er sich ausdrückte, brachte mich fast zum Lachen.

»Es tut mir leid, dich enttäuschen zu müssen, aber Amadeo stammt nicht aus der Gosse. Ich will hier keine Einzelheiten weitergeben, ich kann dir nur sagen, daß seine Familie einen aufwendigen Lebensstil hat. Amadeo hat sich einen anderen Hintergrund ausgesucht, das ist alles.«

»Und ist glücklich und zufrieden dabei?«

»Wie du siehst.«

»Das ist ja richtig toll«, sagte er. »Klingt, als hätte er sein eigenes Revier auf der Welt abgesteckt, für seine persönlichen Bedürfnisse und Wünsche. Aber ich sehe immer noch nicht klarer.«

»Zerbrich dir darüber nicht den Kopf«

»Sicher nicht. Wie schmeckt dir der Fisch?«

»Ganz gut. Und dir?«

»Ausgezeichnet. Das Brot auch. Nimmst du keins? Jetzt hör mir mal zu, Darling. Alles, was du mir über den Typ gesagt hast, überzeugt mich nicht. Du mußt dir eine bessere Rechtfertigung ausdenken.«

Ich rieb mir die Schläfen.

»Hast du noch nie erlebt, daß es zwischen zwei Menschen eine Art Geheimsprache gibt? Daß einer im anderen seinen eigenen Schatten sieht?«

»Nein«, erwiderte Martin entschieden. »Das habe ich noch nie erlebt, und ich halte auch diese Pseudo-Symbiose für fragwürdig. Seelenverwandtschaft ist eine Illusion. Ich nehme an, daß Leute, die zehn oder zwanzig Jahre verheiratet sind, sich ganz gut kennen. Aber das ist mehr eine Gewohnheitssache. Man soll sich da nichts vormachen.«

»Ich mache mir nichts vor«, sagte ich. »Ich weiß, daß man diese Gewißheit haben kann: Ich kenne dich, du bist mir irgendwie gleich. Und es gibt Menschen, die uns nahestehen, die Holz von unserem Holz sind. Alle anderen bleiben Fremde. Wenn sie nicht Holz von unserem Holz sind, sollte man sie nicht zu nahe kommen lassen.«

»Wovon in Teufels Namen redest du eigentlich?« fragte Martin.

»Von Amadeo. Ich rede die ganze Zeit nur von ihm.« Er hob die Flasche. »Noch etwas Wein?«

Ich schüttelte den Kopf.

»Nein, Martin, für heute abend genügt es.« Er füllte sein Glas.

»Jeder von uns hat seine schlechte Seite. Seelenverwandtschaft kann eine bequeme Ausrede sein.«

Ich tupfte mir mit der rotweißen Serviette die Lippen ab. Klar versteht er mich nicht, dachte ich. Wie sollte er auch?

Jetzt lächelte er, wobei er die linke Wangenseite hochzog. »Irgendwer hat mal gesagt: ›Everybody is an island.‹ So denke ich auch. Das ganze Gerede über ›Du bist ich‹ und ›Ich bin du‹ ist eine Illusion – von mir aus ein Ideal, wenn dir das besser gefällt. Kurzum, eine Sache für Mystiker und Künstler. Du und ich, wir sind weder das eine noch das andere. Oder hältst du dich etwa für tiefblickender als andere?«

»In manchen Dingen schon.«

»Darling, so kommen wir nicht weiter.«

»Ich weiß.«

»Hast du keinen Hunger?«

»Ich hätte gerne einen Espresso.«

Martin winkte den Kellner herbei. Mir war ein wenig übel. Der Kaffee würde mir guttun. Martins saphirblaue Augen starrten mich unentwegt an.

»Dieser Kerl – dieser Amadeo, weiß er eigentlich, wie es mit uns steht?«

»Es ist ihm egal.«

Er schenkte sich Wein nach. Mir fiel auf, daß er fast die ganze Flasche ausgetrunken hatte.

»Das kannst du mir nicht weismachen«, sagte er. »Kein Mann, der etwas auf sich hält, erträgt es, wenn seine Geliebte einen anderen hat.«

»Ich kann mir nehmen, wen ich will.«

Er lachte kurz und höhnisch auf.

»Und wie steht es mit ihm? Der leistet sich doch einen ganzen Stall, so wie ich ihn einschätze.«

Ich lächelte zerstreut.

»Er braucht eine Frau. Besonders in dieser Nacht.«

Martin runzelte die Brauen.

»Warum ausgerechnet in dieser Nacht?«

»Weil er nicht anders kann. Weil er an mich denken will.«

Martins kleine Narbe an der Lippe zuckte.

»Das verstehe ich nicht.«

Ich sagte, langsam und deutlich:

»Du verstehst mich sehr gut, Martin. Er wird mit dieser Frau schlafen und mich dabei im Kopf haben.«

Martin schien förmlich zu versteinern. Der Kellner brachte den Espresso. Ich schüttete Zucker hinein, rührte um und trank einen Schluck. Nach einer Weile brach Martin das Schweigen.

»Verdammt, das ist nicht fair!«

»Nein, das ist es nicht.«

»Ihr seid ja beide pervers.«

»Möglich.«

Er musterte mich mit einem merkwürdigen Gesichtsausdruck.

»Und wie steht es mit dir, wenn du mit mir im Bett liegst?«

Er wartete; ein paar Sekunden lang schwieg ich. Die Frage war unvermeidlich gewesen, aber Martin hätte sie nicht stellen sollen. Jetzt blieb mir keine Wahl. »Das hängt von dir ab, Martin.«

Er lehnte sich zurück und holte tief Luft.

»Das, was du gesagt hast … ich werde es nicht vergessen.«

Ich sagte nichts. Die Studenten um uns herum unterhielten sich in voller Lautstärke. In der einen Ecke saß ein Liebespaar und sah sich in die Augen. Sie saßen nur da und sahen sich an, wobei beide rauchten. Ich wandte die Augen ab. Die Müdigkeit pochte in meinem Kopf, und das taube Gefühl nahm zu. Der Espresso war nicht gut gewesen.

»Gib mir eine Zigarette«, bat ich.

Er hielt mir das Päckchen hin; ich fischte eine heraus, steckte sie zwischen die Lippen. Martin gab mir Feuer, wobei er mich nicht aus den Augen ließ.

»Du bist müde.«

»Ja, sehr.«

Er streckte den Arm über den Tisch aus und legte seine Hand auf meine. Ich zog meine Hand nicht zurück. Die warme Berührung tat mir gut. Er streichelte meinen Handrücken.

»Warum behandelst du mich so? Habe ich dich in irgendeiner Weise verstimmt?«

Seine Stimme klang zärtlich und verständnisvoll. Wenn er so sprach, hatte ich immer das Gefühl, daß ich ihm alles sagen konnte. Aber das war eine Illusion, eine gefährliche noch dazu.

»Nein, Martin. Die Sache hat mit dir nichts zu tun. Und jetzt will ich nicht mehr davon reden.«

»Dann lassen wir das Thema fallen. Fahren wir immer noch zusammen nach Griechenland?«

Ich sog an der Zigarette und kniff die Augen zusammen, um sie vor dem Rauch zu schützen.

»Natürlich. Es sei denn, dir wäre die Lust vergangen.« Er lächelte auf seine einnehmende, lockere Art.

»Eigentlich war ich nahe dran, zurückzugehen – in die Staaten. Ich habe auch da zu tun und fühlte mich hier unerwünscht. Aber ich bin ein pflichtbewußter Mensch und muß Bildmaterial zusammentragen. Kreta war für mich eine enorme Enttäuschung. Die Touristik-Maschinerie ist gut geölt, man findet kaum noch ein Stück unberührte Landschaft. Santorin ist hoffentlich fotogener.«

»Das glaube ich schon. Aber zuerst gehen wir nach Langada. Das ist nur ein Dorf.«

»Ach ja«, sagte er. »Elenis Verwandte besuchen.«

»Anghelina und Stavros heißen sie. Und da ist auch noch die Großmutter, Demetria. Sie soll weit über neunzig sein.«

»Auf Kreta konnten fast alle nur Griechisch. Das ist verflixt mühsam, wenn man sich mit den Leuten nicht verständigen kann.«

»Soviel ich weiß, waren beide eine Zeitlang in Frankreich. Stavros hat auf einem Bau gearbeitet, und Anghelina stickte für irgendein Couture-Haus. Schwarzarbeit und natürlich schlecht bezahlt. Sie machte wundervolle Stickereien, hat mir Eleni gesagt.«

»Werden wir bei ihnen übernachten?«

»Sie haben es uns angeboten.«

»Wer weiß, ob sie ein Badezimmer haben? Und für Knoblauch Joghurt habe ich nicht viel übrig. Dazu der Krach, wenn gefeiert wird! Ich habe das auf Kreta erlebt. Merkt man, auf was man sich da eingelassen hat, ist es meistens zu spät, und die Leute sind beleidigt. Ich schlage vor, daß wir am Ort ein Hotelzimmer reservieren. Da sind wir vor Überraschungen sicher.«

»Wie du willst.«

»Gut. Ich kümmere mich darum.«

Er rief den Kellner und zahlte. Er bestand jedesmal darauf, wenn wir zusammen ausgingen. Ich sagte nichts; ihm lag noch an diesem Rollenspiel.

Ich warf einen Blick durch die Scheiben. Die Dunkelheit war plötzlich hereingebrochen, die Scheinwerfer blickten wie Sterne. Vor meinen inneren Augen erschien das weiße Zelt, ein Reich der Träume. Ich hörte die Trommeln schlagen, sah ein schwarzes Pferd im Kreis jagen und einen Mann mit ausgebreiteten Armen dem Himmel entgegenreiten.

»Wie ruft das Käuzchen,
ach, wie ruft das Käuzchen im Baum!
Der Mond wandert am Himmel,
Führt ein Kind an der Hand.
In der Schmiede weinen,
Klagen die Zigeuner
In der Luft flattert, flattert
In der Luft flattert der Wind …

Nicht mit dir und nicht ohne dich. Es soll bleiben, wie es ist, bis an das Ende unserer Tage. Ich habe solche Sehnsucht nach dir. Aber das ist ein normaler Vorgang. Ich werde jetzt mit Nonna reden; ihr alles sagen. Sie ist die einzige, die mich trösten kann.

»Nonna?«

»So, sono qui, Piccina. Sono sempre qui.«

Ich zog den Aschenbecher heran, drückte die Zigarette aus. Martin steckte seine Kreditkarte in die Brieftasche. Wir erhoben uns beide. Als ich aufstand, spürte ich ein leichtes Ziehen im Bauch. Der Schmerz war noch da, aber morgen würde er vergangen sein. Vielleicht konnte ich ihn in dieser Nacht noch etwas entfachen.

Martin half mir in den Blazer. Unsere Blicke begegneten sich.

»Ich bringe dich nach Hause.«

Ich antwortete rasch, weil ich mich so sehr danach sehnte, meine Einsamkeit wiederzuerlangen:

»Martin, ich möchte heute abend allein sein.«

Er preßte die Lippen aufeinander. Er bat mich nicht um eine Erklärung, wohlwissend, daß ich ihm keine geben würde. Ich hob meine behandschuhte Hand, strich flüchtig über seine Wange, dort, wo die kleine Narbe war.

»Sei mir nicht böse, Martin. Wir sehen uns morgen.«

Mit diesen Worten verließ ich ihn und fuhr mit der Métro nach Hause.

11. Kapitel

In Athen fegten Windböen über den Flughafen. Die Stadt erschien heiß, geschäftig, leuchtend im grellen Licht. Die Sonne funkelte, der Geruch nach verbranntem Treibstoff wirkte in der Hitze noch widriger. Es war früher Nachmittag, wir warteten vor dem Fließband auf unser Gepäck – zwei Rucksäcke. Meinen Koffer mit den Instrumenten hatte ich gleich nach Thera schicken lassen. Das Institut hatte mir dort in einer Pension ein Zimmer gemietet.

Der eigentliche Flug hatte nur zwei Stunden gedauert. Aber in Roissy hatten wir eine Stunde warten müssen, bevor die Maschine die Flugerlaubnis erhielt. Es waren solche Augenblicke, wo man reizbar und nervös wird, zuviel trinkt und grundlos feuchte Handflächen bekommt. Endlich konnte das Flugzeug starten und landete, dank starkem Rückenwind, nur mit geringer Verspätung. Wir hatten in Athen für eine Nacht ein Zimmer reserviert; der Flug nach Thessaloniki ging erst am nächsten Tag.

Nach vierzig Minuten Wartezeit nahmen wir unsere Rucksäcke, von einer Sandschicht bedeckt, in Empfang; ein Gepäckwagen hatte sie über das Gelände gefahren. An der Zollkontrolle prüften zwei übertüchtige Beamte jeden Paß, zogen die Prozedur endlos in die Länge. Mir war heiß in meinem Pullover, und Martin hatte Schweißtropfen auf der Stirn. Auf einmal war es dann vorbei, nun kam die nächste Geduldsprobe. Eine Menschentraube mit schreienden Kleinkindern, Koffern und Taschen vor der Taxistation. Alle gestikulierten mit orientalischem Überschwang, schoben und drückten und drängten sich vor. Martin, gewöhnt, sich die Mitmenschen auf Distanz zu halten, lächelte gequält. Wir warteten eine dreiviertel Stunde, mit zerzaustem Haar und geröteten Augen; der Wind wirbelte Staub, Papierfetzen und allen möglichen Unrat durch die Luft. Martin verlor allmählich seine Ruhe.

»Himmel, was für ein Durcheinander! Schlimmer als in Heraklion.«

Ich schmunzelte.

»Du kannst nicht verlangen, daß hier alles wie am Schnürchen läuft. Wappne dich mit Gleichmut.«

Endlich konnten wir uns in ein Taxi pferchen. Wir fuhren zuerst den Piräus entlang; zwischen Abschleppkränen und Hafenbauten mit Graffiti und zerfetzten Plakaten glitzerte das Meer, wie flüssiges Silber. Schiffsmaste schaukelten, Wolken von Möwen kreischten im Sonnenlicht. Athen selbst war ein einziger Hexenkessel. Alle Straßen erstickten in einer Lawine von Blech, Lärm und Abgasen. Motorräder lieferten sich halsbrecherische Wettrennen, alle Busse waren zum Bersten voll. Im Wagen lief die Stereoanlage in voller Lautstärke: Rockmusik. Der Fahrer pfiff fröhlich im Takt, trommelte mit beiden Händen auf dem Lenkrad. Neben dem Rückspiegel baumelte, seltsam anzusehen, ein blauweißes Kugelauge aus Keramik, als Amulett gegen den »bösen Blick«.

Das Hotel lag im Zentrum, in der Nähe des alten Viertels Plaka. Ein Bau aus den siebziger Jahren, funktional, kühl, mit Marmorfliesen, chromglänzenden Möbeln und überdimensionalen Sitzgruppen aus Leder. Unser Zimmer im sechsten Stock roch nach Chlor und Abgasen. Generationen von Touristen hatten den Teppichboden abgeschabt. Das Bett hatte eine lange Rolle am Kopfende und eine dünne Decke mit einem Rautenmuster. Minibar, Fernseher und TV-Guide fehlten nicht. Der Groom schleppte keuchend unsere Rucksäcke herein, schaltete die Klimaanlage an. Ich steckte ihm ein paar Drachmen in die Hand. Dann ging ich zum Fenster, schob die grauen Gardinen zurück und zog die Lamellen der Jalousien hinauf.

»Komm her und sieh dir das an.«

Martin trat neben mich.

»Beeindruckend«, stellte er nüchtern fest.

Der Sirokko hatte Athen von seiner üblichen Dunstglocke befreit. Vor uns, knapp einen halben Kilometer Luftlinie entfernt, leuchtete die Akropolis, strahlend gegen den blauen Himmel.

Ich sah auf die Uhr.

»Wollen wir das Gelände besichtigen? Sie schließen um sechs. Wir haben noch fast zwei Stunden.«

Draußen fegten Staubwolken um die Ecken. Wir setzten sofort die Sonnenbrille auf, Ich kannte den Weg; wir brauchten nur ein paar Straßen zu überqueren, schon waren wir im alten Viertel Plaka, fast so ruhig wie ein Dorf, mit seinen bemalten Häusern, Weinstuben und Kneipen. Kirchen und Kapellen waren frisch restauriert, auf pittoresk zerfallenen Bögen und Mauern wucherten Schlingpflanzen in Blumentöpfen. Katzen schliefen in der Sonne. Wir stiegen einen kleinen Hang hinauf; da kamen die wuchtigen Marmorsäulen wieder in Sicht, diesmal ganz nahe. Eine Reisegruppe hatte gerade die Besichtigung beendet: Männer und Frauen älteren Jahrgangs, mit Schirmmützen, umgehängten Fotoapparaten, nackten Beinen und rot verbrannten Gesichtern. Martin schürzte verächtlich die Lippen.

»Touristen!«

Ich teilte nicht seine Abneigung gegen Urlauber; auch inmitten anderer Menschen konnte man seinen Gedanken nachgehen. Und die Weitläufigkeit des Geländes führte die Menschen, ohne daß es ihnen bewußt war, auf eine unbedeutende Dimension zurück. In Ägypten, beim Betrachten der Pyramiden, hatte ich das gleiche Gefühl erlebt: Hier waren Erbauer am Werk gewesen, die mit den Augen ihrer Götter in die Zukunft geblickt hatten. Schon möglich, daß diese Bauten nur Trugbilder waren – wie alles, was der Mensch schafft –, entstanden aber waren sie aus Visionen.

Wir zahlten an der Kasse, wanderten die steinigen Pfade empor; der weiße Marmor schimmerte wie Glasur, zwischen Quadern und Bögen leuchtete, schwindelerregend, der Himmel. Flaumige Wolken zogen vorbei, Myrten- und Ginsterbüsche flatterten. Vogelrufe mischten sich in das ferne Brausen des Verkehrs. Touristen standen mit zurückgelegten Köpfen vor den Karyatiden, die durch rostfreie Titanklammern vor dem Zusammenfall bewahrt wurden, ein Palliativ gegen den sauren Regen. Um die Säulen sang der Wind wie rufende Muschelhörner; die antiken Trümmer wirkten nicht verfallen, sondern auf eigentümliche Weise unvollendet, als gehörten sie nicht der Vergangenheit an, sondern einer erst noch kommenden Zeit.

»Mich deprimieren solche Stätten«, sagte Martin. »Was nützt es, sich diese Altertümer anzusehen? Wir laufen vermutlich auf einem riesigen Friedhof herum. Der ganze Hügel hier kommt mir wie ein Grab vor. Die sind alle tot, wir leben, und eines Tages sind wir auch nicht mehr da.«

Ich lächelte. Martin interessierte sich nur für das, was fertig an ihn herangetragen wurde. Versuche, in die Vergangenheit einzutauchen, lehnte er ab. Bauten und Denkmäler waren für ihn sehenswert, wenn sie aus der Gegenwart stammten. Er hatte eine Vorliebe für das Postmoderne.

»Und wenn schon«, erwiderte ich. »Meer, Wind und Erde werden immer dasein. Und ich bin ein Stück von diesen Dingen. Das beruhigt mich sehr.«

Er grinste und wies auf ein Dutzend Japaner, die sich vor dem Tempel der Athena Nike mit lebhaften, höflichen Verbeugungen gegenseitig fotografierten.

»Glaubst du, die denken an das ewige Leben?«

»Wer weiß?« sagte ich.

Martin hörte nicht die Stimmen aus den Tiefen der Zeit. Er wollte sein Leben vor dem Einbruch des Geheimnisvollen schützen. Was er begriff, folgerte er durch logische Schritte in seinem Kopf. Ich jedoch hörte andere Botschaften, sah andere Sinnbilder. Ich sendete ihm Signale, die er nicht verstand. Ich sendete sie, ohne es zu wollen, sie kamen von mir, ohne jeden Einfluß von außen. Da verspürte er Unbehagen, das machte ihm angst.

Die Sonne sank, der Himmel schimmerte aprikosenfarbig. Die Wächter – freundliche, braungebrannte ältere Männer – begannen geduldig ihre Runden; das Publikum strömte zum Ausgang. Nachts wurde das Gelände geschlossen; die Geister blieben unter sich, sammelten Kräfte aus Sternenlicht und Mondglanz. Sie tranken den Morgentau und begrüßten die Sonne mit weißen Marmorlippen. Ihr Leben währte sehr lange. Ich fühlte mich als ein Teil von ihnen, wie beschützt. Aber das konnte ich Martin nicht sagen.

Später aßen wir in einer Taverne in der Plaka. Wir bestellten Hammelfleischspießchen, überbackene Tomaten, mit Reis gefüllte Weinblätter. Dazu einen dunklen, sehr süßen Wein. Martin trank viel davon, was ihn gesprächig machte. Wir unterhielten uns über die Kneipe, über die Bouzouki-Musik im Hintergrund. Martin fand den Ort zu originell, um echt zu sein: eine Touristenfalle! Mir gefielen diese Tavernen, ich sah sie als eine Art Zusammenfassung des Landes, als lebendiges Bilderbuch. Ich bemerkte die achtungsvolle Freundlichkeit des Wirtes, das spontane Lächeln des Kellners. Martin sah das anders, sprach von Halsabschneiderei und faulem Zauber.

»Die wollen uns ja nur das Geld aus der Tasche ziehen!«

Ich brachte es nicht fertig, mich darüber aufzuregen.

»Ist das nicht überall so?«

»Mir scheint es hier besonders schlimm. Sie verkaufen uns ihre Ruinenfelder wie Kitschwaren in Souvenirläden. Überall die gleiche *please, come und look-Methode!* Den Griechen wird es offenbar schwindlig von all den Drachmen, die man im Tourismus verdienen kann.«

Ich fing jetzt an, die Geduld zu verlieren; sein Urteil war nicht nur voreilig, sondern ungerecht.

»Ich sehe das nuancierter. Gastfreundschaft wird ebenso oft mißbraucht wie mit Berechnung eingesetzt. In Griechenland sagt man schnell du zueinander, was nicht viel heißen will. Aber wenn man wirkliche Freunde hat, kann man sich auf sie verlassen. Selten habe ich so nette und hilfreiche Menschen gekannt wie die Griechen.«

»Oh, sie waren sicher nett zu dir, weil sie dir etwas verkaufen wollten.«

Ich mochte es nicht, wenn er diesen Ton anschlug, wenn sein weicher amerikanischer Akzent plötzlich schnoddrig und derb klang.

»Trink nicht zuviel, Martin. Griechischer Wein ist tückisch.« Er schnalzte mit der Zunge.

»Ich habe Durst.«

»Das kommt von dem Staub. Du solltest zwischendurch Wasser trinken.«

»Dann berechnen sie uns das auch noch. Ich bleibe beim Wein.«

Als wir uns auf den Weg zum Hotel machten, sagte ich:

»Du scheinst einen wegzuhaben.«

Er stolperte und hielt sich an meinem Arm fest.

»Ich glaube, du hast recht. Ich hätte Wasser trinken sollen.«

»Na, komm schon«, sagte ich.

Sein Arm hing schwer an meinem, und manchmal schien es, als zerrte ich den Mann hinter mir her. Ab und zu mußte ich stehen bleiben, um Atem zu schöpfen. Einmal sagte ich: »Paß auf, wo du hintrittst«, aber er schien mich nicht einmal zu hören. Alle Restaurants waren überfüllt; Musik schallte aus Bars und Cafés. Die Griechen liebten das Nachtleben, der Verkehr würde erst lange nach Mitternacht weniger werden. Vor dem Hotel stolperte Martin wieder.

»Das war eine Stufe«, sagte ich. »Heb doch deine Füße hoch.«

Im Zimmer zog Martin seinen Pullover aus.

»Herrgott, ist das eine Hitze! Ich brauche noch was zum Nachtrinken.«

Er machte sich an der Minibar zu schaffen.

»Ein Whisky wäre nicht schlecht. Hier ist sogar Eis. Trinkst du auch noch einen?«

Ich schüttelte den Kopf.

»Ich habe genug gehabt.«

»Komisch, daß du sowenig trinkst.«

»Ich habe selten Durst. Es hängt irgendwie mit meinem Stoffwechsel zusammen.«

»Du hast eine verdammt gute Figur dabei, weißt du das?«

»Das haben vor dir schon andere festgestellt.« Ich hörte ein plätscherndes Geräusch. Er goß Whisky ein, pur, und ließ nur einige Eiswürfel in das Glas fallen. Hastig nahm er einen Schluck, ohne mir zuzuprosten. Ich sagte:

»Martin, du trinkst zuviel. Das paßt mir nicht.«

Er starrte mir in die Augen.

»Dein Zirkustyp, trinkt der etwa nicht?«

Mein Atem setzte kurz aus; ich mußte hier vorsichtig sein. Seit unserem Gespräch in Paris hatte er Amadeo nicht mehr erwähnt. Er sprach jetzt laut mit einer Stimme, die zugleich ausdruckslos und kehlig war. Ich bemühte mich, den richtigen Ton zu finden. Ich war verärgert und durfte mir nicht zuviel zumuten.

»Nein. Und wenn, dann nur Wein. Ich habe ihn noch nie betrunken gesehen.«

Martin setzte das Glas an die Lippen.

»In Grunde genommen bist du eine schöne Nutte.«

Er muß wirklich schon sehr betrunken sein, dachte ich, sonst würde er mir das nicht sagen. Ich wünschte plötzlich, er würde gehen und mich allein lassen.

»Mach dich nicht lächerlich, Martin. Du bist nicht selbstkritisch genug.«

Er platzte fast vor Lachen.

»Selbstkritisch?«

»Selbstkritik ist nicht zum Lachen«, sagte ich. »Im Grunde bist du ein Moralapostel.«

»Ich habe Prinzipien.«

»Solche Menschen machen mir keinen Spaß.«

Er trank sein Glas aus und stellte es auf den Tisch. Es gab ein leises Klirren.

»Warum siehst du mich so an?« fragte ich. »Du hast mich in letzter Zeit häufig so angesehen. Das geht mir auf die Nerven.« Er nickte langsam vor sich hin.

»Wenn man dich nicht kennt, würde man glauben, daß du überhaupt keine Nerven hast. Du siehst immer so unbeteiligt aus. Aber stille Wasser sind tief. Ich beobachte dich, weil ich wissen möchte, was in dir eigentlich vorgeht.«

»Das geht dich nichts an, Martin. *Everybody is an island,* stimmt das nicht? Das hast du mir selbst gesagt.«

»Ich habe dir auch gesagt, daß ich dich nicht sehr wählerisch finde. Wenn ich mir vorstelle, wie du dich von diesem Halunken da abknutschen läßt ...«

»Sprich nicht weiter, Martin«, schnitt ich ihm das Wort ab. »Sprich nicht so über Amadeo, ich warne dich.«

»Ich rede, wie es mir paßt. Und ich begreife erst jetzt so nach und nach, wie ihr beiden funktioniert. Und was ich da begreife, gefällt mir nicht.«

»Martin, diese Unterhaltung führt zu nichts.«

»Du bist nicht ehrlich mit mir.«

»Habe ich dich belogen?«

»Nicht mit Worten, Darling. Gewiß nicht.«

Ich streifte meine Mokassins von den Füßen und ging an ihm vorbei, zum Badezimmer. Er packte mich am Arm, brachte mich aus dem Gleichgewicht und warf mich aufs Bett. Im selben Augenblick lag er auch schon auf mir, mit seinem ganzen Gewicht. Seine Finger krallten sich schmerzhaft in mein Haar. Ich blinzelte und sagte gleichmütig:

»Du tust mir weh, Martin.«

Manche Männer lieben es, wenn Frauen sich vor ihnen fürchten; ein Urinstinkt, der ihre Begierde steigert. Sie haben etwas von Wölfen an sich, die mit einer frisch aufgespürten unschuldigen Beute spielen, bevor sie verschlungen wird. Derselbe Urinstinkt würde eine andere Frau vielleicht dazu bringen, sich zu wehren. Mich brachte männliche Körperkraft nicht aus der Fassung. Ich empfand nicht einmal ein Angstgefühl. Irgendwie fühlte ich mich überlegen. So lag ich völlig regungslos unter ihm, studierte aufmerksam sein Gesicht. Seine blauen Augen waren starr unter dem zerzausten Haar; seine

Lippen zitterten, doch den Rest des Gesichts behielt er unter Kontrolle. Er beugte sich vor, ließ seinen Mund über meine Stirn wandern, über meine Lider, über meine Nasenflügel. Ich zuckte kurz zusammen, als seine Lippen sich auf meinen Mund legten. Eine plötzliche Schwäche überkam mich; keine physische Schwäche, nein, eine Taubheit, eine innere Lähmung. Ich suche dich meistens in mir selbst, Amadeo. Wenn ich dich will, bist du immer zu erreichen. Aber wenn ein anderer hilft, geht es schneller und einfacher. Ich brauche nur die Augen zu schließen. Eine kindliche List, aber wirkungsvoll.

Martin löste seine Lippen und flüsterte heiser:

»Ich weiß doch, daß du an ihn denkst.«

Ich machte meine Arme frei, umfing seinen Nacken.

»Es tut mir leid, Martin. Es tut mir wirklich leid.«

»Du Miststück«, zischte er.

Ich spürte seinen Atem und roch den schalen Alkoholdunst, den er stoßweise verströmte. Der Geruch war nicht dein Geruch, aber sein Mund war gierig und wissend, mehr konnte ich nicht verlangen. Ich kann Martins Körper von dem deinen unterscheiden, aber sobald ich den Blick nach innen kehre, finde ich, was ich suche. Sei klug, Ariana, mach, daß er nicht in jeder Hinsicht die Wahrheit erfährt. Das, was du tust, ist unmoralisch. Man muß dafür oder dagegen sein, ich habe meine Wahl unter Gewissensbissen getroffen, schon lange. Der Zweck heiligt das Mittel, nicht wahr, Amadeo? Wir schaffen uns nur die Wirklichkeit, die wir sehen wollen. Wir sind nicht behindert durch Konventionen, das waren wir nie. Dein Bild flimmert vor meiner Netzhaut, kommt näher, wird deutlicher. Ich träume von dir; ich rufe stumm deinen Namen. Der Wachtraum ist zu stark, zu intim, um von einem anderen geteilt zu werden.

Auf Liebe lassen wir uns nicht ein, mit anderen. Ich suche dich in Martins Körper, ich vertausche sein Gesicht mit deinem Gesicht. Ich benutze ihn. Ich bin eine Betrügerin. Alles spielt sich draußen ab, an der Oberfläche. Meine Bauchmuskeln dehnen und ziehen sich zusammen, eine sich hinziehende rhythmische Tätigkeit, aufsteigend und innehaltend, ewig und zwecklos. Eine Empfindung für sich, die keine innere Flamme entzündet; und wenn, nur einen blutlosen Abglanz davon, ein schwaches, kreisartiges Gefühl. Der Geruch nach Whisky schickt mir einen schlechten Geschmack in den Mund hinauf, salzig wie die Tränen, die ich nicht vergießen werde, niemals …

12. KAPITEL

In der Nacht drehte sich der Wind; am nächsten Morgen lagerte der berüchtigte Smog wieder dicht über Athen. Sonnenstrahlen durchbrachen das Grau, ein bösartiges Flimmern und Funkeln, das schmerzhaft die Augen traf. Der Frühstücksraum war voller Gäste, die alle gleichzeitig bedient werden wollten. Auf den Tischen dampfte Tee; Fotoapparate und Stadtführer lagen zwischen Butter, Marmelade und klebrigen Brötchenhälften. Die Touristen – Deutsche und Engländer – löffelten Joghurt, bestellten Orangensaft, Toast und Spiegeleier mit Speck. Wir mußten lange warten, bis der Kellner an unseren Tisch kam.

»Wir hätten früher aufstehen sollen«, meinte Martin.

Ich hatte wieder den alten, den Martin der ersten Tage vor mir: liebenswürdig, sympathisch, ein wenig kleinlaut, wie ein Student, der zu lange auf einer Party gewesen war.

»Oh, der Kaffee ist stark!« sagte er beim ersten Schluck.

»Nimm Milch«, sagte ich und hielt ihm die Kanne hin. Ich wußte, daß er seinen Kaffee nicht zu stark mochte. Er lächelte zerknirscht.

»Ich hatte wirklich einen Schwips.«

»Fühlst du dich jetzt gut?«

»Besser.«

»Du mußt aufpassen«, sagte ich, »Männer, die trinken, setzen Fett an.«

Er grinste und massierte sich die Hüften.

»Ich fange an, etwas anzusetzen.«

»Wenn du so weitermachst, ja.«

»Haben wir genügend Zeit?« fragte er.

Ich sah auf die Uhr.

»Wir frühstücken in Ruhe und bestellen ein Funktaxi.«

Das Taxi traf mit einer halben Stunde Verspätung ein. Martin wurde wieder unruhig.

»Wenn die weiter so trödeln, verpassen wir das Flugzeug.«

»Hierzulande ist Pünktlichkeit ein dehnbarer Begriff.«

Das Taxi war bereits mit zwei Fahrgästen besetzt: ein enorm fetter Pope mit einem roten Gesicht und ein junger Soldat, der zum Piräus wollte.

»Was soll denn das schon wieder?« fragte Martin. »Bilden die sich ein, daß wir für sie bezahlen?«

Ich klärte ihn auf: In Griechenland werden die Taxis oft als Minibus genutzt, jeder Fahrgast bezahlt seinen Teil. Ich notierte nur lediglich den Zählerstand, damit wir nicht für die Strecke zu bezahlen hatten, die gefahren war, bevor wir zugestiegen waren. Martin beruhigte sich, nickte mir anerkennend zu.

»Du denkst an alles.«

Ich lächelte.

»Ich kenne die hiesigen Sitten.«

Der Priester und der Soldat unterhielten sich lebhaft; der Fahrer mischte sich gestikulierend ein, schnitt Kurven mit kreischenden Bremsen und hielt so scharf vor jeder Ampel, daß wir gegen den Vordersitz geschleudert wurden.

»Oh Gott«, stöhnte Martin, mit zunehmenden Anzeichen von Nervosität, »worüber reden die eigentlich?«

»Über die bevorstehenden Wahlen, ein unerschöpfliches Thema.«

Alle drei politisierten lauthals, riefen mir Erklärungen ins Ohr, die ich nur zur Hälfte verstand. Der Soldat schimpfte auf das Militär, der Fahrer auf die Gewerkschaft, der Pope in klangvollem Baß auf die Kirche. Sie einigten sich, indem sie die Wahlen als »Kamaki« bezeichneten. Ich erklärte Martin, daß »Kamaki« nichts anderes als Anmache bedeutet.

Die Maschine nach Thessaloniki sollte um zwölf starten. Man kündigte Verspätung an. Im Flughafen herrschten Gedränge und Kindergeschrei. Mai war der Monat der Feiertage, viele Auswärtige kehrten in ihre Dörfer zurück. Ein Sitzplatz war nicht aufzutreiben; überall lagerten ganze Familien. Wir setzten uns auf den Boden, an unsere Rucksäcke gelehnt, und warteten. Das Flugzeug sollte um eins starten, um halb drei saßen wir immer noch da. Wir gingen an die Bar, kauten lustlos Fleischbällchen am Spieß. Martin trank einen Brandy. Blauer Dunst lag in der Halle, es roch nach Schweiß, Eßwaren und Parfüm. Vor den Toiletten standen die Leute Schlange. Es wurde vier, dann halb fünf. Weitere Verspätungen wurden gemeldet. Der gesamte Flugverkehr im griechischen Luftraum schien auf einmal zusammengebrochen.

Martin wurde immer ungehaltener, warf Blicke auf die Uhr, spazierte nervös durch die Abflughalle. Eine Zeitlang saß er an der Bar, kehrte dem Getümmel den Rücken zu, während ich bei den Rucksäcken blieb und »The Athen News« las, eine Tageszeitung in englischer Sprache. Manchmal drehte sich Martin auf seinem Hocker um und schaute zu mir hinüber. Dann kam er wieder, das Gesicht gerötet. Ich hob den Kopf, strich mein Haar aus der Stirn.

»Warum bist du so nervös? Das macht die Sache nicht besser.«

»Ich kann dieses Warten nicht ausstehen. Ich habe noch nie in meinem Leben warten können.«

»Mir macht das nichts aus.«

»Das ist dein südländischer Fatalismus.«

»Was hast du getrunken?« fragte ich.

»Nur Bier. Ich trinke von Zeit zu Zeit, ob es dir paßt oder nicht. Wenn mich etwas nervös macht. Andere rauchen oder schnupfen Koks. Ich trinke, das ist eben so, jeder hat sein Laster.«

Seine Stimme klang gereizt. Ich wußte genau, daß Martins Zorn eigentlich mir galt.

Es war sieben, als die Passagiere nach Thessaloniki aufgerufen wurden. Wir schnallten unsere Rucksäcke um, machten uns auf den Weg zur Paßkontrolle. Wir legten die Rucksäcke auf den Rollteppich. Müde, überreizte Beamte musterten uns gleichgültig. Die Rucksäcke wurden durchleuchtet, kamen auf der anderen Seite der Maschine wieder zum Vorschein. Wir gingen durch den Metalldetektor, ohne daß das Piepsen ertönte. Wir passierten eine Glastür, vor der ein altmodischer Bus wartete. Wir fuhren über das Gelände, in einer Menschentraube eingepfercht. Dann liefen wir ein paar Schritte bis zum Flugzeug. Ein chaotischer Haufen menschlicher Körper drückte sich schnaufend und unaufhaltsam die schmalen Stufen empor, in den leuchtenden Rumpf der Maschine. Dort saßen wir nun und warteten auf das Startsignal, das nicht kam. Martin rekelte umständlich seine langen Beine, ein übermüdetes Kind kreischte. Ein alter Mann spielte mit seinen »Komboloi«, ließ unentwegt die Armbandkette mit den Bernsteinkugeln leise klirrend in seiner Hand kreisen. Die Zeit verging, die Maschine traf keine Anstalten zu starten. Offenbar war wieder etwas nicht in Ordnung. Von Zeit zu Zeit wanderte der Steward durch den Gang und verschwand wieder im Cockpit. Die Kabinentemperatur stieg. Als die Schrift *Fasten seat belts please* aufleuchtete, war es Viertel vor neun. Martin lehnte sich zurück, das Gesicht mit einem leichten Schweißfilm überzogen.

»Jetzt fehlt nur noch, daß eine Bombe losgeht.«

Mein Vater hatte mir mal gesagt, um einen Menschen richtig kennenzulernen, müßte man mit ihm auf Reisen gehen.

»Warum bist du so schlechter Laune?« fragte ich.

Er machte die Augen auf.

»Habe ich vielleicht keinen Grund dazu?«

»Du kannst die Dinge nicht ändern.«

»Deine Gemütsruhe möchte ich haben.«

Dann schwiegen wir wieder. Es schien mir nicht notwendig, daß wir redeten. Das Triebwerk summte gleichmäßig. Ein Mann neben mir rauchte eine Zigarette nach der anderen. Eine einheimische Marke, die entsetzlich stank. Der Dunst machte mich schläfrig. Der Steward servierte Getränke. Martin wollte Whisky haben. Der Steward goß zwei Fingerbreit in das Glas, fügte Wasser hinzu. Martin trank, verzog das Gesicht.

»Der Whisky ist schlecht.«

Der Mann neben mir drückte die Zigarette aus, zündete sich die nächste an. Ich drehte den Kopf auf die andere Seite.

Die Maschine landete in tiefer Dunkelheit. Jetzt wünschte ich nur, daß alles schnell ging. Die Reisenden schleppten ihre Taschen, schubsten und drängten eine Treppe herunter. Der Flughafen war altmodisch, voller Zigarettenqualm und von trüben Neonlichtern schummrig erleuchtet.

»Ich brauche jetzt einen Whisky«, sagte Martin. »Einen Whisky und ein Bett. Mehr will ich nicht.«

»Hoffentlich finden wir ein Taxi.«

Der Ferienort Halkidiki, wo wir nach langem Suchen ein Zimmer gefunden hatten, war zwanzig Kilometer von der Hauptstadt entfernt.

Ein Taxi war nicht mehr zu haben. Doch der letzte Bus nach Halkidiki hatte auf die Maschine von Athen gewartet. Wir schoben uns mit den Rücksäcken durch die Glastüren, stiegen rechtzeitig ein, gerade als der Fahrer den Motor anließ. Der Bus war voller Menschen, alle mit Sack und Pack. Die zuletzt Eingestiegenen quetschten sich in den Gang, hielten sich an den Halteriemen fest. Der Bus startete mit einem Ruck, der alle aus dem Gleichgewicht brachte. Eine dicke Frau plumpste mir rücklings, weich und schwer, in die Arme. Sie lachte mit blitzenden Goldzähnen, ich lachte auch. Alle lachten, nur Martin klammerte sich mit verbissener Miene an dem Halteriemen fest. Draußen war pechschwarze Dunkelheit. Der Fahrer hatte das Autoradio eingeschaltet; ein enormer musikalischer Lärm erfüllte den Bus, ohne daß die Griechen auch nur eine Miene verzogen. Die Fahrt dauerte eine gute Stunde; endlich hielt der Bus. Endstation: Alles drängte zum Ausgang. Ich fragte den Fahrer nach dem Hotel; er deutete auf einen Weg, der sich irgendwo in der Dunkelheit verlor. Keuchend schleppten wir die Rucksäcke eine kleine Anhöhe hoch; wir hörten das Meer rauschen. Plötzlich machte der Weg eine Kurve; die schwarzen Umrisse zweier Hochhäuser wurden sichtbar. Hier begann der grasbedeckte Randstreifen, der zum Strand führte. Noch ein paar Schritte, eine Steintreppe hinunter, dann waren wir da Mitternacht war vorüber, im Hotel war alles ruhig. Unser Klingelsignal rief den Nachtportier, der in seiner Loge vor dem Fernseher döste. Er schloß rasch die Knöpfe seiner Uniform, bevor er uns die Anmeldezettel aushändigte. Der Aufzug brachte uns in die fünfte Etage. Das Zimmer war klein, mit weißgetünchten Wänden; die Möbel waren aus hellem Holz, der Bettüberwurf hatte ein schönes Muster. Auf dem braunen Kachelfußboden lagen zwei dünne Webteppiche. Die Klimaanlage surrte leise. Im gekachelten Badezimmer staute sich ein süßlicher Geruch nach Reinigungsmittel, aber das Licht über dem Waschbecken war hell.

Wir ließen unsere Rucksäcke von den Schultern gleiten; ich ging mir sofort die Hände waschen. Martin untersuchte die Minibar, schüttelte verärgert den Kopf.

»Kein Whisky!«

»Du hast genug getrunken«, meinte ich.

»Ich will aber noch einen Whisky trinken. Der wird in diesem gottverfluchten Hotel wohl noch aufzutreiben sein.«

Ich sagte nichts; er ging hinaus, wobei er heftig die Tür hinter sich zuschlug. Ich packte meine Sachen aus dem Rucksack, zog mein verschwitztes Zeug aus, ging unter die Dusche. Das heiße Wasser entspannte und beruhigte mich. Ich zog meinen Schlafanzug an, legte mich aufs Bett. Ich war so müde, daß mir die Augen zufielen. Ich ließ die Nachttischlampe brennen, legte mich auf meine Schlafseite. Ich wurde geweckt, als Martin hereinpolterte. Blinzelnd hob ich den Kopf aus dem Kissen.

»Wo bist du so lange gewesen?«

»Die Bar war noch offen.«

Seine Stimme klang belegt. Ich roch seinen süßlichen Atem, drehte ihm den Rücken zu. Er zog sich aus, warf seine Kleidung auf den Boden, ließ sich schwerfällig aufs Bett fallen. Die Matratze quietschte, ich hörte, wie er heftig atmete. Geduscht hatte er sich nicht; er schwitzte und roch unangenehm. Seine Hand glitt über meinen Rücken, schob sich unter meinen Schlafanzug. Ich stieß ihn weg.

»Laß mich in Ruhe.«

»Denkst du mal wieder an diesen Hurensohn?«

Ich antwortete nicht. Er wälzte sich herum, kuschelte sich an mich, schmiegte seinen heißen Körper an meinen.

»Ich bin müde«, sagte ich.

Er knabberte an meinem Ohr.

»In dem Wohnwagen, da warst du nicht müde.«

Ich stieß ihn weg.

»Jetzt will ich aber schlafen.«

»Und ich will nicht schlafen«, sagte Martin. »Ich weiß genau, daß du nicht schläfst, weil du diesen schwarzen Halunken im Kopf hast.«

»Martin, wenn du nicht sofort aufhörst ...«

Er rieb sein Gesicht an meinen Hals.

»Oh nein, *you little bitch*, ich kenne dich gut! Du willst ja nur schlafen, damit du von ihm träumen kannst. Zum Teufel mit dir! Ich werde dich am Schlafen hindern, du wirst gleich was erleben ...«

Er zog mich brutal an den Haaren. Ich schrie auf.

»Herrgott, Martin, bist du übergeschnappt? Und außerdem, du stinkst! Steck dir den Kopf unter die Brause!«

»Ich will nicht den Kopf unter die Brause halten«, keuchte er. »Ich will dich ficken. Und dir diesen Scheißkerl aus dem Sinn treiben.«

Ich befreite mich aus seiner Umarmung, warf die Decke zurück und stand auf; meine Müdigkeit war verflogen. Ich ging zum Fenster, riß die Vorhänge auf. Der Mond stand tief und funkelte in den Fluten. Ich wandte mich um; im schwachen Licht der Nachttischlampe sah ich Martin nackt und erregt auf dem Bett liegen. Ein plötzliches Gefühl des Ekels überkam mich, ich nahm es überrascht zur Kenntnis. Ganz plötzlich war jegliches Vertrauen dahin. Es war weder seine noch meine Schuld, daß es so gekommen war. Und ich wußte auch nicht, wie es weitergehen würde. Es war nur so, daß ich in dieser Nacht nicht mit ihm im gleichen Zimmer schlafen wollte. Der bloße Gedanke daran war mir zuwider. Wortlos wandte ich mich vom Fenster ab, suchte meine Kleider zusammen. Ich zog meine Jeans an, streifte einen Pullover über die Schlafanzugjacke, zwängte meine Füße in die Turnschuhe. Martin starrte mich an, plötzlich nüchtern geworden.

»Wohin gehst du?«

»Ich will ein paar Stunden ungestört schlafen.«

Ich griff nach dem Zimmerschlüssel, ging zur Tür. Er lehnte sich aus dem Bett, streckte die Hand nach mir aus.

»Sei nicht böse«, sagte er versöhnlich. »Ich wollte doch nur Spaß machen ...«

Ich war schon draußen. Die Tür fiel hinter mir ins Schloß. Ich steckte den Schlüssel in die Jeanstasche, ging lautlos den Gang entlang. Alles war still; nur aus einem Zimmer klang Husten. Ich klingelte nicht nach dem Aufzug, sondern ging zu Fuß die fünf Stockwerke hinunter. Ich hatte ein ganz unwirkliches Gefühl, als ob das

Hotel ein Schiff auf hoher See wäre und ich der einzige Passagier. Die spärlich erleuchtete Halle war voller Schatten. Aus der Portiersloge flackerte blaues Licht, ich hörte Stimmen und gedämpfte Musik; der Portier sah sich einen Videofilm an. Im Restaurant waren schon die Tische für das Frühstück gedeckt. Der Nachthimmel stand schwarz hinter den Scheiben. Ich setzte mich an einen Tisch, auf dem vier Gedecke standen. Die Scheiben warfen mein Spiegelbild zurück. Nach einer Weile stand ich auf, wanderte weiter; hinter einer lederbespannten Tür mußte die Bar sein, hier roch es nach kalter Asche. Ich ging an einer Souvenirboutique und einem Friseurladen vorbei und kam in einen Raum, wo gelb-weiß gestreifte Polsterbänke und eine Hollywoodschaukel standen. Eine Glastür führte zu einer Terrasse mit Tischen und Stühlen und zusammengefalteten Sonnenschirmen. Weit unten am Strand phosphoreszierte das Meer.

Ich ließ die Turnschuhe von den Füßen gleiten, streckte mich auf eine der Bänke aus. Es war etwas kühl, leider war keine Decke da. Ich packte ein Kissen, drückte es an meine Brust. In der Stille rauschte das Meer; es klang wie ein rauhes Atemholen. Eine Weile starrte ich in die Dämmerung, mit dem Gedanken: »Das will ich nicht noch einmal mitmachen.« Ganz plötzlich fielen mir die Augen zu.

Etwas Warmes und Helles berührte mein Gesicht: Ich blinzelte verwirrt, richtete mich mit dem Ellbogen auf. Das erste Sonnenlicht funkelte hinter den Scheiben. Goldgeränderte Wolken wanderten über den Horizont, das Meer schimmerte veilchenblau. Ich setzte mich seitlich hoch, ließ meine Beine baumeln und rieb mir die kalten Füße. Ich sah auf die Uhr. Bald sechs. In Kürze würden die Angestellten kommen. Ich stand auf, machte ein paar Bewegungen, um meine steifen Muskeln zu lockern. Dann ging ich in die Halle zurück, ohne einer Menschenseele zu begegnen, und fuhr mit dem Aufzug nach oben. Ich gähnte lange; ich hatte einen schlechten Geschmack im Mund. Fünftes Stockwerk; der Lift hielt mit sanftem Stoß. Ich ging den Gang entlang, blieb vor der Zimmertür stehen, drehte behutsam den Schlüssel im Schloß und öffnete leise die Tür. Im Zimmer war alles dunkel; ich hörte Martin tief und heiser atmen. Schwerer Alkoholgeruch schlug mir entgegen. Das ist auch so etwas, das ich nicht mehr ertragen kann, dachte ich, diesen Gestank. Ich ging an die Fenstertür, öffnete sie einen Spalt, um frische Luft hereinzulassen. Das Geräusch des Meeres schlug mir entgegen. In der Ferne hupte eine Schiffsirene. Martin hatte den Kopf halb unter dem Kissen vergraben. Ich stieg aus meinen Turnschuhen; angezogen wie ich war, legte ich mich hin, zog die Decken hoch. Ich fühlte, wie die Bettwärme meine verkrampfen Muskeln entspannte, und schlief wieder ein.

Das Prasseln der Brause weckte mich; durch die Vorhänge schien die Morgensonne. Ich hörte Martins aufgebrachte Stimme:

»Herrgott, ist denn kein heißes Wasser da?«

Unwillkürlich rief ich zurück:

»Du mußt die Brause eine Zeitlang laufen lassen!«

Während er sich duschte, sah ich auf die Uhr. Gleich acht. Immerhin hatte ich ein paar Stunden geschlafen. Ich drehte das Radio an, als Martin aus der Dusche kam, ein Handtuch um seine Hüften geknotet. Er starrte mich an, ehrlich verblüfft:

»Warum liegst du denn angezogen im Bett?«

Ich wollte ihm keine Szene machen.

»Ach, ich war nur etwas Luft schnappen.«

»Mitten in der Nacht?«

»Ich konnte nicht schlafen, du hast mich gestört.«

Er stellte sich vor das Fenster; sein Rasierapparat summte. Ich warf die Decke zurück, ging an ihm vorbei ins Badezimmer. Während ich mir die Zähne putzte, betrachtete ich mich im Spiegel; meine Haut schimmerte frisch. Ich fand, ich sah gut aus, nach der Nacht, die ich hatte. Ich wusch mir das Gesicht mit kaltem Wasser, als Martin in das Badezimmer kam. Ich spürte seinen Atem auf meinem Nacken und tastete nach dem Handtuch. Als ich mich abtrocknete, sah ich sein Gesicht neben mir. im Spiegel. Ich sah seine schönen glänzenden Locken, seine Augen, die so hell strahlen konnten. Er legte die Arme um mich, zog mich an sich. Sein Körper duftete frisch. Ich blickte immer noch in den Spiegel, auf unsere beiden Gesichter. Schließlich brach er mit dumpfer Stimme das Schweigen.

»Darling, es tut mir leid. Ich bedauere, was ich gesagt habe. Ich hab's nicht so gemeint.«

Er küßte mich auf die Lippen. Ich antwortete mit einem leichten Druck, befreite mich sanft aus seiner Umarmung.

»Wollen wir frühstücken? Und dann sollten wir uns um den Wagen kümmern.«

»Das sollte doch wohl kein Problem sein.«

»Wir sind in Griechenland. Und … was ich dir noch sagen wollte: Du siehst verdammt gut aus, Martin.«

Er lächelte mir zu, voller Wärme und Charme.

»Danke, Ariana. Magst du mich jetzt wieder etwas mehr?«

13. Kapitel

Gleich nach dem Frühstück machten wir uns auf den Weg ins Dorfzentrum, zur Autoleihfirma. Den Weg fanden wir leicht, aber leider war kein Wagen mehr verfügbar. Die Feiertage, die vielen Touristen, seufzte der Besitzer, wir müßten es schon in Thessaloniki versuchen. Er gab uns eine Adresse.

Eine Stunde später fuhr der Bus, vollgestopft mit Urlaubern aus Holland, Deutschland und sämtlichen skandinavischen Ländern. Daneben schwarzgekleidete Frauen und Männer mit ihren unvermeidlichen Taschen, Koffern und verschnürten Kartons. Statt Klimaanlage waren sämtliche Fenster offen, der Fahrtwind wehte uns um die Haare, vertrieb die schweren Gerüche nach Schweiß, Knoblauch, Sonnenöl. Der Bus schaukelte zwischen Hügeln, mit Olivenbäumen bewachsen; auf den Feldern arbeiteten Bauern mit Pferd und Pflug. Dann wieder glänzte tiefblau das Meer, bevor es hinter den Klippen verschwand. Bald näherten wir uns der Hauptstadt. Zuerst kamen Neubauten in Sicht, häßliche graue Klötze, deren obere Stockwerke nur als rostige Eisenskelette aufragten. Manche Viertel waren wie große Fabriken: schmutzig, düster, verkommen. Dann wieder ein Gewoge von alten Ziegeldächern, mit Fernsehantennen überwuchert, Häuser mit vergitterten Balkonen, heruntergelassenen Markisen.

Der Bus kroch an den Villen der Reichen vorbei, an verschnörkelten Säulen und alten Marmorbalkonen. Mit Scherben bespickte Mauern verbargen Gärten, tiefgrün und staubig. In den Straßen unter der hellen griechischen Sonne triumphierten Dieselrauch, Hupen, Bremsenkreischen und mörderisch aufheulende Motoren. Zwischen Lastwagen und Autokolonnen trotteten Eselswagen; am Straßenrand schoben Bauern Handkarren oder trugen ihre Lasten auf dem Kopf. Eine Weile fuhren wir am Hafengelände vorbei: Hier war das Meer nicht mehr blau, sondern bronzefarben, verschmutzt, ölig schimmernd. Dann bog der Bus in eine Nebenstraße ein, hielt auf einem großen Platz vor einem heruntergekommenen Betonbau. Endstation!

Mit Hilfe des Stadtplans machten wir uns auf den Weg. Der Hexenkessel der Hochhäuser und des Verkehrs verbarg Überraschungen: byzantinische Kirchen mit Goldkuppeln, schlanke Minarette, stille jüdische Friedhöfe. Sonnenschein funkelte auf alten Mosaiken, verfallenen Bögen und Marmorbrunnen im Schatten staubiger Zypressen. Martin fotografierte alte Bauten, malerische Winkel. Er spielte Fußball mit den Straßenkindern, fing sie erst dann im Bild ein, wenn sie unbefangen tobten und kreischten. Ich sah lächelnd zu; aber zwischen uns war noch immer etwas Hartes, etwas wie ein Groll. Was war es nur? Ich konnte es nicht sagen; ich wußte nur, daß es mit Amadeo zu tun hatte.

In der Autoleihfirma wurde uns ein Peugeot angeboten, der schon bessere Zeiten gekannt hatte. Die Federung quietschte und irgend jemand hatte Vergnügen daran gefunden, die Sitze mit einem Taschenmesser aufzuschlitzen. Dafür war der Motor in Ordnung. Nachdem wir alle Unterlagen unterschrieben, ein Pfand hinterlassen und den Tank aufgefüllt hatten, konnten wir endlich nach Langada aufbrechen.

»Fahr du«, sagte Martin, in der richtigen Annahme, daß ich dem Chaos auf den Straßen besser gewachsen war.

Ich ließ den Motor an, nützte eine Lücke im Verkehrsstrom, schob mich zwischen tückisch ausbrechende Lastzüge, erreichte die andere Fahrspur. Chrom und Scheiben blitzten, die schlecht geputzte Windschutzscheibe blendete. Martin starrte wie hypnotisiert in die gleißende Helle.

»Das überleben wir nicht!«

»Sei ruhig und mach die Augen zu.«

Wir verließen das Zentrum, fuhren durch stillere Vororte; eng zusammengedrückte Häuser mit blaubemalten Fensterläden und Türen säumten die Straßen. Alte Frauen und Männer saßen auf hölzernen Stühlen, als posierten sie für eine Ansichtskarte. Dann zeigten sich wieder Obstgärten und Olivenplantagen. Neben der Straße blühten Anemonen und Klatschmohn, eine Bäuerin auf ihrem Esel trabte über ein Feld. Wir hatten die Fenster heruntergekurbelt, der warme, trockene Wind duftete nach Gräsern. Die Ruhe wurde nur unterbrochen, wenn ein Lastwagen uns entgegendonnerte oder überholte. In einem kleinen Dorf hielten wir vor eine Taverna an, die gerade von einer Frau mit großen Eimern Wasser gesäubert wurde. Es roch nach nassem Staub, nach frittiertem Olivenöl und Minze. Die Wirtin führte uns – wie es in Griechenland üblich ist – in die Küche, wo alle Gerichte in offenen Pfannen warmgehalten wurden. Unsere von der grellen Sonne geblendeten Augen nahmen die Einzelheiten in der dunklen, mit allen möglichen Kisten, Dosen und Flaschen vollgestopften Küche nur undeutlich wahr, so daß Martin sich nicht mit hygienischen Überlegungen herumplagte. Außer uns waren nur zwei ältere Männer dort, die uns wohlwollend und neugierig zunickten. Die Frau brachte die übliche Tischdecke aus Papier, eine halbe Flasche Retsina. Wir aßen Tomaten, mit Zwiebeln und Eiern gefüllt, gedünstete Artischocken, kleine Hühnerfrikadellen. Bei der Rechnung wurden wir schamlos übers Ohr gehauen. Martin fühlte sich sofort persönlich beleidigt, feilschte hartnäckig und stur. Während er der Frau allmählich Drachme um Drachme abzwackte, stand ich gelangweilt auf, betrachtete ein paar Hühner, die gackernd im Sand scharrten. Zumindest stammte das Geflügel nicht aus der Batterie.

Etwas später kam Martin, rot im Gesicht und bester Laune: Er hatte die Rechnung um ein Viertel heruntergehandelt. Ich zuckte mit den Schultern.

»Die paar Drachmen! Du siehst doch, wie die Leute leben!« Martin erwiderte, es ginge ihm um das Prinzip, und womöglich hatte er nicht einmal unrecht dabei. Der Retsina hatte mich sanftmütig, das Essen schläfrig gemacht; ich verzichtete auf eine Kontroverse.

Anmutig schlängelte sich die Straße zwischen Frühlingsblumen und blühenden Feldern. Hinter einigen Hügeln mit Obstbäumen kam plötzlich Langada in Sicht: ein Dorf mit hellen, flachen Häusern und weißgetünchten Kapellen, auf deren Türmen Störche nisteten. Beim Näherkommen sahen wir, daß eine große Anzahl von Besuchern sich schon eingefunden hatte. Autos parkten dicht vor den Haustüren oder unter den Bäumen, und auf einem Feld standen zwei Busse. Wir fanden einen Platz neben einem Hof, in dem Truthähne in ihren Sandlöchern dösten. Eine rechtwinklige Straße führte zu einem Platz, dem eigentlichen Dorfzentrum, von kleinen Läden gesäumt. Hier wurde Gemüse und Obst angeboten, Rosinen, Zuckerwerk, kandierte Früchte, Brezeln und klebriges Honiggebäck. Einige Souvenirläden zeigten Lederwaren, Ziegenfeile, Decken und Webtaschen. Die kräftigen, harmonischen Farben zeugten von einer Kunst, die vom üblichen Touristenkitsch noch nicht allzu sehr betroffen war. Unter staubigen Platanen standen in großen Mengen wacklige Stühle und kleine Eisentische; fast nur Männer saßen dort, tranken Café, dazu Wasser oder Retsina und ließen ihre »Komboloi« zwischen den Fingern kreisen. Manche waren hager und abgearbeitet, in abgetragenen Anzügen, aber ihre Gesichter drückten Ruhe und Abgeklärtheit aus. Die jüngeren Männer, kraftvoll und braungebrannt, mit offenen Hemden und goldenen Kettchen auf der Brust, lasen Zeitung, redeten, lachten, gestikulierten. Sie starrten mich an, unverhohlen, wenn nicht unverschämt. Ich erwiderte gleichgültig ihre Blicke. Sie störten mich nicht, solange sie nicht versuchten, mich in ihre Gesetze einzubeziehen, die ich ohnehin nicht beachten würde.

»Wo findet das Fest denn statt?«

Martins Stimme klang atemlos. Er schleppte Fototasche und Stativ, schwitzend in der prallen Sonne. Ich blieb neben ihm stehen.

»Eigentlich ist es eine Zeremonie. Sie wird nur von den Anastenariden gefeiert, einer Art religiöser Bruderschaft. Elenis Onkel Stavros leitet die Feier. Die Anastenariden treffen sich bei ihm, im Haus.«

»Und was bedeutet dieser Name?«

Trotz der Hitze überlief mich ein Prickeln.

»Eleni sagte, daß es ›die Seufzenden‹ heißt.«

»Warum?«

»Ich weiß es nicht. Stavros wird es dir sagen.«

»Und Eleni stammt also aus diesem Dorf? Kaum zu glauben!«

»Ihre Mutter wurde hier geboren.«

Das Viertel der Anastenariden befand sich etwas zehn Minuten vom Hauptplatz entfernt, in der Nähe eines anderen Platzes, wo bereits Holzstöße für den Scheiterhaufen aufgerichtet waren. Daneben standen Jahrmarktsbuden. Ein Karussell, mit flirrenden Spiegeln und grell bemalten Figuren aus Pappmaché, drehte sich zum Klang von Zirkusmusik. An einem hohen Eisengestell schwangen Schaukeln, in denen Halbwüchsige lachten und kreischten. Der Anblick und die Musik riefen Erinnerungen in mir wach; ein flüchtiges Lächeln glitt über mein Gesicht.

Ich fragte ein kleines Mädchen nach dem Haus des »Archi-Anastenaris«. Das Kind führte uns in eine Nebenstraße. Dort stand ein klotziges, mit Kalk geweißtes Haus. Hinter einem Zaun war ein Vorgarten mit Sträuchern und Blumentöpfen. Ich stieß das Tor auf; unsere Schritte knirschten auf dem Kies. Die Haustür war nur angelehnt. Ich ging die zwei Stufen hinauf. Drinnen klapperten Töpfe. Als ich klopfte, ging die Tür von selbst auf. Ich konnte einen Raum erkennen, in dem etliche Möbel standen. Im kühlen Helldunkel flimmerte ein Fernseher.

»Kommt nur herein!«

Die Stimme klang fröhlich. Eine Frau kam auf uns zu; ich bemerkte, wie sie sich eilig die Schürze abnahm. Aus der offenen Tür fiel Licht auf sie. Die Frau war klein und stämmig, breit in den Hüften und mit großen Brüsten, so daß ihre Taille sehr schmal wirkte. Ihr ovales Gesicht war nicht blaß verhärmt, wie es bei älteren Griechinnen oft vorkommt, sondern olivfarben und glatt, mit langbewimperten Augen. Ihr schwarzes Haar begann sich oben auf dem Kopf grau zu färben, nur oben, so daß es aussah wie eine graue Kappe. Sie trug ein unmodernes Kleid, dunkelblau, mit einem rosa Blumenmuster, und dazu eine goldene Brosche am Ausschnitt; an ihren Ohrläppchen baumelten Ringe, ebenfalls aus Gold, mit winzigen Brillanten. Man merkte, es war Feiertag, und sie hatte sich fein gemacht.

»Guten Tag«, sagte ich auf griechisch. »Ich bin Ariana.«

»Endlich! Schön, daß du da bist! Wir hatten dich schon gestern erwartet. Bist du nicht zu müde? Hast du eine gute Reise gehabt?«

Sie ergriff meine Hände, strahlend vor Vergnügen, während sie mich an sich zog und küßte. Sie hatte nasse Hände, offenbar war sie gerade beim Abwaschen gewesen. Mir fiel ihre klangvolle, gedehnte Sprechweise auf, sie sang beinahe die Sätze.

»Wie geht es Eleni?«

»Danke, sehr gut. Sie hat mir Grüße mitgegeben.«

»Ach, das freut mich, daß sie glücklich ist, sie ist so ein reizendes Mädchen! Ein hübsches Gesicht, eine graziöse Figur! Und die wunderbare Musik, die sie macht! Und Jorge? Hat er seine Stelle am Konservatorium bekommen? Ich glaube, er machte sich Sorgen deswegen. Er hat sie? Gott sei Dank! Ich bin so glücklich für ihn.«

Ich lachte. Eleni hatte mich gewarnt: Tante Anghelina redet wie ein Wasserfall. Ich wartete, bis ihr der Atem ausging und sie Luft holen mußte, um ihr Martin vorzustellen. Ich sagte, daß er ein Bildreporter aus den Vereinigten Staaten war, der extra für die Zeremonie hier sei.

»Leider versteht er kein Griechisch«, setzte ich hinzu.

Anghelina neigte das Haupt mit großer Würde, reichte ihm ihre schmale, braungebrannte Hand und wechselte sofort auf Französisch über.

»Wenn unser Fest zu Ihnen spricht, soll es auch das Ihre sein.« Ich staunte über diese schlichte und zugleich feierliche Begrüßung und gleichzeitig über die Sprache, wie sie Dichter vergangener Zeiten sprachen. Auch Martin schien von ihrer Wesensart gefesselt. Anghelina benahm sich nicht, wie er es von einer einfachen Bauersfrau erwartet hatte. Da war etwas, das ihn tiefer berührte. Ich merkte es an der Art, wie er sie aufrichtig ansah und dabei unsicher lächelte. Manchmal gerieten Menschen, die sowenig von der unsichtbaren Welt wußten, an jene gelassene, vornehme Selbstsicherheit, die vielleicht nur aus dem Rhythmus der Natur entstand. Und das war etwas sehr Verwirrendes.

Munter und unbefangen plauderte Anghelina weiter.

»Seid ihr zu Fuß durch das Dorf gekommen? Ach, das ist ein

großer Umweg. Ihr hättet gleich hier vor dem Haus parken sollen. Bleibt nicht draußen in der Hitze stehen! Die Sonne brennt stark um diese Jahreszeit. Mutter Demetria!« rief sie auf griechisch. »Wir haben Besuch.«

Die schwarzgekleidete, spindeldürre Frau, die sich im Hintergrund aufhielt, stellte den Fernseher aus und schlurfte uns entgegen. Sie trug nicht das in Griechenland übliche Kopftuch, und ihr rosa Schädel schimmerte durch das schüttere Haar. Ihr Gesicht war blaß wie Lehm, ihre Lippen blutlos. Sie starrte mich aus wäßrigen Augen an, die einmal schwarz und scharf gewesen sein mußten.

»Hat dich Sophia geschickt? Was sagt sie? Wann kommt sie endlich zurück?«

Ein paar Sekunden lang war ich verwirrt; Anghelina gab mir durch einen Blick zu verstehen, daß die alte Frau nicht mehr ganz bei Verstand war.

»Mutter Demetria, du weißt doch, daß Sophia nicht mehr lebt. Ariana ist die Freundin von Eleni.«

»Eleni?«

»Sophias Tochter. Deine Enkelin. Sophia hatte einen Franzosen geheiratet. Er hieß Sacha und war Schauspieler. Wir haben doch ein Foto von ihm, mit Widmung.«

Eine schwache Flamme leuchtete in den verschwommenen Augen auf.

»Der Schauspieler? Ja, ich entsinne mich. Ich habe ihn im Kino gesehen. Ein schöner Mann! Und reich noch dazu. Was für ein Glück für Sophia, daß er sie geheiratet hat! Dann ist es also seine Tochter, die Musik macht? Warum kommt er nicht mal mit dem Kind zu Besuch?«

Anghelina hob die Augen zur Decke.

»Mutter Demetria, Sacha ist schon lange tot. Eleni ist achtundzwanzig Jahre alt und eine verheiratete Frau. Und sie war letzten Sommer hier.«

»Sie hat mir Fotos mitgegeben«, sagte ich lächelnd.

Ich holte die Bilder aus meiner Tasche und reichte sie der alten Frau. Sie schlurfte zum Fenster, hielt die Fotos weit vor die blinzelnden Augen, wie alte Leute es zu tun pflegen.

»Eleni«, murmelte sie vor sich hin. »Ja, ich erkenne sie. Merkwürdig, daß sie so blond ist. Aber blonde Mädchen kamen in unserer Familie manchmal vor. Erinnerst du dich an meine Schwester Drusilla, Anghelina? Drusilla war genauso blond wie Eleni.«

»Wie sollte ich mich an Drusilla erinnern?« rief Anghelina zurück. »Als ich geboren wurde, war sie ja längst auf dem Friedhof!«

Sie schüttelte den Kopf, nahm liebevoll meinen Arm und lächelte Martin zu.

»Setzt euch! Macht es euch bequem! Wollt ihr nicht die Schuhe ausziehen? Stavros ist noch bei den Kühen, aber er wird gleich kommen.«

Wir setzten uns in zerschlissene Sessel, auf deren Kopflehnen selbstgehäkelte Spitzendeckchen von wunderbar feiner Machart lagen. Inzwischen hatten sich unsere Augen an das Zwielicht gewöhnt. Wir befanden uns in einer Wohnküche mit einem rauchgeschwärzten Kamin und einem altmodischen Herd. Die Wände waren weiß getüncht, die Decke aus Holz. An den Balken hingen Kränze von Quitten, Granatäpfeln und wohlriechenden Kräutern, Salbei, Minze, Thymian. Unter dem Fenster war ein primitiver Spülstein angebracht, der offenbar die einzige Waschgelegenheit war. Ich hatte schon festgestellt, daß sich der Abort nach alter Sitte im Garten befand, in einem Bretterhäuschen mit Wellblechdach. Die Exkremente wurden als Dung verwendet.

In der Wohnküche stand ein Eßtisch mit Stühlen und einer Sitzbank. Der kleine runde Glastisch und die Polstermöbel waren dicht an den Anrichteschrank geschoben. Man hatte das Gefühl, daß die Möbel in einen anderen Raum gehörten und nur vorübergehend in die Wohnküche gestellt worden waren. Ein Geruch nach warmem Wachs und brennenden Kerzen lag in der Luft; ein Geruch, der mich an eine Kirche erinnerte. Martin ließ seine blauen Augen vergnügt umherschweifen.

»Wie hübsch und interessant! Ich war noch nie in einem solchen Haus. Frage doch mal, ob ich fotografieren kann.«

»Nun warte doch«, sagte ich etwas schroffer, als ich beabsichtigt hatte. »Du kannst diese Leute doch nicht so vor den Kopf stoßen.«

»Sag ihnen, ich zahle gerne dafür.«

»Willst du unsere Gastgeber beleidigen?«

»Das war nicht meine Absicht«, erwiderte er, ehrlich überrascht.

Inzwischen kam Anghelina mit einem Tablett, auf dem zwei winzige Tassen Kaffee standen. Dazu ein Krug Wasser und zwei Gläser, in denen zwei Löffel mit einer kandierten Aprikose steckten.

»Was ist das?« fragte Martin. »Oh, eine kandierte Frucht. Du kannst meine haben. Ich mag keine Süßigkeiten ...«

Ich sagte auf englisch zu ihm:

»Wenn du die ›Süße vom Löffel‹ verweigerst, brauchst du dich nicht zu wundern, wenn sie dir die kalte Schulter zeigen. Das ist ein uraltes Zeichen der Gastfreundschaft.«

»Ulkige Gewohnheit!« meinte Martin. »Woher kommt sie?«

Ich fragte Anghelina. Sie erklärte bereitwillig, daß der Brauch auf Zeiten zurückging, da man die Tempelschlangen mit Honig lockte. Und auch die Toten wurden mit Honig bewirtet.

»Soll das ein Witz sein?« fragte Martin perplex.

Anghelina blinzelte schelmisch.

»Die Toten und die Schlangen waren heilig. Und da wir umsichtige Leute waren, empfingen wir die Gäste mit großem Respekt. Man wußte ja nie, ein Fremder konnte sowohl ein verkleideter Fürst als auch ein Gott sein. Und wenn man sie nicht gut behandelte, rächten sie sich mit Blitz und Hagel.«

»Heutzutage höchstens mit einem bösen Brief an den Verkehrsverein«, meinte Martin.

Anghelina brach in schallendes Gelächter aus, während ihre Mutter mit geradem Rücken auf einem Stuhl saß; ihre Hände waren im Schoß gefaltet – dieselbe Geste, fiel mir plötzlich auf, wie Eleni sie auch hatte. Wir schlürften den starken Kaffee, tranken das klare, kühle Wasser. Ich ließ die wunderbar süße Aprikose auf der Zunge schmelzen; Martin schluckte die seine mit verkniffenem Gesicht. Inzwischen trat Anghelina vor die Haustür und schickte einen kleinen Jungen zu Stavros. Dieser kam einige Minuten später, in abgetragener Kleidung und Gummistiefeln, die er vor der Tür stehenließ. Er begrüßte uns, wusch sich langsam und bedächtig die Hände, bevor er sich zu uns setzte. Anghelina stellte Wein von eigenen Trauben auf den Tisch, dazu Mandeltörtchen, Selbstgebackenes. Sie brachte auch Demetria ein Glas. Wir sprachen von Eleni; ich zeigte die Bilder, welche die alte Frau inzwischen aus der Hand gelegt hatte. Ich hatte auch Geschenke mitgebracht: Parfüm für Anghelina, einen Schal aus schwerer, dunkelblauer Seide für Demetria und französischen Tabak für Stavros. Die Großmutter lächelte glücklich mit ihrem zahnlosen Mund; ihre knochigen Finger strichen immer wieder über die schwere, kühle Seide. Anghelina tupfte sich sofort Parfüm hinter die Ohren und beugte sich lebhaft vor, um ihren Mann den Duft riechen zu lassen. Stavros meinte, gutmütig lächelnd, daß ihm dieser Duft nach den Gerüchen im Kuhstall eine Ahnung vom Paradies der Erzengel verschaffe, worauf Anghelina sich vor Lachen schüttelte. Ihre ansteckende Fröhlichkeit hob Stavros' Ruhe noch deutlicher hervor. Er bewegte sich gemessen, sprach mit tiefer Stimme ein sehr gutes, langsames Französisch. Sein struppiges Haar war mit grauen Strähnen durchzogen. Sein Gesicht mit den schweren Zügen kam mir wie eine Skulptur vor, die vom Regen in Fels verwandelt wurde. Ich erzählte von Eleni und Jorge, von ihren erfolgreichen Gastspielen. Stavros hörte aufmerksam zu; schließlich nickte er.

»Als Sophia noch am Leben war, erzählte sie uns, wie Eleni als Kleinkind in der Wiege schlief und plötzlich eine Biene um ihr Gesicht summte. Sophia beobachtete sie und wartete ab, was die Biene wohl tun würde. Sie setzte sich auf Elenis Lippen. Sophia scheuchte sie nicht weg, und das kleine Mädchen schlief ruhig weiter. Nach einer Weile flog die Biene davon. Da wußte sie, daß die Biene ihre Tochter geküßt hatte.«

Ich starrte ihn an. Erst jetzt merkte ich, daß Stavros seine Stimme in der Weise der Leute gebrauchte, die es gewohnt sind, daß man ihnen zuhört. Eine schwingende Stimme, ruhig und wohltuend, klar wie eine Bronzeglocke.

»Ich kenne diese Geschichte nicht«, sagte ich schließlich. »Was bedeutet sie?«

»Daß Eleni ein besonderes Kind war. Eine Künstlerin. Ihr Schicksal sei gesegnet! Die Musik ist es, die uns mit den Göttern verbindet. Musik ist ein Gebet. Wir sind stolz auf Eleni Auch wenn wir sie nur selten zu Gesicht bekommen, das macht nichts.«

Meine Faszination wuchs. Dieser Bauer mit seinen starken, abgearbeiteten Händen, seinen schwerfälligen Bewegungen, hatte Augen, die sich auf unsichtbare Dinge in weiter Ferne richteten, pechschwarz und doch von einer Klarheit, die sie fast durchsichtig schimmern ließ.

Die zittrige Stimme der alten Frau brach die Stille.

»Wo ist Sophia jetzt? Wann kommt sie endlich zurück? Bald werde ich sterben und unter der Erde begraben sein, ohne sie jemals wieder zu Gesicht zu bekommen …«

»Mutter, du bist müde«, seufzte Anghelina. »Willst du dich nicht ein bißchen hinlegen?«

Stavros führte sein Glas an die Lippen.

»Wir alle werden früher oder später senil«, meinte er sachlich. »Und seit drei Jahren geht sie auch nicht mehr auf das Feuer. Sie hat den Rhythmus verloren.«

»Aber sie wird unruhig, sobald wir die Ikonen enthüllen«, sagte Anghelina. »Wir haben Angst, daß sie sich verletzt. Wir geben ihr ein Schlafmittel.«

»Augenblick mal!«

Martin sah verwirrt zu mir hinüber.

»Worüber reden sie eigentlich?«

»Über die Zeremonie«, sagte ich. »Demetria möchte gerne mitmachen, aber in ihrem Alter ist es gefährlich.«

Martin sagte auf englisch:

»So nett die Leute auch sein mögen, mir will nicht aus dem Kopf, daß das Ganze nur Hokuspokus für Touristen ist. Sie kommen ja sogar mit dem Bus!«

Anghelina und Stavros sahen uns fragend an. Ich sagte:

»Martin hat festgestellt, daß viele Fremde da sind.«

»O ja, das kann man wohl sagen!« Beide tauschten einen Blick voll gutmütigem Spott, und Anghelina lachte.

»Es werden jedes Jahr mehr. Und es sind nicht nur Touristen. Auch Zeitungs- und Fernsehleute und alle möglichen Wissenschaftler, die unser Fest studieren wollen.«

»Da kreuzen Psychologen und Parapsychologen auf«, hatte mir Eleni bereits in Paris erzählt. »Fotoreporter, Volkskundler, Musikwissenschaftler, Ärzte mit Injektionsmaterial und allen möglichen medizinischen Apparaten, um die Gehirnfrequenzen der Anastenariden aufzunehmen. Viele vermuten einen faulen Trick dahinter. Und die Anastenariden sind so gutmütig und unbefangen, daß sie alle Experimente mit sich machen lassen.«

»Sie stören uns nicht«, sagte Anghelina, als ob sie in meinen Gedanken las. »Wir haben auch nichts dagegen, wenn sie uns filmen, unsere Füße untersuchen oder den Blutdruck messen. Wir leben schließlich in einer modernen Zeit, nicht wahr? Das Fest, das wir feiern, ist über tausend Jahre alt. Aber was in uns vorgeht, hat noch keiner herausgefunden. Schade! Ich würde es gerne mal wissen.« Sie kicherte wie ein Schulmädchen. »Das sage ich nur jetzt. Wenn ich tanze, beschäftige ich mich nicht mehr mit solchen Fragen. Da ist mir alles ganz gleich.«

Stavros nickte ruhig.

»Jeder kann bei unserem Fest zugegen sein. Das war schon in alten Zeiten so. Die Unsterblichen leben in ihrem eigenen Licht. Wer Augen hat, mag ihre Schönheit sehen, wer Ohren hat, ihre Stimme hören. Die Unwissenheit eines Gastes vergeben sie, aber sie schließen ihnen die Augen mit Finsternis.«

Wieder verspürte ich das seltsame Kribbeln. Stavros und Anghelina hatten plötzlich wieder Griechisch gesprochen. Es gab einige Worte, die ich nicht richtig verstanden hatte. Aber ich wußte, daß beide tief in uns schauten, daß weder Martin noch ich ihnen etwas verbergen konnten. Das beunruhigte mich nicht, im Gegenteil. Mir war, als ob das unsichtbare Strahlenfeld ihrer Zuneigung mich mit warmem Licht berührte.

Martin indessen rutschte unbehaglich hin und her.

»Um was geht es denn eigentlich?«

Ich rief meine abschweifenden Gedanken zur Ordnung.

»Sie sagen, daß du willkommen bist und fotografieren kannst, soviel du willst.«

»Oh, das ist ja großartig!« Martin bedankte sich erfreut und sagte zu Stavros: »Ich würde gerne etwas mehr über das Fest erfahren.«

Stavros entschuldigte sich und sprach ein paar Worte. Ich wandte mich Martin zu.

»Stavros bittet mich, zu übersetzen. Ihm fällt es manchmal leichter, nicht Französisch sprechen zu müssen.«

Martin lächelte ihn an.

»Das ist schon in Ordnung.«

»Früher dauerte das Fest drei Tage«, erklärte Stavros. »Es begann am 21. Mai, bei Sonnenaufgang, mit Waschungen in der Heiligen Quelle; Körper und Geist wurden in Einklang gebracht, kein eigennütziger Gedanke zugelassen. Man ging in der Gemeinschaft auf, wie ein Tropfen in einem Fluß. Aber«, fuhr Stavros mit seiner ruhigen, klangvollen Stimme fort, »seitdem hat der Brauch sich geändert; heute tauchen die Mitglieder der Gemeinschaft lediglich ihre Hand in ein Becken mit Weihwasser. Am Abend beginnt die erste Tanzandacht. Früher dauerte sie bis zum Morgengrauen, in der heutigen Zeit nur bis Mitternacht. Dann teilen wir ein genügsames Mahl: Brot, verschiedene Getreidearten, Trockenobst. Getrunken wird nur Quellwasser. Am nächsten Tag wird ein Stier geopfert und sein Fleisch an die Bruderschaft verteilt. Spät in der Nacht, nach dem Lauf durch das Feuer, treffen wir uns für ein zweites, diesmal üppigeres Mahl, bei dem Fleischgenuß erlaubt ist. Wir führten diese Änderungen ungern ein«, setzte Stavros, langsam nickend, hinzu, »aber wir müssen mit der Zeit gehen. Viele von uns müssen frühzeitig wieder zur Arbeit. Ein Brauch kann nur bestehen, wenn er sich modernen Lebensformen anpaßt.«

Anghelina schenkte uns ihr anmutiges Lächeln.

»Wir laden euch ein, unsere Freude zu teilen. Unser Haus ist bescheiden, aber laßt es das Eure sein, und wir sind glücklich.«

»Was für eine wundervolle Sprache diese Menschen sprechen!« sagte ich, an Martin gewandt. »Sie möchten, daß wir die Nacht hier verbringen. Ich meine, wir sollten annehmen. Unsere Sachen sind ja im Hotel gut aufgehoben.«

Martin dankte höflich und unverbindlich; ich merkte, daß er von dem Vorschlag nicht begeistert war. Die beiden Griechen lächelten; ihr Ton, ihre Haltung zeigten, daß auch sie sich nicht täuschen ließen. Flüchtige Röte überzog Martins Gesicht. Vor diesen schlichten Bauern fühlte er sich merkwürdig unsicher; ihre Aufrichtigkeit schien von Herzen zu kommen. Doch aus irgendeinem Grund war er nervös, wie ein Schuljunge, der befürchtet, sich durch eine Unwissenheit lächerlich zu machen. Er mochte auch die Spannung wahrnehmen, die immer stärker von mir Besitz ergriff. Und sie beunruhigte ihn noch mehr als das andere.

Er warf einen Blick auf die Uhr.

»Wann geht es denn los?«

Seine Stimme klang zwanglos; aber ich merkte, daß er das Ganze so schnell wie möglich hinter sich bringen wollte. Statt ebenfalls auf die Uhr zu schauen, blickte Stavros aus dem Fenster, maß mit den Augen die Schärfe des Sonnenlichtes. Er nickte, brachte seinen schwerfälligen Körper mit erstaunlicher Geschmeidigkeit auf die Beine.

»Ja, es wird Zeit. Trinkt euren Wein in Ruhe aus. Ich gehe mich umziehen und bin gleich wieder da.«

Die alte Frau saß immer noch auf ihrem Stuhl. Anghelina sprach leise zu ihr, half ihr, sich aufzurichten. Nach dem Wein sah sie ein wenig besser aus, aber sie schien jetzt schläfrig zu sein und schwankte leicht auf den Beinen.

Anghelina mußte sie halten. Sie lächelte uns heiter zu, ihre goldenen Ohrringe warfen kleine Funken.

»Die Leute werden bald eintreffen. Ich habe Mutter Demetria ihre Tablette mit dem Wein gegeben. Ich bringe sie jetzt zu Bett und komme, sobald sie schläft. Inzwischen wird euch Stavros die ›Konaki‹ zeigen.«

Sie streckte den Arm aus, damit die alte Frau die Hand darauf legen konnte, und führte sie behutsam an uns vorbei, in ein kleines Nebengemach. Durch die offene Tür zeichnete sich der Schatten der Möbel auf dem Steinboden ab. In der Schlafnische stand ein eisernes Bettgestell, mit einem gehäkelten Überwurf. Unter einer Ikone brannte ein rotes Nachtlicht.

14. Kapitel

Ein paar Minuten später war Stavros wieder da. Er trug einen schwarzen Anzug, der fast aus den Nähten platzte, ein Hemd mit unmodernem Kragen und eine Krawatte in schreienden Farben. Jeder, der nicht über seine Würde verfügte, hätte in dieser Aufmachung eine schlechte Figur gemacht; Stavros sah imposant aus. Er lud uns mit einer Handbewegung ein, ihm zu folgen. Ein schmaler, weißgetünchter Gang führte zu einer Tür, die Stavros ohne jedes Geräusch öffnete. Neben der Tür stand ein großes Tongefäß, mit Sand gefüllt, in dem einige dünne Kerzen brannten. Stavros reichte uns zwei Kerzen aus einer Schachtel. Er gab uns zu verstehen, wir sollten sie anzünden und in den Sand pflanzen. Martins Lippen kräuselten sich spöttisch; doch er vollführte ebenso wie ich die heilige Handlung. Stavros sah aufmerksam zu; nichts entging seinem wissenden Blick. Dann erst überschritten wir die Schwelle.

»Hier ist die ›Konaki‹ – die Stube, wo wir uns versammeln«, sagte Stavros mit gedämpfter Stimme.

Wir sahen uns um. Der Raum war ziemlich groß; Boden und Decke waren aus schön poliertem Holz, die Wände frisch geweißt. Es war die eigentliche Wohnstube, aus der alle Möbel entfernt worden waren. Durch das kleine, mit Geranien und Basilikum geschmückte Fenster schien die Sonne. Eine Tür führte in den Vorgarten, die nächste in ein Schlafzimmer. An den Wänden hingen Reproduktionen von kitschigen Ölmalereien – Gondeln in Venedig, eine Waldlandschaft mit einem Hirschen, daneben vergilbte Kalenderbilder, Postkarten, jede Menge Fotografien, manche mit der Hand koloriert. Eine davon, mit einer großen Signatur versehen, zeigte Elenis Eltern. Ein geschicktes Spiel von Licht und Schatten hatte die Gesichter zur höchsten Geltung gebracht. Das Foto war bei Harcourt aufgenommen worden, wo sich früher alle Schauspieler porträtieren ließen. Es war merkwürdig, ein Foto aus dem Pariser Prestigestudio an diesem Ort anzutreffen.

An den Wänden waren Stühle aufgereiht, so daß der Raum wie eine Tanzdiele wirkte. Auf einem Eckbrett, dessen Winkel nach Westen zeigte, waren auf halber Wandhöhe eine Anzahl Ikonen aufgestellt. Alle waren in Schutzhüllen aus rotem Samt verpackt, die man herzförmig ausgeschnitten und mit einem Kreuz aus Goldfäden bestickt hatte. An den Hüllen waren Votivtafeln aus Leichtmetall geheftet. Amulette, die einen besonderen Körperteil darstellten und als Dank für die Heilung gestiftet wurden: Arme, Hände, Ohren, Torso. Manche dieser Votivgaben dienten der Erfüllung eines Wunsches: Sie zeigten kleine Kinder, Herzen, das Antlitz eines Jünglings oder eines Mädchens. Neben den Ikonen lag ein Stapel roter Baumwolltücher. An einer Kette, an der Decke befestigt, brannte eine Öllampe. Unter dem Holzgestell stand ein kleiner Tisch, auf dem ein Spitzendeckchen lag. Auf dem Boden waren Musikinstrumente aufgestellt: eine Lyra – eine Art Geige mit vier Saiten – sowie zwei Trommeln. Das teilweise geschwärzte Trommelfell der größeren und ihre primitive Bauart zeigten, daß sie alt sein mußte. Die kleinere war neu.

»Diese Trommeln heißen ›Daouli‹«, erklärte uns Stavros, »die große ist schon über hundert Jahre alt.«

Mit seinem knochigen Finger wies er auf das fleckige Trommelfell, er lächelte:

»Sie ist uns besonders kostbar, denn im Laufe der Jahre zeigte sie uns das heilige Antlitz.«

»Was meint er?« fragte Martin, äußerst interessiert.

»Auf dem Trommelfell soll das Gesicht eines Gottes sichtbar sein.«

»Moment mal! Wo denn?« Martin starrte auf die Trommel. Ich kniff die Augen zusammen. Nach einer Weile sahen wir es beide: die schwärzlichen Flecken und Maserungen des Trommelfells ließen tatsächlich ein bärtiges Antlitz erkennen.

»Witzig!« Martin lachte kurz auf und wandte sich an Stavros.

»Wer soll das sein? Christus oder Mithra?«

Die Frage war scherzhaft gedacht, doch Stavros zuckte mit keiner Wimper.

»Was macht das für einen Unterschied?« erwiderte er ruhig.

Unsere Blicke trafen sich; in seinen dunklen Augen tanzte ein spöttischer Funke. Dahinter waren andere Dinge; Dinge, von denen er nicht sprach und die ich gleichwohl verstand. Das, was uns verband, war etwas, das sich weder erklären noch beschreiben ließ. Die Art, wie er zu Martin sprach, war nicht minder höflich, doch unter seiner Verbindlichkeit war Zurückhaltung zu spüren. Seine Haltung, seine Augen schienen zu sagen: »Du bist unser geehrter Gast. Sie jedoch ist eine der unsrigen.« Und nur ich in meinem Inneren wußte, was Stavros damit meinte. Er merkte diese Dinge, wie ein Hund in einem Haus die Anwesenheit von Freude und Trauer empfinden mag. Wieder fühlte ich diese Unruhe in mir, dieses seltsame Flattern im Magen, das mir das Gefühl gab, nicht in meinem Körper zu sein, sondern auf eigenartige Weise um ihn herum zu schweben. Dieses Gefühl war mir vertraut; ich hatte es schon früher erlebt. Ich wußte, daß ich mein Gesicht und meine Stimme vollkommen beherrschte, niemand konnte ahnen, was in mir vorging. Aber sobald Stavros seine schwarzen Augen auf mich richtete, fühlte ich mich durchschaut. Doch der alte Mann behielt seine Gedanken für sich, und ich war ihm dafür dankbar.

Nun trat er vor die größte der Ikonen, beugte dreimal das Knie, so tief, daß er mit dem Finger der rechten Hand den Boden berührte. Dann hob er die Arme, zog langsam die rotsamtene Hülle von der Ikone, die in der Mitte stand. Sie war sehr alt, die Farben bereits verdunkelt. Das Bild zeigte den Heiligen Kaiser Konstantin, schwarzbärtig und golden, und seine Mutter, die heilige Helena, mit blonden Flechten und purpurnem Mantel. Beide waren jung – wie Braut und Bräutigam. Um ihre gekrönten Häupter schwebte ein Heiligenschein. Sie standen beiderseits eines Kreuzes, das jeder von ihnen mit einer Hand hielt.

Langsam, mit unendlicher Zärtlichkeit, hob Stavros die Ikone an ihrem metallenen Griff hoch, näherte sie seinem Gesicht und berührte sie mit den Lippen. Er stellte die Ikone wieder an ihren Platz, bevor er auch die anderen Bilder aus ihren Hüllen befreite. Eine nach der anderen kamen die Ikonen zum Vorschein. Ihre Ränder waren mit üppigen Malereien verziert, die Früchte und Blumen, aber auch Sonne, Mond oder einen Kometen darstellten. Alle trugen auf der Rückseite ein kleines, in das Holz eingeschnitztes Kreuz.

»Phantastisch!« murmelte Martin. Er bat Stavros, einen Augenblick zu warten, holte seine Fotosachen aus der Tasche, breitete Linsen, Objektive und Belichtungsmesser auf dem Boden aus. Er schraubte den Fotoapparat auf das Stativ, richtete seine Objektive. Stavros sah gelassen zu, wie er die Apparate einstellte, die Lichtquellen untersuchte und die Distanzen schätzte. Martin arbeitete rasch und konzentriert. Als sein Finger auf den Auslöseknopf drückte, ließ mich das Blitzlicht zusammenzucken; irgendwie kam es mir vor, als ob das grelle Leuchten die andächtige Stimmung entweihte. Doch Stavros hatte mit keiner Wimper gezuckt.

»Mußt du unbedingt blitzen?« fragte ich.

»Es geht nicht anders. Das Licht ist schlecht. Außerdem hat er ja nichts dagegen, daß ich fotografiere.«

Ich schwieg; Martin fotografierte weiter, während Stavros weiterhin die Ikonen enthüllte. Auf einigen waren Stationen aus der Kreuzigung zu sehen. Die letzte zeigte das Antlitz der Muttergottes, auf dem eine einzige Träne leuchtete.

»Sie stammt aus Costi, einem bulgarischen Dorf«, sagte Stavros. »Sie ist schon über hundert Jahre im Besitz unserer Familie.«

»Dann kommen Sie also aus Bulgarien?« Er nickte.

»Unsere Vorfahren stammen von dort. Bulgarien – das alte Thrakien – war die Heimat der Sonnenanbeter. Unsere Feier begehen wir zur Erinnerung, sie ist unser Kennzeichen. Der Brauch wandelt sich, unsere Merkmale aber nie. Sie liegen uns schon viele tausend Jahre im Blut.«

Ich dachte über seine Worte nach, als Anghelina erschien, etwas außer Atem. Sie nickte mir zu, mit erleichtertem Ausdruck.

»Gott sei Dank schläft sie. Eine Nachbarin wird von Zeit zu Zeit nach ihr schauen.« Sie schlug die Hand vor den Mund, wie ein schuldbewußtes Schulmädchen. »Das Mittel wirkt, ich habe ihr die doppelte Dosis gegeben. Ich will nicht, daß sie aufwacht, wenn die Trommel geschlagen wird.«

Sie wandte sich ab, in ihrer lebhaften Art, kniete wie Stavros vor den Ikonen nieder; unbeeindruckt von dem Blitzlicht zündete sie ein Weihrauchgefäß an; der Rauch stieg in bläulichen Schwaden auf, die »Konaki« mit seinem Wohlgeruch erfüllend wie in einer Kirche.

Draußen wurde das Licht sanft und rosa, als die ersten Teilnehmer eintrafen. Braungebrannte Frauen und Männer, in altmodischer

Sonntagskleidung. Ein derber, kräftiger Menschenschlag, das Gesicht und die Gliedmaßen von harter Arbeit gezeichnet. Sie hatten breite Füße, grobknöchige Hände; ihre Nägel waren rissig und von gelblicher Farbe. Alle zündeten eine Kerze an, steckten sie in das Gefäß neben der Tür. Dann verbeugten sie sich vor den Ikonen, hoben sie hoch und küßten sie. Martin beachteten sie nicht; mich begrüßten sie mit ernster, wohlwollender Zurückhaltung. Die meisten waren ältere Leute, doch es waren auch einige jüngere Männer und Frauen dabei. Ein Junge mit einem etwas einfältigen Gesicht schien kaum älter als vierzehn. Ein Mädchen, etwa gleichaltrig, hatte wirres schwarzes Haar und Brauen, die über der Nase fast zusammenwuchsen: eine düstere, wilde Schönheit, mit schmaler Taille und üppigem Busen. Eine Frau hielt ein kleines Kind in den Armen: Dimitri, ihren erstgeborenen Sohn. Alle bewunderten den Kleinen, streichelten und kitzelten ihn, um ihn zum Lachen zu bringen. Das Ganze kam mir wie ein Familienfest vor: Man begrüßte sich mit vertrauten Küssen und Umarmungen, tauschte Neuigkeiten aus. Doch Gespräche und Gelächter klangen verhalten, wie besorgt, die feierliche Stimmung nicht durch ein allzu lautes Benehmen zu gefährden. Zwei ärmlich gekleidete Frauen – eine alte und eine jüngere – führten ein etwa achtjähriges Mädchen herein, dessen Kopf hin- und herschwang. Die Frauen hielten das Kind an den krampfhaft ausgestreckten Armen fest; man machte ihnen sofort auf den Stühlen Platz. Eine Frau zog ein blütenweißes Taschentuch aus ihrem Ausschnitt, trocknete liebevoll-besorgt den Speichelfaden, der dem Mädchen über das Kinn lief.

»Sie kommen aus einem anderen Dorf«, flüsterte mir Anghelina zu. »Die kleine Yulla ist epileptisch. Sie haben kein Geld, um den Arzt zu bezahlen. Nun hoffen sie, daß die Heiligen die Kleine gesund machen.«

»Ist das schon vorgekommen?« fragte ich.

Anghelina streifte mich mit einem tiefen Blick; dann lächelte sie, zärtlich und versonnen.

»Warum soll es den Heiligen nicht belieben, Wunder zu vollbringen?«

Noch mehr Weihrauchbecken wurden angezündet. Einige Frauen

hielten sie an Ketten und trugen sie durch den Raum; die Anwesenden wedelten mit beiden Armen die Schwaden an sich heran, atmeten mit glücklichem Gesicht den Weihrauch ein, wobei sie sich bekreuzigten. Die Luft wurde allmählich stickig. Der Weihrauch mischte sich mit dem Duft der Kräuter, die an den Deckenbalken hingen. Nach und nach verebbten die Gespräche. Stille trat ein; ich bemerkte, wie Martin seinen Sucher auf das kleine kranke Mädchen richtete, die mit irrem Blick zur Decke starrte. Ich hätte ihm mehr Takt zugetraut, doch ich sagte nichts. Alle schienen nun auf etwas zu warten. Martin wischte sich mit dem Handrücken den Schweiß aus dem Gesicht, zog seinen Pullover über den Kopf und knotete ihn über die Schultern. Auf einmal erhob sich eine junge Frau: Mit verzücktem Gesicht die Ikonen betrachtend, die Arme angewinkelt, begann sie heftig auf den Boden zu stampfen. Stavros, der sich mit zwei Männern leise unterhielt, erhob sich. Er trat auf die junge Frau zu, umfaßte zärtlich ihre Schultern, führte sie an ihren Platz zurück, wobei er ihr ein paar Worte zuflüsterte. Sie zuckte zusammen, ihr Blick klärte sich; beide tauschten ein Lächeln. Die junge Frau setzte sich wieder, zog ihr Kleid über die Knie. Niemand hatte dem Vorfall Beachtung geschenkt. Alle saßen schweigend da. Die Stille war vollkommen, bis ein Mann einen Hustenanfall bekam, sich geräuschvoll die Nase putzte und in sein Taschentuch spuckte.

»Worauf warten sie?« raunte mir Martin zu.

Ich schüttelte den Kopf.

»Ich weiß es nicht.«

In diesem Augenblick ging die Tür auf; zwei junge Männer erschienen. Beide trugen eine Lyra und einen Bogen. Sie verneigten sich vor den Ikonen, grüßten die Anwesenden mit höflichem Kopfnicken. Sie stellten sich in den Hintergrund, stimmten ihre Instrumente, während die Wartenden sich bewegten, Arme und Beine streckten, ihre Kleider zurechtzogen, um bequemer zu sitzen. Dann kehrte wieder Ruhe ein. Nur die stillen Geräusche der Atemzüge waren hörbar, und die kleine Kranke stieß leise, winselnde Laute aus.

Plötzlich trat ein dritter junger Mann in den Raum; das Weiße seiner Augen leuchtete wie sein Hemd, und seine schwarzen Locken fielen über seine bronzebraune Stirn. Auch er kniete vor den Ikonen nieder, bevor er ehrfurchtsvoll die kleine Trommel ergriff und sich zu den anderen Musikern gesellte. Immer noch herrschte Stille. Niemand rührte sich. Doch ich hatte das eigentümliche Gefühl, daß die Luft in Bewegung geraten war, daß etwas Unsichtbares von weither herangeweht kam. Eine plötzliche Gänsehaut überlief mich. Da erhob sich Stavros; mit langsamen, steifen Schritten ging er zu dem Wandbrett, auf dem die Ikonen standen. Er ergriff behutsam die roten Baumwolltücher, die dort zusammengefaltet lagen, und verteilte sie unter den Anwesenden. Sie nahmen die Tücher in Empfang, indem sie Stavros die Hand küßten. Alles vollzog sich ohne Hast, in tiefem Schweigen.

Nun kehrte Stavros zu dem Wandbrett zurück. Er packte den metallenen Griff der großen Ikone, hielt sie über seinen Kopf; mit gleichsam steifen und gelösten Gliedern, als folge er einem inneren Rhythmus, begann er langsam zu tanzen. Einzig das Quietschen seiner Sohlen auf dem Holzfußboden schien den Takt anzugeben. Wie ein Schlafwandler, mit entrücktem Gesicht, näherte sich der »Archi-Anastenaris« nun den Musikern, als wolle er sie in sein Kraftfeld einbeziehen. Und als hätten sie nur auf dieses Zeichen gewartet, klemmten die Lyraspieler ihre Instrumente unter ihr Kinn. Im gleichen Atemzug strich ihr Bogen über die Saiten. Der erste Ton erklang, wie aus der Luft geboren; ihm folgte, eifrig wie eine Spinne, die ihren Faden ins Leere wirft, die Melodie: ein schwingender Rhythmus, eine seltsame, zirpende Weise, die mich erschauern ließ. Nun hob der Trommler die »Daouli«. Und während seine Hände weich und kraftvoll das Trommelfell schlugen, begann Stavros mit rauher, tiefer Stimme zu singen. Die Anwesenden fielen ein; ihre Stimmen mischten sich in eine fremdartige, faszinierende Polyphonie. Die Töne folgten einander, stiegen und fielen, eine kreisende Vibration, eine Kraft, die aus dem Boden stieg, wie Rauch. Das Herz des Zaubers war erwacht, pulsierte unter dem Trommelfell, bebte in den Saiten der Lyren. Der gebrochene, immer wieder wechselnde Übergang von einer Tonart zur anderen drang mir durch Mark und Bein. Der Rhythmus kam zu mir aus den Tiefen des Blutes, aus dem Unbewußten, aus früheren Welten.

Die Strophen erzählten von der Erdgöttin und ihrem Sohn, einem

Jüngling in der Blüte seiner Schönheit und Kraft. In heftiger Liebe zu ihm entbrannt, tötete ihn die Mutter, damit keine andere Frau ihn begehren solle. Sie verbrannte den Leichnam, verstreute seine Asche auf dem Feld; überall dort, wo die Asche hinfiel, wuchsen Getreide und Blumen. Denn alles war ein Spiel, der ewige Kreislauf, der die Sterne in Bewegung hält. Gewiß, der Jüngling schien unter dem Messer zu sterben, sein rotes Blut die Erde zu tränken, doch sein Tod war nur der Übergang zu einem höheren Leben. Die Göttin saß am Herdstein des Weltalls und webte die kosmische Struktur; die Spindel drehte sich in ihrer Hand, durchlief die ewigen Zyklen von Tod und Wiedergeburt, ließ die Sonnentage wachsen und die Finsternis schwinden.

Die Menschen sangen mit ernsten Gesichtern, die Augen ins Leere gerichtet; manche folgten dem Rhythmus mit dem Körper, andere saßen vollkommen steif da, mit fest verschränkten Armen, als ob sie ihre Regungen drosseln wollten. Die Luft wurde stickig. Mit beherrschten Schritten im Kreis stampfend, bewegte sich Stavros in die Mitte des Raumes; einer nach dem anderen traten die Anwesenden zu ihm hin. Er reichte ihnen die Ikone, die sie für ein paar Augenblicke an sich preßten, als ob sie ihre Kraft aus dem Bildnis bezögen. Schließlich übergab Stavros die Ikone einem älteren Mann mit verhärmten Zügen. Dieser schmiegte seine Wange an das Bild, berührte es mit den Lippen, hob es mit beiden Armen hoch. Sein flackernder Blick wurde allmählich glasig, seine Augen verdrehten sich. Nach einer Weile übergab er die Ikone der jungen Frau, die als erste getanzt hatte. Sie drückte die Ikone mit finsterem leidenschaftlichen Ausdruck an die Brust, als hielte sie ihren Liebhaber in den Armen. Zwei andere Ikonen wurden ebenfalls von den Tanzenden herumgetragen, während einige lediglich die roten Tücher schwenkten. Alle bewegten sich im Rhythmus der Musik, und doch tanzte jeder auf seine eigene Weise; nichts regelte ihre Schritte, nichts vereinte sie miteinander. Die einzige Regel schien ein Schaukeln des Körpers zu sein, ein konvulsives Stampfen. Manche hielten die Arme an Brustkorb oder Hüften gepreßt, warfen ihren Körper zuckend herum. Andere hielten sich aufrecht, den Kopf hoch erhoben; wieder andere beugten sich vor, das Becken wie gebrochen. Mir fiel auf, daß sie kaum die Arme oder die Hüfte bewegten: Im Gegenteil, je tiefer sie in ihrer Trance versanken, desto verhaltener wurden ihre Bewegungen, fast steif. Die Gesichter glänzten vom Schweiß, viele hielten die Augen geschlossen. Die Kraft, die sich in ihnen anstaute, kam nur in ihrer Stimme zum Ausdruck; sie atmeten keuchend, wie in der Liebe, stießen seltsame Silben hervor, die sich wie »Ach, Ech, Och« anhörten. Das muß der Grund sein, dachte ich, weshalb man sie die »Seufzenden« nennt.

Fasziniert sah ich, wie die Mutter das kranke Mädchen an den Schultern festhielt, tanzend mit ihr vor die Ikonen trat. Auch der schmale Körper des Kindes war eigentümlichen Zuckungen und Stößen ausgeliefert, aber nach und nach schienen ihre Glieder den Rhythmus zu erfassen. Und ebenso fühlte ich, daß auch ich hineingezogen wurde, mitgerissen in das konvulsive Stampfen. Wieder überkam mich dieser Eindruck, daß ich mich aus meinem Körper löste, gewissermaßen um ihn herum schwebte. Der unermüdliche, pochende Rhythmus ließ mir keine Ruhe. Mein Körper bewegte sich wie von selbst, tauchte in ein anderes Bewußtsein ein, von der Trance heimgesucht wie die Tanzenden um mich herum, erfüllt von dem gleichen Geist der Abwesenheit, der Verzückung. Wirbelknochen um Wirbelknochen erfaßte es mich; mein Nacken, meine Schultern begannen zu beben, zu vibrieren, sich zu verrenken. Manchmal fielen mir die Augen zu, aber es war kein Schlaf, der meinen Kopf nach vorne warf. Das, was mich jetzt ergriff, war etwas anderes, eine Art Hinabtauchen in einen Bereich, tief in mir, der nur ganz selten die Oberfläche erreichte. »Ach, Ech, Och«, stammelten die Anastenariden. Diese Menschen hier, das wußte ich plötzlich, suchten jenen Platz hinter den Augen, wo das Bewußtsein sich erweitert, wo der Geist eine völlige Kontrolle über den Körper übernimmt – ihn bedeutungslos macht. Und gleichzeitig entstand etwas in mir, das ich nicht unter Kontrolle halten wollte, wie ein emportauchendes Muster, eine Welle, die mich von innen erfaßte. Ein vertrautes Gefühl von früher, eine Art angenehmer Schauer, der durch meinen Körper fuhr, wie in der Liebe, wenn du in mir den Höhepunkt erreichst, Amadeo, und in meinem Leib den Feuerfunken entfachst …

Eine Hand packte mich am Arm, schüttelte mich, während eine

Stimme meinen Namen wiederholte. Ich hörte sie von weither, wie durch Nebelschwaden. Sie störte mich in meiner Konzentration, sie ging mir auf die Nerven.

»Ariana! Bist du wahnsinnig geworden? Jetzt fängst du auch noch an! Ariana! Hörst du mir eigentlich zu?«

»Ja, und du brauchst nicht so zu schreien «

»Herrgott! Man versteht ja sein eigenes Wort nicht!«

Die Stimme, die Berührung brachten mich wieder zu Verstand. Ich blinzelte. Martin stand vor mir, mit rotem, aufgelöstem Gesicht. Mir kam in den Sinn, daß ich ihn seit dem Beginn der Zeremonie vollkommen vergessen hatte, und diese Feststellung belustigte mich.

»Hast du gut fotografieren können?« fragte ich, um irgend etwas zu sagen.

Er hielt meinen Arm noch fester.

»Drei Filme. Und ich habe die Schnauze voll. Ich muß hinaus, an die Luft. Ich kann es nicht mehr aushalten.«

»Was fehlt dir?« fragte ich.

»Diese Massenhysterie! Und der Gestank! Man wird ja verrückt dabei!«

Er warf seine Fototasche über die Schulter, bahnte sich einen Weg durch das Gedränge. Ich folgte ihm. Vor dem Haus war die Welt schon dunkel – ein Ort der Ruhe. Nur noch die Musik drang gedämpft nach draußen. Wir atmeten in tiefen Zügen den Duft von fruchtbarer Erde, Holzkohle und Jasmin ein. In Gräsern und Büschen zirpten Grillen. Ein goldener Schimmer verblaßte am Horizont, und die ersten Sterne funkelten wie Stecknadeln. Martin wischte sich mit dem Ellbogen über die Stirn. Das verschwitzte Haar klebte an seinen Schläfen.

»Kaum zu glauben! Eine richtige Voodoo-Zeremonie! Wer hätte das von diesen Bauern gedacht? Die sehen doch alle so solide aus. Wie geht es weiter? Ziehen die sich splitternackt aus und kopulieren auf dem Boden?«

Seine Stimme war der Hysterie nahe. Es kam vor, daß mich sein Zynismus belustigte, aber heute abend war ich nicht zum Scherzen aufgelegt. Das wunderbare Gefühl der Entrückung, das ich mit den Tanzenden für eine kurze Weile geteilt hatte, war gewichen; ich fühlte mich ernüchtert und enttäuscht wie ein Kind, dem man eine Süßigkeit mit einem Schlag auf die Hand verweigert. Martin war unfähig zu begreifen, was in mir ausgelöst worden war. In seinen Augen war nichts, zu dem ich hätte sprechen können; sie gaben keine Antwort auf meine stummen Gedanken.

»Unsinn!« Meine Stimme kam mir gereizt vor. »Sie essen zusammen und gehen nach Hause. Um Mitternacht sind alle im Bett.«

»Und was machen sie dort?«

Sein Sarkasmus ließ mich kalt.

»Das Übliche, und nicht eifriger als sonst. Die Bauern müssen früh in den Kuhstall.«

Martin kniete nieder, schraubte die Objektive behutsam zu und steckte sie in die Fototasche.

»Ehrlich gesagt, habe ich nicht die geringste Lust, mich von Zwiebeln und Kichererbsen zu ernähren. Und wo sollen wir schlafen? Auf einer unsauberen Matratze? Auf einem Schafsfell? Und dazu noch das Plumpsklo! Nein, danke! Es ist ja noch früh, ich schlage vor, wir fahren ins Hotel zurück. Wir essen gemütlich zu Abend, schlafen in einem sauberen Bett und kommen morgen wieder, rechtzeitig, um das Stieropfer zu sehen. Eine höchst unappetitliche Angelegenheit, nehme ich an.«

Ich rieb mir müde die Augen; ich empfand seine Worte als beleidigend. Es gehörte zu seinem Weltbild, daß er tiefere Dinge nicht sah, nicht sehen wollte. Er war blind und taub für das Geheimnisvolle; die Welt war für ihn eine Szenerie, die er nur distanziert betrachtete. Ich jedoch hatte eine Schwelle berührt, und gerade, als ich sie überschreiten wollte, hatte er mich zurückgehalten. Die Erkenntnis löste einen Groll in mir aus, den mein Verstand als ungerechtfertigt empfand. Aber es war nicht zu ändern, und so antwortete ich kühl:

»Gut. Ich werde Anghelina sagen, daß du gehst.«

Er starrte mich in der Dunkelheit an.

»Willst du wirklich hierbleiben?«

»Ich habe es vor.«

Ich wandte mich ab, ging zurück in den Raum. Heiße Luft schlug mir entgegen. Die Trommel pulsierte wie ein ständiger Herzschlag, und Lyren webten dazu ihr Netz aus Tönen, eine windgeborene Süße. Die Anastenariden tanzten, ihre kurzen, rauhen Seufzer ausstoßend: »Ach, Ech, Ich.« Ihre Körper schwenkten wie Marionetten an einem Faden. Ich ließ meine Augen über die Tanzenden wandern, auf der Suche nach Anghelina. Da sah ich sie plötzlich: Sie bewegte sich langsam im Kreis, die Ikone mit der Muttergottes an sich gepreßt. Ihre Augen waren starr, ihre Pupillen geweitet wie die einer Katze bei Nacht. Die leicht geöffneten Lippen ließen die Zähne sehen. Ich wagte nicht, sie in ihrer Verzückung zu stören. Ich spürte, daß sie weit weg war, weit weg von allem, hoch in die Lüfte getragen, bis zu den Sternen, höher noch und weiter, bis zu jenem Keim der Unendlichkeit, in dem es nichts zu begreifen, sondern alles zu fühlen gab. Dort aber war sie allein; meine kühle Vernunft hatte mich eingeholt, hielt mich auf dem Boden der Wirklichkeit zurück. Nonna ... wo bist du? Langsam taucht ihr Bild durch den Nebel. Als wartete sie, wie ich mich nun verhalten würde, um mir entweder die Hand zu reichen oder wieder einzutauchen in das Land der Schatten und Schemen. Ich bin ganz verwirrt, Nonna. Es ist so neu, so unerwartet. *Scusami, non posso!* Nicht heute abend. Ich kann es nicht. Ich fühle mich ausgestoßen. Und alles nur wegen Martin.

Ich kehrte den Tanzenden den Rücken; verließ den Raum, atmete frische Luft ein. Martin hatte sein Fotozeug eingepackt und wartete auf mich.

»Nun?« fragte er, den Reißverschluß seiner Windjacke hochziehend. Ich schüttelte den Kopf, setzte mich wortlos in Bewegung. Er folgte mir, der dunklen Straße entlang. Das Pochen der Trommel war noch eine Weile zu hören; dann verstummte das Geräusch. Und nur noch die Zirkusmusik wehte über den Platz, von dorther, wo sich das Karussell im flackernden Schimmer drehte.

15. Kapitel

Der große Speisesaal mit seinen modernen Lüstern, seinen nüchternen weißen Tischdecken war kahl und ohne Geschmack eingerichtet. Stimmengewirr schlug uns entgegen. Schweizer Touristen waren mit dem Reisebus eingetroffen; ältere Menschen, viel zu sommerlich gekleidet, manche schon krebsrot. Wir setzen uns neben ein zugedecktes Klavier, auf dem ein Früchtekorb stand. Martin bestellte sofort eine Weinflasche. Der Kellner brachte Teller, auf dem gegrillte Fische lagen.

»Ich mag das nicht«, sagte Martin.

»Dann bestell dir etwas anderes.«

Ich trennte mit der Gabel die Köpfe der beiden Fische und legte sie auf den Tellerrand. Ich war nervös, ich wußte nicht warum. Meine Gedanken waren verschwommen, zusammenhanglos; dahinter war eine Absicht, die ich nicht ergründen konnte. Ich wußte nur, ich war nicht da, wo ich sein sollte. Es kam sehr selten vor, daß mir unklar war, was ich tun oder lassen sollte. Nach dem, was ich spürte, war ich hier nicht am richtigen Platz. Aber wo sollte ich denn sein? Mit den anderen, im »Konaki«? Auch dessen war ich mir nicht ganz sicher. Und dieser innere Drang, ohne Zweck oder klare Richtung, regte mich auf. Es war unangenehm, sprechen und zuhören zu müssen, wenn mich immerzu diese Unruhe beschäftigte.

»Kannst du mir eigentlich sagen, was los ist?« fragte Martin. »Du bist doch gesund, oder?«

Ich antwortete geistesabwesend.

»Bloß müde, sonst nichts.«

»Ich dachte, dir ist auch schlecht geworden.«

»Nein.«

»Das war doch nichts, bei dieser Sekte die Nacht zu verbringen.«

»Die Anastenariden sind keine Sekte.«

»Autosuggestion, meinst du? Auf paranormalem Gebiet muß man mißtrauisch sein. Esoterischer Klamauk kann viel Schaden anrichten.«

Ich nickte.

»Ich glaube, wir alle haben diese Fähigkeit zu sogenannten ›übersinnlichen‹ Dingen. Wir haben nur – wenn ich mich so ausdrücken kann – die Gebrauchsanweisung verloren. Aber die Sehnsucht bleibt. Und gerade an diesem Punkt schalten sich irgendwelche Gurus ein, versprechen ewiges Seelenheil und machen das große Geld.«

Ich sprach flüssig und mühelos. Die Gedanken formten sich, als sei mein Verstand jetzt eingespielt auf einfache Vorstellungen, während die innere Unruhe wuchs.

Martin nahm einen Schluck.

»Allerdings. Wenn man sieht, wie die Leute die Ikonen verehren, ist die Wirkung schon so, wie man sie als ›heilig‹ bezeichnet. Aber man kann sie ebensogut als ›satanisch‹ bezeichnen, ein Aspekt, der sich in aller Logik ja aufdrängt.«

Ich schüttelte den Kopf.

»Die Ikonen werden nicht wie Götzen verehrt.«

Für Martin bestand die Schwierigkeit, daß er, mit dem Zeitalter der alten Menschheit konfrontiert, Hemmungen verspürte. Er wollte nicht einsehen, daß die Kräfte, die bei Anbruch der Welt am Werk waren, auch in ihm selbst etwas hervorriefen. Da steckte er lieber seinen Kopf in den Sand.

»Du wolltest mir etwas über die Ikonen sagen.«

»Ikonen sind eine frühe Form der Beseelung von Materie. Sie sind wie ein Buch, das die Religion in Bildern erklärt. Ich weiß nicht mehr, wer gesagt hat: Ich bete nicht die Materie an, vielmehr den Schöpfer der Materie, der sich zu meiner Erlösung herabließ, in der stofflichen Welt zu leben.«

Martin starrte mich an. Meine Antwort hatte ihn überrascht, das sah ich an seinem Gesicht.

»Wo hast du denn solche Sprüche gelernt? In der Kirche?«

Ich lachte.

»So was lernt man nicht in der Kirche!«

Martin nahm noch einen Schluck.

»Offen gesagt, ich empfinde die Religion dieser Leute als bedrohlich mystisch und ganz im Banne ritueller Schaumschlägerei.«

Ich kann nicht hierbleiben, dachte ich. Ich muß weg. Wohin? Ich würde es schon herausfinden. Ein Mensch, der fortmuß, weil es ihn irgendwohin treibt, braucht nur einen kleinen Anstoß als Ausrede. Das Dumme ist nur, ich habe nicht mehr viel Zeit. Ungefähr zwei Stunden. Woher ich das so genau wußte? Ich konnte es nicht sagen. Das Gefühl war einfach da. Ich aß meinen Fisch, bemühte mich um einen sachlichen Ton.

»Insofern hast du recht, daß im griechisch-orthodoxen Raum die Religion eine andere Bedeutung hat als bei uns.«

»Sie scheint mit dem Glauben Jesu Christi nicht viel gemein zu haben.«

Ich wußte nicht, was ich von seinem Tonfall halten sollte. Er gefiel mir nicht.

»Sie ist älter. Hinter Konstantin und Helena stehen Demeter und Dionysos.«

»Interessant. Und das Kreuz?«

»Das Kreuz stellt den Lebensbaum dar, der Himmel und Erde verbindet.«

»Ein Urbild?«

»Ein Urbild, ja. Urbilder vermitteln eine Wahrheit: Tod und Leben sind eins. Männer und Frauen sind nur Instrumente der menschlichen Reproduktion. Unsere Eltern sind die Erde und die Toten.«

Er starrte mich an.

»Du kennst dich in diesen Dingen aus, ich sehe schon ...«

»Nichts siehst du. Und peinlich ist dir die ganze Sache, weil der Zustand auch auf dich wirkt. Für dich sind Mythen nichts als Schwindel. Aber du hast genau bemerkt, daß im Konaki etwas vorging. Etwas, wovor du Angst hattest ...«

Er hustete befangen; oberhalb des verknoteten Seidentuchs war sein auf- und abhüpfender Adamsapfel zu sehen.

»Angst? Nein. Es ekelte mich an.«

»Das ist dasselbe.«

Der Kellner holte die Teller weg, brachte einen Teller mit Lammfleisch, Bratkartoffeln und Gemüse. Martin goß sich neuen Wein ein.

»Ich neige dazu, dies alles für blanken Unsinn zu halten.«

»Wenn du etwas nachgedacht hättest, Martin, dann hättest du dir vorstellen können, daß du etwas Unerwartetem begegnen würdest.«

»Du meinst … auf okkultem Gebiet?«

»Wenn du es so nennen willst. Ich nenne es ein Sakrament. Der Tanz der Anastenariden weckt die Erde. Die Götter erwachen, segnen Menschen, Tiere und Pflanzen. Das Leben geht weiter …«

Er hob das Glas an die Lippen.

»Und du glaubst das wirklich?«

»Vielleicht.«

»Und vielleicht auch nicht.«

Meine Kehle wurde eng. Ich hatte schon zuviel gesagt. Warum vergeudete ich meine Zeit mit ihm? Und warum war ich noch hier, wo ich längst an einem anderen Ort sein sollte?

Er stützte beide Ellbogen auf den Tisch, seine Augen blickten mich ganz ungerührt an. Er sagte oft, er könne mich verstehen, obwohl er anders denke als ich. Aber was bedeutete das eigentlich?

»Du weißt über viele Dinge Bescheid«, sagte er langsam. »Und trotzdem sitzen wir da und tauschen Fragen und Antworten, wie beim Erlernen einer Fremdsprache. Das macht mich sehr nachdenklich.«

Es überraschte mich immer wieder, wie schnell, wie unerwartet seine Mißtrauenseinbrüche kamen. Und natürlich wußte ich auch, wohin dieses Gespräch führte.

»Woran denkst du?« fragte er.

Immer die gleiche Frage. Vielleicht kann ich gleich gehen. Es wird auch langsam Zeit.

»Es ist unwichtig«, sagte ich.

»Dann deute mir auch nicht an, was du für dich behalten willst«, erwiderte er gereizt. Er hatte die Flasche fast ausgetrunken.

»Ich will mich nicht an alles erinnern. Ich bin immer noch der Ansicht, daß wir uns gut verstehen. Aber ich glaube, daß du mich belügst. Und eines Tages werden wir wohl darüber reden müssen.«

Ich legte behutsam meine Gabel hin. Ich mußte allmählich aufpassen.

»So fang doch an. Damit wir es hinter uns haben.«

»Ich kann nicht. Ich brauche erst etwas zu trinken.«

Ich zeigte auf die Flasche.

»Willst du noch nicht aufhören?«

»Ich werde noch eine bestellen«, Martin winkte den Kellner mit schwungvoller Handbewegung herüber. »Ich bin ein einfacher Mensch, ich habe nichts zu verbergen. Aber du bist ein besonderer Fall. So verstockt und verbohrt, wie du bist, bei aller Intelligenz, gibst du uns keine Chance.«

»Ich glaube, du suchst wieder Streit.«

»Manchmal, da reizt es mich eben, dich zum Reden zu bringen.«

Er beugte sich vor und verzog dabei den Mund.

»Ich möchte jetzt eine Frage an dich richten: Wer bist du?«

»Wer ich bin?«

»Spiel nicht die Dumme! Ist es dir eigentlich unangenehm, von dir zu sprechen?«

»Es gibt nicht viel, was du nicht von mir weißt.«

Ein Funke blitzte in den blauen Augen auf.

»Oh doch, eine ganze Menge sogar. Zum Beispiel, warum du nicht ehrlich zu mir bist, warum du mit mir schläfst und einen anderen dabei im Kopf hast.«

Ich blieb stumm. Es mußte ja so kommen, daß er es merkte. Natürlich hätte ich jetzt ausweichen können. Ich hatte viel Übung in diesen Dingen. Aber es lohnte sich nicht mehr.

»Da ist doch dieser Kerl ...«, sagte Martin. »Dieser schwarze Halunke mit der zahmen Ratte ...«

»Schluß jetzt, Martin!«

»Dieser Mistkerl von einem Zigeuner. Du bist immer noch scharf auf ihn, weiß der Teufel, was er mit dir angestellt hat. Sex und geile Lust, daß ist es doch, nicht wahr? Mir ist das egal, welche Tagträume du hast, aber wenn ich mit dir im Bett liege, will ich, daß du ganz da bist. Aber du benutzt mich. Mit einer Hälfte deines Gehirns denkst du pausenlos an ihn. Du schließt die Augen, und ich muß dich ficken und genau das machen, was du willst, damit du ihn dir besser vorstellen kannst ...«

»Halt den Mund, Martin!«

»... Du entwickelst eine Art von Gerissenheit dabei, die jeden täuschen kann. Nur mich nicht, Darling. Ich will nicht mißbraucht werden, am allerwenigsten von dir.«

»Du hast genug getrunken. Stell das Glas hin.«

»Ich denke nicht daran, es hinzustellen.«

Er nahm einen langen Schluck. Ich saß ganz ruhig da. Nicht zuviel reden, jetzt. Warten. Weggehen. Das sollte doch möglich sein.

Er sagte, sehr langsam jedes Wort betonend:

»Ich bin von fürchterlicher Eifersucht gequält. Das müßtest du doch verstehen.«

Mein ganzer Körper stand unter Spannung. Ich lehnte mich zurück. Wenn er getrunken hat, durfte ich ihn nicht reizen. Er und ich waren eine Weile still. Martin hatte den Kopf gesenkt und wirkte ganz konzentriert. Plötzlich holte er tief Luft und blickte auf. Er sah den Ausdruck der Gelassenheit auf meinen Zügen; ich wußte, daß er mich deswegen haßte. Eine verzerrte Grimasse begann in seinen Augen und breitete sich übers ganze Gesicht aus.

»Ich habe immer vergessen, was ich sagen wollte. Jetzt werde ich es sagen ...«

Seine Augen ließen von mir nicht ab; während seine Lippen die Worte formten, war es, als ob ein anderer, ein Unbekannter, sprach.

»Eines Tages, Darling, da werde ich es satt haben, die falsche Rolle in einem falschen Spiel zu spielen. Da werde ich es nicht mehr zulassen, daß du mich demütigst. Eines Tages, wenn du es am wenigsten erwartest, da werde ich dein hübsches, intelligentes Köpfchen an die Wand schmettern und den Schmarotzer da drinnen vernichten.«

Die Geräuschkulisse war plötzlich verstummt. Er mußte laut gesprochen haben, sehr laut sogar, statt leise. Alle drehten die Köpfe zu uns hin und starrten uns an. Der Kellner mit den Tellern in der Hand schien förmlich zu versteinern. Nur aus einem Lautsprecher schallte Folkloremusik, und das Geklimper nahm in der Stille eine eigentümliche Deutlichkeit an. Martin saß kerzengerade da. Sein Gesicht hatte jede Farbe verloren, und sein Mund stand leicht offen. Ich nahm die Serviette von den Knien, tupfte mir ruhig die Lippen ab. Dann ergriff ich den Zimmerschlüssel und stand auf. Ohne Eile verließ ich den Speiseraum.

16. Kapitel

Der Aufzug hielt; die Türen öffneten sich mit leisem Summton. Ich ging durch Licht- und Schattenzonen, an der Zimmertür vorbei. Ich drehte mich um, lief drei Schritte zurück und schloß auf. Im Zimmer war alles dunkel. Ich machte Licht. Ein paar Sekunden lang rührte ich mich nicht; mein Puls flatterte, das Herz schlug mir bis zum Hals. Ich wartete, bis mein Atem wieder gleichmäßig ging.

Ich stopfte meine Sachen in den Rucksack, als draußen Martins Schritte ertönten. Er klopfte an die Tür; ich fuhr unbeirrt fort zu packen.

»Ariana, mach auf!« rief Martin.

Ich gab keine Antwort. Durch den Spalt zwischen Zimmer und Boden drangen sämtliche Geräusche im Gang zu mir herein.

»Ariana, es tut mir leid«, sagte Martin. »Komm, sei vernünftig! Laß uns in Ruhe über die Angelegenheit reden!«

Ich holte mein Waschzeug im Badezimmer, steckte meine Zahnbürste ein. Das Klopfen nahm zu. Der Lärm, noch verstärkt durch die Stille im Gang, wurde immer heftiger. Fußtritte und Fausthiebe prasselten an die Tür.

»Laß mich nicht hier draußen stehen, Ariana! Verdammt noch mal, sonst schlage ich die Tür ein!«

Ich drehte den Schlüssel im Schloß. Martin stolperte herein und prallte fast mit mir zusammen.

»Es gibt nichts mehr zu reden«, sagte ich. »Ich gehe von dir weg.«

»Jetzt? Um diese Zeit?«

Ich zog den Reißverschluß meines Rucksackes zu. Er starrte mich an, fassungslos. Seine Wut war plötzlich abgekühlt.

»Darling, es tut mir leid! Ich habe mich idiotisch benommen. Ja, ich gebe es zu, ich war gemein. Ich habe Angst, dich zu verlieren, nur darum, aber jetzt können wir über alles sprechen, und morgen ist alles gut. Wir lieben uns doch noch immer, Ariana. Du darfst mir nicht böse sein. Ich kann den griechischen Wein nicht vertragen, ich werde auch keinen mehr trinken. Du und ich, wir müssen jetzt ganz ruhig bleiben.«

»Ich bin ruhig«, sagte ich.

»Findest du es nicht absurd, daß wir uns dauernd streiten?«

»Deswegen gehe ich von dir weg«, sagte ich. »Ich will allein sein.«

Martin fuhr sich mit der Hand durch die Haare, immer wieder. »Nun warte doch! Laß uns über die Sache reden. Ich weiß, ich hatte den dummen Einfall, von ... von deinem Freund zu sprechen. Aber ich hatte mir gedacht, daß du es verstehen würdest.«

»Ich gehe nicht deswegen weg«, sagte ich. »Die Sache ist viel komplizierter. Wir sind zu verschieden, Martin. Auch wenn du nicht von Amadeo gesprochen hättest, wäre ich früher oder später gegangen. Ach, lassen wir das!«

Ich nahm meinen Rucksack und wollte an ihm vorbei, aber er packte mich am Arm und hielt mich fest. Ich spürte, wie seine Wut zurückkehrte, diesmal noch stärker.

»Glaubst du, ich merke nicht, wie du um die Dinge herumredest? Wie du mir ausweichst, sobald von diesem Scheißkerl die Rede ist?«

»Laß mich los, Martin.«

»Du mußt doch zugeben, daß ich recht habe? Du weißt genau, wie du mich an der Nase herumführst. Du denkst immer noch, du kriegst alles nach deinen Willen. Ich werde niemals vergessen, wie dieser Scheißkerl mich behandelt hat. Und ich will wissen, was er eigentlich für dich bedeutet.«

Ich holte tief Luft, stellte den Rucksack neben mir auf den Boden ...

»Gut, Martin. Laß uns reden. Zwischen Amadeo und mir besteht etwas, was du niemals begreifen wirst. Dinge, die alles andere in den Schatten stellen.«

»Sag nur jetzt, es gibt eine Art fataler Anziehung zwischen dir und ihm. Wenn du das sagst, lache ich dir ins Gesicht.«

»Dann lach doch. Für dich mag das unvorstellbar sein. Aber das, was zwischen ihm und mir ist, reicht zu weit zurück. Es entstand aus ... vielen Dingen. Vielleicht aus gemeinsamen Träumen. Oder auch aus einer Art Besessenheit, nenne es, wie du willst. Dabei gibt es vieles, das uns trennt. Aber das, was uns verbindet, ist stärker.«

Martin verzog krampfhaft die Lippen.

»Das wäre aber komisch, wenn das wirklich wahr wäre.«

»Was ist schließlich nicht komisch? Weißt du, warum ich mit dir nicht zurechtkomme, Martin? Weil du eine Besitzerrolle spielst. Du willst die Wahrheit wissen? Schön. Hoffentlich erträgst du sie. Amadeo und ich leben nur, wenn wir uns in den Armen halten. In der Zwischenzeit leben wir nicht; da träumen wir.«

Martin stand da, übermäßig weit nach vorn gebeugt; seine Arme hingen an seinen Körper herunter.

»Mir ist es verdammt gleichgültig,« sagte er, »ob ihr wacht oder träumt. Was ich nicht ertrage, ist deine Scheinheiligkeit. Du bist völlig verdorben, kriechst vor diesem Kerl auf den Knien. Mich behandelst du, als ob ich nur dazu da wäre, angespuckt zu werden. Aber warte nur, ich schlage ihn zusammen, wenn ich ihn noch mal antreffe. Dann wirst du sehen, wie er anfängt zu plärren, dieser Feigling, wenn ich ihm ein paar Zähne ausschlage ...«

»Warum hast du die Chance nicht genutzt, als er vor dir stand?«

Plötzlich und unerwartet packte er mich beim Kinn. Sein süßlicher Atem streifte mich. Ich schaute ihm starr in die Augen. Mit der einen Hand hielt er mein Gesicht fest, mit der anderen schlug er so heftig zu, daß mir die Tränen kamen. Sofort ließ er mich los, erschrocken über sich selbst.

»Verflucht!« flüsterte er, »verflucht, verflucht!«

Einige Atemzüge lang standen wir uns gegenüber. Martins Gesicht war verzerrt, seine Brust hob und senkte sich ruckartig. Zu meinen Eigenarten gehört, vor physischer Gewalt nicht zurückzuschrecken. Viele Frauen ducken sich, anerkennen stillschweigend ihre Schwäche, nehmen lieber die Schmerzen hin, als von den üblichen Mustern abzuweichen. Es war das erste Mal in meinem Leben, daß ein Mann mich schlug. Es ging mir durch Mark und Bein. Ein weißglühender Blitz in mir, eine Explosion. Ich hob die Hand und versetzte ihm zwei schallende Ohrfeigen. Er taumelte zurück, fassungslos. An seiner Wange lief eine rote Schramme, dort, wo ihn Nonnas Ring verletzt hatte. Ich hob meinen Rucksack auf, ging mit großen Schnitten an ihm vorbei, aus dem Zimmer. Die Tür fiel hinter mir ins Schloß.

Der Mietwagen stand auf dem Parkplatz, den Schlüssel hatte ich bei mir. Ich schloß den Peugeot auf, warf meinen Rucksack auf den Hintersitz. Dann ließ ich den Motor an und fuhr los. Die Nacht war stockfinster; der Mond ging gerade auf, von Nebeln umhüllt. Zu beiden Seiten der Straße zogen sich Wälder hin; nur vereinzelt kamen mir die Lichter eines anderen Wagens entgegen. Ich sah auf die Uhr. Gleich zehn. Die Zeit rann mir aus den Händen. Eine Sekunde lang wurde mir richtig schwindlig, aber es war gleich wieder vorbei. Wohin fuhr ich überhaupt? Nach Langada, sagte mir mein Verstand. Ich würde bei Stavros und Anghelina übernachten. Ob ich schlafen konnte, war eine andere Sache. Mir schien, daß ich heute nacht keinen Schlaf brauchte. Mein Geist war so ruhelos und wach; ich spürte etwas Seltsames in mir, wie Fieber. Eine Unruhe – und mehr noch: das Gefühl, daß etwas begonnen hatte. Alles, was ich empfand, war durch diese Vorstellung unmittelbarer Erwartung bedingt. Ich konnte nicht wissen, ob es mit der Zeremonie zu tun hatte; alles war so seltsam unvorhersehbar, und trotzdem gab es nichts mehr, was mich an diesem heutigen Abend verwundert hätte.

Selbst mein Schmerz, mein Zorn verblaßten vor diesem Gefühl. Ich hatte es schon früher gespürt, damals, in Montereale Celina, als Nonna mir die Hand reichte. Und ich, das kleine Mädchen, das ich damals war, hatte diesen Schritt getan, die Trennung überwunden, den Schmerz über den Schmerz hinaus in Ekstase verwandelt. Nein, ich hatte keinen Trick, an jenem Septemberabend. Und hier im Herzen Griechenlands fühlte ich, wie dieses Gefühl erwachte, erneut von mir Besitz ergriff. Es war schon so, daß ich niemals auf Grund einer erregten Phantasie diese Dinge getan hatte, sondern daß ich ganz einfach ... die Fähigkeit dazu hatte. Ich habe einen bestimmten Rhythmus in mir. Ich kann es nicht anders erklären: jener Herzschlag, der die Trommel beseelt, pulsiert auch in meinem Blut.

Und Martin? Er würde mit dem Bus oder mit einem anderen Mietwagen kommen. Trampen konnte er auch. Es würde leicht für ihn sein, mich wiederzufinden. Er würde sich entschuldigen, charmant und liebenswürdig lächeln, neu anfangen wollen. Er würde nichts begriffen haben, unsere Trennung als kleinen Krach herunterspielen. Er war aufrichtig und naiv; ich war es nicht. Schon lange nicht mehr. Denn alles, was ich bei Amadeo gelernt hatte und als unwissendes Kind für wenig gehalten hatte, bewirkte, daß ich mehr wußte. Die unsichtbare Welt ist wie ein Spiegel: Wir formen sie mit unseren Worten und Taten und Gedanken. Ob sie gut oder böse ist, hängt von uns selbst ab. Das hast du mir beigebracht, Amadeo. Ich habe niemals Angst. Ich bin nur etwas traurig, weil wir getrennt sind. Aber das ist unser Schicksal, nicht wahr? Siehst du, das alles konnte ich Martin nicht sagen. Im Dunkel meines Schädels trug ich dieses Geheimnis, zu dem er keinen Zugang hatte. Er liebte mein Lächeln und fürchtete mein verborgenes Gesicht.

Die Scheinwerfer huschten über den Asphalt. Der Bodenbelag funkelte wie Glimmer. Unter schwarzen Bäumen schlängelte sich die Straße der Küste entgegen; in der Finsternis sah ich nur ein paar weiße Flecken ganz unten, wo das Wasser um die Klippen schlug. Der Peugeot erkletterte eine Anhöhe mit gleichmäßig summendem Motor. Gleich rechts bog der Weg nach Langada ab. Hoffentlich verpaßte ich nicht das Ortsschild. Die Steigung nahm zu. Ich schaltete in den zweiten Gang. Ganz plötzlich fing der Motor an zu röhren. Stöße erschütterten den Wagen. Fassungslos starrte ich den Benzinmesser an: Der Zeiger stand auf Null. Und dabei hatten wir erst aufgetankt! Ich fuhr an den Straßenrand und hielt an. Dann suchte ich meine Taschenlampe im Rucksack und stieg aus. Draußen empfing mich die kühle Luft; es duftete nach Harz, Thymian und Meersalz. Außer dem leisen Zischen des Motors war es vollkommen still; nur in der Ferne hupte zweimal ein Dampfer. Ich hob die Haube, besah mir den Motor im spärlichen Licht der Taschenlampe. Alles schien in Ordnung. Ich schüttelte verwundert den Kopf, schaltete die Zündung an. Es spuckte etwas, hörte aber sofort wieder auf. Ratlos ging ich um den Wagen, wobei ich mit der Taschenlampe auf den Boden leuchtete. Da sah ich die dunklen Tropfen auf dem Asphalt, die der trockene Staub sofort aufgesogen hatte. Der Tank leckte! Ich stieß ein Schimpfwort zwischen den Zähnen hervor und löschte die Taschenlampe, um die Batterie zu schonen. Eine schöne Bescherung! Was nützte mir der Reservekanister, wenn weit und breit keine

Tankstelle war? Einen Reifen hätte ich wechseln können, sogar in der Dunkelheit, aber dieser Schaden ließ sich nicht beheben. Was nun? Ich setzte mich in den Wagen, schaltete das Blinklicht ein und überlegte. Ich konnte hier warten, bis ein Fahrer vorbeikam und den Peugeot ins Schlepptau nahm. Aber seit ich das Hotel verlassen hatte, waren mir nur zwei oder drei Fahrzeuge begegnet. Es war auch nicht sicher, ob sie über die nötige Ausrüstung verfügten. Unmöglich, Langada zu Fuß zu erreichen. Die Nacht im Wagen zu verbringen sagte mir nicht zu. Ich beschloß, mir in Thessaloniki eine Unterkunft zu suchen. Eine Stunde Fußmarsch machte mir keine Angst. Und wenn ich Glück hatte, würde mich ein Wagen mitnehmen.

Inzwischen war es kalt geworden. Ich zog den Reißverschluß meiner Windjacke hoch, schloß den Peugeot ab. Morgen würde ich die Autoverleihfirma anrufen, damit sie den Wagen abschleppten.

Ich schnallte meinen Rucksack um und machte mich auf den Weg. Es war ein seltsames Gefühl, in der Dunkelheit über diese einsame Landstraße zu wandern. Daß ich unangenehmen Begegnungen ausgesetzt sein könnte, kam mir kaum in den Sinn. Der Nachtwind strich über die Pinien, erzeugte ein Seufzen und Knacken in den Zweigen. Grillen zirpten. Die Luft war salzig und feucht, von Düften getränkt. Allmählich gewöhnten sich meine Augen an die Dunkelheit; Johanniswürmchen leuchteten unter den Büschen; im geisterhaften Mondlicht warfen die Bäume lange Schatten. Die Asphaltstraße glitzerte. Einige Wagen fuhren vorbei, doch alle in entgegengesetzter Richtung. Als ich oben auf der Anhöhe stand, sah ich die Stadt, von einer gelblich flackernden Aura umgeben. Dahinter die schwarze Fläche des Meeres, mit den blinkenden Schiffslichtern. Jetzt, da es bergab ging, kam ich schnell vorwärts. Auf einmal hörte ich Motorengeräusch. Ich blieb stehen und drehte mich um. Ein Wagen fuhr in Stadtrichtung. Die Scheinwerfer tanzten über Büsche und Bäume. Ich ging an die Straße heran und hob den Arm. Der Wagen fuhr an mir vorbei, daß der Fahrtwind mich streifte. Wahrscheinlich war ich dem Fahrer verdächtig vorgekommen; daß ich eine Frau war, konnte er sich nicht vorstellen. Ich sah die roten Lichter verschwinden und seufzte.

Der Weg war weiter, als ich dachte. Die Pinien standen dicht; irgendwo hinter den Bäumen tönte ein dünner Schrei, wie der Schrei eines Vogels. Der Wind knisterte in den Zweigen. Dem schrägen, blassen Mond näherten sich unruhige Wolken. Ich wurde allmählich müde. Meine Schritte verlangsamten sich; der Rucksack hing immer schwerer auf meinen Schultern. Da hörte ich hinter mir das Dröhnen eines Lastwagens. Ich ging so dicht wie möglich an den Straßenrand, damit ich von den Scheinwerfern beleuchtet wurde, schnallte den Rucksack ab und stellte ihn vor meine Füße. Dann hob ich die Hand in der bewährten Geste der Tramper. Der Lastwagen kam die Steigung hoch; ich blinzelte im Scheinwerferlicht, als er langsam an mir vorbeifuhr und anhielt. Ich hob meinen Rucksack auf und lief auf den Wagen zu. Ich mußte mich jetzt auf das übliche »Kamaki«-Verhalten einstellen, setzte jedoch auf die Hilfsbereitschaft und Freundlichkeit der Griechen. Der Fahrer beugte sich vor, um mir die Tür zu öffnen. Am Steuer saß ein älterer Mann, hager, mit blinzelnden Augen. Nach der reinen Nachtluft empfing mich sein Geruch nach Asche und schmutziger Wäsche.

»*Efcharisto* – danke«, stammelte ich atemlos. Und fügte gleich »*signomi* – Entschuldigung« hinzu.

»*Dhen pirazi, kalos ilthate*« – macht nichts, willkommen – brummte freundlich der Mann, während er den Motor wieder anließ. Um die Windschutzscheibe herum klebten alle möglichen Fotografien, Heiligenbilder und Kalenderblätter mit leicht bekleideten Frauen. Am Rückspiegel baumelte ein versilbertes Kreuz und die üblichen Amulette gegen den bösen Blick. Ich erzählte dem Fahrer von meinem Mißgeschick. Der Fahrer schnalzte mit der Zunge, nickte verständnisvoll. Ja, das käme vor, meinte er. Die Leihwagen seien nicht immer im besten Zustand.

»*P'oss emaths tosso kala ta ellinika?*« Wo hast du nur so gut Griechisch gelernt, wollte er wissen. Er selbst hatte die harte, klangvolle Aussprache der Makedonier. Er war unterwegs nach Koufalia, einer Kleinstadt im Norden, und wollte Thessalokini eigentlich umfahren. Doch er würde einen Umweg machen, um mich ins Stadtzentrum zu bringen. Das Geld, das ich ihm als Dank für dieses Entgegenkommen anbot, wies er ab.

Zwanzig Minuten später hielt der Wagen an der breiten Dimitru-

Gunari-Straße, die zum Hafen führte. Der Fahrer hatte mir gesagt, daß sich mehrere Hotels in der Nähe befanden. Ich winkte ihm nach, während der losfahrende Wagen mich in eine stinkende Abgaswolke hüllte. Um diese Zeit war der Verkehr weniger geworden. Einige Männer gingen vorbei, die mich neugierig musterten. Ich hob meinen Rucksack auf. Jetzt merkte ich, wie müde ich war. Meine Knie zitterten, und ich hatte kaum noch Kraft in den Oberschenkeln. Plötzlich überkam mich eine seltsame Mutlosigkeit. Jetzt gab es nichts mehr, was ich tun sollte. Es war zu spät. Die Zeit war abgelaufen. Ich hatte etwas ganz Wichtiges verpaßt. Ich verstand nicht mehr, warum ich mich so aufregte, warum es mir so schwerfiel zu denken. Unsinn. Ich war nur müde. Ich sollte meine Phantasie lieber abschalten, vernünftig denken. Der Krach mit Martin. War ich traurig deswegen? Ein wenig schon. Aber es machte jetzt nichts mehr aus. Tatsächlich entdeckte ich ein Hotel, auf der anderen Straßenseite, eines der üblichen Betonklötze aus den siebziger Jahren. Ich schnallte meinen Rucksack um und lief über die Straße. Die Glastüren des Delphi-Palace waren schon geschlossen. Ich klingelte den Nachtportier heraus. Dieser schüttelte den Kopf, aufrichtig bedauernd: Das Hotel war ausgebucht. Doch zwei Straßen weiter befände sich der Dioskouri-Inn, wo ich vielleicht mehr Glück haben würde. Nein, es habe keinen Sinn, ein Taxi zu bestellen, das Hotel sei ganz in der Nähe. Ich machte mich wieder auf den Weg, erschöpft, mit schmerzenden Gliedern.

Ich ging durch dunkle Straßen, an Mülltonnen vorbei; einige Cafés waren noch erleuchtet, aber sämtliche Geschäfte hatten die metallenen Rolladen heruntergelassen. Zwei Matrosen kamen vorbei, riefen mir anzügliche Worte zu. Endlich fand ich das Dioskouri-Inn, ein drittklassiges Hotel an einer Straßenecke. Der Nachtportier, den ich aus dem Schlaf holte, schüttelte mürrisch den Kopf. Nein, kein Zimmer mehr frei. Ich wischte mir den Schweiß aus der Stirn. So ging es nicht weiter. Ich hatte einen Reiseführer mit einer Hotel- und Pensionsliste bei mir. Das beste war, von einem Café aus anzurufen, und wenn ich endlich ein Zimmer gefunden hatte, ein Taxi zu bestellen. Ich sah mich um; ein »Kafeneion« war noch offen. Das grünliche

Neonlicht flackerte schummrig und wenig einladend, aber mir war das allmählich egal. Ich ging über den Platz, stieß die Tür auf und trat ein.

17. Kapitel

Das Café war auffallend geräumig. Die Wände mit ihrer schlichten Holztäfelung strahlten Wärme aus. Bouzouki-Musik von Hadjidakis kam vom Tonband. An einem Tisch hatten zwei Männer ein Backgammon-Spiel aufgestellt. Andere Männer standen, miteinander redend, an der Theke. Ich hörte, wie sie lachten.

Einige wandten sich um, warfen mir einen Blick zu; in Griechenland sind Cafés eine typische Männerdomäne, aber als Ausländerin hatte ich kaum mit Schwierigkeiten zu rechnen. Außerdem hatte ich mir längst zur Gewohnheit gemacht, mich nie um solche Regeln zu scheren.

Zwei ältere Männer, die vor ihrem Ouzo saßen und rauchten, nickten mir freundlich und würdevoll zu. Ich grüßte zurück, setzte mich an einen freien Tisch und ließ den Rucksack von meinen Schultern gleiten. Der Wirt, ein kleiner Mann mit dicken Tränensäcken unter den Augen, kam auf mich zu. Ich bat um einen besonders süßen, starken Kaffee. Der Wirt lächelte wissend und entfernte sich. Ich rieb mir die steifgewordenen Hände, zog den Reißverschluß meiner Windjacke auf. Der Wirt brachte mir den Kaffee. Zufrieden betrachtete ich die dicke Schaumschicht obenauf, die zeigte, daß der Wirt ein Kenner war. Ich fragte ihn nach einem Telefon. Er wies auf den roten Münzapparat, der neben der Theke an der Wand befestigt war. Ich rührte meinen Kaffee um. Auf dem Teller lag ein »Koulourakia«, ein süßer, wunderbar duftender Zwieback. Ich hatte ihn nicht bestellt; ich nahm an, es war eine Gefälligkeit des Wirtes. Ich trank den Kaffee mit Wohlbehagen, wobei ich brauchgemäß den Zwieback in den Kaffee tunkte. Das heiße, stärkende Getränk gab mir meine Kräfte wieder. Die Männer beachteten mich nicht mehr. Aus der Gruppe, die an der Theke stand, stieg eine laute Lachsalve. Jemand mußte einen Witz erzählt haben. Kleine Rauchschwaden bewegten sich im Neonlicht; Hadjidakis' Musik, zuerst weich und perlend, steigerte sich zu einem stampfenden Rhythmus, begleitet von Pfeifen und Händeklatschen.

Einsam in diesem Café, meine Hände um die warme Tasse geschlossen, fühlte ich mich seltsam wohl, im Einklang mit mir selbst. Während ich trank, verweilten meine Blicke auf den Männern im Gespräch an der Theke. Einer von ihnen trug Jeans und ein rotes Hemd. Zuerst bemerkte ich dieses Hemd. Dann fiel mir seine schöne, lange Rückenlinie auf, breit in den Schultern und schmal in den Hüften. Ich betrachtete ihn aufmerksam, gleichzeitig aber auch ganz neutral. Sein Anblick kam mir vertraut vor, doch ich wußte, daß mit dieser Vertrautheit etwas nicht stimmte. Und doch hatte die Anwesenheit dieses Mannes seine Richtigkeit Ich ertappte mich bei dem absurden Gedanken, so, jetzt hast du es doch noch geschafft. Ein paar Atemzüge lang genoß ich diese Situation als beruhigend, bis ich sie als sonderbar empfand. Sie bewirkte immerhin, daß die Spannung aus meiner Magengrube wich und ich freier atmete. Ich fuhr fort, den Mann zu beobachten. Irgend etwas an seiner Gestalt erinnerte mich an Martin, doch war er schlanker, geschmeidiger. Sein Haar, das er vorne kurz und hinten länger trug, war leicht gewellt. Einmal, beim Sprechen, drehte er kurz das Profil zu mir hin, und ich dachte, dieser Mann ist kein Grieche.

Als ich meinen Kaffee ausgetrunken hatte, holte ich die Liste der Unterkünfte hervor, kreuzte ein paar Hotels und Pensionen an. Ich tat es sehr entspannt, fast mechanisch, als ob ich irgendeine Rolle spielte. Schließlich suchte ich mein Kleingeld zusammen und ging zum roten Münzautomaten. Meinen Rucksack ließ ich unbesorgt stehen; in Griechenland stahl niemand etwas. Ich lehnte an der Wand, wählte eine der angekreuzten Nummern und drückte den Hörer an mein Ohr. Während das Telefon klingelte, bemerkte ich, wie der Mann im roten Hemd zu mir herübersah. Er hatte ein gebräuntes Gesicht mit einer feinen Adlernase und leuchtende schwarze Augen.

Unsere Blicke trafen sich, gerade als am anderen Ende der Leitung abgenommen wurde. Ich senkte beim Sprechen die Stimme, hielt jedoch die Augen noch immer auf ihn gerichtet. Die Antwort auf meine Frage war höflich, aber bestimmt. Alle Zimmer waren besetzt, leider. Ich versuchte es bei einem zweiten, einem dritten Hotel, wählte schließlich die Nummer einer Pension, wo niemand abnahm. Ich sah auf die Uhr: gleich eins! Weitere Versuche lohnten sich nicht mehr, und außerdem war es jetzt ohne Bedeutung. Ich legte den Hörer auf, ging an meinen Tisch zurück. Ich mußte fast lachen. Im schlimmsten Fall konnte ich zum Bahnhof gehen und im Wartesaal übernachten. Aber soweit würde es wohl nicht kommen.

Der Mann im roten Hemd beobachtete mich; viele Männer sahen mich an, die meisten schamlos offen; dieser tat es auf erstaunlich unauffällige Weise. Mir war, als ob sein Wesen mich behutsam einkreiste. Er nickte beiläufig zu dem, was die Männer sagten, aber er hörte nicht zu: Er war viel zu sehr damit beschäftigt, mich wahrzunehmen. Er sah zwar südländisch aus, und trotzdem war etwas an ihm, was ihn von den anderen unterschied. Ich hätte nicht sagen können, was es war. Auf seinem Gesicht stand ein leichtes Lächeln. Ich glaubte nicht, daß dieses Lächeln mir galt, doch ich fühlte in mir ein seltsames Flattern und hatte immer noch das unglaubliche Gefühl, daß ich ihn kannte. Wobei mein anderes Ich, das klar und vernünftig dachte, mit absoluter Gewißheit wußte, daß ich ihn zum erstenmal sah.

Unwillkürlich lächelte auch ich; mir war kaum bewußt, daß ich es tat, als die Tür aufging und zwei Männer hereinkamen. Matrosen offenbar. Der eine war dunkelhäutig, unscheinbar. Der andere, hochgewachsen und kräftig, hatte das verwegene Gesicht eines Schelms. Beide gingen an die Theke, bestellten Bier. Der großgewachsene Mann ließ seine Augen umherwandern; er sah mich und fuhr fort, mich anzustarren. Ich seufzte innerlich auf. *Kamaki* – Anmache – jetzt ging es los. Der junge Mann im roten Hemd hob sein Glas zum Mund. Unsere Augen begegneten sich; ich sah, wie er die Lider leicht zusammenkniff. Inzwischen nahm der Matrose sein Glas in die eine Hand, seine Flasche in die andere, sagte ein paar leise Worte zu seinem Begleiter und kam zu mir.

»*Are you alone?*« sprach er mich im kehligen Englisch an. »*It's too late to be lonely.*« Er deutete auf den Stuhl neben mir. »*Bora no?...* Kann ich?«

»*I am not alone*«, sagte ich laut und sah zur Bar hinüber. »*I am here with a friend.*«

Der Mann im roten Hemd erwiderte mein Lächeln; diesmal ohne Vorbehalt; er lächelte wie ein Halbwüchsiger, dem gerade ein guter Streich gelungen ist. Als ob er nur auf diesen Augenblick gewartet hatte, nahm er sein Glas, trat gleichmütig zu uns und blieb vor dem Tisch stehen. »*Kali spera* – guten Abend«, sagte er höflich zu dem Matrosen, »wir sind zu zweit.« Sein Griechisch war gut, aber ich konnte weder seinen Akzent deuten noch sein Aussehen mit irgendeiner Nationalität in Verbindung bringen. Der Matrose maß ihn mit einem kurzen, abschätzenden Blick. Der Mann mit dem roten Hemd war jung, sein Knochenbau schmal. Doch sein ruhiges Verhalten und seine Sprechweise drückten ein Selbstvertrauen aus, das an Gleichgültigkeit grenzte. Der Matrose war kein Dummkopf; er murmelte eine Entschuldigung, nickte mir zu und ging zu seinem Begleiter zurück. Beide standen jetzt an der Bar, tranken ihr Bier und kümmerten sich nicht mehr um uns.

Ich lächelte den Unbekannten an und deutete auf den Stuhl neben mir.

»Danke. Sie haben mir aus der Klemme geholfen. Möchten sie etwas trinken?«

Er kniff verschmitzt die Lider zusammen.

»Der Ouzo ist mir zu stark. Ich trinke lieber Limonade. Und Sie? Was trinken Sie?«

»Der Kaffee ist gut. Ich nehme noch einen.«

Er rief den Wirt und gab die Bestellung auf. Er sprach jedes Wort genau für sich aus, sprach sozusagen die Interpunktion mit, wie ein Schüler, der in der Klasse einen Text vorliest. Dann wandte er sich wieder an mich.

»Ich heiße Manuel Vargas.«

Ich nannte meinen Namen. »Woher sind Sie?« setzte ich hinzu.

»Ich bin Mexikaner.«

Ich starrte ihn an.

»Darauf wäre ich nicht gekommen!«

Er blinzelte verschmitzt.

»Wieso nicht?«

Ich betrachtete ihn. Sein Haar, das ihm weich über die Stirn fiel, war nicht glatt, sondern leicht gewellt; ein rötlicher Schimmer schien auf dem Schwarz zu glimmen. Mir fiel plötzlich auf, daß er nicht nur ein gut aussehender Mann war; er hatte eine Haut von ganz gleichmäßiger Tönung, goldbraun und fest. Sein Gesicht war schmal, von dem klar gemeißelten Kinn bis zu den weit auseinanderstehenden, braunen Augen, die ein wenig schräg unter ganz geraden, flaumigen Brauen standen. Sie glänzten unglaublich jugendlich, aber an seinen Augenwinkeln waren kleine Fältchen sichtbar, und die Adern auf seinen schlanken Armen zeichneten sich sehr deutlich ab.

Der Wirt brachte eine Limonade und einen Kaffee. Während ich das heiße Getränk umrührte, sagte Manuel:

»Kein Wunder, eigentlich. Wir Mexikaner sind ein ziemlich starkes Mischvolk. Was uns verbindet, ist eine gleichartige Weltanschauung, sozusagen ein gemeinsames Lebensgefühl. Zu meinen Vorfahren gehören Spanier und Franzosen, wobei in unserer Familie das Indianerblut überwiegt. So kann ich sagen, daß ich ganz und gar Mexikaner bin.«

Einer der Männer, der an der Bar gestanden hatte, kam und verabschiedete sich. Er klopfte Manuel nach griechischer Art auf die Schulter, schenkte mir ein breites Grinsen und ging.

»Das ist mein Freund Markos«, sagte Manuel mit Nachdruck. »Er war Hochseefischer, Kellner, Friseur und Bergführer.«

»Und jetzt lassen Sie Ihren Freund meinetwegen im Stich?«

»Das macht dem nichts. Wir kennen uns erst seit zwei Stunden.«

Ich lachte, und er lachte auch. Dann sagte ich:

»Ich war noch nie in Mexiko. Meine Arbeit führt mich vor allem in Mittelmeerländer. Ich lebe in Paris«, setzte ich hinzu, »aber ursprünglich bin ich Italienerin.«

»Wenn es Ihnen lieber ist, können wir französisch sprechen«, sagte er. »Ich war auch eine Zeitlang in Paris.«

»Was haben Sie dort gemacht?«

»Architektur studiert. Vier Semester lang.«

»Und wozu sind Sie in Griechenland?«

»Ich reise. Ich sehe mir die Gegend an. Gegenwärtig habe ich nichts Besseres zu tun.«

»Ich kenne das«, sagte ich und lachte.

»Ich bin seit fünf Monaten hier. Heute morgen bin ich in Thessaloniki angekommen. Eigentlich wollte ich weiter, über die bulgarische Grenze. Aber dann entschloß ich mich, die Nacht hier zu verbringen.«

»Warum?«

Er zog die Schultern hoch.

»Einfach so, ohne eigentlichen Grund.«

Ich lächelte ihn an.

»Ein Glück, nicht wahr?«

Er lächelte zurück, in einer sonderbaren Unbefangenheit und sehr herzlich.

»Ein Glück auch für mich.«

Jetzt, wo er französisch sprach, kam sein weicher, kehliger Akzent deutlicher hervor. Er hatte immer noch diese behutsame Aussprache, die seine Stimme so tief und fesselnd klingen ließ.

»Und Sie? Was machen Sie hier?«

»Ich bin Diplomgeologin, spezialisiert auf archäologische Vulkanologie. Daneben befasse ich mich mit altgriechischen Kulturen.«

»Mit der Frage ihres Untergangs?«

»Ja, natürlich. Was kann man anderes tun, als sich mit dieser Frage zu beschäftigen?«

Er nickte.

»Die Erfahrung von Zeittiefe, ich kenne das von Mexiko her. Als ob wir durch ein Krankenhaus gingen, ohne etwas von den Kranken zu erfahren. Vielleicht suchen wir am falschen Ort? Sollten wir nicht lieber in uns selbst forschen?«

Er hatte leichthin gesprochen. Schon möglich, daß er nur mit dem Gedanken herumspielte. Er hatte etwas Kindliches an sich. Die Art, wie er mich ansah, war ein ruhiges, freundliches Abschätzen. Es lag keine Neugierde in seinem Blick, nur ein leicht bewunderndes Staunen. Nach einer Weile sagte er in einem ganz bestimmten Ton:

»Sie sind mir sofort aufgefallen. Zwangsläufig«, setzte er mit Nachdruck hinzu, so daß ich wieder lachen mußte.

»Eine Rucksacktouristin, in einer Hafenkneipe, um Mitternacht! Der patriarchalische Süden, nicht wahr? Wissen Sie, Tabus interessieren mich nicht. Ich habe mich nie an das gehalten, was als unpassend und undurchführbar angesehen wird. Mir ist auch gleichgültig, was die Leute reden oder von mir denken.« Er blinzelte mich an. »Und gerade deshalb können Sie Dinge tun, die andere nicht tun würden.«

Wir lachten beide. Ich sagte:

»Das ist keine Provokation, glauben Sie das ja nicht. Ich bin nun mal so. Unterentwickeltes macht mir keinen Spaß.«

Seine Augen funkelten amüsiert.

»Wozu auch? Mit Nachsicht werden die Dinge nicht besser. Im Gegenteil.«

»Das leuchtete mir schon als Kind ein. Irgendwann habe ich begonnen, nur das zu tun, was ich wollte, und mich dann so daran gewöhnt, daß ich nicht mehr anders konnte. Das gab mir ein Gefühl, als ob ich nach jeder beliebigen Richtung Energien warf. Das hört sich vielleicht komisch an, aber besser kann ich es nicht sagen ...«

Ich stockte, biß mir auf die Lippen. Warum erzählte ich ihm über die zwei Hälften in mir? Es hätte nicht viel gefehlt, und ich hätte ihm gesagt, wie schwer es mir fiel, die beiden miteinander in Einklang zu bringen. Daß ich so zu ihm sprach, war mir ein Rätsel.

Ich war etwas aufgeregt. Sein Blick machte mich betroffen. Er sah mich mit soviel Sympathie an. Vieles war jetzt nicht mehr wichtig. Ob er wohl alle Menschen so ansah? »Sie haben etwas bewirkt«, sagte er. »So ist das mit diesen Dingen. Sichbemühen führt zu nichts. Man muß nur unbefangen weitermachen.«

Ich fühlte, wie ich innerlich zitterte. Auf einmal erschien er mir überhaupt nicht mehr kindlich. Er war auch nicht abgebrüht, durchaus nicht. In seiner Gelassenheit lag etwas Zeitloses, das mich einhüllte und beruhigte. Doch nun stellte er eine andere Frage:

»Sagen Sie mal ... wie kamen Sie ausgerechnet in dieses Café?«

Ich erwiderte sein Lächeln.

»Zufall!«

Er hob ironisch die Brauen. Wir verstanden uns auch ohne Worte. Es war wirklich ganz außergewöhnlich.

»Ich nehme an, wir hatten eine Verabredung.«

Es sollte scherzhaft klingen. Wir blickten einander an. Unser Lachen erlosch fast gleichzeitig.

»Ach, glauben Sie das wirklich?« sagte ich.

Er verzog leicht die Stirn.

»Haben Sie das nicht auch so empfunden?« Ich nickte langsam.

»Vielleicht, vielleicht nicht.«

Er sagte nichts darauf. Ich blieb ebenfalls stumm. In unserer Stille lag Einverständnis. Es schien, als kenne er meine Antworten im voraus; mir war wie im Traum. Nicht die ganze Situation, sondern seine Gelassenheit war daran schuld, daß ich so verwirrt war. Sein Blick ließ mich die Welt meiner eigenen Gedanken vergessen, die sich so lebendig in mir regte. Diese Welt hatte nicht aufgehört zu bestehen. Sie war in Unordnung geraten. Den neuen Zustand konnte ich nicht beurteilen.

»Und was machen Sie hier?« brach er endlich das Schweigen.

Ich wollte meinem Herz Zeit geben, sich zu beruhigen.

»Eine junge Frau, mit der ich früher im Internat war, stammt aus Langada, einer Ortschaft ganz in der Nähe. Dort feiern sie ein Fest. Morgen findet der Höhepunkt statt. Wir hätten bei ihren Verwandten übernachten sollen. Aber Martin wollte nicht. Wir fuhren zurück ins Hotel, und jetzt ist mein Wagen kaputt.«

»Martin?«

»Mein Freund«, sagte ich. »Er ist Fotograf und arbeitet für amerikanische Zeitschriften.«

»Klingt aufregend.«

»Ist es aber nicht. Er macht brillante Fotos, richtet seine Aufmerksamkeit aber nur auf äußere Dinge. Tiefer geht er nicht. Für ihn existiert kein Mysterium. Er will vernünftig sein.«

»Wozu?«

Ich lachte leise vor mich hin.

»Gute Frage! Ja, wozu? Ich glaube, daß er Angst hat.«

Manuel hob sein Glas zum Mund.

»Man kann die Welt nicht sehen, ohne sich selbst zu sehen. Man braucht dafür viel Mut. Und was macht er jetzt?« Ich hielt es für das beste, ihm die Wahrheit zu sagen.

»Er sucht sich wieder aufzuraffen. Wir haben uns getrennt. Es war nicht sehr ernst zwischen uns. Mir ist das auf einmal klar geworden.«

»Erzählen Sie mir von dem Fest«, bat er.

»Es kommt aus der Frühgeschichte. Diese Menschen hier ... sie sind anders. Sie werfen sich nicht vor ihren Göttern auf den Boden. Sie flehen sie auch nicht an und sagen, sie seien unwürdig. Sie halten Ikonen in den Armen und tanzen. Ihre Träume kommen ohne jede Hilfe zu ihnen, durch ihre Vorstellungskraft ...«

Sein klarer, eindringlicher Blick ruhte auf mir.

»Ja, ich verstehe.«

Er versteht es wirklich, dachte ich. Es ist nicht nur eine Redensart.

»Und dann?« fragte er, als ich schwieg.

Seine Stimme klang verhalten. Ich spürte, wie er seine Ungeduld behutsam zügelte. Er gab mir ein Gefühl, als ob er einen Gegenstand suchte, von dem er genau wußte, daß er ihn bei mir finden würde.

»Zwischen ihnen und diesen Ikonen gibt es ein Geheimnis. Sie tanzen und riechen wie die Erde, wenn es geregnet hat. Sie träumen ...«

»Durch Träumen gelangen wir zur Weisheit.«

Ich starrte ihn an.

»Woher wissen Sie das?«

Er lächelte.

»Erzählen Sie weiter.«

»Jeder von ihnen tanzt und träumt auf seine eigene Weise. Und morgen werden sie mit den Ikonen über glühende Kohlen wandern und sich nicht verbrennen.«

Er nickte, ohne die geringste Überraschung zu zeigen.

»Ja, ich weiß. Feuer kann man zähmen.«

Ich fuhr zusammen. Ich hatte plötzlich ein ganz unwirkliches Gefühl. Jetzt konnte alles mögliche passieren.

»Hat das etwas mit Ihnen zu tun?«

Er lächelte etwas sonderbar. Es war etwas an ihm, für das ich schwer eine Bezeichnung finden konnte, ein Licht in seinen Augen und zugleich eine Abwesenheit.

»Habe ich gesagt, daß es etwas mit mir zu tun hat?«

Eine Sekunde lang wurde mir schwindlig. Ort und Zeit gerieten durcheinander. Vielleicht war alles nur eine Täuschung, und er hatte von etwas ganz anderem gesprochen. Aber ich wußte, daß ich nicht geirrt hatte. Die Welt schnellte zurück an ihren Platz. Im Café war es still geworden; der Wirt hatte die Kassette abgestellt. Die Männer klappten das Backgammon zu. Sie wünschten sich gute Nacht, traten langsam nach draußen.

Manuel trank sein Glas aus.

»Und wie kommen Sie morgen nach Langada?«

»Irgendwie. Mit dem Bus oder dem Taxi, ich weiß es noch nicht.«

»Ich habe einen Wagen«, sagte er. »Ich könnte Sie hinfahren.«

»Großartig!«

Der Wirt spülte die Gläser, wischte die Theke trocken und gähnte. Manuel warf ihm einen Blick zu und wandte sich mir zu, wie ein Mensch, der sich plötzlich auf etwas besinnt.

»Ich wohne in einer kleinen Pension. Keine Luxusabsteige, aber sauber. Möchtest du mitkommen?«

Er hatte mich geduzt, ohne sich dessen bewußt zu sein. Ich lächelte ihm zu. Jede Frau hätte ihm zugelächelt.

»Möchtest du das denn?« fragte ich.

Seine Antwort kam gleichmäßig, gelassen.

»Ich nehme an, es ist unvermeidlich, Ariana.«

Die Art, wie er meinen Namen aussprach, erinnerte mich an etwas. An etwas von früher, das mich erschauern ließ. Er sah mich an und wartete. Ich nickte wortlos.

Ich wollte zahlen, doch Manuel hatte schon ein paar Münzen auf den Tisch gelegt. Er zog eine gesteppte Daunenjacke über sein rotes Hemd. Auch als ich meinen Rucksack anschnallen wollte, kam er mir zuvor.

»Du hast Schulterschmerzen.«

Es war keine Frage, sondern eine Feststellung.

»Woran merkst du das?« fragte ich überrascht.

»An deinem Gang. Dein ganzes Gewicht drückt auf die Knie, weil du die Schultern entspannen willst.«

»Du bist ein guter Beobachter.«

»Stimmt.«

Er hob den Rucksack auf die Schultern; er hatte nicht die rohe europäische oder amerikanische Kraft, sondern eine elastisch gespannte Geschmeidigkeit, gleich der einer stählernen Spiralfeder. Das etwas Linkische, Jungenhafte seiner Erscheinung täuschte. Er ist sich überhaupt nicht bewußt, dachte ich, wie er auf Frauen wirkt.

»*Kali nichta* – gute Nacht«, sagte der Wirt. Wir traten aus dem Café und hörten, wie er hinter uns die Tür schloß. Draußen hatte sich der Wind gelegt; die Luft war feucht und lauwarm. Wir wanderten die Straße entlang. Gleich hinter dem Platz begann das Hafengelände; die Straßenbeleuchtung war ausgeschaltet. Nur die funkelnde Kette der Schiffslichter zog sich den Hafen entlang und verlief schließlich in der dunklen Weite des Meeres. Der Mond schwebte schon tief im Meeresdunst, aber die Sterne waren hell, und die Düfte blühender Bäume mischten sich in Gerüche nach Dieselöl, Teer und Fäulnis. Die Kaianlagen und der Uferdamm lagen verlassen, nirgends ließ sich ein Mensch blicken. Nur ein einsamer Lastwagen donnerte über die Hauptstraße. Wir lehnten uns an das Geländer, blickten auf die dunklen Schiffe, die Öltanks, die schräg aufgerichteten oder eingeknickten Kräne. Am fernen Ende der Mole drehte der Leuchtturm seinen phosphoreszierenden Strahl durch die Nacht. Das Wasser gluckste mit leisen, schmatzenden Geräuschen. Ich brach als erste das Schweigen.

»Eine seltsame Geschichte ist das mit uns!«

»Ich glaube schon, daß mir auch etwas seltsam zumute ist.«

»Ich mußte mich von Martin trennen. Ich mußte es einfach tun. Es ließ mir keine Ruhe.«

Er nickte vor sich hin, das Gesicht dem dunklen Meer zugewandt. »Scheinbar isolierte Zufälle bilden oft eine Kette und werden zu dem, was wir Schicksal nennen. Aber wir nehmen es erst später wahr, wenn wir zurückdenken.«

Mein Atem stockte.

»Ich kenne einen Mann, der auch so spricht.«

Er wandte mir das Gesicht zu.

»Dann ist er kein Fremder in seiner eigenen Welt. Wer frühere Ereignisse zusammenbringt, lernt sich selber kennen. Aber viele Menschen bewahren die Erinnerungen nicht im Gedächtnis, bis sie einen

Sinn ergeben. Sie wissen nicht einmal, daß sie es können. Daß auch das Licht mancher Sterne uns erst dann erreicht, wenn sie längst erloschen sind.«

Meine Kehle wurde eng; warum hatte ich plötzlich von dir gesprochen? Auch dein Leben und mein Leben bestand aus einem wirren Ablauf von Ereignissen, aus einem Vordringen ins Unbekannte, durch Tiefen und Höhen. Aber wohin führte unser Weg? Ich schüttelte diesen Gedanken ab und sprach von etwas anderem:

»Warum hast du dein Studium eigentlich fallenlassen?«

»Ich merkte, das war nichts für mich. Mir war, als ob ich mit dem Schädel gegen eine Wand rannte, in meinem Fall eine sehr plastische Vorstellung. Das ärgerte mich, weil ich mich der Wand gegenüber so hilflos fühlte.«

»Es gibt solche Augenblicke«, sagte ich. »Dann muß man irgendwo neue Ideen herkriegen. Und sich nicht daran hindern lassen, das zu tun, was man tun möchte.«

»Vorausgesetzt, man weiß, was man will.«

»Man kommt oft auf Umwegen ans Ziel. Aber inzwischen haben wir etwas dazugelernt.«

Er lächelte.

»Wir bleiben nicht, die wir sind. Und eines Tages suchen wir nicht mehr, sondern finden. Aber inzwischen brauchen wir Mut, um uns das Gewesene leichter zu machen.«

Die Salzluft legte einen Feuchtigkeitsfilm auf mein Gesicht.

Ich seufzte glücklich auf.

»Ach, wie gut ist das, manchmal mit jemandem reden zu können.«

»Mit deinem Freund … konntest du das nicht?«

Ich strich mein klebriges Haar aus der Stirn.

»Doch, natürlich. Aber nur über Dinge, die nicht wirklich wichtig waren.«

»Und jetzt bist du von ihm fortgegangen. Einfach so? Ohne eigentlichen Grund?«

Ich lächelte flüchtig.

»Nein, mir war schon klar, warum.«

»Warst du schon lange mit ihm zusammen?«

»Nur ein paar Monate.«

»Und manchmal seid ihr glücklich gewesen«, sagte er.

»Ich weiß es nicht. Vielleicht war alles falsch. Ich begehe oft Irrtümer, mußt du wissen.«

»Ich auch. Die gröbsten. Wir wissen Bescheid über alle möglichen Dinge. Aber wenn es um uns selbst geht, da streikt unsere Wahrnehmung. Wir reden uns ein, wir könnten die Zeichen nicht deuten. Natürlich können wir es. Aber wir fürchten uns vor der Wahrheit und laufen lieber davon.«

Ich biß mir leicht auf die Lippen.

»Ja. Und die Welt wird nie mehr wieder zu dem, was sie mal gewesen ist. Damit müssen wir uns abfinden.«

Er stützte sein Kinn in beide Hände.

»Dein Freund, wird er morgen in Langada sein?«

»Ja. Macht es dir etwas aus?«

Er lachte jungenhaft.

»Mir nicht!«

Ich stimmte in sein Lachen ein.

»Er soll nicht glauben, daß er einzigartig ist.«

»Er wird denken, daß du ohne große Umstände wählst.«

Ich schüttelte den Kopf.

»Nein. Er weiß, daß ich anspruchsvoll bin.«

»Wußte er, daß du ihn verlassen wolltest?«

»Ich habe es ihm gesagt. Nicht nur einmal. Mehrmals. Aber er hat es nicht geglaubt.«

Es schien mir ganz natürlich, mit ihm über diese Dinge zu sprechen. Wenn ich die Beziehung, die zwischen uns in dieser kurzen Zeit entstanden war, zu beurteilen versuchte, war ich verwirrt. Ich wußte nicht mehr, woran ich mit mir selbst war. Und das war etwas Beklemmendes.

»Wenn du von dir reden würdest, was würdest du da sagen?« fragte ich ihn.

Er lächelte mit großer Wärme.

»Daß ich eine fast krankhafte Vorstellung habe von dem, was von mir verlangt wird. Und daß ich nicht die geringste Bereitschaft dafür aufbringe, es zu tun.«

»Geht es uns nicht allen so?«

»Vermutlich. Aber wer stolpert gerne über sein eigenes Versagen? Wir denken, daß wir das Problem lösen, indem wir es umgehen. Aber damit wird es nicht aus der Welt geschafft.«

Er stockte; ich wartete, daß er weitersprach, doch er sagte statt dessen:

»Du bist eine Frau, die gerne zuhört, nicht wahr?«

Ich nickte.

»Ich habe die Veranlagung dazu. Das fing schon an, als ich noch ein Kind war. Ich stellte kaum Fragen, ich hörte nur zu. Ich war wie ein Spiegel. Ich war ein Mensch ohne Eigenschaften.«

»Du trugst die Züge, die seinem Seelenbild entsprachen, das genügte.«

Ich starrte ihn an. Mein Herz schlug so laut, daß er es hören mußte.

»Wie kommst du darauf, daß ich von einem Mann spreche?«

»Weil du ihn vorhin erwähnt hast.«

Wir betrachteten unsere Gesichter, in blaues Nachtlicht getaucht.

»Wer bist du?« fragte ich ganz leise.

Er nahm meine Hand.

»Komm!«

18. Kapitel

Das Zimmer war klein, auf den blaugrün getünchten Wänden zeigten sich Risse. Ein Fliegengitter war an das Fenster genagelt, dahinter waren die Läden geschlossen. Auf dem eisernen Bettgestell lag ein dünne Matratze; die Laken rochen muffig, und die Wolldecke kratzte. Über dem Bett hing eine Ikone mit einem rotbrennenden Nachtlicht. In der Mitte standen ein zerkratzter Tisch, zwei hochlehnige Stühle. Ein ausgefranster Baumwollteppich auf dem Steinfußboden gab dem Zimmer auch unter dem schummrigen Licht einer Neonröhre etwas Farbe.

Manuel ließ den Rucksack von seinen Schultern gleiten und stellte ihn neben seinen eigenen Sportsack auf den Boden.

»Ich habe das Zimmer für zwei Nächte gemietet. Man wollte natürlich, daß ich im voraus bezahlte.«

Er zog einen hellgelb bedruckten Plastikvorhang zur Seite; dahinter kamen eine primitive Dusche, ein winziges Waschbecken und ein WC ohne Deckel zum Vorschein. Manuel sah mich an, ein ironisches Funkeln in den Augen.

»Wie du siehst, ist alles vorhanden.«

Ich zog den Reißverschluß meiner Windjacke auf.

»Ich würde gerne eine Dusche nehmen.«

Manuel kniete nieder, wühlte in seinem Sportsack und reichte mir ein zusammengefaltetes Handtuch.

»Für heißes Wasser kann ich nicht garantieren.«

»Das macht nichts.«

Ich zögerte kurz, bevor ich die weiße Baumwolldecke vom Bett nahm. In den winzigen Duschraum roch es nach billigem Waschmittel und verstopfter Kanalisation. Ich zerrte mein verschwitztes T-Shirt über den Kopf, zog Jeans und Slip aus. Als ich den Duschhahn drehte, gurgelten sämtliche Rohre. Ich brauste mich schnell ab, das lauwarme Wasser jagte mir kurze Schauer über den Körper. Ich hätte mir auch gerne das Haar gewaschen, aber dazu war mir das Wasser zu kalt. Doch als ich mich abtrocknete, spürte ich, wie Wärme in meine verkrampfen Glieder zog. Ich wickelte mir die große Baumwolldecke um den Körper, so daß nur meine Schultern nackt blieben. Als ich aus der Dusche kam, lag Manuel halb ausgestreckt auf dem Bett und schrieb etwas in ein kleines Heft. Er hob die Augen und lächelte mich an.

»Eine Gewohnheit von früher. Vor dem Zubettgehen mache ich mir Notizen. Was ich so täglich erlebe. Nur Stichworte, die ich später ergänze.«

Ich setzte mich neben ihn, warf einen Blick auf die runde, etwas kindliche Schrift.

»Steht da etwas über mich?«

»Natürlich.«

»Was denn?«

»Dein Name. Ariana.«

»Und was noch?«

Er nickte, halb spöttisch, halb verlegen.

»Zeig her!«

»Kannst du spanisch?« fragte er.

»Ja. Ich war eine Zeitlang in Spanien.«

Er klappte das Heft rasch zu. Seine Wangen waren um eine Spur dunkler geworden. Ich lächelte ihn an.

»Willst du mir nicht zeigen, was du über mich geschrieben hast?«

Er schüttelte lachend den Kopf. Seine Zähne waren weiß, kräftig und ganz ebenmäßig. Er hielt das Heft von mir weg. Ich lehnte mich über seine Knie und griff danach. Wir balgten uns eine Weile wie Kinder.

»Tu doch nicht so!« sagte ich.

Sein Lachen erlosch. Er blinzelte ein wenig, öffnete das Heft und hielt es mir hin. Ich las die Worte halblaut vor:

»Sie ist mein Labyrinth.«

Stille. Unsere Blicke begegneten sich, hielten einander fest. Ein Motorrad fuhr mit lautem Knattern unter dem Fenster vorbei. Erst als das Geräusch sich entfernte, legte er die Hände auf meine nackten Schultern. Behutsam streichelte er meinen Hals, umfaßte mein Gesicht. Ich warf den Kopf rückwärts; nicht die Berührung der Hand erregte mich, sondern das Zittern der Finger, die weich und zärtlich über meine Haut glitten. Dabei sah er mich unverhohlen an, voller Aufmerksamkeit, er hatte einen ganz ruhigen Ausdruck dabei. Ich fühlte, wie ein antwortendes Beben in mir begann, ein feines Beben wie von einem vibrierenden Draht. Langsam bewegte er die Finger, ließ sie über meine Wangen, über meine Stirn und Augenlider wandern. Als ob er jede Linie meines Gesichtes erforschen und sich einprägen wollte. Doch im trüben Licht der Neonröhre leuchteten seine Augen klar und scharf. Mein Mund strich über sein Gesicht, saugte an seiner Unterlippe. Er lächelte, als meine Zunge seinen Mund öffnete. Eine Erinnerung stieg in mir auf, verschwand am Rande meines Bewußtseins, bevor sie deutliche Konturen annahm. Hier war etwas anderes, etwas so subtil Neues, daß ich es nicht nur mit dem Körper, sondern auch mit meiner ganzen Wahrnehmung aufspüren mußte. Während wir uns küßten, schlug er die Decke zurück, die ich um mich geschlungen hatte. Ich hatte das seltsame Gefühl, daß seine Hände zwei Kelche waren, und meine Brüste genau die richtige Größe hatten, daß er sie umfassen konnte. Ich fiel auf das Bett zurück, und er legte sich auf mich; er küßte mich zärtlich, behutsam, forschend. Seine Zunge wanderte über das Innere der Lippen, tauchte tiefer in meinen Mund. Ich schlug die Arme um seine Hüften, um seine schlanken Lenden. Wir bewegten uns ganz langsam, rieben unsere Körper aneinander; meine Hände wanderten über seine Schultern, knöpften langsam sein rotes Hemd auf, er ließ es mit einer Schulterbewegung zurückgleiten. Und jetzt erlebte ich etwas Verblüffendes: Angekleidet war er mir elastisch und schmal vorgekommen, nun fühlte ich unter der glatten Haut die langen, starken Muskeln eines Athleten. Dieser Körper, der sich so sanft und elastisch auf mir bewegte, verfügte über eine Stärke, so ausgewogen und beherrscht, daß keiner sie wahrnehmen konnte, solange er es nicht bewußt darauf abgesehen hatte. Ich merkte kaum, wie ich seine Gürtelschnalle löste, seine Jeans aufknöpfte. Er schob sie über seine Hüften und Schenkel, ich preßte mich ganz an ihn. Seine Lippen umkreisten meine Brustwarzen, ich wand mich unter ihm, voller Verlangen, schlang meine Beine um seinen Rücken. Wir sprachen nicht; wir sahen uns nur an, als er in mich eindrang. Er tat es sehr langsam, er nahm sich Zeit; seine Hände glitten unter meine Hüften, hoben mich hoch. Er fuhr unverwandt fort, mich anzusehen; seine Augen schienen tiefer zu liegen und stärker zu leuchten. Ich warf beide Arme um ihn, streichelte sein Kreuz, seinen Rücken, während wir uns langsam bewegten. Ich schloß auch nicht die Augen, wie ich es sonst tat, blickte nicht nach innen, auf der Suche nach dir. Dein Bild, das mich seit Jahren verfolgte, wenn ich mit einem anderen Mann im Bett lag, dieses Bild war in die Ferne gerückt. Dies war ein neuer Tag, unausweichlich. Ich wußte auch, warum es so war; es lag an dem Mann selbst, an seinem geschmeidigen Körper, an diesem sanften und pochenden Gleiten in mir. Sein Gesicht schwebte dicht über mir, seine Wimpern flatterten an meiner Wange. Er tauchte seine Zunge tiefer in meinen Mund, unsere Herzen schlugen gleichzeitig. Auf einmal stöhnte er leise, seine Muskeln versteiften sich; seine Zuckungen waren überall in mir. Sein Herz raste, während das Erschauern sich noch weiter durch meinen ganzen Körper zog, und vor mir stand eine schwarze Sonne.

Und dann war es vorbei; erschöpft lagen wir da, immer noch miteinander verbunden. Sein Gesicht ruhte auf meinem Arm; er hielt die Augen geschlossen. Der Arm begann mir zu schmerzen; ich bewegte mich. Da bewegte er sich auch und hob das Gesicht, um mich anzusehen. Wie seltsam, dachte ich, dieser Mann lächelt mit den Augen.

»Es tut mir leid«, sagte er, »ich fürchte, ich war etwas unbeherrscht.«

Die R- und L-Laute sprach er fast unterschiedslos aus, was seiner Stimme einen eigentümlich vibrierenden, dunklen Klang gab. Dazu hatte er diesen akkuraten, etwas abgehackten Tonfall, der – mir fiel es plötzlich auf – bei ihm ein Zeichen von Schüchternheit war.

»Warte!« flüsterte ich. »Es ist schön so.«

Eine Weile lagen wir da, unsere heißen Körper eng aneinandergeschmiegt. Er fuhr fort, mich anzusehen, mit seinem sanften, forschenden Blick; doch dieses Betrachten war mir nicht unangenehm. Ich rekelte mich leicht unter ihm, bot ihm mein lächelndes Gesicht dar. Mit der einen Hand umfing er meinen Hals, mit der anderen streichelte er mein Haar. »Was für geschmeidiges Haar du hast! Füllig und doch so weich ...«

»Früher trug ich einen Zopf oder steckte es hoch. Ich habe es schneiden lassen, als ich zur Universität ging, um morgens schneller fertig zu sein.«

»Deine Augen leuchten wie Keramik. Das ist es, was mir auffiel, in dem Café. Die Art, wie das Weiße bläulich leuchtet ...«

»Hör auf!« Ich lachte. »Meine Stirn ist zu niedrig und meine Nase zu flach.«

»Wie schön du bist«, flüsterte er.

»Das sagst du nur so.«

Er lehnte seinen Kopf an meine Schulter.

»Wie ist das möglich, daß uns ein Mensch plötzlich nahekommt – so schnell? Mit einem Mal?«

»Sei still!« Ich preßte mich an ihn. Meine eigene Stimme kam mir seltsam rauh vor. Sein Verlangen kehrte wieder, ich spürte es sofort, bewegte mich ganz langsam, um es noch stärker zu entfachen. Unser Blut kreiste schneller. Wir stöhnten leise, Mund an Mund, wälzten uns langsam hin und her. Ich bebte unter seiner Umarmung, hörte fast auf zu atmen. Meine Finger krallten sich in seine Schultern. Ich spürte seine Glut in mir, die langsam pulsierte, mich fast um den Verstand brachte.

Ich will wieder an dich denken, wie üblich, aber es geht nicht, ich bringe es nicht fertig. Ich bin nicht mehr die Heuchlerin, die Lügnerin. Ich weiß genau, daß ich ihn begehre, ihn selbst, und nicht deine Erinnerung. Welch ein Ereignis! Ich bin dir untreu geworden, heute nacht zum ersten Mal, mit diesem Fremden. Mein ganzer Körper sehnt sich nach ihm, der Genuß kreist in mir, ein ständiges Gleiten. Er zögert sein Kommen bis ganz zuletzt hinaus, er ist sanft und stark und fühlt, daß sich alles in mir nach ihm sehnt. Sein Geist ist in meinem Leib gefangen, ich nehme Abschied von dir, für ein paar Augenblicke nur – aber mein Keuchen, mein Schweiß und mein Rhythmus sind einzig für ihn. Worte und Erinnerungen verblassen. Er hat mich verzaubert, er schenkt mir Vergessen, er trägt mich auf Feuerflügeln – irgendwohin. Er öffnet, erweitert und vergrößert diese Wunde in mir, die süß und qualvoll brennt. Er paßt sich meiner Form an, den Massen meines Körpers. Er stößt tiefer, ich ziehe mich zusammen, ganz eng, schmerzhaft beharrlich, um ihn aufzusaugen, ihn festzuhalten. Alles verschwimmt vor meinen Augen, alles zerreißt, bricht aus allen Poren hinaus, ein seliges Brennen, mit einem letzten Stoß sich erfüllend. Und ich zittere, weil ich dich in den Armen dieses Fremden vergessen habe, weil ich mich der Lust hingegeben habe, rückhaltlos und ohne Scham, weil ich einen anderen Körper begehrt, eine andere Haut geschmeckt habe. Weil ein anderes Herz in mir pochte.

Die Wut, die plötzlich in mir losbrach, lähmte mich. Mit einem Mal haßte ich ihn, mit einer Wildheit, die mich schüttelte. Ich stieß ihn weg, warf mich auf die andere Seite, vergrub das Gesicht in den Kissen. Die Kehle war mir trocken, mein Kiefer schmerzte, ich hatte am ganzen Körper eine Gänsehaut.

Ich hätte jetzt aufstehen und gehen sollen. Aber ich konnte nicht.

Es war schon zu spät. Immer noch flackerte die Erregung in mir, das weiße Zentrum des Feuers. Ich rieb meine Wange auf dem Lacken hin und her, meine Finger krallten sich in die zerwühlten Decken. Ich wollte, daß er mich küßte, mich in seine Arme nahm; daß er sich tief in mir, in meinen Körper bohrte. Ich begehrte ihn wie eine Wahnsinnige und haßte ihn dafür so, daß ich fast die Besinnung verlor.

Ich fühlte eine Bewegung, neben mir; blinzelnd wandte ich den Kopf, sah seine Gestalt im Gegenlicht. Er stand neben dem Bett und schaute auf mich herunter, ein straffer, glatter Körper, mit breiten Schultern, langen schmalen Schenkeln und einem ganz flachen Bauch. Die Matratze gab mit leisem Quietschen nach, als er sich neben mich setzte. Ich fühlte seine Hand, die mir das Haar aus dem Gesicht strich. Ich schlug die Augen auf. Er lächelte mich an. Seine Haut leuchtete in dem schwachen Lichtschein der Neonröhre; es war, als ob sein Körper einen eigenen goldenen Schimmer ausstrahlte. Er hatte ein Handtuch in kühles Wasser getaucht und wusch mich, behutsam und voller Zärtlichkeit. Seine Hände waren schmal, sehr gelenkig; Knabenhände, in denen diese eigentümliche Kraft wohnte, die er nie ganz verbergen konnte. Allmählich löste sich meine Verkrampftheit; ich bekam mich wieder in die Gewalt, atmete ruhig. Gelassen saß er da, mit vorgeneigtem Kopf, ließ das nasse Tuch über meinen Körper wandern, betrachtete mich voller Aufmerksamkeit, aus ruhigen, braunen Augen. Ich starrte ihn wortlos an; die Zeit stand plötzlich still. Was würde er jetzt wohl sagen? Würde er das Schweigen mit einer diesen dummen Fragen überdecken, wie manche Männer das zu tun pflegen? Ob ich Spaß gehabt hatte, als er zum zweiten Mal in mir gekommen war, ob er mir einen besonderen Orgasmus verschafft hatte, oder so ähnlich; eine von diesen trivialen Redensarten, die unsere untaugliche Sprache für verschwommene Empfindungen verwendet. Doch er lächelte nur, stand wieder auf, nahm seine gesteppte Daunenjacke vom Haken und breitete sie über das Bett aus, mit den Worten:

»Wir sollten uns besser zudecken, frühmorgens wird es kalt.« Dann schlüpfte er zu mir unter die Decke, streckte den Arm aus und löschte das Licht. Nach einer Weile hörte ich ihn leise lachen.

»Tut mir leid, das Bett ist nicht für zwei gemacht.«

»Da werden wir wenigstens rechtzeitig wach«, sagte ich.

Ich lag dicht an ihn gepreßt, hörte seine gleichmäßigen Atemzüge, das leichte Beben seines Herzens. Mit diesem Ein- und Ausatmen kam die Ruhe, ein friedliches, geborgenes Hinabsinken in den Schlaf. Ich wollte mich ganz zusammenrollen, zu ihm gehören, an seinem Körper wohnen. Eine Weile lag ich da, dieser Ruhe hingegeben. Ich spürte sie mit der Wärme in meinem Rücken; und auch in der Art, wie er die Arme um mich geschlungen hatte, bergend, gelassen. Dazu kam der Duft seiner Haut, nach Jugend und Sauberkeit. Er gehörte zu ihm, dieser Duft, zu seinem Hals, seiner Brust, seinen Schultern. Hätte Glückseligkeit einen Duft gehabt, so wäre es dieser gewesen.

Ich muß mich erinnern, daß ich nur dich liebe. Ich muß mich stets daran erinnern. Du bist da, irgendwo. Du schläfst mit Coralie, aber du denkst nur an mich. »Nicht mit dir und nicht ohne dich.« Im Dunkel der Lust bist du verborgen, hältst gleichzeitig Wache; du sorgst dafür, daß ich mich niemals gänzlich verliere. Du lebst in mir, als Wächter früherer Bilder, als Seligkeit, als Schmerz. In dieser Nacht, die allen anderen so gleicht, beginnt eine neue Geschichte. Bin das wirklich ich oder nur eine Doppelgängerin, die in den Armen eines Mannes liegt, in dem ich mich selbst erkenne? Muß ich heute und in Zukunft mit zwei Namen leben? Mit einer Vergangenheit und einer Gegenwart? Eine neue Faszination ist da, die Verwicklung hat kaum begonnen. Müdigkeit verwischt alle Gedanken in mir, in dieser Umarmung, noch warm nach der erfüllten Liebe, hat der Wandel begonnen.

19. Kapitel

Im Halbschlaf nahm ich Geräusche wahr, leise Stimmen, das Klirren von Geschirr. Dann leichte Schritte; ein Fensterladen wurde aufgestoßen. Ein Luftzug streifte mein Gesicht. Hellblaues Licht fiel in den Raum. Einen Augenblick blieb ich still liegen, dann drehte ich mich auf den Rücken und öffnete die Augen. Manuels schlanke Gestalt erschien neben dem Bett, im Gegenlicht. Er war schon vollständig angezogen, in Jeans und rotem Hemd.

»Wie spät ist es?«

»Zeit zum Aufstehen.«

Ich streckte mich, blinzelte einige Male.

»Kaffee?« fragte er.

Ich nickte, richtete mich auf. Ich nahm die Tasse, die er mir reichte, atmete den köstlichen Duft frischen Kaffees ein. Er setzte sich auf die Bettkante, hielt seine eigene Tasse mit beiden Händen und hob sie an den Mund. Seine Augen waren tiefbraun wie Baumrinde, von starken Wimpern beschattet, jetzt, bei Tageslicht, sah ich es. Die scharfen Winkel seiner Wangenknochen und die feingemeißelte Nase verrieten Stärke, doch im unteren Teil seines Gesichtes, in den geschwungenen Lippen lag Sanftheit. Die Wangen waren rund und glatt, und ich sah, daß er sich nur am Kinn zu rasieren brauchte. Nachdenklich blickte ich ihn an. Die Welt schien sich innerhalb einer Nacht gewandelt zu haben. Wir lächelten beide gleichzeitig. Ich schlürfte das heiße, stark gesüßte Getränk, knabberte einen Zwieback dazu.

»Wo hast du den Kaffee her, Manuel?«

»Die Wirtin war schon wach. Sie hat auch den Boiler angemacht. Möchtest du eine heiße Dusche nehmen?«

»Großartig!«

Ich trank den Kaffee aus, warf die Decke zurück und stellte die Füße auf den kalten Steinboden. Er lächelte, als ich nackt an ihm vorbei in den Duschraum ging. Ich ließ den heißen Wasserstrahl auf Nacken und Hals prasseln. Er lockerte alle Muskeln, ich fühlte mich ausgeruht und erfrischt. Ich zog ein sauberes T-Shirt über die feuchte, leicht gerötete Haut. Als ich mich vor dem Spiegel kämmte, trat Manuel neben mich.

»Du bist fast so groß wie ich«, stellte er fest.

»Ich habe Mühe, Männer zu finden, die zu mir passen.«

Er legte die Arme um mich. Ich wandte den Kopf, unsere Lippen trafen sich. Sein Mund schmeckte nach Zahnpasta, wie der eines Kindes. Doch seine sanfte, wissende Liebkosung, an der Innenseite meiner Beine entlang, war alles andere als kindlich. Ich hätte sofort mit ihm schlafen können. Ich wußte es, und er wußte es auch. Nur mit Mühe lösten wir uns voneinander.

»Wir verpassen das Fest.«

Die Pension befand sich in einem alten Geschäftsviertel, in der Nähe des Hafens. Alle Rolläden waren zu, das Pflaster zersprungen. Sämtliche Wände, mit alten Plakaten und wuchernden Graffiti bedeckt, bildeten in ihrer Willkür eine surreale Einheit. Manuels Wagen stand neben einer Reihe überquellender Mülltonnen. Ein alter Fiat, ein richtiger Klapperkasten, den er in Athen für einen Spottpreis erworben hatte.

»Anfangs fuhr er nur achtzig. Nach einer Ventileinschleifung habe ich ihn soweit, daß er hundert schafft. Bergab sogar mehr. Aber da machen mir die Bremsen Sorgen.«

Er lachte, und ich lachte auch; wir waren an diesem Morgen sehr übermütig. Wir fuhren über die Hauptstraße. Die Sonne schimmerte auf dem Deck der großen Schiffe, während die Häuserfront mit ihren Balkonen und gußeisernen Fensterverzierungen noch im Schatten lag. Vereinzelte Lastwagen und Motorräder waren bereits unterwegs. Möwen, Seeschwalben und Austernfischer kreisten wie graue Wolken, die, wenn sie höher stiegen, hell aufleuchteten. Silbriges Geglitzer spiegelte sich in den Flanken und Bullaugen der Frachter. In der Altstadt huschten Schattenspiele über zerbröckelnde Mauern, ein mächtiger Zedernbaum leuchtete fast blau. Dann wieder breite Straßen, Bremsenkreischen, Hupen, Abgase und Staub, bis wir das Chaos hinter uns ließen. Nun wand sich die Straße durch Pinienwälder und Olivenplantagen, an Ginster und Mastixsträuchern vorbei. Eine Frau trieb eine Ziegenherde über eine grüne Wiese. Der Himmel war unwirklich blau; weder Smog noch Rauch verunreinigten die Luft. Manuel fuhr geschickt und sicher. Verstohlen beobachtete ich seine Hände auf dem Lenkrad. Die schmalen, glatten Hände, deren Knöchel unter der Haut spielten, strahlten Beherrschung und Kraft aus. Die Gelenke waren zart und locker wie die einer Frau. Mein Blick streifte sein Profil, die glatte Stirn, die sich zur Schläfe hinziehenden Augen, und ich spürte ein leises Pochen im Unterleib. Er mußte gespürt haben, daß ich ihn beobachtete, denn er wandte mir den Kopf zu.

»Müde?« fragte er zärtlich.

Ich lächelte.

»Genau wie du.«

Er nahm eine Hand vom Lenkrad, legte sie auf die meine. Seine Hand war warm und trocken. Unsere Finger schlangen sich ineinander. Er preßte meine Hand, legte sie auf die Innenseite seines Schenkels. Ich kratzte mit den Nägeln über den rauhen Stoff seiner Jeans, spürte die federnden Muskeln darunter. Ein merkwürdiges Hochgefühl erfüllte mich, mit einer Woge körperlichen Verlangens. Meine Kehle wurde eng.

»Ich verstehe nicht, was mit uns los ist«, sagte ich rauh.

Er erwiderte in ruhigem, gleichmäßigem Ton:

»Mir scheint, daß wir uns verliebt haben.«

Ich zog meine Hand weg. Ich wußte, daß ich mich von nun an mit dieser Tatsache befassen mußte.

Die fernen Berge schimmerten durchsichtig blau, wie wehende Vorhänge. Wir fuhren ein Flußtal entlang; das Wasser glitzerte unter Pappeln und Birken, und der Wind ließ die Blätter wie Silbermünzen funkeln. Bald erschien das Dorf, eingebettet in die weiche, hügelige Landschaft, zwischen Obstgärten und Weinhängen. Die Häuser leuchteten, die Kuppeln der Kapellen schimmerten wie Porzellan, und über den Feldblumen am Weg flogen Amseln.

In Langada wimmelte es schon von Menschen, Einheimischen und Touristen; Manuel ließ den Wagen neben einem Schuppen stehen. Eine Frau mit schwarzem Kopftuch, die ihr Geschirr auf einem Brett vor dem Küchenfenster gespült hatte, goß das Abwaschwasser in den Vorgarten und nickte uns freundlich zu. Ein Hahn stolzierte herum, wie ein Tänzer auf der Bühne, einige Hühner hatten sich in den Schatten verkrochen, und im Kaninchenstall schnupperten junge Tiere am Gitterdraht. Etwas weiter im Dorf, in den rechtwinkeligen Straßen, herrschte Gedränge. Händler hatten ihre Holzbuden aufgeschlagen. Es roch nach Vanille, warmem Weizenbrot, gegrilltem Fleisch, Olivenöl und nasser Erde, weil alle Straßen gefegt und besprengt worden waren. Über den Hauptplatz dröhnte Musik.

Vor den Tavernen standen noch mehr Eisenstühle; die Männer saßen da, alle schwarz gekleidet, wie in Trauer, tranken Retsina oder türkischen Kaffee. Ihre Augen folgten Manuel und mir, die Hand in Hand gingen. Er trug den Kopf sehr hoch, sein Gang war elastisch. Er sah um sich, mit seinem ruhigen, arglosen Blick, einem Blick, der sich zu weigern schien, das Schlechte auf Erden zu sehen.

Gestern mit einem Mann, heute mit einem anderen, dachte ich. Wie würden Stavros und Anghelina mit ihrer ländlichen Sittenstrenge darauf reagieren?

»Die Griechen haben Selbstironie. Das wird vielleicht helfen. Aber man kann vielleicht nicht alles unbekümmert miteinander vermischen. Würde es dich stören, wenn sie uns schief ansehen?«

Er lachte mit den Augen.

»Nein. Mich nicht. Und dich?«

Ich schüttelte den Kopf.

»Nein. Solche Dinge stören mich nie. Ich will nur andere Menschen nicht beleidigen.«

»Ich glaube nicht, daß wir das tun«, entgegnete er mit Wärme.

Die Anastenariden waren bereits beim Tanz. Trommelrhythmus und Gesang schallten aus dem Haus. Im Vorgarten waren Nachbarn, Einheimische, aber auch Neugierige versammelt. Die türkisblauen Fensterläden standen offen. Weihrauch, mit dem Duft von nasser Erde und Geißblattblüten gemischt, hing wie Nebel in der Luft. Irgendwo in der Nähe meckerte eine Ziege. An der Hauswand hatte man die Bänke aufgereiht, mit bunten Kissen, Blumen und Topfpflanzen geschmückt. Zwischen zwei großen Kerzen stand ein kupfernes Becken voll Weihwasser. Frauen und Männer tauchten die Hände hinein, bevor sie sich bekreuzigten.

Plötzlich wankte ein Mann aus der Tür, die Stufen hinab. Die Menge wich ehrfurchtsvoll zurück. Der Mann hielt eine Ikone an sich gedrückt. Sein faltiges Gesicht war klebrig von Schweiß, die Augen glänzten und schweiften umher. Er stampfte im Kreis, mit ruckartigen Bewegungen, als ob ihn eine innere Kraft aus dem Haus getrieben hätte. Sein Atem rasselte. Die Anwesenden standen schweigend; einige folgten mit leichten Körperbewegungen dem Rhythmus. Manuel erstarrte leicht. Er kniff die Augen zusammen;

sein Blick nahm diesen abwesenden Ausdruck an, den ich bereits an ihm bemerkt hatte. Als ob die magische Besonderheit dieses Anblickes für ihn nichts Geheimnisvolles war, sondern etwas Vertrautes. Ich brauchte ihm nicht zu sagen, daß hier etwas vor sich ging. Er wußte es.

In diesem Augenblick trat Anghelina aus dem Haus. Ihr Gesicht trug einen Ausdruck von Müdigkeit und Verklärung. Sie sah aus, als ob sie ihr Kleid zum Schlafen nicht ausgezogen hätte; es war naß unter den Armen und klebte an ihrem Rücken; an einem Strumpf hatte sie eine Laufmasche. Sie strich ihr Haar aus dem Gesicht, sah uns und kam rasch auf uns zu. Sie roch nach Schweiß und Weihrauch und nach dem Parfüm, das ich ihr mitgebracht hatte: »Paris« von Yves Saint-Laurent.

»Ariana! Wo warst du denn? Wir haben euch überall gesucht. Ihr solltet doch bei uns übernachten.«

»Martin wollte weg, er fühlte sich nicht gut«, sagte ich.

Sie schlug nach einer Mücke auf ihrem Arm.

»Oh! Doch hoffentlich nichts Schlimmes?«

»Der Weihrauch bekam ihm nicht«, sagte ich aufs Geratewohl.

Anghelina gähnte.

»Ach, das kommt vor. Geht es ihm wieder besser?«

»Ich weiß es nicht«, sagte ich.

Anghelina reckte sich träge, bevor sie ihre Augen auf Manuel richtete. Bisher hatte sie so getan, als nähme sie keine Notiz von ihm. Jetzt musterte sie ihn unverhohlen, von den Schuhen bis zum Kopf. Ihr Blick war interessiert und abschätzend und dabei völlig neutral. Manuel lächelte sie an.

»Ich heiße Manuel Vargas.«

Sie lächelte auch. Ihre Ohrringe glitzerten.

»Und ich Anghelina Vlachos. Willkommen zu unserem Fest!«

Sie strich ganz unbefangen an ihrem Kleid herum.

»Wir bringen gleich das Opfer. Die Tiere sind gerade gekommen.«

Sie streckte den Arm aus. Erst jetzt bemerkten wir, daß neben dem Zaun ein Zicklein und ein Lamm gefesselt am Boden lagen. Das Zicklein schrie leise und kläglich. Daneben stand, an einem Pflock angebunden, ein etwa einjähriges Stierkalb, hellbraun, mit dunklen

Flecken. Das Tier, mit Mohnblumen und Margeriten bekränzt, weidete friedlich das Frühlingsgras. Neben ihm saß ein kräftiger junger Mann mit krausem Haar. Anghelina winkte ihm fröhlich zu.

»Das ist Androklès, der die Tiere schlachten wird.«

Sie bemerkte ihre Laufmasche, befeuchtete sie mit Spucke und hob rasch wieder den Kopf.

»Mittagessen gibt es bei uns. Du bleibst doch, Ariana? Und dein Freund selbstverständlich auch. Ihr lauft uns doch nicht schon wieder davon?«

Ich schüttelte lächelnd den Kopf.

»Nein, diesmal nicht.«

Eine junge Frau wankte vorbei. Anghelina hielt sie am Arm fest, sprach leise zu ihr. Die Frau klappte die Augen auf. Anghelina schleppte sie die Treppe rauf ins Haus.

»Es scheint ihr nicht viel auszumachen, daß du mit einem anderen da bist«, stellte Manuel fest.

»Diese Leute sind wirklich ganz erstaunlich«, sagte ich.

Er nickte.

»Ja, ich weiß.«

Wir gingen zu den Tieren. Manuel kniete nieder, neben dem kläglich blökenden Zicklein, und streichelte ihm die Stirn. Sein Gesicht war ausdruckslos. Androklès bot uns Zigaretten an: ein Zeichen griechischer Gastfreundschaft. Androklès gab uns Feuer und erzählte, daß er der Sohn des Metzgers Christos war. Sein Vater hatte ihm in diesem Jahr das Tieropfer anvertraut. Deswegen dürfe er weder tanzen noch auf dem Feuer laufen.

»Der Archi-Anastenaris hat die Tiere am 18. Januar – am Fest des heiligen Athanase – gekauft. Wir haben sie erst gestern von der Weide geholt. Sie sind schön, nicht wahr?«

Manuel nickte, die Zigarette im Mundwinkel. Er streichelte das Zicklein, dessen Beben allmählich nachließ. Androklès gähnte, streckte sich. Das Stierkalb weidete ruhig. Ein Luftzug bewegte die Blumen zwischen seinen kleinen Hörnern. Im Garten roch es nach Wachskerzen. immer mehr Schaulustige trafen ein. Plötzlich klang der Trommelschlag lauter. Die Lyren zirpten und sangen, eine eigentümlich schwingende Melodie, die ständig zu kreisen schien. Die drei Musiker zeigten sich an der Tür. Die Sonne funkelte auf ihren schwarzen Haaren. Hinter ihnen strömten die Tanzenden aus dem »Konaki«. Die Art, wie sich die Anastenariden bewegten, kam mir verändert vor. Der Rhythmus war schneller, nervöser. Ihre Kleider klebten vor Schweiß, die Augen schimmerten starr unter den blinzelnden Lidern. Manche warfen den ganzen Körper mit krampfhaften Zuckungen hin und her. Ein alter Mann drehte sich im Kreis, die Arme leicht ausgebreitet; er hielt die Handflächen nach oben, seine Finger krümmten sich ein wenig. Der Oberkörper war völlig ruhig, nur die Füße bewegten sich. Das leicht wogende Kreisen schien ihm überhaupt keine Mühe zu machen, wirkte außerordentlich anmutig und beschwingt. Einer Frau flatterten die Haare wild um den Kopf, klatschten bei jeder Bewegung um ihre Schultern. Die kleine Yulla, von der Mutter gehalten, stampfte mit hochgezogenen Knien; ihr Mund schäumte, während ihr Kopf wie der einer Stoffpuppe schwankte. Ihre Großmutter murmelte vor sich hin, die Augen verdreht, das graue Haar verschwitzt und zerzaust. Das Geräusch der stampfenden Schritte auf den Kieseln erfüllte die Luft. Einige Männer und Frauen trugen die Ikonen aus dem Haus, stellten sie behutsam auf die Bänke, so daß jeder sie sehen konnte. Da trat Stavros aus der Tür, mit einem silbernen Weihrauchgefäß, das er wie ein Pendel schwang. Zuschauer lösten sich aus dem Kreis, knieten in den Weihrauchschleiern vor den Ikonen nieder und küßten sie. Die Frauen strichen mit ihren Taschentüchern dreimal über die Bilder, wobei sie das Kreuz schlugen. Dann schoben sie das Tuch in den Ausschnitt ihrer Kleider. Manuel und ich standen abseits, betrachteten schweigend das Geschehen. Inzwischen befestigte Androklès zwei brennende Kerzen an den Hörnern des Stierkalbes. Stavros bewegte das Weihrauchgefäß vor dem Tier und machte das Kreuzzeichen zwischen seinen Hörnern. Nun löste Androklès die Leine und zog leicht daran; das Stierkalb folgte ihm, mit wiegenden Schritten. Zwei Helfer hoben die gefesselten Tiere auf ihre Schultern. Nun setzten sich alle in Bewegung.

Wir drückten unsere Zigaretten unter dem Absatz aus und schlossen uns dem Zug an. An der Spitze schritt langsam und gemessen Stavros, im engen schwarzen Anzug, mit staubigen Schuhen, und bewegte das Weihrauchgefäß an der silbernen Kette. Hinter ihm wurden die Opfertiere geführt: zuerst das Stierkalb, dann das Zicklein und das Lamm, auf den Schultern getragen. Die Musiker folgten, tänzelnd und graziös. Die Lyraspieler schwangen ihren kräftigen Bogen. Der Trommler, mit einer Rose hinter dem Ohr, ließ die »Daouli« in seinen flinken Händen hüpfen. Die Anastenariden hielten die Ikonen hoch, schwenkten ihre roten Baumwolltücher. Sie bildeten eine lange Reihe, den Staub unter den stampfenden Füßen aufwirbelnd, wobei ihre Schatten ihnen vorauseilten. Am Schluß des Zuges kamen die Zuschauer: Dorfbewohner, Auswärtige und Touristen, mit Fotoapparaten und Videokameras versehen. Martin war nirgendwo zu sehen. Hoffentlich kommt er nicht, dachte ich, dann brauche ich mir über den Rest des Tages keine Gedanken zu machen. Aber diesen Gefallen würde er mir nicht tun.

Eine Turmglocke schlug mit hellem, silbernem Klang, als der Zug einen gepflasterten Platz erreichte, in dessen Mitte eine verkrüppelte Pinie stand. Unvermittelt verstummte die Musik. Die Anastenariden drängten sich im Kreis, warteten schweigend in der prallen Sonne. Manche waren außer Atem, einige alte Leute standen auf unsicheren Beinen. Die Jüngeren stützten sie. Eine plötzliche Erregung lag in der Luft. Manuel kniff die Augen zusammen und schüttelte leicht den Kopf. Ich sah ihn an, und er sagte:

»Die dunkle Seite unserer Entwicklung verlangt solche Dinge. Was für rätselhafte Wesen wir doch sind!«

Androklès streckte die Hand aus; der ältere der beiden Helfer legte ein großes Messer mit glänzend geschliffener Schneide hinein. Bevor er zustieß, legte Androklès die Hand auf den Kopf des jungen Stieres und drückte ihn fest herunter. Er wartete, bis das Stierkalb den Kopf senkte und mit leichten Ruck wieder hob. Manuel warf mir einen fragenden Blick zu.

»Das Opfer soll seine Zustimmung geben«, erklärte ich ihm. »Früher galt es als schlechtes Omen, wenn das Tier sich wehrte. Man hätte ein anderes herbeigeführt.«

»Ich glaube kaum«, meinte Manuel, »daß das Tier eine Wahl hat.«

Androklès packte das Messer, betastete kurz die Schneide. Er zerrte den Kopf des Stieres nach rückwärts. Mit harter, knapper Bewegung durchschnitt er dem Stier die Kehle. Solche Szenen hatte ich früher in Montereale Celina erlebt, wenn einmal im Jahr der Metzger kam, um das Schwein zu schlachten. Ich hatte aufmerksam zugeschaut, wie Kinder das tun. Das Brüllen des Schweins klang mir jetzt noch in den Ohren, doch das Stierkalb starb schweigend. Es schwankte und fiel schwer auf die Seite; sein dunkles Blut tränkte die Erde. Das Zicklein und das Lamm wurden auf gleiche Weise getötet. Mir fiel auf, daß Manuel die Augen abwandte. Inzwischen zogen die Helfer Stricke durch die Zweige, hängten die drei Tiere mit den Köpfen nach unten an den Baum und häuteten sie. Androklès schnitt ihren Leib in seiner ganzen Länge auf, warf Gedärme und Innereien in einen großen Eimer. Nach einer Weile verstreuten sich die Anastenariden, wanderten verträumt über den Platz, als ob der Anblick des Blutes und der süßliche Geruch sie von ihrer Trunkenheit befreit hätte. Manche streckten sich die Hände entgegen, hängten sich ineinander ein. Sie gingen zu zweit oder zu dritt, schweigend oder leise das Tanzlied summend. Die kleine Yulla taumelte an uns vorbei, von Mutter und Großmutter fest an den Armen gehalten. Manuel schob die Hände in die Jeanstaschen.

»Als ich jünger war, habe ich den Rückzug in die Vergangenheit gerne gegen meine Lebensangst eingesetzt. Heute sage ich mir, wenn schon Flucht, dann lieber in die Zukunft. Warum sollen wir uns die Welt, die wir wollen, nicht neu erfinden?«

Ich lächelte.

»Ja, aber dazu braucht es ein bißchen Verrücktheit.«

Er lächelte ebenfalls, aber nicht richtig von Herzen.

»Als Mexikaner fühle ich mich diesen Menschen sehr nahe. Mit einem Unterschied: Ich glaube, es gibt kaum eine Kultur, die so vollständig ausgerottet wurde wie die unsrige. Ein rasches, kurz aufflammendes Leuchten – und es war vorbei. Übriggeblieben ist ein Vakuum, in das dann die neue, andere Kultur eindrang, ich meine die christlich-abendländische. Wir, die ersten Kinder Amerikas, hören nicht mehr die Stimmen der Verstorbenen. Hier aber sind Menschen, die ihre Götter sehen, wenn sie sie sehen wollen. Ihr Dasein wird getragen von einer sehr alten Strömung. Sie kommen von weit her und leben. Ich aber muß neu geboren werden ...«

Er sprach in seiner ruhigen, etwas schleppenden Art. Er nahm sich Zeit; auch er war verwirrt. Mit einem schmerzlichen Herzpochen wurde mir bewußt: Auf irgendeine Weise ist er mit dir und mir verbunden, Amadeo. Auch er ist ein Reisender im eigenen Leben. Einer, der sich selbst verloren hat. Das Leben der Dinge und der Wesen ringsum stand plötzlich still. In dieser Minute wurde der Gedanke zur Überzeugung: Unsere Welt hat nicht aufgehört zu bestehen, sie war in Unordnung geraten. Vergeblich sagte ich mir, dies sei im Grunde nur so ein Ruf aus dem Unbekannten, worauf ja gewöhnlich nichts weiter geschieht. Aber das war es nicht. Überhaupt nicht. Ich mußte herausfinden, was das zu bedeuten hatte.

»Es wäre mir wirklich nicht recht«, sagte Manuel, mit Spott in der Stimme, »wenn ich jetzt plötzlich in deinen Augen als Trottel dastünde.«

»Das habe ich niemals gedacht.«

»Ich habe die Neigung«, sagte er, »mich höchst impulsiv in viele Dinge zu versetzen. Das hat den Nachteil, daß man sich lächerlich macht. Die Tiere taten mir leid. Der Metzgersohn dachte natürlich, da ist wieder so ein überspannter Tourist, der einen Braten streichelt. Aber die Herztöne eines Tieres klingen wie die der Menschen, nicht anders. Das Tier weiß, daß es Angst hat und daß seine Angst begründet ist.«

»Als du das Zicklein gestreichelt hast, beruhigte es sich. Es spürte, daß du es gern hattest.«

Er blinzelte schelmisch.

»Liebe kann Provokation sein, ein Akt der Unabhängigkeit.«

Ich spielte mit seiner Hand.

»Sie wird oft mit Gehorsam verwechselt.«

Er lachte leise.

»Glaubst du, daß wir freier sind?«

»Mir scheint, du bist sehr unabhängig.«

Er ließ die weißen Zähne blitzen.

»Du aber auch.«

Das Jugendliche kam schnell bei ihm wieder zum Vorschein. Ich hatte ein trockenes Gefühl im Mund; der Mensch, mit dem ich sprach, nahm meine ganze Aufmerksamkeit in Anspruch. Er befaßte sich gleichzeitig mit den nahen, den eigentlichen Dingen und mit etwas, das auf einer anderen Ebene lag. Sein Geist umkreiste mich wie ein Irrlicht; ich, die immer auf der Flucht war, wurde zum Stillstand gezwungen. Das war ich von keinem gewöhnt, außer von dir. Er hatte dieser Kraft, die ich zu besitzen glaubte, einen schweren Schlag versetzt. Meine Ruhe, meine Heiterkeit hingen plötzlich auch von ihm ab. Verstehst du, wie mir zumute war, Amadeo?

Warum ist dieser Mann in unser Leben getreten? Weil es einfach so kam? Oder weil Wassilio ihn herbeigerufen hat? Wassilio traute ich alles mögliche zu.

Unsinn. Es ist nur eine Pause in einem Musikstück. Du bist da, lebendig und nahe. Unsere Geschichte geht weiter, eine gerade Linie. Nichts hat sich verändert. Oder doch?

Plötzlich war da Musik: Die Trommel summte, die Lyren warfen mit bebenden Saiten glockenhelle, schwingende Töne in die Stille. Die Melodie war mehr als nur hörbar, sie pulsierte. In einem kleinen Gartencafé, mit Myrten- und schimmernden Lorbeerzweigen geschmückt, hatten sich die Musiker eingefunden. Der Trommler gab den Rhythmus an, die Lyraspieler hielten ihre Instrumente auf den Knien. Manchmal schwangen sie den Bogen hoch über sich, während sie ihren Atem mit einem wilden »Hah!« zusammenpreßten. Und unter dem Laubdach, zwischen Tischen und Bänken, tanzten Männer und Frauen einen Reigen. Alle waren durch ein rotes Tuch verbunden, das sie in der Hand hielten; sie formten eine Kreislinie, mit schwingenden Köpfen und Haaren und Hüften, die sich im Takt wiegten. Stavros führte den Tanz an, mit jugendlichem Schwung. Seine Füße in den klobigen Sonntagsschuhen strichen über den Boden, wirbelten gewandt und mit größter Leichtigkeit, vor- und rückwärts auf den Flügeln der Musik. Er stützte die Hand, mit der Fläche nach außen, in die Hüfte; er allein bestimmte den Rhythmus, dem sich seine Gefährten lachend und mühelos anschlossen. Ein Reigen, so alt wie Griechenland, verwoben, verflochten, um sich selbst drehend wie die Schlange, die ihre Winterhaut abstreift und dem Sonnenkreis folgt. Aus ihrem Tanz sprachen die vielschichtige Vergangenheit, das Gold des Frühlings und die Freude am Leben, aber auch das Dunkel ferner Schemen und Schatten. Rings auf den Bänken saßen alte Leute, tranken Retsina und Ouzo, wiegten die Köpfe im Takt, begleiteten den Rhythmus mit Händeklatschen und frohem Gelächter.

Anghelina sah uns über den Platz kommen; ihre Ohrringe funkelten, ihr Lächeln leuchtete uns entgegen. Sie warf den Kopf nach hinten, schwang ihren Arm, lud uns zum Tanz ein. Manuel und ich tauschten einen lachenden Blick. Der Reigen öffnete sich. Anghelina und Stavros reichten uns ihr rotes Tuch, das wir ergriffen.

»Schaut auf meine Füße!« rief sie. »Es ist nicht schwer!«

Alle lachten vor Vergnügen, während sie uns die Schritte zeigten, unsere Fehler mit Zurufen und Koseworten verbesserten. Pfiffe und Händeklatschen begleiteten den Tanz. Es war, als hätten wir jeden eigenen Willen verloren. Bald fanden unsere Füße den Rhythmus, bald wurden wir ein Teil dieser Bewegung, eine Welle in der Strömung, die uns weiterzog und in der wir versanken. Das Licht huschte spielerisch über uns, die Lyren jubelten wie Lerchen, trunken von Luft und Sonne, die Trommel pochte in unserer eigenen Brust. Wir verschmolzen mit dem Tanz, mit unseren Träumen, wurden eins mit der Erde, dem Himmel und den ewig lebenden Göttern.

Schließlich trat eine Pause ein; die Musiker legten ihre Instrumente nieder, die Tänzer lachten mit erhitzten Gesichtern, die Zuschauer klatschten Beifall. Anghelina stürzte sich auf uns, riß uns in ihre Arme und küßte uns. Sie lachte, als ob sie sich für immer ihre Jugend bewahrt hätte.

»Auch ihr könnt tanzen! Auch ihr! Gott sei mit euch! So ist es richtig! Ach, Kinder, tanzt und singt, bis der Erzengel eure Seelen holt!«

Der Wirt, ein lebhafter, flinker Mann, brachte neue Stühle, bot kühlen Wein und Sesamkringel an. Die Frauen fächerten sich mit ihren roten Tüchern frische Luft zu, die Männer trockneten sich die nasse Stirn. Der Garten summte von Stimmen und Gelächter, Stavros kam auf uns zu, ein Weinglas in jeder Hand. Ich stellte ihm Manuel vor. Stavros fragte nicht, was mit Martin war. Ich hatte den Eindruck, daß es ihn nicht sonderlich interessierte.

Er stellte beide Gläser auf den Tisch ab, schüttelte Manuel kräftig die Hand. Das durchgeschwitzte Hemd, die billige Krawatte und der schlecht sitzende Anzug mit den scharfen, frischen Bügelfalten taten seiner Würde keinen Abbruch: In Bronze gegossen, hätte sein Kopf unter den Büsten alter Griechen im Museum seinen Platz gefunden.

»Du tanzt nicht schlecht, mein Sohn. Woher kommst du?«

»Aus Mexiko. Aber ich lebe schon viele Jahre in Europa.«

»Ist es hier anders?«

»Es gibt viele Orte und viele Dinge, die man lieben kann.«

Stavros nickte leicht mit dem Kopf.

»Ein Schlückchen Wein?«

»Ja, danke«, sagte ich atemlos, »das können wir brauchen.«

Stavros nahm die Gläser vom Tisch auf und hielt sie uns hin. Wir stießen an und tranken.

»Der Wein ist gut«, sagte Manuel nachdrücklich.

»Er ist von unseren Trauben. Wir heben ihn für das Fest auf«.

Stavros trank den Wein schluckweise. Jeden einzelnen Schluck behielt er lange im Mund. Ebensowenig wie Anghelina nahm er Anstoß an der Situation; im Gegenteil, ich hatte den Eindruck, daß Manuel genau die Art Mensch war, mit dem er auf Anhieb gut zurechtkam. Vielleicht lag es daran, daß Manuel so gut Griechisch konnte. Oder auch an dem Tanz oder dem Wein.

»Du hast einen starken Händedruck«, stellte er fest. »Wie ein Landarbeiter. Was hast du für einen Beruf?«

»Noch keinen«, erwiderte Manuel. »Ich lerne, aber es fällt mir schwer.«

»Du liebst die Erde, mein Sohn.«

Manuel kniff leicht die Augen zu, wie er es tat, wenn ihm etwas zu denken gab.

»Wie kommen Sie darauf?«

»Ich sehe es deinen Händen an.«

Manuel streckte unwillkürlich die Hände vor sich aus. Schmal und feinknochig, wie sie waren, zeigten sie doch einen kräftigen Handrücken und starke, gelenkige Finger.

»Du hast die Hände eines Bauern«, bemerkte Stavros ernsthaft.

»In gewisser Weise, ja«, sagte Manuel langsam.

»Und du hast auch einen Sinn für das, was schön und nützlich ist.«
Etwas wie Erstaunen lag in Manuels Blick.
»Wie können Sie das so schnell herausfinden?«
Stavros betrachtete ihn, mit einem Glitzern in den Augen. »Jeder Mensch spricht eine deutliche Sprache, auch wenn seine Zunge schweigt.«
Manuel erwiderte ruhig seinen Blick; er befand sich nicht in der Defensive, versuchte auch nicht, ihn absichtlich mißzuverstehen. Von ihm ging ein Leuchten aus, daran war kein Zweifel. Mir kam es jedenfalls so vor, oder hatte der Wein eine besondere Wirkung?
»Junge, wie alt bist du eigentlich?« fragte plötzlich Stavros.
»Bald fünfundzwanzig.«
»Nicht so alt, wie ich dachte. Aber über manche Dinge bist du dir schon klar, nicht wahr?«
Manuel lächelte flüchtig.
»Wie meinen Sie das?«
Stavros lehnte sich bequem auf seinem Stuhl zurück.
»Ich bin nicht sehr belesen. Aber ich weiß, mein Auge kann nicht trügen. Ganz sicher bist du auf irgendeinem Gebiet ein Fachmann, wenn ich auch nicht genau sehe, worin.«
Manuel schüttelte den Kopf.
»Ich schlage mich mit einigen Fragen herum, das ist alles.«
Stavros hob sein Glas zum Mund.
»Viele falsche Leute kommen hierher, stellen die falschen Fragen. Aber warum rede ich mit denen? Genausogut könnte ich mich mit meinen Kühen unterhalten. Und die sind nicht so dumm, wie man glaubt. Kannst du auch falsche Fragen stellen?«
Ich verkniff mir ein Lächeln. Stavros' Sinn für Humor war so subtil, daß man genau hinhören mußte, um ihn zu erkennen. Manuel lächelte mir von der Seite zu.
»Wie jeder Mensch.«
»Und du bleibst still?«
»Warum auch nicht? Wer richtig hinsieht, muß am Ende auch begreifen.«
Stavros dunkle Lippen teilten sich zu einem Lächeln.
»Du bist klüger als andere.«

»Ich tue mein Bestes.«

Stavros legte ihm plötzlich die Hand auf das Knie.

»Sei unser Gast! Bei uns gibt es kein Geheimnis, so was gibt es nicht. Ein Geheimnis ist Unwissen, weiter nichts. Du aber hörst und siehst. Gott segne dich!« Er klopfte ihm auf das Knie, trank sein Glas aus und ging. Der Brauch verlangte, daß er nun mit Androklès durch das Dorf ging und das Fleisch der Opfertiere an die Bewohner verteilte.

»Was für ein wunderbares Gesicht dieser Mann hat!« sagte Manuel. »Ich bin froh, daß ich ihn getroffen habe.«

»Ich auch. Du hast ihm gefallen.«

Er lächelte wieder mit den Augen.

»Ach, findest du?«

»Ihr versteht einander. Diese Menschen kann man nicht so leicht täuschen.«

Er schmunzelte.

»Nein. Sie finden sofort unsere Schwäche heraus.«

Anghelina, die Haare zerzaust, das Gesicht schweißverklebt, kam mit ihrem rollenden Gang auf uns zu und schwenkte ihr rotes Tuch. Sie trug hohe Absätze, und ihre Füße waren wohl geschwollen.

»Kommt, kommt nach Hause, zum Mittagessen. Mutter Demetria hat schon alles vorbereitet!«

Man hatte die Ikonen und die Weihwasserbecken wieder in den »Konaki« getragen. Nur die Blumen welkten in der prallen Sonne. Wir gingen den kleinen Kiesweg entlang, wurden von Grußworten, Lachen und dem Klappern von Tellern empfangen. Nach der Hitze draußen kam uns die Küche angenehm kühl vor, obwohl sie eigentlich warm war, weil Feuer im Herd brannte. Ein paar Frauen hantierten mit Töpfen und Pfannen, mischten den Salat. Eine Suppe aus roten Bohnen kochte in einem Kessel. Mutter Demetria schnetzelte Gemüse und Kräuter über dem Spülstein: Lauch, Spinat, Knoblauch, Petersilie, Zwiebeln. Es roch stark nach Rauch und brutzelndem Olivenöl. Die Anastenariden hielten sich streng an die Vorschriften: Vor der eigentlichen Zeremonie durften weder Fleisch noch Milchspeisen gereicht werden. Bald fanden sich immer mehr Menschen ein; die Luft wurde drückend, man machte Durchzug. Die Frauen hatten den Eßtisch auf die Seite geschoben, alle verfügbaren Teppiche hergeschafft und darüber Tischdecken ausgebreitet. Alle, Männer, Frauen und Kleinkinder, setzten sich auf den Boden. Mutter Demetria brachte in breite Stücke geschnittenes frisches Weißbrot, sonnenwarme Tomaten und Gurken. Ein kleines Mädchen stellte Öl und Essig auf die Tischdecken, ein junger Bauer brachte einen Krug mit Wein, füllte schwungvoll alle Gläser, ohne einen Tropfen danebenzuschütten.

Ich wollte Mutter Demetria helfen, doch sie machte nur *ts, ts,* mit den Lippen.

»Setz dich, setz dich, mein Kind, genieße das Fest!«

»Aber Großmutter, du wirst müde sein.«

»Ich habe Zeit zum Ausruhen, wenn ich unter der Erde liege.«

Sie schlurfte emsig hin und her. Ihre wäßrigen Augen, ihr kleiner Mund waren durch Falten und Fältchen verbunden wie bei einer Stoffpuppe. Ich hatte ihr Manuel kurz vorgestellt; sie hatte ihre Hände an der Schürze abgetrocknet und ihm mit wackelndem Kopf freundlich zugeblinzelt, ohne zu fragen, wer er war.

»Willkommen, mein Sohn!« war alles, was sie sagte. Vielleicht war sie noch von dem Schlafmittel benommen.

Die Großmutter und die Mutter kamen mit der kleinen Behinderten. Yullas Pupillen schwammen auf dem bläulichen Weiß, als die Mutter sie behutsam auf den Boden niederzwang. Sie wurden als erste bewirtet. Anghelina holte Löffel aus einer Schublade, füllte Bohnensuppe in drei kleine Schüsseln. Die Mutter fütterte das Kind. Yulla öffnete apathisch den Mund; die Suppe rann ihr über das Kinn, in den Kragen ihres Festkleides hinein. Ein alter Mann lockerte das Taschentuch, das er um den Hals trug, um den Schweiß aufzufangen. Er schlürfte seine Suppe, räkelte sich und schlief ganz plötzlich ein, so wie er da saß, aufrecht, den Kopf auf der Schulter. Sein Unterkiefer klappte herunter, und er fing an zu schnarchen. Eine große dünne Frau, ohne Hüften und ohne Busen, steckte sich eine Pfeife an; sie saß da wie ein Mann, den Rücken kerzengerade, die Knie weit auseinander, und rauchte. Eine Frau kniete neben ihr, mit steinernem Gesicht und offenbar erbost, sagte jedoch nichts. Das Klappern von Geschirr, das Zischen heißen Öls in der Pfanne erfüllten den

Raum. Die Leute aßen und tranken geräuschvoll und langsam, mit der schweigenden Achtung vor dem Essen in Ländern, in denen nicht jeder jeden Tag satt wird. Manuel und ich sprachen miteinander in zerstreuter Heiterkeit. Die stickige Luft und der Wein machten uns ein wenig benommen.

»Du mußt Zitronensaft in die Suppe tun«, sagte Manuel. »Warte, ich schneide dir eine auf.«

Er schnitt die Zitrone in zwei Hälften. Wir preßten sie in die dickflüssige Suppe aus.

»Die Suppe schmeckt gut«, sagte ich, so überzeugt wie möglich. »Mit Zitrone noch besser.«

Wir lachten beide.

»Ich glaubte Griechenland zu kennen«, sagte ich, »und entdecke immer wieder Neues, das mich sprachlos macht.«

»Ich auch. Hier prägt sich mir alles, was ich sehe, tief ein.«

»Der Tag ist noch nicht zu Ende.«

Seine Augen waren plötzlich verdunkelt. Er sagte sehr langsam:

»Es ist merkwürdig, welche Lust ich habe, dich zu lieben.«

Ich legte meine Hand auf seine, strich mit den Fingern über die weiche, warme Haut.

»Ich kann es kaum abwarten«, sagte ich.

Ein Mann bot uns Zigaretten an; Manuel und ich nahmen sie, obschon wir uns nichts daraus machten. Der Mann zündete ein Streichholz an, gab uns Feuer, wobei er die knorrigen Finger mit den schmutzigen Nägeln zu einem Kelch formte. Die Glut erleuchtete seine Wangen, eingefallen und hart wie Leder. Wo wir herkämen, wollte er wissen. Wie die meisten Bauern sprach er bedächtig und vorsichtig. Das bißchen, was er von der Welt wußte, kannte er aus dem Fernsehen. Doch sein Interesse galt nur den Dingen, die wichtig für ihn waren: der Feld- und Gartenarbeit, der Ernte, dem Wetter.

»So, in Mexiko pflanzt man Mais an? Bei uns wächst er auch. Aber in diesem Jahr ist der Boden zu trocken, die Regenfälle bleiben aus. Die jungen Pflanzen sind erschöpft. Wir müssen unsere Olivenhaine einmal in der Woche bewässern.«

Einige Kinder waren auch da, saßen auf dem Fußboden und kauten Brotscheiben, wobei sie die Krümel einfach abschüttelten. Ein Junge ließ einen Gummiball aufspringen und zählte dabei. Yulla lachte vor Vergnügen, streckte ungeschickt die Arme nach dem Ball aus. Der Junge wandte sich geringschätzig ab. Demetria ließ mit lautem Scheppern einen Topfdeckel fallen. Anghelina, die einige Gläser in der Hand und eine Flasche unter dem Arm trug, ging geschmeidig in die Knie und hob ihn auf. Durch die Tür drang ein glitzerndes, vom Boden der Straße zurückgeworfenes Licht. Der ganze Raum war davon erhellt. Draußen im Garten standen noch mehr Leute, wir konnten sie sprechen hören. Ich drückte meine Zigarette aus, als ein langer Schatten auf die Steinfliesen fiel und Martin durch die kleine Diele in den Raum trat.

Ich starrte ihn sprachlos an. Ich hatte Wein getrunken, was ein Fehler gewesen war. Ich wußte einfach nicht, was ich sagen sollte. Martins unerwartetes Auftauchen kam mir so komisch vor, daß ich am liebsten gelacht hätte. Aber Martin war gekränkt und sehr schlechter Laune, ich bemerkte es an seinem Gesichtsausdruck. Von Sonne und Gegenlicht geblendet, blinzelte er in den dunklen Raum und blieb ein paar Augenblicke an der Tür stehen, einen Fuß auf die Stufe gestellt. Gleichzeitig mit mir hatte ihn auch Anghelina gesehen; sie reagierte in ihrer unbefangenen Art, indem sie ihn mit einem Wortschwall überschüttete.

»Ach, Martin, haben Sie wieder den Weg zu uns gefunden? Wie fühlen Sie sich? Besser? Da bin ich aber froh! Sind Sie mit dem Wagen oder mit dem Bus gekommen? Mit dem Taxi? Hoffentlich hat man Sie nicht übers Ohr gehauen! Bleiben Sie nicht da stehen, setzen Sie sich doch! Sie haben bestimmt Hunger. Hoffentlich stört es Sie nicht, daß wir kein Fleisch haben. Fleisch gibt es nur heute abend. Aber Suppe und Gemüse sind noch da.«

»Danke, ich habe schon zu Mittag gegessen«, erwiderte Martin steif.

»Was kann ich Ihnen sonst anbieten? Einen Kaffee vielleicht?«

»Na schön, einen Kaffee«, sagte Martin.

Anghelina eilte geschäftig hin und her, während Martin vorsichtig durch den Raum ging, bis er zu einem Stuhl kam. Er stellte seine Fototasche auf den Boden, legte das Stativ daneben. Jetzt hatte er mich erblickt und auch Manuel wahrgenommen. Mir blieb nichts anderes übrig, als die beiden vorzustellen.

Manuel sagte: »Guten Tag«, wobei er gleichzeitig Anghelina zulächelte, die ihm Kaffee einschenkte. Martin bedachte ihn mit einem kurzen Kopfnicken, zog den Stuhl zurück und setzte sich, was sofort zwischen uns – da wir auf dem Boden saßen – eine Distanz erzeugte. Das zu erwartende peinliche Schweigen trat nicht ein, weil Martin in die Runde grüßte und die Bauern ihn in ihrer unbefangenen Art freundlich willkommen hießen. Anghelina reichte ihm, auf einer kleinen Untertasse, eine winzige Tasse aus Porzellan. In der anderen Hand hielt sie eine Kanne und goß ihm Kaffee ein. Er dankte mit einem mechanischen Lächeln. Sie lächelte zurück, unverbindlich und strahlend.

»Mit oder ohne Zucker?«

»Wie bitte? Oh! Nein danke, keinen Zucker!«

Martins Blick war auf Manuel gerichtet. Er sah ihn forschend an, betrachtete ihn eingehend von Kopf bis Fuß. Endlich blickte er wieder zu mir. Ich sagte:

»Du kennst Manuel noch nicht. Wir haben uns erst gestern getroffen.«

Martin schob sich eine Zigarette zwischen die Lippen.

»Ich dachte mir, daß ich dich hier wohl finden würde.«

»Der Wagen hatte eine Panne«, sagte ich. »Ich mußte ihn am Straßenrand lassen. Morgen rufe ich bei der Firma an. Sie sollen ihn abschleppen und dir die Kaution zurückerstatten.«

»Ich wollte einen mieten.« Martin zündete ein Streichholz an. »Aber Sonntags ist ja alles zu. Ich habe den ganzen Morgen vertrödelt und den Festablauf verpaßt.«

»Schade.«

»Ich habe mir Sorgen um dich gemacht.«

»Das hättest du dir sparen können.«

»Ich muß mit dir reden«, sagte er.

»Weshalb?«

»Darling, es tut mir leid.«

Wie immer, wenn er seine Gefühle zu unterdrücken versuchte, kam sein amerikanischer Akzent zum Vorschein. Da er mir schräg gegenüber saß, sah ich nur die eine Hälfte seines Gesichts, die andere lag im Schatten. Manuel rührte in seiner Tasse, ohne ihn zu beachten. Ich versuchte zu überlegen, was ihn so unverkennbar anders machte. Es mußte seine Ruhe sein; sie wirkte träumerisch und war für viele Menschen wahrscheinlich undurchsichtig. Dabei hatte er nur Geduld.

»Das sagst du mir jetzt zum zweiten Mal«, antwortete ich.

Martin fingerte an seiner Zigarette.

»Es wird nicht wieder vorkommen, das verspreche ich dir.«

»Weißt du«, sagte ich, »ich glaube kaum, daß das einen Unterschied macht, ob du mir etwas versprichst oder nicht.«

Eine Weile herrschte Stille zwischen uns. Martin rauchte und trank seinen Kaffee. Als das Schweigen andauerte, ging mir allmählich das Unvermeidliche auf: Martin suchte Streit.

»Ich nehme an, daß Sie englisch sprechen«, sagte er plötzlich zu Manuel.

Manuel hob den Blick zu ihm. »Auch französisch.«

Martin ließ die Asche in den Rest des Kaffees fallen, der noch in der Tasse war.

»Tatsächlich? Woher sind Sie denn?«

»Eigentlich aus Tehuantepec«, sagte Manuel. »Jedenfalls bin ich dort geboren worden.«

Martin blickte auf ihn herunter.

»Wo liegt das denn?«

»In Mexiko.«

»Und was tun Sie so im Leben?«

»Eigentlich nicht viel«, sagte Manuel.

Martin lächelte mit herabgezogenen Mundwinkeln.

»Eine angenehme Beschäftigung!«

Manuel nickte gleichmütig.

»Das finde ich manchmal auch.«

Im Raum wurde die Hitze stickig. Die Leute standen einer nach dem anderen auf und gingen. Einige Frauen räumten den Tisch ab. Der kleine Junge ließ draußen seinen Ball hüpfen.

Martin wollte Tasse und Untertasse aus der Hand haben und stellte sie auf das Fensterbrett.

»Ich bin gekommen, um ein Mißverständnis zu klären«, sagte er, wieder zu mir gewandt.

Der Wein machte mir einen schweren Kopf. Ich rief meine Gedanken zur Ordnung und nickte ihm abwartend zu. Er machte eine ungeduldige Handbewegung.

»Ich kann hier nicht über Privates reden. Was ich dir zu sagen habe, geht niemanden etwas an.«

Manuel erhob sich wortlos, räumte das Geschirr auf, das vor uns stand, und brachte es Demetria, die vor dem Spülbecken stand. Anghelina brach in Lachen aus.

»Möchtest du beim Abwaschen helfen?«

»Als ich klein war und zu meiner Großmutter ging«, sagte Manuel, »da habe ich ihr immer beim Abwaschen geholfen.«

»Aber jetzt bist du ein Mann.« Anghelina nahm ihm das Geschirr aus der Hand. »Ein Mann hilft nicht beim Abwaschen.«

Demetria drehte das Wasser ab, legte den zart gebildeten Kopf zur Seite und sah Manuel an. Sie hatte Augen, wie sie manchmal bei sehr alten Leuten oder bei Säuglingen vorkommen: blinzelnd, weißgerändert und verschwommen. Ihre dünne Stimme krächzte in der Kehle.

»Woher kommst du, mein Sohn?«

»Aus Mexiko«, sagte Manuel.

»Ist das weit von hier?«

Er lächelte.

»Sehr weit.«

Sie zeigte ihr rosa Zahnfleisch.

»Das macht nichts, mein Sohn.«

Ich sah Martin ungeduldig an.

»Nun?«

Er blickte mir fest in die Augen, gekränkt und verwirrt, aber nicht eigentlich schuldbewußt.

»Warum hast du mich verlassen?«

»Hatte ich keinen Grund dazu?«

Er wurde etwas rot.

»Darling, ich möchte nicht, daß du mir böse bist. Ich habe einen Fehler gemacht, und ich weiß, wann es war. Es ist nur so, ich habe viel über dich nachgedacht. Wirklich viel, mehr als an irgendjemanden je zuvor in meinem Leben. Ich weiß nicht, ob dir klar ist, was das bedeutet.«

Er begann sich zu ereifern, sprach die Worte mit einer Emphase aus, die mich in reizbare Stimmung versetzte.

»Nämlich?«

»Daß ich bereit bin, alles zu tolerieren. Wenn ich nur in deiner Nähe sein kann.«

Es war etwas Sonderbares in ihm, diese Mischung aus Sentimentalität und Scheinheiligkeit; ich hatte dafür kein Verständnis. Es stieß mich ab, es empörte mich sogar.

»Ich glaube kaum«, sagte ich kalt, »daß du es bei mir lange aushalten würdest.«

Er preßte sie Lippen zusammen.

»Ich bin nicht in der Lage, mich richtig zu verhalten«, sagte er kehlig.

Ich nahm meine Tasche und stand auf; Manuel sah sofort zu mir herüber. Er hatte darauf gewartet, daß ich aufstand. Ich sagte zu ihm:

»Komm, wir gehen.«

Im selben Augenblick war Martin ebenfalls auf den Beinen.

»Mein Gott! Ist das hier stickig!«

»Ja, es riecht nach Essen.«

Ich reichte Manuel die Hand. Unsere Finger griffen ineinander. Martin bemerkte die Geste; er starrte hinter uns her, bevor er uns mit ein paar raschen Schritten folgte. Als wir an der Tür standen, sagte er:

»Findest du das richtig, daß du jetzt mit ihm weggehst? Die Leute werden sich denken, daß zwischen uns irgendwas nicht in Ordnung ist.«

»Die haben anderes im Kopf.«

Ich fragte mich, wie ich ihn loswerden konnte. Er steigerte sich in eine rachsüchtige Stimmung hinein, die ihn gefährlich machen konnte.

»Ich kann mir vorstellen, daß hier jeder weiß, daß du mit beiden schläfst.«

»Martin, du wirst beleidigend.«

»Ich an deiner Stelle würde mich unbehaglich fühlen.«

Manuel sagte sehr ruhig:

»Sie reden zuviel.«

»Was haben Sie da gerade gesagt?«

Martin stellte die Frage von oben herab. Er war größer als Manuel; er war größer als die meisten Männer, die ich kannte. Ein Vorteil, den er nutzte.

»Daß Sie zuviel reden«, sagte Manuel.

Ich kannte Martin gut: Während er Manuel anstarrte, spielte er mit dem Gedanken, ihm die geballte Faust ins Gesicht zu schlagen. Statt dessen ließ er hörbar den Atem herausströmen.

»Augenblick. Ich habe noch nicht gesagt, was ich sagen will! Sie haben ja keine Ahnung, auf was Sie sich da einlassen. Ich versetze mich an Ihre Stelle. Sie werden sich bald wie ein kompletter Narr vorkommen.«

»Zerbrechen Sie sich nicht meinetwegen den Kopf.«

»Ich will Sie nur auf eine faire Art warnen.«

»Das ist nett von Ihnen, aber mit meinen Problemen werde ich selbst fertig.«

Ich sah auf die beiden Männer; auf Martin, der seine bedrohliche Wut so krampfhaft unterdrückte, und auf Manuel, der Martins Anstarren mit einem Glitzern in den Augen begegnete, das spöttisch sein konnte. Was immer er von Martin denken mochte, er übersah ihn fast völlig. Es war, als ob Martin mit Steinen nach ihm warf und Manuel jeden Stein im Flug auffing, bevor er ihn erreichte, und ihn dann schweigend hinter sich auf den Boden warf. Ich merkte plötzlich, wie ähnlich wir uns waren mit unserer Geschicklichkeit, Konventionen zu umgehen. Wir lebten so, wie wir leben wollten, vollständig aufrichtig und vermutlich manchmal sehr naiv. Was andere darüber dachten, interessierte uns nicht. Wahrscheinlich hatte er als Kind das gleiche unergründliche Lächeln wie ich gehabt, auch von ihm mußte man gesagt haben, daß er heimtückisch war.

»Ich bin etwas aufgebracht«, sagte Martin. Manuel nickte ernsthaft.

»Natürlich sind Sie das.«

An Martins Schläfen hatten sich Schweißperlen gebildet.

»Ich weiß objektiv, daß ich Dinge sage, die ich später bereuen werde. Wenn Sie nur die Situation so sehen könnten, wie ich sie sehe! Aber Sie werden bald Ihre Erfahrungen machen.«

»Sei still, Martin!«

Ich fühlte mich etwas schwindlig und konnte nicht mehr klar denken. Das kam von dem verflixten Wein.

»Ich bin zu wütend, um still zu sein«, versetzte Martin. »Siehst du, Darling, du verlangst zuviel von den armen Kerlen, die das Pech haben, in deinem Bett zu landen, denn außer mir und ihm gab es noch eine Menge anderer – du verlangst verdammt viel von uns.«

»Ich sehe nicht ein, Martin, warum du das alles erzählen mußt.«

Martin überging mich, feuerte seine Frage direkt auf Manuel ab. »Wollen Sie die Wahrheit nicht erfahren?«

»Worüber?«

Nach wie vor hielt er meine Hand mit ruhigem festem Griff. »Ariana weiß genau, was ich meine.« Martins Stimme rasselte. »Ein Faden muß an beiden Enden angeknotet sein, wenn er halten soll. Okay, Sie finden, sie hat ein süßes Lächeln. Solange Sie die Wahrheit nicht kennen.«

Er warf den Kopf herum, als wolle er unliebsame Erinnerungen abschütteln. »Sie sollten lieber auf mich hören, statt ...«

»Statt was?«

»Ach, Sie wissen schon!« schnaubte Martin.

»Ich glaube, ich achte nicht auf gewisse Dinge, an denen Ihnen viel zu liegen scheint.« Manuel lächelte mich an. »Wollen wir ein wenig spazierengehen?«

Martin trat einen Schritt vor und versperrte uns den Weg. »Sie haben es offenbar eilig, zu verschwinden. Aber ich werde Ihnen jetzt etwas sagen – und eines nachts, da werden Sie sich an meine Worte erinnern. Wenn Sie merken, daß Sie eine Frau in den Armen halten, die ständig an einen anderen denkt. Wenn Sie es mit ihr machen und voll dabei sind, und sie die Augen schließt und nur diesen Halunken im Kopf hat. Diesen schwarzen Zigeuner. Gegen den kommen Sie nicht an. Der ist wie ein Hengst, der seine Stute bewacht. Und der trägt ein Messer bei sich und braucht es nicht nur zum Brotschneiden, glauben Sie das bloß nicht. So, jetzt wissen Sie Bescheid.«

Er stockte plötzlich und setzte hinzu: »Ich wollte, Sie sagten etwas.«

»Es hat wohl keinen Sinn«, erwiderte Manuel, »die Sache noch weiter in die Länge zu ziehen.«

Martin lachte kurz und heiser auf; sein Gesicht war mit roten Flecken überzogen. Schroff wandte er sich ab, hob seine Fototasche auf, warf sich das Stativ über die Schulter. Er ging durch die Tür in den Garten und dann mit großen Schritten die Straße entlang.

Ein schwerer Atemzug hob meine Brust. Ich verspürte ein wenig Schmerzen dort, wo mein Herz klopfte. Manuel sah mir ruhig ins Gesicht. Langsam hob er die Hand, streichelte meine Wange mit den Fingerspitzen. Ich rührte mich nicht; nur meine Augen folgten der Bewegung seiner Hand.

»Du hast etwas«, sagte er leise.

»Was denn, Manuel?«

»Du hast eine große Fähigkeit, geliebt zu werden …«

Erst jetzt fiel mir auf, daß die Frauen im Haus ihre Arbeit unterbrochen hatten und daß Anghelina mich verstört anlächelte.

»Es tut mir leid«, sagte ich auf griechisch, »das war nicht vorherzusehen.«

Auf einmal wurden alle Frauen wieder lebhaft, warfen sich Blicke zu, schüttelten die Köpfe und sprachen gleichzeitig. Anghelina blinzelte verschmitzt.

»Sie sagen, wenn ein griechischer Mann seiner Frau eine Szene macht, hält sie den Mund und wartet, bis er aus dem Haus ist. Und dann tut sie, was sie will.«

Sie lachte. Alle Frauen lachten, Demetria auch. Sie hielt ein Küchenhandtuch in der Hand, trocknete Gläser ab, die zwischen ihren braunen Fingern funkelten. Im Zwielicht konnte ich die vielen Jahre erkennen, die ihr Gesicht gezeichnet hatten. Die tiefen Linien um Mund und Augen, die pergamentene Haut, die scharfe Kante des Kiefers.

»Es braucht viel Geduld dazu, eine Frau zu sein. Aber ich bin froh, daß ich nicht als Mann geboren wurde.«

Sie drehte das Glas hin und her, um zu sehen, ob es glänzte. Dann stellte sie es auf den Tisch und gab Manuel ein Zeichen.

»Komm her!«

Sie nahm seinen Arm, zog ihn näher ans Fenster heran. Nun stand sie vor ihm, das Gesicht ein wenig gehoben und starrte ihn aus wäßrigen Augen an, ohne zu zwinkern. Ihre Augenlider waren ein wenig geschwollen. Schließlich nickte sie.

»Viele Männer gleichen sich. Aber du bist anders.«

Das Lächeln, das so offen, gelassen und voller Charme war, erschien auf Manuels Lippen.

»Streit gehe ich lieber aus dem Weg.«

»Aber nicht, weil du Angst hast.«

Er lachte herzlich.

»Nein.«

»Gib mir deine Hand!«

Ihre alte Stimme klang plötzlich scharf. Sie nahm seine Hand, drehte sie um und schaute in die Fläche. Ich sah deutlich, wie tiefe, gleichmäßige Atemzüge ihren Brustkorb hoben und senkten. Es war, als denke sie nach. Die Frauen lachten jetzt nicht mehr, sondern steckten neugierig die Köpfe zusammen. Nach einer Weile hielt Demetria zwei Finger empor. Ihre Augen glänzten und schweiften umher, als ob sie in der Luft unsichtbare Dinge sahen. In der Stille war ihre Stimme deutlich zu hören, wie ein Glöckchen aus zersprungenem Kristall.

»Eine Zeitlang warst du an Orten, die es in Wirklichkeit nicht gibt. In deiner Seele war Asche, das sehe ich. Jetzt aber zündet es, wie der Funke zündet, wenn das Feuer auflodert. Warte nur ab, das Feuer wird dich wecken. Manche Menschen sollen behutsam wandern, das Schicksal nicht herausfordern. Aber wie kannst du helfen, bevor du weißt, wer du bist? Nein, das kannst du nicht. Du wirst es aus Liebe tun. Ja, ja, die Zeit wird kommen, da wird es von ihr abfallen. Zwei Leben kann sie nicht schützen. Was spielt es für eine Rolle, aus wessen Samen es stammt?«

Ganz plötzlich schüttelte sie seine Hand zurück, strich ihre Schürze glatt und schlurfte wieder an den Spülstein. Ihr Rückgrat war leicht verkrümmt; sie zupfte an ihrem Kleid, befingerte ihr Haar, murmelte halblaut vor sich hin, ohne uns weiter zu beachten. Mein Herz pochte bis an die Kehle hinauf. Ich spürte jenen Hauch der

Furcht oder der Vorahnung, der einen überkommt, wenn man vor einem Geheimnis steht und es als solches erkennt. Vielleicht waren es nur Bilder, die durch Demetrias Sinn flatterten, körperlose Phantome ohne Bedeutung. Aber woher kamen sie? Das war ein großes Rätsel.

Manuel schwieg; er runzelte die Brauen. Seine Augen waren klar, und doch las ich eine Betroffenheit darin. Nach kurzer Stille lachten die Frauen gezwungen auf; sie sahen einander nicht an; mir war, als ob sie das nicht wagten. Aber ich spürte, wie ihre Gedanken zwischen ihnen hin- und herzuckten. Schließlich zog Anghelina eine verlegene Grimasse.

»Ach, hört nicht zuviel auf sie! Als sie noch jünger war, schenkte man ihr Beachtung. Jetzt ist sie alt. Ihr Gedächtnis läßt nach, und sie weiß nicht immer, was sie sagt.«

Manuel massierte seine Schultern mit kreisenden Bewegungen. Er stand in Gedanken, als ob er sich über eine schwere Frage den Kopf zerbrach. Nach ein paar Atemzügen löste er sich aus seiner Versunkenheit. Die Spannung verflog von seiner Stirn. Er lächelte, herzlich und warm, aber in seiner Stimme war ein rauher Klang, etwas Jungenhaftes, als wäre er verstört und bemühte sich, das zu verbergen.

»Nein. Sie weiß, was sie sagt. Wir sind es, die sie nicht verstehen.«

20. Kapitel

Im Garten duftete es nach Zitronen- und Orangenblüten, nach Jasmin und Weihrauch. Der Wind ließ eine Silberpappel flimmern. Ich kauerte auf der unteren Sprosse der Leiter, die von Stavros bei der Dachreparatur benutzt wurde. Neben uns stapelten sich Ziegel, von denen einige zerbrochen waren. Manuel saß auf dem Boden, im Gras, den Kopf an meine Knie gelehnt; ich ließ meine Finger durch sein Haar gleiten, strich gedankenverloren darüber hin.

Rings um den Garten ragte ein Schilfsrohrzaun, ein mächtiger Feigenbaum krallte seine Wurzeln in den Sand, und an den Hauswänden reihten sich Blumentöpfe mit Basilikum, Majoran und

Minze. Irgendwo piepsten Vögel, doch sie piepsten leise. Im »Konaki« pochte die Trommel; der Klang der Lyren, windgeboren und behexend, vermehrte sich in ewigen Kreisen. Etwas war hier, das älter war als wir; lebendig und wachsam. Jeder Fleck Erde besitzt eine eigene Stimmung, in der sich die Wesensart des Ortes widerspiegelt. Die Anastenariden tanzten; ihr Tanz war ein Gebet. Sie beteten nicht mit Worten, sondern mit jedem Atemzug. Ihr Herz schlug wie die Trommel, die geschlagen wird, um die Geister zu ehren. Sie würden tanzen, bis die Dunkelheit kam und der Scheiterhaufen niederbrannte. Plötzlich spürte ich am ganzen Körper eine Gänsehaut. In dieser Nacht konnte alles mögliche passieren.

Ich sagte:

»Es tut mir leid. Martin hat sich idiotisch benommen. Das hätte ich nicht von ihm gedacht.«

Manuel rieb den Kopf an meine Knie.

»Er ist eifersüchtig.«

»Er hat alles getan, um dich zu verletzen.«

Manuel wandte mir sein Gesicht zu; seine Augen blinzelten vergnügt.

»Das war ja zu erwarten.«

Er war fast zu ruhig, als ob Martins Worte kein Echo in ihm ausgelöst hätten. Vielleicht konnte er sie für eine Weile aus seinem Bewußtsein verdrängen. Irgendwo dahinter blieben die Worte, nicht vergessen, sondern nur verbannt, auf der Lauer. Immer würde ihm irgend etwas durch den Kopf gehen, und mochte es noch so unbestimmt sein, das diese Worte wieder aus dem Verborgenen lockte. Was ich tun konnte? Nichts. Martin hatte ja nur die Wahrheit gesagt. Der frühere Zauber, die vertraute Kraft füllten mich aus. Ich spüre deine Gegenwart, Amadeo. Immer, jederzeit. Du schenkst mir das Verlangen und die Ekstase der Jugend; jede Welle der Erinnerung wirft mich ein Stück weiter zurück. Ich träume von schwarzen Stieren und weißen Pferden, von Wohnwagen, die nach Bienenwachs riechen, von den Nächten am Lagerfeuer, vom Mondlicht auf den Wipfeln der Zypressen, von silberglitzerndem Schilf. Es gibt kein Verblassen für unsere Erinnerungen, keine Linderung für unseren Schmerz, keine Hoffnung für unsere Liebe. Möge dir die Nacht, dort wo du bist, leicht fallen, Amadeo. Möge dein Pferd dich tragen, immer im Kreis, denn die Kraft der Welt wirkt in Kreisen. Alles strebt danach, rund zu sein, und eines Tages kehre ich zu dir zurück …

Ich streichelte Manuels Haar. Das Haar war fein, glatt und geschmeidig; es floß durch meine Finger wie jener dunkle Lavasand, der auf der Insel Lanzarote am Strand vorkommt, und es hatte den gleichen rötlichen Schimmer. Ich mochte sein weiches Lächeln, den Duft seiner Haut, das Begehren, das er in mir auslöste. Ich glaubte nicht, daß er in Wut geraten könnte; er würde sich einfach zurückziehen, behutsam, wie eine Katze, die eine Pfütze umgeht. So würde ich auch reagieren, ohne Vorwürfe und ohne Hysterie, weitab von diesen emotionalen Dingen. Du bist zu gescheit, Ariana. Du bemühst dich, genau zu sehen und genau zu denken. Wie willst du von ihm verlangen, daß er dich versteht? Er hat gesagt, daß er in dich verliebt ist. Schön. Aber eine Frau in den Armen halten, die an einen anderen denkt, ist nicht gerade das, was ein Mann sich erträumt. Schade, er gefällt dir. Verdammte Schweinerei!

Ich fröstelte, als er plötzlich das Schweigen brach.

»Sag mal, würdest du mich mitnehmen?«

Das kam unerwartet. Ich fragte: »Wann?«

»Wenn du wegfährst.«

Ich bemühte mich um einen ruhigen Tonfall.

»Ich gehe nach Santorin.«

Er nickte unbekümmert.

»*Porqué no?* Eigentlich hatte ich vor, südwärts zu gehen. Rhodos. Die Türkei. Aber ich habe Zeit.«

Wir sahen einander an. Mein Gaumen war plötzlich trocken.

»Willst du immer noch?«

Er hob weich die Schultern.

»Es scheint doch so.«

»Trotz alledem, was Martin gesagt hat?«

Er lehnte wieder den Kopf an meine Knie. Ich konnte nicht sehen, welchen Ausdruck sein Gesicht hatte.

»Das brauchst du nicht«, sagte er.

»Was brauche ich nicht?«

»Dir meinetwegen Sorgen zu machen.« Seine Stimme klang ruhig und gleichmäßig. »Ich habe im Augenblick nichts zu tun. Und ich weiß, daß du einen anderen liebst.«

Inzwischen war das Dorfzentrum abgesperrt worden. An der Kreuzung, wo die Jahrmarktsbuden standen und das altmodische Karussell sich drehte, hatte man Schranken aufgestellt, dahinter Stühle für die Zuschauer aufgereiht. Männer schleppten auf Schubkarren Holzstöße herbei, die sie kreuzförmig auf dem Asphalt verteilten. Ich wußte von Anghelina, daß nur Eichenholz verwendet wurde. Man hatte es aus einem Wald geholt, längs einer Schlucht, in deren Tiefe, grün von Farnkraut, die heilige Quelle entsprang. Im Laufe des Tages hatten sich immer mehr Schaulustige eingefunden. Wir schoben uns durch das Straßengewühl, quetschten uns an Fotografen und Fernsehleuten vorbei, an Völkerkundlern, Forschern und solchen, die sich dafür hielten; an Touristen; an Buden, wo schafwollene Pullover, bunte Taschen, Teppiche und Decken verkauft wurden, helle und düstere Farben nebeneinander. Die Läden steckten voller Leute, fast alle Einheimischen aßen irgend etwas: Erdnüsse, Mandelmakronen, ölgetränkte, von Sirup triefende »Baklavas«, Fleischspießchen, Sesamgebäck, Pommes-Chips. Bier- und Coladosen wurden mit leichtem Knall geöffnet. Alles roch nach Abgasen, gebrannten Mandeln und siedendem Öl. Und dazu das Hupen, das Geschrei und Gelächter und die Folkloremusik aus sämtlichen Lautsprechern: Theodorakis und Hadjidakis bis zum Überdruß. Der Kontrast zwischen der Abgeschiedenheit des »Konaki« und dem Rummel im Dorfzentrum verwirrte: Hier Mystik, dort die große Show, und beide lieferten Emotionen. Die geschäftstüchtige Gemeinde verkaufte sogar Eintrittskarten. Der Geist des Ortes war der Nützlichkeit geweiht, die Marktschreier standen neben den Göttern, als Ergänzung zu den Sehnsüchten und Atavismen. Die Anastenariden entzogen sich nicht diesem Spiel, denn alles war so, wie es sein mußte. In ihrer Welt hielten sich die Gegensätze mühelos im Gleichgewicht; es gab kein Geheimwissen, daß sie zu hüten hatten. Sie öffneten ihr inneres Auge, bedenkenlos, unpathetisch, fast amüsiert, bejahten rückhaltlos das irdische Dasein und gewannen, von Engelsflügeln getragen, ohne weiteres ihr Paradies. Den Erlös der Veranstaltung stellten sie der Gemeinde zur Verfügung. Sie ließen es zu, daß man sie zu fragwürdigen Experimenten heranzog, daß man sie ausfragte, fotografierte und filmte. Ihr Glaube war ebenso unbefangen wie unerschütterlich, lebendig und greifbar in allen Spielarten des Geistes und der Materie – die Kraft des Lebens selbst. »Im vorigen Jahr«, erzählte ich Manuel, »wollte ein Arzt Anghelina eine Spritze verpassen, um sie schmerzempfindlich zu machen.«

Er grinste.

»Sie hat ihm bereitwillig ihren Arm hingehalten.«

»Richtig. Und ist trotzdem schmerzlos über das Feuer gegangen.«

Manuel lachte vor sich hin.

»Was hatte er denn anderes erwartet?«

Gegen Ende des Nachmittags wurden die Holzstöße pyramidenförmig aufgeschichtet. Bei Sonnenuntergang setzten die Männer unter Stavros' Aufsicht das Holz in Brand, indem sie eine angezündete Kerze in jede Pyramide steckten. Manuel und ich lehnten an der Schranke und sahen zu, wie das Feuer die Holzstöße von innen erleuchtete, bevor die Flammen hervorschlugen und der Rauch mit dem süßen Duft von Harz über den Platz zog. Es sah so aus, als ob Riesenblumen ihre Kelche entfalteten. Blitzlichter zuckten auf. Die Presseleute fotografierten. Es wurde schnell dunkel. Der Himmel färbte sich purpurn, dann violett, dann saphirblau. Ein kühler Wind bewegte die Luft; an der Art, wie die Feuer hochflackerten, konnte man feststellen, aus welcher Richtung er kam. Funken wirbelten empor. Manchmal drückte ein stärkerer Windstoß die Flammen schlagartig zur Seite; dann duckten sich die Schaulustigen hinter der Umzäunung, schützten ihre Gesichter vor den stechenden Hitzewogen. Die Feuerfächer prasselten, das Holz zischte und platzte auf, mit lautem Knall. Unzählbar viele Tröpfchen von Rubinenstaub, zufällig eingefangen, funkelten in den Spiegeln des sich drehenden Karussells. Mit dem Wind wehte die Jahrmarktsmusik über den Platz; die Erinnerung spülte sie in mein Bewußtsein. Die Musik kam von weit her, sie tönte glasklar und fröhlich, die fröhlichste Musik der Welt, die gleichzeitig für mich auch die traurigste war. Sie erzählte eine Geschichte und formte sie zu Bildern, die sich im Dunkel über das Flackerlicht bewegten. Manchmal sah ich sie dicht um mich herum.

Ich merkte, wie ich sozusagen tonlos die Andeutung der Melodie pfiff. Dabei überkam mich ein seltsames Gefühl; auch dies war ein Gefühl von früher. Es war, als ob in mir eine Luftblase anschwoll; ich wußte genau, in dieser Luftblase konnte ich meinen Körper verlassen, hoch über ihm schweben, während er irgendwo liegenblieb, unbewohnt. Ein anstrengender Vorgang und gleichsam auch eine sinnliche Wahrnehmung, eine Verzauberung, wie in der Liebe. Ich wußte, daß ich dieser Verzauberung – was auch immer sie war – nicht widerstehen konnte. Aber ich wollte mich nicht gehenlassen, nicht jetzt und nicht hier. Ich mußte bei Verstand bleiben.

Es dauerte mehrere Stunden, bis alle Holzstöße niederbrannten, zusammensackten, sich in glühende Kohlehaufen verwandelten. Zwei Ärzte – belgische Medizinprofessoren und keine Scharlatane, wie die Einheimischen mit Nachdruck betonten – befestigten ein Thermometer an einem Stock und tauchten es in die Glut. Um den Kohlenteppich stand die Hitze wie eine feste Wand. Einer der Forscher rief seinen Kollegen zu, daß die Hitze nun 350 Grad erreichte. Beide Männer wischten sich aufgeregt den Schweiß von der Stirn. Die Fotografen – Profis und Amateure – schoben sich mit Ellbogen durch die Menge, suchten den besten Aufnahmewinkel. Ich entdeckte Martin unter den Pressevertretern, auf der anderen Seite der Umzäunung. Ich wußte nicht, ob er uns gesehen hatte, jedenfalls beachtete er uns nicht. Die Sterne, am pechschwarzen Himmel, funkelten wie eine Luftspiegelung der am Boden schwelenden Glut. Immer stärker spürte ich diesen Eindruck, daß ich mich von mir selbst löste; manchmal, in einem jähen Schwindelgefühl, vermeinte ich meinen Körper von außen zu sehen. Dieses Gefühl war nichts Neues. Es lag in meiner Natur, daß ich so empfand. Dennoch, etwas war anders. Aber eigentlich hatte ich keinen besonderen Grund, unruhig zu sein.

»Wie spät ist es?« fragte ich Manuel.

Er sah auf die Leuchtziffer seiner Uhr.

»Halb neun. Ein bißchen früh noch?«

»Sie werden gleich kommen«, sagte ich.

Er legte mir den Arm um die Schulter.

»Du frierst ja.«

Ich schüttelte lächelnd den Kopf. Wellen heißer Luft bliesen an meine Beine.

»Nur im Rücken«, sagte ich.

Er umarmte mich fester. Eng aneinandergeschmiegt standen wir in der Dunkelheit. Sanft und nachdrücklich rieb er seine Hüften an meine. Leichte, pulsierende Stiche flackerten in meinem Unterleib, strahlten in die Lenden aus. Ich bewegte den Kopf an seiner Brust hin und her. Er vergrub seinen Mund in meinem Haar; ich stöhnte leise auf.

Er flüsterte an meinem Ohr:

»Ich muß bei dir bleiben. Ich weiß nicht, warum. Ich muß es einfach.«

Ich sagte, kaum hörbar:

»Ich verstehe mich selbst nicht.«

Es war jetzt völlige Nacht. Der ganze Platz war schwarz von Zuschauern. Über einer Kuppel leuchtete der Mond, tief und kupfern, und der Nebelstrom der Milchstraße warf eine Brücke von einem Horizont zum anderen. Plötzlich durchlief ein Beben die Zuschauer: In der Ferne vibrierte die Trommel. Der Wind trug das Dröhnen über das Dorf, die Luft wurde zitternd lebendig. Die Musiker waren die ersten, die kamen. Der Trommler lachte mit weißen Zähnen, ließ die »Daouli« zwischen seinen Fingern tanzen. Die Spielmänner schwenkten die Lyren über ihrem Kopf oder hielten sie in der Wiege ihrer Arme. Von ihren flinken Händen geführt, strichen die Bögen über die Saiten, aufflammend wie der Feuerschweif, der einem Kometen folgt. Die Töne schwangen sich empor, hoben sich in die Luft und waren wie aus Gold. Ich fühlte eine seltsame Erschütterung unter den Füßen, wobei ich nicht genau wußte, was für Empfindungen in mir waren, ob Hochspannung oder Müdigkeit; verloren stand ich da und fühlte mich irgendwie elend. Manuels Hand war warm, meine eigene schien sich darum zu klammern, in einer Art Reflex, und die Kraft unserer ineinander gepreßten Hände schien auszudrücken, wie nötig der eine dem anderen war. Möglicherweise bildete ich mir das nur ein.

Und wie von der Musik herbeigelockt und geführt, traten die Anastenariden aus dem Ort ihrer Träume, tanzten eine lange Schattenlinie hinunter. Ein Leuchten ging von ihnen aus, daran war kein Zweifel; ein Feuer, das innen brannte und seine Flammen nach außen warf. Sie waren Menschen, die im Licht wandelten, in ihrem eigenen Licht. Eine merkwürdige Leichtigkeit trug ihre Schritte; sie spürten die richtige Erde unter ihren Füßen, sie hörten die Pflanzen wachsen, die Quellen murmeln. Ihr Tanz war ein Gebet für das Leben dieser Erde. Diese großzügigen Menschen verlangten nichts dafür, nicht einmal Anerkennung. Ich spürte in mir eine unendliche Liebe für sie. Was hier auf dem Spiel stand, war der Sieg der Menschlichkeit über eine materialistische Welt, der Sieg vollkommener Hingabe über Profitgier und Zweckmäßigkeit. Die Anastenariden trotzten dem Argwohn der Kirchen, der Kälte der Wissenschaft, der Skepsis der sogenannten Aufklärung. Ich spürte, wie auch in mir dieser Kampfgeist geweckt wurde. Ich stand am gleichen Ausgangspunkt, fühlte diese ungenannten Kräfte in mir wirken. Nie zuvor, nicht einmal andeutungsweise, war mir zu Bewußtsein gekommen, daß auch ich dieses Erbe in mir trug. Das Erbe der Mystiker, der Schamanen, der Feuerwanderer, die in alten Zeiten den Kampf gegen Haß und Borniertheit verloren hatten.

Gänzlich unerwartet und ohne tieferen Grund überkam mich Furcht. Von hier ab waren diese Menschen in Gefahr. Sie würden auf glühenden Kohlen wandern und dabei nie das Bild oder die Stärke ihrer Schutzvision verlieren dürfen. Dies bedurfte ungeheurer Konzentration. Wenn sie den Lärm, die Stimmen, die vielen Blitzlichter auch nur für den Bruchteil einer Sekunde von ihrem psychischen Schutzschild trennten, waren sie nicht mehr unverwundbar, konnten verbrannt oder verstümmelt werden. Ich wußte, daß ein Krankenwagen schon in einer Nebenstraße bereitstand.

»Der wartet umsonst«, hatte Anghelina achselzuckend gesagt. »Wir hatten noch nie einen Unfall. Aber Polizei und Gemeinde bestehen darauf.«

Ich teilte nicht ihre sorglose Unbekümmertheit. Mein Atem ging schnell ein und aus; das Klopfen in meiner Brust hallte in meinem Kopf wider. In diesem seltsamen Schwebezustand fühlte ich, daß Manuel hinter mir stand. Es war eine Empfindung für sich, die eigentlich nicht viel mit mir zu tun hatte, aber tröstend war.

»Du brauchst keine Angst zu haben. Sie sind glücklich!«

Seine Stimme dicht bei mir klang leise und eindringlich. Ich wandte den Kopf, gezwungenermaßen. In seinen Augen spiegelte sich die Glut, wie zwei rote Pünktchen. Ich flüsterte rauh:

»Wie kommst du darauf, daß ich Angst haben könnte?«

Er überlegte ein paar Atemzüge lang, bevor er ruhig antwortete:

»Ich weiß es nicht. Ich fühle es nur.«

Seufzend, stampfend, alle barfuß, bewegten sich die Anastenariden über den Platz, dem Feuerteppich entgegen. Frauen und Männer und Halbwüchsige, von der gleichen Verzückung getragen. Sie drückten die Ikonen an sich oder hielten sie an den gestreckten Armen hoch. Einige schwenkten die roten Tücher, die Zeichen der Weihe und der Göttlichkeit. Die Frauen hatten ihre Röcke geschürzt, die Männer ihre Hosenbeine bis über das Knie hochgekrempelt. An der Spitze des Zuges wanderte Stavros und hielt die große Ikone hoch über seinem Kopf, wie man eine Standarte trägt. Sein Gesicht zeigte so viel Begeisterung, so viel Glück, daß die Jahre plötzlich von ihm abgefallen schienen und er das Gesicht des Kindes hatte, das er einst gewesen war. Neben ihm tanzte Anghelina, spielerisch, graziös, wobei sie ihr rotes Tuch durch ihre Hände gleiten ließ. Sie wiederholte diese streichelnde Bewegung bei jedem ihrer kleinen, stampfenden Schritte. Ihr rundes Gesicht strahlte vor Freude, ihre Ohrringe warfen kleine Funken. Hinter ihr führte der alte Mann seinen eigentümlichen Kreistanz auf, das entrückte Gesicht himmelaufwärts gekehrt, die Arme locker erhoben; eine gleitende, schwingende Bewegung, wunderschön anzusehen. Die ganze Gruppe folgte, jeder in sich selbst vertieft, hingegeben an die Gegenwart der Vision in seinem Inneren. Alle stießen im gleichen Rhythmus ihre schweren, rauhen Seufzer aus: »Ach, Ech, Och«, als ob sie aus diesen Lauten ihre Kraft bezögen. Das heisere Röcheln skandierte die Schritte, mit denen sie jetzt den Funkenteppich betraten. Und wunderbarerweise erstarb aller Lärm, sogar die Zirkusmusik schwieg. Ein seltsamer Schauer streifte die Zuschauer, als ob sie plötzlich zu einem Teil von etwas Großartigem und Ergreifendem wurden. Die Seufzer der Tanzenden, das Knistern und Zischen der zerstampften Holzstückchen erfüllten den Platz. Der Widerschein der Glut spielte unwirklich auf ihren Gesichtern, während sie sich um sich selbst drehten. Einige beugten sich vor und zurück, mit steifen, ruckartigen Bewegungen, andere hoben die Ikonen hoch, während sich ihre Arme im Schattenspiel gespenstisch verlängerten. Nichts regelte ihre Schritte, nichts verband sie miteinander. Jeder tanzte auf seine Weise, und dennoch war in diesen Bewegungen ohne jede Regel und Form eine undefinierbare Einheit, eine Harmonie zu spüren, die von keinerlei Gesetz abhing, aber alles bestimmte. Manche schritten traumwandlerisch über die Glut, andere stampften mit aller Kraft, als ob sie die Kohlen mit den Füßen löschen wollten. Ihre Gestalten, der Trance überlassen, schimmerten rötlich überhaucht. Auf einmal trat die kleine Yulla in mein Blickfeld, und was ich sah, raubte mir fast den Atem. Die Bewegungen des Kindes waren gelöst und geschmeidig, sie lächelte anmutig, ihr Gesicht glänzte golden. Neben ihr tanzte die Großmutter, sie führte ihre Enkelin mit leichtem Druck ihrer rechten Hand, während sie mit der Linken den Saum ihres Kleides hielt, damit es nicht mit dem glühenden Boden in Berührung kam.

Der süßlich-herbe Duft der Holzkohle berauschte. Die Lyren warfen ihre Melodien über Kreuz, die Töne schwirrten aus den Saiten empor. Unter den Händen des Trommlers pochte die »Daouli« wie ein stetiges Herz; ein Rhythmus, stark und bezwingend, so alt wie die Menschheit selbst. Was früher war, vor Jahrtausenden, war Teil des Körpers geworden, jede Zelle hatte es in ihrem Gedächtnis bewahrt. Die meisten Menschen hatten die Träume der Vorzeit vergessen; die Anastenariden gedachten ihrer. Denn der Mensch hatte einst die wunderbarste seiner Fähigkeiten von sich geschoben und sie auf seine Götter übertragen. Im Laufe seiner Entwicklung hatte er sich selbst entweiht, sich dem Zweckmäßigen zugewandt. Doch es gab Menschen, die sich auf das zurückbesinnten, was sie der Gottheit geliehen hatten, und es wieder in sich aufnahmen. Und ich erinnerte mich an gewisse Dinge, die ich tat, als ich ein Kind war, und auch später noch. Und warum mußte ich jetzt dastehen und zusehen, wie die Anastenariden tanzten, wie sie mit ihren Füßen das Muster des Lebensbaumes zeichneten? Warum konnte ich da nicht mitmachen? Hörst du die Trommel, Manuel? Die Trommel ahmt das Herzklopfen nach, den gleichen, lebendigen Rhythmus. Den Rhythmus, den der Embryo hört, neun Monate lang. Das ist eine lange Zeit, meinst du nicht auch? Zeit, sich daran zu gewöhnen, mit diesem Geheimnis vertraut zu werden. Und dann wird das Kind geboren, es lebt sein Leben, aber sein Blut erinnert sich an diesen Klang, solange Atem in ihm ist …

Eine Art Zorn stieg in mir auf. Ich wußte, wie man mit diesen Schwingungen in Verbindung trat, es war wirklich nicht schwierig, im Grunde sogar lächerlich einfach. Es war kaum anzunehmen, daß ich es nicht schaffte. Dieser Zustand war ein wunderbarer Traum, eine Ekstase. Wie dumm, daß ich darauf verzichten mußte! Die Anastenariden tanzten vor meinen Augen, sie taten diese Sache, die mir vertraut war. Ich wollte dort hingehen, wo sie waren. Zeigen, daß ich dazugehörte. In dieser Nacht, die keiner anderen glich, wollte ich dabeisein, Manuel. Mir würde schlecht, wenn ich noch länger wartete, ich würde es nicht mehr ertragen! Das müßtest du doch verstehen. Gerade du.

»Ja, Ariana. Und was soll ich tun?«

Hatte er die Frage wirklich gestellt? Einerlei; ich hörte nur meine eigene Stimme, hörte die flüsternden Worte, die ich zu ihm sprach. Ich wußte auch nicht, warum ich sie sagte; sie mußten wohl irgendwie notwendig sein.

»Zieh dein Hemd aus! Schnell!«

Er fragte nicht, wozu. Er sprach überhaupt kein einziges Wort. Die schwarzen Augen ruhig auf die meinen gerichtet, knöpfte er sein rotes Hemd auf, zog es aus den Jeans und ließ es über seine Arme gleiten. Ich nahm sein Hemd und zog es über; es duftete warm nach seiner Haut, ein leicht säuerlicher, sinnenaufrührender Geruch nach Holzkohle und Apfelrinde. Immer noch stumm, ließ ich meine Turnschuhe von den Füßen gleiten. Socken trug ich nicht. Ich hörte undeutliche Stimmen, sah Gesichter vor mir, auf dem Dunkel schwebend und von unten erleuchtet; sie schwangen dahin und dorthin, wie Vorhänge im Wind. Ich ließ Bilder und Geräusche ohne Aufmerksamkeit durch meinen Kopf strömen. Ein Mann in Uniform wollte mich zurückhalten, ich schob ihn einfach beiseite, und das schien ihn so zu verblüffen, daß er die Hand von mir ließ. Schon glitt ich zwischen die Schranken hindurch. Die Hitze schlug mir entgegen. Vor mir, im Gegenlicht, tanzten die Anastenariden, in Harmonie mit dem Feuer, mit der Nacht, mit ihren Träumen. Jeder tanzte auf seine Weise, ganz nach Wunsch und Augenblick; bei dem einen herrschte Freude vor, bei dem anderen Triumph, bei dem nächsten die Ekstase. Mit jedem Schritt, den ich tat, nahm ich ihr Hochgefühl noch deutlicher wahr, und es erschien mir mit jedem Atemzug zugänglicher. Nichts auf der Welt konnte mich daran hindern, an ihrer Glückseligkeit teilzuhaben. Die Überlegungen der Vorsicht, der Selbsterhaltung waren aufgehoben. Ich war vom Feuer angezogen, wie ein Nachtfalter. Das rote Männerhemd, das ich über meinem T-Shirt trug, war mein Schutz; ich trug es statt einer Ikone, statt eines Tuches; was zählte, war die Kraft, die es mir verlieh. Die Anastenariden mußten ein Ritual einhalten, das ihren Körper stärkte, ihren Geist reinigte. Ich jedoch trat unvorbereitet in ihren Kreis. Instinktiv mußte ich gespürt haben, daß meine weibliche Kraft zu meinem Schutz nicht ausreichte; daß ich dazu noch die männliche Kraft benötigte. Manuels Gelassenheit beruhigte meine Sinne, meine Seele entfaltete ihre Flügel. Ich wanderte der roten Aura entgegen, spürte die Hitze auf meinem Gesicht, sog mit halb geschlossenen Augen den Geruch der Holzkohle ein. »Die Gefahr besteht, daß du verbrannt wirst. Sei nicht leichtsinnig, Ariana! Du bist kein Kind mehr, das die Welt in einem Spiegel sieht. Dir sollte der Unterschied klar sein.« Mein Verstand schreckte zurück, aber mein Geist stürmte voraus, Zack! – es war wie das Einreißen eines Hindernisses. Und dann war ich frei.

Ich wanderte, ohne Fesseln und Furcht, im Zweifarbenlicht des Feuers und des Mondes. Ich war wie mit einer Nabelschnur mit einem Nebelhof verbunden, der irgendwo flackerte wie der obere Teil einer Kerze, viel größer natürlich und an einem Horizont, der näher lag, als er sollte, und merkwürdig begrenzt schien. Der safranhelle Rand entfaltete sich weiter, und das war ein ganz besonderes Gefühl, daß meine Füße sich dabei auf einem Teppich bewegten, der knirschte. In meiner Wahrnehmung konnte ich nichts Vertrautes mehr erkennen. War ich noch in dieser oder längst in einer anderen Welt? Alles war schön, unbeschreiblich schön, gleichsam überdeutlich und verschwommen. Ich lachte, weil ich so glücklich war. Undefinierbare Geräusche erreichten mein Bewußtsein, doch sie waren zu fern, als daß ich ihnen Beachtung geschenkt hätte. Irgendwo pochte eine Trommel, oder war es mein Herz? Die Musik – wenn es eine Musik war – schwoll an; irgendwelche Streichinstrumente jetzt, schwebend-tragende Töne. Da waren andere Schatten, die sich bewegten, manche ganz nahe. Sie störten mich nicht. Ich ging fast aufrecht weiter; unter meinen Füßen waren kleine Klumpen, merkwürdig morsch, die meine Zehen eindrückten. Das Zweifarbenlicht hatte sich ausgebreitet, vor meinen Augen bewegte sich etwas; es war ein Flimmern und Drehen wie der Tanz von Funken. Sie bildeten eine Art Reigen, der golden in der Dunkelheit loderte. Eine Weile konnte ich nichts weiter sehen als diesen Feuerring. Allmählich gewannen die tanzenden Flitterstäubchen Form. Neugierig betrachtete ich diese Verwandlung. Im Zentrum bildete sich eine Figur, festigte sich zusehends, kam näher, wurde deutlicher.

»Nonna?«

»*Si, sono qui!*«

Sie trug das weiße Kleid, in dem sie beerdigt worden war, und ihr silbergraues Haar umwehte ihr Gesicht. Ich sah die kleinen Rüschen, die ihre Ärmel zusammenhielten, und ihre bestickten Pantoffeln aus hellblauer venezianischer Seide. Nur an ihrer leuchtenden Aura merkte ich, daß sie nicht mehr am Leben war. Aber nicht einmal diese Erkenntnis war störend, sondern unvermeidlich. Und genau wie damals streckte ich die Hand nach ihr aus.

»*Nonna, vieni qui!*«

»*Vengo, vengo, Piccina!*«

Sie trat näher, so nahe, daß ich fast ihre Finger berühren konnte. Nun lächelte sie. Ihr Lächeln war bezaubernd. Ich hatte nicht mehr in der Erinnerung, wie hübsch sie gewesen war. Mein Herz klopfte mir bis zum Hals.

Doch schon verblaßte ihre Erscheinung, ich sah sie nur in Umrissen. Ich hatte nicht die Frage gestellt, die ich stellen wollte – die wichtige, die wesentliche Frage.

»*Buona notte, Piccina!*«

»Geh nicht weg, Nonna! Ich möchte wissen …

Alles ging viel zu schnell, sie war schon so fern. Sie würde mir keine Antwort geben.

»Nonna!«

In meinen Ohren war eine Art Druck, ein seltsames Summen. Plötzlich gab es einen Knacks in meinem Trommelfell, das Summen platzte wie eine Blase. Ich hörte Stimmen, fühlte Blicke. Unter den Füßen spürte ich kleine, splitternde Geräusche, etwa, wie wenn man an einem frostigen Morgen über eine dünne Eisschicht geht. Mit dem Unterschied, daß der Boden warm war und an manchen Stellen Funken verglühten. Kein Eis also, sondern Asche. Irgendwie würde es dafür schon eine vernünftige Erklärung geben. Einen Augenblick später hatte ich sie auch. Ich fühlte einen leichten Schock, einen Aufschwung wie ein Schwimmer, der aus einer Tiefe emportaucht. Aha. So übel hast du dich gar nicht angestellt, Ariana. Warum starren dich die Leute nur so an? Ein Mann machte den Mund weit auf; ich wußte nicht, ob er nach Luft schnappte oder mir etwas zurief. Ich nickte ihm zu, ohne großes Interesse. Nein, es hat nichts mit Magie oder so etwas zu tun – obwohl, vielleicht … Na schön, meinetwegen. Ich wandte mich ab. Auf einmal war in meinem Kopf alles leichter. Eine seltsame, helle Seligkeit erfüllte mich. Der einzige Schmerz, den ich spürte, war ein Ziehen in den Kniekehlen.

Mit einem Seufzer der Erleichterung machte ich ein paar Schritte; da merkte ich, daß unter meinen Fußsohlen Steinchen klebten. Sie störten mich beim Gehen. Ich humpelte beiseite, hielt mich an der Schranke fest und hob erst den einen, dann den anderen Fuß an mein Knie, so daß ich sie betrachten konnte. Beide Fußsohlen waren grau vor Asche, ohne die kleinste Brandblase. Ich strich die Steinchen mit der Hand weg, als ein Schatten auf mich fiel und Anghelina wie ein Geist neben mir auftauchte.

»Ich hätte das vielleicht nicht tun sollen«, sagte ich zu ihr.

Anghelinas Haar war zerzaust, auf ihren Wangen klebte Asche. Sie duftete nach gewürztem Honig und Feuer und ganz leicht nach »Paris«. Ihr Gesicht sah seltsam ausgeruht und erfrischt aus; nur ihre Pupillen, eigentümlich glänzend, waren fast um das Doppelte geweitet. Ich erlebte einen kurzen Augenblick der Verwirrung: Ob man wohl auch bei mir diese Besonderheit feststellte? Bestimmt nicht. Oder vielleicht doch?

»Eleni hatte uns gesagt, daß du es kannst.«

Anghelinas Stimme kam mir wunderbar hell vor. Auf ihren Zügen lag die Zuneigung, die ein halbes Lächeln begleitete.

»Ganz ehrlich, ich hatte es nicht vorgehabt«, sagte ich, etwas verlegen. »Und dann war es wie ... ich weiß nicht, wie.«

Sie blinzelte schelmisch.

»Da konntest du nicht widerstehen.«

»Nur so zum Vergnügen.«

Anghelina ordnete mit den Fingern ihr wirres Haar.

»Schrecklich, wie man dabei schwitzt! Es war nicht das erste Mal, nicht wahr?«

»Nein.«

Sie tätschelte mütterlich meinen Arm.

»Komm!«

Die Anastenariden hatten sich um einen kleinen Steinbrunnen versammelt und wuschen sich die Füße, bevor sie wieder in ihre Schuhe stiegen. Von Neugierigen begafft, von dem Flackern der Blitzlichter geblendet, bewahrten diese Menschen eine völlige Unbefangenheit. Wie kam es nur, daß die Gewalt des Erlebens sie mit solcher Fülle durchströmte? Diese stämmigen Bauern, mit plumpen Händen und Füßen, aber glanzäugig noch von der Verzückung, verbargen ihr Geheimnis weder im Dunkel noch in einem Licht, das für menschliche Augen zu hell war. Für ihr Wesen ließ sich schwer eine Bezeichnung finden; sie waren zugleich warmherzig und geringschätzig jedem gegenüber, der nicht war wie sie. Sie hatten allen Grund dazu, denn ihr Wissen reichte mehr als tausend Jahre zurück. Mich begrüßten sie wie eine Tochter, in der Fremde aufgewachsen, die in den Schoß ihrer Familie zurückfindet. Es war wie ein Faden, der uns zusammenband; und jeder von uns hielt ein Ende des Fadens in der Hand. Der Reihe nach zogen mich die Frauen in ihre weiche, erhitzte Umarmung; ihr Geruch war intensiv, nicht unangenehm und auf besondere Art feierlich; er erinnerte mich an die Geruchsmischung, die in einer alten Dorfkirche nach dem Gottesdienst zurückbleibt. Auch die Männer nickten mir zu, wohlwollend und ernst. Ein alter Mann umfaßte meine Hände, führte sie kurz an seine trockenen Lippen. Eine schwärmerische junge Frau küßte mich auf den Mund. Ich konnte direkt fühlen, wie die Luft um uns herum anders war. In der Menge, die uns dicht umdrängte, waren wir in einer Art Hülle beschützt, die auch dann bestehen blieb, als die Blitzlichter prasselten und die beiden belgischen Ärzte die Füße der Anastenariden untersuchen wollten. Frauen und Männer zeigten bereitwillig ihre unversehrten Fußsohlen. Einer dieser Ärzte sprach auch mich an. Ein freundlicher Mann mit gerötetem Gesicht, der sich als Dr. Claude Roussel vorstellte.

»Ich arbeite in der psychologischen Abteilung der Königin-Astrid-Klinik, in Antwerpen. Sie gehören nicht dazu. Wie kommt es, daß Sie mitgemacht haben?«

»Ein wenig Extratraining kann nicht schaden«, erwiderte ich leichthin. Das magische Gefühl war gewichen; ich begann, Vergnügen an der Sache zu finden. Der Arzt wollte wissen, woher ich kam.

»Aus Frankreich. Ich bin hier auf der Durchreise.«

»Ihr Schutz muß psychologisch sein, eine Art Hypnose. Darf ich mal ihre Fußsohlen sehen? Nur eine Sekunde, haben Sie keine Angst!«

»Au!«

»Unglaublich! Einen Nadelstich spüren Sie!«

»Allerdings. Hören Sie auf damit!«

»Verzeihen Sie, das war nur ein Experiment.« Hinter seiner ärztlichen Zurückhaltung kam Erregung zum Vorschein. »Ich gebe Ihnen meine Visitenkarte. Könnten Sie mal nach Antwerpen kommen? Ich möchte Sie mit einigen Kollegen bekannt machen.«

Ich lachte; dazu würde es wohl an der Zeit fehlen. Er wollte noch Fragen stellen, aber zum Glück kam Anghelina und zupfte mich am Ärmel: Ich sollte mir die Füße waschen. Ich krempelte meine Jeans hoch, tauchte die Füße in das kühle Wasser, als eine Stimme meinen Namen sagte. Ich hob den Kopf.

»Ach, Martin! Bist du mit deinen Fotos zufrieden?«

Er stellte sein Stativ mit dem festgeschraubten Fotoapparat auf den Boden und lächelte mich an. Sein Lächeln hatte freilich nichts

Freundliches an sich; mir kam es eher wie eine beherrschte Grimasse vor.

»Das war ja eine glänzend aufgezogene Show. Die Momentaufnahmen mit doppelter Belichtung werden bestimmt gut. Wer hat dich dazu überredet, mitzumachen? Der alte Stavros, wahrscheinlich?«

»So war das überhaupt nicht.«

»Darling, sag bloß, du hast Knall auf Fall eine Erleuchtung gehabt?«

»Ich habe schmutzige Füße. Hast du nichts zum Abtrocknen da?«

Er griff automatisch in seine Tasche, brachte ein zerknülltes Taschentuch zum Vorschein.

»Danke!«

»Spaß beiseite«, sagte Martin. »Ein Mann aus der Gegend hat mir den Trick verraten. Borsäure.«

»Borsäure? Darauf wäre ich nicht gekommen.«

»Klar doch. Borsäure absorbiert und verdunstet die Hitze.«

»Klingt einleuchtend.«

»Wasch dir bloß die Füße, sonst wird die Haut angegriffen.«

»Ich bin ja schon dabei.«

Ich trocknete mir die Füße ab, wrang das Taschentuch unter dem Wasserstrahl aus und hielt es ihm hin. Martin schüttelte den Kopf.

»Du kannst es behalten. Ich muß schon sagen, du hast dich gekonnt in Szene gesetzt. Ganz Griechenland hat dich im Fernsehen gesehen. Dein neuer Freund wird gestaunt haben. Das rote Hemd ist übrigens sehr fotogen.«

»Deswegen habe ich es ja auch angezogen. Damit du gute Farbfotos machst.«

Schweigen. Martins Augen kamen mir seltsam bleich vor. Schließlich sagte er:

»Laut unserem Programm wollten wir zusammen nach Santorin fahren ...«

»Du kommst schon ohne mich zurecht. Ein Wörterbuch hast du ja im Rucksack.«

»Ich nehme also an, daß sich unsere Wege hier trennen ...«

»Ach, rede doch nicht so theatralisch«, sagte ich. »Wir sehen uns in Paris. Du hast noch Sachen bei mir. Und was das Finanzielle angeht ...«

»Schon gut, das übernehme ich.«

»Das will ich nicht.«

»Zerbrich dir nicht den Kopf darüber.«

Er blickte mich an und verzog den Mund.

»Darling, ich habe ein bißchen die Nerven verloren. Du weißt nicht, wie das ist, wenn man ... Entschuldige, ich war gereizt.«

»Das passiert dir ziemlich oft, Martin. Und es hat keinen Sinn.«

»Du tust immer nur das, was du willst.«

»In diesen Dingen allemal.«

Erneutes Schweigen. Martin starrte mich an, bevor er die Blickrichtung änderte. Ich wandte den Kopf und sah Manuel, der sich sanft, aber beharrlich durch die Menge schob.

»Ich nehme an, der will sein Hemd haben«, sagte Martin grimmig. »Besser, ich küsse dich nicht zum Abschied. Über das andere reden wir noch. *So long! Take care.*«

Er hob zwei Finger an seine Stirn, warf sein Stativ auf die Schulter und ging. Ich vergaß ihn sofort, denn Manuel hatte mich gesehen und kam auf mich zu. Ich trat ihm entgegen, zog ihn an mich. Schweigend umarmten wir uns. Ich lehnte das Gesicht an seine warme Brust, ich spürte sein Herz, es pochte und hämmerte ebenso stark wie das meine. Schließlich hob ich den Kopf, eine langsame, gleitende Bewegung, an seiner nackten Haut entlang, und forschte in seinem Gesicht. Er lächelte, zärtlich und versonnen. In seinen Augen stand ein ferner Schimmer, eine besondere Art von Melancholie.

»Hast du dir Sorgen gemacht?« brach ich das Schweigen.

Er schüttelte den Kopf.

»Nein. Es gibt auch in Mexiko Menschen, die das können.«

»Jetzt meinen alle, daß ich Eindruck schinden wollte.«

»Darauf mußt du gefaßt sein.«

Er lachte. Wir lachten beide. Er strich mit dem Finger über mein Gesicht.

»Was hast du dabei gefühlt?« fragte er, mit großer Zärtlichkeit.

»Es war schön«, sagte ich leise. »Und völlig schmerzlos, das mußt du mir glauben.«

Er nickte.

»Ich glaube dir.«

Er hielt mir meine Turnschuhe hin. Ich stützte mich auf ihn, während ich in meine Schuhe schlüpfte.

»Du siehst müde aus«, stellte er fest.

Es stimmte sogar; ich hätte auf der Stelle einschlafen können. Etwas in mir war zusammengefallen, erloschen wie die Asche; aber darüber, glitzernd und ekstatisch, funkelte Triumph. Ich hatte es geschafft. Und er hatte alles mitangesehen.

»Ein wenig«, antwortete ich. »Und dir ist kalt.«

Ich knöpfte sein Hemd auf, zog es aus und half ihm, es über seine Schultern zu streifen. Er stand ganz dicht vor mir, ich roch diesen Duft nach Apfelrinde, sah das dunkle Verlangen in seinen Augen und spürte es wieder, dieses schmerzlich-süße Prickeln unter der Haut. Ich wollte weg von hier, jetzt sofort, wollte mit ihm allein sein, allein im Dunkeln.

»Ich möchte dir etwas sagen ...«

Seine Lippen berührten mein Haar.

»Du bist glücklich, versuche es nicht.«

»Willst du nicht auch, daß wir gehen?«

Wir sahen uns an.

»Doch, ich will es«, antwortete er rauh.

Wir suchten Anghelina, um uns zu verabschieden. Ich fragte mich, wie sie es auffassen würde; ich wollte sie nicht kränken. Doch sie nickte voller Einsicht, nahm meine Hände und hielt sie fest in den ihren; ihre Hände, rissig und hart wie die Hände einer Bäuerin, fühlten sich warm an. Ihre Stimme klang mitfühlend und glücklich.

»Es ist so ein großes Erlebnis, nicht wahr? Yulla ist schon im Bett. Die arme Kleine war müde. Im nächsten Jahr wird sie mehr von dem Fest haben.«

Eine Erinnerung durchzuckte mich.

»Yulla? Ich glaube, ich habe sie tanzen gesehen. Aber das muß ein Irrtum sein, sie konnte ja kaum gehen«, setzte ich ganz überrascht hinzu.

»Warum nicht? Sie ist ja geheilt«, sagte Anghelina.

Der Schauer, der mich überlief, rührte weniger von dem her, was sie sagte, als von ihrer gleichmütigen Unbefangenheit.

»Solche Dinge, kommen die häufig vor?«

»Aber sicher!« Mir fiel auf, daß Anghelinas Pupillen wieder ihre normale Größe hatten. »Letztes Jahr hatte ich mir den Arm mit einer Säge verletzt. Da!« Sie schob ihren Ärmel hoch; oberhalb des Ellbogens war eine ziemlich große Narbe sichtbar.

»Der Schnitt war tief. Als ich über das Feuer ging, hörte der Schmerz sofort auf. Und am Morgen war die Wunde verheilt.«

Da tauchte Stavros aus dem Gedränge auf, trat mit festen Schritten auf uns zu. Seine kräftigen Hände legten sich auf meine Schultern. Im flackernden Helldunkel sah ich den Schimmer seines schwarzen Haares, in das sich hier und da Grau mischte. Seine ganze Gestalt vibrierte vor Kraft. Er hielt mich um Armeslänge von sich und blickte mich an.

»Wer hat dir erlaubt, mitzumachen?« knurrte er mit gespieltem Ernst, worauf alle in Gelächter ausbrachen. Ich ging auf seinen Scherz ein.

»Ehrlich gesagt, es gibt nicht immer solch gute Gelegenheiten.«

Er betrachtete mich intensiv.

»Und tun dir die Beine nicht weh?«

Ich starrte ihn an. Woher wußte er das?

»Nur etwas in den Kniekehlen.«

Ein Schatten glitt über Stavros' Gesicht. Sein Lächeln blieb nur als schwacher Widerschein sichtbar.

»Ich kann dir sagen, woher das kommt: weil du die Knie beugst, den Rücken nicht gerade hältst! Ein Teil von dir – ganz innen – weiß, daß du auf Feuer gehst. Du hast dich nicht stark genug unter Kontrolle. Dich interessiert zu wissen, wie du es machst oder welche Kraft du womöglich hast. Früher hast du auf diese Dinge nicht geachtet, das war besser. Du mußt das, was ich dir sage, ernst nehmen. Sonst halten deine Beinschmerzen an, und es kann für dich gefährlich werden. Denke daran, aber nicht zu oft. Und mache es so gut, wie du kannst.«

Von seinen Worten ging eine ungeheure Ruhe und Bestimmtheit aus. Ich spürte, da war etwas in ihm, das stärker war, etwas Unsichtbares, Ungreifbares, eine Erfahrung, die bis zu den Ursprüngen menschlicher Kultur reichte. Ich hatte diese Erfahrung verloren, vielleicht weil ich diese Dinge nicht einfach genug nahm, sie grüblerischen Überlegungen unterzog, sie analysierte und zerpflückte. Mein Herz klopfte, und ein Frösteln zog meine Poren zusammen. Aber die liebevolle Art, wie Stavros mich ansah, beruhigte mich. Das düstere Gefühl fiel von mir ab. Ich lächelte und sagte:

»Ich werde es nicht vergessen.«

Er sog die Luft ein. Ich merkte, daß er mit dieser Antwort zufrieden war. Dann legte er Manuel und mir die Arme um die Schultern und sagte in seiner hochherzigen und offenen Einfachheit:

»Kommt! Solange es Nacht ist, sind die Heiligen immer noch da. Ihnen zu Ehren wollen wir jetzt essen und trinken.«

»Sie wollen lieber gehen«, sagte Anghelina zu ihm.

Stavros zeigte weder Überraschung noch Bedauern. Auf seinem Gesicht lag nur Frieden. So wie er den Zauber des Feuers, der Erde und des Himmels kannte, war ihm kein Geheimnis des menschlichen Herzens fremd.

»Ein Fest verläßt man immer, wenn es am schönsten ist. Wer viel gesehen und gehört hat, fühlt, wann er genug hat. Aber einmal erkundet, ist der Weg leicht. Und ihr wißt nun, aus welchem Holz ihr geschnitzt seid.«

Manuel lächelte unfroh, als ob diese Worte einen besonderen Gedanken in ihm weckten; Stavros war dieses Lächeln nicht entgangen. Wieder erschien in seinen Augen das kaum wahrnehmbare, spöttische Funkeln. Er lächelte ebenfalls, fast verschlagen. Seine breite Hand klatschte auf Manuels Schulter.

»Sei nicht starrköpfig«, brummte er gutmütig. »Du hast jahrelang in einer Ecke gehockt und zuviel gelesen. Laß endlich das Fragen! Was du machst, ist deine Sache, aber du solltest dich jetzt auf Trab bringen und nicht für die Ewigkeit dasitzen und nachdenken. Wozu sind deine Hände da?« Manuel zog die Stirn kraus.

»Zu nichts, solange mir meine Gedanken im Weg sind.«

Stavros lachte, kopfschüttelnd und aufs höchste amüsiert.

»Dann wirf sie weg!«

»Ich habe es oft versucht. Es geht nicht.«

Stavros zog die Schultern hoch. Seine eigenen Gefühle waren schlicht, wissend intuitiv und von bäurischer Sachlichkeit.

»Was ist denn daran so schwer? Willst du in die Grube stürzen, in die auch andere gefallen sind?«

Und dann sehr herzlich, wie zu einem Kind:

»Wie konnte ich von dir verlangen, was ich selbst nicht fertigbrächte? Du bist in zwei Hälften geteilt. Setze sie zusammen und drehe sie wie Tonerde. Dann hast du, wonach du dich sehnst, und kannst neu beginnen. Noch in diesem Jahr wirst du es schaffen, mein Sohn. Noch in diesem Jahr«, wiederholte er mit Nachdruck.

21. Kapitel

Die Nacht war eine Kuppel aus Blauschattierungen und schwebendem Licht; darunter, am Rand der Welt, leuchtete der Mond, gelb wie ein Kürbis. Knorrige Weinstöcke, an Drähten rankend, warfen seltsame Schattenbilder. Die Zeit der Obstblüte war vorüber. Die langen Zweigschleppen der Apfelbäume hingen tief im Gras. Glühwürmchen funkelten unter den Büschen, jedes Insekt ein winziges, bebendes Wunder. Die Luft war getränkt von den Düften sonnensatter Erde, blühender Kräuter und reifender Früchte.

»Hast du mich eigentlich für verrückt gehalten?« fragte ich Manuel.

Er lachte.

»Nein, durchaus nicht.«

»Keine Sekunde lang?«

Seine Lippen bewegten sich auf meiner Haut.

»Ich sah, wie glücklich ihr wart. Es lag etwas so Echtes, so Göttliches auf euren Gesichtern. Das weckt ein Gefühl von Sehnsucht. Ich wollte auch gerne dorthin, aber ich bin wie die meisten befangen in Ängsten aller Art. Ich habe nicht die Fähigkeit, reinen Impulsen zu folgen. Dies mag mir als bewußte Rechtfertigung dienen, hilft mir aber nicht weiter, wenn mir ein Hitzevorhang den Weg versperrt.«

»Du hättest dir die Füße verbrannt.«

Aus der Ferne klangen die Geräusche des Dorfes. Kinder ließen Knallfrösche los, Hunde bellten, Motoren wurden angelassen, Scheinwerfer glitten über die Büsche. Für die Zuschauer war das Fest vorbei. Manuel fragte:

»Seit wann bist du so?«

Ich war auf eine etwas kindliche Weise froh. Mit ihm konnte ich darüber sprechen. Er kam von weit her; er hatte nicht die üblichen Scheuklappen. Und er hielt die Dinge nicht für etwas anderes als das, was sie waren.

»Schon als Kind spielte ich gerne mit Streichhölzern und Kerzen. Ich sprach mit dem Feuer, ich liebte seine Beschaffenheit. Und irgendwann stellte ich fest, daß mir Verbrennungen nichts ausmachten. Meine Eltern wußten von nichts; ich hatte schnell herausgefunden, daß ich mit Erwachsenen nicht darüber reden durfte. Ich war zehn und bei meiner Großmutter in Ferien, als ein Blitz einschlug. Feuer brach los, und ich rettete meiner Großmutter das Leben. Daraufhin kamen alle möglichen Gerüchte in Umlauf. Sogar der Priester mischte sich ein.«

Er lachte still vor sich hin.

»Feuer, Wasser, Erde, Luft. Sämtliche Religionen haben die Elemente verehrt. Menschen dürfen nur auf konventionelle Art damit umgehen. Priester schätzen es nicht, wenn man ihre Symbolwelt in Unordnung bringt. Einen Schnitt darüber hinaus, und sie sehen die Hölle. Ihre eigene, zumeist. Sag mal, woher kommt deine Familie?«

»Väterlicherseits aus Norditalien. Die Grenze zur slawischen Welt ist nicht fern. Mein Vater hat unsere Herkunft zwar erforscht, aber ein Teil der Unterlagen ging im Krieg verloren. Fest steht, daß unsere Vorfahren venezianische Seefahrer waren – Korsaren also. Das erklärt manches und nichts. Ich sage dir das nur, damit du nicht denkst, daß ich mich interessant machen will. Im übrigen kennen nur wenige diese Geschichte. Ich gehe mit solchen Dingen vorsichtig um. Sie werden gleich als Zeichen von Aberglauben oder hysterischer Religiosität bewertet.« Seite an Seite gingen wir durch die Dunkelheit, einen Garten entlang. Manuel hatte den Arm um mich gelegt. Ich dachte flüchtig an eine andere Nacht, vor langer Zeit; das Phantomgeräusch rauschender Meereswellen füllte meine Ohren.

Erinnerungen nahmen Gestalt an. Du bist die Quelle in mir. Kann ich mich von dir abwenden, Amadeo? Nein. Ich bleibe an dich gebunden. Meine Kindheit, meine Erinnerungen klammern sich an dich fest. Aber hier war ein neues Land, ein Land des Atems und des Fühlens, mit schlafenden Wiesen und Hainen im Schein der Milchstraße. Die Bilder schwammen durch meinen Kopf, tauchten in die Dunkelheit ein, irgendwohin. Weg waren sie. Ich lachte kurz auf.

»Ich dachte, du würdest mich abschreckend finden.«

Er lachte auch.

»Nein. Ich finde dich romantisch.«

Ich schüttelte lachend den Kopf.

»Das hat mir noch keiner gesagt.«

»Doch«, sagt er, »romantisch.«

Ich hörte auf zu lachen.

»Ich frage mich nur, was das für dich bedeuten mag.«

»Ich glaube, ich beneide dich. Wir alle tragen den Schlüssel zu zwei Welten in uns. Eine Welt ist uns vertraut, die andere birgt ein Geheimnis. Du schließt eine Tür auf, die andere zu, und bewohnst nach Wunsch beide Welten.«

»Sind sie nicht in gleichem Maße illusorisch?«

Er drückte den Kopf an meine Schulter.

»Das ist ja gerade das Geheimnis.«

Er hatte eine leise Art zu sein, wühlte nicht in meinem Schweigen herum, belagerte nicht meine inneren Schlupfwinkel, bewegte sich am Rande meiner inneren Welten, ohne sich den Zutritt zu erzwingen. Im tiefen Schatten der Bäume blieben wir stehen und küßten uns. Grillen sangen in den hohen Gräsern. Das Licht der Sterne tropfte aus den Zweigen, blaß wie Silber. Unsere Hände bewegten sich über unsere Körper, drangen zwischen Haut und Stoff vor. Langsam knöpfte ich sein Hemd auf, hakte seinen Gürtel auf, öffnete den Reißverschluß seiner Jeans. Er zog mein T-Shirt über meine Schultern, half mir aus meiner Hose zu steigen, schob behutsam meinen Slip herunter. Wir warfen unsere Kleider ins Gras, um uns auf sie zu legen. Geschmeidig rollte er auf mich, während ich ihn mit Armen und Beinen umschlang. Ich spürte, wie tief er in mich eindrang, mich ausfüllte, bis unsere beiden Körper wie ein einziger im gleichen Rhythmus pulsierten. Wir dufteten wie die Erde, wenn es geregnet hat, wie die reifenden Früchte, wie das wachsende Korn. Den Kopf zurückgeworfen, die Schultern in die Gräser gepreßt, blickte ich durch die fröstelnden Zweige; im Nebel der Milchstraße funkelten die Sterne; und die Erde, selbst ein Stern, schwebte und kreiste im All. Dann verlöschten alle Sterne, die Welt ging unter. Der Augenblick äußerster Seligkeit, wenn eine extreme Anstrengung den Körper spannt: Das ist der wahre Ursprung des Lebens, die Rückkehr zum Ausgangspunkt, Tod und Wiedergeburt.

Die Stille war ein einziger Trost für Körper und Seele. Eine Weile blieb Manuel erschöpft auf mir liegen. Wie eine Decke, dachte ich, wie eine warme, lebendige Decke. Ich rollte mich unter ihm zusammen, zog die Beine hoch. So verharrten wir, stumm wie nach einem Schwächeanfall, mit flackerndem Atem. Wir hörten das Knistern der Gräser, das Flüstern des Windes und das erste, noch unsichere Zwitschern, mit dem ein unsichtbarer Vogel das Nahen des Morgens verkündete. Schließlich richtete Manuel sich auf; schweigend hob er mich in seinen Armen hoch, wir sahen uns in die Augen. Der Genuß hinterläßt Spuren im Gesicht; er formt die Züge weich, macht die Augen glänzend. Im Schimmer der Sterne konnte er sehen, wie meine Lider zitterten. Als er mein Gesicht in beide Hände nahm, schloß ich die Augen, so daß ich nur seinen Kuß spürte, seinem Blick jedoch auswich. Er hielt mich seltsam zart, und die Türen zu meinen beiden Welten fielen leise zu. Die stumme, rätselhafte Kraft in ihm erfüllte mich mit Verwirrung. Unter den Strähnen seiner Haare berührte seine Zungenspitze meinen Mund. Dann nahm er meine Hand und legte sie auf seine Brust. Ich hörte sein Herz laut und stürmisch schlagen. Deutlicher als Worte sagte mir dieses Herzklopfen: »Ich brauche dich. Verlaß mich nicht!« Nur eine dünne Wand war zwischen unseren Gefühlen: unsere Haut. Jetzt schmolz sie, wir sahen unsere innere Wahrheit, die nackten Seelen. Da gab es keine Lüge, die uns verwirrt hätte. Der Schmerz traf mich unvorbereitet. Für ein paar Augenblicke flirrte Panik durch mein Hirn. Ich brauchte ihn ebenso wie er mich, vielleicht noch mehr. Ich brauchte seine Gelassenheit, die Zärtlichkeit auf seinem Gesicht, die ein halbes Lächeln begleitet, seine Augen, die durch die Dinge sahen. Ich wollte ihn küssen; über seinen warmen Bauch streichen, seine Hüften liebkosen und seine federnden Schenkel. Als ob ich zum ersten Mal liebte. Als ob ich noch niemals geliebt hätte.

Ich? Habe ich jemals einen Moment ohne Liebe gelebt? Du bist bei mir, seit Jahren, Amadeo. Du lebst in meinen Augen, in meiner Erinnerung, in meinem Blut. Ich hoffe, du verachtest mich nicht. Sieh nur, wie wohl ich mich fühle, wie die Berührung seiner Lippen auf meinem Mund mich erregt, wie ich vor Lust bebe, wenn mein Körper unter seinen Händen erwacht. Sieh nur, wie ich dich betrüge …

Doch das Ende wird kommen, zwangsläufig, sonst gerät meine Welt aus den Fugen. Ich werde unerträglich für ihn und für mich, weil ich die Ausweglosigkeit dessen, was jetzt entsteht, ahne. Ja, noch schlimmer: Ich weiß, daß ich gefesselt bin, an deinen und an seinen Körper. Und jetzt bin ich so zerrissen, so aufgewühlt, daß ich keinen festen Willen mehr aufbringe. Ich, die dich mit jedem Herzschlag neu erfindet, habe diesen Mann unter den Apfelbäumen geliebt, genau wie ich dich stets in meinen Träumen umarme. Ich habe einen entsetzlichen Fehler gemacht. Und aus Angst vor dieser Gewißheit fliehe ich tiefer in mich hinein, suche die Schlupfwinkel jener verwunschenen Welt, deren Mauern ich mit eigenen Händen errichtet habe. Den Schlüssel gebe ich in seine Obhut. Doch er hämmert nicht mit der Faust an die Tür und wartet auch nicht voller Ungeduld, die Hand auf der Klinke. Er setzt sich ruhig davor und träumt.

22. Kapitel

Die Reise nach Santorin. Sie begann damit, daß Manuel seinen Wagen an einen Matrosen für einen lächerlichen Preis loswurde. Zwei Abende später flogen wir mit einer Maschine der Olympic Airways nach Athen. Von Piräus aus ging es dann weiter mit dem Schiff. Ich war mit Martin gereist, hatte seine schlechte Laune ertragen müssen, wenn etwas nicht wie am Schnürchen lief. In Griechenland gibt es keine Pünktlichkeit – im Bereich des Flugverkehrs schon gar nicht –, aber Manuel zeigte keine Gereiztheit, ertrank seinen Unmut auch nicht im Brandy. Verspätungen und stundenlanges Warten, sagte er, sei er von Mexiko gewöhnt. Gelassen und unbeschwert betrachtete er die Menschen um sich herum, lächelte den Kindern zu oder scherzte mit ihnen. Es gehörte zu meiner Natur, daß ich gut beobachtete; Menschen überzeugten mich weniger durch Worte als durch Taten. Ich war immer auf Entdeckung aus gewesen; jetzt, wo ich die Welt durch Manuel sah, wurde sie zu einem besonderen Bereich, in der die Illusionen als Zwillingsaspekt der Wirklichkeit viele Dinge nicht nur erträglich, sondern liebenswert machte.

Ja, es wurde eine lange Reise, und gleichsam kurzweilig, auf ungewöhnliche Art. Ein vollbesetztes Flugzeug, Windböen, reizbare Müdigkeit der Passagiere, schreiende Säuglinge und Kinder, die im Mittelgang tobten. Das Übliche, das ich nun anders sah, verwandelt.

»Lege deinen Kopf an meine Schulter«, sagte Manuel.

Ich schmiegte mich in die Beuge seines Armes. Die Maschine schwang durch stürmische Wolkenfelder, die Triebwerke surrten. Manuels Herz schlug an meiner Wange; das sanfte Auf- und Abschwellen schenkte mir Frieden; beruhigt schlief ich ein.

Wir kamen mitten in der Nacht im Olympic Terminal an. Bis zur Abfahrt des Schiffs, auf dem wir eine Kabine gebucht hatten, blieben vier Stunden. Ein Hotel zu beziehen, lohnte sich nicht. Wir blieben in der Ankunftshalle. Manuel saß auf einer Bank; ich hatte meine Schuhe ausgezogen, lag ausgestreckt, den Kopf in seinem Schoß, und döste vor mich hin. Als es hell wurde, ließen wir uns mit einem Taxi zum Piräus fahren. Der Himmel schillerte purpurn, fast lila, und darunter standen die Schiffe wie düstere Gespenster. Es roch nach Kerosin, Teer und Ozean. Die Hafenkneipen waren noch nicht offen, die Docks lagen verlassen da. Auf dem Kai schienen Eisenbahngleise irgendwo ins Leere zu führen. Alles war still, bis auf das Tuckern von Motoren und das ferne Rasseln, Knirschen und Klingen eines Baggers, der Nachtschicht arbeitete. Ein großer Tanker fuhr hinaus, schleppte sich schwerfällig den Kai entlang. Fischerboote waren bereits in See gestochen; sie hoben sich wie dunkle Insekten vor dem glühenden Himmel ab. Ihre Ankerlaternen warfen ein trübseliges Licht, das erlosch, als die Sonne sich mohnblumengleich am Meeresrand entfaltete. Mit dem Möwenschwarm, der sich wirbelnd und kreischend in die Luft hob, zerriß auch der Schatten, der den Schmutz und die Verkommenheit der Hafenanlage verhüllte. Fabriken, verwittert und zerfallen, wurden sichtbar; Lagerhäuser, mit Graffiti und zerfetzten Plakaten bedeckt, alte Lastkähne, rostige Teerfässer, Müll. Doch das Licht über all dieser Häßlichkeit leuchtete unschuldig und frisch.

Wir hatten die Traggestelle abgestellt und saßen auf den Rucksäcken; beide in Jeans, weißen Turnschuhen, Windjacken. Beide erstaunlich ähnlich. Während wir im hellen Sonnenlicht blinzelten, ertönte plötzlich ein leises, drohendes Knurren. Einer der vielen streunenden Hunde, die in Athen in den Müllhalden wühlten, kroch zögernd näher. Der Hund war räudig, sehnig, mit einem schwefelgelben Fell. Sein Blick funkelte gierig und ängstlich. Steine und Fußtritte war er gewöhnt, aber er wußte auch, daß es manchmal dort, wo Menschen waren, Nahrung gab.

»Sieh nur, wie mager er ist!« sagte ich.

In meiner Tasche hatte ich noch einen Rest Sandwich. Ich wickelte ihn aus dem Papier und warf ihn dem Hund hin. Das Tier zuckte zusammen, wich knurrend und mit bleckenden Zähnen zurück.

»Er hat Angst.«

Manuel suchte einen Augenblick in der handgewebten Tasche mit dem schwarz-blauen indianischen Muster, die über seiner Schulter hing. Er brachte ein schmales, unscheinbares Etui zum Vorschein. Belustigt sah ich zu, wie er aus dem Etui eine Flöte zog, mit bunten Spiegelchen verziert. Sie war kleiner als die üblichen Flöten, und das Holz schien alt.

Ich mußte lachen. »Willst du die Bestie mit Musik besänftigen?«

Er blinzelte mir zu. »Du wirst schon sehen. Warte nur!«

Ich schaute auf sein Gesicht, auf die weichen Lippen, die das Mundstück umschlossen. Die schlanken braunen Finger wanderten über die Flöte und entlockten ihr einen seltsamen Klang. Der erste Ton war kurz und deutlich, doch ohne Schärfe, als wollte er sagen: »Hör mir zu!« Die Ohren des Hundes richteten sich auf, sein Blick wurde aufmerksam.

Manuel spielte weiter, sanfter und melodischer, wiegte dabei den

Oberkörper ganz leicht im Rhythmus der Musik. Er holte die Luft ganz tief aus dem Bauch, während seine Augen lächelten, als er mich anschaute, und dann wieder den Hund betrachteten, der jetzt den Kopf schräg legte, die Ohren spielen ließ. Langsam richtete das Tier sich auf, wurde ruhiger.

»Komm ... komm!« schien der zärtlich lockende Flötenton zu rufen. Wie von einem unsichtbaren Faden gezogen, kroch der Hund näher. Ich hielt den Atem an. Nur noch ein kaum wahrnehmbarer Ton war jetzt zu hören, eine verzauberte Melodie, wie aus Luft und Sonne geboren. Fasziniert sah ich zu, wie der Hund immer näher herangeschlichen war, bis er vor dem Stück Brot stand. Dort hielt er plötzlich an, senkte den Kopf und schnupperte. Mit einem einzigen Biß schnappte er das Brot, schlug einen Haken und jagte davon, in lautlosen Sprüngen. Von seinem Schatten verfolgt, verschwand er hinter Teerfässern und rostigen Eisenbalken. Manuel brach in Lachen aus; seine hübschen weißen Zähne blitzten.

»Siehst du, das ist das Geheimnis der Chimiria!«

»Diese Flöte, heißt sie so?«

Er nickte, schob das Instrument behutsam in sein Etui zurück. »Mein Großvater gab sie mir, bevor ich nach Europa ging. Ihr Klang verscheucht die bösen Geister. Ich bin eben Mexikaner. Ich glaube an diese Dinge.«

Ich lächelte.

»Im Ernst?«

»Ja, durchaus. Alles Böse ist eine Krankheit, und die Musik heilt sie. Das spüren auch die Tiere.«

Ich setzte mir die Sonnenbrille auf und sah auf das Meer.

»Der Mann, von dem ich dir erzählt habe, denkt auch so. Es macht ihm nichts aus, einen Menschen zu verprügeln. Aber ich habe erlebt, wie er in einem Busch einen verletzten Vogel fand. Er barg ihn in der Hand, sprach zu ihm und wärmte ihn mit seinem Atem, bis er starb. Dann grub er für den Vogel ein kleines Loch. Er häufte Erde auf das winzige Grab und streute als letzte Gabe einige Körner darauf.«

Er schwieg. Ich schluckte würgend.

»Du erinnerst mich an ihn ... sehr stark.«

»Sehe ich ihm ähnlich?« fragte er sanft.

»Nein, ihr seid vollkommen verschieden, das ist es nicht. Es ist etwas in deinen Augen, wenn ich in dein Gesicht sehe, von ganz nahe. Ja, das muß es wohl sein …«

Er lächelte mit großer Zärtlichkeit.

»*Quién sabe?* Vielleicht werden wir uns einmal begegnen?«

»Ach«, rief ich lebhaft, »glaubst du an solche Zufälle?« Er schüttelte ruhig den Kopf.

»Für mich ist jeder Zufall das Glied einer Kette, die das Schicksal für uns formt.«

Er ließ die Flöte wieder in seiner Tasche verschwinden, und an diesem Tag sprachen wir nicht mehr davon. Die durchwachte Nacht hatte uns träge gemacht. Unsere Augen waren gerötet und brannten, der Seewind machte unsere Lippen spröde, und wir hatten ein starkes Verlangen nach Kaffee.

Wir tranken ihn aus Plastikbechern in der Schiffsbar, inmitten verschlafener Touristen. Dazu aßen wir mit Schokolade marmoriertes Halva-Gebäck, das nicht mehr ganz frisch war. Um halb sieben wurde der Anker gelichtet. Wir stellten uns an die Reling. Lautlos und schnell glitt das Schiff aus dem Hafenbecken. Über den Hügeln von Athen, mit ihren weißen Häuserwürfeln, lag schon der berüchtigte Smog. Das Meer war ruhig, dunkler als der Himmel; schon spürten wir die Dünung. Fahrtwind kam auf, die Küste verlor sich im Dunst, wie der Schatten eines unruhigen Traumes. Über den ziehenden Wellen funkelte nur noch reiner, blauer Himmel. Die Touristen rekelten sich an Deck, zogen ihre Pullover aus; die Sonne brannte ihre Haut braun oder krebsrot. Bald erreichte das Schiff seine volle Geschwindigkeit. Vor uns lag eine lange Zeit; wir würden erst morgen, in der Frühe, im Hafen von Thera einlaufen. Manuel und ich waren beide müde und gähnten.

»Wollen wir ein wenig schlafen?« schlug ich vor.

Die Kabine verfügte über zwei schmale Kojen mit Decken; sie dienten gleichzeitig als Sitzgelegenheit; darunter befanden sich Schubladen. Der Wandtisch ließ sich zurückklappen. Das Holz war hell angestrichen, so daß die kleine Kabine freundlich wirkte. Das Bullauge blickte aufs Meer. Eine schmale Eisentür führte in ein winziges Badezimmer, dessen Ausstattung einer Flugzeugtoilette ähnelte, mit dem Unterschied, daß eine Dusche eingebaut war und Handtücher und Seife vorhanden waren. Der Spiegel war blind. Unsere Kleider rochen nach Holzkohle und Kerosin. Wir zogen uns aus und gingen unter die Brause. Das Wasser kam erst rostig, dann lief es klar. Wir legten uns jeder in eine Koje, vernahmen das Vibrieren der Schiffsschraube und das Gurgeln des Meeres an der Bordwand. Nachdem wir uns einige Male Knöchel und Kopf gestoßen hatten, schafften wir es und lagen zwischen den ausgebleichten, muffig riechenden Laken.

»Es ist ganz bequem, nicht wahr?« hörte ich Manuel sagen, und wir lachten beide. Das Schaukeln des Schiffes wirkte einschläfernd. Trotz weher Ellbogen und schmerzender Nacken schlummerten wir einige Stunden. Die Sonne stand hoch, als wir auf das Oberdeck gingen. Das Schiff befand sich auf hoher See; das Meer war so tief und dunkelblau, daß es fast schwarz schimmerte. Sogar der Wind schien eine blaue Farbe zu haben. Fliegende Fische schnellten wie Silberpfeile aus den glatten Wellen empor, und eine Zeitlang begleiteten uns, hüpfend und schnaufend, zwei große Tümmler. Sie rollten sich im klaren Wasser, wirbelten in drehenden Bewegungen durch die Wellen. Wir waren von ihrer Anmut entzückt. Die Touristen saßen auf Tauen, rekelten sich auf Segeltüchern, rieben sich mit Sonnenöl ein. Sie schienen von dem einzigen Wunsch besessen zu sein, braun zu werden. Einige Matrosen beobachteten unbefangen die halbnackten Schönen, wobei sie deren Vorzüge äußerst detailreich verglichen. Wir gingen in den kleinen Speisesaal, in dem es nach Essendunst und abgestandenem Rauch roch. Der Kellner teilte uns mit, um diese Zeit gebe es nur noch Kartoffelsalat. Wir bestellten Bier dazu. Der Kartoffelsalat schmeckte ölig, aber der dazu gereichte Schafskäse, »Feta«, mit Oliven und Tomaten war köstlich und frisch. Wir waren beide hungrig und aßen mit Appetit. Die Seeluft wehte durch das offene Fenster über unsere Gesichter; ruhig und heiter sprachen wir über die bevorstehenden Tage und über Santorin.

»Worin besteht deine Arbeit?« fragte Manuel.

Ich trank einen Schluck Bier.

»Der Thera-Vulkan brach zuletzt 1950 aus, nur ein Warnschuß im Vergleich zu dem Ausbruch, der 1500 vor Chr. die Zykladen erschütterte. Da flog die halbe Insel in die Luft. Die Explosion schuf eine bis zu sechzig Meter hohe Bimssteinschicht. Unser Institut sammelt Fakten für die Messungen von Temperaturenkurven in historischer Zeit. Ich untersuche die Bimssteinschichten nach Spuren von Pflanzen, Insekten und Meerestierfossilien.«

»Macht das Spaß?«

»Nicht immer. Es ist schon so, daß der größte Teil der Arbeit im Labor stattfindet. Ich arbeite lieber an tätigen Vulkanen.«

»Ist das nicht gefährlich?«

»Wir haben besondere Schutzanzüge und Gasmasken, wegen des Kohlendioxids. Ich war auf dem Stromboli und habe eine Zeitlang auf Island die Geysire beobachtet.«

»Interessant?«

»Da war nicht viel los. Spannender war die Reise, die unser Team zum Piton de la Fournaise, auf der Insel Réunion, machte. Dieser Vulkan ist ein sogenannter *hot spot,* eine ›heiße Stelle‹ – sie ragt als Insel aus dem Meer.«

Er kniff die Augen zusammen.

»Du bist gerne dort, wo es heiß ist ...«

Ich lachte ein wenig.

»Das haben mir schon andere gesagt.«

»Wie ist das, wenn man einen Schutzanzug trägt?«

»Unangenehm. Die Sicht ist eingeschränkt, man geht unbeholfen, stößt an alle möglichen Gegenstände. Ich entsinne mich noch gut, wie ich zum erstenmal über ein verhärtetes Lavafeld stapfte und vor einem ›Fenster‹ stand ...«

Er hob fragend die Brauen.

»Das ist ein Loch«, erklärte ich ihm, »in dem flüssige Lava brodelt. Als ich mein Thermoelement – das ist eine besondere Metallstange – in den Lavastrom tauchte, da fühlte ich es zum erstenmal ...«

Ich stockte. Er betrachtete mich aufmerksam.

»Ja, was denn?«

»Daß unser Planet ein Lebewesen ist. Ein Riesenorganismus, der im Weltenraum schwebt und mit Feuerlungen atmet. Ich verstand plötzlich die Sinnlosigkeit, solche Naturgewalten irgendeinem göttlichen Willen zu unterstellen: Das Feuer selbst war Gott.«

Er nickte ruhig.

»In unserer alten Religion war der Feuergott Huitzilopochtli gleichzeitig Kriegs- und Fruchtbarkeitsgott, lebensspendend und zerstörend wie das Feuer ja auch ist.«

»Früher«, sagte ich, »schufen die Menschen ihre Götter nach den Vorbildern der Natur. Religionen mochten gewalttätig sein. Als man sie mit Moralbegriffen befrachtete, wurden sie zudem noch langweilig.«

Wir lachten beide, bevor er nachdenklich sagte:

»Wir Mexikaner sind keine Europäer und ebensowenig Amerikaner. Wir sind Menschen mit starken Träumen. Hier in Griechenland fühle ich mich heimisch. Wo die gleichen Vorgänge der Natur das menschliche Leben prägen, entstehen zwangsläufig übereinstimmende Urbilder. In Griechenland finde ich die gleichen Symbole wie in Mexiko: Höhle, Brunnen, Glücksgöttin, Feuer, Schlange, Spiegel. Sogar den Totenkult.«

»Ach«, rief ich überrascht, »feiert ihr auch die fünf ›Seelen-Samstage‹?«

»Nur den 1. November, das Datum entspricht der christlichen Religion. Aber der Ritus ist derselbe wie im orthodoxen Griechenland: Die Angehörigen besuchen die Friedhöfe, stellen Kerzen auf, machen den Toten Geschenke. Sie halten die ganze Nacht Wache, essen und trinken und sprechen mit den Verstorbenen. Die ganze Luft ist voller Geister.«

»Wie kam eine solche Verbindung zustande? Weißt du es?«

»Mexikaner haben eine Universalkultur mit eigenen Wurzeln. Wenn ich mit einem Griechen spreche, haben wir beide das Gefühl, einander zu verstehen, obwohl wir uns nicht verstehen. Was zu merkwürdigen Verwechslungen führt«, setzte er lachend hinzu.

»Und in Mexiko?«

»Es ist dasselbe. Die Kultur ist vielschichtig, aber unsere Existenz bleibt verknüpft mit den Ahnen und Urahnen. Wir fühlen uns an die Erde gebunden, wie an den Körper der Mutter. Diese Illusion brauchen wir, denn wir leben in einem Land der Katastrophen, der Verhängnisse und Verheerungen. Alles, was wir unternehmen, steht unter der Drohung des Zusammenbruchs, des Untergangs. Wir sind nahezu besessen von dem Gedanken an den Tod. Und verstehen trotzdem zu leben. Wir wenden die Methode des Verdrängens an. Wir sind ganz geschickt darin. Ich könnte aber auch zum Analytiker gehen, trinken oder Drogen nehmen oder meine Mitmenschen erschießen.«

»Nur zu!«

»Ich will sehen, wie lange ich es noch aushalte ...«

Später, im Glühen des Sonnenuntergangs, kam eine Insel näher, ein rosa Erdenfleck mit lila Bergen, deren Hänge mit Reben und Obstbäumen bewachsen waren. Von den Bauernhäusern stieg dünner Rauch auf; der Wind brachte uns den Geruch der Holzkohle. Noch später zog ein Frachter vorbei, dann wurde das Meer wieder leer und öde. Wir gingen in die Kabine, betrachteten durch das Bullauge, wie die Wellen sich verdunkelten. Das Schiff schaukelte leicht in der Dünung, als wir uns küßten. Manuel streckte sich auf die Koje aus, und ich begann ihn auszukleiden, tat es sehr langsam und mit großer Zärtlichkeit. Ich streichelte seine warme Haut, die von der Sonne zimtfarben gebräunt war. Der flache Bauch und die Hüften waren heller, fühlten sich glatt und samtig an. Er zog mich mit beiden Armen zu sich herab; ich legte die Wange an seine Brust, ließ meine Zunge über ihn gleiten, nahm sein Geschlecht in den Mund und liebkoste ihn, überall. Dann streifte ich meine Turnschuhe ab, ließ sie vor der Koje auf den Boden fallen. Ich schloß die Augen, als er seine Hände unter mein T-Shirt schob, seine Finger sich über meinen Brustwarzen schlossen. Ich hatte nur Shorts an; er knöpfte sie auf, ließ sie zusammen mit dem Slip über meine Schenkel gleiten. Dann beugte ich mich zu ihm nieder, der Kuß, den ich ihm gab, verwundete ihm von innen die Lippen. Ich leckte das Blut von seinem Mund, der Geschmack berauschte mich, mischte sich in den süßen Schmerz, als er in mich eintauchte, sich mit langsamen, festen Stößen in mir bewegte. Die Koje war eng, aber wenn ich auf ihm lag, hatten wir Platz. Ich kam mit meinem Gesicht ganz dicht zu ihm herunter, preßte meine fiebrigen Hände auf seinen Bauch. Das Gefühl, das sein Körper unter dem meinen hervorrief, war wie das Gleiten des Schiffes durch die Wellentäler und verursachte eine Art Schwindel.

Das Rauschen des Meeres mischte sich in das Rauschen unseres Blutes, unser Herz schlug in diesem Geräusch. Wir keuchten leise, schwammen leuchtenden Punkten entgegen. Vielleicht war das eine Flucht oder ein neuer Anfang oder die Rückkehr zu einem Anfang. Ich schrie leise auf und hörte mich flüstern:

»Ich liebe dich!«

Dann erfüllte mich eine merkwürdige Schwäche und gleichsam eine Stille, die mich fühlen ließ, daß ich wohl etwas gesagt hatte. Ich lag auf ihm, mit geschlossenen Augen und schwebte auf Wellen, ohne Gestern und ohne Morgen.

»Was hast du gesagt?«

Manuels leise Stimme klang rauh. Er hielt mich mit beiden Armen umschlungen. Seine Haut, unter meinem Körper, war heiß und klebrig von unserem Schweiß. Ich machte die Augen auf, sah sein Gesicht ganz nahe, die weichen Lippen, den aufmerksamen Blick. Ich flüsterte:

»Nichts ... ich habe nichts gesagt.«

Die braunen Augen blinzelten; und als er mir zulächelte, hätte ich weinen mögen, wenn ich es gekonnt hätte, weil in diesem Lächeln weder Bitterkeit noch Vorwurf lag, nur tiefes Verständnis und Zärtlichkeit Dann drückte er mich an sich, ohne ein Wort. Ich zitterte, obwohl es in der Kabine nicht kalt war. Behutsam, ohne sich von mir zu lösen, zog er die Decke über uns, lag ganz still, als habe er selbst seinen Atem zum Erlöschen gebracht. Das Schiff schaukelte, wir rutschten leicht von einer Seite auf die andere, doch er hielt mich fest umfaßt. Sein Gesicht war abwesend und friedlich. Merkwürdig, wie er in manchen Augenblicken so stark sein konnte, und in anderen so kindlich. Ich dachte, wenn ich wirklich etwas gesagt hatte, mußte ich sehr durcheinander gewesen sein. Warum bloß? Nur weil ich mit diesem Mann vögelte – wie man sagt. Das wollte doch nichts heißen. Es lag wohl an ihm, daß ich so geworden war. Er hatte mich in Aufruhr versetzt, das mochte ich nicht. Dabei kam ihm der Gedanke, sich auf irgendeine Weise aufzudrängen oder bei mir einzuschmeicheln, nicht einmal in den Sinn. Er sprach nur mit seinem Körper zu mir, aber sein Körper redete eine deutliche Sprache. Mit weniger Feigheit und ein bißchen mehr Klarsichtigkeit würde ich an die Tiefe, die Größe seiner Gefühle glauben.

Genug, dachte ich, genug! Ich hatte mich dafür entschieden, nichts zu sehen und nichts zu wissen; ich wollte der Welt der Gedanken entkommen, sie war zu sehr in Unordnung geraten. Ich preßte den Kopf an seine Brust, beschwor dein Bild in mir, mit neuer Deutlichkeit. Dein Schatten tauchte vor mir auf, ich klammerte mich an diese Erscheinung, brachte sie ganz in meinen Besitz. Du bist da, Amadeo, du wirst weiterhin zu meinem Dasein gehören. Ich hatte nicht die Kraft, mich von Manuel zu lösen; aber dein Bild blieb auf meiner Netzhaut bestehen, wie im Fieber. Meine Gedanken gehörten mir nicht mehr, meine Empfindungen zersprühten wie Tropfen. Eine lange Stille trat ein. In der Unbewußtheit des Halbschlafes verschmolzen Einbildung und Wirklichkeit, wurden zu einem Traum, verwirrend und berauschend, in dem ich *dich* liebte und mit ihm verbunden war.

Am nächsten Morgen, bei Sonnenaufgang, fuhren wir in die Lagune von Santorin ein. Die Passagiere hatten sich an Deck eingefunden, standen fröstelnd im Wind und sahen zu, wie die riesigen Felswände langsam in die Höhe wuchsen. Manuel und ich hatten unsere Anoraks angezogen; der Stoff wölbte sich hinter unserem Rücken. Das brausende Wasser mußte ungeheuer tief sein. Darüber wölbte sich der Himmel, fast dunkelblau, von kristallklarer Härte. Die Luft spiegelte das Wasser hoch, schien es anzuziehen wie ein Magnet.

Die Inseln kamen näher, und bald ging die Sonne auf. Zuerst färbte sich eine einzelne Felskuppe rot, während die anderen noch im Schatten blieben. Dann sprang das Licht von Klippe zu Klippe. Der Himmel erglühte wie ein bronzefarbenes Schild. Und plötzlich schoß der erste Sonnenstrahl über das Wasser, die See erglänzte im hellen, reinen Licht. Möwen und Seeschwalben wirbelten über dem Schiff.

Ich erklärte Manuel, wie es zu der seltsamen C-förmigen Inselformation gekommen war, die vor viertausend Jahren ein einziges Land bildete. Im griechischen Altertum wurde sie Kalliste, die Schöne, genannt. Der Vulkan schlief seit über fünfzehntausend Jahren, als das Volk der Minoer auf den Zykladen ihre Städte erbaute. Die Minoer, von geheimnisvoller Herkunft, waren kühne Seefahrer und geniale Baukünstler. Sie führten keine Kriege; ihren Reichtum verdankten sie geschickten Handelsbeziehungen. Durch das plötzliche Erwachen des Vulkans platzte die Insel wie eine Bombe auseinander. Durch aufreißende Spalten kam Meerwasser mit der glühenden Gesteinsschmelze in Kontakt. Der eingestürzte Krater erweiterte sich zu einem Kessel und trennte die heutigen Ringinseln Palea und Nea Kameni von dem ursprünglichen Land.

Wir blickten auf die nackten Klippen, die tausend Meter tiefer unter dem Wasser wurzelten. Im Schauer eines Feuerregens geboren, als die Welt noch jung war, hüteten sie ihr Geheimnis. Manuel und ich schwiegen; wir waren uns der intensiven schweifenden Kraft bewußt, die über dem Meer lag. Eine unsichtbare, geheimnisvolle Macht wanderte über den Wellen einher. Der Vulkan, vom Wind aller Zeitalter geschliffen, war noch nicht gestorben, der siedende Kessel barg rotes, wildes Leben in sich; die Fremdartigkeit der Landschaft, das Phantom einer Bedrohung waren stets gegenwärtig. Wir fuhren einem Ort entgegen, in der die Pforte zur Unterwelt noch offenstand, wie eine verborgene Wunde.

»Findest du das nicht schön, Manuel?«

Er nickte, nachdenklich lächelnd.

»Ich sehe, daß es schön ist. Auch wenn ich weiß, daß es schrecklich ist.«

»Die Schöpfung ist schrecklich«, sagte ich. »Und sie hört niemals auf.«

Diese Insel war noch im Werden, aus dem Stoff einer geträumten, erst noch kommenden Zeit geschaffen, die vielleicht ganz andere Formen annehmen oder niemals sein würde.

Das Schiff drehte leicht, die Sonne beleuchtete das Oberdeck. Das gleißende Wasser blendete. Im Schutz der Sonnenbrille betrachteten wir das Nähern der Insel, die lautlosen Verwandlungen des Lichtes. Der Wind heulte in verschiedenen Tönen, die Brandung gischtete an den Felsen empor. Dort, wo sie ins Meer tauchten, hatten sie eine rostrote oder smaragdgrüne Färbung angenommen, während der obere Teil von Buschwerk überwachsen war.

Fast zwei Stunden lang fuhren wir an den Klippen vorbei. Dann kam Thera in Sicht, auf der dreihundert Meter hohen Steinebene wie ein Storchennest erbaut. Das Städtchen leuchtete vor dem schwarzgrauen Überrest des Vulkans. Aus den zwei kleinen Kratern stiegen Rauchfäden.

»In der griechischen Antike«, sagte ich, »war der Berg Hephaistos, dem Gott des Eisens, gewidmet. Es hieß, daß der Rauch seiner Schmiede aus dem Gipfel aufstieg.«

Manuel wandte mir das Gesicht zu.

»Es ist sonderbar«, antwortete er, scheinbar beziehungslos. »Manchmal führt uns das Schicksal an die richtigen Orte.«

Der Hafen, vor ein paar Jahren ausgebaut, war ohne malerische Effekthascherei. Ein schmaler Treppenweg – sechshundert flache Stufen – führte hinauf in die Ortschaft. Man konnte ihn auf nicht immer geduldigen Mauleseln hinauf- oder hinunterreiten. Für die mit Gepäck beladenen Touristen gab es eine Seilbahn, die – wie ich Manuel schmunzelnd erklärte – von einem griechischen Reeder gestiftet worden war. Die Sonne stand glühend am Himmel. Die Lagune war nicht mehr blau, sondern gleißend wie flüssiges Silber. Das Licht stürzte fast senkrecht herab, überzog die vollen Farben mit einem Perlenschleier, der die Augen zu verkleben schien. Die Hitze prasselte mit urtümlicher Wucht auf die Klippen nieder. Dafür gab sich der Hauptort weltlich, um nicht zu sagen amerikanisiert. Die frisch getünchten Häuser, die grünen Fensterläden, die weiß oder hellblau leuchtenden Kuppeln der Kapellen erweckten den Eindruck einer Spielzeugstadt. Die Kathedrale funkelte wie ein Zuckerguß. Das Ganze erschien künstlich, plakativ, zu sauber, zu unbeschwert. Die Juweliergeschäfte glitzerten, die Modeboutiquen waren *trendy*, die Discos *funky*. Die Musik aus den Tavernen schallte eine Spur zu laut, die Menüs waren in allen Sprachen: von Spezial-Pizza bis Grilled Chicken gab es alles, was den Touristenmagen erfreuen konnte. Ich jedoch hatte früh gelernt, nicht nur meinen Augen und Ohren, sondern auch meinen Empfindungen zu trauen. Und meine Gefühle sagten mir etwas anderes, sprachen von Furcht, von Fatalismus und Lebenshunger. Hier wurde gebaut, gefeiert und gekauft. Doch mindestens einmal in einem Menschenleben quoll schwarzer Rauch aus den Kratern. Die Erde bebte und knirschte, Glockenstühle schepperten, Häuser stürzten ein. Die Bewohner bargen die Verletzten, trauerten um die Toten. Dann bauten sie ihre Häuser auf, tünchten sie weiß, himmelblau und dottergelb. Sie eröffneten neue Galerien, neue Modeboutiquen und Discos und wollten an die Zukunft glauben auf einer Insel, deren Kern noch glühte. Alle, die hier geboren waren, trugen dieses Wissen im Blut, mit der Erinnerung an eine planetare Tragödie, und die Angst, daß es wieder geschehen konnte, wieder geschehen würde. Doch die Touristen, die in Scharen durch die engen Straßen wanderten, vom Juwelier zur nächsten Taverna zogen und die Luxusjachten im Hafen betrachteten, hatten kaum anderes im Sinn, als ihre Ferien zu genießen …

Mein Zimmer befand sich in der »Pension Lucas«. Sie verfügte über ein Terrassenrestaurant und eine Bar, wo es nachts ziemlich laut zuging. Die Besitzer – Stefania und Georgios – begrüßten mich wie eine alte Bekannte. Seit meinem letzten Aufenthalt waren beide dicker und reicher geworden. Stefania, einst eine schwarzgelockte, vollbusige Schönheit, war jetzt breithüftig und rotblond. In Georgios Krawatte steckte eine goldene Nadel, und sein Lachen glänzte ebenso wie seine polierte Hornbrille. Er hatte uns ein schönes Zimmer reserviert, mit »Extrarabatt für Freunde«, wie er augenzwinkernd versicherte. Mein Gepäck war bereits eingetroffen; ferner hatte Georgios dafür gesorgt, daß ich gleich morgen einen Mietwagen hatte. Ich brauchte nur die Papiere zu unterschreiben. Stefania führte uns in das Zimmer, stieß die azurblauen Läden auf. Über der Lagune flimmerte ein Zauberschein, ein Schiff hinterließ eine glitzernde Spur, und die Felsen schimmerten in den zarten Tönen von Levkojen. Das Zimmer war geräumig, mit Balken an der Decke; die Wände, weiß getüncht, zeigten schon einige Risse. Die Möbel aus einheimischen Werkstätten waren schlicht, aber aus gutem Holz und sorgfältig poliert. Auf den Betten lagen die gehäkelten Überwürfe mit langen Fransen, die in Griechenland zu jedem Haushalt gehören. Einen Schrank gab es nicht, dafür eine Stange hinter einem Vorhang, an der eine Anzahl Drahtbügel hingen. Daneben eine Dusche mit Toilette, weißgekachelt und sehr sauber. Frische Handtücher hingen bereit. Wir tauschten einen Blick. Ich sagte:

»Ich denke schon, daß wir es eine Zeitlang hier aushalten können.«

»Ja, das glaube ich auch«, erwiderte Manuel.

Noch am gleichen Nachmittag meldete ich mich beim geologischen Institut an, das im Gebäude der Fremdenpolizei untergebracht war. Griechische Männer sehen es nahezu als Ehrensache an, Ausländerinnen zu umgarnen. Demzufolge empfing man mich mit ausgesuchten Floskeln und glutvollen Blicken, wobei Manuels Anwesenheit die einheimischen Verführungskünste etwas temperierte. Beamte sind auch nur Menschen. Alle trugen dunkle Anzüge; alle führten den schmalen Lippenbart spazieren, der in Griechenland den Beamten vom gewöhnlichen Bürger unterscheidet. Der CNRS hatte mein Kommen angekündigt. Der Leiter der geologischen Abteilung versprach mir jede Unterstützung. Wir mußten einen großformatigen Fragebogen ausfüllen, auf englisch. Dazu waren Paßfotos nötig – die wir in Kenntnis einheimischer Bürokratie vorsorglich dabeihatten. Wonach uns der Beamte ein Empfehlungsschreiben aushändigte, mit Stempeln und Gebührenmarken versehen, die zusätzlich zu bezahlen waren. Zum Schluß wurde, dem ausgefüllten Fragebogen entsprechend, eine Karteikarte für die Archive der Fremdenpolizei angefertigt, eine reine Formsache, wie der Beamte leutselig beteuerte. Als wir das Ganze hinter uns hatten, ging die Sonne unter. Der Himmel schillerte fast grünlich, das Meer leuchtete wie Gold. Der Kontrast zwischen der Größe der Natur und dem Beamteneifer am Kraterrand kam uns wie eine witzige Sache vor. Irgendwie gefiel uns der Gedanke, daß der Vulkan das letzte Wort haben würde.

»In den vierziger Jahren«, erzählte Manuel, »brach im Staate Michoacán ein Vulkan aus einem Feld. Der Bauer pflügte, als plötzlich Rauch aus dem Acker stieg. Fassungslos beobachtete der Mann die Geburt des Vulkans auf seinem Boden. Er flehte die Erdgottheit an, seinen Besitz zu verschonen, doch die Gottheit verlachte ihn, öffnete knirschend ihren Rachen, aus dem Feuer und Rauch quoll. Der Bauer war mit seinem Esel gekommen. Der Esel zitterte und schrie, als die Erde bebte. Da holte der Bauer die Peitsche und schlug auf die Erde ein. Er peitschte den Boden mit aller Kraft, verwünschte und verfluchte ihn: ›Nutzlose Erde, unfähige Erde, verdammte Erde‹. So schrie der Bauer, bis ihn die Kräfte verließen, die giftigen Dünste ihn zu ersticken drohten. Dann erst ergriff er die Flucht, um sein Leben zu retten und die Behörden zu benachrichtigen. Schon einen Monat später hatte der Vulkan eine Höhe von vierhundert Meter erreicht, die Maisfelder unter der Lava begraben. Der Bauer jedoch hatte die Erde, die ihm seinen Broterwerb genommen hatte, ausgepeitscht und verflucht. Er war ein unbescholtener Mann; er ließ es nicht zu, daß die Gottheit ihn demütigte.«

Manuel lächelte mich an.

»Diese Geschichte könnte sich auch in Griechenland zugetragen haben. Übrigens hieß der Bauer Dionysio. Ein Zufall, was denn sonst? Oder auch nicht, *quién sabe? …*«

Wir saßen im Restaurant der »Pension Lucas«, unter einem purpurgesprenkelten Himmel. Glühbirnen, an Drähten aufgehängt, zogen alle möglichen Insekten an. Wir hatten eine »Pita« bestellt, eine Art Pfannkuchen, mit Spinat und Quark gefüllt, im Ofen gebacken. Dazu einen wunderbar schmackhaften Salat, mit einer besonderen Sorte Weichkäse. Georgios hatte uns eine Flasche »Vissanto« empfohlen, einen Inselwein aus schwarzen Trauben, der seltsamerweise nach Pfirsich schmeckte. Bald versetzte uns der Wein in redselige Stimmung. Manuel fing plötzlich an, von sich selbst zu sprechen. Jetzt wurde ich neugierig. Manuels Vater, Rafael, war Architekt. Seine Mutter, Cecilia Huitemea, war die Tochter eines Holzschnitzers. Ihr Vater fertigte Masken für Volksfeste und Umzüge an, ein ebenso seltenes wie geschätztes Gewerbe. Manuel hatte eine ältere Schwester, Ramona, die in Los Angeles in einem Anwaltsbüro arbeitete.

»Meine Mutter ist eine reinblütige Indianerin, eine Zapotekin. Mein Vater lernte sie kennen, als er in Oaxaca den Hauptsitz für eine japanische Firma baute. Mexikanische Architekten sind berühmt. Mein Vater war einer der ersten Bauplaner, die Hochhäuser nach dem IB – Intelligent Building – Prinzip konzipierten.«

»Hast du deswegen begonnen, Architektur zu studieren?«

»Ja. Mein Vater wünschte, daß ich sein Unternehmen weiterführte. Er hat ein Büro in Mexiko City, ein anderes in Los Angeles.

Nach der High-School ging ich zuerst nach New York, aber dort gefiel es mir nicht. Mein Vater hatte in Paris und Barcelona studiert. Er sprach oft davon, wie die wirtschaftliche Situation eines Landes die kulturelle Entwicklung bestimmt. Ein Architekt hat seine künstlerische Leistung vollbracht, sobald die Pläne für sein Bauwerk ausgearbeitet sind. Aber solange das Bauwerk nicht steht, ist er nicht wirklich existent. Damit es aber dazu kommt, ist es notwendig, daß der Wohlstand erlaubt, diese Bauten zu errichten. Mein Vater ist auf seinem Gebiet bahnbrechend. Aber seine Ziele konnte er nur auf internationaler Ebene erreichen. Als ich nach Europa wollte, war er sofort einverstanden. Sprachen waren für mich nie ein Problem; ich konnte bereits Englisch, Spanisch sowie die Mundart meiner Mutter, das ›Nahuatl‹. Daß ich den Wertvorstellungen meines Vaters schließlich den Rücken kehrte, ließ sich nicht voraussagen. Es war das Erbe meiner Mutter und symptomatisch für meinen Zustand.«

Er zeichnete, während er sprach, mit der Gabel Arabesken auf das Tischtuch aus Papier; der Wein machte seine leise Stimme noch leiser, doch selbst im Zwielicht sah ich den weichen Schimmer seiner Augen.

»Cecilia und ich sind uns sehr ähnlich«, fuhr er fort. »Und nicht nur, was das Äußere betrifft. Was uns verbindet, ist eine besondere Mischung aus Idealismus und Skepsis, einen ebenso leisen wie hartnäckigen Hang zur Anarchie.«

Ich hob die Brauen.

»In jedem Fall?«

Leichtes Grinsen.

»Die Gelegenheit muß sich bieten.«

Wir lachten. Er sprach weiter.

»Cecilia und ich sind der introvertierte Teil der Familie. Man sagt, stille Wasser sind tief. Aber das wurde mir erst später bewußt. Als Rafael – mein Vater – Cecilia begegnete, studierte sie in einer Lehrerbildungsanstalt in ihrem Geburtsort Tehuantepec. Nach dem Abschluß begann sie, Unterricht zu geben. Sie hing mit Leib und Seele an ihrem Beruf. Sie wollte die Welt verändern. Die komplexen soziologischen Fragen Mexikos sah sie mit den Augen einer Utopistin. Sie glaubte, daß man im Kleinen mehr bewirkte. Ihr Leitgedanke war: ›Die Wurzeln arbeiten still unter der Erde, aber daraus wachsen Bäume.‹ Sie entfernte nicht das Kruzifix aus den Schulklassen, wie kommunistisch angehauchte Lehrer es taten, dafür kaufte sie den Kindern Buntstifte, damit sie malen konnten. Sie sprach mit den Bäuerinnen über Empfängnisverhütung und brachte ihnen bei, das Trinkwasser abzukochen. Doch sie liebte Rafael und heiratete ihn. Sie lebten achtzehn Jahre zusammen. Heute ist meine Mutter Lehrerin in einer Dorfschule aus Lehmziegeln, mit Zementboden und uralten Holzbänken. Aber ihre Arbeit im Dorf umfaßt verschiedene Aspekte, von denen jeder ebenso wichtig ist wie der Unterricht in Lesen und Schreiben. Sie ist Gemeindevorsteherin, Sekretärin der Kreiskommission, Psychologin, Berufsberaterin. Für sie ist Armut ein Problem, das erklärt und organisiert werden muß, wie jedes andere auch. Politik mag sie nicht, obwohl sie eine Zeitlang – zum Entsetzen Rafaels – in der kommunistischen Partei war. Mehr aus Provokation als aus Überzeugung, wie sie mir später gestand. Rafael liebt Partys in Nobelhotels, gutes Essen und gute Weine, Vernissagen und elegante Theaterpremieren. Er spielt Tennis und Golf und besitzt eine kleine Hacienda mit fünf Reitpferden. Cecilia lebt in einem Ort, der Suchiapa heißt, unweit der Grenze nach Guatemala. Sie hat keine Badewanne und keine Klimaanlage in ihrer Wohnung. Ihre Fenster sind, zum Schutz gegen Insekten, mit einem Drahtnetz bespannt. Aber sie gehört dahin, ihre Wurzeln liegen dort, am Rande des Urwaldes.«

»Deine Eltern leben also getrennt?«

Jetzt schmunzelte er.

»Ja und nein. Eine Zeitlang hatte sich Cecilia Rafaels aufwendigem Lebensstil angepaßt. Wir wohnten in einem eleganten Penthouse in Acapulco. Meine Eltern gingen viel aus, empfingen Gäste zum Cocktail und Dinner. Cecilia besaß zwei Dutzend Abendkleider und hundert Paar Schuhe. Sie lacht noch heute darüber. Wenn sie von früher erzählt, beginnt sie oft mit den Worten: ›Damals, als ich hundert Paar Schuhe hatte ... ‹«

»Wie kam es denn, daß sie deinen Vater verlassen hat?«

»Eines Tages hat sie diesen Entschluß gefaßt. Ramona studierte schon im Ausland, ich war im letzten Schuljahr vor dem Abitur. Cecilia ließ ihre Abendkleider und Schuhe zugunsten einer Stiftung für Waisenkinder versteigern, gab Ramona ihren Schmuck und bewarb sich um eine Stelle als Lehrerin auf dem Land.«

»Und dein Vater? Wie hat er die Sache aufgenommen?«

»Gefaßt. Er ist ein Mann mit diplomatischen Umgangsformen. Seine Vorfahren waren Europäer. Er wußte aber auch, daß Cecilia in ihrer Jugend mit der Welt des Hungers, der Ignoranz und der schreienden Ungerechtigkeit in Berührung gekommen war. Daß ihr Vater, Don Alfonso Huitemea, Kazike war – Dorfoberhaupt also – und nie in die Kirche ging. Überdies galt er als Zauberer, eine Eigenschaft, die überall auf der Welt den Maskenschnitzern zugeschrieben wird.«

»Ja, warum eigentlich?« fragte ich.

»Das Holz bewahrt die Naturkräfte, die uns mit den Pflanzen verbinden. Eine Maske gestaltet man nicht nach der Wirklichkeit, sondern nach einer Vision. Und früher durfte keiner eine Maske tragen, die er nicht selbst geschnitzt hatte.«

Ich lächelte.

»Ich würde deinen Großvater gerne kennenlernen. Er muß ein bemerkenswerter Mensch sein.«

Ein Schatten glitt über Manuels Gesicht.

»Er ist tot«, sagte er dumpf »Als er mir die Chimiria gab, hatte er schon den Ruf der Eule gehört.«

»Was bedeutet das, Manuel?«

»Er wußte, daß er sterben würde. In seiner Jugend hatte er in einem Bergwerk gearbeitet. Seine Lungen waren geschwächt.«

Er lächelte mich an, wenn auch nur flüchtig.

»Du hättest ihm gefallen.«

Manuels Glas war leer; ich hob die Flasche, schenkte ihm neuen Wein ein. Er trank einen Schluck, wischte sich mit dem Handrücken über die Lippen.

»Nun, mein Vater sah ein, daß in Cecilia Kräfte am Werk waren, gegen die er machtlos war. Sie trennten sich also räumlich. Jeder gab dem anderen absolute Freiheit. Solange sie zusammenlebten, hatte Rafael meine Mutter nie betrogen. Jetzt hat er ein Notizbuch voller Telefonnummern. Aber was heißt das schon? Und was Cecilia betrifft ...«

Manuel stockte, schüttelte leicht den Kopf.

»Sie hat meinen Vater nicht wegen eines anderen Mannes verlassen, sondern wegen einer Vision.«

Ich rieb mir die Stirn; ich hatte plötzlich ein dumpfes Gefühl in meinem Kopf, alles widerhallte darin wie in einer hohlen Muschel.

»Sehen sie sich manchmal?«

»O ja, ein paarmal im Jahr. Da reist mein Vater zu ihr, oder sie kommt nach Acapulco. Sie fahren zu der Hacienda, reiten zusammen in die Berge aus, baden im Fluß. Sie trinken Tequila, essen Pfefferschoten und gefüllte Maiskuchen. Oder sie gehen ins Theater, besuchen Konzerte. Sie sind verliebt wie am ersten Tag. Und dann trennen sie sich wieder. Sie haben den Mut dazu. Beide sind stark genug, daß sie es schaffen, auf diese Weise zu leben. Es braucht eine besondere Begabung dazu ...«

Ich schluckte schwer. In mir herrschte Verwirrung.

Ja, ich verstehe.«

»Nicht wahr?« sagte er. »Meine Eltern führen ein seltsames Leben. Deswegen spreche ich nicht gerne darüber. Meine Schwester, zum Beispiel, versteht das nicht. Sie würdigt zwar Cecilias Handlungsweise, kann sie aber nicht ohne Vorbehalt annehmen. In den Vereinigten Staaten vertuschen lockere Umgangsformen strenge Konventionen. Ramonas Vorstellung von dem, was sich schickt oder nicht schickt, wurde davon geprägt. Wir haben uns wenig zu sagen. Der Altersunterschied trennte uns schon als Kind. Mädchen sind früher reif. Und obwohl wir im gleichen Haus daheim waren, wohnte jeder von uns in einem anderen Herzland. Sie war kühl und vernünftig wie mein Vater; in mir wirkte das dunkle indianische Blut. Ich konnte versuchen, mich in Ramona zu versetzen, ihre Gedanken und Gefühle nachzuempfinden, aber der Versuch blieb einseitig, weil sie mir niemals entgegenkam. Ich nehme an, daß mich das verletzte, und dieses Gefühl bestimmt noch heute unsere Einstellung zueinander. Wir sind Geschwister, aber wesensfremd ...«

Der Wein machte mich benommen. Ich sagte, um etwas zu sagen: »Hast du kein Foto von deiner Mutter?«

Er lächelte verschmitzt.

»Nein, aber ich habe ihr Bild geformt.«

Ich starrte ihn überrascht an.

»Geformt?«

»All das gehört dazu«, sagte er. »Diese Andersartigkeit, meine ich. Schon als Kind modellierte ich, mit Lehm und Ton, knetete kleine Figuren, Menschen oder Tiere. Mein Vater lachte darüber, meine Mutter nicht. Oft kam sie zu mir, wenn ich in meinem Zimmer arbeitete. Sie kniete neben mir am Boden, mit ihrem ernsten, dunklen Gesicht. Sie sagte zu mir: ›*Hijo* – Junge – was machst du da?‹ Ich antwortete, ich mache einen Vogel, oder einen Schmetterling, oder einen Jaguar. Sie sah still zu, wie ich arbeitete. Und eines Tages – ich war gerade sechzehn Jahre alt geworden – kam sie wieder in mein Zimmer, als ich modellierte. Ich hatte Zeitungen ausgebreitet, überall war die größte Unordnung; Werkzeuge, Pinsel und Schwämme lagen am Boden verstreut. Cecilia zog ihre Schuhe aus und setzte sich zu mir. Ich sehe sie noch heute: Sie trug Jeans, eine seidene Bluse und eine Kette aus Türkis. Sie war mehr als schön; sie war außergewöhnlich. Ihr Haar rahmte schmal die länglichen Wangen ein. Ihre dunklen Lippen hatten diese Schwermut, die den Zapotekenfrauen eigen ist. Ihre Augen, schwarz, mit tiefroten Lichtern, waren von langen Wimpern überschattet, die sich stark wölbten, sobald die Lider sich senkten. So, wie sie vor mir kniete, war sie ganz und gar Indianerin. Damals fühlte ich es zum erstenmal. Meine Schwester war – wenn ich mich so ausdrücken kann – die Tochter meines Vaters. Ich war der Sohn meiner Mutter. Zwischen uns floß ein Strom roten Blutes, der uns verband. Sie brauchte mich nicht zur Stille zu erziehen. Ich hatte früh gelernt, still zu sitzen und Freude daran zu haben. Sie hatte mir auch nicht beigebracht, meine Sinne zu gebrauchen, die verschiedenen Gerüche aufzunehmen, zu schauen, wenn es allem Anschein nach nichts zu sehen gab, und aufmerksam zu horchen, wenn alles ganz ruhig war. Ich wußte das alles, ohne es jemals gelernt zu haben. Und nun saß ich da, nur meine Hände bewegten sich und formten die kleinen Figuren aus Ton. Und auf einmal begannen meine Hände, ein Gesicht zu modellieren. Zuerst nahm ich es kaum wahr; ich war völlig absichtslos. Meine Hände arbeiteten selbsttätig, als ob sie in dem Augenblick, in dem mein Geist zu gestalten begann, ausführten und sichtbar machten, was mir vorschwebte. Es war das Antlitz meiner Mutter, das ich formte; sie und ich merkten es gleichzeitig. Cecilia beugte sich leicht vor. Ihr Atem beschleunigte sich, bevor er sich wieder beruhigte. Dann kniete sie vor mir, in der gleichen aufrechten Haltung; ihr Gesicht war entspannt, die Hände gefaltet. Wir schwiegen beide. Die Unbekümmertheit, die ich ein paar Atemzüge lang verloren hatte, stellte sich wieder ein. Ich war völlig unbefangen, knetete die kleine Plastik, als ob es kaum ein Vorgang spürbarer Realität sei. Ich hatte jedes Zeitgefühl verloren, mein Herz schlug gleichmäßig, aber irgend etwas in mir fühlte sich seltsam beschwingt an. Wie es kam, daß sich das Gesicht meiner Mutter fast ohne mein Zutun unter meinen Fingern formte, konnte ich weder damals erklären, noch kann ich es heute. Plötzlich war das Antlitz da, und dies allein ist wichtig. Wir betrachteten es eine Weile schweigend. Dann erhob sich Cecilia mit einer leichten, federnden Bewegung. Sie trat ein paar Schritte zurück, um es von weitem zu betrachten. Ich entdeckte noch eine kleine Unvollkommenheit, die ich sogleich korrigierte, nachdem ich die Finger mit Speichel befeuchtet hatte. Da ließ mich ein seltsamer Laut den Kopf heben. Ich sah, daß meine Mutter weinte. Ganz ruhig stand sie da; eine einzelne Träne hinterließ auf ihrer Wange eine glitzernde Spur. Ich starrte sie an, betroffen und etwas beschämt; ich war mir keiner Schuld bewußt. Doch bevor ich eine Frage stellen konnte, schüttelte sie leicht den Kopf. Sie lächelte mir zu, unter Tränen; ihr Ausdruck war herzzerreißend. Dann drehte sie sich um und verließ lautlos den Raum.

Erst viel später erzählte sie mir, daß sie dort, in diesem Augenblick, ihre Entscheidung getroffen hatte.

›Ich sah dich mein Bild machen und fragte mich: Wer bin ich eigentlich? Es kam mir in den Sinn, daß ich mir über diese Frage schon lange den Kopf zerbrochen hatte. Und als ich mich erinnerte, wußte ich, daß die Antwort stets die gleiche sein würde: eine Indianerin, für ein anderes Leben gemacht.‹«

Manuel seufzte und fuhr fort:

»Ich nehme an, daß er schon lange zwischen meinen Eltern stand, dieser uralte indianische Schatten. Indem ich Cecilias Gesicht modellierte, hatte ich ihre Seele zurückgebracht. Jahrelang war sie hin-

und hergerissen gewesen, weltenweit von sich selbst entfernt. Nun trieb es sie zurück, zu den Klängen und Farben ihrer Kindheit; sie kannte ihr Volk und sein Elend, die Hitze und den Hunger, die Alpträume der Vergangenheit, die schwere Last des Pflugs und die Schrecken der Trockenheit. Sie hatte genug von Schönheitsinstituten, Teestunden in klimatisierten Salons und Cocktailpartys im Sonnenuntergang. Ihre Kinder waren bald erwachsen. Sie wollte keine Rolle mehr spielen noch eine Maske tragen. Sie wollte den Indios beibringen, Latrinen zu bauen, den Müll der Küchen zu verbrennen, sich gegen Spekulanten zu wehren.

›Ich mußte mit deinem Vater sprechen‹, sagte Cecilia. ›Allzu lange hatte ich ihn im Glauben gelassen, ich sei glücklich mit ihm. Diese Heuchelei war abscheulich. Ich schuldete ihm die Wahrheit.‹

Ich fragte sie:

›Hatte er Verständnis dafür?‹

Sie lächelte und erwiderte:

›Zuerst nicht. Aber später.‹«

Manuel schwieg; aus der Bar drang ziemlich laut Musik. Ein Kellner bediente die letzten Gäste. Ich schüttelte den Kopf. Nein, keinen Wein mehr. Manuel lehnte sich zurück, die Hände im Nacken verschränkt. Nach ein paar Atemzügen sagte er:

»Sieh dir mal die vielen Sterne an! Wie in Mexiko!«

»Hast du manchmal Heimweh?« fragte ich.

»Manchmal. An manchen Tagen. Aber nicht oft.«

Ich strich die Serviette aus Papier glatt.

»Erzähl mir, wie es weiterging.«

Sein Blick kehrte zu mir zurück.

»Meine Mutter war nicht mehr da. Ich mußte mich damit abfinden. Ich wohnte ganz alleine in unserem Penthouse. Die Dienstboten waren entlassen worden. Den Haushalt besorgte eine Putzfrau. Mein Vater war ständig auf Reisen. Ich machte Abitur und ging nach New York. Nach zwei Semestern hatte ich von den *Gringos* – so nennen wir die Nordamerikaner – die Nase voll. Ich hatte Kurse an der Alliance Française belegt. Als ich in Paris ankam, immatrikulierte ich mich an der Ecole Nationale Supérieure des Beaux-Arts. Ich wohnte in der Cité Universitaire und vertrödelte meine Zeit mit allem möglichen. Das Pariser Studentenleben hat – wie du weißt – viel zu bieten.«

Er nannte ein paar Lokale; mit einigen Jahren Abstand hatte ich die gleichen besucht. Wir lachten beide.

»Und natürlich hast du dich verliebt.«

Er neigte sich über den Tisch, mit Schalk in den Augen.

»Oh ja! Furchtbar oft und sehr heftig.«

»Aber scheinbar ist nichts daraus geworden.«

Er lachte nicht mehr.

»Das ging so eine Zeitlang. Ich benahm mich wie ein Idiot und war auch nicht sehr wählerisch. Aber wenn man nicht vollkommen borniert ist, hat man eines Tages genug.«

»Das stimmt.«

»Ich war nicht borniert und wollte meinen Frieden haben. Überraschend bot sich mir die Gelegenheit, ein Keramikatelier an der Rue de Bretagne zu mieten. Nach einigen Jahren Unterbrechung begann ich wieder zu töpfern und zu modellieren. Daneben besuchte ich Museen und Ausstellungen, sah mir die verschiedenen Richtungen der modernen Keramik an. Schließlich kündigte ich mein Zimmer in der Cité Universitaire und wohnte nur noch im Atelier. Ich stellte fest, daß meine Bedürfnisse bescheiden waren: eine Neigung, die ich mit Cecilia teile. Schließlich ließ ich mich immer weniger in den Schulateliers am Quai Malaquais blicken, verbrachte dafür viele Stunden in der Werkstatt. Das weite Feld der Keramik zog mich in seinen Bann. Ich machte mich mit den Grundtechniken vertraut: Rohstoffchemie, Glasuren und Farben, Drehen auf der Töpferscheibe, Brennvorgängen. Eine Zeitlang war ich sehr unruhig und nervös. Ich hatte dauernd meinen Vater vor Augen und fühlte mich als Versager. Bis ich zur Überzeugung kam, daß ich ein mangelhafter Architekt, dafür aber ein durchaus akzeptabler Keramiker sein könnte. Millionär würde ich mit Sicherheit nie werden, aber wenn ich eine besondere Stilrichtung schuf, Aufträge bekam und Schüler unterrichtete, würde ich nicht schlecht davon leben können. Meine Mutter hatte, bevor sie nach Suchiapa ging, einen Teil ihres persönlichen Vermögens auf mein Konto überwiesen. Das konnte ich als Startkapital benutzen. Aber ein Kunstwerk – gleich welcher Art –

kann nur aus Freude geschaffen werden, nicht aus Ehrgeiz. Ein Künstler muß gleichsam in seiner Heimat verwurzelt und vom Universalgeist erfüllt sein. Ich beschloß, eine Zeitlang zu reisen, verschiedene Einflüsse auf mich einwirken zu lassen. Und das, was ich inzwischen auf diesem Gebiet gesehen habe – auf dem Gebiet der Töpferei, meine ich –, zeugt von einer gemeinsamen Sprache: der Sprache der Erde, die sich formen und verwandeln läßt, die stark und elastisch ist, die lebt und atmet. Wenn ich ein Gefäß drehe oder eine Plastik knete, spüre ich das. Ich forme die Erde, und der Himmel kommt näher, ein Zusammenwirken von Kraft und Geist, ein besonderer Rhythmus, eine Harmonie. Meine Hände sind beseelte Werkzeuge: Ich bin erschaffen worden und erschaffe die Welt. Es ist eine berauschende Macht und gleichsam nur der Beginn des Wissens. Jeder Künstler kennt dieses Hochgefühl, diese Demut. Dafür lebt er.«

Manuel verstummte so plötzlich, daß ich fast eine Leere empfand. Der Wind wehte von der anderen Seite, die Musik klang gedämpft zu uns herüber. Das Meer glitzerte schwarz und ruhig; ein dünner Schaumstreifen schlug an die Klippen.

Schließlich brach Manuel das Schweigen.

»Woran denkst du?«

Ich hielt den Blick auf seine Hände gerichtet, die mit den Handflächen nach oben ganz ruhig auf dem Tisch lagen.

»An Stavros. Er hat gesagt, du hättest die Hände eines Bauern. Er hat sich nicht geirrt. Du bist ein Mann, der mit der Erde arbeitet.«

»Stavros sieht diese Dinge. Er hat eine Begabung dafür.«

Ich beugte mich vor und griff nach seiner Hand. Er verstrickte seine Finger in meine. Die Berührung mit seiner starken, warmen Hand verbreitete sich in mir mit dem Pulsieren des Blutes, durchfuhr meine Nerven und brandete bis ins Herz.

Er lächelte mir zu.

»Du sagst nichts?«

Ich lächelte zurück, geistesabwesend.

»Im Grunde ist es komisch: Wir leben in Paris und lernten uns in Thessaloniki kennen!«

Er hob ein wenig die Schultern.

»Das geschieht nicht alle Tage, wie?«

Ich schüttelte den Kopf.

»Ein Zufall war es nicht, nein.«

Sein Lächeln erlosch.

»Habe ich dich in Schwierigkeiten gebracht?«

Ich betrachtete sein Gesicht, im Schein der schaukelnden Glühbirnen. Es wurde plötzlich kühl. Eine feuchte Luftschicht legte sich auf unsere Haut. Ich sagte:

»Wenn man so will.«

»Was nun?« fragte er.

Die schmalen kräftigen Finger umschlossen meine Finger, hielten sie fest und warm. Ich seufzte.

»Ich werde darüber nachdenken müssen.«

23. Kapitel

Der Himmel war schwarz und sehr klar. Die Sterne funkelten wie weißglühende Kohlen vom Feuerbrett eines Riesen, die der Wind über den Herd des Himmels verstreut hatte. Ihre leuchtenden Myriaden spiegelten sich in der Lagune und schwärmten wie Millionen von Glühwürmchen um die Klippen der Ringinsel. Das Fenster war offen. Draußen herrschte das, was in nördlichen Breitengraden als »Ruhestörung« empfunden wird: Musik aus Bars und Tavernen, Motorenlärm, angeheiterte Discofans in den Straßen. Hunde bellten. Verspätete Gäste stapften in ihre Zimmer. Türen schlugen zu, sämtliche Duschen prasselten, die WC-Spülungen rauschten. Nach und nach verebbten die Geräusche. In der Ferne hupte ein Schiff, dann Stille. Nur noch das Zirpen der Grillen erfüllte die Dunkelheit und die Laute der Brandung. Wir lagen in den zerwühlten Laken; unsere Atemzüge, unsere geflüsterten Worte webten in der Nacht ein glitzerndes Filigran der Leidenschaft. Ich dachte, wie schön Manuels sehniger, kräftiger Körper war, wie schimmernd seine Augen und wie weich seine Lippen. Ich mochte die Art, wie er sich von mir lenken ließ; er hatte schnell herausgefunden, daß ich beim Liebesakt beherrschen wollte. Ich war bei ihm ebenso sicher wie bei dir, Amadeo. Er war sanfter, geschmeidiger, und seine Zärtlichkeit war sehr groß. Es war die Zärtlichkeit eines Menschen, der seinen Körper und seine Hände beherrschte, mit allen Dingen behutsam umging und sie mit stillem Leben erfüllte. Er machte mich mit seiner Zunge, mit seinen Lippen so feucht und offen, daß ich vor Sehnsucht stöhnte. Und dann stieß er in mich hinein, und ich krallte mich an seinen Schultern fest und flüsterte ihm zu, er möge ewig in mir bleiben. Er lächelte dann, und ich spürte, wie die Feuerflocke in mir erwachte, mich ausfüllte, wie ich hart und fest und immer wilder wurde. Die ganze Zeit sah ich ihn dabei an, verfolgte auf seinen Zügen das Voranschreiten seiner Lust, bis die Leidenschaft ihn spannte, seine Augen sich verschleierten. Dann warf ich ihn herum, stieg auf ihn, damit ich ihn noch tiefer fühlen konnte, hielt ihn fest in mir, rief heiser seinen Namen. Gemeinsam kamen wir zur Erfüllung, Mund an Mund, stöhnend und mit offenen Augen.

In dieser Nacht, als wir uns voneinander lösten, drehte ich ihm den Rücken zu, barg mein Gesicht in das Kissen. Ich atmete gepreßt, ein inneres Zittern schüttelte mich. Das Gefühl, daß ich ihn lieben konnte, daß ich ihn liebte, war so schwindelerregend stark, daß ich fast in Ohnmacht fiel. Mein Unterleib schmerzte. Ein leichtes, kaum spürbares Ziehen; doch es war da, eindeutig. Es erinnerte mich an dich, an die Art, wie du mich liebtest: eine totale Hingabe. Schweiß brach mir aus allen Poren, die Erinnerung machte mich fast toll. Ich hatte einen verzweifelten Drang zu reden. Zu reden? Nein. Zu schreien. Eine ganz bestimmte Sache hinauszuschreien. Er lag ganz still; ich hörte ihn nicht einmal atmen. Plötzlich spürte ich seine Hand, die über meine Schultern strich, den Rücken entlang.

»*Querida* …«

Er flüsterte das spanische Wort für »Geliebte« an mein Ohr. Ich zuckte zusammen. Der Schmerz, den er bei mir auslöste, raubte mir fast den Atem. Gelassen fuhr er fort, mich zu streicheln, mit weichen Fingerkuppen, die zart und behutsam meine Haut liebkosten. Nach einer Weile rollte ich mich herum, sah ihn an. Im blauen Nachtlicht war sein Gesicht nur ein schwarzer Fleck. Er strich zärtlich über mein Haar, schob es hinter die Ohren.

»Du sollst nicht traurig sein. Nicht meinetwegen.«

Leise sagte ich:

»Nein. Es ist etwas anderes.«

Er wartete ruhig. Ich drückte meine Stirn in die Beuge seines Armes, atmete den Geruch seiner Haut ein. Als ich noch immer nichts sagte, küßte er mich auf die Stirn.

»Du mußt nicht darüber reden.«

Ich rieb mein Gesicht an seine glatte Schulter.

»Nein. Irgendwann muß ich mit dir darüber sprechen.«

»Über den Mann, den du liebst?«

»Zuerst über uns, Manuel. Du sollst wissen, wie wichtig du für mich bist. Dir verdanke ich die Erfahrung, daß auch ein anderer mir etwas bedeuten kann. Ich habe es vorher nicht gewußt. Es tut mir leid, wenn es sich etwas konfus anhört. Ich bin im Augenblick etwas konfus.«

Ich sah das flüchtige Aufblitzen seiner Zähne.

»Mir scheint, du bist sehr klar im Kopf«

»Ich sitze in einer elenden Patsche.«

»Weil wir uns zueinander hingezogen fühlen?«

Ich streichelte sein Gesicht.

»Ich glaube, ich könnte dich lieben. Ich glaube, ich liebe dich.«

»Dann liebst du zwei Männer«, erwiderte er gleichmütig. Ich legte ihm rasch die Hand auf den Mund.

»Sei still.«

Er küßte meine Fingerspitzen.

»Fürchtest du dich davor?«

Ich dachte über seine Frage nach.

»Nein, das glaube ich nicht. Ich war überhaupt nicht darauf gefaßt, verstehst du?«

»Solche Dinge kommen unerwartet. Wie heißt er, der Mann, den du liebst?«

Kaum hörbar nannte ich deinen Namen. Ich spürte ein Frösteln in mir, wie eine schwingende Saite, die einen tiefen Ton auslöst und ein langes Echo hinterläßt.

Es war, als ob ich etwas sehr Kostbares preisgegeben hätte. Ein Geheimnis.

Doch in Manuel veränderte sich nichts, weder sein Atem noch seine Stimme. Und auch seine Hand fuhr fort, mich ruhig zu streicheln.

»Wie lange kennst du ihn denn?«

»Schon vierzehn Jahre.«

»Das ist eine lange Zeit.«

»Ja. Aber wir leben nicht zusammen. Wir sehen uns ein paarmal im Jahr, das ist alles.«

Meine Halsader klopfte. Ich holte tief Luft, um mich zu beruhigen. Manuel betrachtete mich, auf seinen Ellbogen gestützt.

»Warum? Weil er verheiratet ist?«

»Er führt ein merkwürdiges Leben. Mit dieser oder jener Frau, aber in Wirklichkeit liebt er nur mich. Er hat kein Mitleid mit sich selbst. Er hat nur Mitleid mit mir, aber er weiß, daß ich stark bin und mich niemals umbringen werde. Er – er hat es versucht.«

»Sich das Leben zu nehmen?«

»Ja. Ganz am Anfang. Als er dachte, daß wir uns nie wiedersehen würden. Du mußt nicht glauben, daß es bei uns einfach eine Neigung ist, ein Trieb, den wir beherrschen können. Nein, das ist es nicht. Wir sind füreinander … alles. Aber die Situation ist völlig ausweglos. Das Schlimmste ist, wenn man ruhig und klar sieht. Wenn man erkennt, daß da einfach nichts zu machen ist …«

»Woher weißt du das so genau?«

Ich schüttelte heftig den Kopf.

»Nein, es ist nichts zu machen, wenn eine Frau und ein Mann sich zu sehr lieben, um ohne einander weiterleben zu können, wenn sie aber auch nicht so beschaffen sind, daß sie das gleiche Leben führen können, und wenn dies niemandes Schuld ist. Und siehst du, als du heute abend von deinen Eltern sprachst, da fühlte ich wieder diesen Schmerz …«

»Weil ihre Geschichte dich an deine erinnerte?«

»Ja. Bei Amadeo und mir ist es genauso. Wir sehen uns wieder, nach langer Trennung, und jeder weiß sofort, was der andere denkt. Wir sind völlig aufeinander eingespielt. Hör zu … ich muß dir etwas sagen: Die Männer, mit denen ich schlafe, sie bedeuten mir nichts. Martin hat dir die Wahrheit gesagt. Ich benutze meine Lover nur, um zum Orgasmus zu kommen. Ich schließe die Augen und denke an Amadeo.«

»Bei mir nicht. Bei mir hattest du die Augen offen.«

Manuels Stimme klang gleichmäßig, als hätte ich nichts Besonderes gesagt. Aber es war schwer zu ahnen, was er eigentlich dachte.

»Nein. Dich wollte ich sehen. Ich habe Amadeo mit dir zum erstenmal betrogen. Und was wird jetzt aus mir? Was soll ich tun? Das hier bedeutet doch was!«

Vor lauter Verzweiflung hatte ich Halsschmerzen. Ich hatte diesem Mann mein Geheimnis anvertraut. Morgen würde er mich verabscheuen und ich mich verfluchen. Und so sagte ich bitter:

»Ich bin sehr aufrichtig, Manuel. Amadeo und ich werden uns niemals ändern. Wir sind egoistisch und unmenschlich. Es ist besser, du gehst uns aus dem Weg.«

Er lehnte sich zurück, um mir ins Gesicht zu sehen.

»Erzähle von ihm.«

Er gab mir damit das Stichwort. Die quälende Lust zu reden war nicht mehr aufzuhalten. Sei ruhig, wiederholte ich mir innerlich, sei ruhig, du kannst dich nicht so gehenlassen. Ich erzählte von Amadeos Familie, von seiner Jugend, von seiner Begegnung mit Wassilio und seiner Arbeit im Zirkus.

»Und wo hast du ihn kennengelernt?«

»In Paris, er trat als Feuerschlucker auf«, sagte ich, fast lachend. »Ich bin zu ihm gegangen und habe gesagt, daß sein Trick nichts wert sei. Ich war fünfzehn Jahre alt.«

»Und dann?« fragte er.

Ich hob ein wenig den Kopf und blickte ihn an, erschrocken.

»Dann wurden wir verrückt vor Liebe zueinander.«

Er sagte nichts. Ich sprach weiter, verstört von all dem Erinnern.

»Er gleicht niemandem. Er ist einzigartig. Er gehört zu denen, die echt sind. Er ist hochmütig wie ein Zigeuner und empfindsamer, als eine Frau es je sein kann. Er ist stark und tief verletzlich. Er hat den Schmerz in allen seinen Aspekten erlebt. Jetzt geht er durch diese Welt, ohne sie zu berühren, und schafft sich selbst seine eigene Welt. Es fällt ihm leicht, das Leben, das er nicht sehen will, zu ignorieren. Er ist ein Mann, der Sinnbilder gestaltet, sie in Formen und Farben und Musik verwandelt. Er ist ein Künstler, auf seine ganz besondere Art. Und für solche Menschen empfindet man auch eine ganz besondere Liebe.«

Er nickte ernst.

»Ja, ich verstehe.«

Mit einer heftigen Bewegung preßte ich ihn an mich.

»Ich hätte dir etwas vormachen können. Aber ich wollte kein Lügengespinst zwischen uns.«

»Ich bin froh, daß du mir von ihm erzählt hast. Jetzt kenne ich dich besser.«

Darum hatte ich zu ihm gesprochen, um mich zu erkennen zu geben. Es war nicht, weil ich fürchtete, ihn zu verlieren, oh nein, ich verstand sehr wohl, einen Mann zu verführen. Es war, weil ich ihm kein Leid zufügen wollte und nicht wußte, wie ich ihn anders davor bewahren konnte.

Doch er lächelte nun; und was empfand ich jetzt? Ein neues Gefühl, eine Unbekümmertheit, die alle Schwere von mir nahm. Und doch bist du immer da, Amadeo. Du wirst immer bei mir sein, mich niemals verlassen ... Das Reden fiel mir plötzlich leicht.

»Als wir uns das letzte Mal sahen, da sagte er mir, ich sollte mir einen Mann suchen. Er wollte nicht mehr, daß ich allein blieb. Und wenn er vor Kummer sterben müßte, sei es nicht weiter schlimm. Ich sagte, das sei unmöglich, undenkbar. Und jetzt ...«

»Ja?« fragte er, als ich stockte.

»Jetzt bist du da, und ich denke nicht mehr nur an ihn, sondern auch an dich ...«

Ich verbarg mein Gesicht hinter den Händen.

»Ich möchte euch beide lieben. Zusammen. Gleichzeitig. In einem Bett. Bis ich keinen Unterschied mehr sehe zwischen seinem Körper und deinem, nicht den geringsten Unterschied mehr ...«

Dann Stille. Benommenheit wie nach einem Schlag. Ich hatte es gesagt. Hatte mich dazu gezwungen, in Worte zu fassen, was ich stets empfunden hatte, seitdem ich Manuel begegnet war. Liebe, so hieß es, ein unbegreiflicher, unberechenbarer Vorgang. Was für einen Unterschied machte es in meinen Gefühlen für ihn oder für dich? Warum mußte ich mich für diese oder jene Liebe entscheiden? Wegen Manuel? Wegen dir? Oder deshalb, weil ich nun erkannte, was in mir vorhanden war, geheim und verborgen, bis es durch seine Fragen und meine Antworten zum Vorschein kam. Er hatte natürlich recht, daß er es wissen wollte. Ich atmete hörbar aus und flüsterte:

»Verzeih mir!«

Statt einer Antwort wälzte er sich auf mich, umfaßte mein Gesicht mit beiden Händen. Seine Zunge glitt über meine Lippen hin und her, den Hals hinunter. Er legte das Gesicht zwischen meine Brüste, seine Lippen wanderten die Adern entlang, kreisten über die Brustwarzen, immer wieder, bis die Spitzen fröstelten und schmerzten. Plötzlich hob er den Kopf.

»Und er, würde er es zulassen?«

Ich starrte ihn an, keuchend vor Gier. Warme, aufflackernde Schauer pulsierten unterhalb meines Nabels, die Beine entlang.

»Ich weiß es nicht! Ich kann es nicht sagen. Und du?«

Seine Hand wanderte an meiner Hüfte herunter, über die Lenden. Er preßte seinen Finger in meine Schamlippen, drückte sie auseinander; seine Finger kreisten langsam in mir, jeden Gedanken auslöschend, nur Gefühle erweckend, Gefühle, die fast zu stark waren für meinen Körper. Ich fühlte, wie Manuel mich ansah.

»Denke an ihn!« keuchte er.

Er bog mich zurück, drückte seinen Kopf an meinen Hals. Seine Stimme war ein heiseres Flüstern.

»Ich will, daß du an ihn denkst!«

Ich stöhnte laut; meine Hüften bewegten sich, Manuels Finger kreiste in mir, Wellen von Hitze flammten in meinem Unterleib auf. Er tauchte tiefer in mich ein, sein Finger fand den richtigen Punkt, die Feuerflocke. Die Funken zersprühten, dicht unter der Haut, alle Nerven meines Körpers trafen sich hier. Er war der Gefangene meiner Lust; er wußte, was der Frost auf meiner Haut bedeutete. Tief in mir, in meinem Schoß, schwelte der Kern des Feuers. Im Zentrum meines Körpers glitzerten Blitze, blendende Facetten, Diamanten. Ich war verzehrt von der Flammenglut, die er in mir auslöste. Das Feuer schlug hoch, wand sich durch meine Glieder, war überall gegenwärtig, liebevoll und schrecklich, bis seine Hand mich verließ und er in mich eindrang, sich in mir bewegte, in diesem weichen Feuer in meinem Schoß. Und während unsere Hüften sich verschoben, sich aneinanderpreßten im Rhythmus steigender Lust, durchzuckte mich der Gedanke, daß dieses Entzücken nur durch dich möglich war. Ich hatte ihm von dir erzählt, er hatte sich damit abgefunden und somit alles Unaufrichtige, Verstellte, was noch hätte dasein können, beseitigt. Ich wußte nun, er nahm dich hin, als Teil von mir. Er wollte mir nicht wegnehmen, was mir gehörte. Er wollte, daß etwas hinzukam. Er akzeptierte, daß du in Gedanken bei mir warst, während er mich liebte. Bestimmt fühlte er die Eifersucht, vermutlich sogar sehr stark, aber er ließ es nicht zu, daß sie von ihm Besitz ergriff. Er löschte sich aus, um geben zu können, und zielte weiter als ich. Meine Lust war die seine, er empfing, was er mir schenkte, tausendfach.

Es hatte schon einen Sinn gehabt, daß er die Wahrheit erfuhr. Gerade dadurch, daß er dein Bild heraufbeschwor, statt es zu verdrängen, erlebte er mich um so tiefer. So war es gut, so wollte er es haben. Es war kein Mißbrauch der Gefühle. Indem er mich von Selbstzweifeln und Qualen erlöste, prägte er meinem Herzen ein neues Siegel auf. Er machte mich frei. Frei, nicht nur dich zu lieben.

24. Kapitel

Der kleine Subaru ohne Dach, offen nach allen Richtungen, eignete sich gut für gewundene Inselpfade. Von der Ortschaft zu den Vulkanlöchern war die Strecke nur kurz. Beide Krater trugen ihre versteinerte Lava, wie Kronen aus schwarzem Schaum. Dünne Dampfschleier krochen über die mit blitzenden Körnchen bedeckte Bergflanke. Der typische Geruch nach Schwefel hing in der Luft. Hier und da erhoben sich eigenartige Felsbrocken, mit ihrer aufgerissenen Kruste frisch aus dem Backofen geholten Brotlaiben ähnlich. Als die großen Lavafetzen aus dem Krater gestoßen wurden, bargen sie viel Gas. Sie hatten bereits in der Luft begonnen, sich abzukühlen, wodurch sich eine harte Rinde um den glutflüssigen Kern gebildet hatte. Diese Formationen gab es hier in verschiedenen Größen, sie zeugten deutlich von der noch vorhandenen unterirdischen Aktivität. Jetzt lag Ruhe unter dem Himmel. Doch die Unbeweglichkeit des Gesteins war Trug: Eines Tages würde der Vulkan erwachen wie ein Tier, das mehrere Jahrtausende unter einem Steinpanzer schlief, und in einem Chaos aus Lava und Feuer ausbrechen, um die Trümmer seiner alten Behausung zu zerstören und die Materie für neue Lebenszyklen zu formen.

Auf holprigen Wegen fuhren wir nach Oia, eine Ortschaft, die das letzte Erdbeben fast völlig zerstört hatte. Die Bars und Tavernen waren ruhiger als in Thera, die Touristen weniger aufdringlich. Die weißen Häuser klebten am Hang, seltsam anzuschauen zwischen den Ruinen, die langsam wieder zum Fels wurden, schon ein Teil von ihm waren, mit der Erde verwachsen. Und immer war das Meer da, wechselnd in Farben und Licht, mit dem langsamen Schwingen vom Morgenrot zur Abenddämmerung. Durch den Ausbruch des Vulkans war eine Caldera – ein Einbruchskessel – entstanden. Das einströmende Meer hatte die Lagune gebildet. Ringsum ragten die Klippen, schroff in ihrer Kahlheit. Kein Baum wuchs hier, kein Strauch. Es waren die Felsen des kalten Todes, des unbeweglichen Lichtes; eine Landschaft, die nicht mehr zum Reich der Menschen gehörte. Vergeblich hätte man eine Spur von Leben gesucht, nicht einmal Eidechsen fanden hier das wenige Wasser und Grün, das sie zum Überleben brauchten. In zahlreichen Windungen schob sich die Piste die Hänge entlang. Am Fuß der Klippen schlummerten graue Strände. Touristen hatten ihre Handtücher ausgebreitet, um die Berührung mit dem heißen, grobkörnigen Boden zu vermeiden. Boote lagen am Strand, wie tote Vögel auf Asche.

Bei meinen Untersuchungen stellte ich fest, wie groß der Anteil Kieselsäure im Bims war. Kieselsäure entsteht, wenn das zähflüssige Magma beim Ausstieg im Vulkanschlot schäumt und die Fetzen mit Wucht durch die Luft geschleudert werden. Hier mußte die Explosion ungeheuerlich gewesen sein. Manuel hörte aufmerksam zu, während ich ihm diese Dinge erklärte. Er war stets an meiner Seite, gutgelaunt, mit wachen Augen alles beobachtend. Er besaß einen untrüglichen sechsten Sinn dafür, wenn ich Ruhe brauchte, um mich mit Vermessungen zu befassen oder Beobachtungen zu protokollieren. Ich tat es meistens an Ort und Stelle, damit ich die Notizen – soweit erforderlich – mit Skizzen ergänzen konnte. Inzwischen saß Manuel gelassen da oder schrieb in sein Tagebuch. Manchmal war ich stundenlang beschäftigt, aber Manuel verfügte über eine unendliche Geduld. Es machte ihm auch nichts aus, zu schweigen.

Wir fuhren nach Akrotiki, zur Ausgrabungsstätte, die eine Überdachung vor klimatischen Schwankungen schützte. Hier ruhte unter Vulkanasche und Bimsablagerung eine Stadt, die vor drei Jahrtausenden bei der Eruption vernichtet worden war.

»Wir müßten hundert Jahre arbeiten, um das Gelände gänzlich zu erforschen«, sagte Haris Makratis, der junge Archäologe, der uns durch die Ausgrabungen führte. »Mit besserer finanzieller Unterstützung könnten wir die Zeit um die Hälfte verkürzen. Aber wozu die Eile? Die Geheimnisse unter der Erde warten. Tausend Jahre sind für sie wie ein Tag.«

»Und die Toten?« fragte Manuel. »Rufen sie manchmal?«

Haris Makratis war Grieche. Er fand die Bemerkung nicht sonderbar.

»Nein. Ihre Stimmen sind verstummt. Es ist schon zu lange her.«

Als er erfuhr, daß Manuel sich für Töpferei interessierte, zeigte er uns Scherben, an denen noch Reste von Malereien sichtbar waren, wundervolle Motive von Blumen, Fischen und Meerestieren.

»Die Minoer liebten das Leben in all seiner Fülle. Ihr Sinn für Schönheit war unvergleichlich. Sie kannten diese Erde, als sie noch jung war. Wenn ich sehe, was wir aus ihr gemacht haben, beneide ich sie darum.«

»Es muß eine wundervolle Zeit gewesen sein«, sagte ich. Die Augen des jungen Mannes schimmerten nachdenklich.

»Völker, die das Schöne lieben, sind gefährdet. Das war schon immer so. Nicht alle Menschen erreichen zur gleichen Epoche die gleiche geistige Entfaltung. Jene, die sich für das Schöne begeistern, sind reifer. Ihre Lebenskräfte dienen der Kunst, der zivilisierten Gestaltung des Daseins. Während sich die Lebenskraft heranwachsender Völker vor allem der Macht und Eroberung zuwendet. Sie sind letztlich die Stärkeren, denn sie setzen, um Krieg zu führen, die gleiche schöpferische Kraft ein. Das ist kein Widerspruch, und es hat sich auch bis heute nichts daran geändert. Mit diesem Gedanken müssen wir leben.«

»Wir können keine Paradiese schaffen«, sagte Manuel. »Wir können sie nur in uns selbst finden, durch Träume.«

Haris blickte ihn an, nickend. Wir wanderten auf Brettern über die Ausgrabungen. Es roch nach Gips, Asche und feuchter Erde.

»Sie haben recht«, sagte er. »Träume gehören zum Menschen. Träume von Schönheit oder Träume von Kampf. Unsere Gattung braucht beides. Organisierte Brutalität kommt schnell zum Ziel. Aber sobald wir den Sieg errungen haben, beginnen wir, das Schöne zu lieben. Die Evolution geht weiter. Und hinter den bemalten Türen lauern neue Hyänen.«

»Aber die Vulkane sind stärker«, warf Manuel ein.

Haris lachte still vor sich hin.

»Ja, natürlich. Und sehen Sie, dieser Gedanke wirkt tröstend. Dem Menschen werden Grenzen gesetzt, durch Gott. Das Böse in ihm braucht diese Grenzen.«

Draußen empfing uns die Sonne, warm nach der Kühle in der Ausgrabungsstätte. Goldstaub flimmerte in der Luft. Wir blinzelten geblendet. Ich sagte:

»Es stimmt schon, wir spüren kaum noch die richtige Erde unter den Füßen. Wenn wir uns zu sehr der Natur entfremden, werden wir hart.«

»Wir haben die Orientierung verloren«, sagte Manuel. »Wir lieben nicht mehr die Erde, wir sprechen nicht mehr zu ihr. Das ist ein großer Fehler. Wenn ich einen Klumpen Tonerde in die Hand nehme, spüre ich, daß ich ein Teil von ihr bin, obwohl ich es bin, der sie formt. Das ist ihr Geheimnis, und darin liegt eine große Anziehungskraft.«

Wir sprachen viel in diesen Tagen und Nächten. Unser gegenseitiges Erkunden und Erkennen vollzog sich auf einer Insel, die von fernabliegenden Uranfängen ihre Geheimnisse barg, wie Schätze im Dunkeln. Der Rahmen von Asche und Stein gab den bunten Häusern den gleichen Wert wie den verschütteten Palästen und Heiligtümern: den Wert des Vergänglichen. Der Mensch war unbedeutend. Nur die Erde zählte. Normen und Vorschriften waren wandelbar; die Erde zwang dem Menschen ihre eigene Wahrheit auf. Hier, auf dieser Insel, ragte etwas anderes in unsere Welt: die freie Welt des Unsichtbaren, den menschlichen Gesetzen fremd und fern.

In dieser Zeit sprach ich viel von dir, Amadeo. Einer Zauberin gleich, die eine Traumgestalt in Blut und Leben verwandelt, beschwor ich dein Bild vor Manuels Augen. Wie ich ihm meinen Körper öffnete, so öffnete ich ihm auch meine Seele. Die Erinnerungen, die ich mit ihm teilte, brachten die Düfte und Geräusche meiner Jugend zurück: die mächtigen Stierherden der Camargue, die Lagerfeuer der *Guardians* – der Viehhirten –, die Gebete der Romanos vor ihrer Schutzpatronin, der »Schwarzen Sara«. Ich sprach von Quasimodo, dem hochmütigen Rappen, von dem jungen Mann, damals, der mich in seinen Armen hielt: von dir. Du hattest so ein ernstes Gesicht, Amadeo; es fiel schwer zu glauben, daß deine Augen so fröhlich blitzen konnten, daß dein Lachen so hell und so warm war …

Ich erwartete nicht, daß Manuel alles verstand; aber er sollte wissen, daß ich etwas zu hüten hatte, Erinnerungen, für die man sterben konnte. Wer konnte schlafen, wenn die Träume nicht süß waren? Die Liebe setzt Träume in Bewegung; sie kann zu einem Akt totaler Unabhängigkeit werden, zu einem Anderssein. Manchmal, wenn Manuel mich liebte, rief ich deinen Namen. Die Erinnerung glitt auf mich zu, ohne daß ich es wollte, fand mich durch die Wärme meines Körpers, durch das Klopfen meines Blutes in den Adern. Dann lächelte er und beugte sich tiefer über mich. Sein Angesicht erfüllte meinen Horizont. Und hinter ihm kamst du zum Vorschein. Beide Gesichter, durchsichtig geworden, glitten ineinander, bildeten ein einziges. Und ich wußte, würde ich morgen dich lieben, wäre es gleichsam Manuels Gesicht, das ich sehen würde. Ein Wunder war geschehen: Ich hatte zwei Menschen in einen einzigen Körper verwandelt, der mir so nahe stand wie mein eigenes Fleisch und Blut.

Abends schlenderten wir die schmalen Bergpfade entlang. Die Nächte waren milde und feucht, das Meer schwarz wie Pechkohle, und die Steine beleuchteten die Klippen mit silbernem Schein. Es roch nach Holzkohle, Salzwasser und Geißblattblüten. Wir zerrieben wilde Minze und Thymianstengel zwischen den Fingern, um den süßen Duft zu riechen. Fledermäuse zuckten im Gleitflug über die Felsen; im tiefen Dunkel der Büsche sang süß und perlend eine Nachtigall.

Einmal saß eine Eule mit großen Goldaugen auf einem Zweig; wir dämpften unsere Schritte, um sie nicht aufzuscheuchen. Sie starrte uns an, furchtlos, bevor sie ihre Flügel ausbreitete, weich und lautlos flatternd in die Nacht tauchte. An solchen Abenden kam es vor, daß Manuel Flöte spielte. Er trug das Instrument immer bei sich, in der bunten indianischen Tasche. Wenn er dazu aufgelegt war, ließ er sich auf einen Stein nieder. Er zog die Flöte aus dem Etui, setzte sie an seine Lippen. Die winzigen Spiegel glitzerten bei jedem Atemzug. Der schwingende, zarte Klang jagte mir einen Schauer über den Rücken. Es war kein Schauer der Angst, sondern der Ehrfurcht. Dieser Klang, so alt wie die Insel, kam von ferne, aus einem anderen Land. Vielleicht hatte früher, in unerforschten und unserem Gedächtnis unerreichbaren Zeiten, eine Verbindung zwischen den Erdteilen bestanden? Jene, die Schönheit lieben, sterben früher, hatte Haris Makratis gesagt. Diese Musik war ein Trost, eine Verheißung. Ein Netz aus Tönen, in sich geschlossen, von allem Äußeren gelöst. Die Kulturepoche dieser Insel war vorbei; übriggeblieben waren nur noch Ruinen. Die windgeborene Süße jedoch brachte die Luft zum Schwingen; ich spürte den Klang, durch die Asche und den Staub, durch den Schutt darunter, durch die lebende Erde und das heiße Gestein, hinabsinken zu den verborgenen Höhlen, wo die Toten vieler Zeitalter schliefen.

»In der Bezirksstadt Papantla, im Staate Veracruz«, erzählte Manuel, »wird jedes Jahr das Fest der *Voladores*, der Rundflieger, gefeiert. Papantla liegt inmitten von Vanillewäldern; früher wurde mit diesem Fest der Regengott Tlaloc beschworen, heute besteht es nur noch als Touristenattraktion. Oder auch nicht. Zuweilen kann die Wahrheit nur die halbe Wahrheit sein. Lange vor dem Fest suchen die Bauern im Urwald einen Baum aus, der ihnen hoch genug erscheint. Sie fällen diesen Baum, fahren ihn zur Ortschaft und rammen ihn auf dem Platz vor der Kirche in den Boden. Das ist eine Provokation. Die Bauern wissen es, oder sie wissen es nicht, *quién sabe?* Der Baum durchstößt die lebende Erde, sein Wipfel schwebt hoch über dem Kirchenportal, ragt in den Himmel, gigantisch. Am Sonntag kommen die Indianer, festlich gekleidet, aus den umliegenden Dörfern. Sie gehören dem Stamm der Totonaken an. Sie setzen sich auf die Treppen der Kirche – kehren der Kirche den Rücken zu und warten auf das Schauspiel. Nun erscheinen die Tänzer und klettern den Baum empor. Auf dem Wipfel ist eine drehbare Plattform aus Holz angebracht. Die vier Tänzer und der Musiker werden an den Seilen befestigt. Der Musiker trägt ein buntes Kostüm aus roter und blauer Kunstseide, einen Kopfputz mit bunten Bändern und kleinen Spiegeln. Die Tänzer sind außer dem Lendenschurz nackt. Ihr Haar schmückt eine Federkrone, an ihren Schultern, Armen und Fußgelenken sind Adlerfedern befestigt. Ihr Gesicht ist ockergelb bemalt, ihre Brust rot. So wurden die Opfersklaven geschmückt, die man einst auf den Stufen des Teocalli – der heiligen Pyramide – der Sonne opferte. Die Tänzer stellen die Adler dar. Der Musiker hat eine Flöte bei sich – eine Chimiria. An seinem Finger, unter der Flöte, hängt eine kleine Trommel, die er mit seiner freien Hand schlägt. Nun beugt er sich zu den vier Winden, ruft sie mit seiner Flöte an und gibt das Signal. Die Plattform dreht sich; die vier Tänzer, festgehalten von Seilen, werfen sich in die vier Himmelsrichtungen. Sie stürzen sich in den Raum, sie kreisen, trunken vor Licht und Luft. Sie fliegen und spüren die Freiheit der Adler. Die Seile bringen sie zum Boden herab, in langsamen, vornehmen Gleitbewegungen, während der Musiker, hoch oben auf der Plattform, den Gott anruft. Seine braunen Finger tanzen über die Flöte, die Trommel pocht – ton-ton-ton – und die Adler drehen ihre Runden. Sie hängen mächtig und stark am Himmel, spüren den Luftstrom an ihrem nackten Körper, das Sausen des Windes in ihrem Gefieder. Sie bewegen sich in der Luft, gleich Schwimmern in einem Strom. Sie wirbeln um sich selbst, gleiten hinauf, tauchen hinab, aber immer von den Seilen gehalten. In ihren Träumen erleben sie die Freiheit, aber ihr Körper hängt an dem Seil. Vielleicht wollen sie sterben, in diesem Augenblick. Vielleicht sehnen sie sich nach dem Tod, wer kann es sagen? Ihre Gesichter sind entrückt, in Ekstase, wie in der Liebe. Sie trotzen Naturgewalten mit Musik, mit der Hingabe ihres Körpers. Das großartige Gefühl der Freiheit ist ein Beschwörungsakt, eine Illusion. Von der wirklichen Freiheit, der Freiheit der Adler, können sie nur träumen. Und siehst du, Ariana, ich verstehe ihn – den anderen, den du liebst. Ich verstehe Amadeo. Auch er hat seinen Träumen eine Grenze gesetzt, den Kreis der Manege. Den Kreis der Lüfte, den Kreis der Manege, wir kreisen wie die Erde, mehr vermögen wir nicht. Der Kreis ist zeitlos, steht nie still. Wir ziehen einen Kreis in Gedanken, die wirkliche Freiheit erleben wir im Traum.«

»Erträgst du es, daß ich euch beide liebe?« fragte ich. »Raubt dir dieser Gedanke nicht den Schlaf?«

»Du bist wie Xochiquetal, die Vogelblume, die Göttin der Liebe. Es heißt in der Legende, einst habe sie das Paradies verlassen, um die Erde der Menschen zu besuchen. Sie richtet Verderben an, doch ihr Lächeln ist unschuldig. Und die Menschen können nicht anders: Sie müssen sie lieben, auch wenn sie ihnen Schmerzen bringt.«

»Bringe ich dir Schmerzen?«

»Nein. Wer nicht lieben kann, hat Angst vor sich selbst. Und wer sich scheut, zuviel zu geben, ist ein Geizhals seines eigenen Lebens. Ich bin ein Töpfer, wenigstens gebe ich mir Mühe, einer zu sein. Töpfer erschaffen ihre eigene Welt, mit ihren Händen. Darin liegt eine Geisteshaltung. Konventionen mißtraue ich. In meiner Vorstellung sind sie mit Scheinheiligkeit und aufgezwungenen Dogmen verbunden, mit Zynismus. Ich leide an der Krankheit der Utopie, wie Cecilia, die auf Botschaftsempfängen ihr Haar wie die Indios auf dem Land trug, mit bunten Wollfäden geflochten.«

Zwischen uns lag ein wesentlicher Unterschied. Ich dachte an die Vergangenheit wie an etwas, das vorbei war. Er bezog die Vergangenheit ein, machte sie lebendig. Sein Sinn für die Ordnung der Natur war verläßlicher: Er sah einen Kreis, wo ich Vierecke sah.

Manchmal, wenn wir über die holprigen Wege der Insel fuhren, sagte er:

»Halt einen Augenblick an.«

Dann fuhr ich den Subaru an den Straßenrand und stellte den Motor ab. Vielleicht konnten Leute vorbeikommen, vielleicht auch nicht. Wir begannen uns zu küssen, zuerst zart, dann immer heftiger. Ich ließ die Hände über Manuels Schenkel wandern, öffnete den Reißverschluß seiner Jeans und streichelte ihn. Ich trug manchmal einen langen Rock und darunter eine Bikinihose, wenn wir baden wollten. Manuel hakte den Büstenhalter des Bikinis auf, streichelte sanft meine Brüste. Er streifte dann das Kleid bis zur Taille herab, und ich hob das Gesäß, damit er es ganz ausziehen konnte. Ich streifte mein Höschen herunter, setzte mich auf seine Knie und stieß ihn in mich hinein. Es war nicht sehr bequem im Wagen, aber wir genossen die Provokation; sie steigerte unsere Erregung. Wir erlebten diese Momente noch zügelloser und intensiver als im Bett. Dann fuhren wir hinunter zum Strand, warfen uns nackt in die Wellen. Wir waren beide gute Schwimmer, kraulten Seite an Seite mit kräftigen Stößen. Unter uns fiel der Boden steil ab. Der auf den Wellen tanzende Schaum warf bewegliche Schatten auf den Sand. Manchmal näherten wir uns, preßten uns aneinander. Wir tauchten und streichelten uns wie spielende Delphine. Das Schwingen der Wogen versetzte unsere Körper in sanftes Schaukeln. Grüne, flimmernde Helle umgab uns, ein smaragdenes Leuchten, von Luftblasen und goldenen Strahlen durchwoben. Im Reich des Wassers und der Sonne war es, als hätte die Natur bisher noch nie eine Spur, einen Geruch, einen Schatten kennengelernt, der vom Menschen stammte. Nichts schien seit dem Augenblick der Schöpfung verändert: Wir waren die ersten Liebenden, in den frühen Zeiten dieser Welt.

Doch die Zeit läßt sich nur borgen, niemals besitzen. Sie erzeugt Unruhe und Veränderungen. Wenn wir auch gerne mit Vorstellungen spielen, die Wirklichkeit holt uns ein. Ich glaube auch nicht, daß überhaupt Aussicht besteht, zwischen beiden eine vernünftige Auswahl zu treffen. So gingen auch die zwei Wochen dahin; schnell, wie mir schien. Manuel hatte sich entschlossen, seine geplante Reise in die Türkei fortzusetzen. Von Thera aus ging ein Schiff nach Kreta. In Heraklion würde er weitersehen, entweder Rhodos besuchen oder gleich einen Direktflug nach Istanbul buchen. Ich fühlte sein uneingestandenes Bedürfnis nach Ruhe und Distanz. Er wollte sich und mir die Zeit geben, die wir nach allem, was geschehen war, brauchten, um, jeder für sich, nachzudenken über die gewandelte Wirklichkeit unserer Liebe.

»Anfang September werde ich wieder in Paris sein. Da kommt mein Vater für zwei Tage aus Los Angeles. Er weiß noch nicht, daß ich mein Studium aufgegeben habe. Ich werde es ihm beibringen müssen.«

»Schonend?«

»*Quién sabe?* Vielleicht auch mit dem Holzhammer.«

»Und dann?« fragte ich.

»Dann habe ich nichts zu tun. Das ist das einzige, dessen ich sicher bin.«

Wir lachten, wie über einen Witz. Es war unsere letzte Nacht. In allen Tavernen herrschte Lärm, die Musik aus der Bar drang bis in das Zimmer herüber. Am nächsten Tag ging Manuels Schiff. Ich reiste einen Tag später ab, nach Athen.

Er lehnte das Gesicht an meine Schulter.

»Eigentlich habe ich keine Lust, mich von dir zu trennen.«

»Es kam alles sehr unerwartet. Laß mir Zeit, mich daran zu gewöhnen.«

»Auch für mich. Ich werde tun, was ich kann.«

Ich schwieg. Er zog mit dem Finger die Linien meines Gesichtes nach, aufmerksam wie ein Kind.

»Sag mir etwas, irgend etwas.«

»Du liebst mich.«

Er lächelte versonnen. Wir lagen still nebeneinander, als ob jedes Verlangen zwischen uns erloschen war. Aber das war es nicht, überhaupt nicht. Wir waren beide sehr aufgewühlt.

»Glaubst du an Vorsehung?«

Ich fühlte, wie meine Lippen zitterten.

»Doch.«

Er ließ einen Atemzug verstreichen. Dann sagte er:

»Ich habe dich nie gefragt, was lieben für dich bedeutet. Für mich bedeutet es, daß ich mein Leben mit dir verbringen will. Aber vielleicht ist es nicht das gleiche für dich.«

Ich seufzte tief auf.

»Für mich auch, ja. Aber es kommt manchmal nicht so, wie wir es uns vorstellen.«

»Das würde nicht viel ändern«, meinte er.

Ich starrte vor mich hin.

»Du hast mich ganz schön an der Nase herumgeführt.«

»Zugegeben, du mich auch.«

Er lehnte sich auf den Ellbogen zurück, um mich anzuschauen.

»Wärest du jetzt bereit, mich zu heiraten, so würde ich zögern. Du bist der freieste Mensch, dem ich je begegnet bin. Freiheit. Nichts respektiere ich mehr als das. Und gleichzeitig sehne ich mich danach, dich zu sehen, zu hören, in deiner Nähe zu sein. Erinnerst du dich an den Abend, als wir uns kennenlernten? Ich schrieb in mein Tagebuch: ›Du bist mein Labyrinth‹.«

»Doch nur ein Wortspiel …«

»*Quién sabe?* Es ist merkwürdig, wie sich die Dinge entwickeln. Jetzt lerne ich mich besser kennen. Du liebst zwei Männer.«

»Du bist einer von ihnen.«

»Darauf war ich nicht vorbereitet. Ich muß mich in den Raum werfen und hänge an einem Seil.«

»Dazu braucht es Mut.«

Jetzt lachte er leise.

»Oder auch eine Portion Mystik, wenn dir das besser gefällt.«

»Du hast dich in eine Zwangslage gebracht.«

»Das bewirkt mein indianisches Blut. Indianer haben einen besonderen Begriff von Würde, aber Würde kann mancherlei Formen annehmen. Es ist beleidigend jemandem zuzumuten, seine Persönlichkeit aufzugeben, bloß um dem anderen einen Gefallen zu tun. Wie intellektuell wir auch sein mögen, plötzlich überfällt uns wie ein Fieber der Drang zum Absoluten. Eine Gottheit kann diesen Drang auslösen, oder die Revolution, oder auch eine Frau. Dann ist das Opfer keines mehr, und wir sind glücklich.«

Ich lächelte.

»Glaubst du das wirklich?«

»*No hay remedio* – da ist nichts zu machen. Und wenn ich so weit bin, daß mein Herz im Einklang mit allen Dingen zu mir spricht, wird das Seil überflüssig, und ich schwebe frei über der Welt.«

»Du bist ein Träumer, Manuel.«

»Ich kann nicht anders, ich bin so geboren.«

»Bist du sicher, daß du weißt, was du willst?«

»Ich will verloren sein.«

Ich streichelte sein Gesicht.

»Das ist noch zu früh.«

»Nein, es ist schon zu spät.«

»Bin ich daran schuld?«

»Nein. Indianer sind stur. Und wir haben ein zu tief eingewurzeltes Bedürfnis nach Devotion. Wir singen: ›Para bailar la Bamba‹, aber das Requiem von Mozart rührt uns zu Tränen. Wir kennen keinen Selbstbetrug. Die Liebe ist keine Krankheit, die sich mit Placebos heilen läßt. Sie ist ein Dolchstoß, eine Todeswunde. Wenn ich nur wüßte, ob du mich richtig verstehst ...«

»Ich verstehe dich nur zu gut.«

Er drückte mich enger an sich.

»Willst du auf mich warten, Ariana?«

Ich nickte, mit zugeschnürter Kehle. Ich war mir nicht sicher, ob es mir gelang, meiner Stimme mächtig zu bleiben. Er rollte sich auf mich, preßte seinen Mund an den meinen. Wir küßten uns, gierig und bebend. Seine Lippen saugten an meiner Zunge, hielten sie fest. Dann hob er den Kopf, sprach dicht an meinem Mund, kehlig und im tiefen Verlangen.

»Bevor ich zu dir komme, muß ich eine Ganzheit werden, mich finden. Vielleicht muß ich einen Umweg über ihn machen, den anderen, der auch du bist. *No hay remedio.* Du bist mein Labyrinth. Ich muß mich in den Schlingen verlieren; hinabsteigen, bis zum innersten Kern, um frei zu sein.«

25. Kapitel

Mitte Juni war ich wieder in Paris. Mein Flugzeug landete mit zwei Stunden Verspätung in Roissy; von dort aus nahm ich ein Taxi. Das Wetter war hochsommerlich, die Kastanienbäume trugen schon große, dunkle Blätter. Der Verkehr brauste mit anderen Geräuschen als in Athen, die Häuser hatten eine andere Farbe, die Schieferdächer glänzten, die Rasen und Parks waren grün und gepflegt. Gärtner harkten die Sandwege. Sonst war alles unverändert: Staub, Gas, Gedränge auf den Fußgängerstreifen. Man trug Sommerkleider, Shorts, bunte T-Shirts.

Rollschuhläufer schossen aus der Menge hervor, stießen in das Netz der Autos und Fußgänger, geschmeidig wie Fische im Wasser. Ich lehnte mich zurück, verschwitzt und müde. Ein Schleier verklebte meine Augen, mein Gepäck roch nach Kerosin. Ich konnte nicht sagen, wie ich mich fühlte. Einsam mochte das richtige Wort sein. In Paris erwartete mich niemand. Carmilla? Was sollte ich Carmilla schon sagen? Unsere Welten hatten sich voneinander entfernt. Ich wünschte nicht mehr, sie zu verstehen. Sie tat mir leid, und sie brachte mich an den Rand der Rücksichtslosigkeit. Eleni? Ja, Eleni wollte ich sehen. Aber nicht heute. Morgen. Wenn ich wieder einen klaren Kopf hatte.

Der Fahrer drehte das Radio an. Die Nachrichten. Das Wetter: weiterhin warm und sommerlich. Der Fahrer suchte meinen Blick im Rückspiegel.

»Ein phantastisches Wetter ist das! Schon vierzehn Tage Sommer!«

»Toll!« sagte ich.

Gutgelaunte Taxifahrer waren eine Seltenheit in Paris.

Wir fuhren an der Ile St. Louis vorbei. Die Seine glitzerte wie blaues Mosaik, mit dem Gesprenkel der Häuser und Bäume, den gemächlich dahinziehenden Lastkähnen, den Bücherständen am Kai. Die Vergangenheit fiel auf mich herab, aus dem Unsichtbaren, hüllte mich ein. Man erlebt sie wie den Schmerz einer längst verheilten Wunde. Meine Vergangenheit war aus vielen Bruchstücken zusammengesetzt, jedes einzelne hatte seinen besonderen Schmerz. Ich wäre lieber ein Mensch ohne Vergangenheit gewesen und schloß eine Weile die Augen.

»Place de Contrescarpe«, sagte der Fahrer. »Da kommen wir gut hin, um diese Zeit.«

Ich schleppte mein Gepäck die Treppe hinauf, zuerst den Rucksack, dann den Koffer. Auf halber Höhe mußte ich den Koffer abstellen, so steil war die Treppe. Die Wohnung war still, oberflächlich aufgeräumt, angenehm. Es roch nach eingeschlossener Luft. Ich zog die Rolladen hoch, ließ Sonne herein. Im Badezimmer war keine

Überschwemmung, es hatte auch nicht zum Fenster hereingeregnet. Nur die Topfpflanzen waren vertrocknet; ich gab ihnen Wasser. Der Kühlschrank war leer. Ich ging zur *Epicerie* gegenüber, kaufte Obst, Milch, Butter, Schinken, Orangensaft, zwei Apfeltaschen und ein Baguette. Auf dem Rückweg holte ich meine Post, gab der Hausmeisterin ein großzügiges Trinkgeld. Sie fragte, ob ich mich im Urlaub gut amüsiert hatte. Ich sagte, es war Arbeit. Sie kniff ein Auge zu.

»Wetten, daß ein bißchen Urlaub dabei war?«

Ich lachte und antwortete irgend etwas; mit Hausmeistern muß man auf gutem Fuß stehen. Wieder in der Wohnung, stellte ich die Kaffeemaschine an. Während sie lief, sah ich die Post durch. Rechnungen, Prospekte, Postkarten von Bekannten. Einladungen zu einer Vernissage, zu einem Vortrag über den vulkanischen Ursprung der Tsunami, eine Mitteilung vom Institut über den Einkauf von neuem Büromaterial. Keine Post von dir. Du und ich, wir schreiben uns nie. Wir haben das nicht nötig, nicht wahr, Amadeo? Ich wartete, bis das Wasser durchgelaufen und der Kaffee fertig war. Ich goß mir eine Tasse ein; dann trat ich vor meinen Futon, betrachtete Quasimodos Bild über dem Kopfkissen. Der Rappe sprang durch die Flammen, er bewachte meinen Schlaf, durchschaute meine Verlassenheit mit der Scharfsinnigkeit der Dämonen. Ich hob ihm lächelnd die Tasse entgegen.

»Sei gegrüßt. Da bin ich wieder!«

Meine umherwandernden Blicke fielen auf die Sachen von Martin, die noch da waren: eine Tasche, ein paar Schuhe, ein zerknittertes Hemd und zwei Pullover. Ein unangenehmes Gefühl, verurteilend und abwertend, stieg in mir auf. Weg mit dem Zeug! Gleich jetzt, noch bevor ich eine Dusche nahm und mich schlafen legte. Ich durfte auch nicht vergessen, den Futon frisch zu überziehen. Das letzte Mal hatte ich mit Martin in den Laken geschlafen. Ich wollte seine Erinnerung auslöschen, die letzten Spuren seiner Gegenwart aus meinem Leben schaffen. Rasch trank ich meinen Kaffee aus, stellte die Tasse in die Spüle. Meine Müdigkeit verflüchtigte sich ein wenig, aber der Kaffee verursachte mir Herzklopfen. Ich suchte eine Schachtel, warf Martins Sachen hinein. Dann schnürte ich das Paket zu, adressierte es an Martins Freunde in Chaillot. Die Post an der Rue

Lacepède schloß um sieben. Wenn ich mich beeilte, konnte ich das Paket noch aufgeben.

Am nächsten Morgen, bevor ich zum Institut fuhr, rief ich bei Eleni an. Sie war noch nicht beim Üben, räumte gerade die Küche auf und schüttete ihr unbändiges Lachen in den Hörer.

»Ich kann nicht üben, bevor der Haushalt nicht gemacht ist. Hat es dir in Langada gefallen? Wie geht es der Familie?«

»Gut. Ich soll dich grüßen. Nur die Großmutter ist etwas wirr im Kopf«

»Demetria? Die verwechselt alle, die Lebenden und die Toten. Wir werden sehr alt in der Familie, nur meine Mutter starb früh.« Eleni seufzte kurz auf. »Und wie geht es dir?«

»Ich möchte dich sehen. Hast du heute abend Zeit?«

»Das trifft sich gut. Jorge hat Orchesterprobe.«

»Komm um sechs«, sagte ich.

»Ich bringe eine Torte mit. Selbstgebacken.«

»Großartig!«

Im Institut lief die Klimaanlage auf vollen Touren. Ich grüßte die Kollegen, ein bißchen Klön, ein bißchen Tratsch. Alle trugen leichte Sommerkleider, blickten sehnsüchtig durch die Scheiben. Die Kaffeepausen dehnten sich aus, man trank viel Bier, die Aschenbecher quollen über. Das Wort »Urlaub« war das meistgebrauchte Wort im CNRS. Alain, mein Nachbar im Großraumbüro, steckte den Kopf durch die Topfpflanzen. Er zeigte mir neue Infrarot-Satellitenbilder vom Ätna, auf denen sich die unterschiedlichen Temperaturbereiche abzeichneten.

»Du, da scheint etwas im Kommen!«

Ich betrachtete aufmerksam die Filme. Ja, der Ätna zeigte tatsächlich Verfärbungen, die auf einen Temperaturanstieg hindeuteten.

»Das sieht vielversprechend aus«, gab ich zu.

Alain war ganz aufgeregt, obwohl markante Temperaturschwankungen nicht zwangsläufig zu einem Ausbruch führten.

»Ich bin ständig auf Arbeit angewiesen, die nur von Spezialisten erfüllt werden kann. Wenn sich nicht bald etwas regt, leiste ich mir eine Neurose.«

Alain war leitender Geologe. Der Ätna gehörte zu seinen Lieblingsvulkanen, weil er in Europa lag – also leicht zu erreichen war – und wie kaum ein anderer Berg seit Jahrhunderten tätig war.

Alain war kleingewachsen, schmächtig, mit scharfen schwarzen Augen. Er gab sich Mühe, seine Empfindsamkeit hinter schroffen Gesten und energiegeladenen Auftritten zu verbergen. Mitunter gelang es ihm auch. Aber ich kannte ihn besser.

»Eine schöne Lateral-Eruption wäre längst wieder fällig«, seufzte er sehnsuchtsvoll. »Ich warte schon seit acht Jahren und verliere allmählich die Geduld.«

Ich tröstete ihn freundlich, sprach die Hoffnung aus, der Ätna möge ihm zuliebe demnächst in die Luft fliegen.

»Aber nicht, wenn ich gerade im Urlaub bin«, sagte Alain.

Aus undefinierbaren Gründen schienen Computerausdrucke aus allen Abteilungen auf meinem Schreibtisch gelandet zu sein. Manche Berichte waren acht oder zehn Seiten lang. Man erwartete, daß ich die Ideen anderer Leute ordnete und zusätzlich meine eigenen Notizen einspeicherte. Gut. Die Arbeit erforderte Nachdenken über ganz bestimmte Dinge, die mir Sicherheit gaben. Angewandte Forschung lenkt von Komplikationen ab, metaphysischen und sentimentalen. Ich nahm an, daß ich über mehr Phantasie verfügte als die üblichen »Funktionäre der Wissenschaft«, und schmunzelte, als mein Blick auf die Notiz fiel, die ich einst an die Bürowand geheftet hatte: »Der Tempel der Wissenschaft wäre recht leer, wenn man alle jene daraus entfernte, die nicht wirklich Wissenschaft treiben.«

Abends kaufte ich ein: Sesambrötchen, Jakobsmuscheln, die ich nur in den Ofen schieben mußte, verschiedene Salate und einen »Brie de Meaux«, der gerade die richtige Reife hatte. Ich schnitt Tomaten, mischte Salat mit frisch gepreßtem Olivenöl und Kräutern. Gerade holte ich die Jakobsmuscheln aus dem Ofen, als es klingelte. Eleni trat ein, mit einer Kuchenschachtel in der Hand, weißgekleidet und lächelnd. Im Gegenlicht sahen die kleinen Härchen auf ihrem Hals wie goldener Flaum aus. Trotz der unterschiedlichen Haarfarbe und der hellen Haut war die Ähnlichkeit mit Anghelina verblüffend. Eleni hatte die gleichen Wangenknochen, hoch und rund, die graziösen Bewegungen, die melodische Stimme, in der ein ständiges Lachen mitzuschwingen schien. Ihre mandelförmigen Augen glänzten, als sei sie ein wenig berauscht. Ja, Anghelina hatte auch diesen Blick. Wir umarmten uns.

»Nun sag bloß, du hast gekocht«, sagte Eleni.

»Nichts weiter als Jakobsmuscheln. Vom Traiteur. Jetzt weiß ich, woher du deinen Ordnungsfimmel hast. Bei Anghelina werden sogar die Gläser der Größe nach aufgereiht. Nichts liegt herum. Selbst dann nicht, wenn zwanzig Besucher zum Essen kommen.«

Eleni lachte, daß es durch die Wohnung schallte.

»Das Haus ist das Schaufenster der Frau, das sagte mir schon meine Mutter, als ich Kind war.«

Sie öffnete behutsam das Kuchenpaket: Eine Torte kam zum Vorschein, mit Kirschen, purpurrot, fast tief violett, voll schwerer Süße.

»Toll!«

»Die Kirschen waren schon überreif«, sagte Eleni.

Wir gingen in die Küche. Eleni half in ihrer flinken, geschickten Art, den Tisch zu decken. Sie trug ein weißes Schürzenkleid, darunter ein beiges T-Shirt und Sandalen. Sie lächelte, zeigte ihre schönen, regelmäßigen Zähne.

»Du siehst verändert aus.«

Ich stellte die Brötchen auf den Tisch.

»Findest du?«

»Finde ich.«

»Wie, anders?«

Ihr Lächeln erlosch.

»Als ob du ruhiger geworden wärest. Und gleichzeitig entsetzlich nervös. Klingt das zu widersprüchlich?«

»Ich bin ein einziger Widerspruch.«

Eleni kostete die Jakobsmuschel.

»Oh, die ist gut. Bei welchem Traiteur warst du?«

»Bei Nicolas, der hat eine gute Auswahl.«

Ich reichte ihr die Salatschüssel. Sie bediente sich.

»Jetzt sag mal, hast du es geschafft oder nicht?«

Ich wußte sofort, worauf sie anspielte.

»Vor den Fernsehkameras noch dazu. Ich konnte einfach nicht widerstehen.«

»Das habe ich mir gedacht.«

Sie legte die Gabel neben den Teller. Es war, als ob ihr Gesicht plötzlich zusammenfiel. Ich sah Linien um ihre Lippen, die ich bisher noch nie bemerkt hatte.

»Hör zu, Ariana. Jedesmal, wenn ich da war, wollte ich mitmachen und konnte nicht. Jedesmal habe ich auf ein Wunder gehofft. Vergeblich. Onkel Stavros hat gesagt, ich sollte mir darüber keine Gedanken machen. Eines Tages, meint er, kehrt die Macht zurück. Aber Onkel Stavros ist ... wie er ist. Du kennst ihn ja. Wenn er ›eines Tages‹ sagt, meint er womöglich in hundert Jahren. Die Anastenariden haben eine andere Zeitauffassung. Sie bilden eine Kette, von einer Generation zur nächsten. Mich haben sie wieder darin eingelötet, irgendwie. Aber ich bin nicht Gold, sondern nur Kupfer.«

In ihren Augen war ein Schatten, den ich verstand. Wenn sie so sprach, kam ein anderes Wesen aus ihr zum Vorschein. Ein Wesen, dessen Gesicht sich nur langsam und mit großer Mühe in ihr formte. Ihre Mutter war ein Mensch mit starken Träumen gewesen, aber sie hatte sich der Familie entfremdet. Eleni hatte das Bedürfnis, den uralten Faden wieder fester in die Hand zu nehmen. Doch das väterliche Erbe überwog; Denken und Fühlen waren für sie zweierlei. Das machte ihre Stärke aus und zugleich ihre Schwäche.

»Erzähl mir, wie es war«, bat sie.

Ich lächelte schwach.

»Unvergleichlich!«

Sie seufzte.

»Ja, das kann ich mir vorstellen.«

Ich erzählte ihr, was Stavros gesagt hatte.

»Er stört sich an meinem Hang zur Theorie. Ich glaube, er sieht darin eine Gefahr.«

Eleni war wieder ganz sachlich.

»Onkel Stavros sagt solche Dinge nie leichthin. Warum ißt du nichts?«

»Ich kann nicht. Mein ganzer Magen ist verkrampft.«

»Du hast doch sonst immer Appetit.«

»In letzter Zeit nicht.«

Ein flüchtiges Lächeln glitt über ihr Gesicht. »Das sieht man, du bist dünner geworden. Wo ist eigentlich Martin?«

»Keine Ahnung. Habe gestern seine Sachen auf die Post gebracht.«

»Dann ist es also aus zwischen euch?«

»Es mußte so kommen.«

Sie träufelte ein wenig Olivenöl über den Käse.

»Macht dir die Trennung zu schaffen?«

»Im Gegenteil: Ich bin froh, daß ich ihn los bin.«

Eleni blieb stumm. Ich sagte:

»Frag nur weiter.«

»Du scheinst Hilfe nötig zu haben«, sagte sie, mit einem spöttischen Unterton in der Stimme. »Also, du hast einen Mann getroffen.«

»Ja.«

»Und nicht irgendeinen, scheint mir.«

»Nein, nicht irgendeinen.«

»Einen Griechen?«

»Nein, einen Mexikaner. Der obendrein in Paris lebt. Er heißt Manuel Vargas Huitemea. Der zweite Name ist der seiner Mutter. Für die Mexikaner ist er wichtiger als der erste. Aber in Europa läßt er ihn weg.«

»Und wo ist er jetzt?«

»In Istanbul. Er kommt im September wieder.«

Ich überlegte, was ich ihr noch sagen konnte, fand jedoch nichts. Ich nahm einen Schluck Wein. Mein Körper tat mir weh, nicht nur meine Wangen, sondern auch das Innere meines Kopfes glühte. Elenis Blick ließ nicht von mir ab.

»Diesmal kannst du sagen, daß du dich in eine dumme Situation gebracht hast.«

»Ich werde es im Endeffekt noch glauben«, sagte ich.

»Wenn du alles stehenläßt, iß wenigstens ein Stück Torte. Sonst tut es mir leid, daß ich sie mitgebracht habe.«

»Ja, mit Kaffee. In letzter Zeit trinke ich viel Kaffee.«

Ich stand auf, legte einen Filter ein und machte die Kaffeemaschine an.

Eleni nippte an ihrem Wein.
»Soll ich weiterfragen?«
Ich schwieg.
»Du antwortest ja nicht.«
Ich senkte die Stimme, würgte die Worte heraus.
»Weißt du, Eleni, es ist das erste Mal, daß ich mit jemand im Bett liege, ohne an Amadeo zu denken.«
Sie erwiderte, sehr ernst:
»Ich habe den Eindruck, du hast dich verliebt.«
Ich schluckte.
»Ich versuche, aus den Dingen klug zu werden.«
»Und Amadeo?«
Ich hob ruckartig den Kopf.
»Das hat mit ihm nichts zu tun. Nicht das geringste!«
»Offenbar doch«, entgegnete sie. »Sei mir nicht böse.«
Ich blickte aufgebracht umher.
»Ich brauche eine Zigarette.«
Ich fand noch ein altes Päckchen, zündete die Zigarette an einem Streichholz an. Eleni holte zwei Tassen aus dem Schrank und goß Kaffee ein.
»Hast du keinen Zucker mehr?«
»Vergessen zu kaufen«, brummte ich.
Eleni schnitt die Torte an.
»Was ist er für ein Mensch?«
»Manuel?«
Ich inhalierte einen kräftigen Zug; der Geschmack des Tabaks verursachte mir Übelkeit.
»Er studierte Architektur, aber jetzt will er lieber Keramik machen. Er scheint alles zu begreifen. Und was er nicht begreift, das fühlt er. Er sieht verflixt gut aus, nackt noch besser als angezogen, damit du gleich Bescheid weißt. Und sonst, was soll ich sagen?«
Sie ließ ein Stück auf meinen Teller gleiten.
»Liebt er dich?«
»Er muß wohl.«
»Weiß er von Amadeo?«
»Ja.«

»Und was glaubt er, was da zu machen ist?«

Die Zigarette schmeckte scheußlich; ich griff nach dem Aschenbecher und drückte sie aus.

»Ich weiß es nicht. Und er auch nicht, nehme ich an. Deswegen ging er weg. Er wollte in Ruhe nachdenken.«

»Das solltest du auch. In letzter Zeit bist du ein wenig durcheinander.«

Mir wurde plötzlich schwarz vor Augen.

»Hör auf, Eleni. Ich sitze in der Falle. Ich ... ich liebe beide, verstehst du? Wählen kann ich nicht. Und ich möchte auch nicht wieder von einem Abenteuer zum nächsten treiben. An so etwas möchte ich gar nicht mehr denken.«

Sie nippte an ihrem Kaffee und verzog das Gesicht.

»Der Kaffee ist nicht gut, ohne Zucker.«

Ich fröstelte, verschränkte die Arme und wiegte mich leicht hin und her.

»Seltsam, ich stelle mir nie die Frage, was ich Amadeo sagen werde, wenn ich ihn wiedersehe. Und manchmal spiele ich mit dem Gedanken ...« Ich stockte. Sie beendete den Satz an meiner Stelle.

»... daß er am Ende einverstanden wäre?«

Ich stand auf und blickte aus dem Fenster. Die Sonne sank; die Schieferdächer glitzerten golden. Ich sagte sehr leise:

»Manuel ist nicht wie die anderen. Das macht alles so schwierig. Meine Vorstellung befaßt sich immer wieder mit ihm. Und ihm geht es ebenso. Er will herausfinden, was ich für ihn bedeute.«

»Was redest du eigentlich zusammen?« sagte Eleni. »Wenn er etwas für dich empfindet, muß er dich nehmen, wie du bist. Und sich fügen und nicht gekränkt sein.«

»Eleni, wenn du Manuel wärst – würdest du dann so vieles von mir akzeptieren?«

»Ehrlich gesagt, das würde ich nicht. Ich fände es sogar dumm von ihm, sich in diese Geschichte einzulassen.«

»Vielleicht überlegt er es sich anders und kommt nicht zurück«, sagte ich, voller Hoffnung und zugleich voller Schmerz.

»Er wird aber zurückkommen«, sagte Eleni gelassen.

»Und was weiter?«

Himmel, dachte ich, ist das schrecklich! Die Müdigkeit schwappte bleiern in mir. Eine Müdigkeit, die mich lähmte, aus jedem Gedanken zersprühende Wassertropfen machte. Ich wandte mich vom Fenster ab und sah sie an, verzweifelt:

»Da kann alles mögliche geschehen.«

Eleni verzog keine Miene.

»Du wirst darüber nachdenken müssen.«

»Mist«, flüsterte ich.

»Setz dich endlich hin und probiere meine Torte«, sagte Eleni.

26. Kapitel

August in Paris. Hitzedunst, schmelzender Asphalt und rauschende Springbrunnen. Der Himmel war blaß, die Häuserfronten waren fahl, die Straßen ohne Schatten. Das weißflimmernde Licht löschte alle Farben. Selbst die Früchte und Gemüse auf den Märkten, die bunten Blumen hatten ihr Leuchten verloren. Alle Dinge hinter den Schaufenstern sahen wie mumifiziert aus, ohne Farbe oder Schatten. Die Boulevards glühten in der Sonne. Die Kastanien wurden schon hart, die Blätter waren gelb verbrannt. Große Reisebusse schoben sich an der Opéra vorbei, kreisten um die Place de la Concorde. Das übliche Gefühl von Enge und Ersticken war gewichen, Paris war voller Touristen, eine Menge von beinahe unwirklicher Farbigkeit, die es nicht eilig hatte. Im Institut waren die meisten Kollegen im Urlaub. Ich holte viel Arbeit nach. Alain und ich aßen ein paarmal zusammen und sprachen vom Ätna. Dann fuhr er in die Bretagne. Die Musikschule war geschlossen. Eleni und Jorge machten in Kanada Ferien. Sie schickten mir eine Postkarte aus Toronto. Wenn ich aus dem Institut kam, ging ich eine Stunde schwimmen; das beruhigte und entspannte. Danach sah ich mir einen Film an. Das Denken machte mich müde, ich brauchte andere Orte, andere Welten. Die Kinos waren fast leer, die Polstersessel weich und die Dunkelheit kühl. Im violetten späten Abend, angestrahlt von theaterhaftem Licht, kam ich dann in meine Wohnung zurück, riß sofort alle Fenster auf, gab den Pflanzen Wasser. Auf dem Anrufbeantworter blinkte selten ein Signal. Ich hörte teilnahmslos das Band ab: keine dringende Botschaft, kein Gespräch, das nicht warten konnte. Carmilla fragte, wie es mir ging, warum ich nichts von mir hören ließ. Ich wußte schon im voraus, welches Thema sie anschneiden würde. Aber ich hatte ein schlechtes Gewissen und rief sie an.

»Fährst du nicht in die Ferien?«

»Ferien? Wie kommst du darauf? Ich habe keine Zeit und kein Geld, ich arbeite von morgens bis abends, bei dieser Hitze. Bis Ende August muß ich fünf Seidenfoulards in drei verschiedenen Farbmotiven für die Galeries Lafayette entwerfen. Wenn die zahlen, kann ich Ferien machen, bis dahin weiß ich nicht, wie ich zurechtkommen soll.«

Sie redete überstürzt, mit ihrer gezierten Mädchenstimme, bis sie endlich auf den Kern der Sache zu sprechen kam.

»Hast du eigentlich noch keine Nachricht von Giuseppe? Er sagte doch, daß er mir im Herbst etwas Geld schicken will ...« Da hatten wir den springenden Punkt. Ich sagte: »Papa wird sich schon melden. Casa Monte wird ja bald umgebaut.«

»Wann?«

»Im Oktober, soviel ich weiß.«

»Erst dann? Na endlich! Giuseppe kann froh sein.«

Ihre Bemerkung weckte mich aus meiner Lethargie. Ich hatte an nichts Besonderes gedacht und war trotzdem betroffen. Woher kam dieses Gefühl?

»Mir tut es leid«, sagte ich.

»Das finde ich eigenartig«, antwortete Carmilla gereizt. »Ich verstehe deine Sympathie für das Haus nicht. Früher war es einmal rentabel, und vielleicht kann es das wieder werden. Aber diese Mühe!«

»Ich denke an Nonna«, sagte ich gepreßt.

»Was hat denn Giuseppes Mutter damit zu tun? Die liegt doch längst auf dem Friedhof.«

Ein Schmerzgefühl zog durch meine Brust. Gewisse Geräusche, die nichts mit ihrer Stimme zu tun hatten, versammelten sich um mich herum. Eine Feder schien mir über den Nacken zu streifen. Ich sagte:

»Du hast ein schlechtes Gedächtnis.«

Carmillas Antwort kam rasch und etwas keuchend.

»Was soll denn das jetzt schon wieder heißen?«

Bei so großem zeitlichem Abstand entsann ich mich, daß sie damals wirklich hilflos und entsetzt gewesen war. Ich hatte eine Welt voller Schrecken und Herrlichkeit erlebt; sie nur die Angst, die sich nicht bannen ließ.

»Das weißt du ganz genau, Carmilla.«

Der Schock war zu heftig gewesen. Ihre Stimme wurde plötzlich schrill, mir war, als ob ich ihr Herzklopfen hörte.

»Schluß damit, Ariana! Du verbrauchst mich. Du verbrauchst jeden. Früher hatte ich deswegen Alpträume. Oh Gott, die ganze Sache war nicht real!«

»Was war nicht real, Carmilla?«

»Ich fand diesen Ort von Anfang an scheußlich. Ich bin nur deinetwegen dageblieben. Warum redest du immer wieder davon?«

»Du hast davon angefangen, nicht ich.«

»Ich? Wie käme ich dazu? Du weißt doch, wie mich diese Geschichte aufregt.«

»Dann lassen wir das Thema doch fallen.«

»Um Himmelswillen, ja! Meine Nerven sind am Ende. Daß Giuseppe mir Geld schickt, ist mein einziger Trost. Ich hoffe nur, daß ich nicht mehr allzu lange darauf warten muß. Ich bin schon am Verhungern.«

Ich hätte eigentlich imstande sein müssen, mit ihr zu reden, ohne sie zu quälen. In ihrer Hilflosigkeit lag eine Art von Erpressung, unnütz und peinlich. Sie empfand sich gerne als notleidend und wollte, daß ich sie bedauerte. Aber dazu fehlte es mir einfach an Geduld.

»Sei nicht so dramatisch«, gab ich zurück. »Du hast bestimmt noch einiges im Kühlschrank. Schon gut, Carmilla, ich rufe dich an, sobald Papa etwas von sich hören läßt.«

Ich setzte »*Ciao*« hinzu, legte den Hörer auf und ärgerte mich: Sie hatte mich mal wieder an den Rand der Selbstbeherrschung gebracht. In Carmillas Kopf war ein verworrenes Durcheinander; daneben hatte sie eine gewisse Gerissenheit entwickelt, damit ich mir schuldig und gemein vorkam. Sie hatte vor langer Zeit damit begonnen, schon damals in Casa Monte. Mit ziemlicher Mühe und Berechnung hatte sie das zuwege gebracht. Aber ich schlüpfte durch das Netz.

Eines Abends, auf dem Anrufbeantworter, fünf rote Anzeigezahlen. Ich hörte sie ab. Und plötzlich Martins schleppende Stimme, mit dem besonderen Akzent, der am Telefon so deutlich zu Geltung kam.

»Darling? Ich bin für ein paar Tage in Paris. Ich habe dein Paket vorgefunden. Willst du mich so mies abfertigen? So geht es nicht, Darling, daß du die Leute unglücklich machst, wie es dir paßt. Ich persönlich habe keine Absicht, den stillen Dulder zu spielen. Ich möchte dich sehen, ein paar Mißverständnisse klären.«

Ende – Signal. Ich schüttelte benommen den Kopf. Es war sehr schwül an diesem Abend. Der August kann ein grausamer Monat sein. Die weißen Nachmittage nehmen kein Ende, der Asphalt kocht, die Straßen funkeln im Licht. Im Institut summen die elektronischen Geräte, die Klimaanlage weht kalte Luft durch die Räume. Die Kollegen sind müde, weil sie spät ausgehen. Im violetten Abendschimmer sind Cafés und Restaurants überfüllt, man sitzt unter freiem Himmel. Geschirr und Gläser klirren. Es duftet nach Gewürzen und gegrilltem Fleisch, nach Rotwein und Vanilleeis, nach Staub, faulen Früchten und dreckigen Mülltonnen. Die Stimmen von draußen verändern sich ständig, klingen mal lauter, mal leiser. Einsame Nächte im August; nackt und schlaflos liege ich da, wälze mich auf dem verschwitzten Laken. Das Kopfkissen ist einfach zu heiß, ich werfe es auf den Boden. Meine Haut fühlt sich klebrig an, ich höre die Dunkelheit atmen. Ich denke an dich und an ihn, im gleichen Verlangen, lasse beide Gesichter und Körper zusammengleiten, zu einem einzigen Wesen werden. Dicht unter meiner Haut laufen Fieberschauer. Das Zimmer dreht sich wie ein Karussell. Halb drei. Mein Fenster ist weit offen. Ich stoße das zerwühlte Laken weg, hebe die Haare im Nacken hoch, damit Luft hindurchkommt. Bevor der Verkehr nachläßt, bevor es etwas kühler wird und ich schlafen kann, beschwöre ich meine Phantome. Beide erscheinen vor meinen Augen, so nahe, so lebendig und wirklich, daß mein Herz gegen die Rippen schlägt. Beide legen sich auf mich, umarmen mich, mein ganzer

Körper spannt sich. Ihre Hände umfassen meine Brüste, gleiten tiefer hinab, berühren die richtigen Stellen im richtigen Rhythmus. Ich erreiche eine Art Schwerelosigkeit, und mir kommen ganz merkwürdige Gedanken.

In dieser Zeit nahm ich ein paarmal Tabletten, gab es jedoch bald auf. Meinen Körper wollte ich unter Kontrolle halten, süchtig war ich nie gewesen. Ich ging lieber schwimmen oder ins Kino. Ablenkung.

Ein paar Abende später klingelte das Telefon; der Anrufbeantworter war eingestellt. Ich nahm den Hörer nicht ab, drehte nur die Lautstärke auf. Martin, im stockenden, nervösen Ton. Ich nahm an, daß er wieder betrunken war.

»Bist du allein? Oder mit einem dieser Kerle zusammen? Ich habe versucht, dich zu vergessen, aber ich bringe es einfach nicht fertig. Vielleicht habe ich Dinge gesagt, die nicht nett waren. Aber einfach so mit dem Wagen abhauen, dir einen anderen nehmen, das war auch nicht nett. Wie bringt eine Frau das fertig? Und dann die Sache mit dem Feuer. Die Einheimischen haben sich totgelacht. Das hast du doch nur gemacht, um zu bluffen. Wer liegt bei dir im Bett, Darling? Der Typ, den du in Griechenland abgeschleppt hast? Dein Zigeunerhalunke? Oder ein anderer? Hallo? Antworte! Ich stecke furchtbar in der Klemme, weil ich eifersüchtig bin und nicht weiß, auf wen. Das macht die Sache ganz unerträglich.«

In dieser Nacht zog ich den Telefonstecker heraus und ließ ihn draußen, als ich ins Institut fuhr.

Gegen Mittag klingelte das Telefon auf meinem Schreibtisch.

»Hallo, Darling«, sagte Martin.

»Wie geht es dir?« fragte ich kalt.

»Ich habe vergeblich bei dir angerufen«, sagte er. »Immer nur der Anrufbeantworter oder das Besetztzeichen. Wann bist du aus Griechenland zurückgekommen?«

»Schon vor einem Monat. Wo warst du?«

»Weiter nördlich. Makedonien und Bulgarien. Habe ein paar interessante Dinge fotografiert. Die Fotos von Langada sind auch nicht schlecht. Du bist auf dem Bild. Du hast das Gesicht, das du manchmal im Bett hast, du weißt schon. Dieses Gesicht, mit dem du die

Männer verrückt machst. Ich glaube, es ist das erste Mal, daß man dich so fotografiert hat. Du simulierst gut, weißt du das? Schamlos wäre vielleicht das richtige Wort, aber ich bin mir da nicht ganz sicher. Möchtest du die Dias mal sehen?«

Ich fröstelte unter dem Luftzug der Klimaanlage. Scheißkerl, dachte ich. Auf einmal verspürte ich Brechreiz. Ich hätte mich auf der Stelle übergeben können. Mit diesem Gefühl stieg Hitze in mir auf, naß und sinnlich, eine Energieexplosion auf engstem Raum. Ich sagte: »Nein, danke. Es interessiert mich nicht.«

»Mit wem schläfst du jetzt?«

»Das geht dich nichts an.«

Schweigen. Dann sagte er:

»Ich frage mich oft, ob es der Mühe wert ist, sich über uns beide noch Gedanken zu machen.«

»Du solltest dich nicht überanstrengen.«

Mein Ton reizte ihn noch mehr als meine Antwort.

»Dein Vorrat an Gemeinplätzen ist schier unerschöpflich. Du bringst andere gerne dazu, sich als Trottel zu fühlen. Das wollte ich dir schon lange mal gesagt haben.«

»Jetzt hast du es gesagt. Und was sonst?«

»Ich gehe nach Spanien. Mit den Freunden, bei denen ich wohne, Alex und Sandra, du weißt schon. Sie haben ein Ferienhaus in Alicante. Ich will mir ein bißchen die Gegend ansehen.«

»Die Veränderung wird dir bestimmt zusagen.«

Ich hörte, wie er heiser und erregt auflachte.

»Jetzt hast du dich gerade übertroffen. So herablassend würde ich niemanden, wirklich niemanden behandeln.«

»Es ist schön«, erwiderte ich träge, »daß du dir eine klare Meinung über mich gebildet hast.«

Martins Eigenschaften brachten ihm nicht viel Erfolg ein. Scharfsinn besaß er nur wenig. Seine Reaktionen waren mechanisch und hilflos, seine Wut war vorprogrammiert.

»Darling, ich kenne dich inzwischen, und wie! Du bist keine wirkliche Frau. Du denkst wie ein Mann. Das einzige, was weiblich an dir ist, ist dein Körper. Ich möchte mit dir schlafen, Ariana. Ich kann nichts dagegen machen, es ist stärker als ich.«

»Wir müssen das Gespräch unterbrechen, Martin. Ich werde auf der anderen Linie verlangt.«

Er sagte sehr leise: »Im Augenblick kann ich Paris nicht mehr ausstehen. Ich rufe dich an, sobald ich aus Spanien zurück bin.« Ich legte auf. Meine Hände waren bleischwer und ließen eine klebrige Spur auf dem Hörer zurück. Ich ging in den Waschraum, spritzte mir kaltes Wasser ins Gesicht, ließ es über meine Handgelenke laufen. Danach steckte ich mir eine Zigarette an, sah zu, wie der weiße Rauch über meine Hand wehte. Es gibt solche Momente, dachte ich, wo die Zeit nicht mehr ist, das Leben in der Schwebe verharrt. Das Warten kreiste in mir, ohne Bilder und Gefühle, eine flirrende Hitze. Ich wünschte Martin nicht das geringste Böse. Ich wünschte nur, ich hätte ihn niemals gekannt.

27. Kapitel

Anfang September, ich kam gerade zur Tür herein, da klingelte das Telefon. Ich lief durch das Zimmer, warf meine Tasche von der Schulter und nahm ab. Es war mein Vater. Ich streifte meine Sandalen von den Füßen, legte mich auf den Futon und zog das Kopfkissen unter meinen Nacken.

»Schön, daß du anrufst! Wie geht es dir, Papa?«

Ich hörte sein leichtes, angenehmes Lachen.

»Es ist heiß im Verlag. Ich meine es nicht nur wörtlich. Wenn man über Politik fachsimpelt, bringen dreißig Grad im Schatten die Gemüter zum Erhitzen. Man schreit sich an. Aber erzähl du. Wie war das Fest in Griechenland?«

»Ich bin auf dem Feuer gegangen. Das Fernsehen hat gefilmt.«

Er sagte, halb erschrocken:

»Hattest du es nötig, in dieser Weise aufzufallen?«

»Das war nichts Besonderes. Sämtliche Bauern machten mit.«

»*Dio mio!*« seufzte er. »Willst du damit sagen, sie haben die gleichen paranormalen Reaktionen wie du?«

Ich antwortete scherzhaft:

»Du kannst es so formulieren. Aber sie haben nicht den gleichen Gedankenballast.«

»Trotzdem ...«

»Für sie war es eine ziemlich banale Angelegenheit, Papa.«

»Es ist schon ein paar Jahre her«, sagte er, »daß ich Bozzanos ›Übersinnliche Fähigkeiten bei Naturvölkern‹ gelesen habe. Schließlich mußte ich die Frage einer Psi-Begabung in unserer Familie erst mal definieren.«

Ich lachte zur Zimmerdecke hinauf.

»Die Anastenariden kannst du nicht als Naturvolk bezeichnen. Sie haben Traktoren und Fernseher. Daß der Computer bei ihnen Einzug hält, ist nur eine Frage der Zeit.«

»Ich sehe schon«, sagte er. »Und was meine Tochter betrifft, sie ist, soviel ich weiß, akademisch etabliert.«

Auch er lachte. Wir waren beide vorsichtig, bestrebt, den anderen nicht zu verletzen. Was gewisse Dinge betrafen, fühlte sich mein Vater hilflos; sobald sein realistisches Denken auf der Strecke blieb, flüchtete er in Ironie. Ich war ihm dankbar für diese Rücksichtnahme, obwohl ich nicht ganz wußte, wie er sich seine Tochter eigentlich vorstellte. Jedenfalls zeigte er keine Skepsis, auch wenn er sie im stillen Herzen empfand.

Er wechselte das Thema.

»Und wie geht es Carmilla?«

»Bestens. Sie entwirft Seidenstoffe und wartet auf das nächste Geld.«

»Wie sieht sie aus? Hat sie sich sehr verändert?«

Warum kann es ihm nicht egal sein? dachte ich. Er mußte wirklich in sie vernarrt gewesen sein. Schwer zu glauben, so hysterisch, wie sie war.

»Nein, eigentlich nicht. Aber sie ist eine anstrengende Frau.«

Er entrüstete sich nur zum Schein.

»Bambina, du sprichst von deiner Mutter.«

»Je älter ich werde«, antwortete ich, »um so mehr habe ich Mühe, es zu glauben.«

Er erwiderte nichts darauf, sondern erzählte mir, daß er mit Laura für zwei Wochen nach Sankt Moritz fahren würde.

»Ich komme allmählich in das Alter, wo ich Wanderwege dem Strandgewühl vorziehe. Ich neige zur Einsamkeit; immerhin gebe ich Laura Gelegenheit, abends beim Dinner ihre Roben vorzuführen. Im Oktober gehe ich für zwei Tage nach Montereale Celina. Nach den Ferien beginnt man mit dem Umbau. Ich habe die Pläne gesehen. Das Gewächshaus wird abgebrochen, das Erdgeschoß vergrößert. Was willst du mit den Möbeln machen?«

Der Schmerz kam ebenso erwartet wie unbegreiflich. Meine Haut fühlte sich plötzlich klamm an. Ich wischte mir übers Gesicht.

»Mit den Möbeln? Ach, ich weiß nicht, wohin damit. Könntest du sie nicht zu dir nehmen?«

»Wie wär's«, schlug mein Vater vor, »wenn du sie bei Lina unterbringen würdest? Ihre Tochter ist jetzt verheiratet, und sie hat genug Platz. Das wäre einfacher, als die Möbel nach Milano zu schaffen und vier Etagen hinaufzubefördern. Ich werde Lina eine Kleinigkeit dafür geben. Sie hat ja nur ihre Rente.«

Mein Herz schlug langsam und schwer. Ich sagte:

»Vielleicht fahre ich noch einmal hin.«

»Vor dem Umbau?«

»Ja. Ich möchte für ein paar Tage weg aus Paris.«

Er war einen Augenblick still. Ich hielt die Nase gegen meine Schulter und beroch meine Haut. Sie roch ein wenig nach Schweiß und aufdringlich süß nach Tabakrauch. Ich rümpfte die Nase.

»Du bist traurig«, brach mein Vater das Schweigen. »Warum?«

»Das ist nur wegen der Hundstage«, sagte ich. »Ich mag diese Jahreszeit nicht. Man schläft schlecht, wenn es so heiß ist.«

Er wurde unruhig. Es zeigte sich in der Art, wie er sprach, mit einer Andeutung von nervöser Spannung.

»*Cara,* es tut mir leid. Ich weiß, was Casa Monte für dich bedeutet. Die Geschichte muß mal ein Ende nehmen.«

Ich sagte keinen Laut mehr. Auch Nonna hätte in diesem Fall den Mund gehalten. Ich wußte, sie war immer noch in Casa Monte und wartete auf mich.

Zwischen mir und dem Haus bestand eine Verbindung. Meine Erinnerungen konzentrierten sich dort, wie ein Brennglas ein glänzendes Abbild der Sonne auf einem Holzstück zaubert, bis ein

Rauchfaden hochsteigt und die Flamme aufweht. Casa Monte umbauen, vergrößern? Nonna wird das nicht mögen, dachte ich. Ich kannte sie gut. Sie setzte immer ihren Kopf durch. Früher ja, da hatte sie viel ertragen. Aber jetzt nicht mehr.

Mein Gesicht wurde heiß. Warum hatte ich solches Herzklopfen? Ich legte die Hand auf die Rippen.

»*Niente Paura,* Nonna! Ich lasse dich nicht in Stich.«

»*Lo so bene, Piccina.*«

Mein Vater konnte nicht wissen, daß ich mit Nonna sprach; er merkte lediglich meine Abwesenheit. Aber auch er hing an den Fäden der Erinnerung; ihre besondere Substanz ließ ihn Besorgnis empfinden. Er sagte, sehr langsam und nachdrücklich: »Ich mag den Gedanken nicht, daß du nach Casa Monte gehst. Das macht dir nur noch mehr Kummer. Außerdem ist im September noch Ferienzeit. Das Autobahnfahren hat man schnell satt.«

»Das macht nichts.«

»Es ist wirklich nicht nötig, daß du kommst.«

Er ließ sich nicht täuschen; daß er beunruhigt war, zeigte sich in seiner Hartnäckigkeit. Komisch, dachte ich, warum nur? In seinem rationalen Universum sollte es eigentlich keine unlösbaren Probleme geben. Aber er war immer ein Mensch gewesen, der hinter die Dinge schaute.

»Vielleicht kommt jemand mit«, sagte ich, um ihn von seinen Gedanken abzubringen.

»Wer? Dein Fotoreporter?«

Ich lachte kurz auf.

»Der nicht. Ich habe mich von ihm getrennt.«

»Ach«, warf mein Vater lebhaft ein, »hast du jetzt einen anderen? Wenn du schon fährst, wäre es mir lieber, du kommst mit ihm. Man reist angenehmer zu zweit.«

Ich atmete die stickige Luft und fühlte den Schweiß an meinem Körper herunterrinnen.

»Kann schon sein. Ich werde mir die Sache überlegen.«

»Und Amadeo?«

»Amadeo sehe ich im Oktober. In Les-Saintes-Maries-de la Mer.«

Er verstummte erneut. Dann sagte er:

»*Bambina,* was ist das für ein Leben, das du führst? Bist du zufrieden damit?«

Seine Stimme klang verhalten. Er tat nach Möglichkeit so, als sei das Ganze unwesentlich, eine Frage der Rhetorik: Geht es dir eigentlich gut? Er wußte, daß ich mich in geheime Schlupfwinkel verzog, sobald er mir zu nahetrat. Aber er machte sich Sorgen.

Ich wandte meine Augen zum Fenster hin. Eine Taube flatterte vorbei. Die Abendsonne schien wie Flittergold, Scheiben und Schieferdächer glühten, alle Straßen waren von Glitzern und Leuchten erfüllt. Paris schmückte sich für die Nacht, funkelte, dröhnte und vibrierte. Ich antwortete lächelnd:

»Du hast die Frage schon oft gestellt, Papa. Und ich habe dir jedesmal eine Antwort gegeben.«

Er erwiderte, ebenfalls heiter:

»Du sagst nicht ganz die Wahrheit, *Bambina.* Glücklichsein ist etwas anderes.«

»Ach, das ist nur eine Sache der Auffassung. Vor allem bei dieser Hitze. Es ist so heiß, du machst dir keinen Begriff davon.«

»Wie soll ich das beurteilen? Wir haben nur 34 Grad im Schatten.«

Ich lachte; er lachte auch, aber weniger als ich.

»*Senti, Bambina*«, sagte er mit großer Zärtlichkeit, »ich möchte dich um etwas bitten.«

»*Si, Papa, che chosa vuole?*«

»Fahr nicht allein nach Casa Monte.«

»*Perché?*«

»Frage nicht, warum, *ragazza.*«

»Wozu wäre das nicht gut?«

»*Per favore,* Ariana! Tu mir diesen Gefallen.«

Ich blickte auf meinen Arm herunter und sah, daß er mit einer Gänsehaut überzogen war. Meine Halsmuskeln waren steif, trotz der Hitze hatte ich plötzlich kalte Füße. Ich hob das Bein hoch, massierte mir mit der freien Hand die Fesseln, danach die Fersen. Die Haut meiner Fersen war sehr hart, weil ich oft barfuß ging, auch draußen. Du hast Hornhaut unter den Füßen wie eine Bäuerin, sagte Carmilla. Sie wollte, daß ich einen Bimsstein benutzte. Was wußte sie schon von mir?

Ich sagte: »Versprochen, Papa. *Stai tranquillo.*«

Er holte tief Luft. Ein Geräusch, das ich bei ihm zum ersten Mal hörte.

»*Grazie, Bambina*«, murmelte er. »Jetzt bin ich beruhigt.«

Im September fingen die Schulen wieder an. Nicht nur die Touristen waren jetzt da, sondern auch die Pariser. Es waren ungeheuer viele. Die Menschen hasteten vorbei, erschöpft, schwitzend. Die Sonne schien für immer und ewig zu brennen, die Hitze schillerte auf dem Asphalt. Das Laub verdorrte, die Rasen bildeten strohige Flächen. In manchen Vierteln herrschte bereits Wassermangel. Dann, eines Morgens, war der Himmel diesig. Der Tag verlief in drückender Schwüle. Gegen Abend verdeckten die Schleier die tiefstehende Sonne, Wolken kreisten wie ein langsamer Strudel. Über dem Verkehr staute sich heiße Luft, mit Abgasen vermischt. Ich kam vom Institut, hatte mich gerade geduscht und umgezogen, als die ersten Regentropfen schwer und hart auf das Dach klatschten. Sofort roch es nach Wärme und nassem Staub. Ein Platzregen fegte über die Stadt. In kurzer Zeit füllte sich Paris mit Nebel. Der Regen rauschte wie ein Sturzbach. In den Straßen rann Wasser, Menschen drückten sich an die Häuserwände, um den Spritzern der vorbeizischenden Wagen zu entkommen. Es war der erste Regen seit zwei Monaten. In Shorts und T-Shirt beugte ich mich aus dem Fenster; der Geruch nach Staub hatte sich verzogen. Kräftige, würzige Luft strömte in die Wohnung. Ich sehnte mich nach einem frischen Bett, riß die Laken von der Matratze und wechselte sie. Der Geruch des sauberen Leinens verursachte mir ein sinnliches Prickeln. Der Fernseher lief. Gewitter und Hagel hatten in der Normandie Schaden angerichtet, die Umgebung von Paris nur mit heftigen Regenfällen gestreift. Die Ansagerin kündigte kühles Wetter an: Das Aufkommen einer nordöstlichen Wolkenfront ließ die Temperaturen sinken. Ich hatte mir Arbeit aus dem Institut mitgebracht und tippte einen Bericht in den Computer, als die Türklingel schrillte. Ich zuckte zusammen. Alle Fenster standen offen, der Regen hämmerte, fast hätte ich das Geräusch überhört. Ich stand auf, ging an die Tür und spähte durch das Guckloch. Ein Frösteln lief über meine Haut. Ich zog die Sicherheitskette zurück und öffnete die Tür. Manuel lehnte am Treppengeländer, in seinem roten, durchnäßten Hemd und den ausgeblichenen Jeans. Die blauweiß gemusterte Tasche hing über seiner linken Schulter. Das Haar trug er jetzt länger. Er fuhr mit der Hand hindurch und warf es aus der Stirn, wobei er mich anlächelte.

»Wann bist du angekommen?« fragte ich.

Er stieß sich vom Treppengeländer ab.

»Vor drei Tagen. Mein Vater hatte mir ein Zimmer in seinem Hotel besorgt, im Lutétia. Er hat eine Vorliebe für den Art-deco-Stil. Um fünf ging sein Flug nach Madrid. Ich habe ihn nach Roissy gebracht. Jetzt bin ich sicher, daß er weg ist.«

»Hast du zu Abend gegessen?«

Er hatte es nicht.

»Ich habe kaltes Huhn. Und Melone, Schinken und frisches Brot.«

»Klingt wundervoll!«

»Möchtest du Retsina dazu? Ich habe noch eine Flasche.«

»*Estupendo!*« sagte er.

Ich schaltete den Computer aus, ging in die Küche und nahm den Wein aus dem Kühlschrank. Er folgte mir, sah aus dem Fenster.

»Hübsche Aussicht. Wohnst du schon lange hier?«

»Fünf Jahre.«

Ich holte zwei Gläser und schenkte ein. Ich merkte, daß meine Hände zitterten. Er stand ganz dicht hinter mir. Als ich mich zu ihm umwandte, nahm er mir die Flasche aus der Hand und stellte sie auf den Tisch. Dann legte er schweigend die Arme um mich. Es kam mir vor, als pochte mir das Herz so laut, daß es die Geräusche des Regens übertönte. Ein paar Atemzüge lang starrten wir uns an, bevor wir uns küßten. Eine ganze Weile standen wir da, verloren uns völlig in dem Gefühl, Atem, Wärme und Nähe des anderen zu spüren. Manuels Hemd klebte an seinem Körper. Mein T-Shirt wurde sofort naß, während er mich an sich preßte, und die Haut schimmerte hindurch.

»Du hast mir gefehlt«, sagte er rauh, als wir unsere Lippen voneinander lösten.

Ich wandte mich ab.

»Es war ein langer Sommer.«

Er nickte, ohne ein Lächeln.

»Für mich auch, ja. Eigentlich wollte ich schon früher zurückkommen.«

»Und warum bist du es nicht?«

»Weil ich wissen wollte, wie es ohne dich ist.«

»Und wie war es ohne mich?«

Er schüttelte den Kopf.

»Kein Augenblick des Tages, an dem du nicht bei mir warst. Immer, die ganze Zeit.«

Ich schluckte.

»Du bist völlig durchnäßt.«

»Macht nichts«, sagte er. »Ich liebe den Regen so sehr.« Ich holte einen Teller aus dem Schrank, stellte das Huhn auf den Tisch, schnitt die Melone in zwei Hälften, gab einen Schuß Porto hinein und wickelte Schinken aus dem Papier.

»Willst du nichts essen?« fragte er.

»Ich habe schon gegessen.«

Ich setzte mich, schlang die Arme um die hochgezogenen Knie. Ihn anzusehen war mir vielleicht noch wichtiger als alles andere.

»Du bist ganz braun«, stellte ich fest. »Du bist in der Sonne gewesen.«

»Ja. Ich bin auf Rhodos ziemlich viel im Meer geschwommen. Es war wärmer als auf Santorin.«

»Und in der Türkei?«

»Da habe ich mir Paläste und Moscheen angesehen. Aber ich komme aus einem sehr alten Land; ich kenne diese Dinge. Wir Indios halten nicht viel von ewig lebenden Göttern. Sobald unsere Götter alt werden und nichts mehr taugen, machen wir neue. Aber viele Menschen verwechseln die Religion mit einer Krankenversicherung.«

Ich mußte lachen.

»Hast du das in dieser Zeit herausgefunden?«

»Wenn man durch viele Länder kommt«, sagte er, »da lernt man so nach und nach, sich über gewisse Dinge eine Meinung zu bilden. Und sie manchmal auch für sich zu behalten.«

Es gab viele Arten, etwas anzusehen; Manuel war zu frei und zu unverblendet, um sich täuschen zu lassen. Sein ursprüngliches Auge, der Stolz seines Herzens bewahrten ihn vor den Meinungen der Masse, und für ihn war die Finsternis transparent.

Während ich ihm gegenübersaß, unfähig, meinen Blick von seinem Gesicht zu lösen, diese ruhigen Züge, diese geschwungenen Lippen, diese dunkelbraunen Augen anzuschauen, erst da stellte sich das Gefühl der Freude ein. Sie überkam mich wie eine Lähmung. Irgendwie mußte ich die Verwirrung loswerden. Ich fragte, betont gleichgültig:

»Und die Frauen?«

Er trank und lehnte sich zurück, amüsiert blinzelnd.

»Oh ja, ich habe einige kennengelernt ... aber nicht wie dich, ganz bestimmt nicht. Und du? Wie steht es mit anderen Männern?«

»Ich hatte keine große Lust dazu.«

»Die Melone ist gut«, sagte er ernst. Ich hob lebhaft den Kopf.

»Ich finde immer die besten Melonen auf dem Markt, ich habe eine gute Nase dafür.«

»Der Regen macht hungrig«, sagte er.

»Man fühlt sich gleich viel weniger müde, nicht wahr?«

Ich schenkte ihm neuen Wein ein.

»Und dein Vater? Was hat er gesagt, daß du dein Studium aufgeben willst?«

»So allerhand. Zuerst einmal, daß ich verrückt sei. In unserer Familie seien alle verrückt, außer Ramona. Er wollte damit nur sagen, daß wir grundverschieden sind.«

Ich lachte.

»Und was noch?«

»Ferner, daß ich nicht ehrgeizig sei. Das käme von meinem Indianerblut, er hätte daran denken sollen, bevor er meine Mutter heiratete. Indios seien denkfaul, mondsüchtig am hellichten Tag. Wenn ich wenigstens dumm oder phlegmatisch wäre, aber nein, ich sei einfach nur so ein verdammter dickschädliger Indio.«

Er warf den Kopf zurück und lachte. Ich lachte auch.

»Dann hat er es dir nicht übel genommen.«

»Er war an diesem Tag geduldig.«

Sein Lachen verschwand. Er zog die dunklen Brauen kraus. »Die

Geschichte ist noch nicht zu Ende. Rafael wollte mein Atelier sehen. Er sah sich meine Arbeiten an und entdeckte plötzlich die kleine Plastik, die ich damals von Cecilia gemacht hatte. Sie ist nicht sehr groß, ungefähr wie der Kopf eines Babys. Ich hatte sie mitgenommen, als ich nach Europa ging. Rafael sah die Plastik, war mit drei Schritten dort und nahm sie in die Hände. Er hielt sie zwischen den Handflächen, wie das Gesicht einer lebenden Frau, starrte sie eine Zeitlang an, schweigend. Dann sagte er zu mir, mit seltsam veränderter Stimme:

›*Hijo* ... schenkst du sie mir?‹

Ich war betroffen. Rafael wirkte so anders als sonst, so verstört, daß ich nicht nein sagen konnte, aber es fiel mir schwer. Er dankte mir nicht einmal. Völlig geistesabwesend saß er auf dem Klappbett, das ungefähr mein einziges Möbel ist. Es war Markttag, die Geräusche und Düfte drangen in das Atelier; und plötzlich begann er von seiner Liebe zu Cecilia zu sprechen. Er erzählte mir Dinge, von denen ich keine Ahnung hatte; Dinge, die nur meine Eltern betrafen und sehr persönlich waren. Er sagte, daß er nie aufhören würde, sie zu lieben, daß er sie lieben werde bis zu seinem letzten Atemzug. Und dann wandte er mir das Gesicht zu, und ich sah Tränen in seinen Augen. Es war das erste Mal, daß er in meiner Gegenwart weinte. Nach einer Weile beruhigte er sich. Er legte mir die Hände auf die Schultern und sagte, daß er mich verstehen würde. Daß jeder Mensch geboren sei, um seine Bestimmung zu erfüllen.

›Und es ist durchaus unwichtig‹, sagte mein Vater, ›ob diese Bestimmung dem Wert entspricht, die andere ihr beimessen. Deine Hände geben deinen Träumen Gestalt. Und diese Träume sind ebenso wichtig wie die Häuser, die ich aus Eisen, Stein und Holz baue.‹

Ich hatte soviel Verständnis nicht erwartet und antwortete gerührt:

›Auch sie entstehen aus Träumen.‹

Da umarmte er mich und sagte:

›Ohne Visionen kann der Mensch nicht leben.‹

Dann sprachen wir von praktischen Dingen. Er fragte, ob ich als Keramiker meinen Lebensunterhalt verdienen könne. Ich sagte, für meine Ansprüche würde das wohl genügen. Geldsorgen lähmen die Schaffensfreude, sagte Rafael, der aus Erfahrung sprach. Er wollte mir Geld geben, doch ich sagte, ich würde schon zurechtkommen; es gäbe verschiedene Berufe, die je nach Umständen mehr oder weniger ansprechend seien. Er meinte, das ginge ohne weiteres, solange ich jung sei. Aber später? Ich sagte, wenn ich völlig pleite bin, dann melde ich mich. Und ich setzte hinzu: ›Vielleicht bin ich eines Tages berühmter als du‹, worauf er sich vor Lachen schüttelte. Dann hatten wir Hunger und bestellten bei ›Jenny‹ eine ›Choucroute spéciale‹, ein Gericht, das Rafael noch nicht kannte.«

»Hat es ihm wenigstens geschmeckt?«

»Ausgezeichnet sogar. Wir tranken viel Wein und redeten Unsinn. Nachher waren wir ein bißchen blau und landeten in einem Nachtklub.«

Er kniff verschmitzt die Lider zu, und plötzlich kam mir alles ganz unwirklich vor. Er war völlig unbefangen, und doch senkte sich manchmal über seine Augen der Schatten einer ernsten Nachdenklichkeit. Denn hinter seinem Lächeln, seiner lockeren Gelassenheit, zeigten sich andere Dinge, tiefere, die sich unter der Oberfläche vollzogen wie das langsame Einfließen einer warmen Quelle in einen kalten See.

Der Regen prasselte auf die Dachziegel, das Wasser gurgelte in der Traufe. Ich schloß das Fenster, und die Scheiben wurden sofort blind. Manuel stellte das Geschirr in die Spüle und den Rest des Schinkens in den Kühlschrank. Als ich mich umwandte, prallte ich gegen ihn. Er umfing mich mit beiden Armen und hielt mich fest. Dann hob er mich hoch und trug mich auf den Futon. Wir zogen uns aus. Ich half ihm ein bißchen, weil seine Jeans zu eng waren, und er lachte dabei. Dann warf er mich auf den Rücken; er legte sich auf mich, preßte seinen nackten Körper an meinen; seine frische Haut berührte mich wie ein elektrischer Schlag. Er umschlang mich, stieß sofort in mich ein; ohne Vorspiel. Ich packte ihn an den Schultern, an den Hüften, wir stöhnten beide, fast wie im Schmerz. Ich fand seine federnden Bewegungen wieder, das Spiel der Muskeln und Sehnen unter der glatten, sonnengebräunten Haut, die schmerzhaft-süße Lust. Ich küßte seine Achselhöhlen, trank ihn mit den Lippen, mit dem ganzen Körper. Meine Handflächen tasteten über sein Gesicht, auf dem eine leichte Feuchtigkeit glänzte, über die Augen, über die Lippen. Ich spürte das Zittern seiner Haut, als wäre es meine eigene.

»Du bist da, endlich!« flüsterte ich. »Ich kann es nicht begreifen!«

Er umfaßte mein Gesicht.

»Es war schrecklich, von dir getrennt zu sein!«

»Du kannst dir nicht vorstellen, wie schrecklich.«

»Ersticke mich!« keuchte er.

Das Rauschen des Regens senkte sich auf unsere liegenden Körper, fügte sein Brausen diesem anderen Brausen hinzu, den pulsierenden Kreisen unseres Blutes. Das, was uns verband, diese Gewißheit jenseits von Bewußtsein und Vernunft, konnte nicht mehr geleugnet werden. Es war etwas, das unsere Fassungskraft überstieg, uns hilflos machte. Wir hatten die Liebe von uns geschoben, sie nicht wahrnehmen wollen, ihr alle möglichen Namen gegeben: Sex, Lust, Gier, Abenteuer. Aber was hier begann, war etwas Neues, eine langsame Arbeit für das ganze Leben. Manuel wußte, daß ich nicht nur ihn liebte. Er hatte sich damit abgefunden, er würde es unantastbar lassen. Er wußte, daß ich von dir besessen war, Amadeo, daß meine Liebe für ihn nur in der Verbindung mit dir Gestalt annehmen konnte. Er hatte sich Zeit genommen, darüber nachzudenken, und sich für diese Art von Liebe entschieden. Er würde nicht von mir verlangen, daß ich mich von der Hälfte meines Lebens trennte. Er akzeptierte diese Leidenschaft, die mich mit einem anderen Mann verband. Und so küßte er mich, lenkte behutsam und geduldig seine Kraft in mir, bis wir beide zu schweben glaubten. Eine Weile lagen wir da, in einer so tiefen Erschöpfung, daß unser Leben einem erlösenden Tod glich. Nach und nach verlangsamte sich unser Atem, schien fast stillzustehen. Wir hörten den Regen an die Scheiben prasseln. Endlich bewegten wir uns, schlugen die Augen auf. Unsere Gesichter erwachten zu einem fast unbewußten Lächeln. Manuel rollte sich leicht herum. Sein Finger strich meine Wange entlang, über meinen Hals. Er sagte sehr leise:

»In Griechenland, da dachte ich manchmal, es sei eine ganz idiotische Geschichte.«

»Das dachte ich auch.«

Wir sprachen wieder ganz sachlich, aber jedes Wort besaß für uns die wunderbare Süße und Zartheit der Liebe. Einer Liebe, die sich nicht mehr leugnen ließ.

»Und jetzt?« fragte er.

»Es hängt von dir ab.«

»Möchtest du, daß ich bei dir bleibe?«

»Unter einer Bedingung.«

»Welcher?«

»Daß du im Oktober mit mir nach Les-Saintes-Maries-de la Mer kommst.«

Sein Lächeln erlosch nicht ganz; es wurde nur nachdenklich.

»Du möchtest, daß er mich kennenlernt?«

Ich nickte stumm. Ein anderer hatte es nicht so ausgedrückt; nicht auf diese Weise. Er wird nie aufhören, mich zu verblüffen, dachte ich.

»Wenn du willst«, sagte er.

Sein Gleichmut machte mich betroffen. Immerhin hielt ich es für nötig, ihn zu warnen.

»Es wird dir vielleicht keinen Spaß machen.«

»Das erwarte ich auch nicht. Und wie steht es mit ihm?«

Ich antwortete ohne Umschweife. »Wenn ich dich liebe, muß er dich auch lieben. Ich weiß, wovon ich rede«, setzte ich hinzu, als er schwieg.

Er rieb seine Stirn an meinem Hals und stellte eine seltsame Frage:

»Wird er leiden?«

Ich empfand eine Art Erstaunen darüber, daß wir so heiter über unsere Gefühle sprachen, über diese Liebe, die geteilt werden mußte. Wir betrachteten sie voller zärtlicher Aufmerksamkeit, wie man eine Frühlingsblume anschaut, erst halb entsprossen und schon leuchtend von allen Verheißungen ihrer Farbe.

»Ich glaube«, sagte ich schließlich, »daß seine Natur ihm nichts auferlegt, wozu sie ihn nicht auch befähigt, es zu ertragen ... was immer er selbst davon halten mag!«

Ein paar Sekunden starrte er mich an, mit unbewegtem Gesicht.

Dann atmete er tief durch.

»Er muß ein ungewöhnlicher Mann sein.«

Ich streckte mich an seinem Körper entlang, umfing seinen Nacken mit beiden Händen.

»Ich liebe ihn, Manuel. Ich werde ihn immer lieben.«

»Und ich liebe dich.«

Ich nahm seine beiden Hände, legte sie auf meine Brüste. Wie braune Kelche lagen seine Finger auf der hellen, nach Seife duftenden Haut. Er streichelte meine Brüste mit den Fingerkuppen. Ich spürte den sanften, ziehenden Schmerz, als die Spitzen sich aufrichteten. Die Lust glitt heran, lautlos wie eine Wolke, ein süßes Anbranden. Meine Glut griff auf ihn über, er schob sich unter mich, seine Hände strichen auf meiner Haut auf und ab, streichelten meinen Bauch, glitten über meine Lenden, tiefer hinab, preßten sich zwischen meine Schenkel. Ganz plötzlich rückte er von mir ab, blickte mich an; ein kaum sichtbares Lächeln zuckte um seine Mundwinkel.

»Und wenn er mir das Messer in die Kehle stößt?«

Ich schmiegte mich an ihn, machte ihn zu einem Stück meiner Haut. Ich stützte die Arme beiderseits von seinem Kopf auf, sah mich in seinen Augen wie in einem fernen Spiegel. Es war schon zu spät für ihn, er war in mir gefangen. Ich sagte, ebenfalls lächelnd:

»Darauf mußt du es ankommen lassen.«

28. Kapitel

Manuels Atelier befand sich in einer schmalen Sackgasse, zwischen der Rue de Bretagne und der Rue de Saintonge, in einem dieser verkommenen Herrschaftshäuser, die im Marais-Viertel noch zahlreich vorhanden waren. Sie waren zumeist von Fremdarbeitern der ersten Generation – Spaniern, Italienern und Portugiesen – bewohnt, sowie von älteren Rentnern, die sich aus Geldmangel oder Nostalgie keine andere Bleibe suchen mochten. In den letzten Jahren waren auch Handwerker zugezogen, und verschiedene Theater- und Tanzgruppen benutzten die vergammelten Wohnungen als Übungsräume. Das alte Haus mit den großen Steinquadern, vier Etagen hoch, war wuchtig und finster, im Erdgeschoß mit Graffiti beschmiert. Unten arbeitete ein Möbelmacher, in der ersten Etage hatte ein Kleidergrossist sein Lager. Im Treppenhaus roch es nach Zigarettenrauch, Mülleimer und allen möglichen Küchendünsten. Manuels Atelier lag im Untergeschoß. Wir zwängten uns an Fahrrädern vorbei, gingen ein paar abgetretene Steinstufen hinunter; Manuel drehte den Schlüssel in einem altmodischen Schloß, machte Licht.

»Hier war früher die Loge des Hausmeisters. Achtung, da ist eine Stufe.«

Die Stufe, gleich hinter der Tür, war tückisch. Wer sie übersah, trat nicht in den Raum, sondern flog der Länge nach hinein. Manuel grinste mich an.

»Beim ersten Mal bin ich auf allen Vieren gelandet!«

Das Fenster, mit Eisenstangen und einem Plastikvorhang versehen, öffnete sich auf einen Innenhof.

»Keine schöne Aussicht«, meinte Manuel. »Aber sonnig.«

Das Atelier bestand aus zwei Räumen. Die alte Tapete war längst verblaßt, unter dem Fenster war ein großes Waschbecken angebracht. Einige Kleidungsstücke hingen an einem Haken; von einer Wand zur anderen war eine Leine gespannt, auf der Handtücher trockneten. Auf dem Klappbett lagen eine zusammengerollte dünne Matratze, ein paar Decken. Daneben stand ein Schnellkocher. Ich sah eine Espressokanne, eine Tube Kondensmilch, einen alten Transistor, ein paar Bücher und Zeitschriften sowie den Rucksack mit dem defekten Reißverschluß, den Manuel in Griechenland bei sich gehabt hatte. Ich lächelte; was Bequemlichkeit betraf, war Manuel gewiß ein anspruchsloser Mensch. Viel Platz war ja auch nicht vorhanden, denn in der Mitte stand der große Werktisch, mit allen möglichen Handwerkszeugen und Geräten: verschiedene Sorten Tonmehl, Siebe, Eimer und Schüsseln für das Einweichen und Verrühren der Tonbreis, ganze Sortimente von Pinseln, eine Waage, eine Holzplatte, auf dem der Ton geknetet wurde, Gips zum Anfertigen von Formen. Daneben standen eine elektrische Strangpresse, eine Töpferscheibe und alle Werkzeuge, die man für das Drehen benötigte. Manuel hatte amüsiert mein Staunen beobachtet.

»Ich wohne hier nur als Untermieter. Das Atelier gehört Pamela Clark, einer englischen Keramik-Designerin. Ich lernte sie durch eine Bekannte meines Vaters kennen. Sie stellte in Japan, Neuseeland und in den Vereinigten Staaten aus. Ein paar Einzelstücke befinden sich in der Sammlung des Victoria und Albert Museums in London, und das will etwas heißen. Vor ein paar Jahren ist sie schwer erkrankt – Lungenriß. Sie wurde operiert, lag monatelang im Krankenhaus. Als Töpferin kann sie nicht mehr arbeiten, Metalloxyde und Glasuren sind Gift für sie, trotz Schutzmaske. Jetzt hat sie Lehraufträge an verschiedenen Colleges. Pamela wollte ihr Atelier auflösen. Ich bin froh, daß ich es übernehmen konnte. Sie hatte ziemlich viel Geld in die Einrichtung gesteckt. Komm mal hierher.«

Er stieß eine kleine Tür auf, drehte den Lichtschalter. Dahinter war ein anderer Raum, ziemlich klein. Am Fenster war eine Klimaanlage angebracht. In der Mitte stand ein elektrischer Brennofen. Schwere Holzregale, zum Trocknen und Lagern der Ware, waren an den Wänden aufgestellt.

»Pamela wollte einen separaten Raum für den Brennofen haben. Auch die Rohstoffe lagerte sie in geschlossenen Dosen. Aus Sicherheitsgründen. Sie stellte salzglasierte Keramik mit Goldintarsien her oder arbeitete mit Abdrücken von Muscheln. Aber ich mache es anders, arbeite lieber mit Farbglasuren.«

Ich hörte kaum auf das, was er sagte. Meine Blicke waren auf die Gefäße und Plastiken gerichtet, die auf den Regalen standen.

»Manuel ... hast du diese Dinge hergestellt?«

Fältchen zeigten sich in seinen Augenwinkeln.

»Aber sicher. Wer denn sonst?«

»Ach, Manuel ...« brachte ich ganz dumm heraus. »Sie sind wunderschön!«

Alle Gefäße und Figuren waren mit leuchtend bunten Glasuren überzogen. Gewagte Farben, kirschrot, violett oder gelb wie reife Zitronen; ungewöhnliche Blauschattierungen, von nachtdunklem Kobalt bis zum strahlenden Türkis; tiefe, schillernde Grüntöne. Der Vitalität, der Überschwang der Farben hob die Dynamik der dargestellten Motive noch hervor: Vögel, Schildkröten, springende Hirsche. Manchmal stellte die Plastik nur das Tier dar, manchmal wirkten die Figuren wie in das Gefäß hineingewachsen, mit ihm verschmolzen. Es gab Vasen, die sich wie Blumen entfalteten, und solche, die aus Blütenkelchen wuchsen. Schüsseln und Teller in allen Formen, mit Libellen, Fröschen, Schmetterlingen dekoriert, und andere mit ganz erstaunlichen Strukturen, dem Magma und dem schwelgenden Feuer nachempfunden.

Ich atmete tief durch, sah zu Manuel hinüber.

»Erinnerst du dich an das, was Stavros gesagt hat?«

Er grinste.

»Stavros? Eine ganze Menge, soviel ich weiß.«

»Er hat gesagt, daß du auf irgendeinem Gebiet ein Fachmann seist, wenn ich auch nicht genau sähe, worin.«

Er hob die Schultern, mit einem seltsamen Ausdruck im Gesicht, halb zerknirscht, halb belustigt.

»Tja, und was hätte ich ihm darauf antworten sollen?«

»Die Wahrheit. Daß du ein Künstler bist.«

Er schüttelte den Kopf.

»Ein Künstler? Nein! Bestenfalls würde ich mich freuen, mal einer zu sein. Mit Formen und Substanzen umzugehen, lernt jeder. Aber Harmonie ist ein Gefühl, das aus der Seele kommt. Es hängt mit dem Leben zusammen, das wir führen; ob es wächst oder verkümmert, ist unsere Sache. Das hat mir mein Großvater beigebracht. Maskenschnitzer sind die besten Analytiker; sie sehen das wahre Gesicht. Oh ja, da ist etwas, das die meisten nicht wissen. Und in all diesen Dingen bin ich ein Anfänger.«

»Hast du diese Stücke noch nie ausgestellt?«

Er hob die Hände mit gespieltem Entsetzen.

»*Ay de mi!* Ich will keinen Mist auf den Markt bringen. Vielleicht in drei oder vier Jahren …«

Ich lächelte ihn an.

»Du bist ganz schön selbstbewußt.«

Jetzt schüttelte er sich vor Lachen.

»Ich bin froh, daß du endlich merkst, wie selbstbewußt ich bin.«

Er zeigte mir eine Vase, die ein Antlitz darstellte, und gleichzeitig auch einen Vogel, die Schwingen zusammengelegt wie im Sturz.

»Diese Keramik war die letzte, die ich machte, bevor ich nach Griechenland ging. Sie war spätabends fertig, am nächsten Tag ging mein Flugzeug. Ich nannte sie *Guatemoc.*«

»Was bedeutet dieser Name, Manuel?«

»Der herabstoßende Adler. So hieß der letzte Aztekenkaiser. Er wurde mit achtzehn Jahren gekrönt, mit zwanzig von Hernando Cortez ermordet. Eine typisch mexikanische Geschichte, voller Heldentum, Mord und Leidenschaft. Aber die Figur hat auch als Gebrauchsmodell Gültigkeit. Für meine Seelenzustände, meine ich.«

Er warf mir einen funkelnden Blick zu.

»Seltsame Sache, nicht wahr? Mein Großvater würde sagen: Deine Hände wissen, was deine Augen erst später sehen.«

»Mir scheint, seitdem du in Europa lebst, bist du erst richtig mexikanisch geworden.«

Er nickte nachdenklich.

»Komisch, daß man diese Dinge erst merkt, wenn sie einem gesagt werden. Wahrscheinlich ist man persönlich weniger in der Lage, sie zu sehen. Ja, du hast recht. Die Bilder sind schon lange in mir, aber sie kommen erst jetzt an die Oberfläche. Indios wissen zu spielen. Mit dem Gestern, mit dem Heute, mit der Zukunft. Unser Denken ist luftig und instabil, und wir sehen Geister am hellichten Tag. Aber weil diese Dinge aus der Tiefe kommen, fürchten wir uns davor.«

»Du doch nicht.«

»Und du auch nicht!«

Ich lachte kurz auf.

»Ich habe geschlafen, als man mich die Bibel lehrte. Splitter und Fragmente sind geblieben, mit denen ich – so, wie sie heute ausgelegt werden – nichts anfangen kann. Ich habe mich auch nicht sehr ernstlich damit befaßt; andere Dinge waren mir wichtiger.«

»Man sollte immer das tun, was man tun möchte«, sagte er, »solange es niemandem schadet. Eine einfache moralische Grundregel, aber dabei bricht die Welt aus den Fugen.«

»Meinetwegen.«

»Meinetwegen auch. Komm!«

Er stellte das Gefäß an seinen Platz, löschte das Licht und führte mich wieder in das Atelier.

»Setz dich!«

Er deutete auf das Klappbett. Ich setzte mich, während er mit einigen Gefäßen hantierte.

»Mein Vater wollte sehen, wie ich arbeite, da habe ich roten Ton eingeweicht, verrührt und gesiebt. Jetzt ist er knetreif.«

Er prüfte die Festigkeit der Masse, goß sie auf eine Holzplatte und wartete, bis sie antrocknete. Dann rollte er den Tonklumpen aus, klopfte ihn flach und begann mit dem Kneten und Schlagen, bis die Tonmasse eine gleichmäßige Konsistenz hatte. Er arbeitete still und konzentriert, wobei seine gelenkigen und doch so kräftigen Hände den Ton mit abwärtsdrückenden Bewegungen wie Teig walkten. Dabei preßten seine Handballen den Ton platt; manchmal hob er ihn am hinteren Ende auf, zog ihn nach vorn, so daß er aufrecht stand, und wiederholte diesen Vorgang gut zehnmal, in einem ganz besonderen Rhythmus. Hier und da schob er die Masse mit kräftigen Bewegungen, um harte Tonstückchen zu entfernen oder mit einem Schneidedraht abzuziehen. Ich hatte jedes Zeitgefühl verloren; wie ein fasziniertes Kind starrte ich auf den Tonklumpen, der unter Manuels Händen lebendig wurde, seine Form veränderte. Immer wieder stellte er die Masse hoch, preßte sie abwärts, drückte und rollte sie flach, ein ununterbrochener, fließender Bewegungsablauf. Von Zeit zu Zeit hob er die Augen, lächelte mir zu. Endlich hatte die Tonmasse die gewünschte Plastizität erreicht. Manuel sagte:

»Leider ist der Ton noch frisch. Wenn man ihn lagert, wird er dehnbarer. Beim nächsten Mal werde ich besser modellieren können.«

Er nahm eine Tonkugel, legte sie in die Hand und begann, langsam mit Daumen und Fingern die Masse zu formen, wobei er mich immer wieder ansah.

»Was machst du?« fragte ich.

»Dich«, sagte er. »Hast du etwas dagegen?«

Ich schüttelte lächelnd den Kopf.

»Mach nur weiter.«

Er fuhr fort zu arbeiten, in einer Art tiefer, absolut gelassener Konzentration. Eine seltsame Freude, und gleichsam ein tiefer Frieden, prägten sein Antlitz. Versonnen erfaßte ich seine ganze Erscheinung, das leichte Lächeln, das seine Lippen umspielte, den weichen braunen Hals, das geschmeidige Haar, die schlanken, muskulösen Arme und diese so besonders geformten Hände, erdverbunden wie die eines Bauern und gleichsam vom Geist durchdrungen.

»Kannst du noch stillhalten?«

»Ich habe viel Geduld, das weißt du doch.«

Er nickte, arbeitete weiter. Seine Augen waren glänzend schwarz, und manchmal blickten sie ganz schnell zu mir hin, dann aber sogleich wieder zurück. Und während seine Finger mein Angesicht formten, hatte ich ein ganz eigentümliches Gefühl: als ob er meine Seele in seinen Händen hielt, wissend und voller Zärtlichkeit. Er holte meine Seele zu sich, wärmte sie mit seinem Atem, dem warmen Hauch, bevor er mich wieder mit mir vereinte. Und gleichzeitig, da er meine Seele neu gestaltete, schenkte er mir seine eigene Kraft. Er paßte seine Handflächen der Form meines Gesichts an, er hielt mich, bis er spürte, daß mein Herz in seinem Rhythmus zu schlagen begann, wie in der Liebe. Ein Austausch hatte stattgefunden, und eine Wandlung; in diesem Augenblick wurde es mir deutlich bewußt. Und ich spürte noch mehr: Er liebte die Dinge, mit denen er umging, liebte sie wie seinen eigenen Körper. Und alles, was er berührte, wurde von stillem Leben erfüllt.

Schließlich hob er den Kopf, lächelnd.

»Fertig!«

Ich stand auf und trat zu ihm. Die Plastik hatte die Größe eines Kinderkopfes; ich betrachtete sie schweigend. Das Profil war schmal, die Wangen waren fast herzförmig oval. Die mandelförmigen Augen waren weit offen; ein schwebendes Lächeln lag auf dem Gesicht; in sich geschlossen und behütet, nur ganz zart angedeutet und geheimnisvoll. Und gleichzeitig strahlte das Antlitz mit den geblähten Nasenflügeln, dem zurückgewehten Haar eine seltsame Heftigkeit aus. Es war, als ob ich das Gesicht in den Wind hielt und gegen ihn ankämpfte, herausfordernd und mit zornigem Schwung. Ich stützte mich auf Manuels Schulter.

»Das gefällt mir. Sehe ich wirklich so aus?«

»Ich habe dich ein paarmal so gesehen«, erwiderte er.

»Wann?«

»Wenn wir uns lieben«, sagte er. »Oder wenn du auf dem Feuer gehst. Sonst wäre ich nicht darauf gekommen. Für gewöhnlich hast du einen anderen Ausdruck.«

Ich wandte mich rasch zu ihm hin.

»Welchen?«

Er sah mich an. Seine Stimme war tief und weich.

»Einen Ausdruck, der den Männern Lust macht, dich kennenzulernen.«

»Das sind keine Dinge, über die ich nachdenke«, erwiderte ich. »Aber das sogenannte Anständigsein hat mir nie viel bedeutet.«

»Natürlich nicht. Und die Liebe hat ja viele Gesichter.«

Ich umfaßte ihn; seine Schenkel und Hüften fühlten sich warm an und hart und so vertraut wie immer. Ich roch seinen Duft nach Apfelrinde. Seine tiefen, ruhigen Atemzüge kamen meinem Mund ganz nahe.

»Ich bin froh, dir begegnet zu sein«, sagte ich. »Für mich hatte die Liebe immer nur ein Gesicht. Alle anderen waren Schatten. Ich nahm so ziemlich jeden Beliebigen, mir war das egal; vorausgesetzt, daß er ein Gummi nahm. Die Sache mit Martin war ein Irrtum gewesen. Ich dachte, er paßte zu mir, weil er sich für Vulkane interessierte.«

Wir lachten beide. Dann küßten wir uns.

»Ich liebe dich«, sagte er, nicht mehr lachend.

Ich streckte die Hand aus, schüchtern fast, und streichelte seine Wange.

»Mit dir habe ich zu hoffen begonnen, ich könnte vielleicht eines Tages ein anderes als das jetzige Leben führen. Ich glaube nicht, daß ich dazu unfähig wäre. Aber ich habe nie darauf gewartet.«

»Ich weiß nicht, worauf du gewartet hast.«

»Auf ihn«, sagte ich leise. »Immer nur auf ihn. Unaufhörlich.«

»Man wartet immer auf etwas«, entgegnete er heiter. »Ich habe bloß auf mich gewartet. Und irgendwann wurde mir die Wartezeit zu lang.«

Ich lächelte flüchtig.

»Hast du dich endlich gefunden?«

»Nein, verloren. Im Labyrinth, du weißt schon. Wirf mir ja keinen Faden zu!«

Er räumte den Rest der Tonmasse weg, löste die Krümel von dem Brett. Der Anblick meines Gesichts auf dem Tisch löste in mir ein ganz eigentümliches Gefühl aus: als ob Kopf und Körper, voneinander getrennt, ein eigenständiges Leben begannen.

»Ich lasse die Figur an der Luft trocknen«, sagte Manuel. »Das wird etwas länger dauern.«

Er nahm das Brett mit der Plastik und stellte es auf eines der Regale im Nebenzimmer. Dann knipste er das Licht aus; mein Gesicht verschwand im Dunkeln. Er schloß die Tür, und ich sagte:

»Hältst du mich jetzt hier gefangen?«

Er schaute mich mit einem Augenzwinkern an.

»Nur den Teil von dir, der mir gehört.«

»Und was gibst du mir dafür?«

»Mich selbst. Ist das ein fairer Tausch?«

»Ich muß wohl damit zufrieden sein.«

Er kam zu mir, und ich legte die Arme um ihn. Er schmiegte seine Wange an meine. Schweigend umarmten wir uns, bewegt und beglückt von dieser Wärme um das Herz, von dieser Gewißheit, daß wir einander zu beschützen und zu trösten suchten. Ein paar Sekunden genügten; wir trennten uns fast im selben Augenblick. Ich wartete gedankenverloren, während er flink und sachkundig das Atelier in Ordnung brachte.

»Wie sorgfältig du mit den Sachen umgehst«, stellte ich fest.

Er nickte bejahend, ohne seine Tätigkeit zu unterbrechen.

»Ein guter Arbeiter pflegt seine Werkzeuge. Wenn sie sich wohl fühlen, sind sie ihm auch treu.«

Seine Ungezwungenheit täuschte: den Kern der Dinge erkannte er sofort. Er spielte sich nicht auf, dachte niemals in Schablonen. Er hatte das alles nicht nötig. Er trug Kenntnisse in sich, ganze Folgen von Erinnerungen, als habe er schon mehrere Leben gelebt. Er ließ sich auch nicht leicht aus der Fassung bringen.

Eine merkwürdige Gedankenverbindung brachte mir das Gespräch mit meinem Vater in den Sinn. Seit Manuels Rückkehr hatte ich alles, was mit Casa Monte zusammenhing, weit von mir geschoben. Jetzt mußte ich etwas in dieser Angelegenheit tun. Ich spürte auf einmal, wie ich fröstelte – es war etwas kalt in dieser Werkstatt, und ich hatte ziemlich lange stillgesessen. Inzwischen suchte Manuel verschiedene Sachen zusammen, stopfte sie in seinen Rucksack. Wir hatten abgemacht, daß Manuel bei mir wohnen würde. Die Werkstatt würde er nur noch für die Arbeit benutzen. Die Entfernung war nicht weit, er brauchte nur ein paar Stationen mit der Métro zu fahren. Während er ein paar Bücher einpackte, erzählte ich ihm von dem Anruf.

»Casa Monte soll umgebaut werden.«

Er warf sein Haar aus der Stirn und blickte mich aufmerksam an.

»Das Haus deiner Großmutter?«

»Der Engländer, der es gekauft hat, will ein Ferienhaus daraus machen. Ich habe vor, nach Montereale Celina zu fahren. Da sind noch ein paar Möbel, die ich bei einer Frau aus dem Dorf lassen will. Mein Vater wollte sich um die Sache kümmern, aber …«

Ich stockte. Er wartete schweigend, daß ich weitersprach.

»Der wahre Grund ist, daß ich das Haus ein letztes Mal sehen will. Für mich, weißt du, hat Casa Monte eine ganz besondere Bedeutung.«

Er nickte ernst.

»Ja, das hast du mir erzählt.«

»Es ist schwer«, sagte ich, »die Orte seiner Kindheit aufzusuchen, wenn man weiß, daß sie bald nicht mehr da sind. Im Grund genommen sollte man es nicht tun.«

»Es gibt Dinge, die wir loswerden müssen.«

»Aber wie? Es war mal eine Zeit, da konnte ich nicht schlafen. Ich hatte Angst davor. Tabletten wollte ich nicht nehmen. Ich bildete mir ein, daß es nur einen einzigen Ort auf der ganzen Welt gab, wo ich tief und traumlos schlafen könnte: im Zimmer meiner Großmutter, in ihrem Bett. Das war natürlich nicht vernünftig.«

Er strich erneut sein Haar aus der Stirn.

»Seit wann wird verlangt, daß wir immer das Vernünftige tun?«

»Man sollte sich besser kennen«, erwiderte ich. »Oft sage ich mir, daß ich mich nicht mit der Wissenschaft befasse, weil sie mich interessiert, sondern weil ich nicht verrückt werden will.«

Er lachte kurz und antwortete dann ernst:

»Es kommt vor, daß wir mit dem Verstand den größeren Schaden anrichten.«

»Offenbar macht die Logik für mich eine Ausnahme«, sagte ich. »Ich habe manchmal das Gefühl, daß meine Großmutter noch lebt. Daß sie in Casa Monte auf mich wartet, wie damals, als ich in den Ferien zu ihr kam. Ein ganz absurder Gedanke, findest du nicht auch?«

»Warum? Zwischen uns und den Verstorbenen ist nur ein wenig Erde.«

Verschwommene Bilder tauchten vor meinen Augen auf. Ich schüttelte leicht den Kopf. Die Bilder verblaßten.

»Es ist schwer«, sagte ich, »das jemandem begreiflich zu machen. Sogar mein Vater ist beunruhigt. Er vermeidet Worte, die Unglück bringen, darin ist er sehr italienisch. Aber ich mußte ihm versprechen, daß ich nicht allein gehen würde. Er hat Angst, daß ich Selbstgespräche wie eine einsame Alte führe. Oder daß ich träume und Gespenster sehe. Ich nehme ihn nicht ganz ernst, weißt du.«

Er kniff leicht die Augen zusammen, doch er stellte keine Frage, sondern nickte nur.

»Ich habe viel Zeit.«

»Ja, das hast du gesagt.«

Jetzt lachten wir beide. Die Bilder waren verschwunden. Ich atmete freier.

»Wann fahren wir?« fragte er.

»Ich kann einen Tag freibekommen. Alain wird mich vertreten. Wenn wir am Donnerstag losfahren, sind wir Sonntag abend wieder in Paris.«

Manuel rollte zwei Pullover zusammen, stopfte sie ganz oben in den Rucksack und zog den Reißverschluß zu.

»Ich war noch nie in Italien«, sagte er.

29. Kapitel

Es wurde eine seltsame Reise; zuerst dadurch, daß ich von so weit her zu etwas so Zurückliegendem wie Montereale Celina kam. Hatte mein Vater womöglich recht? Träumte ich mitten im Tag, und sah man es mir an? Wenn ich mich selbst als Kind sah, fühlte ich mich stark, getrieben von einer inneren Lebensfülle und dem Bewußtsein meiner Kraft. Warum denke ich so oft an Nonna? Kommt es auf sie an? Ich empfand, als sei sie immer da. Nun spürte ich, daß die Vision mir entglitt; der schützende Geist Nonnas zog sich aus mir zurück, flackerte wie eine aufgebrauchte Batterie. Ein geheimes Uhrwerk hatte sich in Bewegung gesetzt; die Zeiger tickten. Mir bleibt nicht mehr viel Zeit, dachte ich, ohne daß ich für diesen Gedanken eine Erklärung fand. Zeit wozu? Meine eigenen Reaktionen erschienen mir seltsam. Etwas Unberechenbares war in mein Leben getreten, erschütterte meine Logik, untergrub meine Vernunft und rührte mich mächtig auf. Nüchtern betrachtet: Was wollte ich eigentlich in Casa Monte?

Manuel und ich wechselten uns am Steuer ab. Er fuhr ebensogut wie ich, nur weniger schnell, was beruhigend wirkte. Er begleitete mich mit seiner Stille, seiner ruhigen Stimme, dem Lächeln in seinen Augen. Oft fuhr er schweigend, eine halbe Stunde lang oder mehr. Dann legte ich den Kopf an seine Schulter und schlief. Ich spürte seine warme Aura, seinen ganz besonderen Duft, dauerhaft mit ihm verbunden. Die Autobahn flimmerte unter der ausklingenden Sommerhitze. Lastwagen und Pkws überholten uns, sogar das vorbeiziehende Zischen wirkte einschläfernd.

Mittags aßen wir in Genf, am Seeufer; im Hintergrund die Kalksteinwand des Salève, vor uns der höchste Springbrunnen der Welt, eine glitzernde Säule, ein aufwärts stürzender Wasserfall, schäumend und lichtdurchströmt. Ein ziemlich starker Wind wehte. Wir bestellten Fisch, in zuviel Butter gebacken. Der Weißwein prickelte und machte müde. Wir aßen Eis, um wach zu werden, bummelten unter rauschenden Platanen. Der See schlug Wellen wie ein kleines Meer. Unter den Gebäuden aus Granit, Metall und Marmor, gegenüber Schmuck- und Modeboutiquen, trockneten Fischer ihre Netze. Dann fuhren wir weiter, Lausanne und dem Rhônetal entgegen. Die Berge spiegelten sich veilchenfarbig im Wasser, die Weinberge glänzten sattgrün. Segelboote tauchten auf, wie große weiße Vögel. Winzerdörfer, rosa und ockergelb angestrichen, duckten sich um alte Kirchtürme. In den Gärten leuchteten blutrote Rosen, goldgelbe Sonnenblumen, Dahlien in orangeroten und violetten Schattierungen. Eine Bilderbuchlandschaft, unwirklich und wie gemalt.

»Wie schön«, sagte Manuel. Er war nicht gegen das Kindlichsein gefeit, liebte starke, plakative Farben, ließ sich verzaubern, ohne sich täuschen zu lassen. Als wir durch das Rhônetal fuhren, stellte er plötzlich das Radio ab.

»Kannst du singen?«

Ich schüttelte amüsiert den Kopf.

»Nein, überhaupt nicht!«

»Dann will ich dir etwas vorsingen.«

Er begann mit halblauter, weicher Stimme »La Malagueña« zu singen.

»... eres linda y hechicera
como el candor de una rosa.«

Dann sang er ein anderes mexikanisches Volkslied, »La Zandunga«, und dann pfiff er die Melodie. Ich lachte; viele Dinge erschienen mir plötzlich leicht, quälende Gedanken verblaßten, bevor sie sich in meinem Kopf festsetzen konnten. Ich fragte mich, ob er es bewußt darauf abgesehen hatte. Er ließ mich eine große Unbefangenheit spüren und zugleich die Gelassenheit eines Menschen, der eine Vielfalt geistiger und seelischer Landschaften in sich vereint. Wer ihn nicht kannte, konnte ihn für oberflächlich und unkritisch halten. Es schien ihm zu leicht zu fallen, gewisse Dinge, die er nicht sehen wollte, zu ignorieren. Er selbst machte sich keine Gewissensbisse daraus; dem Himmelreich auf Erden mißtraute er, das Böse im Menschen – im kleinen oder großen Maßstab – nahm er als gegeben hin, ebenso wie das Gute. Er sah den Tod als etwas Vertrautes an und hütete sich vor abstrakten Begriffen.

Im Aosta-Tal gab es einen Verkehrsunfall; in der prallen Abendsonne nahm uns ein Stau über eine Stunde lang gefangen. Müde und verschwitzt machten wir uns auf die Suche nach einer Unterkunft. Die Reisesaison war vorbei; wir fanden schnell ein kleines Hotel, im Chalet-Stil, weißgetüncht und mit schwarzen Balken. Im Zimmer roch es nach Bohnerwachs, vor dem Fenster wehten die Gardinen, und die Berge lagen schon im Schatten. Wohltuende Ruhe war hier; wir nahmen eine Dusche, machten einen Spaziergang, um an die frische Luft zu kommen. Die Geschäfte waren schon zu, die Straßen still, von den Wäldern stieg Frische auf. Später aßen wir in einem Kellerlokal, wo es nach Minestrone und Braten duftete. Die Menschen hier, ihre Art zu reden, sich zu bewegen, der Geschmack der Pasta, die Farben und Gerüche waren mir vertraut. Doch Melancholie kam nicht auf; Manuel lächelte mich im Kerzenschein an, spielte mit meiner Hand, erzählte mir komische kleine Geschichten. Von Casa Monte sprachen wir kein Wort. Noch später, in unserem Zimmer, liebten wir uns; Manuel kannte mich besser als ich mich selbst. Er wußte, daß ich müde und traurig war, daß mich Dinge beschäftigten, von denen ich nicht sprach. Er störte mich weder mit Fragen noch mit Gefühlsäußerungen, sondern hielt mich in den Armen und streichelte mich. Er küßte mich erst verhalten, dann immer heftiger, bis mein Körper ihn suchte, sich öffnete und ihn aufnahm. Wir fühlten nur die Freude, die Leichtigkeit der Liebe, lachten leise und ausgelassen über das quietschende Bett. Und als ich entspannt und glücklich erschöpft neben ihm lag, spürte ich auch dann noch diese Leichtigkeit, die etwas mit der Kindheit zu tun hatte. Eingefangen in derselben Unbeschwertheit, küßte mich Manuel auf die Nasenspitze, spielerisch wie ein kleiner Junge; ich verbarg lachend das Gesicht an seiner Schulter und schlief sofort ein. Am nächsten Morgen weckte mich die Sonne; das Licht drang durch die Gardinen, machte das weiße Gewebe durchsichtig. Manuel schlief noch; er lag auf dem Bauch, die Arme ausgebreitet; ich betrachtete seinen schlanken Rücken, die wohlgeformten Schultern, mit einem neuen Gefühl der Zärtlichkeit, des Entzückens. Während ich ihn ansah, wachte er auf. Er rollte sich auf die Seite, wandte mir das Gesicht zu und lächelte mich an. Ich stützte mich auf den Ellbogen. Er strich mein Haar aus der Stirn und sagte zärtlich:

»Du hast gut geschlafen.«

Ich erwiderte sein Lächeln.

»Ja, das stimmt.«

Er streckte sich, sank mit einem zufriedenen Seufzer in sich zusammen und setzte sich hoch.

»Wann sind wir in Montereale Celina?«

Ich nahm meine Uhr, die auf dem Nachttisch lag, und legte das Armband um.

»Wenn wir bald losfahren, am Nachmittag.«

Von einer Autobahn-Raststätte rief ich bei Lina an. Ich verschwieg ihr, daß ich im Mai in Montereale Celina gewesen war; sie hätte nicht verstanden, daß ich sie nicht aufgesucht hatte. Ihre Stimme hörte sich jugendlich an, nicht anders als früher. Mein Vater hatte ihr bereits mitgeteilt, warum ich kam. Lina war einverstanden, die Möbel zu sich zu nehmen. Der »Inglese« sei zweimal dagewesen, erzählte Lina. Bei seinem letzten Besuch war er mit dem Architekten und dem Meister gekommen. Ich spürte einen Stich im Herzen.

»Waren sie ganz allein im Haus?«

»*Ma che credi,* ich war immer dabei!« In Linas Stimme schwang Entrüstung mit. »Ich lasse doch keine fremden Leute herein!«

Daß dieser »Inglese« jetzt der rechtmäßige Besitzer war, hatte Lina offenbar nicht begriffen. Kein Wunder, mir ging es ähnlich. Ich lächelte mißmutig und sagte dann:

»*Lina, siamo due* – Wir sind zu zweit.«

»*Bene*«, antwortete sie gelassen, »ich werde das *Letto matrimoniale* beziehen.«

»Nein«, sagte ich, »ich möchte in Nonnas Zimmer schlafen.«

»Aber das Bett ist nur für eine Person gemacht«, gab Lina sachlich zu bedenken.

»*Fa niente!*«

Ich hörte, wie sie nachsichtig lachte.

»*Giovinezza* – die Jugend!«

Sie versprach, uns etwas zu Essen zu machen. Und sie würde auch nachsehen, ob alle Sicherungen funktionierten.

Milano. Bergamo. Brescia. Die vertrauten Namen, die vertraute Strecke. Ich fuhr, besser gesagt: Ich raste, den Blick auf den glitzernden Asphalt der Fahrbahn gerichtet, den die Reifen unter sich wegfraßen. Manuel schwieg. Merkte er, daß ich mich mit jedem Atemzug weiter von ihm entfernte? Ja, natürlich, er spürte diese Dinge, deswegen war er so still. Irgend etwas in ihm, ein sechster Sinn, mochte erwacht sein. Er beobachtete ruhig, doch wachsam, wie ich ihm entglitt, einen weiten Hang hinunter, schneller und schneller, bis auf den Grund meiner selbst. Dort sah ich Bilder, die ich einer gründlichen Prüfung unterzog, weil ich zwischen Tagträumen und Wirklichkeit einen klaren Strich ziehen wollte. Aber nüchtern zu sein war eine große Anstrengung. Und irgendwo gab es da eine Gegebenheit oder ein Wunder, das wieder aufleben konnte.

Jederzeit.

Verona lag hinter uns. Wir fuhren durch die lombardische Ebene mit ihren weichen Hügeln, jetzt von den Farben des Nachsommers in dunkles Grün getaucht. Die Silberpappeln leuchteten. Bäume und Spalierkulturen hingen voller rotwangiger Äpfel. Auf den Feldern wurde die Ernte mit Maschinen eingeholt, aber man sah auch noch Bauern, die mit Pferd und Wagen arbeiteten. Das blaue Licht schwang sich von Höhenrücken zu Höhenrücken, die Berge schimmerten wie blaues Porzellan. Bei Pordenone begannen die planlos gebauten Wohnsilos, die Gas- und Chemiewerke, die verstopften Straßen, die schlechte Luft. Wir verloren viel Zeit, bevor wir die Industriezone hinter uns ließen, den Bergen entgegenfuhren. Ich hatte bei Brescia getankt, der Wagen lief gut. Ich lächelte Manuel flüchtig zu.

»Es ist jetzt nicht mehr weit.«

Mein Schweigen hatte ihn nicht gestört; doch jetzt schien er froh, daß ich ihn wieder wahrnahm.

»Hast du lange in dem Dorf gelebt?«

»Ich bin in Udine geboren, der Hauptstadt der Provinz. Udine liegt ein Stück weiter, in Richtung Triest. Damals war mein Vater Chefredakteur der Tageszeitung. Wir wohnten in Montereale Celina, bei

Nonna. Carmilla – meine Mutter – langweilte sich dort zu Tode. Mit Nonna verstand sie sich nicht besonders; Nonna war zu eigenwillig, zu selbständig. Carmilla fühlte sich bevormundet. Mein Vater sah ein, daß das Dorfleben ihr nicht lag; so oft es ihm möglich war, fuhr er mit ihr nach Venedig, Portofino oder Santa Margherita. Dort blühte sie auf. Ich verlebte in Montereale Celina die schönsten Jahre meiner Kindheit. Ich hatte das Gefühl, daß das ganze Dorf ein einziger großer Spielplatz für mich war. Ich kannte jeden Straßenwinkel, jeden Hof. Im Sommer war es mein liebstes Vergnügen aufzustehen, wenn es noch dunkel war, und zu den Bauern zu gehen, die im Stall ihre Kühe melkten. Dann frühstückte ich mit ihnen; sie gaben mir selbstgebackenes Brot und eine große Tasse warme Milch.«

Ich brach ab. Er sagte:

»Erzähl weiter.«

»Mit sechs kam ich in die Schule, saß mit den Dorfkindern auf morschen Holzbänken um einen großen Eisenofen, der in der kalten Jahreszeit qualmte und stank. Die Winter waren rauh, dicke Eisblumen bedeckten die Fenster. Von Bequemlichkeit und Hygiene war damals kaum die Rede; nur wohlhabende Bauern hatten ein Badezimmer. Plumpsklos waren eine Selbstverständlichkeit, und was darin war, wurde als Dünger verwendet. Im Sommer begleiteten wir die Bauern aufs Feld. Wir saßen hinten auf dem großen Heuwagen, der von Maultieren gezogen wurde. Während die Leute arbeiteten, knabberten wir an Maiskolben und pflückten Maulbeeren. Wir wateten barfuß durch die Bäche, fingen Krebse und kleine Fische. Wir Mädchen zogen unsere Höschen aus, um uns in das kühle Wasser zu setzen. Die Jungen waren auch dabei, und natürlich spielten wir Doktor.« Ich warf Manuel einen lachenden Blick zu. Er legte seine Hand auf mein Knie.

»Weiter!«

»Alle Ereignisse vollzogen sich in unserem Blickfeld. Wir sahen zu, wie die Kälber zur Welt kamen, wie das Schwein geschlachtet wurde. Das Schwein wurde von zwei Knechten gehalten, und der Dorfmetzger stieß ihm das Messer in die Kehle. Das Schwein schrie und krümmte sich, während das Blut in einen Eimer floß. Und bald danach war das Fest des Heiligen Antonius. Das Standbild des

Schutzheiligen wurde durch das Dorf und seine Umgebung getragen. Allen voran schritten die Chorknaben, ihre Weihrauchfässer schwenkend, dann kam der Priester mit dem Allerheiligsten unter dem Baldachin. Hinterher trippelten die Schulkinder. Ich trug wie alle Mädchen ein weißes Kleid; Carmilla hatte mir Locken gedreht. Ich hielt das Gesangbuch in der Hand, betete wie alle Kinder den Rosenkranz auf lateinisch! Mir kam das alles ganz natürlich vor, ich war von einer Aura von Klängen und Glauben umhüllt. Und einmal im Jahr, zum Fest der ›Muttergottes vom Berge‹, fuhren wir mit blumengeschmückten Wagen, von Mauleseln gezogen, zum ›Monte Cavallo‹, zum Pferdeberg. Nach der Messe in der Kapelle wurden Tischtücher auf dem Boden ausgebreitet, Proviant wurde ausgepackt. Es wurde Musik gemacht und getanzt. Ich habe sogar noch die Lieder im Kopf. All diese Dinge stehen vor mir, als wären sie gestern gewesen. Sie gaben mir Sicherheit. Ich wuchs mit der Illusion auf, daß alles war, wie es sein sollte.«

»Es war keine Illusion.«

»Damals nicht. Und später hat man nie wieder dieses Gefühl.«

»Nein, aber es ist wichtig, daß man es mal gehabt hat. Und weiter?«

»Ich muß dir noch von Nonna erzählen. Sie verwaltete den ganzen Betrieb, war von früh bis spät auf den Beinen; trotzdem hatte sie immer Zeit für mich. Sie machte lange Spaziergänge mit mir, rund um unsere Felder. Sie lehrte mich, alles ganz genau zu betrachten. Sie nahm einen Klumpen Erde in die Hand und sagte: ›Siehst du, Piccina? Hier ist nicht nur Erde, hier sind Wurzeln, Insekten, Keime, Steinchen, Mineralien. Jede Handvoll Erde ist eine kleine Welt für sich.‹ Sie erzählte mir alte Legenden, nannte mir die Namen der Sternbilder, zeigte mir, wo Sonne und Mond am Horizont auf- und untergehen und wie sie das Wachstum der Pflanzen beeinflussen. Und wenn ich daran denke, wie ausgefüllt ihre Tage damals waren, so frage ich mich, welche Liebe sie für mich empfunden haben muß, daß sie soviel Zeit damit verlor, mir die Welt zu zeigen.«

Ich war völlig in Gedanken versunken und sprach, als ob ich laut dachte. Manuel hörte still zu; bei meinen letzten Worten hob er lebhaft den Kopf.

»Sie hat ihre Zeit nicht verloren. Sie machte dich stark, für das ganze Leben.«

»Vieles habe ich vergessen, das ist sehr schade.«

»Nein. Die Erinnerung ist immer da, auch wenn du meinst, daß sie verschwunden ist.«

Ich atmete tief ein.

»Im Augenblick kann ich das nicht beurteilen. Mir geht zuviel im Kopf herum. Ich möchte ganz unterschiedliche Dinge gleichzeitig haben. Irgendeine Sache werde ich opfern müssen.«

Er schenkte mir mit den Augen so viel Wärme, daß es mir eng in der Kehle wurde.

»Sei ruhig. Ich bin ja bei dir.«

Was wollte er damit sagen? Ein plötzlicher Schrecken stieg in mir hoch, überschwemmte mich wie eine Hitzewelle. Doch als ich ihm wieder mein Gesicht zuwandte, hörte ich, wie er leise und entspannt vor sich hin summte. Es war dieselbe Melodie, die er gestern gesungen hatte, »La Malagueña«.

Wir fuhren an den ersten Steinhäusern vorbei; schwarzblaue Trauben hingen an den Weinstöcken. In der Ebene waren die Reben bereits entlaubt, während am Berghang Frauen und Mädchen noch dabei waren, das überflüssige Laub um die Blätter wegzuschneiden. Die Trockenheit hatte die Wiesen verdorrt. Der Wildbach war zu einer dunkelgrünen Schleife auf dem weißen Kies ausgestrocknet, und die Schatten unter den Kastanienbäumen waren schmal. Eine Zeitlang kroch ein Lastzug, mit Heu beladen, vor uns um die Kurven, dann überholten wir zwei Traktoren. Ein Autobus kam uns hupend entgegen. Die braungefleckten Bergkuppen waren jetzt ganz nahe. Silberdisteln wuchsen am Wegrand. Jetzt eine Kurve, dann noch eine. Der »Campanile« kam in Sicht, das Dorf kehrte zurück, mit der Illusion immerwährender Kindheit. Eine Illusion, die auf dem Grunde meiner Seele eine Ablagerung von Schmerz hinterlassen hatte, wie Asche über einem glimmernden Feuer. Mit diesem Schmerz hatte ich lange gelebt, irgendwie mußte ich dem jetzt ein Ende setzen. Und mir war, als hätte ich meine ganze Kraft dazu verwendet, an diesen Ort zu gelangen.

»Wir sind da«, sagte ich.

30. Kapitel

Im Schatten der Korkeichen und Roßkastanien führte die Straße in Kurven nach oben. Bald erreichten wir das Dorfzentrum. Montereale Celina zeigte sich heiß und geschäftig, alle Läden waren offen, die schräge Sonne teilte die Straßen in zwei Hälften aus Licht und Schatten. Kleine Wolken, weiß im Gegenlicht, flimmerten am Himmel. Das tiefgrüne Laub in den Gärten war stellenweise staubig und gelb. Und plötzlich lag das Dorf hinter uns, wir fuhren den Hang hinauf, den Bach entlang. Zwei Jungen auf einem Motorroller betrachteten neugierig das französische Nummernschild. Eine Katze lief über die Straße. Dann kam die alte Mauer in Sicht, das große Tor. Ich stellte das Auto ab; wir stiegen aus. Ich streckte mich, atmete ein paarmal tief ein und aus. Von den Bergen her wehte eine andere Luft, kühl, hell und rein. Es roch nach Wasser, verbranntem Holz und frischem Brot.

»Eigentlich hat sich nicht viel verändert«, stellte ich fest.

An den Zweigen des Feigenbaumes, oben an der Mauer, hingen zwei pralle Früchte. Sie wuchsen zu hoch, als daß die Kinder sie pflücken konnten. Ich gab Manuel einen Wink. Er faßte mich an der Taille, hob mich hoch. Ich langte nach den Feigen, pflückte beide. Wir schälten die Früchte, sie waren überreif, voller Zucker und süß wie Honig. Ich lächelte Manuel an.

»Gut, nicht?«

Wir wuschen unsere klebrigen Hände im Bach; das Wasser, klar wie Kristall und eiskalt, strömte über die giftgrünen Algen. »Der Bach kommt direkt aus dem Gletscher«, sagte ich.

Ich schüttelte meine Tasche, fand den Schlüssel. Diesmal war das Schloß leicht zu öffnen; ich nahm an, daß man es zurechtgebogen hatte. Auch die Angeln waren geölt worden. Manuel schob die Torflügel auf, während ich den Wagen in den Hof fuhr. Ich gab ihm ein Zeichen, das Tor wieder zu schließen.

Ich war in Casa Monte.

»Ein schönes Haus«, stellte Manuel fest.

Ich wandte ihm lebhaft die Augen zu.

»Nicht wahr? Ich verstehe nicht, warum mein Vater es unbedingt verkaufen wollte. Klar hatte er die Kosten satt. Aber das Haus war schuldenfrei, er hätte es doch verpachten können!«

Er nickte und sah sich um; seine Blicke schweiften über die Scheune, die mächtige Krone des Kastanienbaums. Einige stachelige Früchte, noch geschlossen, waren schon auf den Boden gefallen.

Ein leichter Wind fuhr über den Garten hin, verwischte alle Gerüche von warmer Erde und alter Jauchegrube, von reifem Obst und faulenden Beeren zu einem einzigen süßlichen Duft: den Duft meiner Kindheit. Ich blickte das Haus an; mir war, als starrte das Haus zurück.

»*Sono qui, Nonna*«, flüsterte ich in meinem Herzen.

»*Si, Piccina, si! Ti aspetto*«, sagte Nonna.

Ich ging die Steinstufen hinauf zur Tür. »Du wirst sehen, drinnen ist es im schlechten Zustand. Hoffentlich können wir das Badezimmer benutzen.«

Er blinzelte verschmitzt.

»Zur Not ist ja auch noch der Bach da!«

Ich schloß die Tür auf, tastete nach dem Schalter. Das Licht ging sofort an, heller als in meiner Erinnerung. Lina mußte die Glühbirne ausgewechselt haben. Ich schnupperte; ein feiner Geruch lag in der Luft, ein Geruch nach Tabak, kalter Asche und verschwitzten Kleidern. Ein leichter Schauer strich mir über den Rücken. Das war nicht Linas vertrauter Geruch. Fremde waren in dem Haus gewesen. Auf dem roten Marmorfußboden entdeckte ich staubige Erdkrumen. Die Besucher mußten sich zuerst im Garten umgesehen haben. Ich ging in die Küche. Auf dem Tisch standen eine neue Dose Pulverkaffee, Kondensmilch, ein Brot, eine große Schüssel mit Bohnensalat. Gelbliche Pfirsiche, rosig getönt, und dunkle Trauben leuchteten auf einem Teller. Lina wußte, daß ich ein besonderes Gebäck liebte; auf einer kleinen Platte häuften sich, pyramidenförmig aufgeschichtet, weiße Mandelplätzchen mit gemahlenen Pistazien. Daneben standen eine Flasche Wein, eine andere mit Mineralwasser.

»Siehst du?« sagte ich glücklich, »Lina hat für alles gesorgt.«

Ich holte Teller und Besteck aus dem Anrichteschrank. Kein Porzellan oder Silber mehr, sondern das billige Steingut. Die Blechlöffel waren schon verbogen.

Wir setzten uns. Das Brot schimmerte wie gebräuntes Gold. Als Manuel die Kruste anschnitt, brach die weiße, lockere Masse hervor. Der Bohnensalat, mit Zwiebeln, harten Eiern, Streifen von Speck und vielen Kräutern vermischt, war köstlich. Und auch der »Spumante« hatte den üppigen Geschmack selbstgebrannter Trauben. Lina hatte nichts vergessen, weder Papierservietten noch Zahnstocher.

Ich sagte lachend zu Manuel – lachend, um die tiefe Unruhe in mir zu ersticken:

»Lina hat Übung, mußt du wissen. Mein Vater verbrachte oft seine Schäferstündchen hier. Lina spielte den guten Geist und zeigte sich nie. Sobald mein Vater weg war, kam sie und räumte auf. Oh, ich sage dir, Lina weiß eine Menge Geschichten. Aber sie ist die Verschwiegenheit selbst.«

Ich reichte Manuel das Mandelgebäck. Die weiche Kruste blätterte knisternd ab, als wir hineinbissen.

»Die schmecken ja großartig«, sagte er.

»Selbstgebacken. Von Lina.«

»Wie lange arbeitet sie schon hier?«

»Als Nonna den Betrieb nicht mehr leiten konnte, stellte sie einen Verwalter ein, Fabrizio. Seine Frau Maria machte den Haushalt und kochte. Wir hatten noch zwei Gärtner, eine Wäscherin und eine Putzfrau: Lina. Später verkaufte Nonna das Land. Fabrizio und Maria zogen nach Udine. Jetzt war nur noch Lina da. Als Nonna in ein Altersheim mußte, kam sie einmal in der Woche, putzte, kümmerte sich um den Garten und kochte Früchte ein. Sie nahm das alles sehr ernst. Ihr Mann war früh gestorben, und Casa Monte war für sie wie ihr eigener Haushalt.«

Ich stockte und biß mir auf die Lippen.

»In den letzten Jahren lohnte es sich nicht mehr, das Haus instandzuhalten. Aber mein Vater hat nie aufgehört, Lina monatlich etwas Geld zu schicken. Du wirst sie morgen sehen, sie wohnt ganz in der Nähe.«

Er machte eine Handbewegung, die den Raum einschloß.

»Du warst glücklich hier, nicht wahr?«
Ich seufzte tief auf.
»Nicht nur glücklich, Manuel. Für mich ist dieser Ort … wie geheiligt. Klingt dir das zu übertrieben?«
Er schüttelte sanft den Kopf.
»Nein. Hier ist etwas, das dich liebt.«
Ob er das wohl genauso intensiv fühlte wie ich? Ich trank einen Schluck Wein; ich hatte ein wenig Kopfschmerzen. Die lange Reise, wahrscheinlich. Oder auch etwas anderes. Ich faßte mir an die Stirn.
»Es ist schwer zu erklären. In Casa Monte, siehst du, da habe ich begonnen zu sein, wie ich heute bin.«
»Hier?« fragte er.
Ich verschränkte fröstelnd die Arme.
»Oben. Im ersten Stockwerk.«
Er betrachtete mich im Schein der Glühbirne, die an einem Stück Kabel an der Decke hing. Der Abend kam. Die tiefstehende Sonne blitzte durch die Ritzen der Läden. Wir waren allein in diesem Haus. Nein – nicht ganz allein. Nonna war auch da. Irgendwo. Und bald würde sie nicht mehr da sein. Man würde sie aus ihrem Haus jagen.
»*Questo no mi piace, Piccina.*«
»*Neanche a me, Nonna.*«
Ich stand plötzlich auf.
»Komm, ich zeige dir das Haus.«
Wir ließen das Geschirr stehen. Den Rest Salat bedeckte ich mit einem Teller; der Kühlschrank funktionierte schon lange nicht mehr. Ich ging voraus und machte Licht. Zuerst im Eßzimmer, dann im »Soggiorno«. Das schwärzliche Messing des Kronleuchters schimmerte matt; die Blumengirlanden und Putten traten aus der Dunkelheit hervor; winzige Kristalle schienen auf der zerfetzten Tapete zu glitzern. Zwischen den vielen Schatten war es, als ob der Raum sich bewegte. Ich wies auf Nonnas Schreibsekretär mit dem Intarsienmuster aus hellem Zitronenholz.
»Den will ich behalten.«
Manuel strich mit geübter Hand über das Holz.
»Wunderschöne Arbeit!«
»Aus dem späten 18. Jahrhundert, soviel ich weiß. Der Geschirr-

schrank ebenso. Mein Großvater hatte auf seinen Reisen alles mögliche zusammengekauft. Das Sofa ist auch hübsch, nicht wahr? Und die Sessel. Sie müssen nur frisch bezogen werden, nicht mit diesem abscheulichen Rot.«

»Grün wäre nicht übel«, meinte er ernst. »Und die Perlen würde ich weglassen.«

Unvermittelt lachte ich auf, aber es klang bitter.

»Ach, Manuel, du hältst mich sicher für kindisch. Das passiert mir oft in Casa Monte. Wahrscheinlich, weil ich hier ein Kind war.«

Er schüttelte den Kopf.

»Nicht allein deshalb. Die Gegenstände haben eine Seele, das sagt dir jeder Handwerker. Holz schreit, wenn es gespalten wird. Und wenn ich Tonerde drehe, schnurrt sie wie eine Katze. Wo Menschen und Dinge in Eintracht leben, entsteht eine Harmonie. Übertragen die Menschen ihr inneres Spannungsfeld auf die Dinge, rächen sich diese – irgendwie.«

Ich antwortete leise und wie aus weiter Entfernung:

»Das ist etwas, das viele nicht wissen.«

Er legte seine Arme um mich.

»Ich glaube, daß du mit den Dingen hier in besonderer Harmonie gelebt hast. Deswegen bist du traurig.«

»Ich habe gerade in letzter Zeit soviel an das Haus gedacht. Ich träumte nachts davon, und dabei fielen mir Sachen ein, an die ich jahrelang nicht gedacht habe. Und jetzt werde ich sentimental.«

»Warum auch nicht?«

Ich hob den Kopf, um ihn anzulächeln, als ich einige Gegenstände auf dem Rand des Kamins bemerkte. Gegenstände, die nicht in das Zimmer gehörten: zwei leere Bierdosen, ein Aschenbecher voller Kippen, eine Streichholzschachtel. Lina mußte diese Dinge übersehen haben. Der Anblick löste unter meiner Kopfhaut ein seltsames Kribbeln aus. Ich spürte – sah buchstäblich – die Wut in mir aufsteigen. Es war wie jenes Phänomen, das ich auf Island beobachtet hatte: ein Pulsieren an der Oberfläche eines heißen Beckens, das plötzliche Aufspannen einer Blase voller kochendem Wasser. Etwas Ähnliches entstand jetzt in meinem Kopf; bloß daß ich diese Energie unter Kontrolle hielt.

»Warum haben sie das Zeug nicht weggeräumt?« murmelte ich verärgert.

Ich nahm die Bierdosen, brachte sie in die Küche und warf sie in den Mülleimer, ebenso wie die Kippen. Ich spülte den Aschenbecher aus und stellte ihn wieder an seinen Platz. Die Streichholzschachtel ließ ich liegen.

Manuel hatte schweigend zugesehen. Seine Haltung strahlte eine natürliche, unerschütterliche Ruhe aus. Doch, er versteht mich, schoß es mir durch den Kopf. Ich sagte:

»Komm, laß uns nach oben gehen.«

Ich drückte den Lichtschalter aus; für Sekunden hinterließ der Kronleuchter ein gelbes Nachbild auf meiner Netzhaut, das in Einzelteile zerfiel und verschwand. Wir gingen die Treppe hinauf. An den Wänden bröckelte der Gips ab, und die Marmorstufen waren rissig. Ich streichelte das alte Geländer, fühlte die seidige Beschaffenheit des Holzes. Unter meiner Handfläche gab das Geländer ein helles Knacken von sich, weiter oben noch ein zweites. Ich blieb kurz stehen, wandte Manuel das Gesicht zu.

»Hörst du?«

Er nickte, ließ die Blicke umherschweifen, nahm alles ganz genau wahr. Im oberen Stockwerk staute sich Sommerhitze. Die Spinnweben waren größer geworden. Im Schlafzimmer meiner Eltern huschte, mit dem Rascheln eines welken Blattes, eine winzige Maus über den Boden und verschwand in einem Loch unter der Fußleiste. Lina hatte das Badezimmer geputzt, Seife und frische Handtücher waren bereit. Ich drehte den Hahn auf, das Wasser floß sofort klar. Sogar die WC-Spülung funktionierte. »Das war schon lange fällig«, meinte ich.

Er kniff ein Auge zu.

»Es geht also ohne den Bach!«

Die Sonne sank; das Haus lag schon im Schatten. Als ich in meinem früheren Zimmer den Lichtschalter drehte, blieb alles dunkel. Die Birne war defekt, Lina hatte sie nicht ausgewechselt. In den Ritzen der Läden funkelte Abendlicht. Ein letzter roter Schein; bald kam die Nacht. Ich stand auf der Schwelle wie vor einem Loch, in dem meine Kindheit begraben war. Das Gefühl erreichte mein Bewußtsein, ließ seltsame Gedanken in mir aufsteigen.

»Es ist vorbei«, sagte ich geistesabwesend.

Es klang wie eine Frage, auf die ich eine Antwort erwartete. Aber Manuel sagte weder: »Wovon redest du eigentlich?« noch: »Du könntest dich deutlicher ausdrücken.« Er beantwortete die Frage, wie er jede andere beantwortet hätte. Er faßte mich am Ellbogen, machte behutsam die Tür zu und sagte:

»Ja, Ariana.«

Ich war ihm dankbar dafür, daß er die Tür geschlossen hatte. Es wirkte wie eine Trennung, etwas sehr Endgültiges. Ich empfand einen stechenden Schmerz dabei und gleichsam eine Unruhe, wie sie jeder größeren Veränderung vorausgeht, sei diese nun traurig oder freudig. Ich rieb mir die Augen; in meinem Kopf pulsierte es stärker. Es war kein gutes Gefühl; ich schob diese Vorstellung von mir. Zögernd machte ich ein paar Schritte; mitten im Gang blieb ich abermals stehen. Ganz plötzlich war mir, als wäre ich schlafwandelnd hierhergekommen und entdeckte erst jetzt, wo ich mich befand. An dieser Stelle hatte man die Wand mit frischen Paneelen verkleidet, die Bodenplatten ersetzt; auch der Gips an der Decke war neuerer Machart. Hier hatten die Arbeiter die Leiter aufgerichtet, als sie das Dach instandsetzten. Meine Hände wurden eiskalt, und ich hatte ein trockenes Gefühl im Mund. Vor meinen Augen tanzten Farben. Lichtpunkte, klein wie Sandkörner, blieben in der Luft hängen und formten sich zu einem ganz bestimmten Bild: Seidenraupen, auf dem geschwärzten Boden verstreut, zusammengeschrumpft und verkohlt. Ich schluckte; mir war übel.

»Hier lagen die Seidenraupen«, sagte ich. »Sie waren ganz verbrannt, einige bewegten sich noch. Die Form des Tieres war genau zu erkennen. Ein Abdruck mit allen Einzelheiten – das Negativ einer Raupe ...«

Für ein paar Sekunden blickten wir einander an. Dann schien er den Blick von mir abzuwenden und nach etwas in der Luft über meinem Kopf zu suchen. Ich spürte erneut das Pochen in mir, deutlicher.

»Nonna züchtete Seidenraupen im Estrich«, erklärte ich, schnell und etwas atemlos. »Im August waren schon einige im Kokon eingewickelt.«

Er hörte zu und wartete, daß ich weitersprach. Ich starrte vor mich hin, als ob ich an den Fetzen eines alten Bildes kratzte und das ursprüngliche Muster zum Vorschein brachte.

»Hier war das Loch. Vom Dach hinunter bis in die Waschküche.«

Er ließ seine Blicke umherwandern.

»Genau hier?«

»Du stehst gerade davor. Und siehst du ... Nonnas Zimmer ist auf der anderen Seite, hinten im Flur. Alle Zimmer haben eine Loggia, die nach draußen führt. Nur ihres nicht. Und sie konnte auch nicht zum Fenster hinaus, wegen des Gewächshauses. Komm!«

Ich setzte mich in Bewegung. Achtung, das Loch! sagte mir eine Stimme ins Ohr. Unwillkürlich trat ich auf die Seite, ging dicht an der Wand entlang. Der Boden war jetzt fest, aber der Schreck steckte noch im Unterbewußtsein; solche Gefühle sind hartnäckig. Manuel folgte mir dicht auf den Fersen. Sah er mit seinen inneren Augen die gleichen Bilder? Betrachtete er sie aus der Ferne? Er war wachsam, aber ruhig, und stellte nur wenige Fragen; sie trugen zum eigentlichen Verlauf meiner Erinnerungen kaum bei. In diesem Haus voller Schatten und Treppen und Ecken waren meine Tagträume unberechenbar.

Lautlos ging ich weiter. Blieb stehen. Von Nonna trennte mich nur eine Tür. Ich legte die rechte Hand auf die Klinke, ließ sie einen Atemzug lang darauf ruhen, bevor ich sie herunterdrückte. Ich kam mir vor wie eine Schwimmerin, die nun weiß, daß sie keinen Boden mehr unter den Füßen hat. Die Tür knirschte leise, sprang auf. Mein Atem stockte: Dort, wo ich Dunkelheit erwartet hatte, glühte goldenes Licht. Die Abendsonne schien durch die offenen Läden. Das Leuchten kam wie Wellen, als ob dieses Gold etwas Greifbares war, ein eigenes Element. Das ganze Zimmer duftete nach Sauberkeit und Lavendel. Lina hatte sogar die Gardinen gewaschen. Der marmorne Waschtisch und der Spiegel glänzten. In dem Krug war frisches Wasser, daneben standen zwei Gläser. Das Bett war bezogen, die Messingknäufe poliert. Über die Laken aus gutem Leinen waren zwei Wolldecken ausgebreitet. Auf dem Nachttisch, auf einem kleinen Deckchen, stand Nonnas Fotografie in dem Stehrahmen. Ich nahm das Bild und hielt es Manuel hin.

»Das ist sie.«

Er betrachtete das Porträt und lächelte.

»Ihr seht euch ähnlich.«

»Nicht wahr?« meinte ich. »Das sagen alle. Aber damals, auf dem Bild, da war sie jünger als ich.«

Er nickte, stellte das Bild an seinen Platz zurück. Ich öffnete das Fenster. Manuel trat zu mir; wir sahen auf das Gewächshaus hinab, auf das rostige Dachgestell, die verbogenen Rohre der Bewässerungsanlage.

»Mein Großvater züchtete exotische Pflanzen. Er hatte eine Zeitlang in Afrika gelebt, in den Kolonien.«

Neben dem Gewächshaus standen einige Säcke Zement, eine Schaufel lag daneben. An der Wand gegenüber häuften sich Backsteine. Die Arbeiter waren schon dagewesen.

Wir wandten uns ab. Die Scheiben klirrten leise, als ich das Fenster schloß. Ich sagte:

»Der Besitzer läßt das Haus vergrößern. Die ganze Seite wird abgerissen und umgebaut. In ein paar Tagen wird Nonnas Zimmer nicht mehr da sein. Und ich finde diese Vorstellung abscheulich.«

Er sah mich an und nickte.

»Eigentlich ja.«

Dieses Zimmer hatte ich jahrelang in meinem Herzen getragen; draußen blieb die Welt zurück, wurde unscharf und ohne Bedeutung. Die Wirklichkeit war hier.

»Glaubst du, daß ich übertreibe?«

»Kann man nicht sagen.«

Ich strich mit der Hand über die Kommode, über das Bett, als ob ich vertraute Freunde begrüßte.

»Die Möbel will ich auch behalten. Kannst du dir vorstellen, daß Nonna in diesem Bett geschlafen hat?«

Ich setzte mich auf die Bettkante; die Matratze federte leicht unter meinem Gewicht. Das goldschimmernde Zimmer nahm mich gefangen wie ein Blütenkelch, der sich eng über ein Insekt schließt. Nichts regte sich hier, das nicht zärtlich und liebevoll gewesen wäre. Eine greifbare geistige Wesenheit atmete in meinem Körper, flirrte in meinem Blut. Eine Zeitlang überließ ich mich diesem Gefühl und fand in meinem Herzen ein wenig Ruhe. Als Manuels

Hand meine Schulter berührte, hob ich verträumt die Augen zu ihm empor.

»Setz dich«, flüsterte ich.

Er ließ sich neben mir auf der Bettkante nieder. Ich lehnte den Kopf zurück und blinzelte. Nichts regte sich außer dem Licht, das sich langsam verdunkelte.

»Müde?« brach Manuel schließlich das Schweigen.

Ich seufzte.

»Nein. Nur denkunfähig. Hab Geduld mit mir. Ich hätte nie geglaubt, daß es so schwer sein würde.«

Was ich fühlte, war eine ungewöhnliche Melancholie. Sie setzte sich aus Kummer und Sehnsucht zusammen und füllte mein Herz mit einer Schwere, wie ich sie noch nie gekannt hatte.

»Ich brauche dich jetzt«, flüsterte ich rauh. »Es tut mir leid, wenn ich dir das sage, Manuel. Ich habe immer gedacht, ich genüge mir selbst.«

Er umfaßte meine Schultern.

»Irgendwann hat alles mal ein Ende. Vielleicht ist jetzt der richtige Zeitpunkt.«

»Im Augenblick geht es in mir chaotisch zu. Ich muß einen Überblick bekommen, damit ich wieder vernünftig sein kann.«

Er lachte leise.

»Was ist denn daran so schwer? Hier sind nur deine Erinnerungen, Teile deines früheren Lebens. Du selbst bist gar nicht mehr da.«

Ich verstand nicht sofort, was er meinte.

»Wo bin ich denn?«

Er kniff verschmitzt die Lider zusammen.

»Bei mir, das weißt du doch. Ich habe dich im Atelier eingeschlossen.«

Das kam so unerwartet, daß ich auflachte. Die Erleichterung kam augenblicklich. Jetzt, wo mir so viel auf der Seele lag, war ich froh, daß er mich aufheiterte. Im Grunde hat er recht, dachte ich. Die Fäden, die mich mit Casa Monte verbanden, hingen locker. Nur mein Geheimnis war noch eng mit diesem Haus verknüpft. Ich mußte den Knoten lösen, mich davon befreien, bevor ich endgültig Abschied nahm. Manuel drückte mich fester an sich.

»Erzähl mir von dieser Sache. Wie war es genau?«

Das Kribbeln unter meiner Schädeldecke verlagerte sich tiefer, in das Rückgrat. Es war, als ob er meine Gedanken las. Das Zimmer glühte und funkelte um mich herum; ich überließ mich dem streichelnden Feuer. Etwas wurde in mir geweckt; Erinnerungen, die tief in mir verschüttet waren, ferne Bilder, Farben und Geräusche. Und es war eigentlich ganz einfach, die Zeit aufzunehmen und wieder aufzuspulen, bis zu dem Beginn der Geschichte. Es war in weiter Ferne, dort, wo eine Stimme sang. Eine zärtliche Stimme, heiser und weich, hell und dunkel zugleich.

»A la feria de l'est
per due soldi
un topolino mi padre mi compro ...«

»Ich war zehn Jahre alt«, begann ich, »und verbrachte die Ferien bei Nonna. Seit zwei Jahren wohnten wir in Milano. Mein Vater hatte genug Kapital auf die Seite gelegt und seinen eigenen Verlag gegründet. Ich war noch ein Kind, aber ich spürte Carmillas Unzulänglichkeit. Unser Kräfteverhältnis verschob sich recht früh, zu meinen Gunsten. Meine Fragen waren stets unbeantwortet geblieben, weil sie aus anderen Welten kamen. Das zu wissen, war eine bittere Erfahrung; sie machte, daß ich bald einen ziemlich starken Grad von Sicherheit erlangte. Carmilla war weltfremd, innerlich unrealistisch. In Milano verbummelte sie ihre Zeit in Boutiquen, Kunstausstellungen, Modeschauen. Solche Dinge machten ihr Spaß. Die Ferien verbrachte sie in Portofino oder weiter südwärts, auf Capri oder Elba. Im Winter gingen meine Eltern nach Cortina d'Ampezzo. Mich brachten sie nach Montereale Celina; ich wollte immer bei Nonna sein. Carmilla hatte nie etwas dagegen; ich glaube sogar, sie war froh, daß sie mich los war. Ich war ihr im Weg, schon damals.

Ich bin also zehn. Es ist der fünfzehnte August. Carmilla ist am Vorabend gekommen, um mich nach Milano zurückzuholen. Sie war eine Woche auf Capri; ihre Haut ist golden getönt. Sie trägt ein Schürzenkleid aus brauner Seide, lächelt unverbindlich und mädchenhaft, spielt ›Ferien auf dem Land‹. Ich will nicht von Nonna weg. Wir bleiben keinen Tag länger als nötig, sagt Carmilla. Diese Hitze hier, die Mücken und der ewige Jauchegestank! Du mit deinem fein ausgeprägten Geruchssinn, wie kannst du das nur aushalten? Da ruft mein Vater an: Über Milano ist ein starkes Gewitter heruntergegangen, mit Wolkenbrüchen und Hagel. Straßen sind überschwemmt, ein Verkehrschaos verstopft die Innenstadt. ›Also, dann warten wir bis morgen‹, sagt Carmilla. ›Hoffentlich verschont uns das Gewitter. Ich fahre nicht gern Autobahn, wenn es regnet.‹

Das Gewitter kam. Das schlimmste Unwetter seit einem Jahrzehnt, stand in den Zeitungen zu lesen. Die Flüsse traten über die Ufer, in Longarone gab es einen Erdrutsch, die Äcker wurden verwüstet und die ganze Traubenernte vernichtet.

Ich liebe Gewitter. Als die ersten Wolken aufziehen und Fabrizio mit dem Traktor vom Feld kommt, laufe ich durch das Tor nach draußen. Die Dogge Cesare trabt hinter mir her. Naßgeschwitzt laufe ich die Straße hinauf; etwas weiter oben, gleich hinter Linas Haus, fällt der Hügel plötzlich ab: Man überblickt das ganze Tal, die Rebstöcke, die Maulbeerhaine und die Felder. Ich habe noch nie eine derartige Hitze erlebt; der Boden brennt unter den Füßen. Es ist, als ob die Steine platzen würden. Ein Geruch nach Sturm liegt in der Luft. Und was für ein Himmel! Die Wolken hängen wie ein Mantel um die Berge. Manche schimmern bronzegelb, andere grünlich; sie sehen aus, als ob sie aus den Bäumen emporbrodeln. Die niedrigen Wolken segeln schnell; die hohen, fast schwarzen bleiben am Himmel zurück, als hätte der Wind sie plattgedrückt. Ab und zu kommt die Sonne zum Vorschein, matt wie eine Silberscheibe. Dabei ist alles totenstill. Die ganze Welt scheint den Atem anzuhalten. Kein Zweig rührt sich, keine Vogelstimme erklingt, kein Flügelschlag ist in den Büschen zu hören. Nur die Grillen zirpen, seltsam eindringlich, fast schrill. Cesare hechelt, schnüffelt in den Gräsern, läuft unruhig hin und her. Sein Fell fühlt sich verklebt an, fast glitschig. Ich spüre ein seltsames Flattern in mir, eine fliegende Hitze. Ich springe, tanze wie ein Kreisel herum, singe und klatsche in die Hände. ›*A la feria de l'est ...*‹

Die Luft knistert und vibriert. Ich atme die dämmrige Schwüle ein, diesen starken Geruch nach Erde, Schwefel, Feldblumen und süßen Maulbeerfrüchten. Ich fühle mich so berauscht, so voller Leben, daß ich mich in das Feld werfe, mich in knisternden Gräsern wälze. Plötzlich setze ich mich auf. Hinter den Bergen wächst ein langsames Grollen. Ein dumpfes Echo nur, fast nur ein Hauch von Lärm, aus fernen Himmelstiefen herangeweht.

›Cesare, hast du gehört?‹

Der Hund reagiert nicht; er hat eine große Heuschrecke entdeckt. Immer, wenn er nahe dabei ist, sie zu fangen, springt sie mit einem gewaltigen Satz weiter, und Cesare hebt den Kopf. Seinen Ausdruck kann man nicht anders als dumm nennen. Jetzt ist die Sonne ganz hinter den Wolken verschwunden. Zwei Lichtbahnen schimmern hervor, bewegen sich über das Tal, das ein letztes Mal hell aufleuchtet. Nach einigen Sekunden verblassen sie, und wieder grollt Donner – diesmal näher.

Aldo kommt auf seinem Fahrrad den Weg entlang. Aldo ist ein Vetter von Fabrizio. Er hat im Maisfeld gearbeitet; Anstrengung, Schweiß und Staub haben seine Züge in eine graue Maske verwandelt. Er setzt den Fuß auf den Boden.

›*Bambina!* Ein Gewitter kommt!‹

Ich hüpfe übermütig in den Gräsern herum.

›*Lo so bene!* – Das weiß ich!‹

›Gleich wirst du patschnaß‹, ruft mir Aldo zu. ›Steig auf!‹

Ich schwinge mich auf den Gepäckträger. Cesare hat die Heuschrecke nicht fangen können und folgt dem Fahrrad in großen Sprüngen. Aldo radelt die Straße entlang. Aus den offenen Türen tönt das Geplauder der Leute, die schon bei Tisch sitzen, das Klirren der Gläser, das Klappern der Teller und Töpfe. Aldo setzt mich vor Casa Monte ab. Ich danke ihm fröhlich, laufe durch das Tor. Aus dem Kuhstall klingt dumpfes Muhen. Die Truthähne schütteln träge ihre Flügel im Staub, die Tauben ducken sich unter dem Dach. Hoch über dem Kastanienbaum wirbeln schwarze Wolkenfetzen. Der Kater Clara kauert neben der Treppe. Ich nehme ihn in die Arme und schleppe ihn ins Haus.

Carmilla ist in ihrem Zimmer und blättert in einer Zeitschrift.

›Mein Gott, du bist ja ganz rot im Gesicht! Wo hast du dich denn schon wieder herumgetrieben?‹

›Draußen.‹

›Du stinkst nach Kuhmist, nimm sofort eine Dusche! Und bring den Kater aus dem Zimmer! Der hat Flöhe!‹

Später sitzen wir bei Tisch. Maria trägt die Suppenschüssel herein, dann die selbstgerollten Makkaroni. Maria und Fabrizio essen mit uns. Sie wohnen im Nebengebäude. Ihre beiden Söhne sind bei Marias Bruder, in Udine, wo sie zur höheren Schule gehen. Nonna und Fabrizio sprechen über einen Feldweg, der asphaltiert werden soll. Nonna hat sich dazu entschlossen, damit die landwirtschaftlichen Fahrzeuge ihre Achse nicht länger in den Schlaglöchern stauchen. Carmilla stochert gelangweilt in ihrem Teller herum. Sie möchte lieber fernsehen. Aber hier befiehlt Nonna; der Fernseher wird erst nach dem Essen eingeschaltet. Plötzlich bewegt ein Rauschen den Kastanienbaum; die Äste schaukeln und knarren, wie Schiffsmaste. Im Garten beginnen die Sträucher im Luftstrom zu zittern. Abgerissene Blätter kommen dahergeflogen. Der Wind hat etwas Aufgeregtes, Heftiges an sich. Ein grelles Leuchten fegt über den Himmel. Es ist, als ob hinter der schwarzen Wolkenmasse ein gespenstiges Feuer zuckt und lodert.

›Der Sturm kommt von Norden‹, sagt Nonna.

Schon klatschen die ersten Regentropfen in den Sand. Ein scharfer Geruch nach Schwefel, Salz und nasser Erde steigt vom Boden auf. Cesare kriecht in seine Hundehütte. Maria und Fabrizio schließen die Läden. Die Geräusche verebben. Draußen tobt der Sturm, wie eine ferne Brandung, aber im Haus ist es ruhig und gemütlich. Carmilla stellt den Fernseher an. Nonna und ich spielen Schach. Sie läßt mich gewinnen; ich merke es und bin empört.

›Nonna, das ist nicht fair!‹

Ihre Augen lachen hinter den Brillengläsern.

›Ich kann doch nichts dafür, Piccina. Du hast mich geschlagen!‹

›Nein. Du bist besser als ich. Komm! Wir machen noch ein Spiel. Aber diesmal richtig!‹

Carmilla schüttelt mißbilligend den Kopf

›Ariana, hör doch auf! Deine Großmutter ist müde.‹

Nonna lächelt mir zu.

›Also gut! Noch ein Spiel.‹

Wir stellen die Figuren auf. Das nächste Spiel dauert kaum zehn Minuten. Nonna gewinnt.

›Schachmatt, Piccina! Du hast deine Türme schlecht eingesetzt.‹

Maria stellt das gespülte Geschirr in den Schrank.

›Madonna! Man muß schon klug sein, um dieses Spiel zu können.‹

›Das stimmt‹, sage ich ernst. ›Ich habe die klügste Großmutter der Welt!‹

Nonna schüttelt sich vor Lachen.

›Sei ruhig, Piccina! Ich werde es noch erleben, wie du mich schachmatt setzt.‹

Draußen kracht der Donner; der Schein der Blitze flackert durch die Läden. Der Bildschirm zuckt in fluoreszierenden Farben, ein paar Sekunden lang wird der Film unscharf.

›Bei Gewitter sollte man den Fernseher abstellen‹, meint Nonna. Carmilla nickt.

›Ich passe schon auf.‹

Maria und Fabrizio ziehen sich zurück. Nonna gähnt herzhaft. Das ist auch etwas, was Carmilla nicht mag: daß alle mit den Hühnern ins Bett gehen. Nonna verschwindet spätestens um zehn; dann sitzt Carmilla allein vor dem Fernseher, bis Mitternacht, oder noch später. Manchmal geht sie im Dorf spazieren, aber auch dort schließt jedes Café um elf. Dieses elende Kaff! sagt Carmilla. Nonna nimmt ihre Brille ab und reibt sich den Rücken.

›Komm, Piccina! Ich bringe dich zu Bett.‹

Ich ziehe meinen Schlafanzug an und putze mir die Zähne. Dann liege ich in meinem Bett, die Nachttischlampe brennt gedämpft, so daß der Raum im Schatten ist. Nonna setzt sich auf die Bettkante und schlägt ein Buch auf. Sie liest mir jeden Abend vor: *Gli raconti de l'isola felice.* – Die Geschichten von der glücklichen Insel.

Nonna trägt ihren weißen Morgenmantel und duftet nach Veilchen. Sie hat die Nadeln aus ihrem Knoten entfernt; weich und geschmeidig fällt ihr Haar über die Schultern. Wie hübsch sie ist! Ihre Stimme klingt weich und melodisch. Draußen rollt der Donner; der Wind rüttelt an den Läden und schlägt mit Tropfenböen wie mit Schrot an das Holz. Nonna liest die Geschichte der Schneekönigin ganz zu Ende; dann schließt sie das Buch und legt es auf meinen Nachttisch. Sie beugt sich über mich und küßt mich.

›Gute Nacht, Piccina.‹

›Gute Nacht, Nonna.‹

›Du hast doch wohl keine Angst, wenn es donnert?‹

›Ich habe nie Angst‹, sage ich.

Das stimmt: Ich habe nie Angst, auch nicht vor Dingen, die mich eigentlich erschrecken sollten. Nonna zieht die Decke hoch und streicht mir über das Haar.

›Wenn du etwas brauchst, dann rufe mich.‹

›Ja, Nonna.‹

Sie steht auf und geht zur Tür.

›Morgen scheint wieder die Sonne.‹

Sie dreht den Lichtschalter aus. Einen Atemzug lang besteht ein winziges rotglühendes Leuchten. Verblaßt. Verschwindet. Nonna schließt behutsam die Tür. Ich starre mit offenen Augen in die Dunkelheit. Der Wind rauscht, der Regen prasselt an die Läden. Plötzlich fliegt der Widerschein eines Blitzes durch das Zimmer. Ein Donnerschlag kracht. Die Berge werfen das Echo mit dumpfem Knall zurück. Auf dem Dach klappern Ziegel. Manchmal gibt es einen kurzen, heftigen Schlag, wenn herumwirbelnde Gegenstände – Äste, Holzstücke oder Abfälle – gegen die Hauswand prallen. Dann ist wieder Ruhe. Ich lausche auf die vertrauten Geräusche des Hauses, auf das scharfe Knacken in den Möbeln. Casa Monte steht fest im Unwetter, atmet schwer und ruhig. Die dicken Mauern schützen mich vor dem Sturm, ich hin hier vollkommen in Sicherheit. Meine Lider werden schwer, alle Geräusche verschwimmen; ein fernes, gleichbleibendes Rauschen erfüllt meine Ohren. Ich schlafe ein.

Ich schlafe ein. Und die Welt geht unter. Eine einzige Explosion, krachend, splitternd, berstend. Das Haus bebt in den Grundfesten, die Wände zittern. Mörtel fällt von der Decke. Der Fußboden hebt sich, die Scheiben klirren zu Boden. Ein Luftstrom wirbelt durch das Zimmer, die Tür springt auf; im Gang flackert Feuer. Sekundenlang liege ich da, wie gelähmt. Mein Herz rast. Dann springe ich aus dem Bett; die Glasscherben funkeln wie tausend rötliche Eiskrümel, aber ich spüre nicht den geringsten Schmerz. Ich renne aus der Tür und stehe vor einem rauchenden Loch. Die Decke ist zersplittert, ein paar Dachbalken hängen herunter; durch die Öffnung sieht man den Himmel mit seinen wirbelnden Wolken. Um die zerbrochenen Bodenlatten züngeln kleine Flammen; zerbrochene Ziegel liegen überall verstreut; zwischen den Scherben krümmen und winden sich Seidenraupen, winzige, verbrennende Feuergestalten. Durch den Rauchnebel sehe ich Carmilla am anderen Ende des Flurs. Im geblümten Pyjama steht sie dort, drückt ihre Handflächen gegen die Schläfen und schreit. Der Donner rollt, Blitze schießen aus dem stählernen Himmel. Plötzlich dringt ein Getöse durch alle anderen Geräusche hindurch: Aus dem Loch weht ein roter Flammenvorhang. Im Keller muß etwas explodiert sein. Schlagartig komme ich wieder zu Verstand. Nonna! Das Feuer greift um sich, ihr Zimmer hat keine Loggia. Wie soll sie sich in Sicherheit bringen? Und gleichzeitig kommen mir meine Spiele mit den Streichhölzern in den Sinn. Nonna weiß Bescheid, Maria hat mich auch schon ein paarmal dabei erwischt, aber das spielt keine Rolle. Wichtig ist nur, daß die Flammen mir gehorchen.

Der Rauch wird dichter, ich huste, schnappe nach Luft. Vielleicht hat Nonna den Lärm nicht gehört, vielleicht ist sie schon erstickt oder verbrannt? Oh Gott, wie kann ich ihr nur helfen? Auf Carmilla ist kein Verlaß, die steht nur da und kreischt. Vorsichtig setze ich einen Fuß vor den anderen. Splitter und Scherben machen mir nichts aus; wenn ich meine Gedanken auf besondere Art in Bewegung setze, spüre ich keinen Schmerz. Das einzige, wovor mir graut, ist, auf eine verbrannte Seidenraupe zu treten. Wenn ich nur daran denke, kommt mir das Essen hoch. Diese Panik ist ganz merkwürdig. Schritt für Schritt taste ich mich der Wand entlang, weiche dem qualmenden Loch aus. Die Flammen flackern auf mich zu, möchten spielen. Ich sage ihnen: Weg da, ich will vorbei. Sie schwimmen gehorsam zurück, ich spüre ihre Wärme an den Beinen. Carmilla schreit, ich soll zurückkommen; sie geht mir auf die Nerven, sie nimmt mir die Konzentration. Das Feuer ist wie ein Tier, ich kann es nur zähmen, wenn ich mich ganz intensiv mit ihm befasse. Dazu brauche ich viel Kraft – alle, die ich habe. Sie soll endlich mit dem Geschrei aufhören. Der Luftzug bläst mir Rauch ins Gesicht, ich huste und keuche. Bloß nicht in das Loch fallen! Endlich bin ich auf der anderen Seite. Die Flammen fressen sich durch das Holz, summen wie ein Bienenschwarm, der ganze Flur flackert rötlich. Der Qualm verursacht mir Würgereiz. Ich laufe auf Nonnas Tür zu; meine tastenden Finger finden die Klinke. Die Tür springt auf.

›Nonna!‹

Auch in ihrem Zimmer sind alle Scheiben zerbrochen. Glasspitzen heben sich in ihren Umrissen ab wie rotblitzende Krallen. Der Kleiderschrank ist offen, sämtliche Schubladen sind aus der Kommode gesprungen. Nonna liegt wie leblos im Bett, ich sehe ihr schwarzes Haar auf dem Kissen. Lähmender Schrecken fährt mir in die Glieder. Nonna ist tot! Das Zimmer dreht sich vor meinen Augen, wird schwarz. Ich werfe mich über sie und schreie. Ihr Körper fühlt sich warm an, sie röchelt ganz leise. Ich schüttele sie an den Armen, gebe ihr eine Ohrfeige, damit sie wieder zu sich kommt, aber nicht fest genug. Sie stöhnt, ihre Lider flattern.

›Nonna, wach auf!‹

Da erblicke ich den Krug auf der Kommode, er ist wie durch ein Wunder unversehrt. Ich greife nach dem Krug, schütte das Wasser über Nonnas Gesicht. Sie zuckt zusammen, verdreht die Augen. Ihre Pupillen schwanken hin und her, bis ihr Blick wieder klar wird. Sie setzt sich hoch, ein Hustenanfall schüttelt sie. Sie würgt die Worte hervor.

›Was ist los? Was ist geschehen?‹

›Der Blitz ist eingeschlagen! Paß auf, da sind Splitter! Hier sind deine Schuhe.‹

Nonna schiebt die Beine über die Bettkante, tastet nach ihren Hausschuhen. Sie ist immer noch wie betäubt. Das Feuer flackert, Qualm brodelt durch die Tür. Nonna hält sich an der Kommode fest; ächzend und schwankend steht sie da.

›Um Gottes Willen! Wie kommen wir hier heraus?‹

Im Flur kracht und birst das Holz; das Getöse durchbohrt meinen Kopf.

›Das Fenster!‹ keucht Nonna.

Mein Atem rasselt. Ich schreie, ich bin wie von Sinnen.

›Nein, nein! Das geht nicht.‹

Sie starrt mich an; ich merke, daß sie an das Gewächshaus denkt. Die Flammen erleuchten das Zimmer.

›Das Fenster ... ‹, wiederholt sie. ›Es geht nicht anders!‹

Ich schreie wie eine Wilde, ich stampfe mit dem Fuß.

›Nein, Nonna, bloß nicht! Das ist viel zu gefährlich!‹

Sie greift sich an die Kehle. Ihr Atem rasselt.

›Luft!‹

Ich packe ihre Hand.

›Hab keine Angst! Komm!‹

Ich zerre sie aus dem Zimmer; sie taumelt hinter mir her.

Die Flammen schlagen aus dem Loch. Sie weicht entsetzt zurück. Ich drücke ihre Hand, so fest ich kann. Sie darf jetzt keine Angst haben. Wenn sie Angst hat, schaffen wir es nicht.

›Sieh nicht hin, Nonna! Sei ganz ruhig ... Du mußt mir jetzt helfen!‹

Versteht sie, was ich meine? Ihre Nägel krallen sich in meine Handfläche. Wir gehen weiter, Schritt für Schritt. Sie trägt ihre Schuhe, ich bin barfuß. Meine Beine sind seltsam eingeknickt, die steifen Muskeln kribbeln. Die Hitze schlägt uns in stickigen Wellen entgegen. Ich halte Nonnas Hand ganz fest, beiße mir die Unterlippe blutig und starre in das Feuer. Eine tödliche Müdigkeit breitet sich bis zu den Knochen in mir aus, als ob meine Lebenskraft sich in den Flammen verlöre. Doch ich freue mich über diese Schwäche, mußte sie doch bedeuten, daß ich Macht über das Feuer habe. Und richtig: Die Flammen wenden sich ab, ziehen sich vor mir zurück. So, ja ... so ist es gut. Ich bewege mich plötzlich mit größerer Sicherheit, meine Füße scheinen den Weg von allein zu finden. Ich spreize die Zehen flach und weit und klammere mich mit ihnen fest. Schmerz spüre ich nicht im geringsten. Mein Körper scheint leicht, ungemein leicht. Ich blicke zur Decke. Der Estrich ist sichtbar, das Dach hat ein großes Loch. Die Ziegel sind abgestoßen oder eigentümlich hochgedrückt. Über die schwärzlich-nassen Balken kriechen Flammen.

›Komm, Nonna!‹

Blauer Rauch, mit Funken durchsetzt, weht uns entgegen. Wir husten. Ich prüfe mit dem Fuß den angesengten Boden: gut, fest. Ich habe ein Gefühl, als sei mein Magen voller heißer Luft. Jetzt nur nicht hinunter in das Loch schauen. Meine Kräfte lassen plötzlich nach; ich bin der Anstrengung nicht gewachsen. Taumelnd gehe ich weiter, die Wand entlang. Nonnas Hand ist so feucht, daß sie fast aus meiner herausrutscht. Sie stolpert in ihren Schuhen mit den hohen Absätzen, sie hustet sich fast die Lungen aus dem Leib. Noch einen Schritt. Dann noch einen. Wir sind da. Auf der anderen Seite. Hier weht frische Luft, weil die Haustür offensteht. Der Durchzug entfacht das Feuer, aber der Rauch zieht ab. Auch der Donner entfernt sich; nur noch der Regen rauscht. Der Griff meiner Finger lockert sich. Der Versuch, einen Fuß vor den anderen zu heben, geht fast über meine Kräfte. Ich spüre Krämpfe in den Beinen. Vor mir schwanken Gesichter wie ein Vorhang im Wind. Maria. Fabrizio. Sie haben einen erschreckend starren Ausdruck im Gesicht, ihr Mund steht offen. Carmilla wiegt sich schluchzend hin und her. Ihr Gesicht ist vom Weinen geschwollen und verzerrt. Auf einmal tut es mir weh, am ganzen Körper. Glas- und Holzsplitter stecken in meinen Fußsohlen, die frischen Einschnitte pochen und brennen. Ich kann mich nicht mehr aufrechthalten, ich krümme mich vor Schmerzen, und im Mund spüre ich Blutgeschmack. Mit letzter Kraft klammere ich mich an Nonna. Sie atmet in kurzen Stößen, sie ist ganz aufgelöst, ihre Tränen rollen über meine ascheverschmierten Wangen. Ich bin müde … so entsetzlich müde. Die Augen fallen mir zu; ich spüre, wie Nonna mich in ihre Arme hebt, dann verliere ich das Bewußtsein.«

In Nonnas Zimmer, siebzehn Jahre später, war das Licht dunkelrot. Ich lag ausgestreckt in Nonnas Bett; Manuel lag neben mir, den Kopf in die Hand gestützt. »Ich habe Nonna das Leben gerettet. Das war nur möglich gewesen, weil sie mir vertraute. Irgendwie haben wir das geschafft, Nonna und ich. Kannst du das verstehen, Manuel?«

Er holte gepreßt Atem. Doch seine Stimme klang unverändert ruhig.

»Ja, ich verstehe dich. Für eine kurze Zeitspanne, die den Wert einer Ewigkeit hatte, seid ihr im Geist verbunden gewesen.« Ich setzte mich hoch, strich mein Haar zurück und fuhr mit den Fingern über die Wangen, als hätte ich geweint. Aber ich weine ja nie.

»So hat es begonnen«, sagte ich.

Er nickte.

»Häuser sind porös. Sie erinnern sich an diese Dinge. Es sind Augenblicke, wenn sich die Seele so stark zeigt, daß sie einen Abdruck hinterläßt wie eine Muschel im Sand. Daraus entsteht eine besondere Kraft …«

Ich schluckte mühsam.

»Sie ist noch in diesem Haus, Manuel. Und jetzt weißt du auch, warum mir der Gedanke, Casa Monte zu verlieren, so unerträglich ist.«

Er sagte:

»Ich fange an, deinen Vater zu begreifen.«

Ich lächelte flüchtig.

»Er kommandiert mich ungern so herum. Womöglich bildete er sich ein, daß mir irgend etwas Dummes in den Sinn käme. Dabei wollte ich nur in Ruhe nachdenken.«

Manuel legte sich auf das Kissen zurück.

»Und wie ging die Geschichte weiter?«

»Fabrizio hatte die Feuerwehr gerufen, sie war schon unterwegs. Immerhin brauchte es Zeit, bis sie da war, weil Montereale Celina damals noch keine eigene Feuerwehr hatte und sie aus der Nachbargemeinde kam. Der Wolkenbruch trug dazu bei, das Feuer zu löschen. Der Schaden blieb begrenzt. Durch die Umstände blieben wir noch eine Zeitlang in Casa Monte. Ich war an den Füßen verwundet, und Carmilla half Nonna bei diesem und jenem. Aber Fabrizio und Maria waren dabei gewesen, als ich Nonna unversehrt durch die Flammen führte. Maria hatte manchmal gesehen, wie ich mit Streichhölzern spielte. Sie erzählte die Geschichte im Dorf herum. Die Ortszeitung schickte einen Journalisten. Er fand mich allein im Hof, als ich mit dem Kater spielte, und stellte Fragen. Ich antwortete ganz unbefangen, daß ich den Flammen befohlen hätte, uns durchzulassen. Der Journalist machte Bilder von mir und dem Kater. Er sprach mit Carmilla, die in Tränen ausbrach und über die ganze Sache nicht reden wollte. Als Nonna von dem Besuch des Journalisten erfuhr, wurde sie unruhig. Sie befürchtete, daß über mich geklatscht würde, und rief bei der Zeitung an. Aber der Bericht war schon im Druck.

Der Titel ›Das Feuerkind‹ war ganz auf Sensation aus. Die Leute kamen von auswärts, um mich anzustarren und dumme Fragen zu stellen. Im Dorf wurde ich plötzlich schief angesehen. Die Kinder warfen Steine nach mir und riefen: ›*Strega!*‹ – Hexe. In dieser Gegend wird alles, was mit Feuer zu tun hat, schnell mit dem Teufel in Verbindung gebracht. Don Mario, der Priester, meldete sich bei Nonna an und fragte nach Einzelheiten. Nonna zeigte ihm die Stelle, wo der Blitz eingeschlagen war. Don Mario bekreuzigte sich: Ich solle mich Gott zuwenden, und nicht Luzifer. Worauf Nonna böse wurde und ihn an die Luft setzte. Am Sonntag, in der Messe, sprach Don Mario über die bösen Mächte des Teufels, die ›wie der Blitz auf die Erde niedergehen‹, und forderte die Gläubigen auf, für das Seelenheil eines verlorenen Kindes zu beten. Jeder wußte, wer gemeint war. Als mein Vater davon erfuhr, veröffentlichte er in seiner Zeitschrift einen sarkastischen Bericht über Aberglauben, Ignoranz und Fanatismus. Inzwischen waren wir wieder in Milano, aber die Sensationspresse hatte eine Beute gefunden. Journalisten aus allen Teilen Italiens wollten Interviews, ich wurde auf dem Schulweg mit dem Teleobjektiv belauert. Unbekannte machten mir Geschenke, mit der Bitte, ihre Gebrechen zu heilen, den Liebhaber zurückzuholen oder eine Erbschaft zu ergattern. Es kam so weit, daß ich nicht mehr aus dem Haus konnte. Meine Eltern wurden nicht von der Krise verschont. Carmilla wurde nahezu hysterisch, und mein Vater bekam Drohbriefe. Schließlich zerstritten sie sich; ihre Ehe hing schon lange am seidenen Faden. Carmilla wollte nach Paris zurück. Auch mein Vater hielt es für das beste, wenn ich Italien verließ. In Paris konnte ich wieder ein normales Leben führen. Sie trennten sich also, und zwei Jahre später wurde die Ehe geschieden.«

Manuel saß auf der Bettkante. Seine schönen dunklen Augen waren auf mich gerichtet.

»War es eine schwere Zeit für dich?«

Ich schob das Kissen hinter mir zusammen.

»Ich weiß es nicht mehr. Es ist schon so lange her. Kinder erleben solche Dinge wie hinter einem Schleier. Meine Eltern verstanden sich nicht mehr, soviel war mir klar. Und was das andere betrifft … nun, mein Vater hatte mir alle Berichte vorenthalten, so daß mir die ganze Aufregung ein Rätsel war. Daß ich nicht mehr nach Montereale Celina konnte, machte mir mehr Kummer. Nonna besuchte uns ein paarmal in Milano. Als Carmilla mit mir nach Paris zog, sahen wir uns nur noch selten. Erst später, als sie mir die Zeitungsausschnitte zeigte, wurde mir bewußt, was da vor sich gegangen war. Aber da machte es uns nichts mehr aus. Nonna und ich tranken zusammen Champagner und fanden das Ganze sehr witzig, vor allem die Sache mit Don Mario. Meine Fähigkeit, mit dem Feuer umzugehen, ist mir einfach angeboren. Religiöse oder moralische Wertungen haben nichts damit zu tun.«

»Natürlich nicht.«

»Ich pfeife auf Symbole! Aber selbst wenn ich viel Scharfsinn und Phantasie aufwende, finde ich nicht heraus, was in solchen Momenten in mir vorgeht.«

»Auch heute nicht?«

»Nein. Ich weiß nur, es hängt mit Nonna zusammen. Mit unserer Liebe zueinander. Und wenn Nonna in ihrem Grab liegt, heißt das für mich nicht viel. Ich besuche sie manchmal und bringe ihr Blumen mit, eine reine Formsache. Ihr Geist ist nicht auf dem Friedhof, Manuel. Da sind nur ihre Knochen, oder was davon übrigbleibt. Ihr Geist ist hier, in Casa Monte.«

31. Kapitel

In der Dunkelheit schlug ich die Augen auf, ich hatte keine Vorstellung, wo ich mich befand. Erst allmählich nahm ich meine Umwelt wahr. Und stellte verwundert fest, wie vertraut sie mir war. Ich lag in einem Bett, eine Decke war über mich gebreitet. Das Rechteck des Fensters schimmerte heller als das Zimmer. Das Muster der Vorhänge zeigte dunkle Schnörkel – Blumenranken –, und ich erinnerte mich, sie am Vorabend dunkelgrün auf weißem Grund gesehen zu haben. Durch die Ritzen schien der Mond herein, seine Strahlen ließen die Zimmerdecke leuchten, tauchten die Wände in blaues Licht. Behutsam drehte ich den Kopf, um mich im Zimmer umsehen zu können. Natürlich kannte ich diesen Ort; hier war ich schon früher gewesen. Mein Blick fiel auf das Porträt auf dem Nachttisch. Nonnas Bild war nur ein undeutlich gesprenkelter Fleck. Ich war bei ihr, so wie ich es mir immer gewünscht hatte. Bis auf die Turnschuhe, die ich ausgezogen hatte, als ich mich auf das Bett legte, war ich völlig angekleidet. Neben mir schlief Manuel, mit dem Gesicht zur Wand. Selbst ohne ihn zu sehen, spürte ich seine Gegenwart durch seine Wärme, seinen Atem. Am Vorabend hatte ich ihm Dinge von früher erzählt; ungewöhnliche Dinge, das Geheimnis meiner Kindheit. Eigentlich hatte ich alles auf das Wesentliche reduzieren wollen, aber plötzlich hatten sich die Ereignisse entfaltet, Szene für Szene. Diesen Ablauf vor Augen zu haben war anstrengend gewesen; an einem bestimmten Zeitpunkt mußte ich eingeschlafen sein. Die Ruhe, die mein Körper jetzt gefunden hatte, schärfte meine Sinne. Neue Bilder schoben sich in meinen inneren Blickkreis; ich unterzog sie einer sachlichen Überprüfung. Was hielt diese Bilder zusammen? Um welchen Kern kreisten sie? Einige davon waren mir ganz gleichgültig. Andere waren überscharf und hinterließen auch ein besonderes Gefühl. Mit den Bildern kamen Gerüche: In den frischen Lavendelduft mischte sich der Geruch nach Gips, wurmstichigem Holz, muffiger Matratze und verstaubten Schränken. Etwas, stärker als Kummer, schwebte mit diesen Gerüchen heran: die Sehnsucht nach einer vermoderten Welt, zum Abbruch bestimmt. Das kleine Mädchen, das früher hier gelebt hatte, kannte diese Gefühle nicht; für sie war diese Welt dauerhaft. Ich spürte eine große Zuneigung für dieses Kind; ein Leuchten ging von ihm aus, daran war kein Zweifel – wenigstens empfand ich es so, jetzt, wo ich es in der Erinnerung sah. Es hatte Dinge entdeckt, die interessant und anziehend waren, und gleichzeitig festgestellt, daß Erwachsene komisch darauf reagierten. Deswegen war es vorsichtig geworden.

Während ich so regungslos dalag, sah ich das kleine Mädchen nachts aufstehen, sein Zimmer verlassen. Ich hörte das leise Knarren, das die Tür beim Öffnen machte. Barfuß lief das Mädchen durch den Korridor, die Treppe hinunter. Es spürte den eiskalten Boden unter den Füßen, hörte das Pochen der großen Standuhr, das leise Surren des Uhrwerkes, das die Zeit zurückwirbelte.

In der Küche war es völlig dunkel. Maria zog stets die Läden zu und hakte sie ein, bevor sie zu Bett ging. In Montereale Celina waren Einbrecher selten, aber sie wollte immer vorsichtig sein. Auf Cesare, faul und gutmütig, wie er war, konnte man sich nicht verlassen. Ich brauchte kein Licht. Ich wußte, wo die Streichhölzer lagen, gleich neben der Herdplatte. Meine tastenden Finger fanden sie sofort. Ich zündete ein Streichholz an. Die winzige Flamme entfaltete sich wie eine Blüte, von einer rosa Aura umgeben, die später lila wurde, während der Kern bläulich flackerte. Allmählich verwischten sich die Konturen; das Feuer verbrauchte seine Energie, schwoll an wie eine gelbe Kugel, durchsichtig und hell, bis es mit einem kleinen Knall erlosch. Und ich hatte bald gemerkt, daß ich den Finger und sogar die ganze Hand in das Feuer tauchen konnte. Völlig schmerzlos. Es kitzelte nur, ein angenehm warmes Gefühl, und manchmal kam ein leichtes Kribbeln hinzu, mehr nicht. Faszinierend, wirklich! In Casa Monte schliefen alle; keiner wußte, daß ich nachts in der Küche mit Streichhölzern spielte. Keiner, außer Nonna.

Sie hatte es durch Zufall in Erfahrung gebracht. Spätabends hatte sie den Tierarzt angerufen, weil eine Kuh beim Kalben blutete. Der Tierarzt hatte die Geburt eingeleitet und war zum nächsten Dorf gefahren, ohne den Kaffee anzunehmen, den Nonna ihm angeboten hatte. Völlig gebannt von meinem Spiel, hörte ich weder den Motor anspringen, noch Nonna ins Haus kommen und die Tür verriegeln. Plötzlich ging das Licht an. Nonna kam in die Küche und sah mich neben dem Herd stehen. Ich hielt das Streichholz in Augenhöhe. Die Flamme war schon so groß wie eine Tulpe. Es war, als ob das Feuer seine Flammen nach außen warf, während es sich innen von seiner eigenen Kraft nährte. »*Ma che fai, cara?*« hatte Nonna ganz ruhig gefragt. Unsere Blicke begegneten sich quer durch den Raum. Ich hatte das Streichholz höhergehalten, damit sie es besser sehen konnte.

»*E bello* ... es ist schön!«

Nonna hatte lächelnd genickt. Ihre Stimme klang unendlich zärtlich.

»*Una fiore azzurra* ... eine blaue Blume! *Bellissima!*«

Gemeinsam hatten wir zugeschaut, wie sich die Flamme entfaltete, durchsichtig wurde und zerplatzte. Dann hatte Nonna meine Hand genommen und mich aus der Küche geführt, mit den Worten:

»Es ist spät, Piccina, komm schlafen.«

Mir kam in den Sinn, daß sie damals weder Schrecken noch Überraschung gezeigt hatte. Sie hatte mich nicht ausgeschimpft und auch keine Frage gestellt. Und später, Jahre danach, hatte sie mir erzählt, daß auch sie als Kind dieses Spiel kannte. Ihr Vater hatte sie dabei ertappt, sie grün und blau geschlagen. Die nachträgliche Angst, mit dieser Erinnerung verknüpft, hatte ihr Vertrautsein mit dem Feuer gestört. Die Gabe verkümmerte und verschwand schließlich ganz.

Ich mußte wieder eingeschlafen sein; plötzlich erwachte ich und hörte sie singen. Mein ganzer Körper verkrampfte sich; ich spürte wieder ein Pulsieren in meinem Kopf. Eine Weile lag ich da und wußte nicht, wie ich reagieren sollte. Nonnas Lied wehte durch Mauern und Gänge, durch verlassene Zimmer und alte Vorhänge.

»A la feria de l'est
per due soldi …«

Das Lied war mir vertrauter als jedes andere; sie hatte es damals gesungen, an jenem fünfzehnten August, als ich unsere Gesichter im Spiegel sah und zum ersten Mal feststellte, wie ähnlich wir uns waren.

»Ariana, *vieni qui* …«, sagte Nonna.

Die Worte hallten; auf eigentümliche Weise sah ich sie ebenso, wie ich sie hörte: Sie flimmerten wie rotgrüne Neonlichter, ihrer rhythmischen Leichtigkeit wohnte ein Ziehen inne, das mich in seinen Bann schlug. Ich merkte, wie meine Anspannung zunahm, so daß ich den Atem anhielt und irgend etwas – den Zipfel der Wolldecke – umklammerte. Dann ließ ich den Atem wieder ziehen und lag eine Zeitlang ruhig und locker da, bis die Spannung sich von neuem auflud. Die Temperatur war gesunken, es schien mir sogar reichlich kühl im Zimmer; in den frühen Stunden vor Tagesanbruch, wenn die Vögel noch schliefen, flüsterte Casa Monte eindringlich und erregt, mit der Stimme von Nonna. Es war, als hätte ich plötzlich ein neues Ohr – und ein Auge, das in der Dunkelheit sah. Nonna war überall, irrte nebelgleich durch das Haus, von der alten Kornkammer bis zum Keller; ihre Füße berührten roten Marmor, huschten über das morsche Holz der Loggia. Sie bewegte den Kopf auf und ab, ihr schwarzes Haar verfing sich in den vertrockneten Maiskolben an der Wand; sie schwang sich in den Kastanienbaum, schwebte in den Zweigen im Mondlicht. Ein Veilchenduft hing in der Luft, die freundliche Stimme lockte mich durch Mörtel und Steine.

»*Vieni, Piccina, vieni qui …*«

»*Aspetta, Nonna …*«

Manuel schlief, atmete tief; er lag jetzt auf der Seite. Im Mondschein sah ich ihn lange an. Im Schlaf hatte sein Gesicht einen etwas kindlichen Ausdruck; es verwirrte mich, daß er so jung aussah. Weder Härte noch Bitterkeit hatten seine Züge gezeichnet; und doch lag auf seinem Angesicht schon die Festigkeit und Ausgeglichenheit des reifen Menschen. Sprache, Lächeln, selbst Blicke können täuschen, jeder Schauspieler bringt das fertig. Aber auf dem entspannten Gesicht eines Schlafenden zeigt sich sein tiefes Wesen. Ich fand es schwer, meine Augen von ihm abzuwenden, aber ich durfte ihn jetzt nicht wecken. Erst nachher, wenn ich die Sache hinter mir hatte. Dann mußte ich sogar ziemlich schnell zu ihm kommen, damit ihm nichts passierte.

»*Ma che fai, Ariana?*«

Ein Rascheln, kaum hörbar: Nonna kratzte an der Tür. Sie wurde allmählich ungeduldig. Es wurde Zeit, bald brach der Tag an. Ich wollte sie nicht länger warten lassen.

»*Vengo, Nonna!*«

Ich schwang behutsam meine Beine aus dem Bett, stellte die Füße auf den Boden. Barfuß ging ich zur Tür, wobei ich mein Gewicht auf die Hacken verlegte, um das Knarren des Parketts zu verhindern. Nichts regte sich, außer den winzigen Lichtkreisen auf dem Fußboden. Ich trat lautlos nach draußen in den Gang. Sofort war mir die Dunkelheit vertraut; hier konnte ich keine falsche Bewegung machen. Das aufreizende Kribbeln unter der Kopfhaut war gewichen; alles schlug warm und klar an meine Sinne. Hier und da erschien eine beleuchtete Stelle im Korridor; dort, wo die Treppe nach unten führte, schimmerte Nonnas Gewand wie ein Bild an der Wand, ein heller Umriß bar jeder Form. Es mochte auch ein Mondstrahl auf dem Gips sein, so genau konnte ich es nicht sagen. Der Holzboden knirschte, die Wandtäfelung ließ kleine, platzende Geräusche hören. Es war genau wie in diesem oft wiederkehrenden Traumstück: der lange Korridor, die weichen Windungen der Treppe. Mit einem Unterschied: In meinem Traum führten die Stufen nach oben, nicht nach unten, in völliger Dunkelheit, wie gerade jetzt. Das Mondlicht schien nicht in das Treppenhaus; mir war, als tauchte ich hinab, in einen Brunnenschacht oder in die Finsternis eines Grabes. Ich tastete mich am Geländer entlang; unter meinen bloßen Füßen spürte ich den Steinboden, abgetreten und eiskalt. Mir war nicht klar, wohin ich ging, bis ich schließlich angekommen war: an der Tür nämlich, die in den *Soggiorno* führte. Als ich die Klinke niederdrückte, gab sie mühelos nach; ich stieß die Tür auf, zwängte mich durch den Spalt. Im ganzen Haus schienen die Hölzer zu knarren, die Wände zu flüstern und zu rascheln. Im *Soggiorno* war es stockdunkel, aber ich wußte, wo jedes Möbelstück stand, und hätte mich auch mit blinden Augen zurechtfinden können. Ich streifte mit der Hüfte das Sofa, die kleinen Sessel. Meine Handfläche berührte den Schreibsekretär, strich über das Holz. Schade, ich würde die Möbel vermissen. Aber sie gehörten ja nicht mir, sondern Nonna. Und Nonna wollte nicht, daß Casa Monte in fremde Hände fiel.

»*Si, sono qui, Nonna!*«

Mein Fuß stieß an eine Teppichrolle. Ich bewegte mich mit größter Sicherheit, umging jedes Hindernis, das mir seine leuchtende Spur zeichnete, teils fühlbar, teils durch Instinkt. Irgendwo mußte ein alter Lampenschirm stehen, früher umbragetönt, heute verschimmelt. Ja, da war er. Und jetzt der Kamin. Da! Hier roch es kaum merklich nach Asche. Meine Hand folgte den Umrissen, wanderte über den Marmor – ich wußte, ohne ihn zu sehen, daß er graugesprenkelt war; ich spürte unter den Fingerkuppen die Risse und Kerben eines Jahrhunderts. Jetzt berührte meine Hand einen kleinen Gegenstand, der sich mit leisem Geräusch bewegte. Die Streichholzschachtel. Plötzlich durchpulste mich die Erregung bis in die Fingerspitzen; ich hörte, wie ich atmete, schnell und kurz. Tastend zog ich ein Streichholz heraus; zündete es an der Schachtel an. Die Flamme summte wie ein Insekt, leuchtete auf; die Dunkelheit bevölkerte sich mit Schatten, sichtbaren Gestalten, zwei- oder dreimal so groß sie ein Mensch. Der vertraute Schwefelgeruch stieg mir in die Nase. Ich hielt das Feuer in Augenhöhe, bewegte es leicht hin und her. Die Flamme erkannte mich, entfaltete sich. Kaum stärker gefärbt als die zartgetönte Safranblüte, beleuchtete sie den Sekretär mit seinen Kästchen, Nischen und Geheimfächern, verwandelte die Putten und Füllhörner an der Decke in verwischte Pastellgemälde. Auf Sofa und Sesseln warfen die Perlen kleine Funken. Eine geheimnisvolle Kraft, im Zentrum des Feuers, blähte ein zitronengelbes Wunder auf, auf Schattenwogen schaukelnd. Meine Blicke wanderten umher, richteten sich auf die Vorhänge: bordeauxroter Samt, verschimmelt und zerschlissen. Nonnas weißes Kleid streifte die Vorhänge, ein flirrender Lichtschleier nur, ein Trugbild meiner überreizten Nerven. Ich klapperte mit den Zähnen, und gleichzeitig war mir so warm, als trüge ich einen schweren Mantel. Schnell jetzt, bevor das Feuer zerplatzt; es hatte schon fast seinen vollen Umfang erreicht. Mein Atem ging fliegend. Ich trat über die Teppichrolle hinweg, hielt das brennende Streichholz an den Stoff. Der Puls des Feuers schlug hoch; ein paar rote Funken flatterten aus dem Kern auf.

Eine Hand legte sich auf die meine. Sie kam aus dem Schatten, sie war einfach da. Schmalgliedrig, sehnig und zärtlich umfaßte sie meine Hand. Ich zuckte zusammen; wandte den Kopf mit einem Ruck. Manuel schaute mich an, einen Hauch von Schmerz in den Augen. Er war sehr ernst, und doch so ruhig wie nur je, umgeben von Stille, die ganze Erscheinung erfüllt von Feinfühligkeit und Verständnis. Das Blut pochte mir in der Halsader, in den Schläfen. Noch als die behutsame Hand sich auf meine legte, traute ich meinen Augen nicht, mir schwindelte. Er war lautlos zu mir getreten, ebenso lautlos wie Nonnas Geist. Er mußte erwacht sein, als ich das Bett verließ. Das ferne Knirschen und Rascheln im Korridor mochten seine leisen Schritte gewesen sein, als er mir im Dunkeln folgte …

Sekundenlang stockte mir der Atem, dann schlug mein Herz so fest, daß es schmerzte. Und während ich ihn fassungslos anstarrte, nahm er mir das Streichholz aus der Hand, schüttelte es, ohne ein Wort. Der Feuerball platzte mit dem üblichen Zischlaut. Schlagartig wurde es dunkel im Raum. Und in dieser Finsternis legte Manuel beide Hände um meinen Hals, zog mich fest an sich.

»Sei ruhig«, flüsterte er, »sei ganz ruhig ...«

Ich drückte zitternd mein Gesicht an seine Schulter, unfähig zu sprechen. Trotz Manuels äußerlicher Ruhe war seine Erregung spürbar; er atmete ebenso hastig wie ich, und sein Herz klopfte hart unter den Rippen. Ich hörte mich leise stöhnen, bevor ich langsam wieder zu Verstand kam. Unklar, doch wirklich, stand alles vor mir. Bisher hatte ich alle Dinge diszipliniert im geordneten Zusammenhang betrachtet. Ich hatte das Faszinierende einer Tatsache untersucht, statt ihr zu unterliegen. Aber zu irgendeinem Zeitpunkt hatte ich die Kontrolle über mich selbst verloren. Bei diesem Gedanken erfaßte mich ein Schauer. Vergeblich forschte ich nach dem Gefühl, das mich zu diesem kopflosen Verhalten bewogen hatte; nur verschwommene Empfindungen stellten sich ein. Nonnas Lied war verstummt. Was auch immer diese Sache gewesen sein mochte, ich konnte sie wieder objektiv sehen, durch Sinnestäuschungen verursacht und ebenso gefühlsduselig wie gefährlich.

»Ich bin schon wieder in Ordnung«, stieß ich hervor.

An Manuels Atemzügen merkte ich, wie auch bei ihm die Anspannung nachließ. Sein leises Lachen klang dicht an meinem Ohr.

»Du kannst nicht sagen, ich hätte nichts für dein seelisches Gleichgewicht übrig, *Querida.*«

Er löste sich von mir, doch nur, um nach dem Schalter zu tasten und Licht zu machen. Ich blinzelte im Schein des verstaubten Messingleuchters; kein Reich der Schemen und Schatten war mehr hier, nur ein Wohnzimmer, ziemlich schäbig sogar und dazu noch vollgestopft mit Gerümpel. Casa Monte zeigte sich ohne Maske: ein altes Haus voller modriger Gerüche und mumifizierter Erinnerungen, mit verschimmelten Matratzen, zerfetzten Vorhängen und mottenzerfressenen Teppichrollen. Mit einem Mal verstand ich, warum mein Vater nicht wollte, daß ich allein in Casa Monte war. Auch er sah und hörte verborgene Dinge, selbst wenn er gewisse Empfindungen beargwöhnte und es vorzog, sich zu distanzieren und sich auch ein wenig darüber lustig zu machen. Ich rieb mir verstört die Augen.

»Habe ich dich erschreckt?« fragte ich Manuel.

Er grinste leicht.

»Ich würde sagen, daß du dich etwas ungewöhnlich benommen hast.«

»Ich habe schlecht geträumt.«

»Das mag schon sein. Schlafmangel reizt die Nerven.«

»Hältst du mich für verrückt?«

Sein Gesicht wurde ernst. Er legte mir beide Hände auf die Schultern.

»Es könnte auch sein, daß du großen Kummer hast.«

Ich schluckte.

»Schon jahrelang. Ich glaube nicht, daß ich etwas daran ändern kann.«

»Hab Geduld. Mir scheint, daß du jetzt davon loskommen wirst.«

Er sprach heiter und vernünftig, betörend erfüllte mich das Gefühl, daß er mich weder verurteilen noch mir Vorwürfe machen würde, mir lediglich seine Ruhe schenkte, sein Verständnis. Er wußte, ich war ein besonderer Mensch; er nahm auch dieses hin, wie alles andere, nahm es als etwas, das zu mir gehörte.

Ich lächelte ihn an.

»Es wird bald hell.«

»Gleich fünf«, stellte er fest, mit einem Blick auf die Uhr.

»Möchtest du noch etwas schlafen?«

»Nein. Ich will lieber an die frische Luft.«

»Deine Schuhe sind noch oben. Warte, ich hole sie dir.« Ich preßte seine Hand. Er sollte mich nicht alleinlassen. Auch nicht für ein paar Minuten. Die innere Gespanntheit war gewichen, aber da gab es Sachen, die ich möglichst nicht wiederholt haben wollte.

»Laß nur, ich kann barfuß gehen.«

Ich riegelte die Haustür auf. Kühle Morgenluft schlug uns entgegen. Die Sterne verblaßten, im Kastanienbaum sang eine Schwarzdrossel. Wir gingen über den Kies, dann durch das Tor die Straße hinauf, zu den Feldern. Wir wanderten Hand in Hand, ich mit bloßen Füßen, wie früher als Kind. Kleine Steinchen klebten unter meinen Fußsohlen. Bald erreichten wir die ersten Wiesen; hier waren die Gräser glänzend vor Tau und beruhigend kühl. Die ganze Landschaft wirkte auf mich wie eine Collage aus fremden Bildern, die alle irgendwie mit Zwillingsbildern in meiner Erinnerung verbunden waren, aber keinen Sinn mehr ergaben. Man hatte Wege für Maschinen angebracht, alle kleinen Trockenmauern waren abgerissen worden. Jahrhundertealte Maulbeerhaine hatten Obstplantagen weichen müssen.

Montereale Celina dehnte sich nach allen Seiten aus, Mietshäuser überzogen das Land, dazwischen kleine Bauernhöfe aus Stein, die ziemlich verfallen wirkten. Mit jedem Schritt wurde es heller, der Morgen kam fast sprunghaft. Ein Fels färbte sich rosig, ein einzelner nur, und schimmerte im Licht, während Nebel die Bergschluchten füllte. Er erinnerte mich an Wasser, das in traumhafter Langsamkeit in Steinbecken schwappte. Bald hoben sich die Dämpfe. Von den Bergen wehte ein leichter Wind, mit dem würzigen Aroma der Pinien. Die Sonne glitt hinter dem Bergkamm hervor; ihre Strahlen erreichten den Talgrund, wo sie das weiße Netz des Flughafens erleuchteten. Wie dunkle Motten klebten Flugzeuge auf den Landepisten. Das sirrende Echo der Hähne, weitschwingend von Tal zu Tal, erstickte im Rattern der Traktoren. Auf der kurvenreichen Straße dröhnten die ersten Lastwagen; die Windschutzscheiben blinkten. Eine Lerche glitt über die Gräser in den feuchten Schatten der Obstbäume. Meine Wurzeln lagen hier, in diesem Flecken Erde; aber in dieser Nacht hatte ich sie herausgerissen. Ich sagte zu Manuel:

»Ich werde nie wieder zurückkommen.«

Er legte den Arm um mich.

»Es hat keinen Sinn. Sie ist nicht mehr hier.«

Ich wußte, daß er von Nonna sprach, und schmiegte meine kalte Wange an seine. Nur mühsam kamen die Worte über meine Lippen.

»Wo ist sie denn, Manuel?«

Er wandte den Kopf, unsere Blicke trafen sich. Er lächelte mich an.

»Sie ist dort, wo du auch bist, *Querida.*«

Eine Stunde später setzte uns Lina einen wunderbar starken Kaffee und selbstgebackene *Panini* vor. Sie wohnte in einem alten Haus mit Schieferdach, inmitten eines kleinen Gemüsegartens. Ein Maulbeerbaum beschattete eine steinerne Bank. Hühner scharrten nach

Futter, eine Katze putzte sich in der Sonne. Es roch nach Schnittlauch und reifen Tomaten. Im Haus sorgte Durchzug für angenehme Kühle. Der Boden war gewischt worden, und alle Möbel waren spiegelblank poliert. Wir saßen auf einer Couch vor einem niedrigen Tisch mit Glasplatte. Auf dem Fernseher lag ein weißes Deckchen, handgestickt. Darauf standen eine Vase mit zwei alten Wachsrosen und eine kleine Statue der *Madonna del Monte*, aus Messing.

Lina, in langem Rock und Pullover von verblichenem Schwarz, trippelte mit kleinen Schnitten hin und her, bewegte Tassen, Schalen, Körbchen. Sie war so zusammengeschrumpft, daß ich sie fast nicht wiedererkannt hätte. Als ich sie umarmte, hatte ich den Eindruck, ich dürfe sie nicht zu kräftig drücken, um ihr nicht die Knochen zu brechen. Ihr Haar war dünn und fast völlig ergraut, doch ihre dunklen Augen blitzten lebhaft wie immer. Auch Manuel bekam von ihr einen Kuß. Ich erzählte ihr, daß wir zusammenlebten, was Lina nicht aus der Ruhe brachte; sie meinte lediglich, daß Manuel wie ein Sizilianer aussah, worauf wir herzlich lachten. Ich erzählte ein wenig aus meinem Leben; sie wollte auch wissen, wie es Carmilla ging. Dann sprachen wir über Casa Monte.

»*Ma che brutta cosa!* – Wie schade, daß dein Papa das Gut verkauft hat«, klagte Lina. »Aber ich verstehe ihn ja, so ein Haus muß unterhalten werden. Der Garten ist schon ein Urwald. Ich habe keine Kraft mehr, auf den Knien zu liegen und Unkraut zu rupfen. Mein eigener Garten macht mir Arbeit genug. Ich hole nur noch das Fallobst. Und dann die Steuern! Die hohen Herren der Regierung ziehen uns jede Lira aus der Tasche, diese *furbi!*«

Lina zeigte mit Vehemenz auf den Bildschirm, wo besagte *furbi* – Schlaumeier – offenbar häufig in Erscheinung traten.

Dann wurde sie wieder ruhig und nickte mir teilnahmsvoll zu.

»Tut es dir sehr leid, Bambina?«

Ich schluckte.

»Am Anfang schon, jetzt weniger. Ich habe mich damit abgefunden.«

»*Ma, e cosi!* – So ist es eben!« seufzte Lina.

Ihre beiden Neffen, Luigi und Franco, würden die Möbel mit dem Lieferwagen holen. Lina versprach, darauf zu achten, daß sie mit den

Sachen sorgfältig umgingen. Und wenn es dem Herrgott beliebte, sie zu sich zu rufen – immerhin sei sie über achtzig –, würde Bianca, ihre Tochter, die Möbel aufbewahren. Ich sagte, wenn sie einige Dinge aus Casa Monte für sich selbst wünsche, solle sie mit meinem Vater darüber reden.

Wir sprachen noch eine Welle über Linas Familie, dann über die Nachbarn; ob sie noch lebten, was aus ihren Kindern geworden war. Ich wollte bei der alten Frau nicht den Eindruck erwecken, daß ich an ihrem Leben keinen Anteil nahm.

Schließlich fragte Lina, ob wir zum Essen blieben. Sie würde uns Tortelli machen, mit Käse und Spinat gefüllte Teigtaschen. Manuel und ich lehnten ab; wir hatten noch eine lange Reise vor uns. Lina schenkte uns eine Flasche Spumanti, umarmte und küßte uns, wobei ihr Unterkiefer leicht zitterte. Wie sie dort vor der Tür stand, eine dünne schwarze Gestalt im Sonnenlicht, sah sie unendlich alt und verbraucht aus. Ich winkte ihr zu, mit Wehmut im Herzen, bis der Weg eine Kurve machte und wir sie aus den Augen verloren. Möglicherweise hatte ich sie heute zum letzten Mal gesehen.

Der Wagen hielt vor Casa Monte. Manuel stellte den Motor nicht ab. Wir hatten das Tor offengelassen. Ich stieg aus, schob beide Torflügel zu, verriegelte sie und drehte zum letzten Mal den Schlüssel im alten Schloß. Wegfahren, diesmal für immer; es war, wie das Herkommen, ein Schock. Aber das Leben würde weitergehen, irgendwie. Und Manuel war da. Mit ihm würde ich es schon überstehen. Ich fühlte Dankbarkeit, und es tat mir leid, daß ich es ihm noch nicht gesagt hatte. Bald, dachte ich, werde ich genügend Zeit dafür haben. Aber vorerst wollte ich mir eine kleine Atempause gönnen, nichts mehr bedenken, vielleicht auch ein wenig schlafen, während Manuel fuhr, nicht lange.

Außer Nonnas Porträt hatte ich nichts mitgenommen. Die Orte meiner Kindheit würde ich nur noch im Traum aufsuchen. Und so sollte es auch sein.

Den Blick auf das Tor gerichtet, machte ich ein paar Schritte rückwärts. Der alte Feigenbaum hing über die Mauer; im Gegenlicht sah ich ihn nur als Umriß, düster und farblos. Die letzten Feigen hatten süß geschmeckt, süß mit einem Vorgeschmack von Fäulnis. Es gab keinen Atem mehr in Casa Monte, keine Wärme und auch keinen Herzschlag. Eine Wiederbelebung mochte stattfinden; sie würde mich unbetroffen lassen.

Kein langer Abschied also. Ich hob den Arm mit kräftigem Schwung, warf den Schlüssel über die Mauer. Von der anderen Seite kam ein Klirren. Der Schlüssel mußte eine Glasscherbe oder ein Stückchen Metall getroffen haben. Aufgeschreckt durch das Geräusch, lief ein Eichhörnchen über die Mauer, sprang an dem Feigenbaum empor. Die Blätter raschelten und zuckten; dann wurde der Baum wieder still, unbeweglich in der Sonne brütend. Ich warf mein Haar aus dem Gesicht, ging auf den Wagen zu und stieg ein. Der Lärm der zugeschlagenen Tür hatte etwas Endgültiges an sich. Wortlos setzte Manuel den Peugeot in Bewegung, fuhr die Straße entlang, talabwärts. Hinter mir blieb meine Kindheit zurück; starrte mir nach, mit toten Augen. Ich drehte mich kein einziges Mal nach ihr um.

32. Kapitel

Der Oktober war blau und klar, mit einem Nachgeschmack nach Sommer. Der Geruch von gerösteten Kastanien stieg von kleinen Öfen auf, das welke Laub raschelte. Alte Menschen saßen auf Bänken und genossen die Wärme, Kinder leckten Eis. Vor den Cafés standen die Tische draußen, die Mädchen trugen Shorts, ihre Mütter bereits Pullover. Die Tage waren kürzer geworden; schon um fünf flackerte Neongeflimmer über Straßen und Autos; ein goldener Himmel spiegelte sich in den erleuchteten Schaufenstern. Der Verkehr brauste, die Seine strömte rascher. Die Straßen waren oft derart verstopft, daß ich es vorzog, den Wagen in der Garage zu lassen und mit der Métro zu fahren. Auf meinem Schreibtisch lagen Stöße von unbearbeiteten Akten, die auf geheimnisvolle Weise über das Wochenende dort gelandet waren. Ich blätterte in den Mappen, starrte auf meinen PC-Terminal. Alain stürmte in mein Büro, setzte sich auf den freien Stuhl hinter meinem Schreibtisch und sprach vom Ätna wie ein Junge, der sich auf das Weihnachtsfest freut.

»Catania hat ein Fax geschickt: In Zafferana Etnea bebt die Erde. Keine große Sache, aber die Bewohner belagern die Chiesa Madre, zünden Kerzen an und beten.«

Das Dorf Zafferana Etnea mit seiner schönen Barockkirche war schon mehrmals in Gefahr gewesen, vom Ätna verschlungen zu werden.

»Sie sollten lieber die Amerikaner in Bereitschaft setzen«, meinte Alain, die Lippen sarkastisch verzogen.

»Gebete sind nicht überflüssig«, sagte ich.

Alain grinste.

»Hubschrauber sind nützlicher.«

Beim Ausbruch von 1992 hatte eine Spezialeinheit der US-Marine, von Helikoptern unterstützt, den Lavastrom mit Zementblöcken aufgehalten.

»Gott weiß, wann es losgeht«, entgegnete ich.

»Die Amerikaner nicht.«

Wir betrachteten die seismischen Meßwerte, die uns das Institut für Geologie der Universität Catania täglich übermittelte. Tatsächlich zeigte sich eine erhöhte Tätigkeit der Druckstöße, die sich mit visuellen Beobachtungen deckte.

»Alle sieben seismischen Stationen am Ätna arbeiten auf Hochtouren«, frohlockte Alain. »Der große Showdown kommt bestimmt!«

»Mäßige deine Ungeduld«, sagte ich. »Vulkane sind launische Primadonnen.«

Abends erzählte ich Manuel von unserem Gespräch. Ich sprach gern mit Menschen, die zuzuhören verstanden, eine Eigenschaft, die Manuel besonders lag.

»Für Alain sind Wissenschaft und Religion fundamental voneinander verschieden. Die Bedürfnisse der Durchschnittsmenschen mißachtet er, weil sie nicht rational sind. Ich finde das eine merkwürdige Art von Hilfsbereitschaft.«

»Gebete sind Autosuggestion, ein Akt der Notwendigkeit«, antwortete Manuel. »Wer von Katastrophen verschont bleibt, hat im allgemeinen nicht das Bedürfnis zu beten. Aber sobald sie erschrocken ist, kehrt unsere Gattung zu den Anfängen zurück. Kein Glaube an die Wissenschaft vermag Urängste zu bannen.«

Ich nickte.

»Es sieht ganz so aus. Menschen, die ihr Leben als provisorisch empfinden, stärken ihre Abwehrkräfte auf natürliche Art, ohne sich beim Analytiker auf die Couch zu legen. Sie verfügen, meine ich, über eine bessere geistige Hygiene.«

Manuel wollte wissen, ob die Gefahr einer Eruption tatsächlich bestand. Ich sagte, daß uns das Institut in Catania ständig Aufzeichnungen schicke.

»Sehr wahrscheinlich kommt es zu einem Flankenausbruch.«

»Wann?«

»Das bringt kein Meßinstrument in Erfahrung. Alain kaut schon an seinen Nägeln vor Aufregung. Aber der Ätna ist über lange Zeiträume aktiv und unberechenbar wie das Wetter.«

»Fährst du hin, wenn es losgeht?«

»Ich glaube schon.«

»Vielleicht komme ich mit«, sagte Manuel. »Auf eigene Kosten, natürlich. Ich würde mir gern Lavastrukturen ansehen und in Ton umsetzen.«

»Großartig!« sagte ich. »Ich werde dir Handschuhe aus Asbest besorgen. Die kriegen wir im CNRS gratis.«

Manuel arbeitete täglich in seiner Werkstatt; es kam sogar vor, daß er dort schlief. Er war ein Mensch, der das Alleinsein ebenso gewohnt war wie ich; der das Alleinsein brauchte. Doch der Gedanke an ihn, auch wenn er nicht da war, stimmte mich freudig für den ganzen Tag. Manuel wirkte in seiner Abwesenheit fast noch stärker als in seiner Anwesenheit. Mich wunderte, daß ich mich aus irgendeinem Grund an so viele angenehme Dinge mit ihm erinnerte: Kinoabende in der Cinémathèque, ein Sonntagnachmittag im Musée d'Orsay, Seiji Ozawa in der Salle Pleyel, eine Oper von Rameau in der Salle Favart; oder andere Abende, wo wir einfach zu Hause blieben, uns etwas kochten und stundenlang über alles mögliche redeten. Wir hatten uns immer viel zu erzählen. Ich dachte an das freudige Gefühl, wenn ich abends aus dem Institut kam, Licht in meiner

Wohnung sah und die Gewißheit hatte, daß er schon da war und auf mich wartete.

Wir luden Eleni und Jorge zum Essen ein. Manuel kochte mexikanisch, alles war mit roten, scharfen Pfefferschoten gewürzt. Eleni brachte selbstgemachte, von Honig triefende »Kadaifi« mit. Manuel und Jorge verstanden sich auf Anhieb, unterhielten sich den ganzen Abend auf spanisch. Jorge war so schlicht und aufrichtig wie Manuel, beide entdeckten viel Gemeinsames und sprachen miteinander, als ob sie schon jahrelang befreundet waren. Jorge wollte wissen, ob Manuel manchmal Sehnsucht nach Mexiko hatte.

Manuel lächelte.

»Ja, das kommt vor. Aber es ist eine Sehnsucht wie nach anderen Orten, die mir gefallen haben.«

»Fiel es dir nicht schwer, dich von allem dort zu trennen?«

»Ich trenne mich nicht von den Dingen, die ich liebe«, sagte Manuel.

»In der Sprache meines Volkes – der Nahuatl – nennen wir das Paradies *Cuautla.* Und in unserer Vorstellung mag *Cuautla* eben bloß der Ort sein, wo wir zufrieden sind.«

»Ja, ich verstehe«, nickte Jorge. »Auch ich könnte überall leben, auf der ganzen Welt, wenn ich nur meine Gitarre habe. Ich empfinde es wirklich so«, setzte er hinzu, und seine großen dunklen Augen wurden nachdenklich. »Musik ist niemals ein bloßer Zeitvertreib, sondern ein Austausch, ein Dialog. Das Publikum besteht ja aus vielen individuellen Menschen. Aber wenn wir Musik machen, entsteht plötzlich etwas sehr Merkwürdiges, eine andere Art von Gemeinschaft.«

Eleni sagte:

»Selbst wenn das Publikum wenig oder nichts von der Partitur versteht, so kann es doch Dinge aus der Musik heraushören, die zu ihm sprechen. Beim Schlußbeifall sehen wir manchmal, wie die Zuhörer sich freundlich anblicken, sich zulächeln. Die Musik scheint alle auf wunderbare Weise zu versöhnen.«

»Dann wissen wir, daß wir mit dem Herzen gespielt haben, und sind glücklich«, stimmte Jorge ihr zu.

Eleni ging selten an die Sonne und war auch in diesem Sommer nicht braun geworden. Ätherischer denn je, beobachtete sie Manuel mit ihren grünen Nixenaugen, auf ihren ungeschminkten Lippen lag ein Lächeln. Eleni und Jorge waren nicht stur mit sich selbst beschäftigt. Ihre Beziehungen zu anderen Menschen waren aufrichtig. Wir waren sehr glücklich miteinander und sprachen fast den ganzen Abend über Musik.

Und dann – ein paar Tage später – saßen Eleni und ich bei Ladurée und tranken eine heiße Schokolade. Eleni trug schon einen Angorapullover. Ihr Haar war mit einem schwarzen Samtband im Nacken befestigt. Ich sagte:

»Bevor ich Manuel kannte, war mir nie in den Sinn gekommen, daß ich einsam war. Doch jetzt habe ich den Eindruck, daß ich sehr einsam gewesen sein muß.«

»Du suchst dir bei deinen Liebhabern keineswegs immer den gleichen Typ aus«, stellte Eleni sachlich fest. Und du hast schon recht, dieser ist nicht wie die anderen.«

»Du magst ihn?«

»Er ist sehr menschlich. Jorge ist nahezu verliebt in ihn. Er sagt mir immer wieder, du, das ist ein feiner Kerl! Viele Männer denken in erster Linie männlich, was von einer Frau den Stoizismus verlangt, den du nicht hast. Eigentlich ist er viel zu schade für dich. Er sollte eine Frau und Kinder haben und ein geordnetes Leben führen.«

»Er sagt, das würde ihn entsetzlich langweilen.«

Eleni legte ihre glatte Stirn in Falten.

»Warte nur ab, das kann sich noch ändern. Ist er eigentlich jünger als du?«

»Nur drei Jahre.«

»Komisch, sein Alter läßt sich nicht schätzen.«

»Ich hätte mir nie träumen lassen«, sagte ich, »daß mir einmal so viel an einem anderen Mann liegen würde. Außer Amadeo war mir bisher keiner gewachsen. Es ist eine Frage der Intelligenz, nehme ich an.«

»Und wie steht es heute mit deinen Gefühlen für ihn?«

»Für Amadeo? Ich will dir etwas sagen, Eleni, etwas, das dir vielleicht sonderbar vorkommt: Seitdem ich mit Manuel zusammenlebe, sind meine Gefühle für Amadeo fast noch tiefer geworden.

Siehst du, ich werde nie eine Frau wie alle anderen sein, die sich an traditionelle Spielregeln halten. Ein für alle Mal, die sind nicht für mich gemacht.«

Eleni lachte laut, wie Anghelina.

»Mein Gott! Viele Leute können soviel Ungezwungenheit nicht ertragen.«

»Ich bin immer frei gewesen und kann nur mit freien Menschen etwas anfangen. Die anderen langweilen mich zu Tode.«

Sie hörte auf zu lachen, nippte behutsam an ihrer Schokolade. Sie mochte keine zu heißen Getränke.

»Wann triffst du dich mit Amadeo?«

»Nächste Woche. Er ist jetzt in Les-Saintes-Maries-de la Mer. Mir stehen noch vier Tage Urlaub zu.«

»Und Manuel?«

»Manuel kommt mit.«

Sie hob ihre schöngeformten, flaumigen Brauen.

»Viele Männer erwarten gewisse Rücksichten, sonst jagt es sie in die Flucht. Das scheinst du nicht bedacht zu haben.«

»Ich glaube nicht, daß Amadeo es fertigbrächte, Manuel zu kränken. Er hat eine besondere Art von Unangreifbarkeit.«

»Kennst du ihn wirklich so gut?«

Mein kleiner Silberlöffel klirrte an der Tasse.

»Nun ja«, sagte ich schwach, »Amadeo hat mir schließlich grünes Licht gegeben.«

»In Liebesdingen ist man nie völlig sicher. Manche können ihre Eisen nicht rechtzeitig aus dem Feuer holen.«

»Amadeo ist kein Heuchler.«

»Manuel auch nicht. Und wie steht es mit dir? Kannst du dabei neutral bleiben?«

Meine Stirn wurde plötzlich klamm. Es war heiß in diesem Café voller Menschen.

»Ich weiß nicht recht, Eleni. Manchmal komme ich mir vor, als müßte ich ertrinken und als wäre das Wasser schon über meinem Kopf zusammengeschlagen. Es ist alles sehr quälend und wird schlimmer, mit jedem Tag, der verstreicht.«

»Und wie soll es weitergehen?« fragte Eleni.

»Ich warte ab, was geschieht, und denke nicht zuviel darüber nach. Ich möchte wirklich gern die Camargue wiedersehen. Und Amadeo wird mir die Wahrheit sagen. Mit einem Blick.«

Eleni hob ihre Tasse an die Lippen.

»Amadeos Blick kann tödlich sein, nimm dich in acht«, sagte sie ernst, und in ihrer Stimme lag eine Warnung.

Wovor soll ich mich in acht nehmen, Amadeo? Davor, wieder in deiner Nähe zu sein? Davor, dich mit Manuel zusammenzubringen? Was meinte Eleni genau? Die Frage wollte ich ihr lieber nicht stellen.

Ich war sehr unruhig in all diesen Tagen; die Unruhe tauchte auf und verschwand, wie sie wollte, als ob es egal war, was ich gerade dachte oder zu tun hatte. Während der Arbeit konnte ich meine Erregung meistens auf Distanz halten. Nachts war sie in ihrem ganzen Ausmaß wieder da, flackerte grell in mir, mit jedem Herzschlag. In Wirklichkeit war es nur Kummer, ein unbewußter, unbestimmter, alles durchdringender Kummer. Manuel sagte nichts dazu; er begriff mit seiner tiefen Einfühlungskraft, was in mir vorging. Es war, als ob er meinen Schmerz einatmete; es mochte sein, daß er das gleiche empfand, wir sprachen nur nicht darüber. Er besaß äußerlich sehr viel Selbstbeherrschung.

In der Nacht vor unserer Abreise, als er, in der Dunkelheit, ruhig atmend dalag, fand ich lange keinen Schlaf. Wie um ganz sicher zu sein, daß er da war, streckte ich manchmal die Hand nach ihm aus, spürte die vertraute Wärme seiner Haut. Er hatte mich an diesem Abend nicht angerührt. Er wußte, daß ich in Gedanken weit weg von ihm war, weit weg in den Armen eines Mannes, dessen die Sinne aufwühlende Kraft er nur ahnen konnte. Was ging in ihm vor? Bereute er es, bei mir zu sein? Mißtrauen kann schnell und unverhofft kommen. Kennst du ihn wirklich so gut? hatte Eleni gefragt. Was, wenn er seinen Rucksack packte und ging? Wenn er mich allein in meinen vier Wänden ließ, allein mit einem Phantom? Dieser Gedanke war ganz unerträglich. Plötzlich erfüllte mich ein tiefer, verwirrender Schrecken. Mir wurde entsetzlich heiß. Leise stand ich auf, ging nebenan in die Küche. In der Dunkelheit ließ ich eine Weile den Kaltwasserhahn laufen, füllte ein Glas und leerte es in einem

Zug. Dann legte ich mich wieder hin. Manuel hatte sich nicht bewegt. Ich schauderte, als er sich auf einmal herumwälzte und seine Hand liebkosend über meinen Rücken fuhr.

»Was ist mit dir?«

Seine Stimme klang nicht anders als sonst. Ich versuchte gar nicht erst, ihm etwas vorzulügen.

»Ich mache mir Sorgen, Manuel.«

»Meinetwegen? Das sollst du nicht.«

Ich schmiegte mein Gesicht in die Beuge seines Armes, atmete den Duft seiner straffen, jugendlichen Haut ein.

»Ich hoffe, daß du meine Gefühle nicht mißverstehst.«

»Du brauchst keine Rücksicht auf mich zu nehmen.«

»Du weißt nicht, was dir bevorsteht.«

»Ich kann es mir vorstellen. Wir können es gemeinsam schaffen, schätze ich. Vorausgesetzt, daß er einverstanden ist.«

»Amadeo?«

»Ich werde ihn nicht beeinflussen.«

»Es würde auch keinen Sinn haben«, seufzte ich. »Und du? Bist du beunruhigt?«

Er wandte mir das Gesicht zu. Blaues Licht fiel aus dem Fenster, und ich konnte sehen, wie er lächelte.

»Gespannt«, sagte er. »Ich staune manchmal selber darüber, wie wenig es mir ausmacht, deinem Liebhaber zu begegnen. im allgemeinen dürfen sich Männer eine Geliebte, wenn nicht einen ganzen Harem halten. Das gleiche Verhalten wird bei Frauen schlecht toleriert. Aber Männer, die für sich selbst beanspruchen, was sie den Frauen verwehren, beweisen keineswegs Potenz, sondern Schwäche: Klappt es bei dieser nicht, versuchen sie es bei der nächsten.«

Ich lachte, das Gesicht an seine Schulter gepreßt. Meine Ängste waren plötzlich wie weggeblasen. Seine eigene Welt war festgefügt. Er ließ keine Verfinsterung an sich heran; und für ihn gab es keine Frage, die nicht eine Antwort fand.

»Ach, Manuel! Im Grunde sind wir Glanzstücke an Überheblichkeit!«

Er blinzelte mir spöttisch zu.

»Ich nehme an, wir sind erwachsen. Wer wirklich erwachsen ist, nimmt sich den Adler zum Vorbild, der mit dem Wind spielt. Der Adler und sein Weibchen ziehen gleichzeitig ihre Kreise. Beide sind frei, beiden gehört der Himmel. Sie graben keine Löcher in den Sand, sondern bauen ihr Nest auf der Bergspitze.«

33. Kapitel

Der Wecker klingelte schon um halb fünf. Schnell eine warme Dusche. Und eine Tasse starken Kaffee, um wach zu werden. Dann packten wir rasch unsere Reisetasche fertig. Es war dunkel und kühl, als wir Paris auf dem Boulevard Périphérique in südlicher Richtung verließen. Da kein Mond schien, schimmerten die Sterne hell. An der Mautstelle zog ich ein Ticket und fuhr dann wie üblich – mit Höchstgeschwindigkeit auf der Überholspur. Der Verkehr war noch flüssig, aber auf der Gegenfahrbahn stauten sich bereits die Fernlastzüge, die Obst und Gemüse nach Rungis brachten.

Bei Sonnenaufgang hatten wir Montargis hinter uns gelassen und frühstückten in einer Autobahnraststätte. Ein Tablett in der Hand, mußten wir nach schwammigen Croissants und fadem Milchkaffee anstehen, umgeben von Lastwagenfahrern, die alle das Bedürfnis hatten zu rauchen. Nach der Frühstückspause löste mich Manuel am Steuer ab. Ich kuschelte mich auf den Beifahrersitz, zog die Schuhe aus, um es bequemer zu haben. Manuel lenkte den Wagen in seiner gleichmäßigen Art, hörte leise Musik. Ich schlief augenblicklich ein und wachte erst auf, als Manuel an einer Mautstelle anhielt, um die Gebühr einzuwerfen. Ich streckte mich und gähnte.

»Wo sind wir?«

»Bei Nervers.«

»Wir sind großartig durchgekommen!«

Er kniff ein Auge zu.

»Weil ich ein guter Fahrer bin.«

Wir fuhren in den Süden. Die Farben der Landschaft wurden kräftiger, leuchtender. Die Ernte war schon eingebracht, die Stoppelfelder glänzten golden. Die Loire zog sich unter silbrig-grünen Pappeln dahin, smaragdfarben und seltsam lebendig, wie ein Drachenleib. Von Lyon waren nur Wohnsilos und Industrieanlagen zu sehen. Wir verloren einige Zeit in einem Stau, doch nach der Umfahrung war die Autobahn wieder frei. Wir sahen auf dunkle Hügel und Weinberge. Die ersten Zypressen zogen am Horizont auf, wie schwarze Säulenreihen. Nach St. Etienne verließen wir die Autobahn, fanden in einem Dorf ein Restaurant mit einer Terrasse unter schattigen Bäumen. Es war noch reichlich früh zum Essen. An der Theke standen nur ein paar Gäste, die einen Aperitif tranken. Die Wirtin schlug uns Suppe, Hummerterrine und Fisch in Blätterteig vor. Wein bestellten wir nicht, nur Wasser. Ich nahm meine Sonnenbrille ab, saß still eine Welle da. Eine Pause trat ein. Schließlich brach ich das Schweigen.

»Ich mag diese Art von Restaurants recht gern.«

Manuel beugte sich über den Tisch und legte seine Hand auf meine.

»Du brauchst nicht zu reden, wenn du nicht möchtest.«

Ich drehte die Hand um. Unsere Finger schlangen sich ineinander.

»Manchmal ... an manchen Tagen, da muß ich viel denken.«

Er nickte ernst.

»Ja, ich weiß.«

Schrilles, tumultartiges Gezwitscher tönte aus dem Laub der Bäume; es mußte sich eine ungeheure Zahl von Vögeln darin niedergelassen haben. Der Lärm schmerzte mir in den Schläfen. Die Suppe rührte ich kaum an, aß ein wenig Tomatensalat. Die Hummerterrine war würzig, der Blätterteig leicht und duftig.

»Im Grunde ist das Essen gut«, sagte ich.

Er lächelte.

»Es schmeckt mir ausgezeichnet.«

»Auch wenn ich nichts sage?«

Fältchen zeigten sich in seinen Augenwinkeln.

»Auch dann.«

Die meisten Tische waren inzwischen besetzt, die überlastete Wirtin bekam ein rotes Gesicht. Wir bestellten einen Espresso und machten uns wieder auf den Weg. Zu Mittag hatte der Verkehr auf der Autobahn stark nachgelassen. Valence. Montelimar. Orange. Oft überholten wir Wohnwagen der Romanos, von altmodischen Mercedes oder amerikanischen Wagen, chromglänzend und antiquiert, in schwerfälligem Tempo gezogen.

»Wie kommen sie zu solchen Schlitten?« fragte Manuel belustigt.

Ich lachte.

»Viele bilden sich ein, die Romanos wollten damit große Töne spucken. Klar haben sie Freude am Brimborium, ihr Leben ist karg genug. Aber darüber hinaus sind sie praktische Menschen, das liegt in der Natur der Nomaden. Lieber kaufen sie einen teuren Wagen, der einiges aushält und eine Generation überdauert, als ein Modell, das in der nächsten Saison auseinanderfällt.«

»Klingt einleuchtend. Aber woher nehmen sie das Geld?«

»Jeder Klan hat mehr oder weniger sein eigenes Gewerbe. Die Yenisch sind Korbmacher, die Kalderach Schmiede, die Sinti Pferdehändler und Zirkusartisten: die berühmte Bouglione-Familie gehört zu den italienischen Sinti, den ›Piemontesi‹. Viele leben von Gelegenheitsarbeiten, bei der Weinlese oder der Ernte. Und wie alle feinfühligen Menschen sind sie begabte Künstler: Bildhauer, Maler, Filmemacher, Fotografen. Autodidakten natürlich, wie wahre Künstler es ja sind. Am meisten kennt man sie als Musiker und Tänzer. Der große Django Reinhardt war ein Manouche. Wassilio hat ihn noch gut gekannt.«

Die Rhône floß träge unter Eukalyptusbäumen. Weiter südwärts wurde das Wasser klar wie Kristall, schäumend und glitzernd. Avignon kam in Sicht, mit seinen Festungsmauern, seinen Türmen und Bastionen. Bei Arles hielten wir an, machten einige Bewegungen, um unsere Gelenke zu lockern, und teilten uns eine Flasche Mineralwasser. Jetzt saß ich wieder am Steuer, da ich die Strecke kannte. Die Sonne überflutete die Landschaft, die immer weiter und flacher wurde.

»Das ist schon die Camargue«, sagte ich rauh. »Es ist nicht mehr sehr weit jetzt.«

»Da sind ja Reisfelder«, stellte Manuel überrascht fest.

»Ja. Die Süßwasserweiher wurden vor ein paar Jahrzehnten angelegt. Heute bezieht Frankreich fast seinen ganzen Reisbedarf aus der Gegend.«

Die Ebene zog sich hin, nur hier und da von dunklen Zypressen und Tamarinden wie mit Bändern durchzogen. Bläulicher Dunst flimmerte über dem salzglitzernden Boden. Immer wieder überholten wir die großen Wohnwagen des fahrenden Volkes, die in einer Staubwolke dahinkrochen.

»Können sie eigentlich anhalten, wo sie wollen?« fragte Manuel.

Ich schüttelte den Kopf.

»Du machst dir von den Schikanen keinen Begriff! Sie haben ihre zugewiesenen Lagerplätze – meistens auf einer Müllhalde. Wenn sie kommen, müssen sie zuerst zur Gemeinde, um das *Baro Lil* – das Reisebuch – stempeln zu lassen. Das gleiche bei der Abfahrt. Kommen sie nach Büroschluß oder am Wochenende an, zahlen sie eine Buße. Damit sie nicht zu lange am gleichen Ort bleiben, nimmt man ihnen eine besondere Taxe ab, die von Tag zu Tag erhöht werden kann. Um Kinderzulage zu beziehen, müssen sie ein Schulbesuchs-Attest vorweisen. Aber wie sollen Nomaden ihre Kinder regelmäßig zur Schule schicken? Auch dürfen ihre Wohnwagen nie in der Nähe einer Schule stehen. Das Verbot stammt noch aus der Zeit, als man die Romanos verdächtigte, Kinder zu rauben. Ein Arzt weigerte sich, ein krankes Nomadenkind zu behandeln, mit der Begründung, die Romanos ziehen ja weiter und zahlen nicht. Ein Mann bat vergeblich, seinen Wohnwagen ein paar Stunden länger stehenzulassen, weil seine Mutter operiert wurde. Der Mann kam ins Gefängnis. Als man ihn fünf Tage später entließ, war seine Mutter tot, der Wohnwagen beschlagnahmt, seine Frau und die Kinder waren obdachlos.«

»Viele ertragen es einfach nicht«, sagte Manuel, »daß gewisse Menschen vom vorgeschriebenen Weg abweichen. Sie fühlen sich persönlich beleidigt, in ihrer Sicherheit bedroht.«

»Ach, das waren nur ein paar Beispiele«, warf ich ein. »Es gibt noch Schlimmeres ...«

Meine Phantasie wurde auf einmal so deutlich, daß ich Schmerzen spürte, es überlief mich kalt.

»Keine Tragödie blieb dem fahrenden Volk erspart. Hunderttausende wurden im Mittelalter verbrannt. Ebenso viele kamen im Zweiten Weltkrieg in den Gaskammern der Nazis ums Leben. Sogar in der biederen Schweiz der fünfziger Jahre wurden die Kinder der

Yenisch ihren Eltern entrissen und in Heimen großgezogen. Kirche und Staat gaben ihren Segen dazu.«

»Das hat sich doch heute wohl hoffentlich gebessert?«

»Im Gegenteil. Die Hetzjagd nimmt wieder zu. Die Nomaden werden zu Tode geprügelt, mit Sprengkörpern in die Luft gejagt, das liegt gerade im Trend. Heutzutage gestikuliert ja jeder Idiot mit Bomben. Vieles kommt gar nicht an die Öffentlichkeit. Das fahrende Volk hängt solche Sachen nicht gern an die große Glocke. Aus Hochmut oder Gewohnheit, oder beides zusammen, was ein großer Fehler ist.«

Manuel nickte.

»Ich als Indianer kenne das. Auch wir wurden mit ziemlicher Systematik ausgerottet. Ich weiß, wohin die Verzweiflung stolze Menschen führt, wenn ihr Lebensmut gebrochen ist. Man kann auch aus Verachtung Selbstmord begehen ...«

»Wenn alle ihre Köpfe abwenden, ihre Augen und Ohren verschließen, dann ändern sie die Dinge nie«, seufzte ich. »Zum Glück sehen die Nomaden das ein. Einige fähige Leute leisten gute politische Arbeit und rütteln die Medien auf. Aber Kollektivängste lassen sich nicht von heute auf morgen abbauen.«

»Sicher nicht. Wir fürchten uns vor Menschen oder Dingen, die wir mit negativen Symbolen behaften, werten sie in der Politik, in den Medien und im täglichen Leben aus. Fabrizierte Ängste sind profitbringend.«

Ich nickte, mit einem Kloß in der Kehle.

»Was willst du machen? Freiheit und Andersartigkeit erregen Anstoß! Die Angst vor den Romanos ist ebenso irrational und vielschichtig wie früher die Angst vor den Katzen, den Eulen und den Frauen, die ja bekanntlich alle Hexen waren.«

Wir lachten beide, aber ohne Fröhlichkeit. Manuel fragte:

»Wie ist es denn in Südfrankreich?«

»Besser als anderswo. Hier nennt man die Romanos die *Boumians*. Viele leben noch in Wohnwagen, sind aber seßhaft geworden und schicken ihre Kinder zur Schule.«

»Und Amadeo?« fragte Manuel.

»Er hat in Les-Saintes-Maries ein *Mas* gekauft, ein kleines Landgut, damit sich die Pferde dort ausruhen und weiden können. Er hat ein paar *Gardians* – Viehhirten –, die für ihn arbeiten. Alle sind *Boumians.* Von Gadschos will er nichts wissen.«

»Wo gastiert jetzt sein Zirkus?«

»In Marseille. Aber zweimal im Jahr, im Mai und Oktober, findet das Fest der ›Schwarzen Sara‹ statt, sie ist die Schutzpatronin der Romanos. Amadeo kommt immer zu dem Anlaß. Er benutzt die Gelegenheit, um die Pferde zu trainieren.«

Nach kurzem Zögern setzte ich hinzu:

»Er selbst befolgt ja das ›Gesetz der Wölfe‹.«

Manuel lächelte mich an.

»Und was bedeutet das, Ariana?«

»Daß er selbst zum Romano geworden ist. Das ist für einen *Gadscho* nur möglich, wenn ihn einer aus dem fahrenden Volk zum Blutsbruder macht.«

»Hat er einen solchen Blutsbruder?«

»Ja. Wassilio.«

»Wer ist er eigentlich?«

»Ein *Kaku* – ein Schamane, würdest du sagen. Er ist schon sehr alt. Die paar Dinge, die ich weiß, hat er mir beigebracht. Vor langer Zeit, Manuel. Und manchmal kommt es mir vor, als sei es in einem anderen Leben gewesen ...«

Ich stockte, biß mir auf die Lippen. Er nickte vor sich hin.

»Ja, ich verstehe ...«

Die Landschaft verwandelte sich. Binsen und Sträucher wurden spärlicher. So weit die Sicht reichte, wirkte der Boden schmutziggrau, rissig und salzverkrustet.

»Die Camargue ist eigentlich eine Insel«, erklärte ich. »Sie lebt von den Wasserströmungen und wechselt ständig ihre Form wie eine Fata Morgana. Diese weiten Flächen nennt man *Sansouires.* Siehst du die dunkelgrauen Büschel? Das sind Salicornien, Pflanzen also, die salzige Erde lieben. Hier wächst auch die lila Saladellenblume, das Wahrzeichen der *Gardians* ...«

Manuel legte die Hand auf mein Knie. Er schien weniger auf die Worte als auf den Klang meiner Stimme zu hören.

»Wie sehr du diese Gegend liebst, *Querida* ...«

Ich spürte, wie meine Lippen zitterten.

»Sie hat sich sehr verändert. Aber es gibt Gebiete, bei den großen Salzteichen, da scheint die Natur noch unberührt. Und so schön … wenn du nur wüßtest!«

Noch während ich sprach, kam mir das bittere Gefühl, daß es vielleicht nicht stimmte; daß dieses Fleckchen Erde sich meinen Erinnerungen ebenso entzog wie Montereale Celina. Ich gebot diesen Gedanken Einhalt. Schluß damit, Ariana! Die Vergangenheit war stets wunderbar, weil man sich nur an das Schöne erinnerte. Außerdem bestand die Vergangenheit nicht aus Orten, sondern aus Menschen, die man geliebt hat oder immer noch liebte. Und alte Schatten sollte man ruhen lassen. Sie können sonst jene Kraft zerstören, die man braucht, um in der Gegenwart zu leben.

Einige Schimmel weideten am Ufer eines Teiches. Es waren gedrungene Tiere, mit runden Rücken, struppiger Mähne und zottigem Haar. Sie hatten nicht die Eleganz gezüchteter Reitpferde, sondern etwas Schwerfälliges, Urtümliches, wie Kreaturen einer älteren, von dunkler Kraft erfüllten Welt.

»Sie gehören alle zu einem Gestüt«, erklärte ich, »manche sind vollkommen ungezähmt. Ein Camargue-Pferd wird geritten, aber niemals vor einen Wagen gespannt. Sein *Gardian* sähe darin eine tödliche Beleidigung. Früher gab es deswegen Blutsfehden.«

Immer breiter dehnte sich nun das angeschwemmte, flache Land aus, wo dunstige Luftspiegelungen bläulich schimmerten. Der rissige Boden beiderseits der Asphaltstraße glitzerte von Salzkristallen. Zwei rosa Flamingos glitten über einen Teich; ihre Flügel schlugen hoheitsvoll und gemächlich. Andere standen auf einem Bein; die Vögel sahen wie phantastische Blumen aus, die sich auf ihren Stengeln im Gleichgewicht hielten. Schwärme von Möwen kreisten in der blaugelben Luft. Bald begegneten wir einer ganzen Kolonne von Wohnwagen, die schwerfällig auf der Straße dahinrumpelten. Sie zogen eine riesige Staubschleppe mit, die noch lange Zeit in der Luft sichtbar blieb. Die braunen Gesichter, die bunten Kleider der Frauen, die Kinder mit dem zerzausten Haar kamen mir seltsam vertraut vor. Wenn ein Wohnwagen auf die Seite fuhr, damit wir ihn überholen konnten, hupte ich zum

Dank oder lachte den Fahrer an, der freundlich zurücklachte und winkte.

Die Gegend wurde allmählich grüner. Hier und da spiegelte sich eine *Cabane,* ein hüttenartiges Haus, weißgekalkt und mit Binsendach, im Wasser eines Salzteiches. Auf dem Dachfirst ragte ein schräges, weißes, nach Norden hin gerichtetes Kreuz auf. Dicht neben der *Cabane* gab es oft ein Schirmdach für die Pferde. Zuerst war Les-Saintes-Maries de la Mer nur eine weißliche Linie am dunstig glänzenden Horizont. Dann kam das Städtchen in Sicht, mit seinen engen, geradwinkeligen Straßen. Die Mehrzahl der Häuser waren ein- oder zweistöckig, meist gleichgestaltet, was dem Ortsbild etwas Harmonisches, aber auch eigentümlich Strenges gab. Am Stadtrand wurden neue Wohnviertel errichtet. Vor phantasielosen Betonbauten verkündeten grellbunte Schilder »Eigentumswohnungen zu verkaufen« und versprachen günstige Ratenmöglichkeiten. Andere Schilder forderten zu Spazierritten auf. Ich sagte:

»Im Sommer wird hier Urlaub gemacht. Man reitet kreuz und quer durchs Naturschutzgebiet und macht die Tiere nervös. Sobald die Ferien vorbei sind, wird es wieder ruhig. Dann kann man sich einbilden, daß alles wie früher ist.« Manuel blinzelte mir zu.

»Wir haben ja unser Traumland.«

Ich lachte kurz und bitter auf.

»Ach ja, unser Traumland!«

Alle Straßen schienen in die gleiche Richtung zu führen: zur Kathedrale und zum Damm, der bald seine breite Zementfläche zeigte. Auf dem grauen Sandstrand trocknete Tang in schwärzlichen Mustern. Das Meer spiegelte den wolkenlos blauen Himmel, und über der offenen See lag der Goldschimmer der Sonne.

»Vor einigen Jahren«, sagte ich, »fegte eine Sturmflut über den Strand. Der Damm stürzte an verschiedenen Stellen ein. Die ganze Umgebung wurde überschwemmt.«

Ich bog am Stadtrand ab, fuhr auf einem sandigen Weg einem kleinen Kanal, einer *Roubine,* entlang. Die *Roubinen* waren natürliche oder künstliche Abflußkanäle, die das Wasser der Teiche und Sümpfe ins Meer leiteten. Jetzt war alles in Gold getaucht: Der Himmel, die Ebene, die Bäume und Büsche leuchteten. Wind raschelte durch das Schilf, das stellenweise so hoch war, daß ein Erwachsener darin verschwinden konnte. Feurige Sonnenpfeile blitzten über das Wasser. Auf einen Stab gestützt, hob ein alter Hirte grüßend die Hand, während die braune Schafherde um ihn herumwogte.

Ich spürte mein Herz bis in die Kehle pochen. Jetzt nur noch ein paar Minuten. Ich schaltete in den ersten Gang, um vorsichtig an einer seichten Stelle den Kanal zu überqueren. Ein Pfad führte durch das Schilf hindurch. Nach einer Weile sah ich ein gespaltenes Holzschild, das an einem schiefen Pfahl hing. im Vorbeifahren konnte man die eingeschnitzte Inschrift »Mas du Drac« lesen. Immer noch verdeckten die hohen, goldglitzernden Binsen die Aussicht. Der Wind wehte durch das offene Fenster, und die nachmittägliche Sonnenglut war erfüllt von Mückenschwärmen und flimmernden Staubteilchen. Meine Wangen glühten. Gleich, Amadeo, gleich bin ich da! Vielleicht spürst du in deinem Herzen, daß ich komme. Vielleicht hörst du schon den Wagen ...

Plötzlich lichtete sich das Ried. Vor uns, am blauen Himmel, erschien eine Reihe hoher Schirmpinien, deren flache Kronen in der Luft wie riesige, dunkle Kissen leicht hin und her schaukelten. Unter den Pinien standen zwei Wohnwagen, dunkelblau, mit den vertrauten Sonne-und-Mond-Emblemen. Mein Gaumen war trocken; ich schluckte würgend. Ich war bei dir. Aber etwas war nicht mehr wie sonst, diese Tatsache konnte ich nicht umgehen. Meine Gedanken bewegten sich in eine Richtung, die mir nicht gefiel. Ich schüttelte sie ab. Jetzt nicht! Später, Ariana, wenn du klarer im Kopf bist.

Das große Holztor stand offen und zeigte das Haus, seine weißgekalkten Mauern mit dem abbröckelnden Verputz. Es war dem Süden zugekehrt, um sich vor dem Mistral, dem heftigen Wind aus dem Rhônetal, zu schützen. Ich hätte in den Hof fahren können, aber ich schaltete herunter, brachte den Wagen vor dem Tor zum Stehen. Als ich den Motor abstellte, vernahm ich das Rauschen des Windes und dazu ein rhythmisches, gedämpftes Trommeln: das Geräusch eines trabenden Pferdes auf dem Sand. Eine Weile lang saßen wir beide da. Manuel blickte an mir vorbei und blieb lange still. Er war etwas blaß geworden. Dann wandte er mir das Gesicht zu. Seine Züge waren glatt, wie erstarrt. Er hielt seine Gefühle im Zaum, doch nicht ganz, ich bemerkte es an der Art, wie er atmete. Eine Stumpfheit lag in seinen Augen, und der bittere Zug um seine Mundwinkel ließ ihn älter erscheinen, als er eigentlich war.

»Geh nur!« sagte er kehlig. »Ich komme gleich nach.«

Ich streifte ihn mit einem verstörten Blick, nickte gedankenverloren. Ich empfand Scheu vor seiner Ruhe und kannte seine Seele nicht mehr. Auch ich war plötzlich fern von ihm, mittendrin in einer Welt, deren Bilder ihm nicht vertraut waren. Ich jedoch war in dieser Umgebung heimisch; ich liebte sie, fast leidenschaftlich, empfand die aufpeitschende Wirkung dieser Luft wie eine sexuelle Erregung, sie vermehrte meine Kraft. Ein Teil meiner Wünsche und Bedürfnisse waren hier entstanden. Und obwohl sich mein Herz allmählich von dem rasenden Pochen beruhigte, das eingesetzt hatte, als das Tor in Sicht kam, war ich mir dieser Entfremdung bewußt. Wortlos stieg ich aus; kühler Wind, mit dem starken Aroma von Pinien und Salz, strich über mein erhitztes Gesicht. Eine merkwürdige blinde Energie erfaßte mich, wies mir den Weg. Als ich mich mit steifen Schritten vom Wagen entfernte, spürte ich Manuels Blick im Rücken, wie eine Berührung. Ich zwang mich, nicht zurückzuschauen.

34. Kapitel

Das Klopfen der Pferdehufe klang im raschen, auf- und abschwellenden Rhythmus. In der Mitte des Hofes stand ein Mann, hochgewachsen und schwarzgekleidet; er hielt eine leichte Peitsche in der Hand und ließ einen Schimmel an einer Leine traben. Der Mann und sein verlängerter Schatten glichen dem Zeiger einer Sonnenuhr, während das Pferd mit wippender Mähne unermüdlich und graziös seine Kreise zog. Es war nicht gedrungen, wie die Camargue-Pferde es gewöhnlich sind, sondern auffallend hochgewachsen. Hals und Brust waren mächtig, die Beine sehr feingliedrig. Der Schweif war so lang, daß er fast den Boden berührte. Ungebrochene Kraft und Feurigkeit gingen von seinen breiten Schultern, den fest gewölbten Flanken aus. Der Hals war in einer anmutigen Linie gebogen, und die

Stirnlocke fiel zwischen den Augen, wie weiße Blütentrauben zwischen schwarze Kiesel. Ein Tier von einer solchen Schönheit, im frischesten Schmelz seiner vollen Kraft, seines Strahlens, kam mir wie ein Wunder der Natur vor, ein fleischgewordener Traum. Der Schimmel trabte regelmäßig, willig, mit leichtem Schnauben; es zeigte nicht den geringsten Widerwillen, nur geflügelte Anmut und Freude am Spiel. Sich langsam um sich selbst drehend, hielt Amadeo die Longe in den gelenkigen Händen. Die Peitsche benutzte er nur, um das Tier zu führen, ihm den Rhythmus anzugeben. Manchmal fuhr er mit dem Riemen über den Rücken des Pferdes, als ob er es streichelte. Amadeo trug das schwarzweiße Hemd der *Gardians*, schwarze Jeans und darüber *Zahones* – lederne Beinschützer mit Fransen, wie die andalusischen Reiter. Sein glattes, glänzendes Haar fiel über die breiten Schultern. Sein Gesicht war noch dunkler im Sonnenlicht, fast kaffeebraun. Außer ihm waren nur einige Kinder der *Boumians* anwesend, feingliedrig und gelenkig wie Zicklein. Jungen und Mädchen hatten zerzauste Lockenköpfe und pechschwarze, lebhafte Augen. Ihre Knie und Ellbogen waren grau vor Staub. Doch sie tobten nicht herum oder schrien, wie Kinder es sonst zu tun pflegen, sondern standen selbstvergessen da, von dem Pferd und der Dressurarbeit völlig fasziniert. Als sie mich sahen, kam Leben in die kleine Gruppe. Sie tauschten Blicke, stießen sich mit dem Ellbogen an, hüpften nervös von einem Bein auf das andere. Amadeo, der bisher das Pferd nicht aus den Augen gelassen hatte, bemerkte plötzlich die Unruhe der Kinder und wandte den Kopf Unsere Blicke trafen sich. Ein Aufleuchten ging über sein Gesicht; ich sah das weiße Aufblitzen der Zähne hinter den dunklen Lippen. Dann sah er wieder zum Pferd hinüber, stieß einige Pfeiflaute aus. Der Schimmel ließ ein Schnauben hören, verlangsamte seinen Trab und ging dann im Schritt. Amadeo warf einfach die Longe auf den Boden, das ruhig gehende Pferd schleifte sie hinter sich her. Die Kinder lachten hinter vorgehaltener Hand, hockten sich nieder und starrten. Amadeo trat auf mich zu, hochgewachsen und lautlos. Sein Schatten glitt neben ihm her über den Sand. In seinen Augen spiegelte sich die Sonne, und die Fransen seiner ledernen Beinschützer wehten im Wind. Der Schatten kam näher, berührte, bedeckte mich.

»Herzblume!«

Amadeos Stimme klang sanft wie früher, doch sie hatte, wie mir schien, einen müden Klang. Ich sah ihn vor mir stehen, so fremdartig in seiner ganzen Erscheinung und doch so vertraut, als wäre er ein Teil von mir. Mir war, als würde ich von einem heißen Wind berührt, der Glut unter meiner Haut entfachte; meine Knie gaben unter mir nach. Ich atmete den Geruch nach Staub und Rauch und Leder ein, der von ihm ausging. Er legte beide Hände auf meine Schultern, zog mich an sich. Ich spürte durch die Kleider die Wärme seiner Haut, dann den leisen Hauch seines Atems. Mehr als ein halbes Jahr war vergangen, seitdem wir uns getrennt hatten. Aber mir schien, als sei es erst gestern gewesen.

»Wie geht es dir?« fragte ich leise.

»Ich habe auf dich gewartet«, sagte er dumpf. »Du weißt, das ist meine liebste Beschäftigung.«

Ich rieb mein Gesicht an seiner Brust, blickte zu ihm empor. Er ließ seinen Mund über meine Stirn wandern, über Augenlider und Nasenflügel. Ich lächelte ihn an; er erwiderte mein Lächeln, bevor er meine Lippen völlig mit den seinen umschloß. Es war ein langer, heftiger Kuß, und er entflammte uns wie Feuer ein Stück trockenes Holz. Unser Atem ging stockend, unsere Lippen schmerzten. Ich drückte mich gegen seinen straffen, geschmeidigen Körper, ihn wiedererkennend und neu begehrend, spürte die harten Hüften, die Straffheit seiner langen Reiterschenkel unter dem Leder. Ich sah, daß die Augen die gleichen geblieben waren: sprühend, verwegen, Augen, denen nichts entging. Aus ihnen sprach der Zauber von früher, die alte Besessenheit. Er rieb sich an mich, erfüllt von jenem ihm eigenen Gemisch aus Zärtlichkeit und völlig schamfreier Leidenschaft, bis ich beide Hände fest gegen seine Schultern stemmte, mich fast gewaltsam von ihm löste. Ich durfte nicht mehr länger warten. Jetzt mußte ich davon sprechen, jetzt.

»Amadeo ... ich bin nicht allein hier!«

Er trat schwer atmend zurück; sein Gesicht war steinern geworden. Dann kräuselte ein spöttisches Lächeln seine Lippen.

»So? Bist du immer noch mit diesem Gadscho zusammen?«

»Nein, schon lange nicht mehr.«

»Da war auch nichts Tolles dabei. Steckt der andere noch draußen im Auto?«

»Er hat gesagt, er kommt gleich.«

Amadeo zeigte die Zähne, doch es war kein Lächeln in seinem Gesicht.

»Damit wir Zeit hatten, einen Kuß zu tauschen?«

»So ähnlich«, sagte ich matt.

Noch während ich sprach, glitten seine Augen an mir vorbei und richteten sich auf Manuel, der gerade in den Hof kam. Er trug seine blauweiß gewebte Tasche über der linken Schulter. Sein Haar wehte leicht im Wind. Er fuhr sich mit der Hand hindurch und warf es zurück, ganz unbefangen. Amadeo starrte ihn an; mir kam es vor, als ob sich der Ausdruck in dem dunklen Gesicht leicht verändert hätte, eisig wirkte. Er kniff die Augen zusammen, prüfte Manuel rasch und gründlich von seinem dichten Haar über seine Jeans bis zu den weißen Turnschuhen und wieder zurück. Dann wandten sich seine Augen wieder mir zu.

»Und diesen da, den hast du nicht ohne Grund mitgebracht?«

Seine gleichmütige Stimme täuschte mich nicht. Ich kannte ihn zu gut; der warnende sechste Sinn, so ausgeprägt wie bei einem Tier, war plötzlich in ihm erwacht.

»Nein, nicht ohne Grund«, antwortete ich.

Er lachte kurz und spöttisch auf.

»Herzblume, sitzt du in der Klemme?«

»Ich habe nicht erwartet, daß es dich freuen wird.«

Unsere Augen trafen sich; wir waren durch Gefühle, Geheimnisse, Schlüsselworte miteinander verbunden, die Manuel nicht gelernt hatte und vermutlich auch nie lernen würde.

»Könntest du dich bitte mal auf ihn konzentrieren?« sagte ich.

Er zog in seiner typischen Art die Nase kraus.

»Gut. Die Schnapsidee war von mir.«

Manuel kam auf uns zu, ohne Eile. Er wirkte geistesabwesend. In Wirklichkeit hatte er nur seine Ruhe wiedergewonnen. Ich blickte ihn an, als hätte ich ihn nie gesehen. Er ging straff auf den Ballen seiner Füße, wie ein Tänzer; sein Schritt war elastisch. Der Charme und die Offenheit seines Lächelns waren entwaffnend.

Ich stellte vor. Beide Männer gaben sich die Hand, zurückhaltend, aber ohne Abneigung. Amadeo fragte:

»Zum ersten Mal in der Camargue?«

»Zum ersten Mal, ja.«

»Schon lange in Frankreich?«

»Drei Jahre.«

»Sie haben einen spanischen Akzent. Aber Sie sind kein Spanier. Südamerikaner, oder?«

»Ich bin aus Mexiko.«

»Indio, wenn ich mich nicht täusche?«

Ein Schimmer von Überraschung glitt über Manuels Gesicht.

»Woher wissen Sie das?«

»Weil Sie beim Gehen die Fußspitzen einwärts drehen.«

»Sie beobachten gut«, sagte Manuel.

»Das lernt man im Zirkus. Wer das nicht kann, wird Clown und hat ein langes Leben.«

»Waren Sie schon in Mexiko?«

»Ja, vor acht Jahren.«

»Was haben Sie da gemacht?«

»Mir das Land angeschaut. Und sogar ein paar Menschen getroffen, die etwas von Pferden verstanden.«

Amadeo sprach ausdruckslos, die scharfen, schmalen Augen auf Manuel gerichtet, der ruhig seinen Blick erwiderte. Er war etwas kleiner gewachsen, feingliedriger auch, ohne daß er dadurch schmächtiger wirkte.

»In Vera Cruz sah ich ein Pferd«, fuhr Amadeo fort. »Einen Palomino, fast orangegelb, mit einem grünlichen Lackschimmer. Ich war ganz vernarrt in das Tier, aber der Besitzer wollte das Pferd nicht verkaufen. Ich steigerte mein Angebot, wollte ihm eine Unsumme zahlen. Alles verlorene Mühe. Er liebte sein Pferd. Was sollte ich machen?«

Amadeo warf Manuel die Frage nachlässig zu. Dieser lächelte.

»Auf das Tier verzichten. Ein Pferd soll dem gehören, der es am meisten liebt.«

Amadeo hob die Brauen.

»Ach, finden Sie?«

Inzwischen näherte sich der Schimmel mit langsamen, wiegenden Schritten. Dicht hinter Amadeo blieb er stehen, pustete ihm seinen Atem in den Nacken und stieß ihn sanft mit dem Maul an. Amadeo umfaßte mit beiden Armen den Kopf des Pferdes. Dann sah er zu den Kindern und rief:

»Majella!«

Ein Mädchen, etwa elf Jahre alt, kam barfuß angelaufen. Sie trug aufgeschlitzte Jeans, ein verwaschenes rotes T-Shirt und eine Kette klirrender Holzperlen. Ihr Gesicht war braun und wild, und ihre Nase lief. Amadeo warf ihr die Leine zu. Das Mädchen fing sie im Flug auf, schnalzte ein paarmal mit der Zunge und führte den Schimmel aus dem Hof. Die anderen Kinder folgten, wobei sie miteinander flüsterten und sich immer wieder umdrehten.

»Die Kleine kann gut mit Tieren umgehen«, sagte Amadeo. »Im nächsten Jahr werde ich eine Nummer mit ihr einstudieren.«

»Einen schönen Hengst haben Sie da!« sagte Manuel.

»Er heißt Thyfos.« Wie immer, wenn er von den Pferden sprach, klang Amadeos Stimme zärtlich. »In den Sagen der Boumians ist Thyfos das Reittier der Meeresgöttin Ampheas. Als eine Sintflut die Camargue überschwemmte, stieg Thyfos zu den Göttern und vertraute den Menschen das Geheimnis der Unsterblichkeit an. Inzwischen haben sie es wieder vergessen, weswegen wir alle unter die Erde müssen.« Amadeo lachte leise und fuhr fort:

»Thyfos ist kein reinrassiges Camargue-Pferd, er hat Araberblut, das macht seine Schönheit aus. Ich habe ihn erst seit vier Tagen. Man sagte mir, er sei störrisch. Aber der Narr benimmt sich, als ob er immer bei mir gewesen wäre.«

»Das Pferd liebt Sie«, sagte Manuel.

»Ich bin ein Zauberer.«

»Vielleicht«, antwortete Manuel. »Aber die Liebe ist eine sehr menschliche Zauberei. Und außerdem kann man nie wissen, oder?«

Amadeos Gesicht verfinsterte sich. Im Bruchteil einer Sekunde wurde an ihm die Veränderung, die sich von innen her auf sein Äußeres übertrug, so deutlich, daß sie keiner übersehen konnte. Er schien, obwohl völlig regungslos, wie auf der Lauer. Manuel hatte leichthin gesprochen, aber Amadeo hatte bemerkt, daß seine Ruhe nicht der Schüchternheit entstammte. Zwischen beiden Männern kam plötzlich eine Spannung auf, eine Spannung, die sich auch auf mich übertrug, mich beinahe körperlich berührte. Schnell brach ich das Schweigen.

»Wo sind die Pferde?«

»Auf der Weide«, sagte Amadeo. »Du wirst sie morgen sehen.«

Wieder beobachtete ich diesen Schatten auf seinem Gesicht und dachte: Was hat er nur? Doch seine dunklen Finger strichen meinen Arm entlang, eine aufwühlende, besitzergreifende Liebkosung. Ein warmer Schauer durchlief mich; Trägheit breitete sich bis zu den Knochen in mir aus, und mir war, als ob ich innerlich schmolz. Er sah das Verlangen in meinen Augen; ein kaum merkliches Lächeln zuckte um seine Mundwinkel.

»Gehen wir etwas trinken«, sagte er knapp.

Er hielt noch immer meine Hand, als wir in das Haus traten. Gerade als wir die Schwelle überschritten, humpelte uns Lola entgegen. Lola in ihrem wallenden Rock, mit einer selbstgestrickten bunten Stola über den Schultern und einer Rose am Ausschnitt. Ihre Lippen waren kirschrot angemalt, ihr Haar frisch gefärbt, die rabenschwarzen Stirnfransen mit Lack besprüht. Sie zog mich ungestüm an ihre weiche, klamme Brust. »Pitchounette! Wie schön, dich zu sehen! Du kommst gerade rechtzeitig. Alle Frauen sind schon beim Fest. Ich kann sie ja nicht festbinden. Wird irgendwo gefiedelt, bewegen sich ihre Füße ganz von selbst!«

»Und du, Lola?«

»Gott verzeih dir, Kind! Ich bin kein springendes Rehlein mehr. Ich bin eine lahme alte Ziege. Und wer sorgt für die Männer?«

»Wo ist denn Brahim?«

»Er ist Moslem und will nicht dabeisein, wenn wir – wie er sagt – unsere schwarzen Götzen abküssen. Inzwischen geht er lieber ins Bordell. Er ist siebzig und hat immer noch das Bedürfnis nach Frauen. Ich finde das sehr bemerkenswert«, fügte sie sachlich hinzu.

»Lola, du erwartest zuviel von den Männern«, brummte Amadeo.

Lola gluckste.

»Viele juckt es, und sie wissen nicht, wo sie sich kratzen sollen. Das gehört doch zur Erziehung, oder? Bist du nicht auch dieser Meinung?«

Die Frage war an Manuel gerichtet, der feierlich nickte.

»Das ist sogar sehr wichtig.«

Lolas alte Augen blinzelten unter der Stirnfranse, während ein gütiges Lächeln ihre geschminkten Lippen teilte.

»Ich kenne dich nicht. Wie heißt du?«

»Manuel Vargas Huitemea, *para servir a usted*«, sagte er, wobei er sich der höflichen mexikanischen Sprechweise bediente.

»*Misto avilean!*« murmelte sie, und ich starrte sie überrascht an, weil sie Manuel in der Sprache der Romanos anredete.

»Lola heißt dich willkommen«, übersetzte ich. Er lächelte ihr herzlich zu.

»*A sus ordenes, Señora.*«

Diesmal antwortete Lola auf spanisch.

»*Tome posesion de tu casa, hijo* – komm in dein Haus, mein Sohn!«

»*Con permiso*«, sagte Manuel.

Sie betrachtete ihn mit Wohlgefallen, den Kopf auf die Seite gelegt wie ein neugieriger Vogel.

»Bist du auch beim Zirkus, mein Junge?«

Manuel blinzelte in seiner verschmitzten Art.

»Nein. Aber die ganze Welt ist rund.«

»Amadeo! Der ist kein Gadscho«, rief Lola freudig aus.

»Nein, das ist er nicht«, knurrte Amadeo.

Er ging voraus, mit seinem geschmeidigen Pantherschritt. Nach der Hitze draußen war es angenehm kühl im Haus. Am Ende eines schmalen Korridors führte eine Treppe zum Obergeschoß. Es gab keine Diele, sondern man trat sofort in den Hauptraum, der gleichzeitig als Wohnzimmer und als Eßzimmer diente. Massive Balken stützten die Decke. Der Fliesenboden reflektierte das Sonnenlicht, das sich durch die Ritzen der Jalousien stahl. Der alte Orientteppich war abgeschabt, wies überall Löcher von Zigarettenasche auf. Im Raum befanden sich eine hohe Standuhr mit glänzendem Pendel, ein großer Geschirrschrank und ein langer Tisch, der mit einer bunten Wachstuchdecke überzogen war. Auf dem Sims des mächtigen Kamins umrahmten zwei große Kupferleuchter eine Anzahl Steingutvasen, die mit frischen Blumen gefüllt waren. Lehnstühle und Sofa waren aus altem, brüchig gewordenem Leder. Überall lagen Taschen, Jacken, Pullover, zerknitterte Decken und Schuhe herum.

Die weißgekalkten Wände waren mit Fotos von Pferden bedeckt, ausschließlich Schwarzweißaufnahmen: Pferde beim Training, bei der Paarung, auf der Weide sowie Schnappschüsse von den Vorstellungen. Andere Bilder, teilweise mit Widmung, zeigten Musiker und Tänzer: Manitas de Plata, Django Reinhardt, Christina Hoyos, Carmen Amaya, *la Chunga* und die Gipsy Kings. Beiderseits vom Kamin waren zwei Pferdeschädel angebracht. Mit ihren entblößten Zähnen, den hohen, leeren Augenwölbungen wirkten sie wie afrikanische Masken, golddurchströmt und edel. Nichts Unheimliches haftete an ihnen, sondern eine segenspendende Macht mit der Aura des Geheiligten.

Amadeo hatte bemerkt, wie Manuels Blick auf den Tierschädeln verweilte. Er trat nahe heran, strich mit der Hand über die polierten Knochen.

»Lyuba und Tarasque«, sagte er. »Sie waren von Anfang an dabei. Sie sollen nicht von uns getrennt sein. Der Tod schwebt als Schatten um uns herum. Wenn es sein muß, erschaffen wir uns unseren eigenen Ahnenkult. Die Welt ist ja ganz anders. Verstehst du?«

Er duzte ihn plötzlich. Manuel nickte.

In Amadeos dunklen Augen schimmerte ein Lächeln.

»Das gehört dazu. Es ist ein Weg ohne Wiederkehr. Wir verändern uns, die anderen auch, nur nicht in die gleiche Richtung. Aber niemand kann mich daran hindern, auf diesem Weg weiterzugehen.«

»Und letzten Endes wird der Abstand zu groß«, sagte Manuel.

»Glaubst du, das macht mir etwas aus?«

»Man muß die Dinge immer von der besten Seite nehmen.«

»Das ist nicht schwer. Ich habe eine Vorliebe für das Absurde. Und wenig Respekt vor der menschlichen Rasse. Der Wolf wechselt seine Haut während des Schlafes nicht. Der Mensch wechselt seine Meinung von einem Atemzug zum anderen. Und hat dabei immer nur seinen Vorteil im Kopf. Er redet auch zuviel.«

»Und oft nur mit der Zunge.«

Das flüchtige Lächeln glitt erneut über Amadeos Gesicht. Dann wurden seine Züge wieder finster und starr. Es war ihm etwas in den Sinn gekommen.

»Topsy ist nicht mehr«, sagte er zu mir. »Sie hat den Sommer nicht überlebt.«

Ein Hauch von Schmerz durchzuckte mich.

»Hast du sie gut beerdigt?«

»Im Tannenwald, unter einer braunen Nadeldecke.«

Er wandte sich Manuel zu.

»Ob du es glaubst oder nicht, wir sprechen von einer Ratte. Sie war seit zwanzig Jahren meine Gefährtin. Ratten sind wie Hunde. Sie spüren die Liebe. Warum wissen es die anderen nicht, diese Idioten?«

Manuel zuckte mit den Schultern.

»Weil sie es noch entdecken müssen.«

»Wir wollen trinken«, sagte Amadeo.«

Motorengeräusch ertönte. Im Hof hielt ein Wagen. Djali und Matteo, die Gitarrenspieler, traten ins Haus. Beide trugen rote Hemden, weißgetupft, und schwarze Stiefel mit Absätzen. Ich stellte Manuel vor, den sie auf spanisch begrüßten. Auch Jean war da, in schwarzen Lederhosen und Perfekto-Jacke. Ich starrte ihn erschrocken an. Von der Schläfe bis zum Kiefer lief eine Narbe wie ein schmaler dunkelroter Schnitt; sein Gesicht mit den hohen Backenknochen wurde dadurch nicht entstellt, es wirkte nur seltsam asymmetrisch.

»Jean! Was ist passiert?«

Er lachte fröhlich.

»Ich bin auf die Fresse geknallt. Mit einem Motorrad, bei Außenaufnahmen in Nizza. Das Arschloch von einem Regieassistenten hatte vergessen, eine Öllache zu entfernen.«

»Er lag drei Tage lang im Krankenhaus!« fuhr Lola dazwischen. »Mit einer Gehirnerschütterung. Und in seiner Wange steckte ein Glassplitter. Jetzt sieht ihn keine Frau mehr an. Das zur Strafe, weil er auf seine alte Mutter nicht hören wollte.«

»Aber nicht doch, im Gegenteil«, widersprach er gut gelaunt. »Ich habe mich zu meinem Vorteil verändert. Alle finden, die Narbe steht mir gut. Deswegen habe ich auch die Rolle bekommen.«

»Welche Rolle?« fragte ich.

»Wir filmen für das Programm TR 2. Ich habe Probeaufnahmen gemacht und bin beim Casting dabei. Ich spiele einen Polizisten«, setzte er stolz hinzu.

Ich lachte, bis mir die Luft ausging, und Lola seufzte aufgebracht.

»Ich sage dir, Pitchounette, der Junge ist bescheuert. Seinen Cousin Virgil steckten sie zweimal in den Knast. Er hatte keinen Ausweis bei sich – *el pobrecito!* – und war unschuldig wie ein neugeborenes Osterlamm!«

Ein paar Männer trabten zu Pferd in den Hof, führten die Tiere unter das Schutzdach. Es waren *Boumians*, sehnig, muskulös und tiefgebräunt. Zwei waren in der Tracht der *Gardians* gekleidet: enge Hosen mit aufgesteppten Nähten, buntes Hemd, ein weicher, breitkrempiger Hut. Alle hatten ein dreieckig gefaltetes Tuch um den Hals, zum Schutz vor den Insekten. Keiner trug Sporen an den Stiefeln. Die *Gardians* sorgten zuerst für die Pferde. Sie nahmen ihnen den Sattel ab, gaben ihnen zu trinken und Hafer in die Krippen. Erst dann gingen sie nacheinander ins Haus, wobei sie den Hut abnahmen. Sie rochen nach Sand, Schweiß und alten Kleidern. Es waren *Boumians* vom Plan de Grasse, schon lange seßhaft geworden. Wir kannten uns schon seit Jahren: Das Wiedersehen war wortreich und herzlich. Als letzter kam Constantin, ein älterer Mann, dessen Gesichtshaut wie poliertes Leder glänzte und im eindrucksvollen Kontrast zu seinem weißen Haar stand. Er war klein und gedrungen, mit breitem Oberkörper und krummen Beinen. Er kaute an einer Zigarre. Ich stellte ihm Manuel vor, dem der alte Mann kräftig die Hand schüttelte.

»Constantin ist der *Baile* – der Verwalter«, sagte ich. »Er leitet das Gut in Amadeos Abwesenheit. Er kümmert sich um die Pferde wie um seine eigenen Kinder.«

»Wobei mir die Pferde weniger Mühe machen«, knurrte Constantin. Er musterte mich und sagte streng:

»Mädchen, du bist dünner geworden.«

Ich verzog das Gesicht.

»Findest du, Constantin?«

»Schlimm, schlimm!« brummte der Alte. »Du mußt mehr essen. Frauen sind nur schön, wenn sie oben und unten etwas haben.«

Er klemmte die Zigarre zwischen die Zähne und zeichnete mit den Händen Kurven in die Luft, worauf Gelächter von allen Seiten losbrach. Amadeo, der Wein in ein Glas goß, sah auf.

»Constantin, werde nicht zudringlich, sonst hänge ich dich an den Daumen auf und stopfe Pfefferschoten in dein großes Maul.«

»Hör dir das an!« sagte Constantin zu mir. »Es kommt ja vor, daß er sich zivilisiert benimmt, aber sobald du da bist, wird er zum Höhlenmenschen.«

Er trocknete sich mit einem schmutzigen Taschentuch die Stirn und nahm das Glas, das Amadeo ihm reichte.

»Danke, *Fralo* – Bruder –, hoffentlich kriege ich keine Bauchschmerzen davon.«

Er grinste und trank, wobei er die Zigarre in den klobigen Fingern hielt. Amadeo bohrte seinen schwarzen Blick in seine Augen.

»Was macht Quasimodo?«

Bei dieser Frage, die er scheinbar ganz beiläufig stellte, trat wieder dieser müde Zug in sein Gesicht. Sein Profil mit der schmalen Nase und der hohen Stirn sah fast abgezehrt aus. Und plötzlich wußte ich Bescheid. Mein Herz verkrampfte sich. Constantin wischte sich mit den Handrücken über die Lippen.

»Er steht den ganzen Tag unter einem Baum im Schatten.«

»Im vorigen Sommer auch.« Amadeo wandte sich mir zu. Seine Stimme klang dumpf. »Die Hitze bekommt ihm nicht. Aber sobald es kühler wird, erholt er sich.«

»Er wird allmählich alt.«

»Verdammt, Constantin, das weiß ich selber!«

Constantin nahm einen Schluck; seine Augen mit der gelblichen Hornhaut hielten Amadeos fiebrig glänzenden Blick fest.

»Du solltest ihn lieber nicht auf Tournee mitnehmen.«

»Warum?« fragte Amadeo scharf.

»Die Koliken werden schlimmer.«

»Wassilios Mittel hat ihm gut geholfen.«

»Sicher. Aber für wie lange? Das ist es ja gerade.« Constantin hielt inne, weil er wußte, daß der unvollendete Gedanke Amadeo reizen würde.

Amadeo zog eigensinnig die Mundwinkel herab.

»Die Nummer mit dem Speer mache ich nur auf Quasimodo.«

Constantin trank das Glas aus, steckte seine Zigarre zwischen die Lippen.

»Du bist der Chef«, sagte er gleichmütig.

Ein paar Sekunden Stille folgten. Eine Trübung war da, hauchfein, wie ein Dunst. Es wehte etwas Unausgesprochenes in der Luft. Ich brach das Schweigen:

»Wo ist Wassilio?«

Amadeo antwortete nicht sogleich. In seinen Augen stand eine dumpfe Qual. Er schloß die Lider und hielt sie, nur einen Atemzug lang, fest zugepreßt. Als er sie hob, war sein Gesichtsausdruck wieder wie sonst. Aber ich kannte ihn besser.

»In Biarritz. Seine Enkelin Justine ist vom Trapez gefallen.«

»Schlimm?«

»Es geht. Justine trainierte oben auf der Stange mit ihrem Bruder Pierre, als eine Halterung brach. Pierre kam mit einem kaputten Nasenbein davon, Justine brach sich das Schienbein. Man konnte den Knochen sehen. Jetzt liegt sie im Krankenhaus und will in der nächsten Saison wieder auf das Fangtrapez. Vielleicht kann Wassilio helfen.«

Er wandte sich an Manuel, der schweigend zuhörte.

»Du mußt denken, wir sind nicht ganz bei Trost. Wir fallen auf die Schnauze und kriegen trotzdem nie genug. Es ist nun mal ein besonderes Leben.«

»Hattest du auch schon Unfälle?«

»Ein paar«, antwortete er gleichgültig.

Wir saßen nebeneinander bei Tisch, tranken den violetten Wein, der nahezu eiskalt war; Amadeo rollte sich eine Zigarette. Er wirkte finster und wortkarg. Die Sache mit Quasimodo beschäftigte ihn. Ich stellte keine Frage; ich fühlte, daß er gewissen Gedanken aus dem Weg ging, sie einfach nicht an sich heranließ. Aber es ist nicht nur das, dachte ich. Was ist es nur? Eine innere Stimme sagte mir, daß der tiefere Grund seiner Unruhe mit Manuel und mir zusammenhing. Manuel störte ihn. Er hatte ihn nicht vorausgesehen, nicht eingeplant. Ungestüm, wie Amadeo war, fühlte er sich von der Ruhe angezogen, die Manuel ausstrahlte – und haßte ihn gleichzeitig dafür, mit entsprechender Heftigkeit.

Was wirst du tun, Amadeo? Ich warte, ich beobachte dich mit Luchsaugen. Für dich setze ich alles aufs Spiel, das weißt du. Meine Welt und deine Welt sind füreinander transparent; wir können Manuel hineinnehmen, wenn du es willst. Heute nacht werden wir – du und ich – eine Entscheidung treffen. Wenn es um uns beide geht, sind wir erbarmungslose Egoisten. Kann Manuel, der unter seinem vergnügten Lächeln einen Schatz an Hingabefähigkeit verbirgt, das überhaupt begreifen? Stellt er sich vor, Manuel, wie wir aufeinander zugehen, uns die Kleider vom Leib reißen? Wie wir uns lieben? Wir zerstören und zerschmettern uns wie Meteoriten; eine neue Besessenheit wird hervorgebracht aus dem Nichts. Wir hängen von übermächtigen Kräften ab, bei vollem Verstand, und sind nicht einmal verzweifelt deswegen.

Wir können niemals getrennt sein, Amadeo. Ich spüre, wie in deinem Geist sonderbare Dinge vorgehen, wie du dich mit mächtiger Anstrengung beherrscht. Manuel bringt Aufruhr in dein organisiertes Leben. Du kannst ihn nicht von oben herab behandeln, wie du es gerne möchtest. Denn auch Manuel berührt die Dinge, die im Dunkeln sind, und er berührt sie ohne Scheu. Für ihn sind diese Dinge schön. Er sieht die Welt der Erscheinungen, wie wir sie sehen. Und wird vielleicht besser damit fertig als wir.

Djali und Matteo hatten ihre Instrumente geholt und stimmten einige Akkorde. Sie wollten zum Fest. Sie tranken rasch, hoben die Hand zum Abschied und entfernten sich mit dem weichen Schlendergang der Andalusier. Jean schickte ihnen ein Grinsen nach.

»Die haben es aber mächtig eilig.«

»Gehst du nicht mit?« fragte ich ihn.

Er hob verächtlich die Schultern.

»Folklore kotzt mich an. Ich gehe mit ein paar Typen ins ›Zorro‹.«

Constantin saß zurückgelehnt und rauchte; jetzt beugte er sich zu

Jean über den Tisch. Er furchte die Stirn, und seine Stimme klang barsch.

»Was hast du im ›Zorro‹ zu suchen, du Lackaffe? Man sollte dir ein paar hinter die Löffel geben! Ich weiß sehr wohl, was ihr da treibt! Warte nur, bis du in eine Razzia kommst, dann kannst du deine Filmrolle am lebenden Objekt studieren! Na, mein feiner, magerer Junge? Habe ich recht oder nicht?«

Jean schüttelte irritiert den Kopf.

»Onkel Constantin, du kannst mir nicht verbieten ...«

»Du kannst meinen Hintern küssen, bis er wie ein Fuchs bellt!«

Constantins Atem pfiff.

»Unsere Feste sind keine Folklore, merke dir das! Sie sind Wasser für unseren Durst, Nahrung für unseren Hunger, Licht in unserem Dunkel. Sie machen, daß der Leitfaden nicht zerreißt. Sie sind lebendige Erinnerung!«

Jean schluckte.

»Ich wollte nur sagen ...«

»Du sagst gar nichts«, schnitt ihm der alte Mann das Wort ab. »Ich rede! Und ich bin noch nicht fertig.«

Jean rutschte unbehaglich hin und her. Der *Baile* verschränkte die Arme über der Brust, so daß seine mächtigen Schultermuskeln noch deutlicher hervortraten. Sein kupfern getöntes Gesicht zeigte plötzlich ein kräftiges Rot.

»Das einzige, was wirklich zählt, ist, daß wir zusammengehören. Du und ich und unsere Schwestern und Brüder, unsere Sippen, unsere Ahnen und unsere Enkel, hier und dort oder irgendwo. Das Risiko, das wir tragen, trägt jeder. Wer nicht mehr auf unseren Festen tanzt, landet bald mit der Nase im Dreck!«

»Onkel Constantin«, sagte Jean, »hör doch auf zu predigen. Ich bin schließlich dreiundzwanzig, und ...«

Der *Baile,* der gerade einen Schluck trank, schaute auf und sah eben noch das geringschätzige Grinsen von Jeans Gesicht verschwinden. Er stieß ein Zischen aus und schlug mit der Faust so fest auf das Wachstuch, daß alle zusammenzuckten.

»Du hast keine Manieren! Scher dich weg, du Grünschnabel! Wenn du ein Mann wärest, würde ich dich jetzt auf den Arsch setzen!«

»Überschlaf mal die Sache, Constantin«, warf Amadeo gemächlich ein. »Du kannst es nicht wissen, in dieser Nacht kommt ihm vielleicht die Erleuchtung!«

Er leckte den Rand des Papiers, klebte die fertige Zigarette zu und zündete sie mit einem Streichholz an, bevor er sich wieder an Manuel wandte.

»Man kann die Dinge so oder auch anders sehen. Die Schwarze Sara hat nichts mit einer katholischen Heiligen zu tun. Ihre Legende ist – wie es sich gehört – sentimental und erbaulich: Nach dem Tod Christi kam ein Schiff ohne Segel und Ruder aus Palästina. Es wurde von Ibissen geleitet und strandete an den Gestaden der Provence. An Bord befanden sich Maria Salome und Maria Jacobi, die der Evangelist Markus am Fuß des Kreuzes erwähnt. Sara, die dunkelhäutige Dienerin, folgte ihre Herrinnen ins Exil, indem sie ihren Schleier in das Meer warf und trockenen Fußes das Schiff erreichte. Vor ihrem Tod gründeten die drei Frauen eine christliche Siedlung. So kam die Ortschaft ›Les-Saintes-Maries-de la Mer‹ zu ihrem Namen. Wallfahrten fanden schon im dreizehnten Jahrhundert statt.«

Amadeo blies Zigarettenrauch in die Luft, einer nach dem anderen stiegen sie auf: kreisrund, schwingend und größer werdend. Ich suchte seinen Blick.

»Du machst das sehr gut«, sagte ich.

Ich hielt einen Finger in einen Ring hinein. Der Ring löste sich auf, Amadeo stützte die Ellbogen auf den Tisch, lächelte langsam und aufreizend. Er und ich genossen diese Anspielungen; ob Manuel sie verstand, wußte ich nicht.

»Ich habe Freude an Märchen«, fuhr er fort, »weil meine Art zu leben jener von Kindern gleicht. Kinder leben noch dicht an der Quelle des Instinkts, so daß ich mich ihnen nahe fühle. Märchen regen die Phantasie an.«

Manuel drehte sein Glas zwischen den Fingern.

»Mit Modellen und Utopien kann man spielen.«

Amadeo nickte.

»Sie sind außerordentlich vielfältig und stimmen fast alle nicht; das ist das Gute dabei. Das gibt den Luftschlössern Spielraum. Die Romanos sollen aus Indien kommen – von dort, woher meine Musiker stammen. Ihre Sprache, sagt man, wurde vom Sanskrit abgeleitet. Es heißt auch, die Romanos hätten in Ägypten am Bau der Pyramiden mitgewirkt. Mir gefallen solche Spekulationen, auch wenn sie zu nichts führen. Die Welt ist ein Chapiteau: Alle zeigen ihre Show, und irgendwann wird das Zelt abgebrochen. Dazu fällt mir ein Gedicht ein. Es stammt von einem Brasilianer, Pereira Lima, und entspricht meinem Hang zum Zynismus:

›Nach Jahrtausenden fand man in einer
ägyptischen Grabkammer
menschliche Fußspuren auf dem Boden.
Jemand, den wir nicht kennen und der auch
niemals etwas von uns wissen wird.
Weltepoche – eine Zeile in einem Buch.
Ein unbekannter Studierender der Zukunft,
vielleicht in der Bibliothek eines anderen Planeten,
wird diese Zeilen lesen,
ohne zu wissen, wer wir waren.‹«

Eine kurze Stille folgte. Amadeo griff nach der Flasche und wollte mein Glas füllen. Ich legte rasch die Hand darauf.

»Nein, nicht zuviel Wein, Amadeo! Mir dreht sich jetzt schon der Kopf«

»Klare Sache, du brauchst mehr!«

Wir lachten beide, er auf eine so nachhaltige Art, daß ich mein Herz in der Brust klopfen hörte. Ich starrte ihn an, völlig versunken in der Wahrnehmung seiner Gegenwart. Wieder spürte ich in mir diese leichte heiße Flamme, aufflackernd und pulsierend, diesmal so stark, daß ich kurz den Atem anhielt. Mir wurde vor Verlangen fast übel. Amadeo brauchte mich nur anzusehen, und wußte alles. Er war genauso erschüttert wie ich. Feinfühlig, wie er war, würde Manuel unsere Gefühlsregung nicht entgehen. Doch er schaute nur auf seine schmale braune Hand und schwieg.

Ein paar *Gardians* standen auf und verabschiedeten sich; Jean, wortkarg und beleidigt, ging mit ihnen, während sich Constantin mit lautem Dröhnen die Nase schneuzte. Amadeo füllte Manuels Glas.

»Wir wollen ja den Rummelplatz der Utopien nicht vorzeitig verlassen, oder?«

»Nein. Wir müssen nur gewisse Dinge erkennen.«

»Meinst du die Dinge, die anscheinend nichts daran hindern kann, ewig zu dauern?«

Manuel schmunzelte.

»Auf alle Fälle mehr als zwei Jahrtausende. Genau die meine ich.«

Ich sah ein Lächeln in Amadeos dunklen Augen aufsteigen und dort verharren.

»Weißt du, warum mir die Farbe Schwarz gefällt? Sie ist für mich die Farbe des Ursprungs. Das ganz helle Licht – wenn es völlig weiß leuchtet – hat einen schwarzen Kern. Das ist etwas, das viele nicht wissen. Schwarz ist nur im Christentum ein Zeichen von Trauer. In Wirklichkeit ist Schwarz die Farbe der Fruchtbarkeit, der mütterlichen Erde, der regenschweren Wolken. Die schwarze Sara? Dienerin der Christinnen? Dummes Zeug! Ihr Name kommt aus dem Hebräischen und bedeutet ›Prinzessin‹. Sie stellt den alten Glauben dar, das dunkel Chaotische, das niemals besiegt werden kann. Nein, die schwarze Sara ist keine Heilige; sie ist die Göttin. Sie ist Isis, Demeter und Kybele, die Wurzel der Erde. Das Tor, durch das alle Wunder hervortreten. Wer ihren Mund küßt, ehrt die Erdmutter, die uns das Leben schenkt, die wir zerstören und verwüsten, bis sie eines Tages die Schnauze voll hat und sich mit Katastrophen rächt. Um so besser! Wir Idioten verdienen ja nichts anderes.«

Manuel nickte vor sich hin.

»Wir in Mexiko sagen: Die Menschen haben das Leben der Tiere und Pflanzen vernichtet, und eines Tages wird auch der Mensch nicht mehr da sein. Nur die Erde wird immer bestehen.«

Lola stellte einen Brotkorb auf den Tisch und setzte sich, etwas atemlos.

»Du bist kein Mann, der in einem Büro arbeitet.«

Manuel schüttelte lächelnd den Kopf.

»Nein. Ich bin Töpfer.«

»Ach«, sagte Lola langsam, »du arbeitest mit der Erde. Und wenn du zu ihr sprichst, antwortet sie dann?«

Ja, natürlich«, sagte Manuel. »Sie denkt nach, sie spricht, sie hat eine Seele. Sie ist stärker als wir. Sie ist der Bauch der Mutter.«

Lola und Amadeo tauschten einen schnellen Blick. Amadeo fuhr sich leicht mit der Zunge über die Lippen. Lola beugte sich vor. Der Frühlingsduft ihres Puders wehte über den Tisch. Jetzt, im Sitzen, waren ihre Augen fast auf gleicher Höhe mit Manuels Gesicht. Die gewölbten schmalen Brauen hoben sich. »Mein Sohn, woher kennst du diesen Ausdruck? Woher weißt du, daß wir die Erde den Bauch der Mutter nennen?«

Sie sah ihm abwartend in die Augen. Manuel lachte fast kindlich.

»Wir Indianer aber doch auch! Die Erde zu berühren heißt für uns, Gott zu berühren.«

Lola wandte sich lebhaft Amadeo zu. Ihre Stimme wurde weich.

»*Dicave!* – Sieh nur! Er denkt wie wir!«

Manuel blinzelte wie ein Schuljunge.

»Wir sind sehr fortschrittlich, Señora.«

Amadeo trank einen Schluck, mit abwesender Miene. Sein Blick war in die Ferne gerichtet. Schließlich sagte er:

»Wenn wir auf Tournee sind, spielen wir meistens in den Städten. Da spüren wir kaum noch die richtige Erde unter den Füßen und sehen auch keine Pflanzen wachsen, außer in Blumentöpfen. Hier gehe ich nachts durch die Dünen und spüre, wie die Erde sich mit den Sternen dreht. Ich bin ein Mensch, der die Dunkelheit liebt.«

»Und was sonst noch?« fragte Manuel mit leichtem Lächeln.

Um ihn anzusehen, stützte Amadeo den Ellbogen auf den Tisch.

»Die Pferde«, sagte er gedehnt. »Und den Zirkus. Und eine Frau.«

Sein Blick verließ Manuels Gesicht, verschränkte sich mit meinem, senkte sich dann etwas tiefer. Ein musselinweicher Schauer überlief mich; meine Brüste strafften sich unter dem T-Shirt, wurden an den Spitzen hart. Diese Sonne leuchtete durch die Jalousien, und da die beiden Fenster, zwischen denen der Tisch stand, ihre Strahlen über Kreuz warfen, machte das Licht den Stoff durchsichtig; Achselhöhlen und Brustwarzen traten deutlich hervor, und das Zwerchfell folgte den Bewegungen meines Atems. Ein seltsam triumphierender Blick schimmerte in Amadeos Augen. Der Anflug eines Lächelns stahl sich bis zu seinen hohen Backenknochen hinauf Ich starrte zurück, während meine Haut am ganzen Körper klamm wurde.

Manuel konnte nicht ein Wimpernzucken von diesem Gespräch

der Blicke entgangen sein; aber sein Gesicht verriet nicht, welche Gefühle das Spiel in ihm weckte. Er schaute ein bißchen versonnen; Amadeos Anspielung, so deutlich sie auch gewesen war, schien über ihn hinwegzugleiten, wie Wasser über das Gefieder einer Ente. Es wirkte fast wie Begriffsstutzigkeit. Doch ich kannte ihn gut und ließ mich nicht täuschen.

Nach einer Weile sagte er:

»Führst du schon lange dieses Leben?«

Die Frage war an Amadeo gerichtet, dessen Augen kühl zu ihm herüberblitzten.

»Es gibt kein anderes für mich.«

»Hattest du keine glückliche Kindheit?«

Ich hielt kurz den Atem an. Doch Amadeo kräuselte nur die Lippen.

»Meine Kindheit war ein Friedhof. Und wie steht es mit dir?«

Manuel nickte langsam und nachdenklich.

»Doch, ich kann sagen, daß ich eine glückliche Kindheit hatte. Das hilft.«

»Hilft das wirklich?«

Amadeos Stimme klang höhnisch.

»Ich nehme an, ja«, antwortete Manuel. »Wenn uns eine Landschaft vertraut ist, fürchten wir uns nicht, die Welt zu erkunden.«

»Man kann auch die Landschaft zerstören«, sagte Amadeo. »Und sich erst dann auf den Weg machen.«

Manuel nickte. Beide sahen einander ins Gesicht.

»Sicher. Das ist die eine Art, ans Ziel zu kommen: durch den Schmerz.«

Amadeo hob spöttisch die Brauen.

»Eine unbequeme Art, muß ich zugeben. Und was wäre die andere?«

»Durch die Freude«, sagte Manuel.

»Glaubst du, daß man auf beiden Wegen sein Ziel erreicht?«

»Das hängt von uns selber ab. Der Weg entsteht nur dadurch, daß wir ihn durchschreiten.«

»Wer also hat das bessere Los getroffen?«

»Jener, der das Bessere daraus macht. Wir können wählen.«

»Nach unserem Herzen oder nach unserer Vernunft?«

»Wie in allen Dingen, nach beiden.«

Ich mischte mich nicht ein; ich hörte nur aufmerksam zu. Ihr Gedankenaustausch klang unbefangen und offen, aber dahinter war ein subtiles, unerbittliches Abschätzen der Kräfte. Beide trugen einen Kampf aus: einen Kampf der Energien, der sie unmerklich in ihren Bann zog. Amadeo war ein Zeitzünder, darauf eingestellt, in einem bestimmten Augenblick alles in die Luft zu jagen. Manuel saß locker, täuschend arglos da. Er war nie in Verteidigungsbereitschaft, denn er hatte nichts zu verteidigen. Er würde auch nie versuchen, Amadeo absichtlich zu provozieren; seine Gelassenheit kam aus Weisheit und Geduld. Und dadurch entschärfte er die Spannung, die durch diese Begegnung hatte aufkommen können. Immerhin erkannte ihn Amadeo als wesensgleich und behandelte ihn mit Rücksicht.

Einige Männer saßen noch am Tisch, tranken Wein und unterhielten sich, wobei ihr südfranzösischer Dialekt mit den Redewendungen der *Boumians* vermischt war, so daß ein Fremder sie kaum verstehen konnte. Das Gespräch, mit Flüchen und deftigen Scherzworten gespickt, drehte sich vorwiegend um die Arbeit auf dem Gut. Doch die Männer sprachen auch von Abholzung und Waldbrandgefahr, von der Rücksichtslosigkeit der Touristen im Naturschutzgebiet, die die Vögel während der Brutzeit störten. Sie sprachen von der Verschmutzung des Grundwassers, von der Schädlingsbekämpfung, die nichts nützte, weil die Insekten gegen Chemikalien immun geworden waren; von den Sümpfen und Seen, die als Schuttabladeplätze für giftige chemische Abfälle genutzt wurden. Ich lauschte aufmerksam, erschüttert über das, was sie sagten, und gleichsam glücklich darüber, daß ich bei ihnen war. Meine Augen wanderten von einem Sprecher zum anderen. Amadeo sah mich an, und ich lächelte ihm flüchtig zu, um ihm zu zeigen, wie wohl ich mich fühlte. Er lächelte unmerklich zurück.

Als plötzlich Stille eintrat, legte mir Lola ihre kleine Hand auf den Arm.

»Wie findest du ihn?«

Sie deutete mit knapper Kinnbewegung auf Amadeo. Ich warf ihm einen Seitenblick zu. Das sinkende Sonnenlicht, gemischt mit dem

Rauch, schien tiefe Linien in sein Gesicht zu graben. Erst jetzt merkte ich, wie mager er geworden war. Magerer als im Frühling, bei seinem letzten Aufenthalt in Paris. Ich legte meine Schläfe an Lolas Schläfe.

»Ich glaube, er macht sich Sorgen.«

Sie seufzte. »Ja. Quasimodo.«

Ich löste mich sanft von ihr. Ein feiner, stechender Schmerz stieg in mir auf. Meine Antwort kam erst, als wir beide einen langen Blick getauscht hatten. Ich merkte, daß meine Stimme zitterte.

»Was ist mit ihm, Lola?«

In den schwarz umrandeten Augen schwamm Traurigkeit.

»Er hat zu lange gelebt, Pitchounette. Die Kraft zieht sich aus ihm zurück, wie Saft aus einem verdorrten Baum. Es ist nichts zu machen. Aber Amadeo will es nicht einsehen.«

»Kann Wassilio nicht etwas tun?« sagte ich, flüsternd und verzweifelt.

»Wassilio hat getan, was er konnte. Er sagt, die Zeit ist abgelaufen. Das gilt für jedes Lebewesen, Mensch oder Tier. Und das Pferd soll nicht mehr umsonst leiden. Aber Amadeo stellt sich taub. Und wenn Amadeo in diesem Zustand ist, rennt er mit dem Kopf vor die Wand. Du weißt, Pitchounette, daß ich es wörtlich meine.«

Ich sah gequält auf ihren Mund. Lola schien irgendwelche Worte lautlos zu formen. Doch ich verstand genau, was sie sagte. Ich wandte den Kopf weg; ich konnte kaum atmen, so groß war der Schmerz. Mit zitternder Brust zog ich Luft ein. »Es ist gut, daß du da bist«, fuhr Lola eindringlich fort. »Du bist die einzige, die ihn zur Vernunft bringen kann.«

Hinter meinen Augen wurde eine seltsam brennende Hitze fühlbar. »Quasimodo lebt ewig.«

Lolas Augen funkelten mich an.

»Du bist eine Frau«, sagte sie scharf. »Sei keine Närrin.«

Stimmen und Geräusche erfüllten den Raum; die Wirklichkeit schnellte zurück. Die *Gardians* schoben ihre Stühle zurück, stapften zur Tür. Constantin drückte seine Zigarre aus; Rauch quoll aus seinen geblähten Nüstern.

»Kommst du auch zum Fest?« fragte Amadeo.

Der *Baile* setzte bedächtig seinen Hut auf. »Gleich. Will nur noch mal kurz nach den Tieren sehen.« Das tat er jeden Abend. Nichts entging seinem wachsamen Blick: ob ein Tier verletzt war oder fehlte, ob ein Eisen sich von den Hufen gelöst hatte. Er sah nach, ob alle Zäune geschlossen waren, damit die Pferde sich nicht im »Zwischenland« verirrten, in dieser öden Gegend zwischen Meer und Salztümpeln, wo sie kein Trinkwasser fanden. Erst wenn er sich vergewissert hatte, daß die Pferde glücklich und zufrieden waren, holte er seinen Wagen und fuhr nach Hause. Seine breite Gestalt verdunkelte kurz das helle Rechteck der Tür; draußen schwang er sich auf sein Pferd, das Getrappel der Hufe entfernte sich. Lola räumte den Tisch ab, verschwand in der Küche. Manuel sagte, er wolle etwas aus dem Wagen holen, und ging ebenfalls hinaus. Ich folgte ihm mit den Augen, bevor ich mich Amadeo zuwandte. Sekundenlang starrten wir uns an, wie gelähmt; es war plötzlich sehr still im Raum. Und in dieser Stille streckte er die Arme nach mir aus, und ich warf mich an seine Brust. Ein paar Atemzüge lang saßen wir Wange an Wange, wiegten uns leicht vor und zurück, die Augen halb geschlossen.

»Herzblume, was erhoffst du dir von dieser Sache?«

Ich rieb meine Lippen an seine, zuerst sanft, dann immer heftiger. Ich schmeckte seinen Geruch nach Holzkohle, Wein und süßem Tabak. Ich trank mich voll mit diesem Geschmack; von fern her wehte meine Kindheit zu mir zurück, mit der alten Sehnsucht, der alten Verzückung.

»Ich weiß es nicht, Amadeo. Irgendwas. Ich bin vollkommen durcheinander.«

Er riß mich mit wilder, unbeherrschter Trunkenheit an sich.

»Du hast mich zu wörtlich genommen.«

»Ich habe das immer ein bißchen dumm gefunden.«

»Wenn die Trauben reif sind, muß man sie essen«, knurrte er.

»Es war Zufall. Ich habe ihn in Griechenland kennengelernt.«

Er begann mich zu küssen. Sein heißer Atem strich mir über Nacken und Gesicht. Seine Nasenflügel bebten, seine Pupillen zogen sich wie zwei schwarze Punkte zusammen. Ich erwiderte seine Küsse mit Bissen, die ihn zur Raserei trieben. Er zerrte mein T-Shirt aus dem Gürtel. Seine Hände drangen unter den Stoff, schlossen sich um meine Brüste. Ein glühender Schock fuhr mir bis in den Rücken. Ich packte seine Handgelenke, rieb kreisend seine Handflächen auf meiner Haut.

»Liebst du ihn, Herzblume?« preßte er hervor.

»Wenn du mich schon so fragst, ja.«

»Hast du ihm zumindest unsere Spielregeln beigebracht?«

»Ich habe mein Möglichstes getan.«

»Wird er sie einhalten?«

Das Ziehen in den Brustwarzen wurde unerträglich. Ich seufzte vor Verlangen.

»Ich kann es nicht sagen. Du und ich, wir sind abgebrüht. Er nicht.«

»Und er, bildet er sich ein, daß er dich liebt?«

»Er bildet sich überhaupt nichts ein.«

»Er ist ein Idiot.«

»Nein, das ist er nicht. Sei nicht ungerecht, Amadeo.«

»Ich werde nicht vor der Tür stehen«, zischte er, »während du mit ihm schläfst.«

Er zerrte das zerknitterte T-Shirt über meinen Kopf, warf es auf den Tisch. Ich bog den nackten Oberkörper zurück. Meine Brustwarzen waren hart wie dunkelrote Beeren. Er trieb sie mit den Fingern zur vollen Größe heraus, rieb seinen Mund an den aufgerichteten Spitzen, umschloß sie ganz mit den Lippen und biß hinein, zuerst leicht, dann stärker, bis zur Grenze zwischen Lust und Schmerz. Später würde er diese Grenze überschreiten, weil ich es von ihm verlangen würde. Er würde alles tun – alles, was ich wollte. Meine Finger krallten sich fester in sein Haar. Stöhnend warf ich den Kopf hin und her.

»Sieh mich an!« keuchte er.

Ich sah ihn an. Er bedeckte meine Brüste mit beiden Händen, nur die Warzen waren sichtbar zwischen den langen dunklen Fingern.

»Würdest du ihn aufgeben, wenn ich es verlangen würde?«

Ich stammelte:

»Würdest du es verlangen?«

Er starrte zu mir empor, mit wild flackernden Augen.

»Nur, wenn du es willst.«

»Ich will dich, Amadeo.«

Er setzte sich hoch, hob mich auf seine Knie. Ich warf beide Arme um seinen Hals. »Ich will dich in mir, Amadeo. Ohne Gummi, verdammt noch mal!«

Sein Atem flog.

»Ich schlafe nur mit Coralie ... seit fast zwei Jahren. Ich glaube, ich kann es verantworten.«

»Coralie ... wo ist sie?«

»Auf dem Fest«, flüsterte er. »Sie weiß, daß du kommst. Ich habe ihr klargemacht, wie es mit uns steht. Ein für allemal!«

»Du kannst verdammt brutal sein, Amadeo.«

»Mach dir nicht die Mühe, es mir zu sagen, Herzblume.« Er öffnete die Lippen; ich hielt seine Zunge fest, saugte an ihr, zog sie tief in meinen Mund ein. Was wir empfanden, weitete sich aus, wuchs zu einer unerträglichen Spannung des ganzen Körpers. Atemlos knöpfte ich sein Hemd auf, drückte mein Gesicht an seine Brust, scheuerte seine Haut an meinen Nägeln und Zähnen wund. Er suchte den Schmerz, rieb und preßte sich an mich, bis sich die ersten roten Striemen zeigten. Dann packte er meine Hand, führte sie zu seinem Gürtel. Ich öffnete die Schnalle, zog den Reißverschluß seiner Jeans auf, umfaßte sein hartes, glühendes Geschlecht. Er lachte leise, während er meine Schenkel umfaßte, mich fester an sich heranschob.

»Hier?« flüsterte ich.

»Komm!« sagte er.

Er zog den Reißverschluß meiner Hose auf; seine Hände wanderten über meinen Bauch, suchten sich den Weg zwischen meinen Schenkeln.

»Hast du was drunter an?«

»Nicht viel ...«

Ich hob ihm die Hüften entgegen, öffnete die Schenkel noch weiter; er streichelte die straffe, deutliche Schwellung unter dem feuchten Stoff.

»Ich weiß doch, Herzblume, du kannst nicht länger warten.« Ich stieß einen leichten Klagelaut aus, als er den Slip beiseite schob, mit zwei Fingern meine Schamlippen teilte. Stöhnend drängte ich meinen Körper nach unten, bis die Finger tief in mich eingedrungen waren, schlug die Schenkel über seiner gefangenen Hand fest zusammen. Wärme ließ mich aufbrechen wie eine Frucht; mein Herz schlug dort, wo seine Finger langsam kreisten.

Irgendwo – außerhalb von uns – wurde ein Geräusch hörbar; wir merkten an der Färbung des Lichtes, daß die Haustür offenstand. Amadeo zuckte leicht zusammen. Er blickte an mir vorbei, einen Arm um meinen nackten Rücken gelegt. Träge, fast gleichgültig wandte ich den Kopf in die gleiche Richtung, sah Manuel an der Tür stehen, mit ausdruckslosem Gesicht. Amadeo stieß zischend die Luft aus.

»Bist du bereit, das zu ertragen?«

Die Frage wurde Manuel zugefaucht, während sich seine Finger in mir krümmten und nahezu festkrallten. Aber ich glaubte nicht, daß er merkte, wie weh er mir tat, und auch nicht, wie dieser plötzliche Schmerz meine Lust noch steigerte.

»Es ist nicht leicht«, sagte Manuel kehlig.

»Nicht leicht? Der Beng – der Teufel – soll mich holen!« Amadeo warf den Kopf in den Nacken, von wütendem Lachen geschüttelt. »Du hast verdammt recht! Und das ist erst das Vorspiel.«

Ohne die Augen von Manuel zu lassen, zog er die nassen Finger aus mir heraus, steckte sie in seinen Mund. Ich lehnte das Gesicht an seine Schulter, zitternd noch vor Ekstase, mit pulsierendem Unterleib. Amadeo ließ ein paar Atemzüge verstreichen, nahm die Finger aus seinem Mund heraus, legte sie auf meinen. Ich öffnete die Lippen; meine Zunge glitt hin und her, holte sich von seinen Fingern den Geschmack nach Meermuschel, den Geruch meiner eigenen Lust. Amadeo lächelte nun, hart und herausfordernd.

»Alles klar? Oder willst du noch mehr sehen?«

Manuel stand still; seine Arme hingen unbeweglich herab.

»Das hängt von ihr ab«, sagte er knapp.

Amadeo lachte kurz auf; ich spürte die Resonanz seines Lachens in meinem Brustkorb.

»Sie ist jetzt mit mir beschäftigt. Aber du kannst zusehen, wenn du willst. Wir sind nicht im geringsten geniert.«

Der Gesichtsausdruck Manuels veränderte sich kaum merklich,

und doch zeigten seine klaren, sonnengebräunten Züge, wenn auch keinen Zorn, so doch eine eigentümliche Kraft und Beharrlichkeit.

»Halt die Schnauze, Amadeo. Du bist nicht gefragt.«

Endlich geriet ich aus dem Trancezustand heraus, in den eine bis zum Äußersten getriebene Anspannung mich getrieben hatte. Ich fühlte mich plötzlich sehr müde. Mir war, als sei ein Teil meiner selbst von mir abgelöst und schwebe weg. Leise sagte ich:

»Hab Geduld mit uns, Manuel.«

Er lächelte mit großer Zärtlichkeit. »Ich habe Geduld, Ariana.«

Amadeo kniff die Augen zusammen.

»Ist es dir etwas wert – für dich persönlich?« fragte er Manuel mit einem lauernden Verdruß in der Stimme.

Manuel sagte schnell und ziemlich heftig:

»Du mußt nicht glauben, daß sie mich dazu überredet hat zu kommen.«

»Was soll ich denn sonst glauben?«

»Glaube, was du willst. Aber es war mein eigener Entschluß.«

»Findest du ihn nach wie vor klug?«

»Ich habe mir schon gedacht, daß es so sein könnte.«

»Ach, das hast du dir gedacht?«

Amadeos Stimme war beißender Hohn.

»Dann bist du vielleicht auch der Meinung, daß ich in Ariana verliebt bin?«

Er antwortete gelassen:

»Dieser Meinung bin ich nicht.«

Amadeo hörte auf zu lachen und zog die Nase kraus.

»Nein? Was denkst du dir dann eigentlich dabei?«

Eine kurze Stille trat ein, bevor Manuel langsam den Kopf schüttelte.

»Nein, sie ist dein Leben.«

Ein Funke glomm in Amadeos Augen auf; sein Blick wich keine Sekunde von Manuels Blick. Sein Gesicht war plötzlich dunkelrot geworden. Stumm richtete ich mich auf, griff nach meinem T-Shirt und zog es über den Kopf. Ich schloß den Reißverschluß meiner Hose und brachte mein Haar mit den Fingern in Ordnung. Amadeo erhob sich ebenfalls; die Lederfransen seiner Beinschützer schlugen an seine Schenkel. Er knöpfte seine Jeans zu, ebenso langsam wie aufreizend, als würde er sie öffnen, zog die Gürtelschnalle straff an. Sein dunkles Gesicht glänzte vor Schweiß; es war von außerordentlicher Schönheit.

»Gehen wir zum Fest«, sagte er.

35. Kapitel

Die kurze Strecke legten wir in Amadeos Landrover zurück. Ich saß neben ihm, während Manuel und Lola auf dem Hintersitz Platz genommen hatten. Eine Weile fuhren wir den »Roubine« entlang. Der Himmel war saphirblau, vom Rand her rot gefärbt; lange purpurne Flammen wechselten langsam Form und Farbe. Die Sonne glich einem brennenden Busch, in dessen Kern ein unentwegtes Flattern pulsierte. Plötzlich erschien auf der anderen Seite des Kanals ein langer Fries schwarzer Stiere. Gemächlich schnitten sie durch die Gräser, schwarzen, wandernden Felsblöcken ähnlich. Wie Fische aus Perlmutt tauchten die geschwungenen Hörner daraus hervor. Im Glanz des Abendrots schritten sie am Wasser entlang, von ihrem Spiegelbild begleitet. Es war ein Augenblick der Ruhe, des Innehaltens, bevor die Nacht ihre schwarzen Flügel über die Sümpfe senkte. Durch das offene Fenster wehte der Wind mit dem Geruch der heimkehrenden Herde. Mückenschwärme tanzten im Licht. Eine Fledermaus schwirrte in wirren Kreisen über das Schilf. Ich atmete bedrückt: Auch das waren Bilder von früher, aus der fernen Jugend, dem Abgrund der Jahre aufgetaucht; verschwommene Spiegelbilder nur, wie die Schatten der Stiere im Wasser.

Amadeo fuhr viel zu schnell; stumpfsinnig überließ ich mich den rumpelnden Stößen. Im Dämmerlicht betrachtete ich sein hartes Profil, seine zusammengepreßten Lippen. Er mußte spüren, daß ich ihn beobachtete, wandte schnell den Kopf, das Gelände außer acht lassend. Unsere Blicke trafen sich; in seinem standen Wut und Qual. Unsere Verknüpfung war ein Brandmal in unserem Herzen, war Teil unserer Gedanken und Taten. Ohne die Liebe füreinander war unser

Leben tot, leer, ohne Sinn. Und jetzt war Manuel da. Manuel mit seiner Heiterkeit, seiner sanften Art; und gleichzeitig der einzige Mensch, der uns verstand. Aber für Amadeo war das zuviel auf einmal. Ein Gleichgewicht war gestört; das machte ihn rasend. Lola spürte dieses undefinierbare Fluidum, diese Art von Trübung der Atmosphäre, durch die ein Außenstehender errät, daß ein heimlicher Mißklang Menschen auf die Probe stellt. Sie sprach lebhaft mit Manuel, erzählte ihm von dem Fest, als ob sie ihn auf andere Gedanken bringen wollte. Ihre Stimmen tönten abgehackt durch den Lärm des fahrenden Wagens.

»Wir feiern zwei Feste im Jahr: die kleine und die große Wallfahrt. Die große Wallfahrt ist am 24. Mai. Da wird die Schwarze Sara auf eine Tragbahre gehoben, die wir auf unseren Schultern ins Meer tragen. Du solltest dieses Fest mal erleben, *Hijo.*«

»Im Mai haben wir uns kennengelernt«, erwiderte Manuel.

»Vielleicht kommst du im nächsten Jahr wieder?«

»*Quien sabe?*« meinte Manuel.

»Man kann sich solche Dinge auch wünschen», fuhr Lola fort. »Wassilio sagt, man muß nur die richtigen Lieder kennen.«

»Man kann sich nicht vorstellen, wie das wirkt, solange man es nie gemacht hat.«

Manuels Stimme klang belustigt. Lolas helles Lachen übertönte das Dröhnen des Motors.

»Ach, ich sehe schon, du machst das auch.«

»Ich bin noch jung, Señora.«

»Das macht nichts, *Hijo.* Du verstehst viele Dinge.«

Ohne die Augen von der Straße zu wenden, sagte Amadeo:

»Heute nacht schläfst du mit mir, Herzblume.«

Er führte das Lenkrad mit einer Hand, mit der anderen packte er meine. Ich preßte und rieb sie zwischen meinen Schenkeln, bohrte meine Nägel in seinen Handrücken. Ich hörte, wie er mit den Zähnen knirschte.

Hinter der schwarzen Linie des Dammes zog sich die Sonne zu einer purpurnen Kugel zusammen, ließ sich flimmernd in goldene Meerestiefen gleiten. Schon kam die Ortschaft in Sicht. Die kleine Kathedrale, von Scheinwerfern angestrahlt, zeichnete sich wie ein

Bühnenbild am schwarzen Himmel ab, und die hohen Steinbögen warfen tiefe, geheimnisvolle Schatten. Die Straßen waren schwarz vor Menschen. Amadeos Landrover bahnte sich mühsam einen Weg durch die Menge; doch bald wurde es unmöglich, weiterzufahren. Amadeo fuhr in einen Seitenweg; gerade wurde ein Platz zwischen zwei Lieferwagen frei. Amadeo schob seinen Landrover in die Lücke. Wir stiegen aus und gingen zu Fuß durch das lärmende Gedränge. Straßenmusikanten spielten alle möglichen Instrumente, von der Gitarre bis zur Geige, von der keltischen Harfe bis zur Drehorgel. Rufe und Gelächter mischten sich mit der Musik, und überall knatterten Knallfrösche.

Wenn auch die Menge zum Großteil aus Einheimischen und Touristen bestand, so waren es doch die Romanos, die das Straßenbild beherrschten. Die Frauen trugen lange Kleider in knalligen Farben, Glitter und Glitzer von Kopf bis Fuß. Andere waren in der andalusischen Tracht erschienen: wirbelnde Röcke mit Falben, bestickte Schultertücher. Ihr Haar war mit Kämmen und Blumen geschmückt, rote Nelken und Jasminblüten. Sie rauchten Zigarren oder Zigaretten. Goldene Ketten, Ohrringe und Armreifen glitzerten auf der sonnengebräunten Haut. Einige junge Frauen zeigten sich in Hosenanzügen, braun und schwarz gestreift, dazu in spitzen Reitstiefeln und mit einem Filzhut mit breitem Kinnband. Ältere Männer bevorzugten Anzüge mit Hosenträgern und breitkrempige Hüte. Bunte Tücher waren um ihren Hals geschlungen, und einige trugen eine Zigarette hinter dem Ohr. Die Jungen, einige gertenschlank und bildschön, gaben sich betont »trendy«, mit einer Vorliebe für hautenge Jeans und schrille Farben. Die jungen Mädchen hatten außer dem unbestreitbaren Chic etwas Anrüchiges an sich – eine irreführende Wirkung, die von jeder hübschen Romnia, die sich modisch kleidet, auszugehen scheint. Denn die meisten dieser Mädchen bleiben sittsam und unberührt bis zu ihrer Verlobung, von den Müttern und der Sippe mit Argusaugen bewacht.

Lola war plötzlich nicht mehr da: Ein paar Frauen, die sie kannten, hatten sie in ihren Kreis gezogen, küßten und umarmten sie. Sie hielten Lola fest, die zu fallen drohte, umringten sie mit Freudenrufen und flatternden Händen, ihre bunten Röcke wie Glocken um sich schwingend. Die Schminke und das Gelächter, das aufdringliche Glitzern bildeten nur den äußeren Schein. Unter der Oberfläche bewegten sich andere Dinge. Diese Menschen, kam mir plötzlich der Gedanke, waren schon fast keine Einzelindividuen mehr, sondern Naturwesen. Jede geheime Sorge oder Angst wurde sinnlos vor der Offenheit ihrer kindlichen Gesten, ihrer unbefangenen Gefühle. Man müßte es so weit bringen wie die Romanos, dachte ich: seine Seele empfinden, mit ihr träumen können. Zweimal im Jahr kamen sie von weither in diese Ortschaft am Meer, hielten eine Verbindung aufrecht, die so alt war wie ihr Volk, dessen Alter man nicht kannte. Und ein altes Volk hat mehr Stolz als ein junges. Auch wenn die Romanos diesem Stolz keinen Namen geben konnten, ihr Blut jedenfalls wußte darum. Weder Armut noch Geringschätzung hatten jemals ihre Würde zerstört. Sie fühlten sich nicht hilflos, waren mitunter verschlagen, aber niemals unterwürfig. Sie trugen Hochmut in sich, seit Jahrhunderten. Hochmut gegen die Kleinbürger, die sie mißachteten, Hochmut gegen die Priester, die sie mit Bannflüchen belegten. Hochmut auch gegen Sozialbehörden. Tausend Demütigungen wurden zerrieben wie Korn zwischen den Mühlsteinen dieses Hochmutes. Doch heute war das Fest der Göttin, ein Spiel des Herzens. Selbst die Geldgierigsten und Durchtriebensten unter ihnen ließen es zu, daß eine naive Feierlichkeit sie gefangennahm. Der Widerschein des uralten Glaubens spiegelte sich auf ihren Gesichtern, wie das Glühen eines verlöschenden Lagerfeuers. Es war eine Identifizierung. Manuel sagte plötzlich:

»Viele irren ziellos umher und suchen nach Wurzeln und Dingen, die ihrem Leben einen Sinn geben könnten. Diese Menschen nicht; sie sind grundlos glücklich. Wissen sie eigentlich, daß sie in zwei Welten leben? Ich nehme an, sie wissen es nicht.«

Amadeo zuckte die Schultern.

»Sie leben in ihrer eigenen Welt, weil die Welt da draußen sie nicht haben will. Beide Welten sind unvereinbar. Aber es gibt Orte, an denen die Schleier nur dünn sind.«

»Dann gehen sie über die Schwelle«, sagte Manuel. »Und finden das Labyrinth.«

»Manche kriechen auf den Knien hinein«, murmelte Amadeo.

»Was macht das schon aus?«

Auf Amadeos Gesicht zeichnete sich stets eine widersprüchliche Stimmung ab, wenn er mit Manuel sprach, als wäre die seltsam sinnliche, hinreißende und fast schmerzende Verkettung, die beide füreinander empfanden, etwas Tiefes und Beunruhigendes, das nur in seiner Vorstellungswelt existierte und das er sich weigerte wahrzunehmen.

Wir haben dich in eine schöne Klemme gebracht, Amadeo, oder? Entweder du gehst über die Schwelle, oder du wirst Qualen erdulden. Und was ist mit mir? Ich gehe voraus und halte den Faden. Mehr kann ich nicht tun.

Die Schatten in den Straßen waren finster; die Gesichter beider Männer sah ich nur in Umrissen.

Amadeo legte mir die Hand in den Nacken; ich rieb meinen Hinterkopf an seinem Nacken hin und her. Ich begehrte ihn so, daß ich kaum noch stehen konnte. Er merkte es im gleichen Atemzug. Seine Finger gruben sich in mein Haar.

»Wovon spricht der eigentlich?« knurrte er.

»Vom Labyrinth«, flüsterte ich.

Amadeos Finger spreizten sich, tasteten über meine Kopfhaut. Die Hitze stieg mir in die Wangen, in den Hals.

»Ach ja, das Labyrinth«, sagte er dumpf. »Ein Thema für das nächste Programm. Ich möchte einen Musiker finden, der das vertont. Es müßte ein Musiker sein, der um die Dissonanzen weiß, der den Rhythmus des Herzens einfängt, das Pulsieren des Blutes und die Urmacht des Geschlechts.«

»Wie willst du das auf eine einfache Formel bringen?« fragte Manuel.

»Man kann den Himmel öffnen«, sagte Amadeo, »wenn man weder erschrocken noch beschämt ist.«

Auf dem Vorplatz der Kathedrale staute sich die Menschenmenge. Die Luft war erfüllt vom Raunen unzähliger Stimmen, von Lärm und Musik. Das schwere Portal stand offen, Weihrauchschwaden quollen hervor wie hellblauer Nebel.

»Gehen wir hinein«, sagte ich.

Von der Menge geschoben, drängten wir uns durch das Portal,

über die hohe Schwelle hinwegsteigend. Stickige Luft schlug uns entgegen. Der Boden der Kirche war feucht und glitschig von Wachsflecken, Sand, zertretenen Blumen und Blättern. In den Gängen drängten sich die Romanos, fast alle mit einer brennenden Kerze in der Hand. Sie knieten auf den Bänken oder beteten vor dem bemalten Reliquienkasten mit den Gebeinen der Heiligen, der an dicken Seilen an der Kirchendecke hing. Sie hoben sich auf die Zehenspitzen, mit ausgestreckten Armen, um den segenbringenden Reliquienkasten mit ihren Kerzen zu streifen. Die ganze Kirche war erfüllt vom Murmeln der Gebete.

»Jetzt steigen wir in das Labyrinth«, sagte Manuel, halb im Spaß, halb im Ernst.

»Nimm den Faden in die Hand«, erwiderte ich im gleichen Ton.

Amadeo lachte kurz und spöttisch auf

»Halt ihn fest, dann wird dir nichts geschehen. Verirrst du dich aber in den Schatzkammern, töten dich die Romanos.«

Wir konnten nicht mehr zurück; der Strom der Pilger riß uns mit sich, die Steinstufen abwärts. Rund um uns dehnte sich das alte Gewölbe, von Pfeilern getragen. Aus dem feuchten Boden stieg muffiger Geruch auf. Das Gedränge war beängstigend. Die Gesichter der Männer und Frauen waren naß vor Schweiß, sie schoben und stießen sich vorwärts, die Augen verzückt glänzend im tausendfachen Licht der Kerzen. Die Luft wurde wärmer. Die Krypta öffnete sich wie ein Brunnenschacht, von flackerndem Kerzenschein vergoldet. Langsam, aber beständig trug uns die Menge dem Steinaltar entgegen. Und obwohl sich Hunderte in der Krypta drängten, war jeder für sich allein in seiner Andacht, in sich selbst vertieft, hingegeben an die Gegenwart der Gottheit in seinem Inneren. Die Kerzen knisterten und tanzten im Luftzug: ein Kranz neugierig leuchtender Wesen, die sich mir entgegenneigten, mit mir spielen wollten. Ich lächelte die Flammen an: nicht jetzt, später vielleicht. Es würde zu sehr auffallen, die Menschen in ihrer Andacht stören.

Es war erstickend heiß; Schweiß brach uns aus allen Poren. Amadeo stand hinter mir, hielt mich mit beiden Armen umfaßt. Im Gedränge spürte ich sein hartes, heftiges Begehren an meinem Gesäß. Mit jedem Herzschlag drückte er sich fester an mich. Hitze durchflutete meinen Körper. Die Feuchte des Verlangens sammelte sich in meinem Mund an, mein Unterleib wurde weit und schwer, wie nach unten gezogen. Ich atmete schneller, mein Becken zuckte ein paarmal ruckartig und unkontrolliert. Ich warf einen Blick auf Manuel. Und als er mir das Gesicht zuwandte, wußte ich gleichzeitig zwei Dinge: daß ihm nichts davon entging, was Amadeo mit mir machte, und daß er mich mit gleicher Heftigkeit begehrte.

Er rückte näher an mich heran, schmiegte sein Gesicht in mein Haar. Seine Lippen fanden mein Ohr, dann meine Wange, dann meinen Mund. Seine Zunge glitt über meine Lippen, brachte sie dazu, sich für ihn zu öffnen, tauchte dann tief in meinen Mund. Mein ganzer Körper vibrierte vor Hitze. Amadeo stand hinter mir, meinen Blicken entzogen, ich spürte nur den Druck seiner Hüften, so daß ich nie wissen würde, welche Gefühle der Kuß, den Manuel mir gab, in ihm erwecken mochte; doch nun rieb er sich an mir, immer härter und fester, so daß ich unwillkürlich die Schenkel öffnete. Er hob mich leicht hoch, sein Atem plötzlich keuchend; ich spürte das Erschauern, das durch seinen ganzen Körper rieselte und das Gewicht, das plötzlich schwer auf meinen Schultern lastete. Und dann war es vorbei. Schwach wie eine Stoffpuppe hing ich in Amadeos Armen; und Manuel gab endlich meinen Mund frei. Ich öffnete die Augen, keuchte leise. Beide hielten mich umfaßt und schwiegen, als ob sie vermeiden wollten, das soeben Geschehene durch Worte zu gefährden. Gegen diese Verzauberung gab es keinen Widerstand mehr. Wir wollten uns nicht selbst betrügen. Nichts gab es, was nicht gesagt oder getan werden konnte.

Lolas Stimme, dicht neben uns, brach unvermittelt den Bann. Keiner von uns wußte, wie es ihr gelungen war, uns in dieser Menschenmenge einzuholen; und auch nicht, ob sie merkte, in welchem Zustand wir waren. Doch sie löste die Verzauberung, brachte uns in die Wirklichkeit zurück.

»Als ich noch Kind war«, erzählte Lola etwas atemlos, »stand die Krypta Tag und Nacht offen. Die Tradition erlaubte uns, zu Füßen der Schwarzen Sara die Nacht zu verbringen. Und in den Träumen, die sie uns schenkte, sahen wir die Zukunft.«

Der Augenblick der Verzückung war vorbei. Noch halb benommen, versuchten wir zu sprechen. Amadeo sagte kehlig:

»Das ist vorbei. Die Kirche wird abends geschlossen. Pfarrer, Polizei und Bürgermeister spielen eifrig Wachhund.«

Lola kicherte.

»Und freuen sich, wenn die Lovés – die Münzen – im Opferstock klingeln.«

»In Mexiko auch, genauso«, meinte Manuel. »Kirche und Staat haben ihren Glauben verloren und wollen, daß wir für den unsrigen zahlen.«

»Und gebt ihr ihnen das Geld?« fragte Amadeo.

»Wir sind reicher als sie«, sagte Manuel.

Amadeo zeigte sein Lächeln, aber ohne einen Anflug von Heiterkeit. Mein Blick wanderte hinauf zu der Statue auf ihrem steinernen Altar, dem wir uns, von der Menge geschoben, allmählich näherten. Die Schwarze Sara, schillernd in einer glühenden Aura, trug ein Gewand aus blauem Brokat; über ihre Stirn senkte sich ein Diadem aus kühlen, funkelnden Straßsteinen. Sie war über und über mit bestickten Taschentüchern, Seidenschals und Tüllschärpen bedeckt. Stoffe in allen Farben des Spektrums, dottergelb, perlrosa, jadegrün, türkisblau, mit Flitter behängt und mit Goldfäden durchwoben, aufschillernd im sanften Schimmer der Kerzen.

»Wer Sara ein Geschenk macht«, erklärte Lola, »weiß, daß sein Wunsch in Erfüllung geht.«

Die Vielfalt der Stoffschichten hatten die kleine Gestalt außergewöhnlich in die Breite gespannt; sie glich einer Riesenblüte, in dunklen Gewässern schwebend. Berührungen und Küsse hatten ihr Antlitz mit einer Patina überzogen. Es war, als ob das alte Holz einen eigenen schwachen Schimmer ausstrahlte; ihre Wangen- und Stirnumrisse leuchteten golden. Die Wölbung der kleinen Nase warf einen Schatten über die Lippen, die zu lächeln schienen, während die Pupillen in den gelblich verfärbten Augäpfeln ernst und melancholisch ins Leere starrten.

Männer und Frauen beugten das Knie, bevor sie das schwarze Antlitz küßten, Gesunde wie Tuberkulöse, Greise wie Säuglinge. Aus ihrer Huldigung sprach nichts Unterwürfiges; sie glich vielmehr jener innig-vertrauten Umarmung, mit der man eine geliebte Verwandte begrüßt. Die Masse der Pilger schob uns weiter, bis auch wir vor dem Altar standen. Lola zog ein lachsfarbenes Glitzertuch aus ihrem Blusenausschnitt, das sie mit leichten, behutsamen Gesten um den Hals der Statue legte. Dann küßte sie das schwarze Antlitz und schlug das Kreuzzeichen. Amadeo hielt den schmalen Blick auf die Holzfigur gerichtet. Seine Züge schimmerten ebenmäßig wie die der Statue und fast ebenso dunkel. Ein paar Atemzüge lang stand er vor ihr, mit erhobenem Kopf, der Göttin ruhig ins Angesicht schauend. Dann lächelte er ihr zu, sein langsames, aufreizendes Lächeln. Er beugte sich vor, drückte den Mund auf die goldenen Lippen und küßte sie, wie er auch die meinen küßte. Und auch Manuel und ich legten hintereinander unsere Wangen an das lebendige, nach Weihrauch duftende Holz, berührten diese Lippen, die, ihr Geheimnis bewahrend, es um so deutlicher verkündeten.

Hinter uns drängte ein dichtes Knäuel von Pilgern zum Altar. Dutzende von Männern und Frauen streckten gleichzeitig die Arme aus, um die Göttin zu berühren. Wir gingen weiter, gestoßen und halb erdrückt von der Menge, zwängten uns die enge, dunkle Treppe hoch. Frauen stolperten über ihre Röcke, rafften die Falten zusammen, wobei sie kicherten oder kleine Schreie ausstießen. Und dann waren wir wieder im flackernden Helldunkel der Kirche, immer noch berauscht von der dumpfen Luft, von den Farben und Gerüchen und von unseren eigenen Gefühlen, bis es plötzlich ruhiger um uns wurde und wir draußen standen, unter dem Sternenhimmel.

Die Menge umringte uns, drängte sich in die Kirche, flutete wieder hinaus. Wir traten zur Seite, atmeten tief die kühle Nachtluft ein. Kinder zündeten Knallfrösche an, sprangen fröhlich kreischend zurück. Jugendliche hatten einen Kreis gebildet, die Röcke der Mädchen wirbelten, die Burschen klatschten in die Hände. Eine Feuerwerkrakete stieg hoch in die Dunkelheit, zersprühte in einer glutroten Garbe. Vielfältige Funkenbündel standen sekundenlang am Himmel, bevor Tausende hellglühender Tropfen von der Höhe herabrieselten. Lola holte einen Taschenspiegel hervor, zeichnete mit dem Fettstift ihre Augenbrauen nach, ordnete ihren Schal und steckte ihre Blume am Ausschnitt fest.

»Gehen wir! Es ist schon spät. Alle sind schon beim Tanz. Hörst du die Gitarren, Pitchounette? Was machst du für ein Gesicht? Hast du Heimweh nach früher?«

Ich lächelte traurig.

»Ich mache mir das Leben schwer, Lola.«

Sie legte den Arm um mich, lächelte unendlich lieb.

»Sich das Leben schwermachen ist kein Leben. Das Leben ist schön. Los, ihr drei! Was steht ihr da herum wie müde Leute, statt zu feiern?«

»Hau ab, Lola, wir sind nicht in Stimmung dazu«, murmelte Amadeo. Sie hob ihre lebhaften Augen zu ihm empor, als richte sie eine Frage an ihn. Doch er wich ihrem Blick aus, schwieg verstockt.

»Ts, ts!« machte sie verärgert, schwenkte ungeschickt auf ihren hohen Absätzen herum und versetzte ihm, ohne zu zögern, einen Fußtritt.

»Das wird dich lehren, höflich zu den Alten zu sein. Schlaf mal wieder bei den Pferden, damit du dich auf bessere Manieren besinnst! Heute ist das Fest der Mutter. Schämst du dich nicht, deinen Gästen die Laune zu verderben?«

»Hör auf, wie eine Stute auszuschlagen«, zischte Amadeo. »Wer flickt deine Knochen, solange Wassilio nicht da ist?«

Doch er setzte sich in Bewegung; wir folgten ihm, an Gruppen von lachenden, singenden Menschen vorbei. Zwischen beiden Männern war ein hartes Schweigen aufgekommen. Keiner ließ auch nur ein Wort hören. Man hätte glauben können, sie verspürten Angst, einen Zauber zu brechen. In der Krypta – im Kern des Labyrinths – hatten wir einen Augenblick völliger Verzückung erfahren, ein gemeinsames Eintauchen in die warmen, dunklen Gewässer der Lust. Amadeos schamlose Unbekümmertheit hatte Manuels ruhiges Abwarten zerschlagen. Seine Stimmung, sein Verhalten hatten plötzlich eine andere Wendung genommen. Er, der sich bis dahin heiter und besonnen gezeigt hatte, wurde nach dieser Sache in der Krypta mit einem Schlag von einer Erregung gepackt, die fast an Wut grenzte. Ich blickte in sein Gesicht; es schien unbeteiligt, aber an seiner Unterlippe war ein leichtes Zucken wahrzunehmen. Ich selber bemerkte, daß mir die Beine zitterten, und versuchte meine Muskeln zu straffen. Wäre Amadeo im herkömmlichen Sinn pervers gewesen, hätte sich Manuel vielleicht leichter damit abfinden können. Manuel war eine beständige Flamme, Amadeo ein Waldbrand. In ihm war etwas ungeheuer Wildes, Reines: keine Verderbtheit, sondern Unschuld. Er zähmte seine Wünsche nicht und trug auch keine Maske; er verlangte nach mir, mit aller Kraft seiner Seele, ließ seinen Körper für ihn sprechen und trieb diesen Grundsatz bis zum Äußersten. Manuel spürte dies alles; zum ersten Mal las ich auf seinen Gesichtszügen jene Eifersucht, die man selbst nicht mehr aufhalten kann. Und auch ich konnte keine Ruhe bewahren. Amadeo und ich reagierten wie auf Knopfdruck, hemmungslos, brutal und vollkommen synchron. Ich weiß, was du fühlst, Amadeo, ich stecke ja in deiner Haut: Du hast erlebt, wie ein anderer mich küßte, und in der Woge deiner eigenen Lust dabei den Höhepunkt erreicht. Das kam unerwartet, das war nicht geplant. Jetzt bist du in Aufruhr, und natürlich haßt du Manuel dafür so, daß du ihn am liebsten umbringen würdest. Aber das Spiel leite ich, wie damals am Ufer der Seine, weißt du noch, Amadeo? Heute nacht werden wir Manuel zu uns nehmen. Wir werden eine neue Lust erleben, anders und größer. Wir werden einander nichts wegnehmen, sondern alle Gefühle teilen, unsere Sehnsucht mit neuen Gaben bereichern. Du und ich, Amadeo, wir haben etwas dazugelernt: Wir wissen nun, wie es ist, wenn die Lust einen Umweg macht, durch einen anderen Körper hindurchfährt und zu uns zurückkommt, mit solcher Gewalt.

Musik und rhythmisches Händeklatschen schallten plötzlich lauter durch die Nacht. Meine Lungen sogen den Geruch nach Holzkohle ein. Wir hatten uns von der Menge entführen lassen und jetzt den Festplatz erreicht. Zwischen den Wohnwagen, die sich weithin über den Strand verteilten, waren bunte Lampions aufgehängt; Scharen von Nachtfaltern, von den Lichtern angezogen, flatterten auf. Auf einmal tauchte ein rötliches Feuer auf, dann noch eins; unzählige Lagerfeuer flackerten in der Dunkelheit. Noch ein paar Schritte, und das Fest der Romanos brach vor uns in all seiner Klangfülle aus, in all seinen Farben und Bewegungen. Vor jedem Feuer standen oder saßen Gruppen von Menschen, schwarze Gestalten, wie mit Tusche auf dem Gold der Flammen gemalt. Man trank Bier und Wein, röstete Hühner oder Kaninchen an Spießen. Hier und da hatten die Frauen große Kessel auf drei Mauersteine gestellt, damit Kleinholz daruntergelegt werden konnte. Die Luft war stickig vom Dunst der vielen Zigarren und Zigaretten. Der Duft nach kochender Suppe, nach Olivenöl und gebratenem Fleisch mischte sich in die Gerüche nach Holzkohle, Staub, Thymian und Jasmin. Alle Musiker spielten zusammen drauflos, bemüht, einander zu übertönen, so daß die Klänge weit über den Strand wehten. Die Gitarren erhitzten sich unter schlanken Händen, die Geigen jubelten, die Ziehharmonikas schütteten Gelächter durch die Nacht. Frauen und Mädchen schlugen Zimbeln oder kleine flache Trommeln, mit Glöckchen versehen; andere ließen Kastagnetten klappern. Jeder spielte auf seine Weise, ganz nach Wunsch und Laune. Nichts regelte die Klänge, nichts vereinte sie miteinander. Und dennoch war in dieser zündenden, unerhört fröhlichen Musik ohne jede Regel und Form, in diesen Stimmen, die mühelos den Tönen folgten, in diesem fiebrigen Händeklatschen eine undefinierbare Harmonie zu spüren. Sie kam aus dem Fieber des Blutes, aus der Sehnsucht, aus dem Stolz ferner Jahrhunderte, aus der Ekstase der Sippe. Denn die Romanos empfanden die Musik nicht nur als Klang, sondern als Bewegungsimpuls. Alle, die nicht musizierten, klatschten in die Hände, folgten den Melodien mit dem ganzen Körper. Die Frauen sangen aus voller Kehle. Ihre Stimmen waren kühl und metallisch, manchmal auch rauh, fast heiser. Ihre Haut schimmerte olivenfarbig, goldgetönt oder elfenbeinblaß. Ihre Zähne blinkten, das aufgelöste Haar schwang um ihre erhitzten Wangen. Ihr beschleunigter Atem hob und senkte die Ketten auf ihrer Brust, ihre Ohrringe warfen kleine Funken. Für die älteren Leute hatte man Stühle, Bänke und sogar Sessel herbeigeholt. Das Essen servierte man ihnen auf abgenutzten Campingtischen. Kinder liefen zwischen den Erwachsenen herum, stibitzten Fleisch- und Gemüsestückchen aus den Kochtöpfen, rollten sich im Sand, hüpften und kreischten vor Vergnügen. Es waren vor allem Mädchen und Burschen, die tanzten, mit wiegenden Hüften und stampfenden Füßen. Traten ältere Frauen oder Männer in den Kreis, machte man ihnen respektvoll Platz, feuerte sie mit Zurufen und Händeklatschen an. Ihre Schritte waren nur angedeutet, die Bewegungen verhalten, doch völlig dem Rhythmus angepaßt, der ihnen seit der Kindheit im Blut lag. Manche Frauen waren mehr als füllig, ihre Glieder schwerfällig, die Gesichter längst verwelkt. Hoheitsvoll und selbstbewußt glitten sie hin und her, fast ohne sich zu bewegen. Ihre grellgemusterten Kleider, ihre verfilzten Strickjacken trugen sie mit der Würde von Königinnen.

Wir kamen nur langsam vorwärts: fast bei jedem Schritt wurden wir von Frauen und Männern aufgehalten, die uns begrüßten. Herzliches Gelächter klang auf, viele drängten sich heran, um mich und Lola zu umarmen und Amadeo freundschaftlich auf die Schulter zu klopfen. Einige kannten mich von früher: Alte Frauen preßten mich mit erstaunlicher Kraft an ihre Brust, überhäuften mich mit Küssen. Eine Romnia mit rehbraunen Augen wollte mir die Hand küssen, doch ich nannte sie »Schwester« und umarmte sie, und sogleich lief eine Welle zärtlicher Zuneigung durch die Menge. Esmeralda, Matteos Frau, schmiegte sich weich und flatternd wie eine Taube in meine Arme. Sie zeigte mir, wie groß ihr Töchterchen schon war. Tamara, die ich als Baby gesehen hatte, war zu einem entzückenden Kind herangewachsen.

»Ach, Esmeralda!« rief ich. »Wie hübsch sie ist!«

Esmeralda lächelte stolz. Tamaras langbewimperte Augen glänzten im Licht, ihre zu Zöpfchen geflochtenen Haare schimmerten am Scheitel goldbraun. Sie trug ein Kleidchen aus rosa Tüllspitze, mit Tomatensauce befleckt, und verbarg das Gesicht an der Schulter der Mutter.

Manuel nahm alle Dinge in sich auf, lächelte geistesabwesend, sprach wenig. Zwischen uns bestand eine seltsame Befangenheit. Mit jedem Schritt, den ich tat, tauchte ich tiefer in eine Welt ein, die einst die meine gewesen war; sie wurde mir in ihrer Wirklichkeit jeden Augenblick zugänglicher. Und gleichsam entfernte ich mich von ihm, wurde eine Fremde, die diese Welt verstand. Manuel war mit einer Selbstlosigkeit, Heiterkeit und Gerechtigkeit begabt, die ihm die Freundlichkeit aller Menschen sicherte. Er folgte mir nicht auf meinem Weg; er hielt sich abseits, hoffend, daß ich zu ihm zurückkehren würde. Aber ganz sicher war er sich plötzlich nicht mehr. Amadeo war ein Zauberer, und seine Magie zu mächtig.

Wir wanderten weiter, an den Lagerfeuern vorbei. Am Himmel funkelten unzählige Sterne, und nur über dem Horizont schwebte eine graue Wolkenbank, hinter der von Zeit zu Zeit der Schein eines Wetterleuchtens aufblitzte. Aus der Ferne klang das Rauschen der Wogen wie tiefe Atemzüge.

Plötzlich, in einer Gruppe von Jugendlichen, entdeckte ich Coralie. Sie tanzte zum Rhythmus einer Gitarre, die ein junger Mann in prasselnden Tönen schlug, während ihn die anderen mit dem Klatschen ihrer Hände begleiteten. Coralies kräftiges schwarzes Haar fiel bis zur Taille herab, ihr Kopf wirkte auffallend klein. Über dem Ohr hatte sie zwei Nelken befestigt. Sie trug rote Jeans und ein ebenfalls rotes Top, das straff um ihre wippenden Brüste lag. Bei jedem Schritt ihrer stampfenden Füße glitzerten ihre Goldketten auf der bernsteinfarbenen Haut. Sie tanzte, die Arme emporgereckt, den Oberkörper weit zurückgelehnt, während sich alle Energie auf ihre beweglichen Hüften konzentrierte. Sie sang dabei und offenbar falsch; ihre Stimme klang ebenso schrill und unbeherrscht wie die eines Kindes. Amadeo, der mit seinen athletischen Schultern die Menge überragte, sah zu ihr herüber und zog die Nase kraus.

»Wer hat ihr dieses Lied beigebracht? Wassilio?«

Lola ließ ein Kichern hören.

»Nein, ich. Aber sie spricht unsere Sprache sehr schlecht. Das Mädchen hat keine richtige Erziehung gehabt.«

»Was singt sie denn?« fragte ich Lola.

Ein melancholischer Schimmer trat in ihre Augen.

»Ach, das ist ein sehr altes Lied. Ich lernte es von meiner Mutter, als ich Kind war. Damals wurden unsere Wohnwagen, die *Verdines*, noch von Pferden gezogen. Wir zogen von Kirmes zu Kirmes, von Markt zu Markt. Wir wanderten im Rhythmus der Landstraße, und nicht im Lärm der Motoren. Heute fliegen wir in einer Stunde mit dem Flugzeug von Marseille nach Barcelona, was ist das schon? Früher benötigten wir zwei Wochen dafür, und jeder Tag brachte uns eine neue Entdeckung.« Lola zog eine kleine Grimasse, während ein Seufzer ihren schlaffen Busen hob. »Ja, das war ein anderes Leben. Und das Lied ist wirklich uralt.«

»Kannst du uns die Worte übersetzen?« fragte ich.

»Warte, laß mir ein wenig Zeit«, murmelte Lola. »Ich erinnere mich nur noch an wenige Strophen.«

Sie starrte vor sich hin, während sie leise, fast tonlos, summte. Plötzlich begann sie, sich mit geschlossenen Füßen leicht zu wiegen, während ihre dünne Stimme die Worte sang. Sie paßte sich nicht dem Rhythmus der Musik an, sie sang gleichsam ins Zeitlose hinein. Ihre Augen blickten an uns vorbei, ins Leere. Ich spürte, daß sie weit weg von uns war, in einer anderen Welt, in, einem früheren Leben.

»Mit dem Weißdorn und dem Wind,
mit der Liebe, der Sonne und dem Leben,
mit dem Vogel, der Biene und der Grille,
über die grünen Täler und die grauen Hügel,
mit dem Hasen und den Füchsen im Wald
ziehe ich die Straße entlang.
Mit meinen müden Pferden
und meinen treuen Hunden,
mit der Sternenkrone
und dem Gewand des Mondes
bezeuge ich, daß ich frei bin ...«

Lolas spröde Stimme brach; ein Hustenanfall schüttelte sie. Sie schnappte nach Luft, putzte sich geräuschvoll die Nase.

»Ein schönes Lied, nicht wahr? Aber übersetzt klingt es natürlich nicht so schön wie in unserer Sprache.«

»Ganz bestimmt nicht«, sagte Amadeo sanft.

Lola ließ das Taschentuch wieder in ihrem Ausschnitt verschwinden.

»Mich macht dieses Lied traurig, aber Coralie findet es lustig. Arme Kleine, sie kennt ja nur ihren beschissenen Rock und Rap, und wie das Zeug noch heißen mag. Ich weiß nicht, warum sie das Lied gerade jetzt singt, sicher hat sie den ›Kuckuckswein‹ getrunken.«

Amadeo und ich tauschten einen Blick und lächelten. Der »Kuckuckswein«, sagten die Romanos, steigert die Manneskraft der Burschen und lockt die Mädchen in den Klee. Eine volle Sekunde blieb uns dieses Lächeln auf den Lippen. Dann verlosch es langsam; wir starrten uns an, nahmen auch Manuel in unser Blickfeld. Und genau wie zuvor in der Krypta flackerte das Verlangen zwischen uns auf, ein Verlangen, das Fleisch und Seele wegbrannte und selbst das Mark angriff. Ein paar Sekunden lang schauten unsere Augen, empfingen Eindrücke, ohne sie zu sehen; nur unsere Körper sprachen zueinander eine klare Sprache. Erst als Coralie plötzlich schwieg, schoben wir unsere Empfindungen beiseite: Es war ihr Blick, auf uns gerichtet, der uns weckte. Das Weiß ihrer Augäpfel leuchtete unter dem tiefdunklen Haar hervor. Ihre biegsamen Hände malten Bilder in der Luft, sie wölbte die Brüste, so daß ihre ausgehöhlte Bauchgrube noch enger und flacher wirkte. Ihre Hüften, die sie aufreizend schwang, waren gerundet wie Schalen. Amadeo betrachtete sie kurz.

»Sie ist nett«, sagte er gleichgültig.

Arme Coralie, dachte ich, sie zählt kaum, und doch ist sie da. Du wirfst sie nachts auf dein Bett; du rollst dich mit ihr herum, zerfetzt ihre T-Shirts, ihre billigen Nylonslips, sagst Roheiten, bis du in Fahrt kommst, du dringst in sie ein, bewegst dich in ihrer Feuchtigkeit, mit dem Verlangen nach mir. Du drehst und wendest ihren leichten Körper, verschaffst ihr den Genuß, den du mir nicht geben kannst. Deinen eigenen Genuß nimmst du aus Träumen. Sie seufzt kindlich unter deinen starken Lenden. Erreichst du einen deiner widersinnigen Höhepunkte, bildet sie sich ein, daß es Liebe sei. Du küßt sie nicht, niemals, das hast du mir gesagt. Sie gibt sich zufrieden. Sie tut, was du willst, was du verlangst. Sie tut diese Dinge, ohne etwas von ihnen zu verstehen. Sie haßt mich auf unvernünftige, theatralische Art. Sie denkt, ich sei eine Rivalin.

Coralie hatte den Kuckuckswein getrunken. Sie brach plötzlich aus dem Kreis, der sie mit Rufen und Händeklatschen anfeuerte. Leichtfüßig lief sie auf uns zu, nahm Amadeos Hand, um ihn in den Tanz zu ziehen. Ihr Gesicht war erhitzt, das rote Top dunkel vor Schweiß, und die Nelke in ihrem Haar schimmerte rot wie ihre Lippen. Amadeo wies sie nicht zurück, wie sie es vielleicht von ihm erwartet hatte, sondern folgte ihr in den Kreis. Sie warf triumphierend den Kopf in den Nacken, schüttelte Hüften und Mähne, ihre

Arme bewegten sich, geschmeidig wie Nattern. Amadeo tanzte mit aller Eleganz seiner hohen Gestalt, die Arme dicht an den Körper gepreßt oder über den Kopf erhoben. Er hatte lange genug in Andalusien gelebt, um die komplizierten Schritte des spanischen Flamencos zu beherrschen. Sein Gesicht war finster und entrückt. Er stand vor Coralie wie vor einem Gegner, dem er abschätzend ins Auge sah. Doch in Wirklichkeit sah er sie nicht; seine Blicke waren nach innen gerichtet, dort, wo ich war, wo er mich in sich selbst suchte. Coralie gab es einfach nicht, sie war nichts als ein roter Schatten, der vor ihm hin- und herglitt. Der Musiker hämmerte die Töne im schnellen, straffen Rhythmus, das Klatschen der Hände wurde von Zurufen und Pfiffen begleitet. Amadeo warf sein Haar aus dem Gesicht, stampfte auf langen, nervigen Beinen, die Lederfransen seiner »Zahones« peitschten seine Schenkel, obwohl er sich kaum von der Stelle rührte. Er flüchtete in die verhaltene Wildheit des Tanzes, in die Verzückung der Musik, um sein Blut abzukühlen und sein Herz zu beruhigen. Er brannte sich selbst aus, wie eine Flamme.

Manuel stand dicht neben mir; ich hörte ihn atmen. Nach einer Weile wandte ich ihm das Gesicht zu. Unsere Blicke begegneten einander im Feuerschein. Plötzlich nahm er meine Hand – oder war ich es, die nach der seinen tastete? Unsere Finger verschränkten sich zu einem Knoten, fest und warm. Mir schien, daß diese Berührung etwas ganz Wunderbares war, etwas Beruhigendes, Tröstendes, das ich festhalten mußte.

»Hast du alles vergessen?« fragte er leise.

Ich antwortete, ebenso leise:

»Nimm dich vor ihm in acht, Manuel.«

»Du brauchst keine Angst zu haben«, entgegnete er. »Ich bin kein Raufbold. Ich habe nicht die geringste Neigung dazu.«

»Er will in dieser Nacht mit mir schlafen.«

»Ich auch«, sagte er.

Ich wandte den Blick von ihm ab, sah zu Amadeo hinüber. Seine Gestalt ragte tiefschwarz auf im rötlichen Halbdunkel. Ich starrte ihn an, wie behext. Manuel, neben mir, hielt fest meine Hand. Nach einer Welle fragte ich, ohne laut zu werden:

»Was erwartest du von mir?«

»Ich warte ab, was geschieht«, hörte ich ihn mit großer Gelassenheit sagen. »Weißt du, ich staune selbst darüber, daß ich dies alles ertrage. Warum eigentlich?«

Ein flüchtiges Lächeln hob meine Lippen.

»Das ist eine berechtigte Frage.«

»Liebst du mich?« flüsterte er.

Meine Augen schweiften zu ihm zurück. Ich neigte langsam den Kopf und drückte die Lippen auf seine Schulter.

»Ja. Dich auch.«

Ein Seufzer hob seine Brust. Rauh stieß er hervor:

»Siehst du, das ist der Grund. Das Leben ist immer kompliziert, wenn man anfängt, darüber nachzudenken. Ich mache mir so wenig Kummer wie möglich.«

Diese Sache, zwischen uns, war nicht mehr zu umgehen. Sie mußte gesagt werden.

»Würdest du mit mir schlafen, wenn er dabei wäre?«

Seine Atemzüge veränderten sich. Da er dem Feuer den Rücken zukehrte, konnte ich sein Gesicht nur schlecht erkennen.

»Ja, das würde ich. Und wie steht es mit ihm? Nein, antworte nicht«, setzte er schnell hinzu und drückte meinen Arm. »Ich weiß, er hält nicht viel von fadenscheiniger Tugend. Wir können sagen, was wir wollen, unsere Entschlüsse werden nicht durch Logik, sondern durch Gefühle bestimmt. Und Liebe kann nichts Falsches tun.«

Er ließ seinen Arm unter meinen Kopf gleiten und zog mich an sich; sein Gesicht erschien plötzlich im Licht. Der Ausdruck, mit dem er mich ansah, wurde fast zügellos. Heiser stieß er hervor:

»Verstehst du?«

Wir starrten uns an. Mein Herz schlug in meiner Stirn, in meiner Brust, in meinem Bauch. Ich schloß kurz die Augen. »So will ich es haben«, flüsterte ich. »So und nicht anders.«

Er strich mir das Haar zurück. Ich ließ es geschehen. Mir war sehr heiß. Strähnen klebten mir auf der Stirn. Er sagte lächelnd:

»Es lohnt sich nicht mehr zu warten, oder?«

Wir standen still, Wange an Wange, als sich eine Hand auf meine Schulter legte. Ich wandte den Kopf und sah Constantin neben mir stehen. Sein faltiges Gesicht drückte gar nichts aus, aber seine Augen blickten düster.

»Wo ist der Chef?« fragte er kurz angebunden.

Ich wies auf die Zuschauer, die sich lachend um die Tanzenden geschart hatten. Constantin folgte meinem Blick. In der Dunkelheit erschien er mir noch gedrungener als sonst, während er über den freien Platz schritt, um den Kreis zu durchqueren. Doch Amadeo hatte Constantins finstere Schattengestalt bereits ins Auge gefaßt. Jäh brach er den Tanz ab, wandte Coralie den Rücken zu und schob sich durch die Menge, als der *Baile* mit raschen Schritten auf ihn zukam.

»Was ist los?« fragte Amadeo, wobei er Constantin scharf ansah.

»Quasimodo«, sagte Constantin.

Amadeo blinzelte.

»Was fehlt ihm?«

»Er stirbt«, sagte Constantin.

Amadeos Augen wurden eng; er forschte in Constantins Gesicht, als ob er in seinen Zügen eine andere Mitteilung zu lesen erhoffte als jene, die er gerade vernommen hatte. Der Aufseher erwiderte seinen Blick; sein Antlitz war unbeweglich. Dieser Austausch dauerte kaum eine Sekunde, aber als er beendet war, war Amadeos Gesicht zu einer düsteren Maske erstarrt.

Seine Stimme wurde leise und vibrierend.

»Gehen wir.«

»Wir können meinen Wagen nehmen«, sagte der *Baile.*

Ich suchte Lola mit den Augen, aber sie war verschwunden. Man wird sie schon benachrichtigen, dachte ich. Irgend jemand würde sie zum »Mas« zurückbringen. Wenn nicht, konnte sie bei Freunden in einem der Wohnwagen schlafen.

Constantins Toyota, der deutliche Gebrauchsspuren zeigte, war gleich bei dem Festplatz geparkt. Amadeo zwängte sich neben den Fahrersitz, während Manuel und ich hinten Platz nahmen. Im Wagen roch es nach Zigarrenasche, abgetragenen Kleidern und kaltem Pferdeschweiß. Constantin schaltete die Scheinwerfer an, ließ den Motor laufen. Hinter uns blieb die Ortschaft zurück; der weißlich flackernde Himmel verdunkelte sich. Bald verließen wir die Asphaltstraße, fuhren dem Buschwald entgegen. Constantins tiefe Stimme klang undeutlich durch das Dröhnen des Motors.

»Meine Burschen haben nur das Fest im Kopf. Einer hat das Gatter nicht geschlossen. Quasimodo war nicht auf der Weide. Das kam mir verdächtig vor. Schließlich fand ich ihn. Er hatte sich bis zu dem »Mas« geschleppt, als ob er dort Hilfe suchte. Das Pferd braucht eine Spritze.«

»Kommt nicht in Frage«, zischte Amadeo.

Constantin sprach unbeirrt weiter.

»Ich habe den Tierarzt angerufen. Dr. Roussell ist in Aigues-Mortes. Ein Notfall. Seine Frau wird ihm Bescheid sagen. Ich habe Nicolas bei dem Pferd gelassen, damit jemand da ist, falls der Arzt früher kommt.«

Amadeo preßte die Lippen zusammen und schwieg. Feuchte Luft drang durch das schlecht schließende Fenster und kühlte unsere Wangen. Der Wagen fuhr in den Lichtkegel der Scheinwerfer hinein, ließ die schmale Straße hinter sich, schob sich rumpelnd der »Roubine« entlang. Hier wurde der Boden weicher. Die Räder rollten jetzt über Sand. Das Wasser glänzte schwarz. Das jenseitige Ufer lag unsichtbar in der Dunkelheit. Der abnehmende Mond hing über dem Schilf, blaß wie eine Erscheinung. Endlich tauchten die großen Schirmpinien auf, schwarz gegen den Nachthimmel. Eine Gestalt kam, eine Taschenlampe schwenkend, durch die Dunkelheit auf den Wagen zu. Constantin schaltete herunter, hielt an; Amadeo schob die Beine aus dem Wagen, war schon draußen. Wir stiegen hinter ihm aus, schlugen die Wagentür zu. Constantin stellte den Motor ab. Es wurde plötzlich sehr still.

Nicolas sagte ein paar Worte, die ich nicht verstand. Der schwache Strahl der Taschenlampe richtete sich auf eine schwarze Masse, die auf dem Grasboden neben dem Tor lag. Sie kam mir wie ein riesiger schwarzer Felsblock vor, bis ich sah, daß dieser Felsblock zuckte und atmete.

»Weg mit dem Licht«, knirschte Amadeo.

Nicolas knipste die Taschenlampe aus. Amadeo kniete neben dem Pferd nieder, strich über den mächtigen Kopf, rief halblaut seinen Namen. Quasimodo ließ ein Schnauben hören. Sein Schweif bewegte sich schwach, er machte eine Bewegung, wie um sich aufzurichten. Ein beißender Geruch verbreitete sich in der Luft. Nach ein paar Atemzügen lag das Pferd wieder ruhig. Die Stille war jetzt nur noch von den leisen Geräuschen der Nacht unterbrochen: Zweige rieben aneinander, der Wind seufzte im Schilf. Und plötzlich hörte ich aus dem tiefen Buschwerk eine Eule rufen, einmal und noch einmal. Ein Frösteln überlief mich. Es war die Stimme der Eule, die die Sterbenden ruft – und es klang wie eine Frage, auf die sie eine Antwort erwartete.

Ich kauerte mich neben Amadeo nieder, im kalten Gras. Das Pferd war von Krämpfen geschüttelt; unter ihm hatte sich eine stinkende Lache gebildet, mit Blut und Schleim gemischt. Amadeo kniete dicht neben dem Kopf des Tieres. Mit den Nägeln strich er leicht und zärtlich über die Stirn zwischen den Augen. Er neigte sich über das Pferd, sprach leise, tröstende Worte zu ihm. Röchelnder Atem stieg aus Quasimodos gepeinigten Lungen. Das Pferd krümmte sich manchmal, wölbte den Hals und streckte den Kopf verzweifelt aufwärts, während seine großen, glänzenden Augen fast aus den Höhlen traten. Dann beruhigte es sich unter Amadeos Liebkosungen, fiel kraftlos auf die Flanke zurück. Amadeo fuhr fort, leise zu ihm zu sprechen. Zum ersten Mal sah ich, wie verzweifelt er war. Quasimodo war sein wahrer Freund, sein Gefährte, der ihn in seiner Zärtlichkeit und seiner Kraft niemals verletzt, niemals enttäuscht hatte. Er konnte nicht mit einem Schlag – unter seinen Augen – auf diese qualvolle Weise enden. Amadeo hob plötzlich den Kopf. Ich sah das dumpfe Elend in seinem Gesicht, den Schmerz und die Verzweiflung in seinen Augen. Kaum hörbar stieß er hervor:

»Wassilio hatte mich gewarnt. Es ist meine Schuld ...«

Er hatte nicht auf Wassilio gehört, obwohl er wußte, daß der alte Mann dem Pferd das Sterben erleichtert hätte. Wassilio kannte die Geheimnisse der Körner, Wurzeln und Pflanzen, jene Mittel, die Gesundheit herbeiführen oder Sterbenden einen friedlichen Tod bescheren. Ja, Wassilio hätte helfen können. Aber Amadeo hatte die Wahrheit von sich gewiesen. Quasimodos Leben hatte längst begonnen, sich der Dunkelheit, dem Staub und dem Vergessen entgegenzuneigen, weite, schwebende Horizonte zu umkreisen. Er, Amadeo, hatte seine Augen und Ohren verschlossen. »Quasimodo ist unsterblich«, hatte er mir oft gesagt, und ich entsann mich, daß ich ein paar Stunden zuvor die gleichen Worte wiederholt hatte.

Ein neuer, heftiger Krampf schüttelte das Pferd. Die Beine streckten sich, der kräftige, schweißnasse Hals hob sich im Bogen von der Erde, rasselnder Atem drang aus den geweiteten Nüstern. Das ganze Tier war ein gespenstisches Bild des Schmerzes. Amadeo biß sich hart auf die Lippen. Es gab keine Schrift, die für ihn so leserlich gewesen wäre wie das Zittern dieses todkranken Tieres.

»Wo ist der verdammte Tierarzt?« stieß er hervor.

»Er kommt, sobald er kann«, sagte Constantin dumpf.

»Er sollte längst da sein«, keuchte Amadeo.

Er schlang beide Arme um den Kopf des Pferdes, streichelte seinen Hals, seine Mähne, murmelte ihm beruhigende Worte zu. Das Tier zitterte zunehmend stärker. Seine verdrehten Augen gaben das von einem rötlichen Adernetz durchzogene Weiß des Augapfels frei. Schaum trat aus seinen Nüstern, während die nassen Flanken sich stoßweise hoben und senkten.

»Warte nur, du wirst sehen ...«, flüsterte Amadeo. »Gleich hört der Schmerz auf. Warte – ja – ich verspreche es dir.«

Er sprach nur, damit das Pferd seine Stimme hörte. Nicht umsonst hatte Amadeo seit seiner Kindheit bei den Tieren gelebt. Die Worte selbst hatten keine Bedeutung. Die Wirkung lag einzig in ihrem Klang, getragen von jener Magie der Liebe, die alle Lebewesen aus Fleisch und Blut, Menschen ebenso wie Tiere, brauchen und spüren: eine erlösende Kraft von Herz zu Herz, ganz einfach aus dem Wesen heraus.

»Hab keine Angst ...«, murmelte Amadeo. »Ich bin da, das weißt du doch. Alles wird wieder gut. Bald wirst du ruhig schlafen ...«

Der Atem des Pferdes wurde schwächer. Regungslos, aufgewühlt, kniete ich neben Amadeo. Mein Herz schlug bis zum Hals. Sekunden vergingen. Ein leises, schleifendes Geräusch ließ mich flüchtig den Kopf wenden; da brach ein seltsamer Klang die Stille. Ein ganz leiser, sanfter Ton jagte mir eine Gänsehaut über den Rücken. Amadeo hob ruckartig den Kopf; ich jedoch rührte mich nicht mehr, ich wußte Bescheid. Etwas abseits, neben dem Pferd, kauerte Manuel auf dem Boden, eine reglose schwarze Gestalt, und nur das Glitzern der kleinen Spiegel auf der Flöte war in der Dunkelheit sichtbar. Die Musik, die seine gelenkigen Hände aus dem Rohr zauberten, war so alt wie diese Welt; es war die Musik der Blätter und der rieselnden Gewässer, des Windes, wenn er durch das Schilf streicht. Jeder Mensch, gleich welcher Herkunft, erkannte diese Musik, und auch die Tiere wußten ihr Geheimnis, denn die kosmische Harmonie sang in ihrem Blut. In Friede und Heiterkeit webte die Flöte ihr Netz aus Tönen, wie die Spinne, die ihren Faden schwingt und schwerelos im Lufthauch ihren Reigen tanzt. Auch Constantin und Nicolas hielten den Atem an. Sie waren Romanos; sie hatten begriffen. Plötzlich gab es keinen Schmerz und keine Krankheit mehr; nicht einmal der Tod brachte die Musik des Windes, der Natur, der ewigen Wiedergeburt zum Verstummen. Selbstsicher und zärtlich bewegten sich Manuels Finger über die Chimiria. Die seidenweichen Klänge mischten sich in das Knistern der Gräser, in das ferne Rauschen der Brandung. Nun folgten die Töne höher und voller, klar und perlend wie ein Quell, einfach wie eine kindliche Weise. Die kristallklare Musik sollte der letzte Klang sein, den das schmerzgepeinigte Tier in seinem Sterbenskampf hörte; der Gesang der Flöte, die windgeborene Süße, würde ihn über die dunkle Schwelle tragen und dann erlöschen, mit seinem Atem, im selben Augenblick. Und wahrhaftig schien sich das Pferd zu entspannen; die furchtbaren Krämpfe ließen nach; sein Atem ging regelmäßig. Offenbar beruhigten sich die Schmerzen. Quasimodo lag jetzt ganz still, spürte nur noch Amadeos Liebkosungen auf seiner nassen Stirn, während die Musik seinem Körper den Schmerz entzog, ihn in Schlaf und Frieden umwandelte. Mit einem Mal hob ein tiefer, langanhaltender Seufzer den Körper des Pferdes. Seine Augen, auf Amadeo gerichtet, glänzten weit und klar, wie dunkle Spiegel. Die heißen Nüstern bebten. Ein schweres Röcheln drang aus seinen Lungen, die Augen schwammen, verschleierten sich. Der schwere Körper zuckte, streckte sich ein letztes Mal, schied Blut und Schleim aus, bevor er sich endgültig entspannte.

Ein Schweigen folgte, so dicht, als würde die Natur selbst den Atem anhalten. Dann kam ein Luftzug auf, erzeugte im Schilf ein leichtes Knistern und Schwirren. Plötzlich bewegte ein Flattern die Luft. Die Eule glitt durch die Nacht, verschwand am Sternenhimmel, wie ein weicher, riesengroßer Schmetterling. Es war, als ob sie, unter ihren samtenen Flügeln verborgen, den Geist des verstorbenen Tieres in die saphirblaue Weite trug.

Ich spürte eine Bewegung neben uns; Constantin und Nicolas entfernten sich ohne ein Wort. Die Flöte war verstummt, das Glitzern der winzigen Spiegel erloschen. Auf einmal war auch Manuel nicht mehr da. Ich hatte nicht gehört, wie er ging. Sein Schatten, dunkler als die Nacht, war zwischen den Bäumen verschwunden. Nur Amadeo und ich kauerten jetzt neben dem leblosen Körper am Boden. Ich glitt mit der Zunge über meine Lippen und schmeckte salzigen Schweiß. Amadeos Hand fuhr fort, sich auf dem klebrigen Fell hin und her zu bewegen, als ob Quasimodo die Liebkosung noch spüren konnte. Das Gewicht der Verzweiflung, das ihn niederdrückte, war kaum faßbar. Quasimodo hatte nicht das Recht, in dieser Gefühlslosigkeit, dieser Starrheit zu verharren, während er seinetwegen litt, in einem Maße litt, wie er zuvor nur einmal, vor vielen Jahren, geahnt hatte, daß es so sein konnte: damals, in Paris, als er glaubte, mich für immer verloren zu haben.

Die Augen des Rappen, von den langbewimperten Lidern halb überzogen, waren bereits gebrochen. Ein paar Augenblicke verstrichen; plötzlich zog Amadeo schnell Luft ein. Er hob den Kopf. Unsere Augen trafen sich, und ich sah, daß er weinte.

Sekundenlang saß ich völlig unbeweglich da, starrte ihn an. Etwas in meinem Kopf begann zu pochen, zu glühen. Ich wußte nicht, was es sein konnte, dieses krampfhafte Schlucken, dieses Ziehen in der Kehle. Ich keuchte wie eine Ertrinkende, eine innere Verkrampfung schüttelte mich. Fassungslos, betäubt merkte ich, wie sich ein Schleier über meine Augen senkte, ähnlich dem, der die Pupillen des toten Pferdes überzog. Dann hob ein langer, rauher Seufzer meine Brust. Zum ersten Mal, seit ich denken konnte, gab ich mich den Tränen hin.

»Herzblume ...«

Ich hörte Amadeos Stimme; sie kam von weither, durch das Geräusch meines eigenen Keuchens. Wir suchten einander, Amadeo rutschte zu mir hin, auf den Knien. Er zog mich in seine Arme, preßte mich an seine Brust. Ich schlang die Arme um seinen Hals, schmiegte mein nasses Gesicht an seines. Wir hatten niemals geweint – weder er noch ich –, nun schluchzten wir beide wie verlorene, verzweifelte Kinder. Das Zittern des einen übertrug sich auf den anderen, und bald wiegten wir uns leicht in unserem Schmerz vor und zurück. Allmählich versiegten die Tränen; unsere Gesichter und Körper fühlten sich etwas kühler an. Amadeo ließ mich sachte los, um mit dem Handrücken über sein verweintes Gesicht zu fahren. Ich suchte mein Taschentuch und putzte mir die Nase. Aufseufzend wandte Amadeo die Augen von dem toten Pferd ab und richtete sie auf mich. Die Falten um seinen Mund waren tief wie die Einschnitte eines Messers.

»Jetzt hat er keine Schmerzen mehr«, sagte er dumpf. »Er ist ›auf der anderen Seite der Landschaft‹. Er wird ewig galoppieren und nie müde werden, über weite Steppen, durch Zeit und Raum.«

Ich nickte. Mir war elend zumute.

»Die Trennung zwischen Leben und Tod ist eine Illusion, Amadeo. Es ist der Verlust, der so entsetzlich schmerzt. Nur der Verlust …«

»Nun gehört er zu den ›Wesen aus dem Nichts‹«, fuhr Amadeo fort. »Sie sind unsere Eltern im geistigen Sinn. Und solange ihr Andenken bewahrt wird, beschützen sie uns. Das gilt für Tiere ebenso wie für Menschen. Erklären kann es niemand. Absolut niemand. Es ist ja auch nicht nötig.«

Er erhob sich und nahm meine Hand.

»Komm!«

In der Dunkelheit wanderten wir den Kanal entlang; es war, als ob die Natur sich enger um uns zusammenschloß, uns mit kühler Luft und frischen Düften umgab. Ein Gewirr von Geräuschen zog durch das Unterholz: Es war ein Knistern und Prasseln, ein Rauschen von Blättern und Wasser, das hier und da von dem Plätschern eines springenden Frosches, einem leisen Piepsen oder Flügelschlagen unterbrochen wurde. Der Mond stand jetzt tief am Himmel und leuchtete nur schwach. Manchmal stürzte eine Sternschnuppe dem Horizont zu. Bald wurden hinter dem Buschholz die weichen Linien der

Dünen sichtbar. Das Meer schaukelte leise; der angeschwemmte Tang straffte sich, wenn die Wellen mit leisem Zischen über den Sand litten; die Oberfläche des Wassers war, jetzt, wo der Mond unterging, tiefschwarz.

Ein Nachtvogel flatterte empor mit rauhem Ruf, dem bald ein Echo folgte. Eine Weile stapften wir über den Strand. Unsere Füße sanken im kalten Sand ein, und wir fühlten, wie der Schweiß auf unseren Handflächen trocknete. Schließlich brach Amadeo mit dumpfer Stimme das Schweigen.

»Wir waren immer beisammen. In guten und in bösen Zeiten. Die Jahre habe ich nicht gezählt; heute scheint mir, sie gingen schnell vorüber. Ist es nicht sonderbar, Herzblume, daß ein Tier mich lehrte, was es heißt, ein Mensch zu sein?«

Endlich konnte ich wieder sprechen, ohne zu weinen. Ich sagte: »Wo Tiere und Menschen gemeinsam träumen, entsteht eine besondere Kraft, ein Gleichgewicht.«

Er nickte.

»Ja, ich merke es im Zirkuszelt, wenn ich den Zuschauern diese Träume zeige. Die Tiere spüren, wenn die Menschen glücklich sind. Das ist unglaublich schön.«

»Du bist ein gutes Medium.«

»Darüber habe ich nie nachgedacht«, sagte er.

Unsere Augen begegneten sich und hielten einander fest. Langsam wurden seine Züge ruhig. Er schenkte den Menschen seine Träume. Die Wunder, die er in der Dunkelheit des großen Zeltes entstehen ließ, waren die Bilder seiner eigenen Seele. Er überlegte nicht, mit welcher Absicht er das machte, mit welcher Lauterkeit, mit welchem Sinn und Zweck. Es war ein Akt der Liebe, der frohen Begeisterung, etwas Naturgegebenes. Leise sagte ich:

»Ich werde dich immer lieben.«

Er drückte meine Hand.

»Nicht mit dir und nicht ohne dich, Herzblume. Daran ändert sich nichts, niemals. Du bist jetzt nicht mehr allein. Du hast eine gute Wahl getroffen. Weißt du, daß Manuel wie Wassilio ist? Ein *Kaku?*«

Ein *Kaku:* ein Baum- und Sonnenmensch, der Kranke heilt und Sterbende tröstet; der die Menschen versteht und die Tiere liebt, der zu der Erde spricht, sie mit bloßen Händen zu Kunstwerken formt. Ich sagte:

»Du hast das schneller herausgefunden als ich. Ich nahm ihn am Anfang nicht sehr ernst. Er wirkte so unbeschwert. Aber sobald er da war, verwandelte sich die Welt. Und ich selbst wurde ein anderer Mensch.«

»Deine Liebhaber haben mich immer kaltgelassen. Aber bei diesem bin ich fast explodiert. Ich wollte ihm einen Kinnhaken geben und ihn sofort vor die Tür setzen.«

»Wir haben uns nicht gerade musterhaft benommen.«

»Wir übertreiben manchmal. Keiner erträgt das. Es sei denn, es ist einer, der uns ähnlich ist. Ich meine, wenn er bescheuert genug ist, um mitzumachen.«

»Ich glaube, er weiß, was er will.«

»Jedenfalls hat er sich mit uns abgefunden. Ich werde Wein, Brot und Salz mit ihm teilen. Das ist eine Sache, die gemacht werden muß. Ich werde ihn *Fralo* – Bruder – nennen.«

Das Morgenlicht löschte die Sterne aus; der Himmel färbte sich golden, dann perlweiß. Das Meer hob und senkte sich, ruhig atmend wie eine Riesenlunge. So weit das Auge reichte, lag der Strand verlassen da. Alles war ruhig, nur die Vögel zwitscherten in den Büschen. Mit jedem Luftholen unserer Lungen atmeten wir die Natur ein, glaubten ihre Unversehrtheit, ihren Frieden zu fühlen. Diese Erde, uns gegenwärtig, glich der Welt in ihrer Jugend und Unschuld, bevor die ersten Menschen geboren wurden. Doch alles war Kulisse, war Illusion. Ebenso wie der Kreis der Manege hielt der goldene Horizont nur ein Bühnenbild umfangen. Wir wanderten den Wellenrand entlang, ließen den Wind, der nach Salz duftete, unsere Gesichter kühlen. Das Wasser leckte über eine Kruste winziger Muschelsplitter und über abgeschliffene Kiesel. An einem Dünenhang verständigten wir uns mit einem Blick, bevor wir uns entkleideten und über den feuchten Sand am Wasser entlangliefen. Lange, glatte Wellenzüge überzogen den Strand; sie trugen das erste Morgenlicht, ein Sprühfeuer aus Gold und Schaum. Einige Möwen, sanft gerundet und weiß, schaukelten in der Luft. Eine Weile schwammen und tauchten wir in den Wellenkämmen; die Strömung hob und senkte uns, Schaumblüten prickelten auf unserer Haut, lösten sich auf in winzige Blasen, kehrten in ihr eigenes Element zurück, ins Nichts. Und mit den zerplatzenden Schaumbläschen zerfloß und verwehte alle Bitterkeit; das Wasser spülte die Trauer weg, läuterte den Schmerz und klärte die Gedanken. Nach einer Weile schwammen wir zurück an den Strand. Die Morgenkühle überzog unsere nasse Haut mit Schüttelfrost. Unsere Kleider fühlten sich feucht und sandig an. Es machte uns nichts aus, wir trugen in uns die Kühle des Meeres, das Leuchten des Morgens, eine wunderbare Frische. Der Tod hatte uns gestreift, mit den sanften Flügeln einer Eule, doch die Nacht war vorbei; wir lebten. Unsere Herzen schlugen, unsere Lungen atmeten, das Blut kreiste warm in den Adern. Wir nahmen uns in die Arme, die Lichtfünkchen auf unserer Haut blendeten uns; wir küßten uns mit geschlossenen Augen.

Wir fanden uns damit ab, daß die Zeit manchmal vorwärts schnellte wie eine Spiralfeder, die Gegenwart zur Erinnerung machte, von schattenhaftem Licht umgeben. Menschen und Tiere, die wir geliebt hatten, traten in die Vergangenheit zurück, wurden selbst zu Schatten, zu sanften Phantomen. Wir aber würden in Gedanken einen Kreis ziehen, der Lebende und Tote verband. Und wie Sand, der einmal Stein war, bevor er zu Staub wurde, mußten wir an bestimmten Orten verweilen, bevor wir gemeinsam unseren Weg fortsetzten, »auf der anderen Seite der Landschaft«.

36. Kapitel

Ein Geräusch brach die Stille und ließ uns den Kopf wenden. Über die Dünen brandete ein dumpfes Pochen; einen Vogelschwarm aufwirbelnd, brach eine Gruppe von Pferden aus dem Buschwerk. Sie setzten in langen Sprüngen über den Strand, mit diesem ungestümen und graziösen Aufschäumen von Lebenskraft, das sich mit nichts auf der Welt vergleichen ließ. Am Meeresufer verlangsamten sie ihren Schritt; sie wateten durch die Pfützen, trabten, ihren Schweif schwingend, im Kreis herum. Der Wind spielte in den prächtigen, dichten Mähnen; ihre Füße hallten auf dem Sand, deutlich und klar. Einige warfen den Kopf zurück, wieherten aus tiefster Brust, und es klang, als tönten Glocken im Sonnenschein. Einige gehörten der Camargue-Rasse an; die anderen, schlanker und feingliedriger, leuchteten in allen Schattierungen, fuchsrot oder dunkelbraun, schwarz, hellgolden oder perlmuttweiß. Zwei kleine Fohlen schlugen Haken, hoben ihre hochgestelzten Beine in rührend ungelenken Sprüngen.

»Sind es nicht deine Pferde?« fragte ich Amadeo.

Zum erstenmal seit Quasimodos Tod wanderte ein Lächeln über sein Gesicht.

»Ich denke schon. Aber in Wirklichkeit gehören sie sich selbst. Ich arbeite nur mit Tieren, die gern darauf eingehen. Unterwürfige Pferde sind wie unterwürfige Menschen: heimtückisch. Servilität ist eine gefährliche Eigenschaft.«

»Wie kommen diese Tiere denn zum Strand?«

»Durch die Roubine. Bei Trockenheit ist das Wasser nicht tief genug. Die *Gardians* werden sie zurück auf die Weide treiben.«

Wir hielten unsere Schuhe in der Hand, stapften barfuß durch den Sand. Plötzlich deutete Amadeo auf ein Füllen, flink und sprühend vor Leben, das übermütig durch die Pfützen sprang.

»Erkennst du ihn wieder, Herzblume? Du warst dabei, als er zur Welt kam. Wassilio gab ihm den Namen ›Stern‹. Das war natürlich kein Zufall. So was gibt es bei Wassilio nicht. Die Romanos sagen, die Sterne führen die Menschen zueinander. Und jetzt haben wir die Bescherung.«

Wir tauschten ein Lächeln. Ich sagte:

»Wie schnell er ist!«

»Er hat ein flaches Rückgrat, starke Muskeln und kräftige Vorderläufe. Der Widerrist ist schmal. Er wird mal ein guter Renner werden. Den Dickschädel hat er obendrein.«

Wir sahen uns an; unser Lächeln erlosch fast gleichzeitig.

»Weißt du noch?« sagte ich. »Es war das letzte Mal, daß wir auf Quasimodo ausritten.«

Amadeos Stimme wurde dumpf.

»Ja, ich entsinne mich.«

Er ging ein paar Schritte wortlos weiter. Das Licht strömte zunehmend reicher und flimmernder über das Wasser. Die Schar der Tiere, am Meeresrand versammelt, zeigte immer deutlicher ihre Feinheit und ihre Eleganz. Schließlich seufzte Amadeo.

»Ich brauche ein Ersatzpferd für meine Nummer mit dem Speer.«

Ich warf mein nasses Haar aus der Stirn.

»Warum nicht Thyfos?«

Der große Schimmel hielt sich abseits, am Rande eines Tümpels, der sein Spiegelbild zurückwarf; seine Schönheit hätte er mit nichts so zur Geltung bringen können wie mit diesem Widerschein auf der blauen, fast wellenlosen Fläche. Es war, als ob zwei identische Tiere – in der Luft und im Wasser – sich anmutig auf überschlanken Fesseln wiegten, den Hals mit der Grazie von Schwänen bewegten. Das Spiel ihrer Muskeln kräuselte das seidige Fell; die silbrigen Mähnen, mit Tropfen besprüht, leuchteten in der Morgensonne.

»Thyfos?« Amadeo kniff die Augen zusammen. »Kein übler Vorschlag, Herzblume! Er ist intelligent und umgänglich, und eitel noch dazu. Die Rolle wird ihm Spaß machen. Aber ein Schimmel verträgt keine grelle Beleuchtung; ich muß die Nummer neu in Szene setzen, die Lichtschärfe anders einstellen, mit stärkeren Filtern arbeiten.«

Spiele von Licht und Schatten nahmen in seiner Vorstellung schon Form an. Scheinwerfer strahlten aus dem Nichts herab; vor seinem inneren Auge tanzte schon der Schimmel, silbrig leuchtend, in einer verzauberten, kreisförmigen Bahn.

»Ich werde mir die Sache durch den Kopf gehen lassen«, sagte er. »Und ich muß Thyfos ausbilden. Er geht immer gleichmäßig, aber manchmal wirft er die Füße leicht seitwärts. Das muß ich ihm abgewöhnen. Wenn ich mit ihm fertig bin, wird er auf Signale reagieren, die ein anderer nicht mal sehen wird.«

Ich hörte zu, lächelnd.

»Das ist dein Leben«, sagte ich. »Daran hängt deine Liebe, an den Pferden.«

Er legte den Arm um meinen Nacken und zog mich an sich.

»Zufällig hast du unrecht, Herzblume. Mein Leben hängt an dir. Und das sogar in jedem Fall. Die Pferde sind nur meine Träume. Aber ich habe gelernt, die Schalen im Gleichgewicht zu halten.«

Die Luft roch nach See, Salzkristalle leuchteten, ein Zauberschein lag über uns, über der Landschaft. Amadeo sprach dicht an meinem Ohr.

»Wirst du mich noch lange so reden lassen?«

»Es macht mir Mühe, dir zu sagen, du sollst aufhören.«

»Ich kann auch deutlicher werden.«

Er nahm meine Hand, rieb sie an seiner nackten Brust. Seine Haut fühlte sich sonnenwarm an und glatt wie ein Kiesel.

»Komm jetzt«, sagte er leise. »Ich habe eine Schuld abzutragen.«

Wir gingen auf dem Pfad bis zu dem Rand der Lichtung, wo das Haus stand. Grün und kühl rieselte das Wasser hinter einem Pflanzenvorhang. Myriaden von Mücken tanzten in der Luft. Aus dem Sumpf stiegen Vogelrufe: Ich erkannte das Locken der Knäkente, den tiefen Ton einer Rohrdrommel, das Gurren der Holztauben. Die Schirmpinien standen reglos gegen den grüngoldenen Morgenhimmel und starr wie Bronze. Quasimodo lag abseits vom Tor, im Schatten der Büsche. Man hatte eine große Decke über den Leichnam ausgebreitet, um ihn vor Insekten und anderen Tieren zu schützen. Es schmerzte mir in der Brust, und Amadeos Kieferknochen verkrampfen sich; wir wandten beide die Augen ab und sagten kein Wort. Das Haus lag still da; auch in den Wohnwagen rührte sich niemand. Wäsche flatterte an einer Leine. Einer der Wachhunde kroch hervor, wobei er träge den Staub aus seinem Fell schüttelte. Amadeo pfiff; der Hund zog sich zurück, legte friedlich die Schnauze auf die Pfoten. Wir gingen durch den Hof, Amadeo stieß die Haustür auf, sie war ohne Vorhängeschloß. Die Sonne schien durch die Jalousien auf den glänzenden Boden der Wohnhalle. Ein Duft nach welken Blumen, Wachs und Kaffee schlug uns entgegen. In einem der Sessel, mit dem Rücken zum Fenster, saß Manuel, die Beine hochgezogen, und schrieb in seinem Tagebuch. Er hatte den Sessel nahe an das Fenster gezogen, so daß ihn die Feuerstreifen von draußen beleuchteten und alles andere im Dunkeln ließen. Als er uns hereinkommen sah, schlug er das Tagebuch zu, legte es auf den Tisch, wo bereits eine Kanne mit Kaffee, eine Tasse und die Zuckerdose standen. Er erhob und streckte sich, dehnte die langen Arme. Sein Haar war strubbelig und feucht, er mußte geduscht haben. Er hatte sich umgezogen, trug frische Jeans und das rote Hemd, in dem ich ihn zum ersten Mal gesehen hatte, und er war barfuß.

»Der Tierarzt kam vor einer Stunde«, sagte er. »Ich habe ihm für seine Mühe gedankt.«

Amadeo machte ein zustimmendes Zeichen.

»Ich werde ihn später anrufen.«

»Constantin läßt dir ausrichten, die Männer kämen um sieben.«

»Sie werden nicht sehr pünktlich sein«, sagte Amadeo. »Sie waren ja die ganze Nacht beim Fest.«

»Lola schläft noch«, fuhr Manuel fort. »Sie hat mir ein Zimmer gezeigt, aber ich war nicht müde. Kaffee?« setzte er hinzu. »Ich glaube, er ist noch warm.«

Er holte zwei Tassen aus dem Anrichteschrank, schenkte uns Kaffee ein, schob den Zuckertopf über den Tisch.

Amadeo und ich bedienten uns, schlürften mit Wohlbehagen den heißen, stark gesüßten Kaffee. Manuel saß auf der Tischkante, die Arme über der Brust verschränkt. Amadeo betrachtete ihn über den Rand seiner Tasse. Dann sagte er:

»Sobald die Männer da sind, werde ich die Leiche verbrennen. Ich kann sie nicht der Natur überlassen, wie es früher üblich war und bei manchen Völkern noch Brauch ist. Wir leben in Frankreich. Hier fürchtet man sich vor dem Geheimnis des Todes.«

»Die Lebenden wollen vom Tod nichts wissen«, sagte Manuel. »Sie haben viele Gründe dafür. Es wäre schön, wenn wir soviel Glauben hätten, daß wir sagen könnten: Heute ist ein guter Tag zum Sterben.« Amadeo legte den Kopf zurück, schüttelte sein salzverklebtes Haar, wie um die Müdigkeit loszuwerden.

»Man erzählt sich – und ich habe keinen Grund, es zu bezweifeln –, daß ein Oberhaupt der Sinti sich in seiner Sterbestunde an eine Buche fesseln ließ. Seiner Sippe befahl er, ein Fest zu feiern. Als das Fest am schönsten war und die Mädchen im Feuerschein tanzten, schloß er die Augen und starb. So möchte auch ich die Welt verlassen: aufrecht, unerschrocken und im Bewußtsein, daß ich nie etwas getan habe, was ich bei meinem letzten Atemzug noch bereuen müßte.« Er trank seinen Kaffee aus, stellte die Tasse auf den Tisch.

Dann ging er zum Kamin, wo einige Holzscheite aufgeschichtet waren. Er zerknüllte eine Zeitung, schnippte ein Streichholz. Rasch und geschickt entfachte er ein kleines Feuer, schob ein paar Scheite in die Glut. Als die Flammen beständig loderten, richtete er sich geschmeidig auf. Mit rascher Bewegung glitt seine Hand an seine Gesäßtasche. Ich hörte das leise Klicken, als er mit dem Daumen auf das Messer drückte und die Klinge herausschnellte. Sie war lang, dünn, leicht gebogen wie eine Sichel oder wie das Horn eines Stieres. Mein Atem setzte kurz aus; als ob das Messer eine Wunde in mir öffnete, grub sich dieser Augenblick tief in mir ein. Was jetzt geschah, konnte nicht rückgängig gemacht werden.

Manuel betrachtete interessiert das Messer. Der alte Griff war an einer Schnur aus Pferdehaaren befestigt, auf besondere Art geflochten.

»Wozu diese Schnur?« fragte er.

Amadeo ließ die Schnur durch seine gelenkigen Finger gleiten. »Wir nennen sie ›die Schnur der Ratte‹. Sie ist den Windungen der Ratte nachempfunden, die in die Erde hinabsteigt, in das Labyrinth. So sagen die Patriarchen, aber viele Dinge behalten sie für sich. Und nur die Großmütter kennen den Rhythmus der drei Pferdehaare, das Drehen, Wickeln und Verweben, den uralten Rhythmus des Flechtens. Diese Schnur hat Lola für mich gemacht.«

Manuel nickte leicht mit dem Kopf. Amadeo ließ ein paar Sekunden verstreichen und fuhr fort:

»Das Messer wird ›die Sonne‹ genannt. Der Schmied, der es anfertigte, war Kalderach, deshalb ist die Klinge gebogen. Ein Sinti hätte eine gerade Klinge geschmiedet. Solche Einzelheiten haben ihren besonderen Sinn.«

»Das Messer ist klein«, stellte Manuel fest.

»Ja, es soll handlich sein, weil der Romano es ja immer bei sich trägt. Jeder Vierzehnjährige bekommt es vom Oberhaupt des Stammes überreicht, wobei er sich verpflichtet, die Ehre seines Messers zu wahren. Man nimmt an, daß er alt genug ist, um diese Dinge zu verstehen. Das Messer ist eigentlich ein Werkzeug, für das Wohlergehen der Gemeinschaft von Bedeutung. Darüber hinaus weiß der Romano, daß es eine Seele hat und einen Eigenwillen und daß der

Mensch darauf eingehen muß, wie der Reiter auf sein Pferd. Man darf der Klinge keine Schande machen. Anders gesagt: Der Romano darf sie nie zum Töten gebrauchen, es sei denn, sein Leben ist in Gefahr. Hat ›die Sonne‹ einmal getötet, ist sie verunreinigt; die Harmonie der Sippe ist gestört. Das Messer muß begraben werden, damit die Erde es läutert.«

»Und was geschieht mit dem Besitzer?«

»Vor hundert Jahren hätte er sich entehrt gefühlt und seinen Stamm freiwillig verlassen. Heutzutage hat er vielleicht ein paar Gewissensbisse. Und redest du mit Jean über solche Dinge, sagt er ›Bullshit‹. So ändern sich die Zeiten ...«

Amadeo zog die Schultern hoch und sprach weiter.

»Mit der ›Sonne‹ kann ein Romano einen Fremden zu seinem Blutsbruder machen. Zwar sollte die Zeremonie in Anwesenheit der Sippe vorgenommen werden, aber diese Sache ist zwischen dir und mir. Wer Kenntnis von den Dingen hat, wird die Zeichen schon deuten.«

Schweigen. Manuel wartete. Amadeos dunkle Lippen kräuselten sich spöttisch.

»Bist du bereit? Du kannst auch nein sagen, und ich werde mir deswegen keinen Strick um den Hals binden. Schwul bin ich auch nicht, damit du Bescheid weißt. Und den Aids-Test habe ich vor ein paar Monaten gemacht. HIV-negativ, du hast mein Wort. Genügt dir das?«

Fältchen zeigten sich in Manuels Augenwinkeln. Das Lächeln, das ich so liebte, erschien auf seinem Gesicht.

»Das genügt.«

»Gut.«

Amadeo wandte sich mir zu.

»Eigentlich verlangt der Brauch, daß ein ›weiser Mensch‹ – Vater oder Mutter – diese Handlung übernimmt. Aber du bist ›Faraona‹, und du kennst den Ritus. Würdest du es für uns tun?«

Er überreichte mir die Klinge. Ich ergriff sie ohne ein Wort. Traust du mir soviel zu, Amadeo? Mein Atem beschleunigte sich. Ich wartete, bis er wieder gleichmäßig ging. Im Kamin tanzte das Feuer in fiebrigen Flammen, schickte seinen warmen Atem durch meine

Lungen. Ich kniete vor dem Kamin nieder, hielt die Klinge in die Flammen. Das Feuer schwamm auf mich zu, berührte zuerst meine Hand, dann meinen Arm; ich lächelte, genoß das Streicheln auf meiner Haut; es prickelte leicht, wie Seifenschaum, und ich fand darin eine seltsame Seligkeit. Meine Finger schimmerten golden durch das Feuer, während die Klinge sich rötete. Ich spürte die Blicke beider Männer im Rücken; sie wußten ebensowenig wie ich, warum mich das Feuer nicht verstümmelte, warum meine Haut nicht schrumpfte, meine Blutgefäße nicht platzten. Sie fragten nicht: »Was ist das?« Es war einfach so. Völlig entspannt hielt ich die Hand in die Flammen. Nur meine Knie- und Ellbogengelenke schmerzten, was mir seltsam vorkam. Ich entsann mich, daß Stavros mir beim Feuerfest etwas darüber gesagt hatte. Was eigentlich? Ich grübelte ein paar Sekunden darüber nach, doch die Worte waren mir entfallen. Als das Messer erhitzt war, erhob ich mich und kühlte die Glut ab, indem ich die Klinge brauchgemäß in alle vier Himmelsrichtungen schwenkte. Die Männer sahen zu, schweigend. Ich ließ noch ein paar Atemzüge verstreichen, um ganz sicher zu sein, daß die Klinge genügend erkaltet war. Dann ergriff ich Amadeos rechtes und Manuels linkes Handgelenk und ritzte mit der Dolchspitze die Haut auf: ein guter, sauberer Schnitt, zweimal. Ich kannte diese Dinge, ich wußte, wie sie gemacht werden mußten. Als das Blut hervorquoll, umfaßte ich ihre Hände, preßte die Wunden eine Zeitlang aufeinander, nachdem ich das Messer an der Schnur um mein Handgelenk gewickelt hatte. Die Männer schwiegen immer noch; ihre Haut fühlte sich warm und dicht an, ich hörte ihre Pulsadern klopfen. ihre Glieder waren schwer, entspannt wie die Glieder von Schlafwandlern. Ihre Augen waren schwarz, umwölkt vor Begehren, und diese Erkenntnis drang in mich ein, sie durchdrang meine Sinne, aufflammend wie die Feuersglut. Und ich spürte meine eigenen Träume, die plötzlich aus der Tiefe meiner Augen zu ihnen schwebten. Jetzt ist es soweit, dachte ich, und der Gedanke war so angenehm, daß ich eine Weile in ihm ruhte und erst wieder die Augen aufschlug, als ich die antike Eidesformel sprechen mußte. Jahre waren es her, daß ich sie zum letzten Mal gehört hatte. Ich fragte mich mit angsterfüllter Ungewißheit, ob ich mich wohl an die Worte erinnern würde, doch sie kamen mir ganz mühelos über die Lippen. Ich sprach französisch, damit Manuel sie verstand, obwohl ich sie auch in der Sprache der Romanos hätte aufsagen können.

»Das Blut formt den Menschen, seinen Körper, seinen Geist und sein Herz. Ihr habt euer Blut vermischt und seid jetzt Brüder.«

Ein paar Sekunden herrschte Stille; nur das Feuer prasselte. Von draußen vermochte ich klar den Schrei einer Möwe zu hören, und in der Ferne wieherte ein Pferd. Das Blut tropfte auf meine Finger, warm und klebrig; ich hatte das Bedürfnis, meinen Mund auf die frischen Wunden zu legen. Beide Männer standen dicht vor mir, größer als ich. Ich war eingehüllt in der dunklen Wärme ihrer Gegenwart, starrte in ihre Augen und fühlte ihren Pulsschlag. Auch ihre Hände waren so warm, meine eigenen schienen sich darum zu klammern, und der Druck unserer aneinandergepreßten Hände schien zusammenzufassen, was wir empfanden. Wir durchschauten uns augenblicklich und völlig, spürten diesen inneren Tumult, die Gefühle auch, die zwischen uns hin und her strichen. Ich dachte, bald werde ich beide mit meinen Körper umschließen, ihr Leben in meinem Schoß spüren, einen Rhythmus mit ihnen finden, den wir erst noch entdecken müssen. Der Zauber dieses Bildes blendete mich. Langsam ließ ich den Atem herausströmen, gab ihre Hände frei. Ein kühler Lufthauch streifte meine Handflächen, als ich die »Schnur der Ratte« von meinem Handgelenk wickelte und Amadeo das Messer zurückgab. Er nahm es schweigend; die Klinge gehorchte seinem Daumen, sprang zurück. Er steckte das Messer in seine Tasche, wandte sich Manuel zu. Ihre Blicke hielten einander fest, bevor sie sich kurz und heftig umarmten. Sie sprachen kein Wort dabei, und auch ich stand still. Die Magie der soeben vollzogenen Handlung wich nur langsam von mir, wie eine abziehende Wolke, die Feuchtigkeit auf meiner Haut hinterließ.

Als ich Amadeos und Manuels Hand nahm und wir gemeinsam die Treppe hinaufgingen, war das Feuer im Kamin fast gänzlich erloschen. Die abgenutzten Holzstufen knirschten leise. Im ersten Stockwerk war alles ruhig. Amadeo stieß eine Tür auf. Die Jalousien waren geschlossen, das Zimmer war fast völlig dunkel; nur ein Sonnenstrahl schwebte durch die Ritze, ließ eine große indische Kupferplatte auf dem Steinboden rötlich erglühen. Staubteilchen flimmerten in der Luft, wie Goldflitter. Ein alter Schrank war da, ein Spiegel in einem Holzrahmen. Ein Schreibtisch mit einer Lampe, und Stapel von Büchern überall. An den Wänden waren Fotos mit Reißnägeln; fast alle zeigten Pferde, aber es waren auch Aktfotos dabei, von Coralie und von anderen Frauen, einige schön, viel schöner als ich. Ein Lächeln glitt über meine Lippen. Wie oft hast du mit einer Frau geschlafen, Amadeo, mit geschlossenen Augen Träume wachgerufen, die mir galten? Betten gab es nicht in diesem Zimmer, nur zwei große Matratzen am Boden; Wolldecken lagen zusammengefaltet. Jede Spur von Coralies Anwesenheit war ausgelöscht, Amadeo hatte dafür gesorgt. Kein Kleid, kein Gegenstand war hier, der ihr gehörte, und die Matratzen waren frisch überzogen. Die herbe Sauberkeit der Laken erregte den Wunsch, sie mit der Wange zu berühren. Amadeo schloß die Tür, drehte den Schlüssel. Alles war still, wir hörten nur unsere Atemzüge, als wir uns langsam entkleideten. Wir taten es ruhig und sachlich, ohne uns voneinander abzuwenden, und warfen die Kleidungsstücke auf den Boden.

Dann standen wir dicht beieinander; ich sah unsere Umrisse im Spiegel. Ich legte die Hand um Amadeos Hüfte, während ich Manuel küßte, doch nur leicht, nur kurz mit der Zunge berührte. Ich spürte, wie mein Herz das Blut durch meinen Körper stieß, mein atmendes Leben langsam und schwer in meinen Unterleib sickerte. Das Gewicht zog mich nach unten; stumm ließ ich mich auf die Matratze sinken, während beide Männer noch standen. Ich rollte mich herum, legte mich flach auf den Rücken und sah zu ihnen empor. Ich wölbte leicht das Becken vor, langsam und sanft, wie eine Flamme, vom Luftstrom angezogen; hob leicht die Knie, öffnete die Schenkel. Und dann spreizte ich mit zwei Fingern meine Scham, zeigte ihnen mein Begehren, offen und deutlich, wie sie mir das ihre zeigten. Als sich beide über mich beugten, schloß ich die Augen. Ich wollte nicht wissen, wessen Mund sich meines Mundes bemächtigte, wer als erster in mich hineinglitt, sich glutvoll pulsierend zwischen meinen Schenkeln bewegte. Ich wollte beide lieben, mit den Lippen, mit dem Schoß, mit dem ganzen Körper; in mir war nur Feuer, nur brennende Lava. Ich fing mit den Lippen ihren Schweiß auf, sog den Geruch ihrer Achselhöhlen ein, den vermischten Duft ihrer Haut. Ich folgte ihrem Vordringen in mir, nützte ihre Reflexe aus, drängte sie plötzlich fort, zog sie tiefer ein, bis mein ausgeglühter Leib sich in Lustkrämpfen härtete. Ich wurde zum schmerzenden Mittelpunkt ihrer Gier, trank die Lust des einen, preßte den anderen gleichzeitig in mich hinein, hielt ihn mit meinen Muskeln fest, die so stark und dehnbar waren, brachte auch ihn zum Höhepunkt. Dann brachen wir erschöpft ab, doch nur für eine Weile, betrachteten uns im Halbdunkel, etwas verwirrt, mit glänzenden Augen und feuchten Lippen. Ein Strom hatte uns fortgerissen, wir waren einem Sturm von Emotionen ausgeliefert. Erstaunen, entgeisterter Triumph darüber, daß es möglich sein konnte, daß unsere Liebe jetzt ein und dasselbe Gefühl war. Sie war in uns, diese Liebe, lebendig in Fleisch und Blut. Wir hatten unser Paradies betreten, unsere Körper sprachen für uns, sagten sich alles.

Amadeo und Manuel hatten die Arme um mich gelegt, schmiegten ihre klammen Leiber an meine Hüften. Wir lächelten uns an, küßten uns, Hände wanderten um mein Rückgrat herum, streichelten meine Lenden, strichen an den Schenkeln empor. Mein Geschlecht, weit offen und naß wie eine Muschel, vibrierte. Zwei Finger tauchten ein, glitten leicht hin und her. Ich stöhnte leise. Die Finger bewegten sich wie im Traum, drangen tiefer. Ich zog die Bauchmuskeln zu, umschloß beide Finger enger; wir starrten uns an, verfolgten das Fortschreiten der Erregung in unseren Augen. Zusammen, miteinander, gleichzeitig. Da lächelte ich wie eine Siegerin, hob beide Arme über den Kopf, streckte mich an den sehnigen Körpern entlang. Mein Mund gehörte ihnen, mein weit gewordener Leib war für sie da. Ich konnte ihre Kräfte mit Liebkosungen wecken, mit Lippen und Zunge ihre Heftigkeit beleben, bis ihre Körper, im neuen Begehren gespannt, unter den Stößen ihrer Lust pulsierten. Auf diesen Augenblick warteten wir; er würde kommen, jetzt gleich. Draußen stieg die Sonne. Morgenlicht schimmerte im Spiegel, und auf den Laken leuchteten Mohnblumen: Die frischen Wunden hatten wohl ein wenig geblutet. Mit einer Drehung der Hüften warf ich mich langsam herum; ich nahm ihre Arme, legte sie über mein Gesicht. Meine Zungenspitze glitt über die Wunden, die sie von mir erhalten hatten, die Wunden, die sie zu Brüdern machten. Ich fühlte unter den Lippen ihre Haut, lebendige Zärtlichkeit, wunderbar zu berühren, und gleichzeitig auch das Blut, salzig und warm. Und beide Wunden hatten den gleichen Geschmack.

37. Kapitel

Der Nachthimmel schillerte klar über die dunkle, abgeflachte Masse des Ätnas. Auf halber Höhe flackerte eine Art blutrote Masse, als pulsiere dort ein riesiges, bloßgelegtes Herz. Es war ein magisches Bild, eine eigentümliche Mischung aus Digitalkomposition und urweltlicher Bedrohung.

»Die Sizilianer nennen den Ätna den *vulcano buono* – den guten Vulkan«, sagte ich zu Manuel, der neben mir am Fenster stand. »Sie sagen, man dürfe nicht schlecht von ihm reden. Er ist nicht heimtückisch wie der Vesuv, er läßt den Menschen immer genügend Zeit zur Flucht. Und an seinen Hängen reifen die besten Früchte.«

Manuel wandte mir seine Augen zu, braun wie Rinde, die den Glanz seiner ständigen Träume widerspiegelten.

»Es gab ihn ja schon vor zweihundert Millionen Jahren. Er ist alt und weise und mit den Sternen verwandt. Die Menschen sind nur Gäste auf seinen Hängen. Der Geist des Ortes sieht alles, was auf Erden, und alles, was im Universum ist.«

»Ich möchte wissen, was Alain sagen würde, wenn er dich hörte.«

Er lachte leise und amüsiert.

»Er würde mir einen Vortrag halten: Der Ätna hat drei Gipfelkegel und ist zur Zeit 3350 Meter hoch. Sein Inneres besteht aus Resten alter, längst erloschener Vulkane. Der Sockel setzt sich aus Kalkgestein zusammen. Wir untersuchten die Ablagerungen und fanden keine Spur von einem Gott.«

Am Nachmittag waren wir mit einer Maschine der Alitalia in Catania eingetroffen. Das Institut für Vulkanologie hatte uns für eine Nacht Zimmer im »Central Palace« besorgt, ein altmodisches Hotel an der Via Etnea. Am nächsten Morgen würde man uns in das Sperrgebiet bringen. Der Januar war kalt und grau. Über den Flugplatz zogen scharfe Windstöße, Regenschauer peitschten die Straßen. Die Feuchtigkeit hatte die alten Barockgebäude der Innenstadt mit ungewöhnlich düsteren Flecken überzogen, als ob sich eine Krankheit durch die Steine fraß. Ich kannte Catania bereits, sein skurril-verkommenes Stadtbild, die laute, nervöse Art seiner Bewohner. Die Autofahrer waren die rücksichtslosesten, die uns je begegnet waren, schlimmer als in Mexiko, wie mir Manuel grinsend bestätigte. Es mochte das Klima, die Natur, die ganze Umgebung sein, gefangen zwischen Meer und Vulkan. Das beständige rote Glühen des Ätnas erfüllte das Sein und Denken sogar der Intelligenten mit Atavismen und Schreckensbildern und stürzte sie in ein seltsames »laisser- aller«, vibrierend, dekadent und unbehaglich. Nicht selten waren Laváströme bis in die Vororte gebrandet; aus den schwarzen Schlacken am Straßenrand wuchsen Agaven in prallem, herausforderndem Grün. Denkmale und Paläste waren verkommen, mit Rissen durchzogen. Die ganze Stadt verströmte einen modrigen Geruch. Die grindigen Fassaden, mit Graffiti und wuchernden Plakaten überzogen, glichen einem riesigen Bühnenbild, für den Weltuntergang als Opernaufführung entworfen.

Die Nachricht war vor drei Tagen im Institut eingetroffen: Am Fuß eines kleineren Nord-Ost-Kegels war teilweise entgastes Magma an die Oberfläche gedrungen. Die Schmelze preßte sich mit einer Geschwindigkeit von etwa einem halben Meter pro Sekunde aus der Spalte. Die Eruptionsstelle, in etwa tausend Meter Meereshöhe, hatte sich in der Umgebung von Zafferana Etnea durch einige Weingärten gewälzt. Die Zufahrtsstraße zum »Rifugio Sapienza« – eine vom italienischen Alpenverein gegründete Bergunterkunft – war gesperrt. Man hatte auch den Betrieb der Bergbahn eingestellt.

»Zum Glück sind im Winter nur wenig Touristen da«, sagte Aurelio Carboni, der uns am Flughafen abholte. »Bei jeder Eruption gibt es Unfälle. Die Touristen genießen das Schauspiel, als sei es für ihr Vergnügen inszeniert. Wir aber wissen, was der Kampf gegen den Vulkan bedeutet«, schloß er lächelnd. »Die Lava wird siegen, aber da wir schlau sind, zögern wir ihren Sieg so lange wie möglich hinaus.«

Aurelio arbeitete als Physiker am Internationalen Institut für Vulkanologie in Catania und befaßte sich mit der Untersuchung von Erdbebenherden. Ich hatte ihn auf einem Kongreß in Stuttgart kennengelernt und mochte ihn gern. Er war ein hochgewachsener Mann, dunkelgelockt, mit Tränensäcken unter den Augen, seltsam abstehenden Ohrläppchen und einem melancholischen Mund. Seine Züge erinnerten mich an die Gesichter, die man auf alten römischen Mosaiken sieht: wohlgeformt und harmonisch, aber von einer Mischung aus Trägheit und Skepsis gezeichnet.

Neben ihm wirkte Alain wie ein sehniger kleiner Foxterrier, dessen schwarze Knopfaugen alle Dinge neugierig, flink und scharf erfaßten. Er hatte veranlaßt, daß uns das Institut zwei neue Seismometer mitgab; das Aufzeichnungsgerät, das die Meßdaten speicherte, war computergesteuert. Der Computer erlaubte eine schnellere und gründlichere Auswertung der Aufzeichnungen, um die Bewegung und den Aufstieg des Magmas im Inneren des Vulkans zu messen. Aurelio überprüfte die Geräte mit neiderfülltem Enthusiasmus. Die Universität Catania hatte kein Geld und arbeitete mit Geräten, die Alain als vorsintflutlich bezeichnete.

Ich war auf Alain nicht gut zu sprechen. Die Nachricht aus Catania war eben da, als er schon Martin mit einem Fax benachrichtigte. Ich hatte meinen Ärger nur mühsam unterdrückt.

»Ist er nicht schon längst wieder in Amerika?«

»Er geht erst im April. Wir hatten vereinbart, daß ich ihn informieren würde, sobald sich etwas Interessantes tut.«

»Wozu brauchen wir einen Fotografen, Alain? Wir nehmen doch alles auf Video auf.«

»Er sammelt für sein Archiv. Wir sponsern seine Ausstellungen, dafür stellt er uns erstklassiges Bildmatenial zur Verfügung. Und er ist zuverlässig, was die meisten Fotografen nicht sind.«

Alain blieb sachlich. Er wußte, daß ich eine Zeitlang mit Martin zusammengelebt hatte und wir uns getrennt hatten.

»Ich mische mich nicht in dein Privatleben ein, mein Selbsterhaltungstrieb läßt das nicht zu. Aber du wirst doch wohl ein paar Tage mit ihm auskommen, ohne ihn gleich in einen Krater zu stoßen.«

»Wenn er den Mund hält. Wann kommt er?«

»In ein oder zwei Tagen. Er hat noch einen Auftrag in der Dordogne zu erledigen. Den Ätna kennt er gut. Er wird sich schon zurechtfinden.«

Ich sagte Manuel Bescheid. Er lächelte nur, in seiner heiter-spöttischen Art. Es brauchte mehr, um ihn aus der Fassung zu bringen.

»Ich behaupte nicht, daß mich seine Anwesenheit mit Freude erfüllt, aber ohne ihn hätten wir uns wahrscheinlich gelangweilt.«

»Ach, Manuel, es tut mir leid. Ich bin etwas gereizt, wenn es um Martin geht. Er hat mir das Leben versaut, als ich damals in Paris auf dich wartete.«

Er blinzelte.

»Hast du auf mich gewartet? Das wußte ich nicht.«

»Ich bin wählerisch, wenn es drauf ankommt.«

»Wir experimentieren gern.«

War es ein Experiment gewesen, damals, in Les-Saintes-Maries de la Mer? Experimente kann man machen, aus Lust oder Neugierde, ohne daß sie das Leben verändern. Es war am Ende der Nacht gewesen, als die Morgensonne Goldstaub durch die Jalousien streute; wir hatten uns geliebt, Amadeo, zusammen mit ihm, und füreinander einen anderen Raum geschaffen. Die Zärtlichkeit hatte neue Worte und Gesten und Liebkosungen erfunden. Wir entdeckten, daß man sich auf viele Arten heben kann, auch auf Umwegen; wir überließen uns dieser Richtung, weil wir merkten, daß sie unseren Bedürfnissen entsprach. In diesen frühen Morgenstunden und in den folgenden Nächten rissen wir alle Schranken nieder. Du und ich hatten nichts aufgegeben, von nichts abgelassen, nur etwas anderes hinzugefügt. Ich hatte es von dir verlangt, hatte dir zugeführt, was du dir selbst nicht nehmen wolltest, und von diesem Augenblick an hatten sich die Bilder verwischt; die Gier, die dich und ihn in meiner Gegenwart überschwemmte, fand zu mir zurück, danach, er füllte meinen Leib mit pulsierender Glut. Ich wußte schon damals, es würde nie zu Ende gehen, du würdest immer wieder tun, was ich von dir verlangte. Und siehst du, Amadeo, auch später – nach dieser Sache – blieb dein Bild im Zentrum unseres Begehrens, wie ein Fieberpochen in unserem Hirn, ein erleuchtetes Farbmuster an einer dunklen Wand. Du hast unserer Liebe eine andere Dimension verliehen; sie machte dich zu einem Zucken von Nerven, zu einem Brand in unseren Lenden. Manuel sagte leise: Komm! Ich legte mich auf ihn, wir vertauschten die Rollen, beschworen neuschöpfend dein Bild herauf, eine schmerzhaft-vertraute Sehnsucht, ein Name hinter den gestammelten Worten unseres Mundes. Von fern herangeweht, entführte es uns in noch größere Weiten. Jede Bewegung brachte das verwunschene Zimmer zurück, das Gold im Sonnenschein, die heißen, zerwühlten Laken, blutbefleckt. Er zögerte sein Kommen bis ganz zuletzt hinaus, und dann zog er mich auf sich. Sein Fleisch, hart und fest in meinem Fleisch, hob und senkte sich, rückwärts oder vorwärts und manchmal so tief, daß ich schrie. Die Sehnsucht war unvermeidlich und klarer als jedes Wort; wir bewegten uns stöhnend und völlig im Einklang, den Rhythmus unserer Hüften verstärkt durch den Gedanken an dich.

Am nächsten Morgen also fuhren wir in Aurelios Landrover nach Zafferana Etnea, wo die Erde seit Monaten bebte. Die dunklen Regenwolken waren weggeweht, die Sonne brannte. Die trockene sizilianische Erde hatte den Regen gierig aufgesaugt; auf den oberen Hängen des Ätnas lag Schnee. Die Heftigkeit des Klimawechsels verursachte mir einen vagen Brechreiz. Mir war heiß, meine Stirn war schweißverklebt. Zum Glück fuhr Aurelio besonnen, aber die Autobahn war voller Schlaglöcher, so daß wir ständig mit dem Kopf ans Wagendach stießen. Den Beifahrersitz hatte Luciana, seine Assistentin, bekommen. Manuel, Alain und ich saßen ziemlich eingepfercht zwischen der ganzen Ausrüstung auf dem Hintersitz. Obstgärten, Nußplantagen und Zitronenhaine durchzogen die Landschaft. An den kahlen Bäumen hing vergilbtes Laub. Nach einer halben Stunde verließen wir die Autobahn. Die Straße, ständig steigend, wand sich in langen Schleifen und scharfen Kurven die Bergflanke entlang. Wir kamen durch einige Dörfer, in winterliches Schweigen gehüllt: trübselige Häuser mit zerbrochenen Ziegeln, düstere Cafés, Maultiere neben Motorrollern. Die engen Gassen waren fast nur von alten Männern und Halbwüchsigen bevölkert, die träge an den schmutzigen Wänden lehnten. Arbeitslose – wie uns Luciana erklärte.

»Viele werden *Scippi*-Diebe, und wenn wir Sizilianer etwas sein wollen, dann werden wir die besten von allen. Touristen zu bestehlen ist ein beliebter Sport. Diebe und Polizei sind der Meinung, Touristen seien sowieso reich und schlössen Versicherungen ab. Also, warum sich nicht bedienen?«

Luciana hatte blondgefärbtes Haar, das am Scheitel dunkel wurde, und die breiten Hüften der Südländerinnen. Ihre Art, Augen und Hände zu bewegen, war lebhaft und ausdrucksvoll. Sie rauchte ständig und hatte Sinn für Humor.

»Sehen Sie, in diesen Dörfern gibt es keine Zukunft. Die Jugend gibt sich in Gottes Hände oder in die Hände der Mafia. Und wählen sie das Exil, singen sie ›Santa Lucia‹ und weinen vor Heimweh.«

Luciana glaubte, daß Manuel und ich verheiratet waren. Sie selbst wollte ledig bleiben.

»Sizilianische Männer taugen nicht viel. Sie spielen Karten und gehen ins Bordell, während wir Frauen Tomatensauce einkochen.« Aurelio lachte zu dieser Bemerkung. Zwischen ihm und Luciana bestand ein intensives Einvernehmen; mir fiel es an jedem Wort auf, das sie tauschten. Ich nahm an, daß sie ein Verhältnis hatten, obwohl Aurelio einen Ehering trug. Seine Frau erwähnte er niemals, mit keinem Wort.

Die Straße kroch weiter den Berg hinauf. Abwechselnd fuhren wir durch sengende Gluthitze und eisige Schattenschauer. Der Gedanke, daß dieser Berg von Feuerschloten durchzogen war, schien fast unglaublich. Verfallene Türme, aus der Zeit der Normannen, krallten sich am kahlen Gestein fest. Manche zeigten noch Reste von Pechnasen und Zinnen.

»Die Ruinen sind fast tausend Jahre alt«, erklärte ich Manuel. »Die Araber hatten Sizilien erobert und wurden von den Normannen zurückgeschlagen. Die Burgen dienten dazu, das Meer zu überwachen.«

Auf der Straße hatte man Schranken aufgestellt; wir mußten ein paar Mal halten und sie auf die Seite stoßen. Ansonsten war das Sperrgebiet unbewacht. Die Lavaschlacken am Straßenrand wirkten wie ein hartgebackener Krümelkuchen, mit Buschwerk überzogen.

»Zehn Jahre muß die Lava alt sein, bis sie fruchtbar wird«, sagte

Aurelio, »aber hier wachsen die süßesten Trauben der Welt.« Manchmal hatten die Erderschütterungen Felsen gelöst; sie waren eine kurze Strecke über den Berghang gerollt, dann irgendwie zum Stocken gekommen. Hier und da hatten sie einen Baum mitgerissen, das Wurzelgebilde freigelegt.

»Die Erde hört nicht auf zu beben«, sagte Aurelio. »Man spürt es bis nach Catania.«

»Regt ihr euch eigentlich darüber auf?« wollte Alain wissen.

Luciana schüttelte den Kopf.

»Dazu fehlt es uns an Energie. Das einzige, was wir tun, ist, aufhören zu reden, bis es wieder ruhig wird.«

Zafferana Etnea bot trotz seines Rufes als »Kurort« nichts Anziehendes, ein Niemandsland zwischen ärmlicher Vergangenheit und High-Tech. Autos und Motorroller fuhren gefährlich nahe an schwerbepackten Mauleseln vorbei. Alte Frauen, unter ihren Reisigbündeln halb begraben, schlichen an den Hauswänden entlang. Aurelio schlug vor, einen Kaffee zu trinken. Wir stiegen aus und suchten ein Café. Die Luft roch nach Weihrauch, Abgasen und Schwefel. Als wir in das Café traten, war es voller Männer, die alle aufhörten zu sprechen und uns anstarrten. Wir setzten uns und sprachen über die Tremorspektren, die die Bodenerschütterungen wiedergaben und sich in der Klangfarbe – der Frequenz – der Stöße unterschieden. Es hing mit den unterirdischen Kanälen zusammen. Die Druckstöße im Magma regten die Schlote zur Eigenresonanz an.

»Wie die Töne von Orgelpfeifen«, sagte Aurelio zur Manuel, der wenig sprach und viel zuhörte. »Die Eigenfrequenzen hängen davon ab, wie lang der Kanal ist und ob er am Ende offen oder geschlossen ist.«

Der herbe Kaffee, stark gesüßt, tat mir gut. Luciana rauchte eine Zigarette nach der anderen. Außer uns redete niemand im Café. Die Männer saßen da wie Holzklötze, bis wir zahlten und gingen. Hinter den Schnörkeln der barocken »Chiesa Madre« wuchs die Kumulus-Wolke des Vulkans wie ein gigantischer Blumenkohl in die Höhe. Ein paar Frauen, schwarzgekleidet, standen vor dem Kirchentor. Der Rosenkranz baumelte in ihren gefalteten Händen.

Hinter Zaffarena Etnea schwang sich die Straße höher; an einigen

Stellen war der Asphalt mit Steinen frisch aufgeschüttet. Die Sonne funkelte mit sengender Grellheit, als ob sie durch ein Brennglas fiel. Manchmal erfaßte der Blick einen grenzenlosen blauen Raum bis an die Küste; dann wieder tauchte die Straße in Hügelbildungen unter, die düster und waldig waren. Allmählich wichen die fruchtbaren Äcker kahlen Flächen und braunrotem Geröll, in dem seltsam geformte Kuppen auftauchten, die ihre versteinerte Lava trugen, wie Kronen aus schwarzen Schaum.

Vor dem Rasthaus standen einige Wagen. Wissenschaftler aus Deutschland und Dänemark waren schon vor zwei Tagen eingetroffen. Reporter vom »Corriere de la Sera« und von »La Stampa« waren anwesend, und ein Aufnahmeteam vom italienischen Fernsehen war auch unterwegs.

Der »Refugio Sapienza«, vor einigen Jahren bei einer Eruption zerstört, war neu aufgebaut worden. Souvenirläden und Bars waren geschlossen und der Betrieb der Seilbahn eingestellt. Die Zimmer waren einfach und schlecht geheizt, aber zum Glück hatten wir genug Wolldecken. Von unserem Fenster aus fiel der Blick auf einen kleinen, erloschenen Krater. Der Trichter war völlig rund; an seinen Hängen klebte Abfall. Offenbar benutzte man den Krater als Müllhalde.

Meine Gelenke fühlten sich steif an. Ich setzte mich aufs Bett und wischte mir die Stirn mit dem Arm ab.

»Fühlst du dich nicht wohl?« fragte Manuel.

»Kopfweh.«

»Die Höhenluft, vielleicht?«

Mir schien, als ob ich niemals die erforderliche Kraft aufbringen würde, um auf die Beine zu kommen. Aber das dauerte nicht lange. Ich schloß die Augen, öffnete sie wieder, und es war vorüber.

Im Restaurant war der Tisch schon gedeckt. Das Essen war reichlich und deftig: Nudeln mit Tomatensauce und öltriefende Schweinswürste, dazu einige Sorten Gemüse. Ich würgte ein paar Bissen herunter. Wenn man mich etwas fragte, mußte ich mich gewaltsam zusammennehmen, um eine halbwegs vernünftige Antwort zu geben. Aber nach dem Essen ging es mir besser. Der Wirt, dunkelbraun, mit einem verwegenen Berglergesicht, erzählte uns, daß man das Zischen der aufsteigenden Lava höre, wenn der Wind aus der Richtung des Ausbruchs komme

»Wir hoffen, daß es nur eine *piccola fronte lavica* – ein kleiner Lavaausbruch ist«, sagt er, mit sorgenvollen Stirnfalten. Alain erwiderte, das hoffe er nicht, worauf der Wirt betroffen zusammenzuckte.

»Hören Sie nicht auf ihn«, sagte ich, »er meint es nur als Witz.«

Ich hatte kaum fertig gesprochen, als die Wände knirschten, die Gläser schepperten und die Lampen hin und her schwangen. »Der Ätna ist zornig!« murmelte der Wirt und stapelte hastig die Teller ineinander.

Luciana steckte eine Zigarette in den Mund und sah ihm gedankenvoll nach.

»Müßte er morgen dieses Haus verlassen«, sagte sie, »würde er Brot, Käse und Wein auf den Tisch stellen. Damit der Feuergott ihm erlaubt wiederzukommen, sobald sich sein Zorn gelegt hat.«

Aurelio wandte sich an Manuel.

»Hier auf dem Ätna gibt es 270 kleine Neben-Vulkane, sogenannte Parasitenkegel. Der eine oder andere ist immer aktiv, und der Berg verändert sehr schnell – geologisch gesehen – sein Landschaftsbild.«

»Nicht schnell genug für meinen Geschmack«, brummelte Alain.

Aurelio seufzte mit müder Nachsicht.

»*Amico mio,* du bist zu ungeduldig. Laß den Leuten doch Zeit, zwischen zwei Ausbrüchen ein wenig zu verschnaufen.«

Nach dem Essen machten wir uns auf den Weg. Die Eruptionsspalte war nur zu Fuß zu erreichen, etwa einen halben Kilometer in Luftlinie. Wir waren mit Instrumenten beladen: die beiden Seismometer, eine Metallstange für Lavaproben, ein Thermoelement, um die Temperatur zu messen, sowie eine Anzahl kleinerer Geräte. Die Sonne stand hoch und brannte auf der Steinwüste ringsum, während eiskalter Wind über die Bergflanke strich. Wir hatten unsere Gesichter mit Sonnencreme eingerieben, trugen dunkle Brillen, Handschuhe und Mützen. Der Weg war ziemlich steil. Das Geröll bestand aus abgeschliffenen Steinen, vom Wind poliert; es hatte die Farbe von gebranntem Ton. Am Berghang häufte sich der übliche Zivilisationsabfall: Büchsen, Batterien, leere Bierdosen, Flaschen und Plastikfetzen. Unter einem Stein sah ich sogar eine Damenbinde liegen. Auf manchen Felsen hatten Touristen mit dem Taschenmesser zur ewigen Erbauung ihren Namen eingeritzt. Während wir hintereinander über den Pfad stapften, hatte ich plötzlich ein ganz merkwürdiges Gefühl: als ob sich etwas in mir verändert hätte. Mehr als ein Gedanke war es ein ahnendes Nachgehen, ein intuitives Grübeln, verbunden mit einer Art physischer Schwäche, eine stets wiederkehrende Müdigkeit und dazu Schmerzen im Kreuz und in den Gelenken. Woher es kam, konnte ich nicht sagen. Ich wußte nur, es hatte damals begonnen, in jener Nacht, als Quasimodo starb und ich zum ersten Mal geweint hatte.

»Du bist müde?« sagte hinter mir Manuels Stimme.

Er schien oft geistesabwesend und ließ mich auf eine verständnisvolle Weise in Ruhe. Aber sein Zartgefühl bildete einen festen Kreis um mich, in dem ich im Mittelpunkt stand. Er war empfindsam und mitschwingend, geradezu aufregend in dieser Hinsicht. Ich drehte mich nach ihm um.

»Entropie, schätze ich.«

Er grinste.

»Das wäre natürlich eine Erklärung.«

Mein Puls flog. Ich holte gepreßt Atem.

»Ich weiß nicht, was ich habe, Manuel. Ich fühle mich komisch.«

Sein Lächeln erlosch. Er legte die Hand auf meine Stirn.

»Du schwitzt, das ist nicht gut. Komm, ich trage deinen Rucksack.«

»Nicht nötig, wir sind ja gleich da.«

In kurzer Entfernung verteilte sich eine Rauchsäule über den Hang, wirbelte den typischen Schwefelgestank auf, Gleichzeitig trug uns der Wind ein seltsames Geräusch entgegen: wie ein Scheppern von Tellern und Tassen oder das Brummen eines gigantischen Hornissenschwarms. Alain gab uns ein Zeichen, vorsichtig zu gehen. Das Klirren und Schnurren wurde lauter. Und plötzlich hob sich die Rauchdecke, ein frischer Einschnitt in der Erdkruste wurde sichtbar, und daraus quoll, scheppernd, fauchend und zischend, die Lava. Dunkelgolden, orange bis purpur bleckte die Glut hinauf, und heißer Atem stieg aus der brodelnden Masse. Flammender Urschlamm ergoß sich aus der frischen Kraterwunde, teilte sich, weiter unten in der Talsenke, in zwei glühende Feuerströme. Funken stoben wie Irrlichter über das Gestein. Aus der Tiefe drangen Knirschen und Stöhnen, ein dumpfes, vibrierendes Grollen. Ja, der Berg lebte, war lebendig. Fasziniert standen wir vor diesem gewaltigen Schmelztiegel, dessen Schönheit und Geheimnis uns mit jähem Schrecken berührte, bis ich nach einer Weile das Schweigen brach.

»Ist das nicht phantastisch, Manuel? Deshalb übe ich diesen Beruf aus. Ich bin verrückt nach Vulkanen. Sie sind da – für nichts, für sich. Das gefällt mir so. Sie waren und sind und werden dort sein, heute wie in Jahrmillionen.«

»Eine unveränderte Ewigkeit«, murmelte Manuel, »ja, ich verstehe. Wir stehen ganz fern, am Rand der Welt, und sehen die Schöpfung.«

»Sie läßt sich nicht zähmen, Manuel. Wie gut! Die Welt wäre ein unausstehlicher Ort, wenn es keine Erdbeben, keine Überschwemmungen und keine Vulkane gäbe. Dann wären die Menschen noch selbstherrlicher.«

Die anwesenden Forscher hatten sich auf dem Lavafeld verteilt. Im Laufe unserer Arbeit begegneten wir uns und schüttelten einander die Hände. Die Geologen aus Tübingen – zum Teil noch Studenten – wurden von einem Professor angeführt, braungebrannt und drahtig, mit einer weißen Mähne. Helmut, wie ihn die Studenten zwanglos nannten, war Spezialist für Geochemie und hatte ein paar Jahre auf Hawaii gelebt. Die beiden Dänen lehrten am Geologischen Institut der Universität Aarhus. Sie führten bereits einen prächtigen Sonnenbrand spazieren, redeten so laut, daß es über die ganze Bergflanke schallte, und sprachen kein einziges Wort Italienisch. Ein hochgewachsener Farbiger klopfte sich den Staub aus den Kleidern, bevor er uns die Hand gab. John Barron kam aus San Francisco und war Dozent für Mineralogie. Er hatte eine ganz tiefe, schnurrende Stimme. Seine Augen leuchteten, als seien sie auf dem Gesicht aufgemalt, und warfen auch auf mich einen Strahl. Die Fotografen, mit den teuersten und besten Kameras behangen, übertrafen sich gegenseitig auf der Suche nach waghalsigen Blickwinkeln. Mahnungen zur Vorsicht wiesen sie achselzuckend von sich. Ein schwarzgelockter Schönling wurde ausgesprochen lyrisch: »Signorina, sie sind sehr attraktiv, aber die Gefahr ist bezaubernd.«

Man konnte sie nur ihrem Schicksal überlassen.

Wir sprachen über die möglichen Folgen der Eruption und waren uns ziemlich einig, daß die Flüssigkeit sehr ungleichmäßig siedete, wegen der dauernden Veränderung in den Schloten. John Barron, der ausgezeichnet Italienisch sprach, lieferte einen bildhaften Vergleich:

»Es ist wie ein Gartenschlauch. Wenn Sie ihn an mehreren Stellen mit einer Klemme einengen, spritzt das Wasser rhythmisch auf den Rasen.«

Inzwischen maß Alain die Veränderungen am Boden mit seinem Nivellierinstrument und stellte zufrieden fest, daß sie »bedeutend« waren. Ich suchte mir eine geeignete Stelle aus, wo ich nahe an das Magma herantreten konnte. Die Glut war an der Oberfläche zu Schlackenblöcken erstarrt, die langsam vorbeirollten und von der hervorquellenden Lava überflutet wurden. Die Gase aus der Krateröffnung machten die Luft stickig, entwichen jedoch gut, so daß keine Explosionsgefahr bestand. Die Hitze schlug mir ins Gesicht, und die Schwefelausdünstungen verursachten mir ein leichtes Schwindelgefühl. Es war das erste Mal, daß ich Hitze als unangenehm empfand. Ich beugte mich nieder, mit dem Thermoelement in der Hand, um die Temperatur zu messen.

»Ariana, deine Handschuhe!« rief Luciana erschrocken.

Ich wollte ihr sagen, daß ich keine benötigte, doch sie stand schon da und reichte mir die Asbesthandschuhe. Ich streifte sie über und tauchte das Thermoelement in die Lava; sofort klammerte sich die Glut daran wie ein kleines rotes Tier.

»Wieviel macht es aus?« fragte mich Luciana.

»1100 °C«, sagte ich, »etwa 300 °C unter dem Schmelzpunkt von Stahl.«

Alain schnalzte mit der Zunge.

»Ausgezeichnet. Da sitzt Druck dahinter.«

Ich nickte und trat zurück. Die Lava leuchtete wie Blutorangen. Ich konnte den Schwefelgeruch nicht ertragen. Sie dürfen es nicht merken, dachte ich. Mir war ausgesprochen übel.

Inzwischen wurde es Abend; die Sonne sank schnell. Aus der Tiefe des Kraters drangen mit verstärkter Wucht rumpelnde Geräusche, die wie ein Echo durch die ganze Bergflanke zuckten. »Die Spalte vergrößert sich!« Alain freute sich auf fast kindliche Art. »Oh, das ist fabelhaft, solche Kraterspalten ohne Aschenwolken sind die besten. Ich meine, da kann man dem Vulkan so richtig auf die Haut rücken.«

Aurelio wiegte nachdenklich den Kopf.

»Die Lava kriecht nach Südosten, auf San Alfio zu. Hoffentlich kommt sie zum Stillstand, bevor sie bewohnte Gebiete erreicht.«

Es dunkelte, als wir den Rückweg antraten. Meine Gelenke schmerzten, ich schleppte mich weiter, Schritt für Schritt. Manuel ging vor mir und trug meinen Rucksack. Von Zeit zu Zeit blieb er stehen und wartete. Er blickte mich an, aber ich schaute zu Boden. Ich mußte aufpassen, wo ich meine Füße hinsetzte. Die Kraft, die ich hatte, schien mir die einer Neugeborenen. Luciana war nachtblind und stolperte hinter uns her; Aurelio hielt sie am Ellbogen fest. Der Himmel, zuerst bläulich rosa, verfärbte sich ungeheuer rot, als ob sich der Lavafluß in den hohen Luftschichten spiegelte. Die Temperatur war stark gesunken, der Wind heulte und pfiff. Purpurne Dämpfe wehten über die Grate. In der Dämmerung drehte ein Bussard seine Runden, wie Filigran in den roten Himmel gezeichnet, sich schwerelos dem Wind überlassend. Manuel sah ihm nach. »Sieht er nicht aus, als sei er der eigentliche Herr hier oben?« Ein purpurnes Aufleuchten zog ein kurzes Violett nach sich, das in der Dunkelheit versank. Alain knipste eine Taschenlampe an. Die Forscher waren schon gegangen; die Fotografen, mit heiler Haut davongekommen, bildeten den Schluß. Man sah ihre Taschenlampen blinken. Unsere Körper waren von der Kälte steif geworden, die Muskeln von der Anstrengung verhärtet. Doch es war nicht mehr sehr weit, jetzt. Bald blitzte auf einer Steinkuppe vor uns ein Lichtpunkt auf: die Herberge. Der Vulkan und seine Geheimnisse blieben zurück in der Finsternis. Bar und Restaurant waren erleuchtet, es roch nach Essen und Zigarettenrauch, und auf dem Parkplatz standen ein paar Wagen mehr.

»Hier oben herrscht ja Hochbetrieb«, stellte Alain mißmutig fest, »hoffentlich kommen bloß keine Touristen, die können wir nicht gebrauchen.«

Als wir in einer Welle kalter Luft das Rasthaus betraten, saß Martin im Restaurant an einem Tisch und rührte mit einem Löffel in einer Tasse Kaffee. Er sah uns kommen, zog seinen großen Körper in die Höhe und lächelte jungenhaft.

»Wann bist du angekommen?« fragte Alain.

»Vor zehn Minuten. Ich bin in eine Schranke gefahren. Warum sind die eigentlich nicht beleuchtet?«

Aurelio grinste.

»Die Bauern brauchen die Azelytenlampen für ihre Kuhställe.«

Alain stellte uns vor. Martin gab Luciana und Aurelio die Hand. Zu mir sagte er mit einem tiefen Blick:

»Darling, wie schön, daß du da bist!«

Er trug sein Haar jetzt länger. Braune Locken kräuselten sich über dem Rollkragen seines blauen Kaschmirpullovers, der seine leuchtenden Augen vorteilhaft zur Geltung brachte. Und er hatte immer noch die kleine Narbe in der linken Lachfalte.

»Wie war es in Spanien?« fragte ich.

»Heiß«, erwiderte er gedehnt. »Es ist sehr heiß in Spanien im Sommer.«

»Der Ätna ist heißer«, sagte Alain mit gewichtigem Ernst.

Martin gestattete sich den seltenen Luxus eines Lächelns.

»Tolle Sache, diese Eruption. Man sieht sie von Catania aus.«

»Ja, ja, der Berg rumort ganz anständig.« Alain rieb sich die Hände mit kratzendem Geräusch. »Da gibt es prächtige Aufnahmen zu machen.«

»Davon bin ich überzeugt. Ich werde meinen neuen EOS 1 testen.«

Martin sah plötzlich Manuel und runzelte die Stirn.

»Haben wir uns nicht in Griechenland getroffen? Ich hatte keine Ahnung, daß Sie sich mit Vulkanismus befassen.«

»Oh nein«, sagte Manuel. »Ich sehe mir nur die Lava an.«

»Eine tolle Beschäftigung haben Sie da«, entgegnete Martin.

Manuel antwortete in liebenswürdigster Weise, er mache das sehr gewissenhaft.

Martin schien etwas zu stutzen, bevor er sich von ihm abwandte, mir prüfend ins Gesicht sah. Ich erwiderte kühl seinen Blick.

»Ariana«, sagte er mit sanfter Stimme. »Wie geht es dir denn?«

»Sehr gut.«

»Du hast noch dein süßes Lächeln. Aber du siehst blaß aus.«

»Wir haben vier Stunden lang Messungen vorgenommen.«

Luciana schlug vor, etwas zu trinken. Sie winkte dem Wirt und empfahl einen Pellegrino-Marsala, der sich gut als Aperitif trinken ließ. Ich suchte die kleine, aber saubere Toilette auf, zog meine alte Windjacke aus und betrachtete mich ärgerlich im Spiegel. Ich wußte, wie schnell sich Martins einnehmendes Wesen in ein anderes, streitsüchtiges Ich verwandeln konnte. Er hatte natürlich nicht erwartet, Manuel hier oben anzutreffen. Jetzt baute er Gehässigkeit auf. Mein Haar roch schweflig und war strähnig. Ich sah die Linien auf meiner Stirn und an meinen Mundwinkeln und die blauen Ringe unter den Augen. Was war nur mit mir? Ich wollte jetzt nicht darüber nachdenken. Ich wusch mir Gesicht und Hände, kämmte mich und ging nach oben. Inzwischen war das Restaurant voll besetzt, voller als am Mittag. Forscher, Studenten und Journalisten hatten die Tische zusammengerückt, und bald war kein Stuhl mehr frei. Ich setzte mich neben Manuel. Wir tauschten ein Lächeln. Martin fing dieses Lächeln auf; seine Lippen verhärteten sich. Die Unterhaltung war voll im Gang. Alle gaben ihr Wissen zum Besten. Man verglich Meßinstrumente, Temperaturkurven und Tabellen; man sprach über die verschiedenen Techniken und Methoden der Vorhersage von Vulkanausbrüchen, wobei jeder wußte, daß es eine taugliche Methode nicht gab. Das einzige, was man tun konnte, war, die verschiedenen Faktoren vor dem Hintergrund der geologischen Erfahrung zu interpretieren.

Natürlich kam man wieder auf den Ätna zu sprechen. Aurelio berichtete von einer Eruption, die im fünfzehnten Jahrhundert Catania bedrohte und von den Einwohnern umgeleitet wurde.

»Die Männer trugen nasse Rinderhäute zum Schutz gegen die

Hitze. Sie bekämpften die Lava mit Brechstangen und Spitzhaken. Das Magma floß auf eine andere Ortschaft zu, brandete dort gegen die Stadtmauer, drückte sie ein und floß einen Kilometer weiter ins Meer.«

John Barron hatte sich sofort neben Martin gesetzt. Er war dabeigewesen, als die amerikanische Marine vor ein paar Jahren versucht hatte, den Krater zu verstopfen. Hubschrauber hatten bis zu sieben Tonnen schwere Betonblöcke abgeworfen.

»Die meisten lösten sich im Magma auf wie Zwiebäcke in heißer Milch«, erläuterte John in seiner bildhaften Sprache.

»Der Ätna ist heute erschöpft«, sagte Helmut. »Aber wer weiß, was ihm in den Sinn kommt, wenn morgen der Druck wieder zunimmt? Unter morgen verstehe ich natürlich: in ein- oder zweitausend Jahren«, fügte er hinzu und blinzelte wie ein Faun unter seiner strubbeligen Mähne.

Luciana hielt ihre Zigarette mit zwei goldberingten Fingern in die Luft.

»Kein Problem. Wir werden Kerzen anzünden und die heilige Agatha durch die Felder tragen. Sie hat uns nie im Stich gelassen.«

Inzwischen wurde das Essen aufgetragen. Die Dänen lächelten etwas gequält, als man ihnen »Pasta con sepie« – Nudeln mit schwarzen Tintenfischen – und »Trippa a la Nonna« – Kutteln – servierte. Martin starrte mich an, lange, ohne ein Wort zu sagen. Seine Augen hatten einen transparenten Schein, und ich witterte sofort eine Hinterlist. Manuel behandelte er wie Luft.

Schließlich schenkte er mir ein unsicheres Lächeln.

»Darling, was ist los?« Seine Stimme schnurrte sanft wie früher. »Du machst einen vollkommen erschöpften Eindruck. Hattet ihr viel Arbeit im Institut?«

»Eigentlich nicht mehr als sonst.«

Er hatte viel Wein getrunken und wenig gegessen. Gleich geht es wieder los, dachte ich voller Wut, und die bewußte Formulierung dieses Gedankens gab mir den nötigen Rückhalt.

»Was hast du in letzter Zeit so gemacht?«

»Nichts Besonderes, Martin.«

Er fuhr mit der Hand durch sein welliges Haar.

»Du bist nicht gerade redselig. Früher war das anders. Erinnerst du dich, wie schön wir es hatten?«

Es roch nach Essen, Wein und Rauch. Ich brachte plötzlich keinen Bissen mehr herunter. Martins bloße Anwesenheit schnürte mir die Kehle zu. Aber es war nicht nur das. Was war es nur? Wieder brach mir der Schweiß aus. Ich sagte:

»Warum willst du mich zum Reden bringen, Martin?«

»Weil ich mich nach wie vor für das interessiere, was du machst. Du hast die Telefonnummer gewechselt und stehst auch nicht mehr im Telefonbuch.«

»Nein.«

»Meinetwegen?«

»Kann schon sein.«

»Und jetzt lebst du also nicht mehr allein.«

»Das geht dich nichts an.«

Er trank einen Schluck Wein und sah Manuel stirnrunzelnd an. »Sie haben mich nicht ernst genommen, damals in diesem griechischen Dorf. Sie hören ja nie zu, wenn man mit ihnen redet.«

Manuels Gesicht konnte leer und steinern werden, so daß man bei ihm nicht wußte, woran man war. Man konnte denken, daß er ganz einfach zerstreut war. Allem Anschein nach dachte Martin das jetzt.

»Bisweilen höre ich schon zu«, sagte Manuel. »Aber es gibt wirklich nicht viele Dinge im Leben, die ich ernst nehme.«

Martin blähte gereizt die Nüstern.

»Ich habe keinen Schimmer davon, was in Ihrem Gehirn eigentlich vorgeht.«

»Darüber sollten Sie sich keine Gedanken machen.«

Ich legte meine Gabel nieder. Martin benahm sich, als ob ihm diese Art von Spott und Herausforderung ein besonderes Vergnügen bereitete. Aber es war noch erträglich. Ich hatte Schlimmeres erlebt.

»Also«, sagte Martin, »ihr scheint euch ja vollkommen zu verstehen, ihr beiden.«

Er betrachtete mich aus glasklaren Augen, die so offen blickten und voller Heimtücke waren.

»Offenbar hat er so allerhand erreicht, seitdem er bei dir ist. Ich meine das natürlich nicht beleidigend.«

Er griff nach der Flasche und füllte sein Glas. Ich verlor allmählich die Geduld.

»Hör auf, Martin. Du siehst betrunken aus.«

»Ich bin nicht betrunken. Ich vertrage eine ganze Menge.«

»Trink nicht mehr«, sagte ich. »Oder ich werde ungemütlich.«

»Okay, Darling, ich will dich nicht wütend machen!«

Er goß die letzten Tropfen in sein Glas, bevor er sich verdrossen an Manuel wandte.

»Sehen Sie, Ariana und ich standen uns ziemlich nahe, bis diese Geschichte in Griechenland passierte. Mir wurde gesagt, das sei ihre Spezialität. Sie nimmt sich einen Kerl nach dem anderen. Im Institut weiß das jeder.«

»Martin!« rief ich warnend.

Doch es war schon zu spät. Die Maschine war im Gang, man konnte sie nicht mehr stoppen.

»Jetzt glauben Sie vielleicht, daß Sie die Dinge in der Hand haben, hängen hier auf Kosten des CNRS herum. Das ist natürlich sehr praktisch. Warum sind Sie eigentlich mitgekommen?«

»Aus Neugierde, schätze ich.«

Manuel hatte diesen fernen, stolzen Indianerblick, der ihn unzugänglich machte. Martin konnte den Schatten der Kränkung in seinen Augen nicht erkennen, was ihn veranlaßte, noch gröber zu werden.

»Ich würde gern mal wissen, was Sie im Leben so treiben. Haben Sie eigentlich einen vernünftigen Beruf?«

»Ich lebe, das gibt mir genug zu tun.«

Martin lachte überhaupt nicht.

»Ich glaube, Sie machen sich über die Leute lustig. Sie sind der süffisanteste Typ, der mir je begegnet ist. Noch schlimmer als dieser Zirkushengst, Ariana weiß schon, wen ich meine. Hat sie eigentlich immer noch eine Vorliebe für Zigeuner?«

In Manuels Augen tanzte ein unergründlicher Funke.

»Nun, sehen Sie, vielleicht teile ich diese Vorliebe, so nach und nach.«

Martin starrte ihn an.

»Wie soll ich das verstehen?«

»Da gibt es nichts zu verstehen.«

»Wollen Sie nicht bald aufhören, den grinsenden Idioten zu spielen?«

»Ich kann meine Natur nicht ändern.«

Martins Kiefermuskeln krampften sich zusammen.

»Wissen Sie was? Ich habe schon lange die größte Lust, Ihnen eine zu verpassen. Ich hatte nur noch keine Gelegenheit dazu.«

Manuels Gesicht blieb ausdruckslos. Seine weiche Stimme stieg zu einer leicht vibrierenden Resonanz an; das war alles. »Wir in Mexiko sagen: Man schlägt kein Kind, weil es hilflos ist, und keinen Erwachsenen, weil er zurückschlagen könnte.«

»Aber, aber!« mischte sich Alain ein. »Ihr wollt doch nicht auch noch Feuer spucken?«

Ich streifte ihn mit einem vernichtenden Blick.

»Dein Wortspiel verschafft dir wohl Genugtuung?«

Der Wein, den ich getrunken hatte, kreiste in meinem ganzen Körper. Ich schob meinen Stuhl zurück.

»Du tust mir leid«, sagte ich zu Martin.

Manuel griff nach seiner Windjacke.

»Gehen wir an die frische Luft«, sagte er.

Draußen war es eiskalt. Die Luft stach uns in den Nasenlöchern. Der Himmel flimmerte von Sternen. Die Glut aus der Eruptionsspalte flackerte über die finstere Bergflanke. Kam ein stärkerer Magmastoß, flog ein roter Strahl durch die Luft. Das Scheppern der Lava war deutlich zu hören.

»So geht das nicht weiter«, sagte ich. »Ich will, daß das aufhört.«

Manuel lächelte kaum merklich.

»Eifersucht ist eine brenzlige Sache, weil man Dinge sagt, die man später bereut. Jeder hat seine eigene Art zu leiden. Zugegeben, daß mir die seine auf den Wecker geht.«

Ich fühlte Schwindel und kämpfte gegen Brechreiz an.

»Er hat sich dir gegenüber abscheulich benommen.«

»Ich nehme an, daß meine Eitelkeit verletzt wurde.«

Ich wollte antworten, und plötzlich drehte sich alles um mich. Und auch mein Magen drehte sich um, während mir am Leib kalter Schweiß ausbrach. Mein Puls raste, und in meinen Ohren rauschten Wasserfälle.

»Was hast du?« fragte Manuel erschrocken. »Ist dir nicht gut?«

Er hielt meine Stirn und strich mir das Haar zurück, während ich mir fast das Herz aus dem Leib erbrach.

Ich keuchte und erschauerte, meine Zähne klapperten, und aus meinen Augen tropften Tränen. Endlich kam ich wieder zu Atem, konnte sprechen. Ich sagte:

»Es tut mir leid. Irgendwas war nicht gut an dem Essen …«

»Komm«, sagte er besorgt, »du mußt dich hinlegen.«

Er führte mich die Treppe hinauf, ins Zimmer. Allmählich fühlten sich mein Gesicht und mein Körper etwas kühler an. Manuel ließ mich sachte los. Er ging ins Bad und brachte mir ein nasses Handtuch und ein Glas Wasser, das ich in einem Zug austrank. Er wischte mir das Gesicht mit einem Tuch ab und lächelte mich an.

»Besser?«

»Besser«, flüsterte ich heiser.

Ich schleppte mich ins Badezimmer, nahm eine heiße Dusche und zog frische Wäsche an. Dann legte ich mich ins Bett und schlief sofort ein. Zwei Stunden später vielleicht wachte ich auf. Es war kalt im Zimmer, aber Manuels schlafender Körper strahlte eine sanfte, tröstende Wärme aus. Trotzdem packte mich eine seltsame Unruhe. Etwas war nicht, wie es sein sollte. Mein ganzer Organismus schien irgendwie in Aufruhr. Tastend stand ich auf, ging ans Fenster. Im Restaurant war kein Licht mehr. In der pechschwarzen Finsternis funkelten die Sterne, und darunter schimmerte ein orangeroter Streifen. Plötzlich schoß eine Lavafontäne empor. Der Himmel leuchtete wie Karmesin, die Erde, die Steine lohten in roter Glut auf. Dann fiel die Flammengarbe in sich zusammen. Ich hatte mich nie vor dem Feuer gefürchtet – vor keinem Feuer. Aber heute nacht fürchtete ich mich. Ich fürchtete mich ganz entsetzlich. Warum nur? Auf diese Frage wußte ich keine Antwort. Ich rieb mir die Schultern mit kreisenden Bewegungen, flüchtete vor der Kälte wieder zurück in mein Bett. Im Schlaf streckte Manuel den Arm nach mir aus. Ich schmiegte mich eng an ihn, umströmt von seiner Wärme. Nach und nach beruhigte sich mein Herzklopfen, mein Atem ging wieder gleichmäßig. Ich fiel in tiefen Schlaf, aus dem ich erst erwachte, als die Sonne durchs Fenster schien. Da regte sich auch Manuel und wälzte sich herum. Wir schlugen die Augen auf, fast gleichzeitig, und blinzelten in einen Bergmorgen von schmerzhaft strahlender Kälte.

38. Kapitel

Einsam, von Feuer umlodert, stand eine verdorrte Kiefer auf dem Hang. Das Magma zog sich als vielfältiges Glutgeflecht talabwärts und hatte den Baum umgangen, der sich wie ein schwarzes Gespenst an einen Felsblock klammerte. Weiter tiefer, wo die dänischen Forscher arbeiteten, füllte Lavageröll eine Schlucht und bildete eine Art Damm, der die andrängende Lava vorübergehend aufhielt. Nur einige Äcker und Weinbauten, mit ihren kleinen Steinmauern, waren unter den Schlacken begraben. Doch seit gestern hatte sich die Spalte vergrößert. Während wir mit unseren Messungen beschäftigt waren, schien die Masse dunkel und starr, doch sie qualmte noch. Und plötzlich brach die Lava wie eine Schlammkruste auseinander, und dickflüssiges Magma brodelte an die Oberfläche.

Am Morgen beim Aufstehen hatte ich mich schwindlig und weich in den Knien gefühlt. Nachdem ich einen schwarzen Tee getrunken und etwas Brot geknabbert hatte, ging es mir wieder gut. Ich war froh, daß es eine Magenverstimmung war und nichts anderes.

Martin ging uns aus dem Weg, setzte sich auch beim Frühstück an einen anderen Tisch. Offenbar wollte er es nicht auf die Spitze treiben. Dazu kam, daß wir beide beschäftigt waren. Ich protokollierte Notizen, während die Fotografen auf der ständigen Suche nach neuen Blickwinkeln über das Schlackengestein turnten; selbst gutes Schuhwerk wurde von scharfkantiger Lava schnell zerschlissen.

Inzwischen war auch das Team vom Italienischen Fernsehen eingetroffen. Während wir arbeiteten, schleppte der Aufnahmeleiter schnaufend und schwitzend die Kamera auf seiner Schulter. Einige Techniker, mit Kabeln und Zubehör beladen, liefen neben ihm her, den Glutstrom entlang. Eine Reporterin stellte Fragen; die Wissenschaftler warfen sich bereitwillig in Positur. Nur Alain knurrte vor sich hin, sie sollten endlich verschwinden und uns in Ruhe arbeiten lassen. »Wir sind Geologen, keine Showbiz-Tunten!«

Die Reporterin sah aus, als sei sie – frisch aus dem Schönheitsinstitut – für die Hochglanzseite eines Modejournals zurechtgemacht. Ihr Brushing war imposant, der Lippenstift perfekt braunrot, der Lava angepaßt – und ihr Lächeln raubtierhaft. Sie hielt ein Mikrophon in der Hand, ein Tonbandgerät baumelte über ihrer Schulter. Sie stolzierte mit hochhackigen Stiefeln über die Schlacken und fragte, wollüstig schaudernd, ob Ortschaften bedroht seien. Der Aufnahmeleiter machte ein enttäuschtes Gesicht, als Aurelio die Gefahr als »nicht akut« bezeichnete. Das Fernsehen hatte einen Hubschrauber gemietet, der wie eine Hornisse über der Kraterlandschaft kreiste. Die Rotorblätter wirbelten Windstöße auf, das Dröhnen und Knattern schallte weit bis ins Tal. Kurz vor der Mittagspause kehrte Ruhe ein. Die TV-Leute packten ihr Material in ihren Kombiwagen und räumten das Feld. Dafür waren jetzt Touristen da, die picknicken wollten und die wir freundlich, aber unerbittlich von dem Schlot fernhalten mußten.

Inzwischen floß die Lava zäh und beständig über den Hang. Sie war an vielen Stellen dunkelrot, was bedeutete, daß sie schnell abkühlte. Fraß sich das Magma durch die Büsche, waren prasselnde Geräusche zu hören, mit dem Poltern und Sirren des sich lösenden Gesteins vermischt. Manchmal führte die Glut mumienhaft verschrumpelte Tiere mit sich: Vögel, Eichhörnchen oder Eidechsen. Und bei den Gasproben stellten wir einige starke Schwefelabsonderungen fest.

Manuel störte mich nie bei der Arbeit; er hielt sich abseits auf, verglich die verschiedenen Strukturen der Lava, oder saß einfach da, in die Betrachtung der Glutströme vertieft. Er hing seinen Gedanken nach, mit der Selbstvergessenheit und Geduld des Künstlers, ließ die Schönheit und den Schrecken der Naturgewalten auf sich einwirken.

Der Nachmittag ging zu Ende. Über den Berghang wehten aprikosenfarbene Schleier. Gestern war der Tag klar gewesen, während heute der Sonnenuntergang, gemischt mit der Aura der Feuerflüsse, ganz seltsame Bilder zeigte. Die Fotografen drückten unentwegt auf ihre Auslöser. Trug der Wind die Schwefeldämpfe über den Hang, preßten sie ein Taschentuch vor Mund und Nase und warteten, hustend und tränend, bis sich die Nebel lösten. Das Licht schimmerte orangerot; die ganze Landschaft war wie in Gold getaucht. Um die Kiefer herum stand die Hitze wie eine flimmernde Wand; die seltsam verzerrten Äste gaben dem Baumgerippe die Form eines Riesen, der um Hilfe schrie und beide Arme verzweifelt zum Himmel streckte.

Plötzlich hörte ich Helmuts Stimme neben mir. Im Laufe unserer Arbeit waren wir uns nähergekommen. Er war heiter und umgänglich, ein Mensch, der viel gesehen und erlebt hatte. Aber Leichtsinn konnte er nicht ausstehen.

»Was ist das für ein Idiot, der auf den Steinen herumturnt?« Ich folgte seinem Blick und traute meinen Augen nicht: Martin stieg über die Felsen, die wie kleine Inseln aus dem glasigen Magma ragten, setzte mit großer Bestimmtheit seinen Weg bis unterhalb des Schlotes fort. Der Felsabbruch ragte über ihm empor, schillerte dort oben in Safran und Rosenrot, wundervolle Farben zwar, aber das Ganze war völliger Irrsinn.

»Ein ehemaliger Freund. Er arbeitet für National Geographic.«

»Ehemalig könnte das passende Wort sein.« Helmut sprach schnell und entschieden. »Wenn jetzt heiße Luft aus dem Krater quillt, wird er wie ein Brathähnchen geröstet.«

»Er gilt als waghalsiger Typ. Aber eigentlich sollte er wissen, was er tut.«

»Und die Windrichtung beachten. Fotografen sind potentielle Selbstmörder. Sie sehen die Welt durch ihre Sucher, bringen sich für einen Farbfilm in Lebensgefahr. Ich wette, er ist Junggeselle oder kinderlos geschieden.«

Ich lächelte flüchtig.

»Das zweite trifft zu.«

Manuel trat zu uns und sagte:

»Ich glaube, er will die Kiefer im Gegenlicht fotografieren.«

»Wenn ihm Zeit dazu bleibt«, sagte Helmut trocken.

Die Sonnenscheibe war von einer seltsamen Farbe: ein ins Schwärzliche spielender Purpur. In den Tälern züngelten blutrote Flammen. Ein Leuchten fiel auf geheimnisvolle Weise gleichsam aus den Luftströmungen herab, überzog den Berg mit einem goldenen Netz, in dem alle Schatten und Gestalten gefangen schienen. Martin war auf einer Felsinsel in die Hocke gegangen. Die Fototasche hatte er neben sich gestellt, während er mit einem kleinen Stativ fotografierte.

Ich sagte:

»Der Kerl ist verrückt leichtsinnig. Deswegen werden seine Bilder auch so gut, das muß man ihm lassen.«

Beim Sprechen rieb ich mir unwillkürlich die Knie. Manuel fragte:

»Hast du immer noch Schmerzen in den Gelenken?«

»Ja, von der Kälte.«

»Gleich nimmst du eine warme Dusche.«

»Bestimmt.«

Was war das? Da hatte doch jemand gerufen? Nicht gerufen, nein, geschrien. Im selben Atemzug sahen wir die Lavafront aus dem Krater dringen wie Zahnpasta, die plötzlich aus einer Tube quillt. Ein Wirbel heißer Luft kam aus dem Spalt, schnellte talabwärts, vom Wind getragen. Es war ein Zittern der Vibration aus den tiefen Kraterkammern, eine Lohe, vor der jedes Geschöpf aus Fleisch und Blut zurückschaudern mußte. Die Urplötzlichkeit des Geschehens war grauenhaft. Martin taumelte, rang verzweifelt nach Atem. Stativ und Fototasche kippten in die Glut; Kameras, Teleobjektive, Linsen und Filmrollen wurden von dem Feuerstrom fortgeschwemmt. Die meisten am Berghang standen wie gelähmt, einige stürzten vorwärts, kehrten sich hustend und würgend von dem Lavastrom ab. Rufe und Schreie gellten von allen Seiten.

»Was sollen wir machen?«

»Was wollt ihr machen?«

»Man muß ihn holen!«

»Worauf wartet ihr noch?«

»Verdammter Idiot!« kreischte ich.

Ich rannte los, stolperte, hielt mich an einem Felsbrocken fest. Martin lag auf der Steinplatte, sich windend, krallte beide Hände in Windjacke und Pullover, um sich die Kleider vom Leib zu reißen und Luft zu bekommen. Im Laufen zog ich die kleine Maske vor meinen Mund; sie würde mich behindern, aber den Schwefeldämpfen war ich nicht gewachsen. Nur ich war fähig, Martin zu retten, wenn es nicht schon zu spät war. Doch ich mußte vorsichtig sein: Zerriß die rauhe Haut des Lavastroms durch das Vordringen der Glut, bildeten sich Platten, die fest zusammengepreßt wurden. Aber sie waren trügerisch. Ich wollte kein Risiko auf mich nehmen, lieber auf den Felsen bleiben. Ich erfaßte das alles mit einem Blick. Atemlos schleuderte ich meine dicken Turnschuhe von den Füßen, die Strümpfe auch. Was noch? Ach ja! Die Kleider durften nicht mit der Glut in Berührung kommen. Hastig krempelte ich meine Jeans hoch. Die anderen mußten denken, ich sei wahnsinnig.

»Martin!« schrie ich. »Warte! Ich komme!«

Ich konnte ihn nicht sterben lassen. Es war genau wie damals, mit Nonna. Nein, nicht ganz. Damals hatte ich nicht das Geringste gespürt. Jetzt brannte die Hitze auf meiner Haut, die Schwefeldämpfe erstickten mich fast. Die verdammte Maske nützte überhaupt nichts; wütend schleuderte ich sie weg. Irgendwie würde ich es auch ohne sie schaffen. Martin lag da, von Zuckungen geschüttelt, das verzerrte Gesicht kaum erkennbar. Was, wenn ich nicht die Kraft hatte, ihn zu stützen? Keine Zeit, darüber nachzudenken. Jetzt mußte gehandelt werden, rasch. Hinter mir brüllten alle und taten wie verrückt. Ich kümmerte mich nicht um sie. Stapfte weiter, der Glut entgegen. Schon fand ich die ersten Schlacken, ging vorsichtig weiter, als ein entsetzlicher Schmerz durch meine Fußsohle zuckte. Ich schrie leicht auf, hob das Bein, fuhr mit der Hand über die schmerzende Stelle. Blut! Das war unmöglich, undenkbar. Ich hatte niemals etwas gespürt, wenn ich diese Dinge tat. Warum ausgerechnet jetzt, wo jede Sekunde zählte? Ich knirschte mit den Zähnen, humpelte weiter, versuchte den starken Rhythmus durch Nase und Mund zu spüren. Die Maschine arbeitete tadellos. Aber plötzlich stimmte nichts mehr. Etwas war vollkommen falsch. Solches hatte ich noch niemals erlebt. Meine Lungen brannten, ich rang nach Atem. Alles verschwand im rötlichen Rauch, der in Schwaden vorüberzog. Ich ging fast blindlings, stolperte und torkelte. Wie viele Sekunden blieben noch? Die Hitze stand vor mir wie eine rotglühende Wand, furchtbar groß – immer größer –, schmerzte ganz entsetzlich auf der Haut, in den Augen, im Gaumen, überall. Alles in mir zitterte. Ich wich zurück, fassungslos, verzweifelt. Ich war von Gluthitze umgeben, innen und außen, mein ganzer Körper war eine brennende Hülle. Ein rauhes Schluchzen kam aus meiner Kehle. Es war vorbei. Ich konnte nicht mehr. Schwankend, halb ohnmächtig, taumelte ich gegen einen Felsen, schützte mein Gesicht mit beiden Armen. Das Genick und die Kniegelenke schmerzten, mein verletzter Fußballen klebte vor Blut.

»Ariana!«

Eine Stimme, ein Gesicht. Hände und Arme, die mich stützten. Meine Augen klärten sich halbwegs, ich sah Augen vor mir. Manuel! Ich hörte das Geräusch meines eigenen Keuchens. Mein Aufschrei zerriß mir fast die Brust.

»Ich kann es nicht mehr!«

Er hielt mich an den Schultern fest und starrte mich an. Seine Augen funkelten, glühten nahezu. Dann glitt sein Blick an mir vorbei, richtete sich auf Martin, der sich kaum noch bewegte.

»Warte!« keuchte er.

Und er machte es genau wie ich: riß sich Turnschuhe und Strümpfe von den Füßen, lief barfuß dem Feuerstrom entgegen. Ein dünner, aber entsetzter Schrei entfuhr mir. Durch flimmernde Hitzeschleier sah ich Manuel leichtfüßig über die Steine springen, schon manche vom glühenden Schaum überschwemmt. Doch er bewegte sich in einem Zustand der Unbewußtheit, der solche Dinge möglich machte. Schon erreichte er die Felsplatte, auf der Martin bewußtlos lag, zog den großen, schlaffen Körper anscheinend mühelos hoch, warf ihn über seine Schulter. Dann langsam, aber zielsicher, ging er über Steine und Lavageröll den Weg zurück; zuweilen berührten seine Fußsohlen die Glut, aber es schien ihm nichts auszumachen. Er wanderte weiter, unter seiner Last gebeugt. Sein Gesicht darunter war ein wenig wie das eines mit offenen Augen Schlafenden. Er sah nicht im geringsten erschöpft aus; fast lächelte er sogar, aber das bildete ich mir vermutlich nur ein.

Ich hatte das Gefühl, daß plötzlich viele Menschen um mich herum waren, die sehr viel Lärm machten. Schatten schoben sich zwischen Manuel und mich, Arme streckten sich nach ihm aus, um ihm seine Last von den Schultern zu nehmen. Alles verschwamm vor meinen Augen, Formen, Farben und Geräusche flossen ineinander über. Ich versuchte die Lider aufzuschlagen, aber das erforderte eine ungeheure Anstrengung, sie fielen mir immer wieder zu. Ich fühlte mich zu Boden gezogen, wie eine Ertrinkende rücklings versinken. Schwarze Blitze jetzt und dumpfe Laute, ein sammelnder Rhythmus, kein Oben und kein Unten mehr. Die Dunkelheit gewann an Dichte, der Wirbel drehte sich schneller und schneller und zog mich in die Tiefe. Eine Hitzewelle wallte durch mich hindurch. Dann nur noch Finsternis, Schweben und tanzende Feuerkreise.

Ich erwachte und glaubte zu träumen. Ich lag in einem dunklen Raum und hörte meine Uhr leicht ticken. Ich tastete mit den Händen, fühlte eine Matratze, ein Bett. Eine Decke war über mich ausgebreitet. Man hatte mir die Windjacke ausgezogen, den Pullover auch. Jeans und Bluse hatte ich noch an, und alles stank nach Schwefel. Weshalb lag ich hier, in diesem Zimmer? War ich krank? Mein Kopf schmerzte, meine Zunge fühlte sich geschwollen an, und jeder Muskel tat mir weh. Ich befühlte zart die brennenden Augenwinkel. Ich sah auf die Uhr. Es war schon spät abends, bald elf. Auf dem Nachttisch stand ein Glas mit Wasser. Ich richtete mich mühsam auf, griff nach dem Glas und trank einen Schluck; das Wasser erfrischte und tat gut. In meinem rechten Fußballen brannte und pochte der Schmerz. Ich tastete meine Wade entlang, fühlte, daß mein Fuß verbunden war. Mit einem Mal zerriß der Schleier, der meine Sinne verdunkelte. Ich sah Martin mit Fototasche und Stativ auf dem Stein kauern, die glühende Lava aus dem Schlot brechen. Und dann Martin, von Krämpfen geschüttelt, das Gesicht blaurot angelaufen, ohne Bewußtsein, dem sicheren Tod ausgeliefert. Martin ... Ich hatte versucht, ihn zu retten, das gleiche für ihn zu tun wie damals für Nonna. Es war mir nicht gelungen. Und Manuel hatte an meiner Stelle den Glutstrom überquert, hatte Martins leblosen Körper durch das Feuer getragen. Wie war das nur möglich? Und was war mit mir? Warum hatte ich versagt? Hing es mit meinem Übelsein zusammen? Mit dem Erbrechen, den Schmerzen in den Gelenken? Mir kam in den Sinn, was Stavros darüber gesagt hatte: Du denkst zuviel, du bist nicht ganz bei der

Sache. Früher, als Kind, war das anders. Es stimmt schon, dachte ich. Ich hatte Martin retten wollen, aber nicht mit meiner ganzen Kraft. Man läßt einen Menschen nicht umkommen, auch nicht, wenn er sich selbstverschuldet in Gefahr bringt. Aber ich war wütend auf ihn gewesen; das hatte sich auf meine Konzentration ausgewirkt. Manuel hatte sich durch solche Gefühle nicht aufhalten lassen; er hatte, ohne zu zögern, sein Leben aufs Spiel gesetzt, die Unschuld und die Macht der Kindheit zurückgewonnen, das Unmögliche fertiggebracht. Ja, so war es gewesen. Doch da war noch etwas anderes. Da war noch mehr. Ich mußte nachdenken, verstehen. Mir schien, als hätte ich die Antwort auf die Frage, die mich beschäftigte, in Reichweite, doch diese Antwort war wie ein schimmerndes Holzstück auf dem Wasser, das jedesmal, wenn ich danach zu greifen versuchte, wieder unterging.

Bisher war es still gewesen; doch nun drangen Stimmen und Lärm aus dem Erdgeschoß. Alle waren in der Halle versammelt. Ob Martin wohl noch am Leben war? Ich wollte nach unten gehen, mich nach ihm erkundigen. Warum fühlte ich mich nur so schwach? Ich warf die Decke zurück, setzte behutsam meinen verletzten Fuß auf den Boden. Mir schwindelte, meine Beine zitterten. Da wurde die Tür behutsam aufgestoßen. Manuel. Er machte Licht, war schon bei mir, bevor ich mich erheben konnte. Ich warf beide Arme um ihn, streichelte ihn mit zitternden Händen, wie um mich zu vergewissern, daß er keine Verletzungen davongetragen hatte.

»Hast du nichts? Keine Wunde? Keine Verbrennung?«

Er strich mein Haar aus der Stirn.

»Keinen Kratzer, *Querida*. Keine Brandblase. Sei ganz ruhig. Du weißt doch, wie das ist.«

»Oh, Manuel! Ich kann es nicht glauben! Was du gemacht hast, war reiner Wahnsinn. Wie hast du das bloß geschafft?«

Seine Augen blickten ins Leere. Er schüttelte leicht den Kopf.

»Ich kann es nicht sagen, *Querida*. Noch als ich hinter dir den Hang herunterkam, wußte ich nicht, was ich vorhatte. Aber als ich sah, daß du nicht weiterkonntest … da mußte ich ja wohl gehen.«

»Einfach so? Ganz nebenbei?«

»Erinnerst du dich«, sagte er, »in Langada, als ich dir folgen wollte und mir ein Feuervorhang den Weg versperrte?« Ich schluckte würgend.

»Genauso war es, Manuel. Den Vorhang sah ich jetzt auch. Ich konnte mich nicht von der Stelle rühren.«

»Für mich war der Weg offen, verstehst du? Ich weiß nicht, woran es lag. Es war einfach so. Da ging ich denn. Und Martins Lage war abscheulich, das darf ich nicht vergessen. Aber für mich selbst war es unvergleichlich schön. Ich spürte nicht einmal Martins Gewicht. Als ob ich schwebte ...«

»Wie geht es ihm?« flüsterte ich rauh.

»Nicht gut. Seine Lungen sind in einem schlimmen Zustand. Helmut hat erste Hilfe geleistet, zum Glück hatten wir das nötige Material. Helmut wollte Arzt werden, bevor er sich mit Geochemie befaßte. Er meint, daß Martin wohl mit dem Leben davonkommt. Aurelio hat in Catania einen Krankenwagen angefordert. Er kam vor einer halben Stunde und ist schon unterwegs zur Notfallstation. Luciana fuhr mit; sie wird sich um das Nötige kümmern.«

»Hat Martin etwas gesagt?«

»Reden konnte er nicht. Er hat mir nur die Hand gedrückt. Ich habe ihm gesagt, er solle in Zukunft vorsichtig sein, ich könne ihn ja nicht ständig aus der Lava holen. Ich sagte das natürlich nur, um ihn aufzumuntern. Keine Ahnung, ob er mich gehört hat, Helmut hatte ihm eine Spritze gegeben. Und dein Fuß?«

»Tut weh.«

»Helmut hat ihn verbunden. Er meint, der Schnitt sei tief und müsse vielleicht genäht werden.«

»Wie habt ihr mich hierhergebracht?«

»Auf einer Tragbahre. Im Refugio ist ein Notdienst für Touristen eingerichtet. Die Studenten haben sich um alles gekümmert. Wir hatten auch eine Sauerstoffmaske für Martin.«

»Ich kann mich an nichts erinnern.«

»Das ist der Schock. Helmut hat dir eine Schlaftablette gegeben.« Ich lächelte bitter.

»Wir haben natürlich Aufsehen erregt.«

»Zwangsläufig. Nur Helmut wunderte sich nicht übermäßig. Er

ist viel herumgekommen und hat Menschen gesehen, die das konnten. Er nennt das eine Art von Intuition.«

»Ja, das stimmt. Mit Willensanstrengung hat das nichts zu tun. Eher mit Kindlichkeit, möchte ich sagen.«

Er lachte leise.

»Die Sache hat eben auch ihre komischen Seiten.«

In mir kreiste eine Erinnerung. Der Gedanke, der mich beschäftigte, hing mit der Familie Vlachos zusammen. Jemand hatte etwas darüber gesagt. Stavros? Nein, nicht Stavros. Es war eine andere Stimme. Und auch die Worte waren mir entfallen. Sie waren irgendwo in mir, diese Worte, aber ihr Klang verblaßte immer dann, wenn ich glaubte, sie im Gedächtnis zu haben.

Ich holte tief Atem; und plötzlich kribbelte mir das Rückgrat. Die Stimme, dünn und zittrig, war wieder da. Ich entsann mich gut: Es war die Stimme der alten Demetria. Und auch die Worte kannte ich, denn sie hatte sie an jenem Tag in Langada zu Manuel gesprochen. Jetzt, wie ein Echo, kehrte der Klang zurück:

»Manche Menschen sollen behutsam wandern, das Schicksal nicht herausfordern. Aber wie kannst du helfen, bevor du weißt, wer du bist? Du wirst es aus Liebe tun und es von ihr nehmen. Die Zeit wird kommen, da es von ihr abfallen wird. Zwei Leben kann sie nicht schützen ...«

Viele Dinge kamen mir in den Sinn; Dinge, die ich nicht beachtet hatte: die fortdauernde Müdigkeit, die Schwäche am Morgen, der Brechreiz. Das Ausbleiben der Periode, von der ich keine Notiz genommen hatte, weil sie bei mir immer schwach und unregelmäßig war. Jetzt endlich verstand ich das Muster, den Zusammenhang. Ich legte meine Hand an Manuels Gesicht, ließ meine Fingerspitzen über seine Stirn, seine Wange, seinen Mund gleiten und sagte:

»Manuel, ich erwarte ein Kind.«

Er starrte mich an, mit leicht gerunzelter Stirn, erstaunt, aber kaum betroffen. Verschiedene Empfindungen glitten über sein Gesicht, wie leichte Sommerwolken. Und mit einemmal kicherte er jungenhaft.

»Ay, que tonto soy!« – Wie dumm ich bin! Das ist mir nicht in den

Sinn gekommen. Du hast Leben in deinem Leib, *Querida.* Dein Instinkt hat dich von dem Feuer abgeschreckt.«

So, dachte ich, so war das also. Ich hatte nichts begriffen. Aber mein Körper wußte es besser. Das Kind sollte nicht zu Schaden kommen. Ich sagte heiser:

»Erinnerst du dich an Demetria?«

Er erwiderte meinen Blick.

»Das Zweite Gesicht, nicht wahr? Alle meinten, sie sei eine alte Frau, ein bißchen verwirrt. Aber sie sah tiefer als wir. Solche Menschen knüpfen die Lebensfäden, auch für andere.«

Er zwang mich sanft auf das Bett nieder, legte sich neben mich und streichelte mich. Wir sahen einander an, mit glänzenden Augen. Ich sagte:

»Wir müssen es Amadeo mitteilen.«

Und während ich das sagte, fühlte ich deine Gegenwart, sah deine Gestalt, dein Antlitz, das jedem von uns bereits den Stempel der Liebe aufgedrückt hatte. Ein Kind formte sich in mir, ein Geschöpf der Sehnsucht des Lebens nach sich selbst. Mein Körper gab ihm ein Haus, in dem es beschützt war.

»Was spielt es für eine Rolle, aus wessen Samen es stammt?« hatte Demetria gesagt.

Manuel lachte plötzlich hellauf.

»Ich bin glücklich«, sagte er mit großer Offenheit und Einfachheit. »Ich denke, Amadeo wird es auch sein. Meinst du nicht auch, *Querida?*«

Müdigkeit umfing mich; die Schlaftablette wirkte noch. Sie mußte ziemlich stark gewesen sein. Ich spürte, wie Manuel gelöst atmete, und schloß lächelnd die Augen.

»Doch«, sagte ich leise. »Ich denke, er wird glücklich sein.«

39. Kapitel

In der kreisrunden, schwarzen Wasserfläche stand ein Reiter allein mit seinem Spiegelbild. Das Pferd, ein Schimmel, bewegte keinen Muskel, leuchtete ruhig und kühl, wie reines Silber. Unter der gewellten Mähne blickten die Augen, groß, dunkel und glänzend, mit jenem scharf aufzuckenden Schimmer, der zeigt, daß ein Pferd intelligent ist. Der Hengst hielt die Ohren leicht zurückgelehnt, den Hals anmutig geschwungen, während vollkommene Stille das Zelt erfüllte und Tausende von Zuschauern den Atem anhielten. Der Reiter trug ein dunkelblaues Hosengewand. Ein Gürtel aus grobem Leder, silberbeschlagen, betonte die schmalen Hüften. Das schwarze Haar fiel auf seine bloßen, kaffeebraunen Schultern. Das ganz besondere Licht des Scheinwerfers verlieh dem halbnackten Körper eine überraschende Leuchtkraft, verwandelte ihn in ein Wesen aus blauem Kristall. Auf seine Schulter war eine Lilie tätowiert, die sich mit seinen Atemzügen zu bewegen schien. Er ritt den Schimmel ohne Zaumzeug, ohne Steigbügel, führte ihn nur an einem Zügel. Und trotzdem hielt er sich ebenso aufrecht wie die hohe Lanze, die er mit kraftvollem Stoß in das Wasser aufgepflanzt hatte.

Sein hochmütiges Profil, von Scheinwerfern angestrahlt, schien in seiner Reglosigkeit wie gemeißelt. Und nach und nach, wie im Traum, kam Bewegung in ihn. Sehr langsam zog er den Speer aus dem Wasser; Tropfen glitzerten am Stahl. Ein paar Atemzüge lang wog der Reiter die Lanze in seiner Hand. Dann schleuderte er sie mit vollem Schwung. Die geschmeidige Drehung des Körpers und seine Bewegungen waren so aus einem Guß, daß der Schaft aus Metall wie aus dem Nichts heraus durch das verdunkelte Zirkuszelt flog, eine blitzende Linie, die sich mit dumpfem Prall in die Zielscheibe bohrte. Da flammten alle Scheinwerfer auf; blaues Licht erhellte das Zirkuszelt. Zum Klang der Trommel und Flöten, zu den volltönenden Lauten der indischen Sitar stieg der Schimmel langsam und mächtig aus dem Wasser. Seine Mähne wippte auf und nieder, seine Füße folgten geschmeidig dem Takt, während er sich zuerst im Schritt, dann im Trab, dann im rasenden Galopp über die mit Sägespänen bedeckte

Manege bewegte. Das Pferd schien von selbst zu wissen, was es zu tun hatte; der Reiter kümmerte sich nicht um die Zügel, breitete die Arme aus, ließ sich tragen. Beide, der Reiter und sein Pferd, teilten die gleiche Verzückung, den gleichen Zauber und vielleicht die gleichen Visionen.

Manuel und ich standen am Zelteingang, dicht an der Außenwand. Dieses Reich voller Schatten und Schemen war mir vertraut. Die vielfältigen und undeutlichen Eindrücke für Auge und Ohr, die zu uns hinüberdrangen – das Klirren der Zaumzeuge, das dumpfe Stampfen von Hufen, das gelegentliche Aufschimmern bunter Seidenstoffe, das Glitzern von Metall oder Goldflitter –, das alles gehörte zu mir, zu meiner Jugend und zu meinen Träumen, ebenso wie die Gerüche nach Butangas, Pferdeschweiß und Torf. Ich sog diese Gerüche mit jedem Atemzug ein; Bilder und Erinnerungen kehrten wieder. Ein geheimnisvoller Zauber drehte die Zeit zurück. Ich war wieder die Schülerin im blauen Faltenrock, mit den Zöpfen und den großen blanken Augen, die hier in Avignon, vierzehn Jahre zuvor, vor der Zeltwand schlief und auf dich wartete …

Plötzlich wehte ein Luftzug; ich blähte leicht die Nüstern. Dieser Tabakgeruch, woher kannte ich ihn? Da löste sich eine schmale, fast körperlose Gestalt aus den Schatten: ein uralter Mann, leicht gebeugt, mit weißem Stoppelhaar. Die Falten und Risse auf seinem kupferbraunen Gesicht glichen einem eng geknüpften Netz, in dessen Maschen sich die hellen Augen gefangen hatten. Und der Geruch kam von jenem Zigarrenstummel, der fast aufgeraucht zwischen seinen knorrigen Fingern hing.

»Wassilio!«

Wir umarmten uns; ich küßte seine Hand mit den silbernen Ringen. Ein sanftes Lächeln wanderte, von den strichdünnen Lippen aus bis hin zu seinem Blick, der freudig aufleuchtete.

»Nun, meine Kleine? Bist du wieder bei uns?«

»Ja, aber nur bis Montag.«

»Das sind zwei Tage, Kind. Geborgte Zeit.«

»Sag mir, ist es ernst mit Justine? Wird sie wieder aufs Flugtrapez können?«

»Ich heile Knochenbrüche. Das kann ich gut. Aber einen Dickschädel kann keiner heilen, auch ich nicht. Ja, sie wird wieder fliegen.«

Ich stellte Manuel vor. Er folgte meinem Beispiel und küßte die Hand des alten Mannes; er merkte, daß man es bei Wassilio zu tun hatte. Wassilio betrachtete ihn aus klaren, wimpernlosen Augen. Seine Stimme war fast nur ein Hauch, mit dem Klang von raschelnden Blättern.

»Ich kenne dich, *Hijo.* Amadeo hat mir von dir erzählt. Er sagt mir manche Dinge, Amadeo. Und das, was er mir nicht sagt, errate ich.« Er nickte ein paarmal vor sich hin. »Oh ja, ich sehe schon. Amadeo kann sich glücklich schätzen, daß er dich zum Bruder hat.«

»Ich schätze mich ebenso glücklich«, sagte Manuel.

»Und das Feuer, mein Kind?« fragte mich Wassilio. »Gehorcht es dir immer noch?«

Ich lächelte etwas traurig.

»Nein. Es ist vorbei.«

Wassilio nahm die Zigarre aus den Lippen, spuckte einen Krümel Tabak auf den Boden.

»Ha! Das ist nur natürlich. Horche auf deinen Körper. Er sagt dir die Wahrheit. Sei ruhig, du Kindskopf. Die Gabe kehrt wieder. Sie ist etwas Angeborenes.«

Er legte seine leichten, kräftigen Finger auf Manuels Arm.

»Bei dir ist es etwas anderes, *Hijo.* Sie wurde dir aus Liebe zuteil. Das macht sie um so stärker. Geize nicht mit deinem Erbe, mein Sohn. Du hast noch mehr ...«

Wassilios dünne Stimme ging im Beifall unter, der unter der Zirkuskuppel toste. In der Manege machte Thyfos eine blitzschnelle Wendung, die Amadeo geschmeidig mit dem Körper auffing. Schon stob der Schimmel durch das aufspritzende Wasser, sprengte durch den Sattelgang dem Ausgang zu – uns entgegen. Ich achtete nicht auf das hämmernde Geräusch der Reiter, die nun auf der anderen Seite des Zeltes in die Manege brausten. Denn schon hielt Thyfos ruckartig vor uns. Der Hengst schnaubte, seine Augen glitzerten erregt. Er tänzelte und flatterte mit den Ohren, während ein Stallbursche auf ihn zulief und die Zügel packte. Ich sah dorthin, wo Wassilio gestanden hatte. Der alte Mann war weg – verschwunden wie ein Geist.

Nur der Dunst seiner Zigarre hing in der Luft. Schon ließ sich Amadeo von dem Rücken des Tieres gleiten, in einer einzigen mühelosen und geschmeidigen Bewegung. Er zog einen Klumpen Salz aus der Tasche, den Thyfos aus seiner flachen Hand leckte. Plötzlich wandte er sich um und blickte mich an. Ein Leuchten ging über sein Gesicht.

»Herzblume, wann bist du angekommen?«

»Zu Anfang der Vorstellung.«

»Wir haben zugeschaut, wie du den Speer wirfst«, sagte Manuel.

»Den werfe ich nicht. Er fliegt von selbst.«

Er sah mich an. Kein Wille, kein Bewußtsein lenkte unsere Bewegungen. Ich trat auf ihn zu; er legte beide Arme um mich, bewegte leicht das Gesicht hin und her, streichelte mich mit seinem Atem. Dann schlossen sich seine Lippen um meine. Mir war, als ob ich nicht nur mit den Lippen und der Zunge, sondern mit meinem ganzen Körper in seinem Mund versank. Das Begehren kam sofort, strömte wie ein warme Welle durch unsere Glieder. Fast gewaltsam rissen wir uns voneinander los; starrten uns an wie benommen, bevor Amadeo sich Manuel zuwandte, ihn fest und sehr lange in die Arme schloß.

»Ich mag Leute, die unerwartet kommen«, sagte er.

Sie lächelten beide, mit der gleichen Verwirrung.

»Es sollte eine Überraschung sein«, sagte Manuel.

»Die ist euch geglückt. Wie findet ihr Thyfos?«

»Er galoppiert nicht«, sagte ich. »Er fliegt.«

Amadeos Lächeln blieb auf seinem Gesicht wie ein ferner Schimmer.

»Er ist schön, nicht wahr? Schöner als irgendein Traum.«

Er hatte leise gesprochen, mit halb geschlossenen Augen, als spüre er noch den Wind bei seinem Ritt. »Er ist eigenwilliger als Quasimodo, etwas nervöser auch. Aber er lernt schnell.« Er schnippte mit dem Finger. Ein Stallbursche eilte mit einem Handtuch herbei. Amadeo rieb sich den Oberkörper trocken, warf das Handtuch über seine Schultern.

»Quasimodos Schädel habe ich im ›Mas du Drac‹ an der Wand befestigt, neben Lyuba und Tarasque. Jetzt beschützt er mit ihnen das Haus.« Amadeo zeigte flüchtig die weißen Zähne.

»Mit zunehmendem Alter vermehren sich unsere Schutzgeister. Und eines Tages werden auch wir unsere Nachkommen beschützen.«

Ich sagte:

»Deswegen sind wir hier, Amadeo.«

Er sah mich scharf an.

»Herzblume, was willst du damit sagen?«

»Ich erwarte ein Kind. Schon im vierten Monat.«

Er trat dicht an mich heran, legte beide Hände auf meine Schultern. Seine Augen weiteten sich und wurden tiefschwarz. Ich sah eine eigentümliche Freude darin, eine Freude, die nur ich mit ihm teilen konnte. Sie kam von weither, aus den tiefen Schichten unserer Sehnsucht, aus verdrängten Wünschen und alten Träumen.

»Ich habe immer gehofft«, sagte er kehlig, »daß die Wurzeln des Baumes das Leben in sich tragen.«

Meine Augen wurden heiß, als ich ihn die Worte sprechen hörte, mit denen die Romanos eine werdende Mutter ehren. Er zog mich an sich. Ein paar Atemzüge lang hielten wir uns eng umschlungen. Ich rieb meine Wange an seiner klammen Brust, küßte die Stelle, wo sein Herz unter meinen Lippen schlug. Dann hob ich das Gesicht zu ihm.

»Und du fragst nicht, Amadeo, von wem dieses Kind ist?«

Jetzt lachte er, leise und rauh, warf Manuel einen funkelnden Blick zu. Das Lachen vertiefte seine Falten, gab ihm gleichzeitig etwas Jungenhaftes. Dann sah er wieder zu mir herüber.

»Wozu, Herzblume? Es wird zwei Väter haben. Einer wird immer da sein, wie eine Lampe, die beständig brennt. Der andere wird kommen und gehen, wie ein Scheinwerfer.«

Er sprach mit großer Zärtlichkeit.

»Das Kind wird viel lernen dabei.«

Amadeo nickte.

»Frei zu werden ist mühsam. Man kann es nicht in einem Tag werden. Wir werden es unserem Kind beibringen – schon früh.«

Manuel lächelte.

»Jeder Mensch findet früher oder später die richtige Art zu leben.«

Amadeo lächelte auch, fast ohne es zu merken.

»Eine extreme Art der Unangepaßtheit?«

»Ich für mein Teil glaube, daß es die einzige Art ist.«

Amadeos Lächeln erlosch. Etwas wie Schmerz huschte über sein Gesicht.

»Du hast recht. Das führt uns zu dem Ursprung zurück. Wir werden weiterleben, nicht immer zusammen, aber niemals getrennt. Bist du damit einverstanden, mein Bruder?«

Ihre Blicke hielten einander fest. Dann sagte Manuel langsam und ruhig:

»Nicht mit dir und nicht ohne dich, Amadeo.«

Und noch leiser und sanfter fügte er hinzu:

»Mein Bruder.«

Unter der Zeltkuppel brandete Applaus. Amadeo warf einen Blick in die Manege. Trommeln schlugen im stampfenden Rhythmus: Die Reiter aus dem Hindukusch, mit einem Fuß im Steigbügel hängend, trieben ihre Pferde zur höchsten Geschwindigkeit an. Ein atemloser Stallbursche kam in den Sattelgang. Er führte ein frisches Pferd am Zügel, einen Fuchs, kirschrot schimmernd, mit goldener Mähne. Es war der Lusitanerhengst, mit dem Amadeo durch den brennenden Reifen ritt.

»Er heißt Soltero – der Einsame«, sagte Amadeo.

Das Tier war schon gesattelt. Amadeo ging langsam um das Pferd herum, prüfte Zaumzeug, Sattel und Gurte. Dann blieb er dicht vor Soltero stehen. Mit einer Hand umfaßte er dessen Unterkiefer, während er ihn gleichzeitig mit der anderen oberhalb der Nüstern umfaßte. Das Pferd hielt still; seine Augen schimmerten stolz und ruhig. Amadeo legte das Gesicht an den Kopf des Hengstes, blies langsam und tief seinen Atem aus; es war, als ob er dem Tier seinen eigenen Lebenshauch schenkte. Dann nickte er dem Stallburschen zu.

»Die nächste Nummer ist für mich.«

Ganz plötzlich schwieg die Trommel. Für ein paar Sekunden herrschte tiefe Stille. Und in dieser Stille trat Amadeo auf uns zu, umarmte uns kräftig, in ungestümer Freude. Dann ergriff er die Zügel, die der Stallbursche ihm reichte, schwang sich auf Solteros Rücken, ohne die Steigbügel zu berühren. Sofort straffte das Tier seine Muskeln, setzte zum Sprung an. Amadeo beugte sich aus dem Sattel.

»Ich liebe euch«, sagte er. »Und es wird eine lange Nacht werden.«

Auf einmal – ohne daß eine sichtbare Bewegung, das geringste Signal zwischen Reiter und Pferd getauscht wurde – legte der Fuchs die Ohren flach an den Schädel, bäumte sich zu seiner ganzen Größe auf. Schauer liefen über das kirschrote Fell, kraftvoll und graziös wirbelten die Hufe durch die Luft. Und obgleich die Füße des Reiters sich nicht in den Steigbügeln hielten, rutschte er keinen Fingerbreit zurück. Ein paar Atemzüge lang hielt sich der Hengst im schwebenden Gleichgewicht auf den Hinterfüßen. Da setzte die Trommel ein. Der Reiter ließ die Zügel los, löste die Beine von den Flanken des Tieres. Der Fuchs fiel auf die Vorderhufe zurück, jagte vorwärts mit einem einzigen Satz. Im wilden, ungestümen Galopp brach der Reiter aus dem Sattelgang, trug unsere Träume in den Ring der Manege, sprengte im Kreis eines größeren Kreises, ohne Anfang, ohne Ende.